ARCHIVES CURIEUSES

DE

L'HISTOIRE DE FRANCE.

ARCHIVES CURIEUSES

DE

L'HISTOIRE DE FRANCE

DEPUIS LOUIS XI JUSQU'A LOUIS XVIII,

OU

COLLECTION DE PIÈCES RARES ET INTÉRESSANTES, TELLES QUE
CHRONIQUES, MÉMOIRES, PAMPHLETS, LETTRES, VIES,
PROCÈS, TESTAMENS, EXÉCUTIONS, SIÉGES,
BATAILLES, MASSACRES, ENTREVUES,
FÊTES, CÉRÉMONIES FUNÈBRES,
ETC., ETC., ETC.,

PUBLIÉES D'APRÈS LES TEXTES CONSERVÉS A LA BIBLIOTHÈQUE ROYALE,
ET ACCOMPAGNÉES DE NOTICES ET D'ÉCLAIRCISSEMENS;

Ouvrage destiné à servir de complément aux collections Guizot, Buchon,
Petitot et Leber;

PAR L. CIMBER

ET

F. DANJOU,

EMPLOYÉ AUXILIAIRE A LA BIBLIOTHÈQUE ROYALE,
MEMBRE DE L'INSTITUT HISTORIQUE.

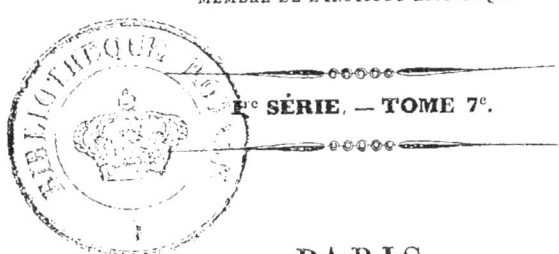

1re SÉRIE. — TOME 7e.

PARIS.

BEAUVAIS, MEMBRE DE L'INSTITUT HISTORIQUE,
Rue Saint-Thomas-du-Louvre, n° 26.

1835

PARIS. — IMPRIMERIE DE E. DUVERGER,
RUE DE VERNEUIL, n° 4.

MASSACRE
DE LA SAINT-BARTHÉLEMY.

AVERTISSEMENT.

Un jugement impartial demande un juge impassible. Malheureusement ce calme nous abandonne devant les événements si odieux, au premier aspect, qu'une discussion sérieuse annoncerait une hésitation coupable et que l'horreur pour eux fait partie de la conscience publique. Le zèle à flétrir l'existence et à prévenir le retour du mal se manifeste avec une sorte d'émulation dont chacun tire honneur; celui-là ne serait pas juste qui le serait justement; les rapports les plus noirs offrent les renseignements les plus sûrs, et la crainte d'affaiblir expose au péril de calomnier. Cependant les jours s'éloignent, les hommes s'éteignent, les choses se calment. Survivant au dernier retentissement des commotions sociales, la vérité réclame alors ses droits imprescriptibles. Les excès soufferts perdent cette proximité menaçante qui nous les rendait personnels, la conscience révise les arrêts de la colère, une condamnation devient un procès; la postérité monte enfin sur son tribunal, et deux poids sont jetés dans la balance. Le massacre de la Saint-Barthélemy doit-il compter parmi les phénomènes qui d'abord ne permettent pas d'examiner sans trouble et de prononcer sans appel? L'histoire en aurait-elle envenimé les causes, oublié les circonstances, exagéré les résultats? Les victimes de cette journée ont-elles péri l'ame pure de mauvais desseins, et leur innocence est-elle aussi bien démontrée que leur infortune? Le sang versé coulait-il comme prémices ou comme représailles d'une guerre d'extermination, et verra-t-on dans l'arme qui a frappé le poignard de l'assassinat ou le glaive de la vengeance? Les ordonnateurs de cette homicide tragédie ont-ils commandé ou obéi à leur époque, et la responsabilité du dénouement est-elle nationale ou individuelle? L'éloge après suppose-t-il le calcul avant l'exécution, et faut-il envisager comme un exploit dont on se vante, un bonheur dont on se réjouit? Ces problèmes sollicitent à la fois l'investigation patiente des érudits et la méditation profonde des philosophes.

Nous avons consciencieusement recueilli les éléments épars du fait terrible sur lequel on trouvera ci-après les descriptions les plus détaillées, et revu les textes avec l'attention de supprimer toute longueur et d'éclaircir toute obscurité. Quant aux conjectures hasardées sans fondement, multipliées sans accord et adoptées sans examen, touchant le nom des auteurs ou le mérite des pièces, nous n'en disons rien, ne voulant pas servir d'écho à ces préjugés dont l'influence entraîne la crédulité, et l'assurance intimide la raison. Cette réserve a présidé et présidera toujours au choix de ce recueil. Cinq des relations qui nous occupent maintenant, le *Tocsin des massacreurs*, le *Réveille-matin des Huguenots*, les *Registres de l'Hôtel-de-Ville*, les *Mémoires de l'État de France* et le *Stratagème de Charles IX*, présentent le tableau de l'exécution dans ses préparatifs ordonnés et ses effets accomplis. La dernière a encore pour but d'en manifester la pensée secrète. L'auteur, Capilupi, dont les sentiments fanatiques approuvent les résolutions violentes, s'efforce d'établir que le massacre a été voulu, mûri et disposé à l'avance par Charles IX, croyant ainsi faire non injure à sa mémoire, mais honneur à sa piété. Il loue si ouvertement ou plutôt il charge si naïvement ce prince, qu'on attribuerait volontiers son livre à un calviniste soigneux de déguiser pour assurer sa vengeance. Cette pièce donne la preuve, l'éveil et la source de tout ce qui imprimerait à la Saint-Barthélemy un caractère de préméditation.

Nous n'avons trouvé dans les écrits de l'époque aucune réponse à ceux qui, par différents motifs, tendent à présenter les choses sous leur jour le plus défavorable. Afin de remédier à ce silence, nous terminons par une dissertation non imprimée séparément ni réimprimée collectivement, dissertation célèbre, où l'abbé de Caveirac, sans faire l'apologie du massacre, en rejette les causes prétendues et restreint les conséquences funestes. Caveirac, originaire de Nîmes, entraîné par une ame impétueuse vers une controverse hardie, patron officieux d'opinions proscrites, ne s'était jamais placé dans une position plus difficile. Cette difficulté l'anima sans doute et lui dicta un mémoire qui pût laisser croire à une meilleure cause, mais non à une meilleure défense. Nous nous abstenons, suivant notre coutume, de prononcer sur le fond, désirant mériter une entière confiance par une exacte neutralité.

Voilà les documents qui composent ce septième volume. Jamais on n'avait réuni autant de versions curieuses sur le massacre de la Saint-Barthélemy, offert autant de moyens propres à en sonder l'énigme mystérieuse et dresser la statistique funèbre. Nous ne pensons pas qu'on nous accuse de répétition pour avoir donné plusieurs histoires du même attentat. Comparer ces écrits entre eux, restituer à chacun ce qui n'appar-

tient qu'à lui seul, examiner leur tendance commune
ou particulière, établir en quoi ils se ressemblent,
ils se détruisent, ils se complètent, telle est, dans
cette circonstance, la marche à suivre pour acquérir
comme citoyen, et consacrer comme historien des idées
justes. Heureusement le sujet ne craint pas d'épuiser
l'attention. Il s'agit du supplice ordonné sans loi, sans
restriction et sans exemple, pour le martyr de toute
une secte ou le châtiment de tout un parti. Le pouvoir
ne triomphe pas ici dans les limites étroites d'un fait
sans conséquence, il triomphe par un coup dont le
contre-coup devient un héritage national. Le maintien
de la société dans ses voies tenait-il à cette homicide extirpation de la nouveauté et les doctrines sont-
elles parce que les personnes ne sont plus? Quand
le combat qui divise les citoyens est celui de deux
croyances, jusqu'à quel point, en supposant la ruine
jurée de l'une ou de l'autre, les opinions absolues
peuvent-elles se contenir et les principes légitimes se
défendre? Reste à savoir où brille cette légitimité.
Ainsi, d'explications en explications, on arrive conduit jusqu'à l'essence des vertus morales et l'entrée
des conseils éternels. Certes, dans un événement qui
compromet de si grands personnages, étale de si
grandes violences, consomme de si grands résultats,
soulève de si grandes discussions, telle est l'importance de la vérité que rien ne peut ni transiger sur le
devoir qu'elle impose, ni fatiguer sur l'intérêt qu'elle
inspire. Le propre des choses qui tout ensemble atta-
quent la société et outragent l'humanité est de ne devenir jamais familières, et de laisser à leur suite une
pitié profonde dont l'émotion agite, une curiosité in-
satiable dont le besoin demande, une terreur solennelle dont la majesté impose toujours.

LE TOCSAIN,

CONTRE LES

MASSACREVRS ET AV-

teurs des confusions en France.

Par lequel, la source et origine de tous les maux,
qui de long temps trauaillent la France, est descouverte. Afin d'inciter et esmouuoir tous les
Princes fidelles, de s'employer pour le retren-
chement d'icelle.

Adressé à tous les Princes Chrestiens.

Prouerb. 28. 15.
Le dominateur meschant sur le pauure peuple,
est comme vn Lion rugissant, et affamé.

Isaie 3. 11.
Les exacteurs de mon peuple ont esté des enfans, et les femmes ont
dominé sur luy.

A REIMS,
De l'imprimerie de Iean Martin.

M. D. LXXIX.

LE TOCSAIN

CONTRE LES AUTHEURS

DU MASSACRE DE FRANCE

DÉDIÉ

AUX TRÈS ILLUSTRES PRINCES CHRESTIENS, RÉPUBLIQUES
ET MAGISTRATS FAISANS PROFESSION DE L'EVANGILE.

———

Les derniers troubles de France estans assopis par la
paix qui fut arrestée au mois d'aoust 1570, le Roy fit
quelque démonstration de vouloir maintenir ses subjects de l'une et l'autre religion en seureté et repos, tant
par l'édit qui sur ce fut arresté que par les propos qu'il
en tenoit ordinairement devant tout le monde ; ce qui
esmeut les nostres (1) à se désarmer plus promptement et
à se remettre du tout à sa volonté. Vray est que ce ne fut
sans quelque soupçon, d'autant que ceux qui regardoyent
un peu de plus près ses actions et de ses conseilliers appercevoyent bien, quoyqu'on le dissimula assez dextrement,
la mauvaise volonté qu'on portoit aux nostres, veu que
souvent on la faisoit paroistre en plusieurs desfaveurs et
disgraces dont on usoit envers eux, spécialement lorsqu'ils demandoyent, ou d'estre admis à quelques nou-

(1) Les calvinistes.

veaux estats, ou de rentrer en ceux dont ils avoyent esté dépossédez, ou bien quand ils demandoyent justice des excez qui leur estoient inférez contre les termes de l'édit, dont il n'estoit possible d'avoir raison, sinon avec telle longueur et importunité qu'on aimoit beaucoup mieux endurer l'injure que de porter si longuement la fatigue et les fraiz de la cour, sous une promesse de vaine espérance; de quoy nous ne voulons icy remarquer les exemples, estant chose assez commune et vulgaire. Joinct que le Roy se monstroit si joyeux d'avoir fait ceste paix, en disant que c'estoit la sienne et non d'autre, pour le peu d'asseurance qu'il sçavoit que nous eussions à sa mère et à son frère, que plusieurs trouvoyent fort estrange que, peu de jours auparavant, il se fut trouvé en personne au siége de Saint-Jean-d'Angeli avec toutes ses forces, en délibération de poursuivre en toute rigueur ceux de la religion, jusques à mettre l'espée au poing contre les soldats qui ne vouloyent aller recognoistre la bresche assez promptement à son gré, et puis que tout soudain il y eust prins envie de les mettre en paix, attendu qu'en apparence, en leur faisant teste pour peu de temps, il les pouvoit réduire à ceste nécessité de poser les armes de leur plain gré, pour n'avoir plus armes, chevaux, ne moiens, non-seulement pour entretenir et souldoier leurs estrangers, dont la pluspart estoyent désarmez de ce peu qui en restoit, mais non pas pour eux-mêmes. Et encor qu'on amenast plusieurs occasions particulières qui l'avoyent esmeu à entendre à la paix, comme quelques lettres du cardinal de Lorraine, escrites à Rome et en Espagne, où l'on appercevoit qu'il se jouoit du malheur de la France avec l'ennemy commun par la continuation de la guerre, item la jalousie conceue contre le duc d'Anjou son frère, qu'il voyoit devenir trop grand et estre mieux suivy que luy, à cause des victoires qu'il avoit obtenues, et aussi qu'aimant aucunement le plaisir de la chasse et autres passetemps, il sembloit désirer de se dépestrer des troubles de la guerre pour y vaquer avec plus grand loisir, si est-ce que plusieurs ne se pouvoyent asseurer que l'intention du Roy et de ses principaux conseillers, mais en spécial de la Royne sa mère, ne fut de cercher d'avoir la raison de ceux de la religion par autre voye que par armes descouvertes. Ce fut ce qui les esmeut à accorder si facilement une bonne partie de ce que les princes avoyent demandé par leurs députez, jusques à leur bailler de surcroy quelques articles secrets outre l'édit, pour le réglement tant des bénéfices dus aux estrangers qu'autres particularitez d'importance. Aussi leur estoit-il aisé de promettre légèrement ce qu'ils n'avoyent volonté de tenir; car comme celuy qui a faute de biens, et doit beaucoup, se monstre coustumièrement prodigue en promesse pour racheter le temps, mesme lorsqu'il se trouvera pressé, ainsi l'homme sans loyauté et conscience, pour se défaire de ses ennemis, usera de promesses et subterfuges, voire d'autant plus curieusement qu'il pense qu'on ne s'y voudra fier. En quoi nous ne sçavons qui est icy plus à admirer, où nostre grande crédulité de nous estre arrestez aux parolles de ceux qui nous avoyent tant de fois circonvenu et encore si solennellement, ou l'infidélité de nos adversaires, qui ont voulu abuser de nostre rondeur.

Et ce qui augmente plus l'énormité de ceste trahison est le moien qu'ils ont tenu, n'en ayant trouvé point d'autres plus propres que le mariage de la seur du Roy avec le prince de Navarre, par lequel ceux qui tramoyent ceste entreprise tendoyent à deux fins, l'une d'empescher que ce prince ne s'alliast en Angleterre, suivant quelque pourparler où desjà on estoit entré, non sans espérance de le voir effectuer, ou bien en Allemaigne, et par conséquent qu'il ne fortifiast le parti de la religion de la faveur des princes estrangers ; l'autre estoit d'amasser sous ceste couverture tous les chefs de la religion au jour de la solennité des nopces, afin de les attrapper tous ensemble ; chose à quoy ils n'eussent jamais sceu parvenir, sous quelque couleur que c'eust esté, veu qu'ils avoyent délibéré de ne se trouver jamais tous ensemble en cour à une seule fois, pour le soupçon qu'ils avoyent d'une mauvaise volonté, de laquelle encore qu'on ne fist le Roy auteur, on craignoit néantmoins que la Royne, trouvant l'occasion propre, ne l'y attirast aisément, estant d'une nature prompte et facile à esmouvoir, et qu'elle avoit accoustumé de le manier comme bon luy sembloit ; joinct qu'on avoit surpris quelques lettres que le cardinal de Lorroine escrivoit à Rome, où, entr'autres choses, il discouroit de la bonne affection que la Royne avoit d'exécuter ce qui avoit esté entrepris; toutesfois qu'elle l'avoit adverty qu'encor que le Roy eust quelques boutées de bonne volonté, durant lesquelles il y faisoit bon, si est-ce qu'elle n'en pouvoit facilement jouir, et craignoit qu'elle n'y peust parvenir. Et parce que les lettres tombèrent entre les mains de l'admiral, le sieur de Briquemaud en fit plainte à la Roine, en délibération de faire le semblable au Roy; mais elle s'efforça de s'en purger, disant qu'elle n'en avoit jamais parlé, et mesme le pria instamment de n'en rien dire au Roy, et qu'elle feroit bien ressentir à l'autre son mensonge. Néantmoins, c'estoit le moindre de ses soulcis que de le reprendre d'une chose dont elle avoit donné le commandement. Quant au Pape, combien qu'il fut suffisamment informé de la fin de ce mariage et de la paix par une infinité d'advertissemens, et surtout

par le mémoire qu'un nommé Mareschal, clerc du sieur
de Villeroy, avoit porté à Rome de la part de la Roine et
du duc d'Anjou, et dont la copie en fut rapportée par le
secrétaire du sieur de Briquemaud, où, entr'autres avis,
ces mots estoyent couchez : que le tout ne se faisoit à
autre fin que pour mieux attrapper les séditieux du
royaume par un moyen qui donneroit grand contentement à Sa Saincteté et qui avoit esté trouvé meilleur que
d'y procéder par armes, comme on avoit fait le passé, ce
qu'ils disoyent avoir apporté plus de dommage et ruine
à l'estat du Roy que non pas aux ennemis, toutesfois,
sçachant de quelle importance luy estoit la perte du
royaume de France et craignant que ceste alliance n'en
fut un acheminement, il y envoya son légat, lequel y
arriva environ le temps que la Roine de Navarre y vint
pour la conclusion du mariage. Tant y a qu'à tel accueil
qui luy fut fait dès l'entrée du royaume, et les grands et
riches présens qu'il receut, il ne se retira point sans
avoir nouvelle asseurance de la bonne volonté que le Roy
portoit à l'augmentation de l'église romaine, avec le petit
mot en l'aureille d'en faire voir bientost sortir les estats,
et de faire réuscir à la grandeur de Sa Saincteté l'alliance
qu'on estimoit luy pouvoir apporter quelque diminution.
Et parce que la Roine mère poursuivoit ce mariage avec
grande affection, elle qui portoit inimitié mortelle aux
principaux de la religion, ceux qui estoyent plus clair-
voyans jugeoyent aisément qu'elle dessignoit quelque ma-
lencontre sous ce prétexte ; car mesme encor que les docteurs de Sorbonne et autres criarts luy eussent souvent remonstré que cela ne se pouvoit faire sans offenser Dieu, et
qu'il ne luy estoit loisible de marier sa fille à un prince in-
fidèle (ainsy appelloyent-ils ceux qui faisoyent profession
de l'évangile), si ne laissa-elle d'y entendre ; et cepen-

dant sous main faisoit paroistre qu'elle le desiroit moins que le Roy, de peur que ceux de la religion n'entrassent en opinion que ce fut à mauvaise fin, veu le soupçon qu'ils avoyent de ses déportemens ordinaires.

Or, après plusieurs allées et venues, on assembla quelque nombre de gens de conseil pour adviser aux cérémonies qui devoient estre gardées en la solennisation des nopces; et pensoit-on que le Roy, tant pour son degré que pour démonstrer qu'il avoit zèle à sa religion, ne quitteroit rien des choses qui sont accoustumées en l'église romaine; mais tout le contraire advint, veu qu'il s'accorda aisément qu'une bonne partie des cérémonies seroyent retranchées, en suscrivant à l'advis que la Roine de Navarre en avoit fait prendre par aucuns ministres de France assemblez à ceste fin, voire eust fait davantage, si on fut venu là. Estant donc ce mariage conclud, le Roy, entrant en sa salle, où il y avoit nombre de gentils-hommes, monstrant signe d'une grande resjouissance, dit qu'alors il cognoissoit qu'il estoit vrayement Roy, pour l'espérance qu'il avoit que ce seroit un moyen pour rejoindre en amitié et sincérité ses sujets de l'une et l'autre religion, puisqu'ils verroyent qu'il ne feroit point de difficulté de prendre luy-mesme alliance avec l'une des parties, et surtout que sa noblesse devoit par-là asseurer de sa promesse et fidélité; lequel langage il tint une infinité de fois à quiconque l'a voulu ouir, les uns y adjoustant foy, et les autres le tenans d'autant plus suspect qu'il s'efforçoit de le vouloir persuader. Car comme il advient souvent que celuy qui marche en rondeur et simplicité n'usera point de tant d'affetteries et persuasions, et si fera clairement cognoistre sa bonne volonté pour ce qu'on la verra reluire en tout le reste de ses actions, aussi à l'opposite celuy qui sera double et plein de desloyauté n'oubliera rien de tout l'artifice qui luy semblera propre pour se desguiser, sans que toutesfois on y adjouste foy, pour estre le reste de ses déportemens tout contraires. Or, combien que ce seul trait sembla suffisant pour esblouir les yeux des plus accords, le Roy fit paroistre que non-seulement il desiroit faire alliance par mariage avec aucuns de ses subjets de la religion, mais avec les princes estrangers qui en faisoyent profession, mesmes avec la Roine d'Angleterre, laquelle il solicita instamment d'espouser le duc d'Anjou son frère, donnant à entendre au sieur de Walzingard, son ambassadeur, et aux milords Boccorts, Smith, Kyllègre et autres seigneurs d'Angleterre qui estoyent venus en France en partie pour cest effect, l'affection qu'il y avoit, jusques à leur promettre fort solennellement d'y faire consentir son frère par tous les moyens dont il se pourroit adviser. Et principalement lorsqu'iceluy sieur de Boccorts arriva à Paris, il ne se peut dire avec quel recueil et appareil il fut receu de luy et de la Roine sa mère, et quel bon visage luy fut fait à son arrivée, séjour et retour, non pour envie qu'ils eussent d'y entendre à bon escient, ainsi que l'issue l'a monstré, mais bien pour deux causes principales : l'une pour coupper chemin à l'alliance de la maison d'Angleterre et de Navarre, dont la Royne mère estoit desjà entrée en fort grande jalousie et crainte, comme il a esté touché, et l'autre pour mieux couvrir ce qui se bastissoit contre les chefs de la religion, ausquels par ce moyen tout soupçon sembloit estre levé, puisque le Roy prenoit alliance avec celle qui les avoit maintenus et secourus de gens et d'argent en leur nécessité, et qui faisoit profession de mesme religion qu'eux. Et de fait, combien que les articles de ce mariage eussent desjà esté mis par escrit, et qu'ils fussent, peu s'en falloit, accordez, néantmoins, sitost qu'on cogneust que la Royne de Navarre n'oseroit refuser l'alliance que le Roy vouloit prendre avec elle, et que desjà elle y eust fort presté l'aureille, d'autre part que ceux de la religion commençoyent d'entrer en bonne opinion de sa sincérité et fidélité envers eux, aucuns rebastissans leurs maisons desmolies ou en acheptans de nouvelles, d'autres employans leurs deniers pour achepter quelques estats en cour, et d'autres vendans leurs propres héritages pour remettre sur leurs premières trafiques et réparer les pertes que la guerre leur avoit apportées, en espérance d'une paix de longue durée, aussitost le masque d'alliance qui se bastissoit avec ceste Royne fut osté, parce que le duc d'Anjou, à qui la Royne mère faisoit jouer ce roolle, déclara ouvertement qu'il vouloit avoir la messe, et tout autre exercice publique de sa religion, lorsqu'il seroit en Angleterre, autrement qu'il n'y pouvoit entendre ; chose qu'on avoit protesté du commencement ne jamais vouloir accorder. Et comme un jour l'ambassadeur Walzingard eust remonstré en privé à la Royne mère du Roy le bien qui reviendroit de ceste alliance à tous les deux royaumes, afin qu'elle y tinst la main ples vivement, il adjousta qu'il ne falloit point tant insister de remettre la messe en Angleterre, puisque dès si long-temps elle en avoit esté déjettée, si on ne vouloit que ce changement y apportast quelques nouveaux troubles, veu qu'il estoit à craindre que, d'un costé, les seigneurs qui maintenoyent la religion n'en fussent irritez, et qu'ils ne voulussent remuer mesnage, et d'ailleurs que ceux qui estoyent ennemis, ou qui ne demandoyent que d'esmouvoir une guerre pour leur prouffit particulier, ne se voulussent servir de ceste occasion pour troubler l'Estat de sa maitresse, sous couverture du changement de religion. A quoy elle respondit qu'il ne falloit rien

craindre de ce costé-là, veu que son fils n'estoit point ennemy de la religion, et beaucoup moins se rendroit opiniastre quand il seroit mieux enseigné, comme il le pourroit appercevoir en ce qu'il ne faisoit difficulté de prendre
alliance avec celle qui en estoit; mais qu'il falloit ainsi
faire pour contenter tant le Pape que le Roy d'Espagne,
que les catholiques de France, envers lesquels il entre-
roit en opinion ou d'estre athéiste, ou du moins n'avoir
aucune fermeté en sa religion, s'il la quittoit si soudainement à un simple pourparler de mariage.

Au reste, encor que le vulgaire estimast qu'il ne tinst
qu'au duc d'Anjou que ceci ne fut parachevé, si est-il
tout certain que c'estoit une résolution du Roy et de sa
mère de n'en rien faire, ains se servir de ceste couverture
pour les occasions qui ont esté touchées. Et de fait, le mariage estant hors d'espérance, il ne se peut dire les belles
raisons que les plus familiers de l'un et de l'autre mettoyent en avant pour excuse d'un refus; mesmes Villequier et quelques autres favoris du duc d'Anjou, ne cognoissant encor où tout cecy tendoit, et craignans que, si
leur maistre prenoit ce parti, ils n'eussent celle liberté de
faire leurs besongnes en Angleterre comme en France, et
surtout que leur macquerelage ordinaire ne peust plus de
rien servir à les enrichir, luy remonstroient souvent les
incommoditez qu'il y pourroit avoir en l'acceptant, disans que la Roine d'Angleterre estoit hors d'aage pour
pouvoir jamais avoir lignée, et que par ainsi, elle mourant sans enfans, il seroit contraint de retourner en France
et de perdre et le royaume et le tiltre de Roy; d'autre
part, qu'il hazarderoit toute la réputation qu'il avoit acquise ès troubles passés, s'il prenoit alliance avec ceux de
la religion sur lesquels il avoit eu tant de victoires; outre
qu'il y alloit de sa consciense devant Dieu, veu qu'il se-

roit incontinent excommunié du pape aussi bien que
celle qu'il vouloit espouser, qui l'estoit de si longue main
pour cause d'hérésie ; mais spécialement que son absence
retireroit de luy l'affection que la noblesse luy portoit en
particulier, à l'aide de laquelle il ne pouvoit moins espérer que de se voir un jour Roy de France, soit que le Roy
mourut bientost, comme l'apparence y estoit à cause des
exercices violens où il s'addonnoit, soit qu'il voulut entreprendre d'occuper le royaume, où il avoit desjà gagné
le cœur d'un chacun. En quoy faisant, il ne seroit besoin
de hazarder la fleur de sa jeunesse en païs eslogné, et,
sous espérance d'un petit royaume estranger de peu de
durée, quitter l'attente du plus riche et fleurissant du
monde, qui desjà luy tendoit les mains. Voilà le langage
que ceux-cy luy tenoyent pour l'empescher qu'il prestast
l'oreille à ceste alliance, à laquelle toutesfois il n'avoit aucune affection. Et encor que plusieurs pensassent que le
Roy y voulut entendre à bon escient, tant pour se deffaire dextrement de son frère, la grandeur et prospérité
duquel luy estoit aucunement suspecte, que pour mettre
son royaume en paix, ceux de la religion hors de crainte,
et les catholiques romains, qui en faisoyent leur bouclier,
hors d'espérance de l'avoir pour Roy, si est-ce que tout
ceci estoit une pure moquerie, abusans ainsi de la rondeur
et simplicité de la Royne d'Angleterre, qui pensoit qu'on
procéda envers elle de bonne foy pour excuser ce qu'ils
avoyent entrepris. Cependant, pour donner quelque tesmoignage d'amitié, on s'advisa de faire une ligue avec elle,
qui estoit d'autant plus agréable aux nostres qu'elle sembloit expressément estre faite contre l'Espagnol, que nous
sçavons nous avoir tousjours esté ennemy, et estre le principal motif de tous les malheurs de la France, veu qu'entre
plusieurs articles il fut accordé en termes exprez que, s'il

assailloit les sujets de l'un ou de l'autre, ils se donneroyent secours mutuellement, après semonce faite en certain temps, assavoir de huit navires armés et de six mil hommes de pied, ou bien de cinq cens hommes d'armes, quant au Roy de France, et de pareil nombre de navires aux fraiz de celuy qui seroit le premier assailli. Mais parce que le Roy d'Espagne, qui avec l'or des Indes n'a jamais manqué entre nous de bons espions, estoit bien informé qu'il n'y avoit rien à craindre de son costé, il n'en fit pas grand estat, sçachant qu'il avoit trop de bons amis en cour pour croire, ou qu'on luy en voulut, ou, quand bien il eust esté vray, qu'on ne l'eust adverti à temps. Et non contens de s'estre ainsi jouez de l'Anglois, on voulut essaier le mesme en Allemaigne, où l'on sollicita diligemment les princes protestans d'entrer en ligue avec le Roy et la Royne d'Angleterre, en l'espérance que cela leur seroit incontinent persuadé, et qu'ils ne demanderoyent pas mieux que de se fortifier de l'amitié du François. Mais eux, cognoissans de longue main l'affection de la maison de Valois envers eux, et comme elle ne les avoit jamais voulu secourir ny favoriser, sinon ou pour crainte d'eux, ou pour espérance d'en tirer prouffit et s'accommoder de leurs despouilles, ainsi qu'il apparoissoit en l'entreprise de Metz et autres villes de l'empire desjà usurpées, sans ce qui avoit esté attenté contre Strasbourg, ils n'y voulurent point consentir, ains mirent en avant quelques difficultez que le temps (père de la vérité) a descouvert n'avoir esté proposées sans raison, attendu que la délibération estoit d'empescher par ceste alliance que, lorsqu'on nous courroit sus sous quelque faux prétexte, ils ne nous peussent raisonnablement donner secours, non plus que l'Anglois, sans contrevenir à leur promesse et serment, qu'on espéroit devoir estre fermes et inviolables, ainsi qu'elles ont esté par le passé.

Pour le comble d'une démonstration de faveur envers
ceux de le religion, le Roy déclara souvent en son privé
l'envie qu'il avoit de s'attaquer au Roy d'Espagne et
prendre les armes contre luy, disant qu'il en avoit plusieurs grandes et justes occasions, non-seulement pour les
entreprises par luy faites contre son Estat tant dedans que
dehors le royaume, mesmes le massacre de ses subjets advenu à la Floride, ains aussi pour la mort de la Royne
d'Espagne sa seur, qu'il savoit très asseurément, et par
preuves suffisantes, avoir esté empoisonnée par son commandement. Et pour cest effect donna charge au mareschal de Montmorency de faire mettre par escrit toutes les
causes pour lesquelles il disoit vouloir entreprendre ceste
guerre, à ce qu'estans leues en plein conseil et trouvées
justes, il y mit la main par un commun accord de tous.
Ayant donc esté fait un discours de tout cecy par le sieur
de Torsey, dit Taffin, le Roy print la peine d'en ouyr paisiblement la lecture entière, non sans faire paroistre que
les raisons qui y estoient couchées luy sembloient plus
que suffisantes pour rompre la paix, qui souvent à moindre occasion avoit esté enfrainte, voire quelquefois de
gaieté de cœur; outre que les garnisons du costé de Gra-
velines avoyent voulu innover quelque chose sur les frontières, contre les anciens articles de paix, touchant la réparation et fortification de certains lieux, et aussi qu'on
estoit fasché de ce qui s'estoit passé pour le fait du marquisat de Final, que le Roy d'Espagne avoit saisi, quoyque
le marquis se fut mis en la protection des François. Tant
y a que ces bruits faisoyent tenir chacun en alarme, selon
qu'il estoit affectionné au parti de l'un ou de l'autre; car
d'un costé ceux de la religion, imaginans que leur principale seureté consistoit en la guerre contre l'estranger, veu
qu'il estoit vraysemblable que le Roy se serviroit d'eux à

ceste fin, commençoient desjà à se préparer d'armes et de
chevaux pour luy faire service de ce costé-là ; et au contraire les catholiques romains murmuroyent publiquement contre le Roy et ceux de son conseil, disans qu'il n'y
avoit ordre de faire la guerre à celuy qui l'avoit si promptement et si alaigrement secouru en sa nécessité. D'ailleurs l'ambassadeur d'Espagne, sentant le vent de ces
choses, fit de grandes complaintes au Roy et à sa mère,
remonstrant qu'il n'estoit ignorant de ce qui se brassoit en
France contre l'Estat de son maistre et les traitez de paix,
les suppliant de luy déclairer ouvertement quelle estoit
leur volonté et résolution en cela, afin qu'il en peust
donner advis en Espagne ; mais il luy fut souvent respondu que la Royne pouvoit moins faire que d'ouir parler chacun, de recevoir des advertissemens de plusieurs
parts ; néantmoins que, nonobstant tout cela, il se devoit
asseurer qu'on n'entreprendroit rien au préjudice du Roy
son maistre. Et ce qui plus mettoit l'ambassadeur en soupçon, estoit que le Roy avoit sous main une communication
secrete avec le comte Ludovic de Nassau, frère du prince
d'Orenges, qui avoit suivi et assisté le parti de la religion
aux guerres dernières, estant venu parler à luy jusques à
Lumigny, quasi en habit dissimulé ; voire luy avoit promis, après l'avoir ouy discourir amplement des affaires
du Païs-Bas, tous secours et assistance pour en chasser les
Espagnolz et remettre le peuple en sa première liberté ;
lequel langage ne luy fut point tenu seulement adonques,
ains aussi depuis une infinité de fois, lorsqu'estant en
cour il poursuivoit l'exécution du mariage du prince de
Navarre ; car il luy promit plusieurs fois qu'il ne donneroit
aucun empeschement à ses subjects qui le voudroyent
suivre, et qu'il feroit pareil commandement aux gouverneurs de ses provinces ; et s'il advenoit qu'il fit quel-

que chose de bon en surprenant quelques villes d'importance, qu'il se déclareroit estre ouvertement de la partie et se mettroit aux champs pour favoriser son dessein. Voilà comme d'un costé il promettoit secours à ce seigneur estranger contre l'Espagnol, et d'autre part, tout à l'opposite, il asseuroit l'Espagnol de n'en vouloir rien faire ; ce que l'ambassadeur ayant aucunement apperceu, outre quelque autre mescontentement qu'il avoit d'ailleurs, se retira en Espagne sans dire adieu, après les nouvelles de la bataille navale contre les Turcs, non sans donner soupçon que nous serions bientost aux mains avec l'Espagnol, comme il y en avoit de grande apparence. Et de fait il ne faut point nier que pour quelques jours la Royne ne fut bien aise de prester l'aureille à l'entreprise de Flandres, et qu'elle ne se soit efforcée de persuader au Roy d'y entendre, pour le moins de le faire paroistre, afin de révoquer aucunement l'entreprise du Roy d'Espagne, qui avoit mis sus des forces en Italie pour faire la guerre au duc de Florence, qui s'estoit ligué avec le Pape et avoit receu le titre de grand-duc de Toscane, ce qui avoit mis l'Espagnol en quelque jalousies qu'il ne voulut aussi entreprendre de se saisir du royaume de Naples. Qu'est-il besoin de beaucoup de langage ? La Royne eust aussi grande envie de donner secours à son cousin qu'il sembloit, à l'ouir parler, que le prince d'Orenge ne seroit jamais assez tost à son gré en Allemagne pour faire une levée de reistres, ny le comte Ludovic ès païs-Bas, pour surprendre quelques places ; mesmes elle s'efforça de leur faire prester deux cens mille escus par le duc de Florence, pour commencer à faire les premiers frais de la guerre ; mais ceste cholère de femme fut aussi tost refroidie, comme il advient en toutes choses violentes, qu'elle apperceut que le Roy d'Espagne, craignant d'avoir tout au coup plusieurs ennemis sur les bras, n'attentoit rien contre l'Estat de Florence, et qu'il remettoit la partie à une autre fois, à sçavoir lorsque l'occasion s'offriroit de mettre en son obéissance tous les potentaz d'Italie pour en faire un royaume entier, selon le project par luy fait dès long-temps. Au demeurant, il faut notter que, du commencement, l'entreprise des Païs-Bas avoit esté cachée à la Royne mère, du moins le Roy en faisoit le semblant, pour crainte qu'on avoit qu'elle ne la descouvrit à l'Espagnol ou qu'elle ne la voulut empescher; et de fait, le sieur de Théligni, qui manioit en partie le négoce, parlant un jour au Roy en secret des moyens qu'il faudroit tenir en ceste guerre, et de l'espérance qu'il y avoit de la voir exécutée à son advantage, le supplia instamment qu'il tint la chose secrette, sans en rien communiquer à la Royne sa mère, pour les raisons que dessus; ce que le Roy promit de faire, voire avec serment réitéré. Et sur ce, après avoir entendu toutes les particularitez qui luy furent proposées, il commença à discourir de la difficulté qu'il trouvoit sur l'exécution, d'autant qu'il ne le pouvoit entreprendre seul, et si disoit n'avoir personne à qui il se peust fier, tant pour avoir conseil que pour servir de secrétaire à faire les despesches qui seroyent requises : «Car, disoit-il, le mareschal de Tavannes est homme de bon conseil, mais je craind qu'ayant esté lieutenant de mon frère et eu quasi l'honneur de la victoire des dernières batailles, il ne soit jamais d'advis qu'on entreprenne une nouvelle guerre, pour l'envie qu'il a de demeurer le dernier victorieux; ce qui ne seroit si quelque autre que luy me faisoit maintenant un nouveau service qui fut de conséquence comme cestuy-cy. Quant au mareschal de Vieilleville, il ne luy faut parler que de bon vin. Le mareschal de Cossé pareillement est si avarre et addonné à son prouffit particulier qu'il nous vendroit tous pour dix escus. Celuy de Montmorency est bon homme et m'y pourroy bien fier ; mais je le vois tant affectionné à la chasse et à ses plaisirs ordinaires que, lorsqu'il faudroit consulter promptement de quelque chose, il se trouveroit tousjours absent, et n'aurions moyen d'en jouir ny luy faire tenir pied à boule. Quant au comte de Rez, je m'asseure qu'il est du tout espagnol, et partant ne s'y faut aucunement fier, si on ne le veut tout gaster. » De là le Roy vint à parler de quelques autres seigneurs de sa cour qu'il jugeoit tous incapables, comme aussi des secrétaires d'estat, descouvrant librement et familièrement leurs actions pleines d'infidélité envers luy, et monstrant qu'ils n'avoyent rien en recommandation que leur prouffit particulier, et qu'ils estoyent tous faits de la main de ceux à qui l'entreprise seroit bientost descouverte, de sorte qu'il concluoit qu'il ne se pouvoit bonnement résoudre par quels instrumens elle seroit tenue secrette. Enfin, après plusieurs advis, il conclud de prendre pour conseil le mareschal de Montmorency ; lequel ayant entendu que le Roy vouloit faire cela sans en rien communiquer à là Roine sa mère, et craignoit d'en avoir mauvaise grace à l'advenir, et que, le sachant, elle ne s'en attaqua à luy, comme estant desjà fort envié d'ailleurs, il fut d'opinion que le tout luy devoit estre communiqué, afin d'avoir son conseil, et qu'elle s'employast aussi elle-mesme à l'exécuter. Pour secrétaire le Roy choisit Phizes, sieur de Sauve, auquel il fit défence d'en parler à homme vivant, non pas mesme à la Roine, à peine de luy donner de la dague dans la gorge. Or, après que plusieurs despesches furent faites sur ce qui, du commencement, avoyent esté tenues fort secrettes, enfin la Roine en est advertie, qui se mit en une extreme cholère, voiant que le Roy, comme se desfiant d'elle, luy avoit voulu celer ceste guerre à la solicitation de ceux de la religion, tellement qu'estant

soudain monté en son coche, elle le vint trouver en telle diligence jusques à Montpipeau, où il estoit, qu'aucuns de ses
chevaux de coche tombèrent morts sur la place du Martroy
d'Orléans. Estant là, elle luy dit en pleurant qu'elle voyoit
bien que toute la peine qu'elle avoit prise par le passé à
la conservation de sa couronne luy estoit peu agréable, et
partant délibéroit de se retirer en Auvergne, en l'une de
ses maisons, pour là y demeurer le reste de ses jours, s'estant desjà acheminée à ceste fin ; ce qu'elle disoit non
pour envie qu'elle eust de faire ce coup, puisque son principal but estoit de régner et non pas de s'exiler de son
plain gré, ains pour intimider le Roy, qu'elle cognoissoit
ne la vouloir laisser en ce mescontentement, de peur qu'elle
n'entreprint quelque chose contre luy, soit par attentat à
sa personne ou à faire teste de son frère, à qui elle portoit
plus d'amitié et de respect. Et combien que le Roy luy fit
lors quelques excuses, si est-ce qu'elle ne fit paroistre d'en
estre satisfaite, partant de là subitement comme pour se
retirer du tout de la cour sans y avoir voulu faire séjour,
non pas mesme boire et manger ; de quoy le Roy, estant
adverti, print incontinent la poste après elle, et, l'ayant
trouvée à Chenonceau, s'excusa de rechef en telle sorte
qu'elle fit semblant d'estre appaisée en révoquant son
voyage. Seulement il y eut ce mal que le pauvre secrétaire Phizes, qui n'en pouvoit mais, est chargé de luy
avoir fait faire, de façon que sur cela il est mandé et enquis sur le tout. Mais se voyant en perplexité sur les interrogats qui luy estoyent faits, parce que d'un costé il
n'osoit en charger le Roy à cause de la menace qui luy
avoit esté faite, ny s'en accuser pour la crainte qu'il avoit
de la cholère de la Royne, enfin il aima mieux confesser,
contre vérité, qu'il estoit auteur de tout le mal que de
le nier pour desplaire au Roy, disant qu'il avoit fait cela

par une furie et transport d'esprit, pour se venger de ce que le Roy abusoit de sa femme, dont il se disoit estre jaloux. Et sur cela il luy demanda pardon, lequel il obtint d'autant plus aisément qu'on sçavoit bien qu'il n'y avoit de sa faute.

Voilà les farces qui se jouoient en cour sur l'entreprise des Païs-Bas, à laquelle le Roy sembloit porter telle affection qu'il ne fit point de doubte de promettre au comte Ludovic de le secourir en tout ce qu'il pourroit, voire de faire chef de l'armée qu'il vouloit mettre sus le duc d'Alençon son frère, auquel il disoit se confier davantage pour cela qu'au duc d'Anjou; et pour tesmoignage d'une bonne volonté, outre la reddition d'Orenges, qui avoit esté longuement suspendue, luy fit offre de trente mille livres de pension par an, sans une infinité d'autres promesses en cas que son entreprise prospérast. Mais ceste pension devoit estre d'autant plus suspecte qu'elle excédoit celle des plus grans estats de la France; aussi refusa-il de l'accepter, se contentant seulement de douze mille livres par an; de quoy la Royne le remercia bien fort, luy disant qu'il avoit usé en cela de grande honnesteté envers le Roy, aiant esgard à la nécessité des affaires de son roiaume. Qui plus est, le Roy fait commandement à plusieurs gentilshommes de la religion de suivre le comte Ludovic, leur déclarant que le service qu'ils luy feroient, il le tiendroit comme fait à sa personne; parlant un jour au sieur de Briquemauld, il luy tint ce langage : « Qu'il sçavoit bien qu'il estoit bon soldat et bon François, et par ainsi qu'il vouloit qu'il accompagnast le comte, veu que c'estoit pour son service, luy défendant cependant d'en parler à homme vivant, pour ce qu'il n'avoit délibéré de se déclairer en ceste guerre que premièrement il n'eust veu ce qui en pourroit réuscir, et que l'ennemi s'en doutast tant moins quand il appercevroit qu'il ne seroit au commencement de la partie. » Brief, le comte, estant prez à partir, n'aiant encor grand moien pour dresser son équippage, le Roy luy fait délivrer dix mille livres par le thrésorier de l'espargne, sous prétexte de faire désarmer quelques vaisseaux que le prince d'Orenges avoit sur mer, et mille livres de pouldre fine qui furent prises en l'arsenal de Paris sans rien payer ; et outre ce, les soldats qui avoient esté assemblez par commission signée de luy passoient librement par les villes, en armes descouvertes, et enfin la pluspart à enseignes desploiées et tabourins sonans, sans que les gouverneurs des provinces y donnassent empeschement, pour le commandement qu'ils en avoient eu. Tant y a qu'en tout cecy il y avoit par nécessité une desloiauté manifeste, ou contre nous ou contre l'Espagnol ; car si le Roy entreprenoit cela pour faire sortir de France le comte Ludovic et les chefs de la religion, pour plus aisément jouir du reste, il faisoit tort au Roy d'Espagne de le mettre en fraiz d'une guerre non nécessaire, et, outre la perte de beaucoup de bons hommes, hazarder l'Estat de son voisin et allié, et mettre en proie le peuple du païs entre les mains d'un gouverneur cruel, après l'avoir embarqué à la guerre ; ou si sa résolution estoit de prendre les armes contre luy à bon escient, le changement de volonté qu'il a monstré depuis ne pouvoit estre autre qu'un tesmoignage de perfidie qui doit estre estimée d'autant plus insigne que c'estoit contre ses propres subjects, lesquels, estans entrez en ceste lice par son exprès commandement et pour son service, avoient ainsi esté honteusement abandonnez ; si on ne vouloit dire qu'il auroit révoqué sa promesse pour la crainte des forces de son ennemy, qui seroit adjouster deux autres vices au précédent, assavoir une irrésolution

et couardise. Cependant il y avoit apparence que son af-
féction ne fut jamais autre, fors de se vouloir défaire
d'une partie des chefs de la religion par une guerre estrangère, en laquelle il n'espéroit pas qu'ils peussent rien
effectuer, tant parce que sous main le duc d'Albe estoit
adverti de tout par la Roine mère que pour estre l'entreprise fort hasardeuse. Et de fait, lorsque les nouvelles
vindrent en cour de la surprise de Monz et de Valentiennes, c'estoit à se regarder l'un l'autre pour voir quelle
contenance ils en devoient faire, pour ce que, d'un costé,
ils estoient estonnez comme cela s'estoit peu si facilement
exécuter, et d'ailleurs ils estoient faschez que les affaires
eussent eu si bon succez dès le commencement. Au contraire, Valentiennes aiant esté reprise à faute de secours,
ils firent démonstration d'en estre fort aises; mais surtout
lorsque le sieur de Genlis, qui conduisoit trois ou quatre
cens chevaux et trois mille hommes de pied, fut rompu à
deux lieues de Montz, estant trouvé en désordre dans les
bois, le Roy fit paroistre aucunement qu'il ne vouloit plus
estre de la partie, estant joieux de ce qui estoit advenu.
Car tant s'en faut qu'il voulut rien advouer de cecy, qu'il
ne fut possible à ceux qui estoient prisonniers d'obtenir
de luy un seul mot de faveur envers le duc d'Albe, pour
les faire ou délivrer ou traitter plus humainement; de
sorte que plusieurs furent noyez, pendus et consommez
de faim et pourriture dans les prisons, qu'un seul mot de
recommandation eust peu faire délivrer. Et parce que ce
malheur pouvoit estre aisément réparé par les forces que
l'admiral avoit amassées, qui estoient beaucoup plus grandes que celles des ennemis, veu qu'il ne faisoit moindre estat que de trois mille chevaux et douze mille harquebusiers,
et eux ne pouvoient avoir lors qu'environ la moitié, le
Roy retarda tant qu'il peut le voiage, maintenant de huict

jours, tantost de quinze, et enfin résolut qu'il attendroit
jusques après les noces, assavoir au temps où il estoit conclud de mettre tout au fil de l'espée. Que si on demande
de quoy pouvoit servir ceste entreprise à l'exécution du
massacre, la réponse est aisée ; c'est que, par ce moien,
elle estoit rendue plus facile, d'autant qu'aucuns des principaux chefs eussent esté absens, et par ainsi que les
jeunes princes, destituez de leur aide et conseil, seroient
plus aisez ou à destourner de la religion, ou à surprendre
par force. D'ailleurs, on espéroit que le duc d'Albe des-
pécheroit ceux qui entreroient en son gouvernement, ou,
encor qu'ils y deussent avoir quelque succez, qu'il ne se
pourroit faire que quelqu'un n'y demeurast. Mais surtout
parce que, d'un costé, on craignoit de rien entreprendre
contre nous sans avoir mis sus des forces extraordinaires, et d'ailleurs qu'on avoit peur qu'en dressant armée
sans bonne couverture ceux de la religion n'entrassent
en soupçon et se tinssent sur leurs gardes, on trouva
ceste invention, sous ombre de favoriser l'entreprise des
Païs-Bas, faire publier les monstres en armes de plusieurs
compaignies de gens d'ordonnance, dont la pluspart se
rendirent sur les frontières de Picardie. Davantage aucuns gouverneurs furent renvoiez en leurs provinces pour
faire levée de gens de guerre et tenir les places en seureté, comme le duc de Longueville en Picardie et le comte
de Tende en Provence, où il s'achemina en poste, comme
si on eust craint que l'armée de mer de la sainte ligue ne s'y
fut voulu jetter, quoyqu'en cela il y eust fort peu d'apparence, veu qu'elle estoit lors engagée en Grèce, au siége
d'une bicoque défendue par les Turcs ; le tout afin que,
le massacre estant exécuté, toutes ces troupes se trouvassent plus prestes pour le favoriser et courir sus à ceux
qui seroient restez, en cas qu'ils voulussent s'assembler

pour s'en ressentir. En somme, ceux qui avoient quelque jugement soupçonnoient grandement qu'on se voulust servir de ceste levée de bouclier comme on avoit fait de la venue du duc d'Albe, qui nous amena les secons troubles, lorsque, sous ceste couleur, une armée estrangère fut appelée pour opprimer par force ceux que la trahison n'avoit sceu emporter, suivant ce que la Roine en avoit arresté avec luy au parlement de Bayonne. Mais principalement ce qui en faisoit le plus mal espérer estoit que le Roy mit toute la négociation entre les mains du comte de Retz, homme du tout espagnol, ainsy que le Roy l'a tesmoigné cy-dessus. Aussi en advint-il comme plusieurs l'avoient soupçonné ; car quoyque la ville de Monts fut de telle importance que chacun sçait, si est-ce que cestuy-cy s'efforça de dégouster le Roy d'en prendre la protection, qui desjà n'y estoit guerres affectionné, allégant deux raisons spéciales : l'une que ce n'estoit une ville de frontière qui peust accomoder le Roy, veu la difficulté de la tenir garnie d'hommes et vivres ; l'autre qu'il estoit à craindre que le prince d'Orenges ne s'accordast incontinent avec l'Espagnol, comme il estoit advenu en France ès guerres passées, et cependant que le Roy demeurast seul embarqué en une guerre périlleuse contre un si grand prince. Mais en tout cecy il n'y avoit apparence de raison ; car il n'estoit pas question d'une seule ville, ains de toute la Zélande, Hollande et Phrise, voire de tous les Païs-Bas, qui se fussent mis sous sa protection, aians desjà pris partout l'escharpe blanche. Or, le comte de Retz oublioit la principale cause de la difficulté, assavoir vingt-cinq ou trente mille escus que nous sçavons avoir esté touchez par luy de l'Espagnol pour empescher ceste entreprise ; car voiant son estat estre en bransle et que la révolte des Pays-Bas estoit l'entrée de celle d'Italie, où sa domination est desjà

ennuieuse, brief que sa ruine estoit toute évidente si le Roy
y mettoit la main, il avoit eu recours aux présens, afin de
corrompre les plus avares et affamez d'entre ceux qui
avoient la meilleure part prez de sa personne, pour luy
oster l'affection de recevoir tout le païs de son ennemy et
où il a droit de souveraineté, à la moindre partie duquel
toutes les forces de ses prédécesseurs n'avoient sceu parvenir, aiant esté compté comme un traict de leur grande
vaillantise d'avoir veu les faulxbourgs de Nanmeur. Que
si les meurtres et désolations advenues en France luy sont
à imputer à cruauté, aussi le peuvent estre les ruines de
ces pauvres peuples, voire des princes qui les ont conduits, pour les avoir abandonnez au besoin, après les
avoir semonds à s'eslever pour se mettre en sa protection;
ce qui estoit beaucoup plus inhumain que l'advertissement que le Roy François fit à l'Empereur Charles touchant la ville de Gand, veu qu'il ne l'avoit incitée à se révolter ni fait promesse tant solennelle de la favoriser.

Or, combien qu'on s'efforçast de desguiser la fin de
ceste guerre, il y avoit d'autres choses qu'on ne pouvoit
nier n'estre accompagnées de mauvaise volonté; car la
pluspart des villes factieuses n'avoient point posé les armes, nommément Orléans, quelque commandement
qu'elles en eussent receu du Roy, duquel tenant si peu de
compte, veu aussi ce qui s'en est ensuivi, cela devoit
bien faire penser qu'elles estoyent advouées et que la
Roine surtout y tenoit la main, qui, aiant encor de
nouveau rebrouillé le fait de son douaire, s'estoit saisie
du duché d'Orléans, tant pour vendre les bois de la forest que pour tenir ceste ville en seureté, qui lui sembloit
estre trop prochaine de Chastillon, et importer, entre
toutes les autres, à celuy qui en seroit le premier investi.
Outre plus, la Roine aiant fait ce beau chef-d'œuvre, con-

tre toute l'antiquité, de faire chevalier un homme ignorant et estranger, elle en avoit forclos le sieur de l'Hospital, homme excellent et expérimenté, jusques à le re-
leguer en sa maison, pour ce que, tenant la main roide
à la justice, il s'estoit, comme un second Caton, opposé
à ses volontez, aux corruptions de la cour et dissipation
du bien de la France. Et encor que le bon homme n'eust
jamais fait profession d'autre religion que la romaine, si
ne le laissa-elle de traiter comme un des nostres, disant qu'il en estoit en son cœur, afin que, sous ceste couverture estant rejetté, elle peust mieux abuser de l'ignorance de son nouveau chancelier. Et quoyqu'elle vist les
affaires, tant de la justice que des finances, où cestuy-cy
n'entendoit que le haut alemand, estre fort descousus et
comme en désordre, si est-ce qu'ils ne luy estoient tant
désagréables que de les voir en bon estat sous la conduite d'un qu'elle tenoit pour ennemi. Quand seroit-ce
fait qui voudroit réciter toutes les actions contraires et
les injustices exercées contre nous ? Car, encor qu'on
fit quelque mine de chastier ceux de Rouen qui avoient
meurtri grand nombre de personnes, toutesfois, quelle
punition s'en est-il ensuivie ? Nous laissons à juger si cela
avoit esté entrepris sans commandement. Tant y a qu'a-
près plusieurs longues poursuites, enfin pour ce que la
saison n'estoit point encor venue d'attrapper tous les chefs
qui lors estoient en lieu de seureté, on fit mourir deux ou
trois bélistres et révoqua-on d'exil les principaux chefs,
qui ce dernier massacre ont monstré combien ils se
repentoient de n'avoir fait pis... Quant au tumulte
advenu par deux fois à Paris, à cause de la croix de
Gastines, quelle peine eurent les auteurs ? telle que
ceux qui avoient esté pillés et excédés, n'en aians rappor-
tés que belles promesses pour argent comptant, après plu-

sieurs longues et ennuieuses poursuites de cour, ont souhaitté de ne les avoir jamais entreprises, quoyque l'outrage fut si clair qu'on ne le pouvoit desguiser, et avec tel mespris du nom et autorité du Roy qu'on ne le devoit tolérer. Environ le mesme temps, il s'esmeut une sédition à Paris contre les Italiens, que le peuple accusoit d'avoir tué plusieurs petits enfans et prins le sang, les uns disans que c'estoit pour bagner le duc d'Anjou pour quelque maladie secrette, et les autres pour la Roine mère. En somme, sous ceste couleur plusieurs Italiens furent pillez et outragez par la populasse, accusez d'estre marrabets, comme si on eust voulu faire jouer ceste farce pour se faire voie puis après à plus grande chose. Mais surtout la mort du sieur de Lignerolles, advenue par l'exprez commandement du duc d'Anjou, fut comme un eschantillon de ce qui est advenu depuis.

Vray est qu'il n'advint sans un juste jugement de Dieu, estant homme prophane et faisant ouverte profession d'athéisme, outre qu'il s'estoit addonné à cruauté et à persécuter les nostres de tout son pouvoir, jusques à se vanter ordinairement du nombre qu'il en avoit tué de sa propre main. Toutesfois, comme Dieu fait bien et justement ce que l'homme souventesfois fait mal et injustement, ceux qui regardoient cest acte de plus près ne laissoient d'y appercevoir une trahison et desloiauté manifeste, et un commencement d'une plus ouverte tirannie, d'avoir fait tuer ainsi, sans forme de justice, celuy à qui on sembloit porter une plus grande amitié. Cependant on couvroit cecy de deux occasions : l'une pour ce qu'il estoit soupçonné d'avoir empesché que le partage du duc d'Anjou ne luy fust baillé en souveraineté, et l'autre d'avoir descouvert au Roy quelques-unes des entreprises de son maistre, dont la fin estoit, sinon de se saisir de la couronne, pour le moins de se rendre le plus fort, outre quelque changement de lettres missives trouvées ès gans du Roy et de son frère, qui luy avoient esté baillées en la garde, eux jouans à la paume, et qui, par mesgarde, estoient tombées en main opposite; voilà les bruits qui en couroient, outre une infinité d'autres, comme il advient souvent ès choses obscures et cachées. Toutesfois, il s'est descouvert qu'aiant esté mescontenté pour le reffus qui luy fut fait de la lieutenante du duc d'Anjou, il s'advança de lascher quelques mots en cholère touchant une entreprise qui avoit esté faite, que nous sçavons estre celle qu'on a exécutée, ou autre de semblable estoffe, jusques à dire qu'il ne la céleroit point si on le mutinoit. Sur cela il fait le malade de fascherie et se mit au lit, où la Roine mère print la peine, quoyqu'il fut un petit compagnon, de le venir voir et consoler, afin qu'il ne décelast rien de ses menées, luy promettant de l'avancer et favoriser plus que jamais, et l'asseurant de la bonne volonté que le Roy et elle avoient de le faire grand. Ce qu'aiant pris en paiement, on délibère de son fait au conseil secret, et enfin il est résolu qu'il faut qu'il meure, de peur qu'il ne luy eschappe de rechef quelque parolle qui manifeste la conjuration; de sorte qu'un jour le Roy, estant à Bourgeuil, en Anjou, comme Lingerolles se pensoit retirer en son logis, mesme de la cour, il se vit soudain environné du comte Charles, du vicomte de la Guierche, du sieur de Saint-Jean, et de douze ou quinze espadassins qui se jettèrent sur luy, le blessans à mort avant qu'il eust moien de mettre seulement la main à l'espée, chacun estant bien aise de luy bailler un coup pour se monstrer bon serviteur du duc d'Anjou. Depuis, sa vefve s'efforça d'en avoir justice, faisant plusieurs complaintes et poursuites contre les auteurs de ce meurtre;

mais on se mocqua d'elle de manière qu'elle fut contrainte
de désister. Aussi les meurtriers non-seulement furent incontinent absous, ains l'un d'eux, assavoir le vicomte de
la Guierche, en eut la despouille du gouvernement du
comté de Forest, ce que tous les courtisans trouvèrent
d'autant plus estrange que le Roy estoit de la partie ; de
façon qu'on disoit ouvertement que c'estoit une farce
jouée à deux personnages, ce qui avoit trompé Lignerolles et plusieurs autres, lesquels estimoient que le duc
d'Anjou fit tellement une bande à part contre le Roy
qu'il ne l'advertissoit de rien, et par ainsi se pensoient
bien prévaloir de ceste division, en rapportant à l'un et
à l'autre ce qu'ils estimoient pouvoir estre agréable, là
ou à l'opposite il y avoit apparence qu'ils s'entr'enten-
doient pour descouvrir tout ce qui se passoit en l'une et
l'autre part. Et de fait, le Roy tout ouvertement faisoit paroistre qu'il favorisoit ceux de la religion, jusques à leur
dire qu'ils ne s'addressassent ni à sa mère ni à son frère, et
qu'ils pouvoient estre asseurèz qu'ils n'avoient autre support en cour que de luy. Au contraire, le duc d'Anjou
repoussoit ceux qui s'addressoient à luy, leur déclarant
qu'il n'estoit ni leur ami ni leur protecteur, ainsi qu'il
le fit entendre tout haut, le Roy estant à Anet, au sieur
de Clernans, qui poursuivoit une dépesche pour les églises du païs Messerin ; et toutesfois l'issue a monstré
quelle asseurance il y avoit en tous ces desguisemens.
Mesmes ce seul acte le descouvroit assez, duquel le sieur
de Vigen, escrivant à l'admiral, qui lors estoit à Chastillon, l'advertit qu'il se pourroit hardiment tenir sur ses
gardes, veu que, par ceci, il cognoissoit clairement
quelle seureté il y avoit aux promesses de ceux qui commettoient tels actes contre leurs serviteurs domestiques,
voire les plus favoris et secrets qu'ils eussent. Mais d'au-

tant que, pour exécuter un dessein général, il sembloit
que la ville de la Rochelle y pourroit surtout donner empeschement, parce que les privilèges de n'avoir garnison
avoient esté conservez de rechef, il fallut inventer une
autre ruse pour y remédier ; c'est de dresser une armée
de mer dont Strossi fut fait chef et conducteur. Car aiant
dès long-temps fait courir le bruit qu'il vouloit faire un
voiage aux Indes Orientales, pour exercer tousjours aux
armes la jeunesse de France, il fit amas de cinq ou six
mille harquebousiers, entre lesquels il y avoit grand
nombre de gentils-hommes, mesmes aucuns de la religion.
Mais la guerre des Pays-Bas estant mise en jeu, on fit semblant de vouloir changer de dessein et à publier maintenant que c'estoit pour surprendre quelque place en Espagne, et tantost que c'estoit pour faire voile en Zélande,
afin de favoriser l'entreprise du prince d'Orenges; ce qui
estoit mal croiable, veu que la pluspart de ses forces
estoient ès environs de Paris, et partant plus aisées à
embarquer ès ports de Normandie, si on en eust envie,
que de les faire traverser jusques à la Rochelle et encor
faire là estat de quelques galères qu'on sçait n'estre propres pour entreprendre un voiage eslogné en la mer
océane, de manière qu'un soupçon demeura en l'esprit de
tous ceux qui avoient du nez, que c'estoit une menée pour
se saisir à l'improviste de La Rochelle, où desjà on avoit
fait changer le maire et autres magistrats, ou munir l'isle
et fort de brouage, et autres places voisines qui pouvoient
tenir la ville en bride. Et pour ce que Strossi avoit eu
secrette communication avec le comte Ludovic, luy promettant de le secourir sitost qu'il en auroit eu le commandement du Roy, et l'asseurant que, si le Roy en commandoit un poulse il en feroit un pied, l'ambassadeur
d'Espagne en fit plainte au Roy, qui le pria de s'asseurer

de ce costé-là, et que Strossi luy estoit serviteur affectionné et n'entreprendroit rien contre sa volonté. Cependant ceux de La Rochelle entrèrent en fort grande
défiance, voians leur ville dès si long-temps environnée
de gens de guerre, sous couleur d'une entreprise où il
n'y avoit point d'apparence, et en firent plainte au Roy,
en se tenans tousjours sur leurs gardes, jusques à ce qu'ils
ont cogneu par effect que le but du voiage des Indes ou de
Zélande estoit la surprise de leur ville. Que dirons-nous
de ce que les prescheurs de Paris ne cessoient de donner
courage au peuple en leurs sermons et l'exhorter à ne
s'estonner si le Roy faisoit si bon accueil aux nostres et
qu'il prenoit alliance par mariage avec eux, veu qu'il ne
tendoit ailleurs qu'à attrapper les mignons ? Car voilà le
langage duquel usoit ce misérable corne-guerre de Vigor,
qui n'a jamais cessé, depuis qu'il a eu renoncé la vraie
religion, de se monstrer furieux à l'encontre et esmouvoir les princes à espandre le sang humain, en abusant
impudemment des passages de l'Escripture ; ce qu'aussi
faisoit le reste de ses compagnons, chacun se monstrant
ingénieux en l'art de mesdire, et nous advertissans assez
ouvertement de la délibération des grans, si leurs flatte-
ries ne nous eussent par trop esbloui les yeux. Mais surtout Saincte-Foy faisoit rage à la cour, maintenant criant
contre le Roy de ce qu'il se monstroit trop doux envers
nous, et tantost exhortant le duc d'Anjou à l'entreprendre, non sans luy donner espérance de la primogéniture,
comme Jacob l'avoit eue sur son aisné Esaü. Car ce sont
là les propos que ce bouffon, duquel l'ignorance et impu-
dence estoit moquée de tous, tenoit ordinairement en
ses sermons, desquels il s'asseuroit qu'il seroit bien
advoué. Et parce qu'un jour il dit ouvertement, parlant
du mariage du prince de Navarre, qu'on ne pouvoit espé-

rer que de telle alliance il sortit autre beste qu'un mulet engendré de deux espèces d'animaux , c'est-à-dire estant tous deux de religion diverse, et que ceste insolence, faite en la présence du Roy et de la Royne mère, n'estoit point réprimée, ains louée, on voioit bien qu'il ne servoit que de protocole pour crier en chaire la leçon qui luy avoit esté faite en privé. Cependant la fin de ceste farce estoit tousjours tragique, d'autant qu'il n'y avoit point de supplices et tourmens assez violens à son gré dont il ne protesta que le Roy devoit user pour nous exterminer, le tout en présence, voire applaudissemens des plus grands. En quoy luy et ses semblables ont esté bien esloignez de la doulceur de saint Martin, qui empescha au sinode de Tours un édit fort aspre contre les hérétiques prescilianiens, desquels l'empereur vouloit confisquer le corps et les biens, à la persuasion des autres évesques, disant qu'il suffisoit user d'excommunication. Ce n'est pas que le magistrat ne puisse réprimer les hérétiques, mais ici ces brouillons faillent doublement, parce que, d'un costé, comme scribes et pharisiens, ils en veulent à Christ en ses membres et à la pure doctrine, et d'ailleurs ils s'efforcent à esmouvoir le peuple à commettre tout excès contre nous, sans ordre de justice et cognoissance de cause, ce qui a esté rejetté de toute république bien pollicée.

Nous pouvons mettre au rang de ces faux prophètes un gentilhomme françois fréquentant les nécromantiens, qui asseura lors aucuns de la cour que le Roy feroit commettre au mois d'aoust suivant le plus horrible massacre qui eust jamais esté, de sorte qu'un jour il eut la pistole au poing toute bandée et amorcée sous son manteau, pour en faire la vengeance, adjoustant que , quelque couleur qu'on donnast au voiage de Strossi, toutesfois il ne sortiroit point des frontières de France ; ce que nou ne disons pour adjouster foy aux devins et nécromanciens, que nous avons en horreur plus que tous les hommes du monde, mais parce que se sont aujourd'huy les théologiens de la cour (où l'on adjouste plus de foy aux almanaez d'un bandin de Nostradamus, ou autres tels ignorans, qu'à l'évangile). Ils ne doivent point trouver estrange ceste divination, et que Satan ait descouvert le temps de ceste sanguinaire entreprise dont il estoit auteur. Davantage, pour mieux lever toute opinion de nouveaux remuemens aux plus deffians et soupçonneux, le cardinal de Lorraine, que ceux de la religion tenoient tousjours pour ennemi capital et pour l'un des principaux instrumens de tous les troubles passez, s'absenta de la cour et enfin de la France, et se retira à Rome, non sans faire entendre que le Roy luy portoit plus mauvais visage que de coustume, à cause du mariage qu'il avoit voulu brasser secrettement et à son desceu d'entre madame Marguerite et son nepveu le duc de Guise. Le cardinal de Pelvé, archevesque de Sens, homme ignorant et factieux et qui avoit tousjours esté emploié à nous molester, mesmes aux guerres dernières, fut aussi en apparence deffavorisé du Roy, qui le bravast et rudoiast merveilleusement pour quelque particularité, et enfin luy aiant refusé l'abbaie de Volouzan, vacante par la mort du cardinal de Chastillon, se retira en sa maison par despit. Au surplus, tous ceux de la maison de Guise, qu'on sçait avoir esté emploiés en ce massacre et estre aujourd'huy les plus favorisez, furent aucunement reculez de la cour, non pour envie qu'on en eust, mais afin que par ceste bonne mine le soupçon que nous avions fut moindre, et aussi qu'estans absens ils peussent plus aisément amasser un arrière-banc de leurs amis et serviteurs pour investir l'admiral, qui lors s'estoit retiré à

Chastillon avec son train ordinaire. Et de fait ils se firent
suivre d'un grand nombre de gentilshommes et soldats
tirez de Champaigne, Bourgongne et autres provinces, en
délibération de le forcer en sa maison ; de quoy s'appercevant, et faisant le pareil de son costé, le Roy en fut adverti par le sieur de Briquemauld, qui luy remonstra qu'il
devoit empescher par son authorité que ces deux maisons
ne se missent en champs aux armes descouvertes, de peur
que cela ne nous ramenast en nouveaux troubles. Ainsi
le Roy craignant que la partie de l'admiral ne fut la plus
forte, comme il y avoit apparence, il commanda à chacun
d'eux de poser les armes et de le venir trouver seulement
avec leurs domestiques. Et pour ce qu'il estoit fort peu
vraisemblable que le Roy ne fut suffisamment informé de
l'amas de gens que faisoient ceux de Guise, au veu et
sceu de tout le monde, et cependant qu'il le dissimuloit, sans qu'il s'apperceust que l'admiral eust personne
en armes pour sa défense, il y a apparence qu'il eust esté
bien aise que le coup se fut fait dès lors, veu que si tost
qu'il cogneust qu'il s'estoit aussi secrettement armé, il fit
mine d'entendre à une réconciliation. Estant donc l'admiral invité d'aller en cour, et sçachant que le Roy y
avoit fait venir de nouvelles forces près de sa personne,
il en fit quelque difficulté, disant que telles forces extraordinaires estoient tesmoignage ou de mauvaise volonté
contre luy ou de soupçon. A quoy le Roy respondit qu'il
n'entendoit point que sa garde fut autre qu'ordinaire,
faisant commandement aux soldats de se retirer ; mais la
Roine sous main leur commandoit de demeurer, de sorte
que le Roy, craignant qu'on n'apperceust qu'il jouast trop
à descouvert, fut contraint un jour de les chasser à coups
de baston de devant la porte de son chasteau. La Roine
cependant, s'excusant envers l'admiral, disoit qu'on n'a-

voit fait venir ces soldats à autre fin que pour leur bailler
argent et faire reveue du nombre, voire comme si on n'eust
sceu exécuter cela par des commissaires, sans les faire
venir en cour pour mettre tout le monde en alarme. Or,
estant ce théatre de ceste tragœdie ainsi bien préparé,
l'admiral, après plusieurs asseurances, promesses, semon-
ces et importunitez, vint trouver le Roy à Bloys, en septembre 1571, avec fort peu de suite, au moins qui parut,
d'autant qu'il avoit prié ses amis de ne le suivre en troupe
de peur qu'on n'entrast en deffiance de sa sincérité. A
son arrivée, il ne se peut exprimer quelle démonstration
de joie et allégresse firent le Roy, la Roine sa mère, et
ses frères, de sorte qu'il sembloit que le plus grand heur
qu'ils eussent peu recevoir, c'estoit de jouir de sa présence. Mais à quelle fin ! L'issue l'a assez monstré ; pour
le présent, nous touchons seulement le fait ; car on ne se
contenta d'user de caresses accoustumées, ains aussi on
usa envers luy de tout signe d'amitié. Mesmes le Roy
commanda à ceux de la maison de Guise, qui ne vouloient
estre compris au traict d'accord fait à Moulins, entre la
douarière de Guise et l'admiral, pour le fait de la mort de
son mary, et que maintenoient avoir encor quelque action
contre luy, de mettre tout sous le pied, et, oubliant les
choses passées, entrer en nouvelle amitié, sans espérance
de jamais rien demander l'un à l'autre pour ce regard,
les faisant embrasser et toucher à la main avec parolles
gracieuses, comme s'ils eussent esté bons amis. Ce que
voiant le petit peuple, louoit Dieu, et s'asseuroit d'une
paix perpétuelle, estimant que ceste réconciliation ne se
fit point par faintise, estant accompagnée de tant de circonstances. Car outre cecy, le Roy fit quelques présens à
l'admiral, mesmes luy confirma une abbaie du feu cardinal
de Chastillon son frère, avec la tutelle de la maison de

Laval, dont le bien montoit à cent mille livres de rentes, sans estre tenu de rendre compte ny faire autres frais qu'à l'entretenement des enfans et famille, selon la coustume de Bretaigne, jusques à leur majorité. Qui plus est, on faisoit semblant de le tant favoriser que celuy qui vouloit impétrer quelque chose du Roy choisissoit l'admiral pour son intercesseur, veu qu'il ne lui estoit rien refusé de ce qu'il demandoit, voire jusques à le faire quelquefois présider au conseil, chose qui estoit en estonnement aux uns et en soupçon aux autres, qui cognoissoient leurs actions de longue main. Aussi s'en fallut-il peu que le Roy ne le fit lors dépescher; car l'aiant un jour conduit de chambre en chambre pour le tuer, ainsi que luy-mesme l'a confessé depuis, il se trouva aucunement effraié, voiant qu'il estoit trop bien accompagné pour en venir à bout, de sorte qu'il fut contraint de remettre la partie à meilleure occasion. Mais ceste crainte ne procédoit point tant du secours qu'il voioit à l'entour de luy que de sa mauvaise conscience qui l'effraioit, pour vouloir entreprendre de meurtrir celuy qui si volontairement s'estoit mis entre ses mains. Si cela est vray ou non, Dieu scrutateur des cœurs en sera le juge; cependant, puisque le Roy s'en est vanté entre ses fases familiers, il nous doit suffire de son tesmoignage. Il ne restoit plus que d'entrer en la ville de Paris, que chacun crioit luy estre tant ennemie qu'elle ne pourroit jamais souffrir qu'il y mit le pied; mais cognoissant l'humeur de ce peuple, qui ne s'esmeut qu'à mesure qu'on le pousse, il s'y achemina, et y fut receu de plusieurs seigneurs de la religion qui y estoient, non-seulement sans tumulte, mais encor sans bruit et mescontentement dont on se peut appercevoir, de manière qu'on voioit par-là que ceste populasse, qu'on a tousjours faite si terrible, ne demandoit qu'à vivre en

repos, si l'ambition et desloiauté des grans n'eust voulu
abuser de sa facilité. Nonobstant toutes ces choses, si est-
ce que l'admiral ne pouvoit estre sans un manifeste soupçon que ces caresses de cour estoient autant de filetz
pour l'attrapper, et qu'on dissimuloit une mauvaise volonté pour n'estre encor le temps propre à l'exécuter,
d'autant que, si on se fut attaché à luy seul, les princes et
autres seigneurs n'eussent hazardé leur vie entre leurs
mains. Brief, il fut souvent adverti par plusieurs gens graves et de bon esprit, qui sçavoient de quelle conséquence
estoit la conservation d'un si grand capitaine pour le
bien et repos de la chrestienté, luy remonstrans qu'il
devoit d'autant plus prez prendre garde à sa personne
que la faveur extraordinaire qu'on luy faisoit, après une
si longue déclaration d'inimitié, estoit un apas pour le
mieux surprendre. Voici la somme des raisons qui luy furent proposées à diverses fois, tant de bouche que par
escript : en premier lieu, qu'il n'ignoroit point que le
Roy et sa mère avoient essaié par tous moiens, mesmes
obliques, d'exterminer tous ceux qui faisoient profession
de la vraie religion, jusques à y employer leur labeur et
artifice, et n'y avoir espargné leurs trésors, et principalement les chefs, comme il estoit clair en l'exemple du
prince de Condé, lequel ils s'estoient efforcez de faire
empoisonner, lorsqu'ils cogneurent que la diligence qu'il
mettoit à se conserver ne donnoit aucun lieu à l'entreprise d'un assassin, et que depuis leur cruauté avoit esté
rassasiée en la routte de Jarnac, où, estant pris et s'estre
rendu et donné sa foy, il fut tué de sang-froid, contre
les loix de la guerre, par un nommé Montesquiou, de la
garde du duc d'Anjou, et par son commandement ; davantage qu'il savoit ce qui estoit advenu puis peu de
jours à la Roine de Navarre, luy qui s'estoit trouvé, peu

s'en falloit, à sa mort, et avoit ouy le rapport des médecins. Car ceste princesse, se monstrant toujours affectionnée au parti de la religion et aiant souvent contesté
pour cela avec le Roy et la Royne mère, leur estoit de
venue fort odieuse, voyant qu'il n'y avoit moien de la
gaigner ; c'est pourquoy on délibéra de s'en deffaire.
Ainsi, venant à Paris pour les apprests des nopces du
prince de Navarre, son fils, fut menée, sous couleur de
caresse, çà et là ès maisons des plus factieux, mesmes de
Marcel, où aiant fait quelques banquets et tasté des con-
fitures seiches d'Italie, au retour tombast malade au lict,
duquel elle ne bougea jusques à ce que cinq jours après
elle eust rendu son ame à Dieu, non sans soupçon qu'on
avoit usé envers elle du stratagème accoustumé, quoyqu'on la voulust couvrir du nom de pleurésie ; aiant cependant eu ce bien de ne point voir de ses yeux la dis
sipation de l'église de Dieu, et la captivité et révolte de
son fils, chose qu'elle eust préférée à un million de morts.
En outre, qu'il cognoissoit très bien la haine particulière
que la Roine (en la puissance de laquelle le Roy avoit
comme résigné son autorité) portoit à sa maison, assez
déclarée par la mort de ses deux frères, dont l'un avoit
esté empoisonné durant les dernières guerres et l'autre
depuis la paix, lorsqu'il se vouloit mettre en chemin pour
retourner d'Angleterre en France. Car voilà les artifices
qu'on avoit appris de nouveau, de se deffaire dextrement
par secrette poison de ceux que la furie d'une guerre ouverte n'avoit peu attaindre avec le glaive ; ce qui nous
avoit esté incogneu auparavant, jusques à ce que l'Italie
nous a eu vomi une racaille infinie de foruscis que ceste
femme a favorisé et enrichi des trésors de la France ;
joinct qu'il estoit tout évident qu'elle avoit eu de tous
temps une estroite et souvent peu honorable familiarité

et communication avec ceux de Guise , qui estoient no-
toirement ses ennemis , voire lors mesme que, pour faire
bonne mine , elle vouloit plus faire paroistre qu'elle les
avoit en haine, en leur donnant tousjours bonne espérance
du soudain changement en mieux , et qui seroit à leur
contentement. Le Roy aussi de sa part dissimuloit si peu
ceste amitié que, s'il vouloit passer le temps la nuict ou le
jour, il falloit tousjours que le duc de Guise fut de la
partie, tesmoin les badinages et insolences faites par les
rues de Paris le jour de caresme-prenant, où il ne se peut
dire ordure ne impudicité qui ne fust lors exprimée par
gestes ; ce que toutesfois on sçait estre indigne de la modestie et gravité d'un prince portant tiltre de chrestien,
veu qu'il a esté en horreur entre les payens et prophanes,
si on ne vouloit mettre en jeu un Héliogabale , ou quelques autres semblables monstres d'hommes. Finalement
on luy proposa que luy-mesme sçavoit bien comme la
Roine mère luy portoit une immortelle et irréconciliable
inimitié, et qu'elle s'efforçoit à le rendre de plus en plus
odieux envers le Roy son fils, en luy persuadant que s'il
vouloit mettre son roiaume en asseurance et repos, il falloit par nécessité qu'il se deffist de luy à quelque prix que
ce fust, et de tous les autres chefs de la religion , autrement qu'il seroit tousjours en perpétuelle crainte et deffiance, voire tenu comme en tutelle, et en somme rien
moins que Roy absolu; le tout pour ce qu'elle sçavoit que
l'admiral avoit descoùvert autrefois une partie de ses plus
secrets desseins contre l'Estat du Roy , qu'elle craignoit
luy estre un jour manifestez. Plusieurs choses semblables
furent souvent remonstrées à l'admiral, tendans à ce qu'il
print soigneusement garde à sa conservation ; mais il respondoit tousjours qu'il n'estoit pas en doubte qu'on ne luy
porta une mauvaise dent en cour, aiant bien considéré

toutes les actions des plus grans; néantmoins, qu'il vouloit expérimenter, au péril de sa vie, la fidélité et loiauté de son Roy, et qu'il s'efforceroit de mettre tout le monde en repos, s'il pouvoit, et y deust-il demeurer le premier. « Car, disoit-il, je sçay bien que c'est à moy principalement qu'on en veut. Cependant quel malheur sera-ce pour la France si, pour ma conservation particulière, il faut qu'elle soit continuellement en alarme, et rentrer à tous propos en nouveaux troubles; ou quel bien pour moy si je vis ainsi en continuelle deffiance du Roy? Et de fait, s'il a délibéré d'avoir ma vie, je n'ay ny maison forte ny pouvoir en apparence de m'en garantir, et s'il pourra aussi facilement exécuter une mauvaise pensée qu'il aura autant là comme icy, quand Dieu l'aura voulu; car de m'enfuir en pays estrangier pour un soupçon, mesmes où il y a espérance d'addoucir le courage de mes ennemis, sera tousjours jugé acte de témérité, et si ne semble expédient ny pour moy ny pour mes amis; joinct qu'estant officier de la couronne, je ne puis pas moins faire que de venir en cour, lorsque j'en suis tant souvent importuné, me remettant du reste en la providence de celuy qui tient le cœur des rois et des princes en sa main, et qui a nombré mes ans, voire mes cheveux. Que s'il me fait cest honneur que je puisse parvenir ès Pays-Bas en armes, j'espère faire un si bon et signalé service au Roy que l'envie et inimitié qu'on me porte sera changée en amitié et bienvueillance; ou si Dieu veut que j'y demeure, pour le moins l'inimitié qu'ils me portent cessera, et peut estre que chacun vivra en paix, sans qu'il soit besoin de remuer tout un monde pour la défence de la vie d'un seul homme. » Voilà le langage duquel il usa souvent, devant et depuis qu'il fut arrivé en cour; sur l'advertissement qu'on luy faisoit de n'y point aller, s'il ne vouloit s'exposer à un manifeste péril. Et de fait, il s'estoit résolu, plustost que de retroubler la France, ne craindre aucune entre-prise hazardeuse, espérant que le temps addouciroit le cœur de ses ennemis, et que la confiance qu'il faisoit pa-roistre avoir en eux leur feroit changer de délibération ; imitant en cela la modération de Scipion, lequel, encor qu'il eust peu se venger par les armes des calomnies des tribuns, aima mieux quitter la ville que de troubler sans nécessité la république. Et avoit desjà suivi la douceur d'Aristide, lequel, se voiant chassé d'Athènes par trois fois et envoié en exil, mesmes après plusieurs biensfaicts envers sa patrie, enfin estant rappellé en sa maison, ne pensa jamais à se venger ; car l'admiral, après les trois troubles durant lesquels il avoit esté exilé comme l'autre, ou peu s'en faut, se voiant rappellé en cour, non-seule-ment n'avoit essaié de se venger de ceux qui tant de fois s'estoient efforcez de le faire tuer ou empoisonner, qu'à peine ouvroit-il la bouche pour faire mention de son particulier, quoyqu'il se rendit assez prompt et officieux à aider les poursuites des autres.

Mais il est temps que nous venions à la description par-ticulière de cest acte tant énorme qui commença en la ville de Paris et fut continué par tout le roiaume de France ; en quoy nous n'ignorons point que l'indignité et grandeur du meffet ne surmonte de beaucoup tout ce que l'artifice et éloquence en pourroient exprimer ; mais il nous suffit de toucher le fait simplement, puisque la vé-rité est nue et sans fard. Après que le Roi et la Roine sa mère eurent fait paroistre par tant de signes et démons-trations l'envie qu'ils disoient avoir de maintenir leurs subjects en paix de l'une et de l'autre religion, enfin, pour le trophée de leurs desloiautez, ils font venir à Paris le Roy de Navarre et le prince de Condé, pour parachever

leurs mariages ; ce qui fut exécuté en toute paix et douceur, et au contentement de l'une et de l'autre partie,
voire de tous ceux qui s'y trouvèrent, tant de la noblesse
que du peuple, attirez de toutes les parts du roiaume
pour voir les magnificences de ces nopces, lesquelles furent célébrées, assavoir : celles du Roy de Navarre le lundy
18 d'aoust 1572, sur un eschaffaut dressé à ceste fin devant le grand temple de Paris, et celles du prince de
Condé le dimanche 10 du mesme mois auparavant, au
chasteau de Blandy, appartenant à la marquise de Rothelin.
Il n'est pas besoin de descrire les festins et passe-temps qui
s'y firent avec toute autre démonstration de resjouissance,
veu que ce beau semblant monstra bientost la trahison
qui estoit couverte, estant changé en une aigreur et furie
ce beau langage de paix, et amitié en une cruauté brutalle,
et ces cris et passe-temps en pleurs et lamentations; ce qui
advint contre l'attente de plusieurs, mais non sans le soupçon d'aucuns, qui regardoient de plus près les desportemens de la cour et qui craignoient qu'à la queue ne fust le
venin. Car peu auparavant le massacre, outre les forces
extraordinaires que le Roy fit venir couvertement, ceux
de Guise avoient fait amas de grand nombre de leurs amis
et serviteurs, entre lesquels le sieur de Fernaques y arriva
de Normandie avec vingt-cinq ou trente gentils-hommes,
et aiant dit à un sien amy que c'estoit pour accompaigner
le duc de Guise (quoyqu'il se targast d'un procez qui im-
portoit à la pluspart de ceux de sa suite, lequel toutesfois
estoit desjà vuidé) pour faire quelque bonne entreprise.
Cela fut aussitost rapporté à l'amiral par le sieur de Mal-
herbe, qui luy fit entendre mesme, de la part du mareschal
de Montmorency, toutes les particularitez, et le pria de
prendre garde à sa conservation. L'admiral, qui lors accompagnoit la Roine aux Thueleries, près de Paris, res-

pondit assez sommairement qu'il ne pouvoit croire que
ceux de Guise voulussent rien entreprendre contre luy,
veu qu'ils cognoissoient qu'il n'estoit si mal accompagné
qu'il n'eust bien moyen de se deffendre. Et comme on luy
eust répliqué que si tous les autres qui luy estoient ennemis en avoient autant à leur suite que celuy duquel on
luy donnoit advertissement, la partie seroit forte et mal
aisée à rompre, il respondit ces mots : « Quand bien il
seroit ainsi, encore m'asseure-je que Dieu me feroit la
grace de m'en garantir, à l'aide de mes amis, si d'adventure le Roy ou la Roine n'estoient de la meslée, auquel
cas je sçay que tous mes moiens et industrie ne me pourroient délivrer de danger. » Au reste, le dimanche précédant les nopces, la pluspart des prescheurs séditieux de
Paris firent rage de crier ouvertement contre la façon
de ces mariages, et surtout d'asseurer le peuple que bientost il en verroit une vengeance exemplaire, et que ceux
de la religion n'estoient pas encor là où ils pensoient ;
de sorte qu'il y eust un certain Italien qui dit, oyant ces
propos, qu'il ne pouvoit croire que ces mariages se
fissent, ou qu'ils seroient cause de faire le plus horrible
massacre dont on n'avoit jamais ouy parler. C'est pourquoi il fut mis en prison par le commandement du Roy,
auquel on en avoit fait plainte, qui dit qu'il le falloit excuser et qu'il estoit hors du sens. Enfin le vendredy 22
d'aoust d'icelle année 1572, pour commencer à jouer
ceste tragœdie, après que le duc de Guise eust donné ordre
qu'un soldat fut logé par Chailly, son maistre d'hostel, en
une chambre ayant veue sur la rue près du Loubre, avec
deffence à l'hostesse de s'enquérir de son nom ny à quelle
fin il logeoit là, comme l'admiral se retiroit le matin en
son logis, qui n'estoit esloigné de là, et passant à pied avec
une lettre au poing pardevant la fenestre où ce meurtrier

l'attendoit, il luy tira subitement un coup d'harquebouse
chargée de balles de cuivre, qui lui perça le bras gauche
et luy couppa un doigt de la main droicte. Se sentant ainsi
blessé, il dit à ceux de sa suite qu'ils entrassent en ceste
maison pour sçavoir qui estoit celuy qui l'avoit tiré et de
qui il s'advouoit; toutesfois qu'il ne s'estoit pas attendu à
moins dès long-temps, louant Dieu cependant de ce qu'il
luy plaisoit de l'affliger ainsi; il pria aussi les capitaines
Pille et Monnins d'en advertir le Roy, à ce qu'il jugeast
quelle fidélité on lui avoit tenue. Or, tandis qu'on s'a-
musoit à forcer la porte devant, qui avoit esté fermée
par exprez, le meurtrier se sauva par un huis de derrière, et monta à cheval, non sans difficulté, d'autant
qu'estant effraié il retomba deux ou trois fois. Mais enfin ayant gaigné la selle, commença à fuir droict à la
porte Sainct-Antoine, où il trouva un cheval d'Espagne
qu'on luy avoit amené de l'escuerie du duc de Guise, sur
lequel il fit sa retraicte, passant par Villeneufve-Sainct-
George, où il print un autre cheval, et gaignant Joinvil-
les, qui est de la seigneurie de ceux de Guise, en publiant
partout qu'il n'y avoit plus d'admiral en France, parce
qu'il pensoit l'avoir tué du coup. Pendant cecy, le Roy
jouoit à la paulme avec le duc de Guise contre le sieur
Téligny et un autre gentil-homme; mais estant adverti
du fait, sortit incontinent hors et demanda où estoient le
Roy de Navarre et le prince de Condé; puis commanda
que les portes du Louvre fussent fermées et que tous les
soldats de sa garde, tant François que Suisses, se missent
en armes; ce qui fut exécuté promptement, non sans
crainte que les seigneurs de la religion en voulussent sur-
le-champ prendre vengeance. Néantmoins ils se contentèrent d'en demander justice, amenant de la maison d'où
l'harquebousade avoit esté tirée quelques témoins jusques

à la présence du Roy, de sorte qu'il apparoissoit clairement que ceux de Guise en estoient auteurs ; car la servante confessa que le sieur de Challi, le jour auparavant, avoit amené cest harquebusier en la maison et l'avoit fort recommandé à l'hostesse ; et un laquet advouast que le mesme jour il avoit esté envoié à Challi, afin d'advertir ceux du lieu qu'ils tinssent les chevaux prests, comme il avoit esté promis, lequel n'estoit au service de cest harquebousier de long-temps et ne l'avoit ouy appeller que Bolland, encor qu'il a esté cogneu que c'estoit Montrevel, celuy qui avoit tué ès guerres passées le sieur de Mouy en trahison. Le Roi de Navarre, le prince de Condé, le comte de La Rochefoucault vinrent visiter l'admiral, et, aiant fait penser ses plaies, en allèrent faire plainte au Roy, mesme avec prières qu'il leur permit de sortir de Paris, puisqu'il y avoit si peu de seureté pour eux. Sur cela il promit avec blasphèmes d'en faire une punition si exemplaire que tous auroient occasion de se contenter ; ce que mesme il escrivit soudain à aucuns princes protestans, déclarant que la justice rigoreuse qu'il en feroit monstreroit au doigt et à l'œil combien une telle meschanceté luy estoit peu aggréable. La Roine faisoit encor meilleure mine, disant que l'injure estoit faite au Roy mesme, et que si on n'en faisoit bonne justice, il estoit à craindre que les auteurs ne prinsent la hardiesse d'attenter le mesme contre le Roy, et aille jusques en son lit, promettant de sa part de s'y employer de son pouvoir ; comme de fait on envoia poursuivre l'harquebousier, mais on n'avoit garde de prendre celuy qu'on ne desiroit pas de rencontrer. Le Roy aussi commanda au sieur de Nance, capitaine des gardes, d'aller prendre le sieur de Challi ; mais c'estoit pour néant, car sous main on l'advertit de se retirer ; ce qui monstroit clairement que c'estoient choses apostées et dont on n'attendoit aucune bonne issue. Aussi ceux de Guise, que les petits enfans sçavoient en estre auteurs par le commandement du Roy, estoient continuellement prez de luy, sans qu'il fit semblant de leur en porter seulement mauvais visage ; sinon qu'ayant résolu de luy en imputer toute la faute, comme si cela fut advenu pour une querelle particulière, et le regardant de travers, le duc de Guise se retirant de devant luy, faisant semblant qu'on luy en vouloit, dit à l'aureille d'un sien familier en parlant du Roy : « Ne voilà pas une vraye mine du duc d'Albe ? » entendant bien comme grande cruauté et desloyauté estoit cachée sous ce masque. Mais enfin il fit changer d'advis au Roy, ne voulant estre seul trouvé coulpable d'une telle entreprinse, laquelle il n'advoueroit avoir faite que par son commandement ; à quoy les lettres du mareschal de Montmorency, qu'ils trouvèrent ès coffres du sieur de Théligni, escriptes après la blessure de l'admiral, les incitèrent, d'autant qu'il promettoit d'en faire la poursuite et vengeance de toutes ses forces. En somme, ceux qui avoyent quelque jugement ne pouvoient moins croire que le Roy ne fut de la partie et qu'il n'estoit marry d'autre chose sinon de ce que l'admiral avoit esté blessé tant seulement et non tué sur l'heure ; aussi il ne fut pas plustost blessé et retiré en son logis qu'on n'envoyast mettre garnison de soldats ès deux coings de la rue, avec un corps-de-garde vis-à-vis de sa chambre, non pour envie qu'on eust de le conserver, ainsi que le Roy luy faisoit entendre, ains de peur qu'il n'eschappast, ou alla loger faulxbourgs Sainct-Germain, ou bien ne se retirast en sa maison de Chastillon, ainsi que quelques-uns luy avoient conseillé ; on fit tendre les chaines de la rue à mesme fin, quoyqu'on publiast que c'estoit de peur que le bruit des charettes ne luy fit peine, voire comme si on eust

eu soing de faire coiment dormir et reposer celuy que
l'on vouloit bientost sacrifier et meurtrir cruellement.
Cependant les Parisiens fermèrent incontinent toutes
leurs boutiques comme en plein jour de feste, voians
bien qu'il falloit venir aux mains et aux cousteaux, et que
ce n'estoit que commencement de plus grand eschec.
Aussi, plus de quinze jours auparavant, les capitaines de
la ville, advertis sous main de quelque remuement, duquel
néantmoins les particularitez leur estoient encor inco-
gneus, avoient desjà donné ordre à la garde des portes,
dont les clefs commençoient à estre portées ès mains des
eschevins. Or, d'autant que le Roy de Navarre et le prince
de Condé, après s'estre plaind fort asprement au Roy de
cest outrage, estoient souvent allez au logis de l'admiral,
le Roy, craignant qu'ils ne fissent là quelque conclusion
par ensemble pour se retirer, partit du Louvre l'après-
dinée avec la Royne sa mère et ses frères, et plusieurs
autres seigneurs, et le vindrent visiter et consoler. Mais
de quelle consolation ! pareille, certes, à celle de Judas,
qui saluoit, baisoit et trahissoit Christ tout ensemble. O
extreme desloiauté, indigne du nom chrestien, mais bien
digne d'estre à jamais en horreur et exécration ! Tant y a
que le Roy, sachant bien qu'on ne se fieroit en sa mère
ny en son frère, fut contraint de jouer luy-mesme ce personnage, l'asseurant avec larmes qu'il estoit extremement
marri de ce qui estoit advenu et promettant avec blasphèmes infinis d'en faire la poursuite et vengeance contre les auteurs comme si la chose eust esté faite à sa propre personne, le priant de venir loger au Louvre avec
luy afin d'estre en plus grande seureté. Sur quoy luy aiant
tenu plusieurs propos secrets, le remercia très humblement de sa bonne affection, dit qu'il n'estoit pas besoin
qu'il deslogeast de là, tant pour éviter le travail que par-

ce qu'il avoit puissance de le faire conserver aussi bien là
qu'ailleurs. La Royne luy parla tout de mesme, jusques à
faire la plureuse, comme si elle eust esté fort faschée de
la blessure d'iceluy dont elle avoit dès si long-temps pratiqué et poursuivi la mort. Quant au duc d'Anjou, il fit
encor meilleure mine que les autres, demeurant tout le
dernier pour dire quelque mot en l'aureille, qu'il prononça
avec tel signe d'amitié qu'à peine voulut-il souffrir que
l'admiral luy baisa les mains, tant il faisoit l'honneste.

Ceste visitation avoit esté faite à trois fins : l'une pour
mieux dissimuler la conjuration, à ce que les seigneurs et
gentils-hommes de la religion ne prinsent les armes ou
n'eschappassent par fuite, comme il y avoit apparence,
s'ils s'en fussent doubtez tant soit peu ; l'autre pour espier
quel aprest l'admiral faisoit pour s'en ressentir, afin de retarder ou avancer l'exécution ; et la troisième pour retirer de là le Roy de Navarre et le prince de Condé, à ce
que leur nom et autorité ne luy peussent secourir de rien,
et qu'eux estans reserrez, tous fussent tenus en bride ;
car aussitost on les emmena au Louvre, duquel lieu ils ne
partirent que le massacre ne fut entièrement exécuté. Le
reste de ce jour et le samedy en suivant ne fut emploié
sinon à faire les apprests pour mettre en effect leur délibération. Vray est que ceux de la religion, qui estoient en
bon nombre, offrirent à l'admiral de venger sa blessure
par les armes sur ceux de Guise, qu'on sçavoit en estre
auteurs, luy remonstrans qu'il n'y avoit espérance d'en
avoir autre justice ; mais il les pria affectueusement de ne
l'entreprendre de peur qu'ils ne rendissent sa cause pire
ou odieuse, puisque ses ennemis avoient fait une faute qui
ne se pouvoit desguiser ny excuser ; et partant qu'ils
debvoient attendre avec luy ce que le Roy en feroit, qui
luy avoit promis si solennellement d'en faire une briefve

et exemplaire justice. Quelques heures après, le Roy aiant sceu de certain que l'admiral ne mourroit point de ce coup, par le rapport tant des chirurgiens que du sieur de Theligny, qui l'asseurèrent n'estre besoin qu'on luy couppa les bras et qu'il y avoit apparence de le voir bientost sur piedz, il dit qu'il en estoit bien joieux et qu'il espéroit qu'il luy feroit un jour quelque bon et signalé service. Ne voilà pas une parolle plaine d'extreme hypocrisie? Car estant le massacre desjà projecté de longue main, et approchant le jour de l'exécution, comme pouvoit sortir d'un cœur généreux une telle dissimulation et infidélité? Sera-il dit en la postérité qu'une parolle tant masquée soit issue de la bouche d'un Roy de France, duquel, comme de tous autres Roys, l'escripture prononce que la bénignité et la fidélité conserveront le sceptre? Mais pour retourner à nostre propos, après que la résolution fut prise de nous exterminer tous, en plusieurs petits conseils tenus exprez pour cest effect, on advisa soigneusement de faire bien remarquer toutes les maisons particulières où estoient logez les chefs de la religion, et charge expresse donnée à certain nombre de capitaines, à ce que chascun peust assaillir le sien par ordre et en un mesme instant. Le temps fut choisi non en plain jour, ains la nuict à la desrobée, à tout le moins deux heures devant jour. Cependant ceux de la religion estoient en grand soupçon, voiant le Roy armé et le Louvre occupé par ceux de Guise, sans les menasses du petit peuple, lequel, s'appercevant de ce remuement de mesnage, commençoit desjà à s'apprester pour estre de la partie. Pour le faire court, le Roy commanda la nuict que les portes de la ville fussent tenues bien fermées et que tous se meissent en armes, de façon que les murailles furent incontinent bornées de sentinelles, les places et coins de rues de corps-

de-garde, avec la croix-blanche que chacun d'eux portoit
pour signal. Les principaux qui devoient tenir la main-
forte à l'entreprise estoient les ducs d'Anjou et de Montpensier, princes du sang, les ducs de Guise, d'Aumale
et de Nevers, le bastard d'Angoulesme, qu'on nomme
le chevalier, qui avoit asseuré quelques-uns de ses familiers, le jour précédent, que bientost il seroit admiral de
France, les sieurs de Tavannes, de Lansac, et plusieurs
autres seigneurs, gentils-hommes et capitaines, et surtout
les soldats françois et suisses de la garde du Roy. A l'heure
de l'exécution, le Roy envoia un gentil-homme au duc
d'Aumale, pour luy dire qu'il estoit temps de commencer;
quoy fait, on donna le signe au temple de Sainct-Germain de l'Auserrois, au son de la cloche. Et aussitost
les soldats que le Roy luy avoit donné pour garde, conduits par les capitaines Laussens, Sarlaboux et autres, en-
vironnèrent la maison de l'admiral, qui au nom du Roy
leur fut ouverte, mettans en pièces aucuns de la maison de
l'admiral, les Suisses de la garde du Roy de Navarre, qui
luy avoyent esté donné pour sa seureté. Estant donc
excité par le bruit, et voiant que c'estoit à luy qu'on en
vouloit, et qu'il n'y avoit ordre de se pouvoir retirer
et beaucoup moins de se défendre, estant seul et blessé,
il eust recours à la prière, laquelle parachevée le duc de
Guise fit entrer en sa chambre quelque nombre de soldats, lesquels, après plusieurs parolles outrageuses, le
tuèrent à coup d'espieus et d'espées. Que si durant sa
vie il s'estoit monstré constant en toutes ses actions, encor
le fut-il lors plus que jamais; car les sentans approcher,
il ne voulut qu'on barrast la porte de sa chambre, disant
que cela ne le pourroit garentir et seroit signe d'une
timidité trop grande, puisque la maison estoit forcée,
priant ses domestiques de se retirer; ce que aucuns firent

et les autres non. Pareillement les cris horribles et visages furieux de ses ennemis, et leurs glaives trenchans, voire la mort mesme toute présente, ne luy fit jamais changer de couleur ny de langage; seulement qu'il dit au meurtrier qu'il n'avoit puissance de lui faire sa vie plus briefve. Aussi a-il eu tousjours ce los par la confession de ses ennemis, d'avoir esté homme fort résolu et sans peur. Estant donc ainsi tué par ceste bande de meurtriers, son corps fut jetté par Sarlaboux emmi la cour de son logis, par le commandement des ducs de Guise, le voulant voir mort avant que de partir de la place, demeura ainsi nud qu'il estoit longuement sur le pavé, estant exposé à toute sorte de risées et opprobres des passans, desquels les uns rassasioient leur cholère à luy cracher au nez, les autres à le fouler aux pieds. Le lundi suivant le peuple recommença à outrager le corps; car luy aiant arraché les dents de la bouche et les parties honteuses, et couppé la teste, ils portèrent le tout sur des bastons par la ville, et l'exposoient ignominieusement en vente à qui en vouloit; comme aussi il s'en trouva quelques-uns qui en achetèrent des pièces pour les garder, chacun s'estimant heureux d'en avoir un morceau. Quant au corps, il fut trainé quelque espace de temps parmi les boues et ordures, et mené sur les bords de la rivière pour y estre jetté, si l'envie qu'ils avoient de le mettre encor en trophée ne les eust empeschez, d'autant qu'ils résolurent de l'envoier au gibet, où il fut pendu par les piedz, comme il sera touché cy-après. Or, si jamais ce personnage a esté en admiration à tous durant sa vie, il semble bien que la façon de sa mort le doibve encor faire priser davantage, puisqu'il a fallu que pour anéantir sa mémoire, dont le Roy et son frère estoient jaloux, on ait commis un acte de si grande desloiauté que nul prince aimant la vertu n'eust voulu en-

treprendre pour conquérir un nouveau monde. Mais
en cela le Roy n'a eu ny honneur ny prouffit, veu qu'il
ne pouvoit commettre faute plus deshoneste qu'en rom-
pant sa foy et sa promesse, ny plus dommageable qu'en
tuant celuy duquel la prudence et jugement suffisoient
pour le faire le plus grand Roy qui ait commandé sur les
François, et fut-ce Charlemaigne. Voilà toutesfois que
c'est que l'envie, laquelle estant tournée en haine, et
aiant souvent armé les tyrans contre la vie de leurs meilleurs subjects, ainsi qu'on le void en Saül contre David,
a eu le mesme effect en cestuy-cy, qui a mis sous le pied
tout honneur et commodité pour esteindre la vertu de
ce personnage, à laquelle il ne pouvoit attaindre. Mais afin
de parachever ceste sanguinaire conjuration, on assaillit
pareillement les maisons des autres seigneurs de la religion, dont la pluspart furent traitez de mesme, surtout
le comte de la Rochefoucault, à qui néantmoins le Roy
avoit tousjours monstré tout signe d'amitié et bienveuil-
lance, jusques à se jouer si familièrement avec luy qu'il
sembloit ne pouvoir durer un seul jour sans le voir. Aussi
estoit-ce un seigneur qui avoit la façon douce, et qui disoit
autant plaisamment ce qu'il vouloit qu'autre qui fut en cour.
Tant y a que le soir précédant, après avoir longuement
folastré avec luy, il le pria de demeurer ceste nuict-là au
Louvre et coucher en sa garde-robe, comme s'il en eust eu
quelque compassion. Mais estimant que c'estoit seulement
pour se jouer, selon sa coutume, il le supplia de l'excuser,
et se retira en son logis, où le matin les tueurs abordans
pour enfoncer son huis, il pensoit que se fut le Roy qui luy
venoit bailler le fouet. Mais, voiant qu'il s'estoit trompé,
se sauve en chemise en un grenier, se cachant sous un
muis, où estant trouvé fut tué inhumainement par un val-
let de chambre du duc d'Anjou, et son corps exposé en

opprobre au milieu des rues. De là on courut aux autres maisons des seigneurs et gentils-hommes de nom, qui furent aussi tuez inhumainement, et entre autres le sieur de Theligni, lequel pour sa beauté, bonne grace et sçavoir, fut espargné de plusieurs qui néantmoins avoient charge de le tuer; mais enfin s'estant retiré en son grenier, fut meurtry avec aucuns gentils-hommes qui s'y estoient sauvez. Mais surtout la trahison plus signalée fut que le Roy avoit conseillé au Roy de Navarre de coucher ceste nuict-là en sa chambre dix ou douze gentils-hommes de nom, plus favoris, afin qu'il se fortifiast contre les embusches du duc de Guise; mais tous ces pauvres gentils-hommes, et autres cachez en son haute chambre, en furent tirez et désarmez de l'espée et dague qu'ils portoient, le sieur de Nance et les soldats de la garde du Roy, et conduits jusques à la porte du Louvre, puis là tuez à coups d'halbarde et d'espée; entre lesquels estoit le baron de Perdaillan, le capitaine Pilles et autres, mesmes un jeune gentil-homme de Beausse, nommé Sainct-Martin ou de Brichanteau, d'aussi grand esprit et sçavoir qu'on en pourroit guères trouver de son aage. Mais sa constance fut encor plus admirable; car oiant le capitaine qui disoit en le menaçant: « Hélas! qu'ai-je fait? » lui respondit qu'au contraire cela le devoit consoler, puisqu'il mouroit innocent. Et combien que ce jeune homme eust jà receu plusieurs coups mortels, néantmoins il ne cessa d'exhorter les autres qu'on tuoit avec luy à constance et à louer Dieu, le tout en présence du Roy, qui d'une fenestre regardoit ce meurtre, comme Néron fit la conflagration de Rome. O cruel tyran, et indigne du nom que tu portes, je ne di de Roy ou de très chrestien, ains d'homme, d'avoir ainsi fait de la maison roiale une boucherie exécrable de ceux qui, outre leur innocence, te surmontoient en toute piété

et vertu. Aucuns voulurent sauver la vie à leurs amis,
comme fit le sieur de Fervaques au capitaine Monnins, le
demandant au Roy comme pour récompense de tous les
services qu'il luy avoit jamais fait; mais jamais il ne le
sceut obtenir, ains le voulut contraindre luy-mesme à le
tuer, ce qu'il n'eut le courage de faire, le laissant exécuter à un autre. Que dirons-nous plus? Toute la ville fut
en un instant toute remplie de corps morts de tout
sexe et aage, voire avec telle confusion et désordre
qu'il estoit permis à chacun de tuer qui bon luy sembloit,
fut-il de la religion ou non, pourveu qu'il y eust à prendre
ou qu'il luy fust ennemi, de façon que plusieurs papistes
mesmes furent tuez, voire quelques abbez et protono-
taires, afin de faire tomber leurs bénéfices en nouvelle
main; tellement qu'autant estoit l'innocent que celuy
qu'ils estimoient coupables. Toutesfois la principale furie
tomba sur les nostres; et pour donner meilleure curée
aux meurtriers, le sac et pillage des maisons leur fut
octroié, afin par mesme moien les crocheteurs, couppeurs
de bourses et autres larrons et fait-neantz, dont il y a
tousjours grand nombre, se ruassent plus vivement sur
nous pour l'espérance du butin, sinon d'aventure qu'il
fut trop grand; car en ce cas les principaux chefs le ré-
servoient pour eux, comme entre autres la maison de
Thierry Badoire, riche lapidaire, fut en butin aux Suisses,
ou, comme afferment aucuns, au duc d'Anjou, à cause de
plusieurs pierres et joiaux précieux qui y estoient; celle
de l'évesque de Chartres pour le bastard d'Angoulesme,
qui avoit desjà eu promesse de son évesché. Outre le
meurtre et le pillage, plusieurs femmes et filles furent
violées et exposées à toute impudicité, principalement
celle dont les parens ou maris estoient fort odieux, desquels nous spécifierions les noms s'il estoit besoin; voire

cela s'exécuta en haine de plusieurs desquels ils devoient plustost honorer la vertu. Brief, on peut dire que la ville fut exposée à ces trois vices énormes, assavoir, au meurtre, au vol et à l'inceste et sodomie, et ce par le commandement du Roy et à l'instigation de la Roine sa mère, qui ne se peuvent exempter de n'estre coulpables devant Dieu de tout ce qui a esté perpetré. Davantage le nombre et qualité des occis augmente leur crime. Quant au nombre, il y a eu prez de deux mille personnes à Paris, dont les unes ont esté assommées à coups d'espées en leurs licts, les autres estranglées, et traînées par les rues et jettées en l'eaue. Somme, il n'est mémoire que de nostre temps tel carnage ait esté exécuté en aucune place forcée par assault, non pas quasi par les Turcs. Touchant la qualité, on n'a espargné le grand non plus que le petit, comme il appert en plusieurs marquis, comtes, barons, gentils-hommes, et autres de tous estats, tesmoins le marquis de Renel, les comtes de Coligny, admiral de France, et de la Rochefoucault, les sieurs de Theligni, de Piles, de Pluviau, de Perdaillan, de Pont-de-Bretaigne, de Beaunoir, de Jarnac le jeusne, de Beaurepaire, de Guerchy, de Monnins, de Beaudisné, de la Benurière, de Cognées, de Valnoire, de la Forse, l'un des Chastaigneraie, de Sainct-Martin, dit de Brychanteau, les deux jeunes Briquemault, et plusieurs autres gentils-hommes de nom, desquels l'expérience aux armes estoit telle que le Roy devoit non moins regretter leur mort que Agésilaüs fit celle des Athéniens occis en bataille, lesquels il disoit estre suffisans pour deffaire tous les Barbares, voire d'autant plus que ceux-là estoient ses ennemis et estrangiers, et contre qui il avoit guerre ouverte, et ceux-cy ses amis, serviteurs et subjets, ausquels il avoit promis toute fidélité, et qui ne se fussent pas voulu laisser surmonter aux plus braves de la Grèce ; mesmes estoient suffisans, s'ils eussent eu les armes au poing, de repousser cette bande meurtrière. Mais ce qui doit estre en horreur à la postérité est qu'on n'espargna pas les femmes et les enfans, comme entre autres la damoiselle d'Yverny, de bonne et grande maison, laquelle aiant esté trouvée par les rues, desguisée, pour se cuider sauver avec ses filles, et remarquée par un cottillon de couleur qui apparut sous ses habits; aiant donc esté outragée grandement en ses biens et en sa personne, et ne voulant consentir d'aller à l'idolatrie, fut menée sur le Pont-aux-Musniers et précipitée en l'eau, après qu'elle eust demandé temps d'invoquer Dieu, aimant mieux sceller la vérité par sa mort que, pour vivre plus longuement, renoncer sa religion. La constance ne fut pas moindre en la femme d'un commissaire nommé Aubert; car aiant esté admonestée par aucuns sorbonnistes, à l'instigation de son mari, qui estoit papiste, et luy disans qu'il n'y avoit point d'autre moien de luy sauver la vie qu'en allant à la messe, elle respondit que sa vie ne luy estoit point si chère que pour cela elle voulut idolatrer, de sorte qu'après plusieurs disputes son mari la fit chasser de sa maison et mettre ès mains du peuple, qui l'assomma à coups de pierres et de bastons, exerçant aussi toute inhumanité envers son corps. Une autre vefve d'un nommé Lemaire, aiant esté recueillie en la maison d'un sien voisin son mari, qu'elle avoit nouvellement espousé, fut de mesme exposée au peuple par son hoste, afin d'avoir pour mille escus de vaisselle d'argent qu'elle avoit jettée en son puis. Mais comme on s'arresta à tuer son mari, elle fut prinse et menée en prison, où les disputes des sorbonnistes ne luy sceurent jamais faire changer d'advis, ny beaucoup moins la sollicitation et impudicité du chevalier du guet, ains soudain se résolut à la mort, encor que depuis Dieu l'en délivrast.

On n'espargna les hommes doctes non plus que le vulgaire, ains s'attacha-on à eux à l'imitation des Turcs et autres Barbares ennemis des lettres; car Pierre de la Ramée, professeur du Roy en éloquence, homme docte et renommé par toute l'Europe, aiant racheplé sa vie de grande somme de deniers, fut tué en son collège de Presle, son corps jetté au milieu des rues et trainé par les fanges jusques en la rivière, luy qui pour sa diligence, dextérité et jugement, avoit façonné aux bonnes lettres un million de bons esprits, et estoit en ornement à toute la France. On fit le pareil au président de la Place, homme duquel la prudence et profond sçavoir estoit en admiration à ses ennemis, sinon que la trahison fut plus grande envers luy, parce qu'on le fit sortir de sa maison pour venir parler au Roy; cependant, estant en la rue, il fut soudain aissailli et mis à mort. Quant à Francourt, chancelier de la Roine de Navarre, la France et l'Allemaigne tesmoigneront quelle a esté la vivacité de son esprit, l'heur de sa mémoire et la grandeur de son éloquence, veu qu'à peine nostre aage a eu son pareil; tant y a qu'il fut aussi cruellement occis, comme les autres, non sans avoir souvent adverti la Roine sa maistresse du soupçon qu'il avoit tousjours eu auparavant sur les desportemens et actions de la cour. Car estant homme de discours et cognoissant fort bien les affaires d'estat, il avoit de tout son pouvoir empesché, ou que le mariage du prince de Navarre ne se fit, ou que les chefs ne se trouvassent tous ensemble à la cour pour cest effet, voire avec telle véhémence qu'il s'en estoit rendu odieux aux plus grands de ceux qui ont esté enveloppez en ce massacre, et contre lesquels il avoit toujours eu ceste maxime, que ce qui estoit acquis par les armes, comme estoit la liberté des églises de France, ne se pouvoit maintenir que par les armes, veu que celuy qui a esté comme forcé de nous accorder quelque chose contre son cœur ne la nous tiendra qu'autant qu'il n'aura moien de nous en despouiller, et que ce n'estoit fait prudemment de se fier de sa vie à celuy qui dès si long-temps nous l'auroit voulu oster ; de sorte qu'il concluoit, veu que les princes estoient advertis journellement de la mauvaise volonté qu'on leur portoit, qu'ils devoient plustost couvrir d'une honneste absence, et se tenir escartez et sur leurs gardes, que d'aguiser la cruauté de leurs ennemis en s'exposant à leur merci. Ce qu'aiant souvent protesté, surtout depuis la venue de l'admiral en cour, encor qu'il s'asseurast qu'on en viendroit là, il adjoustoit, comme il estoit homme de grand cœur, qu'il aimoit mieux mourir constamment avec les autres que de se sauver par une honteuse fuite du péril commun. Aussi fut-il des premiers assailli, aians les ennemis donné ordre qu'il ne peust eschapper, craignans sa langue et sa plume. Certes mal eussent-ils fait comme Auguste, lequel, prenant la ville d'Alexandrie, ne la voulut entièrement destruire, quoyqu'elle se fust rebellée auparavant, tant pour la souvenance du nom de son fondateur et la beauté, qu'en faveur du philosophe Arrius, qui estoit Alexandrin de nation, ou comme Alexandre-le-Grand, qui fit le pareil pour un petit poète. Et si la mémoire d'Antoine a esté plus souillée du meurtre d'un seul Cicéron que d'une infinité d'autres citoiens à qui il osta la vie, quelle pensons-nous devoir estre celle de ces carnassiers, qui ont fait mourir une centaine des plus rares hommes de chrestienté, et entre eux Buirette, Desgorris, ministres de la parolle de Dieu ? voire leur rage a esté telle qu'ils n'ont espargné ceux que l'aage n'avoit point encor tiré de l'eschole pour faire espreuve de leur docte jeunesse. Quant au petit peuple faisant profession de la religion, on

peut facilement juger quelle humanité il devoit attendre
d'eux, puisqu'on traittoit de ceste façon les familles illustres, veu que les commissaires et capitaines des quartiers
alloient armez par les maisons, tuans et meurtrissans
hommes, femmes et enfans, et volans les biens des absens,
du nombre desquels j'estois. Toutesfois, grand nombre
se sauva par les divers moiens que Dieu leur suscitoit,
comme il advint à quatre ou cinq gentils-hommes anglois,
lesquels s'estant défendus en une maison contre le peuple,
enfin le duc de Nevers, qui passoit à cheval avec trouppe,
aiant cogneu qu'ils estoient estrangers, les fit sortir et
monter en crouppe, de sorte que tout le long du jour ils
furent spectateurs de plusieurs meurtres horribles qui
se commettoient, non sans extreme regret. Mesmes ils furent conduits au logis de l'admiral, où le duc de Nevers
demanda à l'un, en luy monstrant le corps mort, s'il le
cognoissoit, et qu'il nia de crainte, encor qu'il le cogneut
très bien, pour avoir conduit soubs luy aux guerres passées
une cournette de harquebousiers anglois. Quand donc le
duc de Nevers eut fait deux ou trois tours à cheval à l'entour du corps, dit ces mots : « *Sic transit gloria mundi,* »
veu que celuy qui marchoit naguères en magnificence et
suite roiale est maintenant mort, nud et abandonné de tous,
les uns par fuite, les autres trouvans quelques cachettes
chez leurs amis, où plusieurs toutesfois furent trahis et
exposés en proie; sans ceux qui estans cachez sous le tas
des morts, blessez, furent garentis, mesmes quelques-uns
par un nommé La Cornière, qui commandoit aux gardes
des Suisses, qui, les voians ainsi relever en quelques endroits : «Je crois que tous ces huguenots ressusciteront;» et
d'autres qui, pour sauver leur vie, promettoient d'adhérer
cy-après aux superstitions. Au contraire plusieurs monstrèrent signe de merveilleuse constance, dont les exemples

estans fréquens, il n'est besoin de les particulariser ; seulement nous en toucherons en passant. Il advint entre autres qu'un nommé Marlanchon, précepteur des enfans de la dame de Piquigny, estans pris et blessé à mort, comme les meurtriers l'exhortoient à invoquer la vierge Marie et les saincts, et à renoncer à sa religion, sa femme fort jeune survint qu'il l'exhortoit à l'opposite à prendre courage et persévérer, luy disant que, puisqu'il n'avoit plus guères à vivre, il devoit plus que jamais demeurer ferme en la cognoissance de Dieu, sans la quitter, et s'en départir pour avoir seulement quelques heures de respit. Et combien qu'ils se fussent aussi attachez à elle, si est-ce qu'elle leur advoua estre de mesme religion que son mari, et protesta d'y vouloir persévérer, qui fut cause qu'ils l'assaillirent plus furieusement que son mari, jusques à ce qu'aiant receu plusieurs plaies, Dieu luy suscitast un ami qui la délivra de leurs mains ; lequel exemple n'est guères dissemblable à celuy d'une matrone romaine, nommé Félicité, laquelle voiant sept de ses fils estre meurtris pour l'évangile, au temps d'Antonin, non-seulement ne jetta aucun soupir, ains d'un visage alaigre les exhorta à endurer constamment la mort. Autant en fit Sophie avec ses trois filles, au temps d'Adrian. Il y a cecy de différence que celles-cy se monstrèrent fermes en la mort de leurs enfans, et l'autre en la mort de son mari, duquel l'amitié surpasse bien souvent toutes les autres. Au contraire, la malice et cruauté de la femme d'un pauvre minusier de ma cognoissance, aiant sa demeure en la rue d'Espronnelles, homme desjà aagé, fut estrange et monstrueuse ; car estant jetté la nuict en la rivière, il se sauva à nage jusques au bord, et de là, aiant grimppé sur les grosses poultres du pont, vint nud prez de Cousture Saincte-Catherine, où sa femme s'estoit retirée chez une sienne parente, pensant y avoir aussi

quelque seureté ; mais, au lieu de le recueillir, sa femme
le fit renvoier et déchasser nud comme il estoit, de façon
que le pauvre homme, ne sçachant où aller et se trennant
en cest équippage sur le pavé, le jour venu fut bientost
repris et noié. Aucuns se deffendirent en leurs maisons,
comme le lieutenant de la mareschaussée, qui combattit
longuement, accompagné seulement d'un soldat, contre
tout le peuple, et en fit mourir plusieurs avant que de
pouvoir estre forcé ; mais enfin aiant combattu tout le jour
et se trouvant las et sans pouldre, et le Roy s'estant courroucé qu'on ne luy en avoit encor apporté la teste, tous
les soldats de la garde y furent envoiés, lesquels, armez
à l'espreuve et couverts de rondelles d'acier, comme
pour aller à un assault, forcèrent la maison, dont les murailles et couvertures estoient desjà ouvertes, et luy qui
n'espéroit pas avoir merci d'eux leur va au-devant, deux
pistoles en son poing, lesquelles aiant délaschées sur les
premiers, se deffendit à coups d'espées jusqu'au dernier
souspir. Or, ce qui avoit esté cause de le faire ainsi défendre constamment, outre le danger de sa vie, estoit
que, se sentant officier du Roy, il espéroit d'estre secouru
contre la populasse par le commandement du Roy mesme.
Estant donc tué et ses meubles et joiaux assez précieux
volez, les soldats prindrent une damoiselle sienne pour
qui estoit malade au lict de la mort, et l'aiant trainée par
les rues toute nue, expira en leurs mains. Sa femme fut
trouvée à genoux priant Dieu, qui, aiant receu plusieurs
coups d'espées, fut menée prisonnière. Or, encor qu'on
eust peu penser que ce carnage estant si grand eust peu
rassasier la cruauté d'un jeune Roy, d'une femme et de
plusieurs gens d'authorité de leur suite, néantmoins ils
sembloient d'autant plus s'acharner que le mal croissoit
devant leurs yeux ; car le Roy de son costé ne s'y espar-

gnoit point; non pas qu'il y mit les mains, mais parce
qu'estant au Louvre, à mesure qu'on massacroit par la
ville, il commandoit qu'on luy apportast les noms des
occis ou des prisonniers, afin qu'on délibérast sur ceux
qui estoient à garder ou à défaire. Que si quelque gentil-
homme de nom estoit pris, duquel l'autorité ou vaillantise fut suspecte, il le faisoit tuer à l'issue par les soldats de sa garde, de sorte que peu eschappèrent de ceux
qui luy furent présentez, comme entre autres le sieur
d'Argenlieu, lequel, aiant en mesme condemnation, gaigna par argent un capitaine escossois qui le fit escouler
de la ville, non sans avoir esté fort poursuivi. Que dirons-
nous que le Roy mesme, passant la rue et voiant qu'on
trainoit parmi les boues le corps d'un advocat de Paris,
après avoir sceu qu'il estoit de la religion, se print à sous-
rire et passa outre, aguisant par ceste connivence le courage du peuple? En quoy il a imité le tyran Créon, qui ne
se contentoit pas de tuer ses ennemis, ains défendoit
qu'ils ne fussent ensevelis, n'aiant rapporté autre salaire
de son inhumanité que la mort honteuse que Theseus luy
pourchassa. Quant à la Roine mère, elle ne gardoit tellement les gages en son cabinet qu'elle ne donnast ordre
que les morts fussent soigneusement visitez, principalement ceux qu'on jettoit sur le bord de la rivière, afin
qu'on recogneust si tous ceux qu'elle avoit commandé de
tuer estoient dépeschez, aiant esté infiniment marrie de
la retraicte du comte de Montgomery, lequel estimant
que ce fut au Roy qu'on en vouloit, d'autant que pour
lors il s'estoit logé aux faulxbourgs Sainct-Germain, et
voulant passer la rivière pour venir au secours, apperceut
les soldats de la garde luy venant courir sus et tirans
desjà harquebousade; ce qui luy fit prendre résolution
de se sauver, de sorte qu'il eschappa sur une jument

d'Espagne qui estoit fort viste, et avec luy les sieurs
vidame de Chartres, de Fontenay, de Caumont, l'un des
Pardaillan, Beomois, Lanocles, de Nismes, gentilhomme
proussien, son maistre d'hostel, et autres; et encor qu'il
fut longuement poursuivi par le duc de Guise, le duc
d'Aumale et le chevalier d'Angoulesme, environ huict
lieues de Paris, maintenant en galouppant, tantost faisant teste, il gaigna enfin le devant et se retira coy sans
grande difficulté en Angleterre. On se contenta d'amener sa monture au Roy, qu'on avoit trouvée au premier
relay, qui la fit mettre en son escuierie pour son butin,
bien fasché d'avoir laissé eschapper le maistre; car la résolution estoit de le faire mourir sur tous les autres chefs,
tant pour raison de la hardiesse qu'ils cognoissoient
estre en luy qu'en vengeance de la mort du Roy Henry,
que la Roine, comme une seconde Juno, faisoit paroistre avoir tousjours en mémoire. Et nonobstant que la
crainte qu'elle se proposoit de ne pouvoir exécuter son
entreprise l'eust mise en quelques alteres, si est-ce que,
la voiant si bien succéder, il ne faut faire doute qu'elle
n'en receust une joie extreme, se sentant vengée de la
plùspart de ceux qu'elle avoit haine, et estimant avoir
fait un chef-d'œuvre qui feroit parler d'elle à jamais, aimant mieux une grande renommée qu'une bonne, à
l'exemple d'un Hérostrate qui mit le feu au temple de
Diane en Ephèse, afin que son nom, qui demeuroit incogneu, fut immortalisé par les histoires. Quant au duc
d'Anjou, il se trouva parmi les rues les armes sur le dos,
mesmes se plaça sur le pont Nostre-Dame, afin que sa
présence servist à accourager les petits et qu'il peust faire
remarquer là ceux qui s'y fussent acheminez pour se sauver. Aussi falloit-il qu'il se rendist d'autant plus affectionné exécuteur des passions de la Roine, qu'il n'igno-

roit l'envie qu'elle avoit de le faire Roy. Mais surtout le
duc de Montpensier se monstra icy des plus vaillans contre
ceux qui ne se pouvoient défendre ; car il crioit par les
'rues que chacun se devoit lors évertuer pour nous exterminer, si on se vouloit déclarer bon serviteur du Roy,
puisque c'estoit par son commandement, estant poussé à
cela tant pour le zèle qu'il a tousjours eu aux superstitions
de l'église romaine qu'en faveur de l'alliance qu'il avoit
prise avec la maison de Guise, au mespris de son aage et
de son degré. Somme, il n'y eust celuy des grands qui ne
voulut faire paroistre en cest acte estre exécuteur du
commandement du Roy, et qui ne fit mine d'y prendre
plaisir, hormis le duc d'Alençon, qui n'avoit esté appellé
au conseil, et beaucoup moins subscrit à l'exécution, déclarant qu'il ne pouvoit approuver un tel désordre, ny
qu'on rompit si ouvertement la foy promise ; qui fut cause
que sa mère luy dit en termes clairs que s'il bougeoit
elle le feroit jetter dans un sac aval l'eau. Tant y a que
le massacre continua quelques jours, durant lesquels
plusieurs furent menez prisonniers tant en la maison de
ville qu'ailleurs, dont une partie fut estranglée secrettement et l'autre jettée en la rivière la nuict, tellement
que long-temps après on n'y voioit passer que corps
morts. Et pouvoit-on dire de ceste ville meurtrière et de
son Roy ce que le prophète a escript d'une autre : « J'ay
veu mutinerie et oppression en la cité, qui environnent
nuict et jour ses murailles ; malice et moleste sont au
milieu d'elle ; dol et fraude ne se partent point de ses
rues. » Et peu après : « Il a jetté ses mains sur ceux qui
vivoient paisiblement avec luy et a violé son alliance. Les
parolles de sa bouche sont plus molles que beurre, mais
guerre est en son cœur ; ses parolles sont plus douces
qu'huile, mais elles sont comme glaives trenchans. » Et

de rechef : « Il n'y avoit point de droiture en leur bouche, et le dedans d'eux est malice ; leur gosier est un sépulchre ouvert et flattent de leur langue. O Dieu ! destruiles , et qu'ils déchéent de leurs conseils. » Et Jérémie : « Chacun parle en sa bouche de paix avec son prochain, mais dedans soi il met ses embusches. » Puis le Seigneur conclud qu'il fera visitation de telles choses , et que son ame se vengera de la nation qui est telle.

Or, pour achever le reste de ce discours, deux jours après, assavoir le mardi 26, le Roy alla au parlement de Paris, où il déclara de sa bouche qu'il y avoit long-temps qu'il eust desiré de se défaire des chefs de la religion, s'il en eust eu le moien et opportunité ; mais qu'il avoit esté contraint de dissimuler jusques à ce qu'il les peust attrapper tous ensemble, la priant de l'aider à poursuivre ceste entreprise et à le pourvoir de conseil, tant contre la mémoire des occis que leurs biens, et de tous ceux qui estoient de leur parti. A quoy le premier présidant, au nom de tout le sénat, en louant ce qui avoit esté fait comme acte digne d'un si grand Roy, respondit qu'il n'avoit fait que justice, que la cour luy assisteroit de tous ses moiens et industrie pour l'en défendre et garentir. Il seroit trop d'exprimer toutes les harangues qui furent faites tant lors que depuis ; mais en somme on commença à faire le procez de l'admiral, lequel fut condamné comme criminel de lèze-majesté, à cause de plusieurs crimes à luy imposez , sans les recerches de tout ce qui s'estoit passé durant les troubles, mesmes depuis le tumulte d'Amboise, dont toutesfois il avoit esté absoubs comme les autres (voire s'il falloit avoir absolution de s'estre opposé à ceux qui vouloient usurper la couronne), et déclaré vilain, roturier et dégradé de noblesse, et toute sa postérité, et le tronçon de son corps pendu par les piedz au gibet de Montfaucon,

ne le pouvant estre par le col , à cause qu'on luy avoit
couppé la teste. Toutesfois , aucuns jours après il fut
despendu nuictemment par trente ou quarante chevaux ,
qui l'enlevèrent de là pour le faire enterrer, par quoy on
ordonna qu'une effigie faite à sa similitude seroit mise
au lieu. Au reste, fut ordonné que sa maison de Chastillon
seroit entièrement rasée et le sel semé en icelle , sa
teste portée à Rome pour estre mise ou sur le chasteau
Sainct-Ange, ou en quelque autre lieu éminent , en trophée, afin de repaistre les yeux de ce misérable Ante-
christ et de sa puante Sodome , comme ceux d'Hérodias
de celle de Jean-Baptiste. Quant à ses enfans, mesme
aux deux aisnez , comme aussi à ceux du sieur d'Andelot
son frère, après les nouvelles de sa blessure ils furent
enlevez de sa maison pour estre conduits en lieu de seureté hors le roiaume ; mais depuis les deux plus jeunes
de ces deux maisons furent prins prisonniers et renfermez
au bois de Vincennes. On espéroit lors que la présence
du Roy de Navarre et du prince de Condé garentiroient
leurs domestiques ; mais sans les respecter ils furent la
pluspart tuez quasi en leur présence et entre leurs bras ,
ainsi qu'il a esté touché , au grand estonnement de ces
jeunes princes , qui n'avoient rien moins attendu que
voir une telle cruauté ; joinct qu'on leur changea incontinent leurs gouverneurs et officiers , leur en donnant de
religion contraire , avec menasses que le Roy mesme leur
fit de sa bonté que, s'ils ne changeoient d'opinion, on ne
les pourroit garentir de la fureur du peuple. Et ainsi commencèrent à les intimider d'un costé et flatter de l'autre,
de telle sorte qu'après quelques disputes qu'ils eurent
contre aucuns moines et jésuites , comme aussi d'un ministre qui par crainte s'estoit révolté , mais à présent est
recogneu, enfin on les contraignit de demander pardon

au Pape, tant de leurs mariages que d'avoir creu à l'évangile, et adhérer aux superstitions de l'église romaine qui leur estoient incogneues. Il y eust un conseiller de la cour, nommé Rouillard, homme politique et qui n'avoit jamais suivi la religion, estant mesme chanoine de Nostre-Dame, qui fut tué quelques jours après au logis du curé de Sainct André-des-Artz, pour avoir seulement dit que, puisque la chose estoit faite, il n'y avoit remède, mais si c'estoit à recommencer, il eust estimé estre bon d'y procéder par ordre de justice; lequel conseil nous croions que Sylla ou Néron n'eussent trouvé estrange, si parmi le carnage des citoiens quelqu'un eust fait ouverture d'un semblable. Autant en firent-ils au sieur de Villemant, maistre des requestes du Roy, fils du feu garde-des-seaux Bertrandi, homme docte, justicier, et haïssant la cruauté, et ce pour le butin, estant homme qui avoit de grans moiens.

Le mareschal de Montmorency estoit lors absent en sa maison de Chentilly, non sans une manifeste providence de Dieu, d'autant qu'on ne l'avoit moins en haine que ceux qui furent tuez, et qu'il se fust retiré aux champs sans rien imaginer de l'entreprise, sinon qu'il appercevoit ses ennemis anciens estre armez prez la personne du Roy. Si est-ce que depuis, estant semond de se mettre aux champs par les lettres des vicomtes de Montauban, quoyqu'il en fit reffus, déclarant ne vouloir porter les armes contre le Roy, néantmoins peu s'en fallut qu'on ne l'allast assiéger et forcer en sa maison, pour le soupçon qu'on avoit sur luy, lequel estoit lors suffisante preuve pour faire mourir le plus innocent homme du monde. Cependant le Roy, non content d'avoir commis tous ces meurtres, fit paroistre qu'il estimoit avoir fait un acte fort vertueux et héroïque, jusques à en monstrer signe d'extreme resjouissance et en faire ses triomphes (comme

au semblable la Roine mère), se glorifiant d'estre alors
Roy absolu, ce qu'il disoit n'avoir esté auparavant ; et
parce que le dimanche et lundi le temps fut assez beau,
regardant par ses fenestres, disoit que c'estoit un tesmoignage que le ciel s'esjouissoit de son carnage. A cela servoit un faux miracle fait au semetière des Innocens, où
un aubespin fleurit hors de saison, ce qui attira tout le
peuple, de sorte qu'il fallut mettre gens armez à l'entour
afin que la foule ne le rompit ; ce qui advinst le lundi en
suivant, ausquels jours le corps de l'admiral fut ainsi des-
couppé et mutilé, comme il a esté dit. Et comme un flat-
teur eust adjousté ces mots, qu'il se devoit tenir le plus
heureux prince de la terre, d'estre ainsi venu à chef d'une
entreprise tant hazardeuse et avoir deffait ses principaux
ennemis sans combat, il respondit que ce qui l'avoit le
plus fasché estoit de s'estre contraint à dissimuler si longuement, protestant au reste d'avoir raison par les armes
de tous les princes voisins qui les avoient favorisez.
Aussi, non content de le dire de bouche, il publia incontinent certaines lettres patentes du 28 d'aoust, auquel
jour il fit célébrer un jubilé extraordinaire, avec procession générale, par lesquelles il déclaroit que le tout avoit
esté fait par son commandement, et, chargeant de rebellion la mémoire des morts, adjoustoit que c'estoit à
cause que l'admiral et ses complices avoient entrepris
quelque chose contre luy, la Royne sa mère, ses frères
et le Roy de Navarre ; en quoi il exposoit son nom et autorité en opprobre à tout homme de bon jugement, veu
que, d'un costé, il confessoit avoir longuement dissimulé
la mauvaise volonté qu'il portoit à ceux de la religion,
et d'ailleurs que c'estoit pour avoir voulu de nouveau
attenter à sa personne, et, qui estoit plus ridicule et moins
vraysemblable, à celle du Roy de Navarre, qu'ils avoyent

tousjours accompaigné et suivi. Une autre contradiction encore plus évidente estoit en ce qui a esté dit des premières lettres ès princes protestans, où il promettoit de faire justice de ceux qui avoient blessé son cousin l'admiral de France, pour lequel attrapper toutesfois il dit maintenant qu'il a eu tant de peine de dissimuler. Ne voilà pas une parolle du Roy constante et asseurée? mais il leur en prend tout ainsi qu'à ceux qui, aians commis une faute lourde, se trouvent souvent tant esblouis et esperdus qu'au lieu de s'excuser ils s'accusent, et, en cuidans desguiser les matières, se contredisent eux-mesmes. Surtout ceste inconstance se void clairement ès lettres qu'il escrivit à diverses fois au vicomte d'Auchi, lieutenant au gouvernement de Champaigne; car en la première, escripte le jour de la blessure de l'admiral, il appelloit un tel acte très meschant et malheureux, avec promesse d'en faire une exemplaire justice, commandant de faire observer l'édit de paix et tenir ceux de la religion en seureté et repos: et en une autre, du jour du massacre, il disoit que cela estoit advenu par ceux de la maison de Guise, en une querelle particulière qu'ils avoyent eue contre l'admiral et ceux de sa suite; et trois jours après il déclara par lettres patentes que le tout avoit esté fait par son exprez commandement. S'il y a homme vivant qui puisse accorder une telle contradiction, on accordera la lumière avec les ténèbres et la vérité avec le mensonge. Cependant cela se faisoit à cause de quelques compagnies de gens de pied, aians esté amassées sur les frontières de Champaigne pour aller ès Païs-Bas, qu'il craignoit, oyans ces nouvelles, devoir entreprendre quelque chose sur la ville de Chalons ou autre, advertissant le gouverneur de se transporter ès lieux où elles estoient, pour les faire rompre et renvoier les soldats en leurs maisons. Vray est

que, par ces lettres patentes, il promettoit seureté à ceux
qui voudroient demeurer paisibles, et déclaroit avoir
envie de faire observer son édit. Mais qui eust esté celuy,
en voiant un exemple de telle desloiauté, qui eust commis sa vie à l'asseurance de ces parolles? joinct que défendant toutes assemblées et presches, qui estoient leur
seul but de l'édit, on voioit assez que tout cela n'estoit
que pure illusion et moquerie, et un manifeste jugement
de Dieu sur l'insolence des auteurs, en leur envoiant un
esprit d'estourdissement pour se desmentir et contredire
eux-mesmes en chose de telle conséquence. Car il n'estoit aucunement vraisemblable qu'ils deffendissent les assemblées de peur des séditions, puisque, par les mesmes
lettres, ils s'en disoient auteurs, les aiant fait commencer
en leur présence; ce qui nous fait croire que l'exécution
avoit esté si mal consultée qu'ils n'estoyent encor résolus
comme ils s'en pourroient excuser, soit en rejettant la
faute sur ceux de Guise, comme ils faisoyent du commencement, ou en l'advouant, ainsi qu'ils firent depuis, après
s'estre résolus de boire la honte eux-mesmes. Mais il ne
se faut estonner s'ils ont soudain défendu les presches
après le coup fait; car ç'a esté une maxime de tous ceux
qui ont anciennement tyrannisé le peuple, de craindre
les assemblées des bons et de ceux qu'ils ont eu à suspect
pour les avoir offensez, comme on void en celuy qui deffendit à ses subjects de parler ensemble, fut en public ou
en privé, de sorte qu'ils furent contrains de conférer
de leurs affaires par signes. Mais encore eust-il ceste façon
de faire suspecte, craignant qu'il n'y eust quelque signal pour luy courir sus, tellement qu'il leur défendit
d'user de signes. Ainsi, se voians privez de toute communication et réduits en une misérable servitude, l'un
d'eux se mit au milieu de la place et commença de pleu-

rer les misères de sa patrie, où il attira quelques autres
à son imitation, et enfin se trouvèrent en si grand nombre qu'au lieu de continuer leurs pleurs ils se ruèrent sur
le tyran et ceux de sa garde, délivrant par sa mort
la république de toute oppression et secouant le joug
insupportable qui leur estoit imposé. Au demeurant, le
Roy, voulant donner couleur à son fait, fit parler secrettement les sieurs de Grandmont et de Bouchananes, espérant qu'estans hommes ambicieux et sans religion ils
déposeroient aisément tout ce qu'il luy plairoit pour
charger de conspiration la mémoire des occis, et qu'on
leur adjousteroit d'autant plus grande foy qu'ils avoyent
autrefois porté les armes pour la religion. Et de fait, les
ayant fait caresser par ceux de Guise, jusques à faire coucher l'un d'eux en leur chambre quelques jours auparavant, ils confessèrent ce que jamais ils n'avoyent veu ny
ouy, n'estant chose vraysemblable que les nostres se fussent voulu fier à eux, quand bien il y eust eu quelque entreprise secrette à exécuter, puisqu'ils les cognoissoyent
avoir desjà esté gaignez par promesses de nouveaux estats
et n'avoir jamais eu affection à l'avancement de la religion, voire s'estre rendus suspects à tous et ennemis à
plusieurs. On s'efforça de faire le semblable au sieur de
Briquemauld, chevalier de l'ordre du Roy, lequel estoit
prisonnier, après avoir esté enlevé de la maison de l'ambassadeur d'Angleterre où il s'estoit reffugié en habit dissimulé; car estant homme rond et de grand cœur, surtout aiant la crainte de Dieu, quoyqu'on s'efforça de le
tenter maintenant par promesses et alléchemens et tantost par gehennes et tortures extraordinaires, si ne voulut-
il rien dire que vérité, confessant seulement que si l'admiral eust voulu, plusieurs s'estoient offerts à luy, durant sa blessure, pour en faire la vengeance sur ceux de

Guise, mais qu'il ne l'avoit jamais voulu permettre, ains les pria d'en laisser faire à Dieu et au Roy, duquel il espéroit bonne justice. Nonobstant cela, on ne laissa de le condamner à la mort, qu'il receut fort alaigrement en la place de Grève, en protestant toùsjours de son innocence. Le sieur de Cavaignes, maistre des requestes, homme docte et bien advisé, fut pendu avec luy, une heure de nuict, en présence mesme du Roy, qui fit allumer des flambeaux pour estre spectateur de ces cruautez, non sans faire des risées de la contenance de l'un et de l'autre, quoyque le premier fut homme vieilli au service de ses prédécesseurs et eust commandé fort honorablement ès bandes de Piedmont comme maistre de camp, et l'autre fut versé en toutes bonnes lettres, voire digne des premiers estats de la France. Aussi appercevoit-on clairement que tout cecy se faisoit par animosité et passion, et non par forme de justice, et partant qu'ils doivent attendre la malédiction dont parle Esaïe, disant : « Malédiction sur ceux qui constituent ordonnances iniques et qui escrivent oppression pour subvertir le droit des pauvres et frauder en jugement les affligez, et pour avoir les vefves en proie et piller les orfelins, » veu qu'après avoir meurtri les corps ils se saisissoient des biens, prattiquans contre eux les lois données sur le crime de lèse-majesté, sans lesquels ils n'eussent eu maintenant estat qui les eust fait appeller de ce nom. Plusieurs furent mis prisonniers, desquels aucuns estoient la nuict jettez en la rivière ; d'autres furent estranglez en la prison, mesme le sieur de l'Omeni, ancien secrétaire des finances ; car aiant esté contraint de résigner son estat et vendre une sienne terre au comte de Retz, comme aussi de passer les quittances comme aiant receu les deniers, après toutes ces choses et promesses à luy faites de luy sauver la vie, on

le renvoia en prison où il fut estranglé ; ce qui continua
quelques jours, quelque défence que le Roy en fit, parce
qu'on sçavoit qu'il en seroit très aise, comme il le monstra allant au palais, d'autant qu'en son chemin, voiant
massacrer un gentilhomme de la religion, il cria tout
haut qu'il voudroit que ce fut le dernier. Le sieur de
Beauvais, gouverneur du Roy de Navarre, estant caché
quelques jours en la maison de l'advocat Théronde et
descouvert, on luy envoia deux hommes qui luy faisoient
acroire qu'ils le vouloient mener au Roy ; mais après
avoir tiré de luy ce qu'ils peurent, luy donnèrent congé
de faires ses prières, puis le tuèrent à coups de pistolles.

Ce ne seroit jamais fait qui voudroit icy réciter toutes
les violences et indignitez qui furent faites aux nostres
par tout le roiaume ; il suffira donc d'en toucher quelques-
unes, surtout de celles où l'on ne peut dire si la cruauté
des ennemis a surmonté la constance des nostres. Il y a
une maison honneste, au Vepein françois, d'une damoiselle nommée d'Eraigny, où alla un capitaine appellé
Hanza, avec nombre de soldats, qui, ne luy pouvant persuader d'aller à la messe, ny par prières ny par menaces,
enfin luy déclara qu'il falloit donc qu'elle mourut. A quoy
aiant respondu qu'elle estoit toute preste plustost que d'a-
bandonner son Dieu, elle fut par luy menée sur le bord
d'une mare qu'ils appellent, c'est-à-dire un abreuvoir qui
est en la cour de sa maison, afin d'y estre précipitée et
noiée, où de rechef elle fut exhortée à penser à soy pour
sauver sa vie ; mais persévérant comme auparavant, elle
leur demanda seulement temps de faire sa prière à Dieu,
laquelle parachevée se tournoit vers ses filles qui la sui-
voient, et commença les exhorter à mesme constance et
enfin à leur demander si elles n'estoient pas prestes à recevoir la mort avec elle plustost que d'abandonner leur

Dieu ; ce que luy aiant promis, et les soldats commençans à vouloir jetter la mère dedans, l'une des filles s'y précipita de soy-mesme, afin qu'elle receust la couronne de martyre avec la mère ; de laquelle constance ces meurtriers furent tellement estonnez qu'ils changèrent de propos, et, sans mal faire à la mère, retirèrent non sans difficulté ceste jeune damoiselle, se contentans d'accorder avec elle à une grosse somme de deniers, moiennant laquelle ils se retirèrent.

Il y eust aussi deux ministres, nommez Lemaçon et Duval, qui, se cuidans retirer la nuict par la forest d'Orléans, tombèrent entre les mains d'aucuns harquebousiers de la ville qui tenoyent les champs pour butiner quelque chose sur les nostres qui eschappoient les massacreurs. Or, après les avoir enquis qu'ils estoient et où ils alloient, et avoir tiré d'eux l'argent contant qu'ils pouvoient avoir, et les aiant longuement fait marcher devant eux parmi le bois, enfin prennent résolution de les tuer, leur tirant à chacun un coup d'harquebouse ; duquel le premier fut atteint et tué, et l'autre fut seulement blessé, qui commença à fuir à course de cheval parmi les bois ès lieux sans chemin, et après plusieurs difficultez, estant eschappé de leurs partes pour l'obscurité de nuict, fut conservé en se retirant en une maison de cognoissance.

Or, ce feu, estant allumé en une seule ville, fust tantost espars par tout le royaume ; car soudain on dépescha des courriers en toutes les provinces, afin que le semblable fust exécuté, tant aux villes qu'aux maisons des gentilshommes ; et encor que la nouveauté de ce commandement fut cause qu'on ne l'exécuta si promptement, si estce qu'ès villes de Tholouse, Bourdeaux, Lyon, Bourges, Orléans, Meaux, Sens et autres, après quelque sac des maisons, une bonne partie furent menez prisonniers ;

mais aucuns jours après on donna un nouveau commandement de les faire tous mourir, jusques à user de menaces contre ceux qui avoient usé de telle douceur; ce qui fut autant cruellement exécuté comme il avoit esté ordonné injustement. Car en quelques endroits les papistes entrèrent dans les prisons et tuèrent tout ce qui y estoit; ailleurs on les jettoit la nuit dans les rivières, ou en plein jour, sans un grand nombre qu'on envoioit à la mort par forme de justice, et qui estoient condamnez, les uns sous fausse accusation et les autres sans spécifier les causes. Ceux de Rouen furent traictez plus doucement, parce que le sieur de Carrouges, gouverneur, aiant en horreur ceste cruauté, ne l'avoit voulu souffrir; de sorte que ceux de la religion eurent loisir, l'espace environ quatre jours, de se pouvoir retirer où bon leur sembloit, horsmis quelques-uns qui furent mis prisonniers, et la pluspart tuez pour avoir refusé d'aller à la messe. Ceste humanité fut cause que depuis il en fut fort tancé en cour, voire quasi arresté prisonnier à Paris, pour ce qu'il n'avoit assez furieusement espandu le sang innocent. Le capitaine Lago, gouverneur du chasteau de Caen, vouloit aussi commencer un massacre général; mais il en est empesché par le sieur de Matignon, gouverneur du païs. Mesme la pluspart, estans retournez par contrainte à l'idolatrie, fut enfin puni par la bourse, racheptant ainsi leur vie. Ceux de Reims se portèrent encor plus doucement envers les nostres, qui s'escoulèrent peu à peu hors de la ville, excepté quelque petit nombre de prisonniers, contre lesquels on n'usa de telle rigueur comme ailleurs. Autant en fut-il fait par toute la Champaigne, sous le gouvernement du duc de Guise, qui empescha les meurtres. Pareillement il ne se fit grand meurtre en Picardie, à cause de la présence du duc de Longueville, qui y tint la main, se contentant de se ren-

dre le plus fort, sinon ce qui fut fait contre les compagnies
françoises revenans de Monts, qui furent desfaites sur
les frontières quelques mois après, comme il a esté touché ; ny aussi en Dauphiné et Prouvence, à cause de l'ordre qu'y mirent les sieurs de Gordes et de Carces. Voilà
à peu près la somme de ce cruel et barbare carnage commis par un Roy sur ses propres subjects, et contre sa foy
et promesse faite tant à eux qu'à tous les princes chrestiens. Tant y a que le Pape, adverti de tout cecy, en fit
faire toute démonstration de joye et allégresse en la ville
de Rome, louant Dieu qu'à son advénement à la papauté
une si bonne et heureuse nouvelle se fust présentée.

FIN.

RELATION DU MASSACRE

DE LA

SAINT-BARTHÉLEMY (1).

———

Le dimanche 17 d'aoust 1572, sur le soir, furent célébrées en l'hostel du Louvre à Paris les fiançailles de Henry de Bourbon, Roy de Navarre, et de madame Marguerite de France, sœur du Roy, et furent fiancez par le cardinal de Bourbon. Cela fait, et après qu'on eust souppé et ballé (2) quelque temps audit lieu du Louvre, l'espouse fut conduite par le Roy son frère, la Royne sa mère, la Royne régnante, la duchesse de Lorraine et autres seigneurs et dames, en l'évesché de Paris, où elle coucha ceste nuict-là.

Le lendemain, qui fut le lundy dix-huitiesme, le Roy de Navarre, conduit par les ducs d'Anjou et d'Alençon, frères du Roy, les princes de Condé et marquis de Conty son frère, duc de Montpensier, prince dauphin, duc de Guise, d'Aumale et de Nevers, les mareschaux de Montmorency, de Danville, de Cossé, de Tavanes, de Savoye, l'amiral, le comte de La Rochefoucaut, et fort grand nombre d'autres grands seigneurs, tant d'une que d'autre

____

(1) Mémoires de l'État de France sous Charles IX, tom. Ier.
(2) Dansé.

religion, alla trouver ladite dame en cest évesché. Ce
jour-là, les Roys de France et de Navarre, les ducs d'Anjou et d'Alençon, et le prince de Condé, estoyent vestus
d'une mesme parure, qui estoit d'un accoustrement à
fonds de satin jaune pasle, tout couvert d'un enrichisse-
ment de broderie d'argent, relevée en bosse, enrichie de
perles et pierreries. Les autres princes et seigneurs catholiques estoyent vestus de diverses couleurs et façons, avec
tant d'or, d'argent et pierreries, que rien plus; mais quant
aux seigneurs de la religion, ils n'estoyent vestus que de
leurs habits ordinaires.

Estans arrivez à l'évesché, l'on s'achemina pour aller
espouser, et fut laditte dame Margueritte conduite par
le Roy son frère, estant vestue d'une robbe de velours
violet semée de fleurs de lys, avec le manteau royal, la
grande queuë trainant, aussi dudit velours, aussi bordée
tout à l'entour de fleurs de lys, une couronne impérialle
sur la teste, faite de grosses perles, enrichie de diamants,
rubis et autres pierres précieuses de valeur inestimable.
Et estoit suyvie par la Royne sa mère, par la Royne régnante, la duchesse de Lorraine, et de toutes les princesses,
dames et damoiselles de la cour, vestues de robbes de
toile d'or et d'argent, et d'autres vestemens précieux.
Les cent gentilshommes marchoyent devant, tenans les
haches au poing; puis les héraulds d'armes avec leurs
cottes accoustumées, les gardes, officiers de la maison du
Roy, trompettes, clérons, hauboys et autres instrumens.
Furent lesdits futurs espoux conduits par une galerie, qui
avoit esté dressée tirant depuis l'évesché, tout le long du
temple Nostre-Dame (qu'on appelle), jusques au devant
de la grand'porte dudit temple, au devant de laquelle
avoit esté basti un grand eschafaut, eslevé à la veue d'un
chascun, sur lequel le Roy de Navarre et la sœur du Roy

furent espousez par le cardinal de Bourbon, oncle dudit
Roy de Navarre, avec certain formulaire que les uns et
les autres n'improuvoyent point. Ce fait, le Roy de Navarre se retira en une cour près du temple, avec le prince
de Condé, attendant que l'espouse eust ouy la messe;
puis après tous ensemble retournèrent à l'évesché, où
fut fait le disner ce jour-là.

Le soir, le Roy festoya en la grand'salle du palais les
princes et princesses, ses courts de parlement, les aydes,
chambres des comptes et des monnoyes. Après soupper
fut commencé le bal par le Roy. Cela dura peu, à cause
de la masquarade où le Roy estoit. Premièrement se présentèrent trois grands chariots qui estoyent trois grands
rochers ou escueils de mer tous argentez, et sur chascun
desdits chariots y avoit cinq musiciens jouans de diverses
sortes d'instrumens qui rendoyent une grande mélodie.
Deux desdits chariots marchoyent accouplez ensemble.
L'autre marchoit seul à leur queue; à la cime duquel estoit ce chantre tant renommé, Estienne le Roy, qui faisoit retentir toute la salle de sa voix harmonieuse. Après
venoyent sept autres chariots aussi argentez, dont les
trois estoyent trois rochers couverts de coquilles et
d'une infinité de petits animaux de mer; à la cime desquels rochers y avoit une loge faite avec quatre colonnes,
le tout argenté, et dans ladite loge un dieu marin assis.
Les autres quatre estoyent quatre lyons marins aussi tous
argentez, ayans le devant comme un lyon et le derrière
comme un poisson, la queue entrelassée, haut eslevée,
et à la cime d'icelle une coquille d'argent, dans laquelle
estoit pareillement un dieu marin. Et estoyent ces dieux
tous vestus de longues robbes de drap d'or de diverses
couleurs, obscures néantmoins. Après cela venoit un autre
grand chariot doré, qui estoit un cheval marin, ayant le

derrière en forme de poisson, avec la grande queue aussi entrelassée, et à la cime une coquille d'or, sur laquelle estoit assis Neptune, Roy de la mer, avec son trident en main, guidant les autres dieux ses sujets. Sur ce chariot estoit le Roy de France; sur les autres estoyent les frères du Roy, le Roy de Navarre, le prince de Condé, le prince dauphin, le duc de Guise et le chevalier d'Angoulesme. Ils chargèrent quelques princesses et dames sur ces chariots; puis, ayans fait quelques danses, chascun se retira pour ce soir. Voilà quel estoit le meslange de ceux de la religion avec les catholiques, dont plusieurs furent autant estonnez qu'après les massacres, ou peu s'en faut.

Ce mesme jour l'amiral escrivit de sa propre main à sa femme, qui estoit enceinte, les lettres qui s'en suyvent :

« Ma très chère et bien aimée femme, ce jourd'huy ont esté faites les nopces de la sœur du Roy et du Roy de Navarre. Les trois ou quatre jours qui suyvent seront consumez en jeux, banquets, masques et combats de plaisir. Le Roy m'a asseuré qu'il me donnera puis après quelques jours pour ouir les plainctes qu'on fait en divers endroits du royaume, touchant l'édit de pacification qui y est violé. C'est bien raison que je m'employe à cela autant qu'il me sera possible ; car encor que j'aye fort grand desir de vous voir, toutesfois vous seriez marrie avec moi (comme j'estime) si j'avois esté paresseux en tel afaire, et qu'il en fust mal advenu par faute d'y faire mon devoir. Toutesfois ce délay ne retardera pas si long-temps mon partement de ce lieu que je n'aye congé d'en sortir la sepmaine prochaine. Si j'avois esgard à mon particulier, j'aimerois beaucoup mieux estre avec vous que de demeurer plus longuement ici, pour les raisons que je vous diray ; mais il faut avoir le bien public en plus grande recommandation que son particulier. J'ay quelques autres choses à

vous dire sitost que j'auray le moyen de vous voir, ce que
je désire jour et nuict. Quant aux nouvelles que je vous
puis mander, elles sont telles ; cejourd'huy, quatre heures après midi estoyent sonnées quand la messe de l'espouse a esté chantée. Cependant le Roy de Navarre se
pourmenoit en une place près du temple , avec quelques
seigneurs de nostre religion , qui l'avoyent accompagné.
Il y a d'autres menues particularitez que je laisse pour les
vous dire en présence. Sur ce, je prie Dieu, ma très chère
et bien aimée femme, qu'il vous tienne en saincte garde.
De Paris, ce 18 d'aoust 1572. Depuis trois jours en ça
j'ay esté tourmenté de choliques venteuses et de douleur
de reins ; mais ce mal ne duroit point plus de huit ou dix
heures, graces à Dieu, par la bonté duquel je suis maintenant délivré de ces douleurs. Soyez asseurée de ma part
que, parmi ces festins et passe-temps, je ne donneray fascherie à personne. Adieu derechef ; vostre mary bien
aymé , CHASTILLON. »

Il avoit esté fort malade quelques sepmaines auparavant, et craignoyent aucuns de la religion qu'on ne luy
eust fait quelque pareil tour qu'à la Royne de Navarre (1) ;
mais il revint en convalescence par une secrette providence de Dieu, qui le vouloit esprouver plus avant et
descouvrir les conseils de la Royne mère et des siens.

Le mardy dix-neufiesme , parce qu'il estoit fort tard
avant qu'on se levast, ne fut faite autre chose pour le regard des nopces, sinon que l'on partit du palais sur les
trois heures après midi et alla-on disner à l'hostel d'Anjou, où le Roy de Navarre avoit fait préparer le disner, et
après disner on alla au Louvre , où le bal fut dressé et
continué jusques au soir.

(1) Voir la note à la page 170.

Mais la Royne mère et le conseil secret pensoit bien à autre dance, à savoir, au moyen d'exterminer l'amiral et les siens. Or, pour comprendre aucunement ces terribles desseins, les lecteurs apprendront le conseil que Birague donna au Roy et à sa mère, touchant le fort qu'on feroit à plaisir incontinent après les nopces, où l'on feroit entrer l'amiral avec les siens, et lors on tireroit contre eux à bon escient. Cela avoit esté approuvé assez long-temps; mais depuis on changea d'opinion, et peu avant les nopces ne fut-on d'avis de dresser ce fort, pour l'indisposition en laquelle on voyoit l'amiral, qui ne voudroit pas faire cest exercice. Mais pour entendre ce changement d'avis et quelque peu des conseils de la Royne mère, il faut reprendre les choses de plus haut et considérer ici trois conseils: l'un du Roy, accompagné de sa mère, de son frère, du comte de Rets, de Birague (1); l'autre de la Royne mère, qui est le conseil très secret, composé d'elle et du comte de Rets seul premièrement, puis de Birague pour un tiers, et non pas tousjours, et de quelques autres, en certains poincts particuliers seulement; le troisiesme est le conseil de Guise, où le duc d'Anjou, la Royne mère, Birague, le comte de Rets, le duc de Nevers, le cardinal de Lorraine, le duc d'Aumale, Tavannes, Chiverny et quelques autres se trouvoyent.

Le conseil du Roy, autrement conseil secret, mettoit en avant que jamais le Roy ne verroit son royaume en paix que les auteurs des troubles ne fussent exterminez. Or, disoyent-ils qu'il y avoit trois ligues au royaume, à savoir des Montmorencis, des Chastillons, et des Lorrains

(1) René de Birague, né à Milan en 1507, se réfugia à la cour de François Ier pour se dérober à la vengeance de Louis Sforce, duc de Milan, et parvint successivement aux emplois les plus élevés. Il était garde-des-sceaux à l'époque de la Saint-Barthélemy; il fut créé cardinal en 1578 et mourut en 1583.

ou de Guise, qui pour leurs querelles particulières avoyent
tellement brouillé les cartes que jamais ne se verroit en
paix tandis que ces factions dureroyent. Pour y pourvoir,
faloit commencer par l'amiral, qui estoit le reste des Chastillons, et ce pour beaucoup de causes ; premièrement ,
c'estoit une chose insupportable qu'un simple gentil-
homme comme cestuy-là, aggrandy par la seule faveur des
Roys, vinst ainsi à trancher du brave auprès de ses maistres, avoir autant et plus de suitte qu'eux, leur bailler règle quand bon luy sembleroit, et faire remuer le royaume
ou une grand partie d'iceluy , parler aussi gros que les
princes du sang et s'attacher aux seigneurs favorisez du
Roy, sans les respecter aucunement ; secondement il avoit
donné tant de traverses au Roy que ce seroit une follie
extreme de l'en laisser impuni, et qu'estant l'occasion si
propre il falloit considérer ce qui estoit utile au royaume,
à savoir l'extermination des huguenots, lesquels seroyent
entièrement ruinés par la mort de leur chef ; tiercement,
qu'il estoit impossible que l'estat du royaume peust florir
tandis qu'il y auroit deux religions, et que la catholique
estant la meilleure il falloit racler l'autre. Pour parvenir
à cela, ils résolurent, puisque le fort ne se pouvoit bonnement dresser, d'avoir quelqu'un qui d'un coup de harquebouze tuast l'amiral incontinent après les nopces ; que de
ce coup s'ensuivroyent d'autres biens pour le Roy ; c'est
à savoir que les huguenots, estans en assez bon nombre
dans Paris, ne pourroyent endurer un tel outrage sans se
mutiner en quelque sorte, et que sur cela le Roy auroit un
fort beau prétexte pour les faire exterminer, ayant cent
fois autant de forces qu'eux là dedans ; que parmi ces
coups ceux de Montmorency seroyent aisément envelo-
pez, à cause de la haine que leur portoyent les Parisiens
et la maison de Guise, et qu'après ce coup fait et les prin-

cipaux des autres villes du royaume saccagez, il n'y auroit qu'une religion ; puis avec le temps on rangeroit si bien ceux de Guise que le Roy demeureroit seigneur entièrement et toutes factions cesseroyent. Quant aux princes qui estoyent avec l'amiral, quand leurs appuis leur seroyent ostez, il seroit aisé de leur donner un autre ply en leur donnant des serviteurs affectionnez au Roy et à la Royne sa mère, pour espier leurs actions et les retenir en devoir.

Mais le conseil de la Royne mère pénétroit bien plus avant, car le comte de Rets et elle avoyent préveu de long-temps ensemble, et comme résolu que, pour affermir leur authorité et manier tout le royaume à leur plaisir et sans aucun controlle, il falloit premièrement qu'il n'y eust seigneur en France qui ne fust créature de la Royne et esleue par sa libéralité ; outre plus ne souffrir jamais qu'ils montassent si haut qu'elle ne les peust faire descendre et les deffaire quand ils luy désobéiroyent ; item ne permettre vivre autre noblesse que celle qu'elle feroit de jour à autre, qui luy seroyent obligez, et que toute obéissance luy seroit rendue par tel moyen, sans qu'il y eust plus querelle pour la préséance à cause de l'antiquité ou grandeur des maisons ; quant aux princes, qu'il les falloit amuser à d'autres affaires qu'à ceux du royaume, et, si l'on les voyoit se vouloir avancer, leur faucher l'herbe de bonne heure par les moyens pratiquez auparavant. Pour le regard de la religion, que la catholique seule demeurast, comme estant la plus propre pour se maintenir, joint le moyen qu'on auroit d'introduire les Espagnols et Italiens en France, qui seroyent entièrement au service de la Royne, par la main de laquelle ils seroyent avancez. Il y avoit d'autres articles pour opprimer du tout les estats, renverser la pluspart des loix, renger le peuple par subtiles exactions, démanteler la pluspart des villes, spécialement celles qui ne sont de frontière, et avoir tousjours une armée preste, aux dépens du peuple et au commandement de la Royne. Pour parvenir à ces desseins, les trois factions sus-nommées, de Montmorency, de Chastillon et de Guise, l'empeschoyent fort. Il faut donc commencer par ceux-là qui comprenoyent avec eux presque toute la noblesse de France. Ceux de Montmorency pourroyent s'ajoindre un jour à la maison de Chastillon et abaisser tellement ceux de Guise que finalement ils passeroient plus outre puis après, demandans le restablissement du royaume, ce qui ne se pourroit faire que la Royne ne perdist son autorité, et le comte de Rets (1) en danger pour ses déportemens. Outre cela, la Royne se souvenoit des tours qu'elle avoit jouez au feu prince de Condé, à l'amiral et à ceux de la religion, desquels elle s'estoit mocquée infinies fois. Elle avoit indignement traitté le connestable; pourtant tenoit-elle pour tout asseuré que, si elle les laissoit plus long-temps ensemble; son comte de Rets et elle seroyent en beaucoup de peines. Elle craignoit aussi merveilleusement l'esprit du Roy, qu'elle avoit nourri en toute dissimulation, et se pensoit que s'il prestoit long-temps l'oreille à l'amiral, il verroit que son conseil secret cerchoit la ruine du royaume, et par conséquent pourroit tromper sa mère en cerchant les moyens de restablir toutes choses. Quant à ceux de Guise, encor qu'ils luy fussent affectionnez, si est-ce que leur présence la mettoit en beaucoup de pensemens; elle voyoit le Roy en train de ne vivre pas long-temps; le duc d'Anjou n'est pas trop spirituel, et que s'il alloit en Polongne il ne pour-

(1) Albert de Gondi, comte de Retz, maréchal de France en 1573, mort en 1602. Il avait été gouverneur du jeune roi Charles IX, et, selon Brantôme, « il le pervertit du tout. »

roit revenir si tost. Cependant les catholiques favorisoyent merveilleusement lesdits de Guise, qui à la moindre occasion renouvelleroyent leurs anciennes querelles touchant la duché d'Anjou et la comté de Provence, et autres droits qu'ils prétendent au royaume. Elle se souvenoit des tours qu'elle leur avoit jouez, et comment aussi le feu duc de Guise et le cardinal de Lorraine l'avoyent fait passer sous leurs pieds pendant le règne de François second, et que sitost qu'ils pourroyent rencontrer quelque expédient de l'abaisser, ils l'espargneroyent encores moins qu'alors. Brief, elle se résolut que son gouvernement ne pouvoit subsister ni demeurer debout tandis que ces grands seroyent si haut eslevez; premièrement donc, elle, ledit comte de Rets et Birague, concluent qu'il faut que l'amiral soit le premier au roolle, en telle sorte cependant que les autres n'eschappent point. Voici l'expédient le plus propre du monde, ce leur semble : il faut, suyvant ce qui a esté dit en général au conseil secret, attitrer quelqu'un qui d'une harquebouzade tue l'amiral, et mettre ce harquebouzier dans une maison qui appartienne à l'un des serviteurs de la maison de Guise, et que le coup se face en plain jour. Incontinent que l'amiral sera mort, ceux de la religion sachans la maison ne faudront de se ruer sur ceux de Guise, et les Parisiens sur lesdits de la religion et de Montmorency, tellement que les uns defferont les autres; le Roy se serrera cependant au Louvre et aura une troupe preste pour se ruer promptement sur le parti qui seroit demeuré comme le maistre, pour en dépescher à la chaude ceux qui seront des principaux. Cela fait, il n'y aura personne qui ne condamne les occis et qui n'ait mesme pitié du Roy, et ne loue la Royne mère et ses officiers qui se seront tenus serrez pour conserver la majesté royale. Quant aux particuliers et huguenots qui sont par les autres villes, sera aisé d'en venir à bout puis après, pourveu qu'on leur lève des mains les places de retraitte; or n'y avoit-il lieu que la Royne craignist sinon La Rochelle; mais elle la pensoit avoir en sa main par le moyen des instructions que Strossy et le Baron en avoyent; puis après on aviseroit au reste.

Le conseil troisiesme ou de Guise contenoit un arrest de ne laisser eschapper l'amiral ni les principaux de sa suite; on trouva bon aussi cest expédient de le faire tuer. Le duc de Guise disoit quelques fois que la justice qu'il demandoit au Roy contre l'amiral estoit de le combattre seul à seul; mais cela n'eust jamais esté accordé, pour beaucoup de raisons, et surtout pour l'incertitude de l'événement. Mais ceux de Guise, prévoyans bien ce que la Royne pensoit, assemblèrent telles forces dans Paris que ceux de la religion les eussent peu malaisément endommager, et le Roy mesmes avec les siens ne leur eust sceu nuire.

Pour faire ce coup, ne fallut long-temps deviner. Maurevel, meurtrier gaigé du Roy, de la Royne, de ceux de Guise, et récompensé de la ville de Paris, fut mandé pour se trouver à Paris au temps des nopces. Tous les trois conseils se rapportèrent en un, touchant cest avis de l'exécution, excepté que ceux de Guise ne savoyent pas l'intention de la Royne touchant le logis d'où ce meurtrier tireroit. Trois sepmaines auparavant, le duc d'Anjou, faignant aller jouer en un chasteau près Paris, avoit fait venir Maurevel, auquel il avoit longuement parlé en un cabinet. Quelques jours ensuyvans, le comte de Rets avoit aussi longuement parlé à luy, seul à seul hors de Paris, où il l'estoit allé trouver.

Retournons aux nopces, pendant que la Royne mère dresse l'eschaffaut tragique. Le mercredy 20 d'aoust furent faits les jeux dès long-temps préparez en la salle de Bourbon, comme s'ensuit. Premièrement, en ladite salle, à main droite, y avoit le paradis dressé, l'entrée duquel estoit défendue par trois chevaliers armez de toutes pièces, qui estoyent le Roy et ses frères; à main gauche estoit l'enfer, dans lequel y avoit un grand nombre de diables et petis diabloteaux faisans infinies singeries et tintamarres avec une grande roue tournant dans ledit enfer, toute environnée de clochettes. Le paradis et l'enfer estoyent divisez par une rivière qui estoit entre deux, dans laquelle y avoit une barque conduite par Charon, nautonnier d'enfer. A l'un des bouts de la salle, et derrière le paradis, estoyent les Champs-Élisées, à savoir un jardin embelly de verdure et de toutes sortes de fleurs, et le ciel empyrée, qui estoit une grand'roue avec les douze signes, sept planettes et une infinité de petites estoilles faites à jour, rendans une grande lueur et clarté par le moyen des lampes et flambeaux qui estoyent artificiellement accommodez par derrière. Ceste roue estoit en continuel mouvement, faisant aussi tourner ce jardin, dans lequel estoyent douze nymphes fort richement acoustrées.

Dans la salle se présentèrent plusieurs troupes de chevaliers errans, armez de toutes pièces et vestus de diverses livrées, conduits par les princes et seigneurs, tous lesquels, taschans de gagner l'entrée du paradis, pour puis après aller quérir ces nymphes au jardin, estoyent empeschez par les trois chevaliers qui en avoyent la garde, lesquels, l'un après l'autre, se présentoyent à la lisse, et, ayans rompu la picque contre lesdits assaillans et donné le coup de coustelas, les renvoyoyent vers l'enfer, où ils estoyent trainez par ces diables. Ceste forme de combat dura jusqu'à ce que tous les chevaliers errans eurent esté combattus et trainez un à un dedans l'enfer, lequel fut

puis clos et fermé. A l'instant descendirent d'un ciel
Mercure et Cupidon, portez par un coq, chantans et dan-
sans. Le Mercure estoit cest Estienne le Roy, chantre
tant renommé, lequel, descendu en terre, se vint présenter aux trois chevaliers, et, après un chant mélodieux,
leur fit une harangue, laquelle parachevée il remonta
sur son coq, toujours chantant, et fut reporté au ciel.
Lors les trois chevaliers se levèrent de leurs siéges, et,
traversans le paradis, allèrent ès Champs-Elisées quérir
les douze nymphes, lesquelles ils menèrent au milieu de
la salle, où elles se mirent à danser un bal fort diversifié
et qui dura plus d'une grosse heure. Le bal parachevé,
les chevaliers qui estoyent dans l'enfer furent délivrez, et
après se mirent à combattre et rompre les picques en
foule ; la salle estoit toute couverte d'esclats de picques,
et voyoit-on le feu sortir de tous costez des harnois. Le
combat fini, on mit le feu à des trainées de poudre qui estoyent autour d'une fontaine dressée quasi au milieu de
la salle, d'où s'esleva un bruit et une fumée qui fit retirer
chascun. Tel fut le passe-temps de ce jour, d'où l'on peut
conjecturer quelles estoient les pensées du Roy et du conseil secret parmi telles feintes. On sait comme leurs flatteurs ont allégorizé depuis sur tels jeux, disans que le Roy
avoit chassé les huguenots dans l'enfer. Mais qui se voudroit employer à telles spéculations, il pourroit remarquer beaucoup de choses, au train de la cour, qui feroyent
rougir tels flatteurs (s'ils ont encore quelque goute de bon
sang) et tous ceux à qui ils servent.

L'amiral demeuroit en cour, après les nopces, pour
pourvoir aux afaires des églises reformées. Le Roy aussi
l'avoit prié de le supporter quelques jours en ses passe-
temps, et le tirant à part, environ ce 20 d'aoust, lui dit :
« Mon père, vous savez que vous m'avez promis de n'of-

fencer personne de tous ceux de Guise, tandis que vous
demeurerez ici, et eux semblablement m'ont promis de
vous respecter et tous les vostres. Je me persuade et ay
ceste ferme opinion que vous me tiendrez vostre promesse ; mais je ne suis pas si asseuré de leur foy comme je
suis de la vostre ; car, outre que c'est à eux de se venger,
je cognoy leurs bravades et la faveur que ce peuple leur
porte ; par quoy je ne voudroy point qu'ils fissent chose
qui tournast à vostre dommage et que mon honneur y
fust interessé, attendu, comme vous savez, que, sous ombre de ces nopces, ils se sont trouvez ici bien accompagnez et bien armez. Et pourtant, s'il vous sembloit bon,
j'avois pensé que ce ne seroit point sans propos si je faisois venir les gardes de mes harquebuziers, pour plus
grande seureté de tous, de peur qu'à l'improviste ils ne
vous puissent endommager aucunement, les faisant venir
sous la conduite de tels et tels capitaines, » en nommant
des hommes qu'il savoit bien n'estre point suspects et
dont l'amiral ne se peust défier. Lequel ayant entendu le
discours du Roy et le trouvant fort gracieux et amiable,
et fait avec simplicité, le remercia, adjoustant que tout,
ainsi que cela, estoit entièrement en sa puissance, qu'aussi
il s'en rapportoit à tout ce que Sa Majesté en feroit ; et
quant à luy, que les harquebuziers ne luy desplaisoyent
point, d'autant que les gardes sont toujours bonnes. Ce
discours fait entre eux, on fit venir douze cens harquebuziers, qui furent mis une partie à l'entour du Louvre,
et le reste envoyé en d'autres endroits de la ville, afin
qu'on ne sceust point au vray quel nombre il y avoit. Par
cest artifice, à la veue de tous ceux de la religion, le Roy
fit entrer dans Paris ceux qui les devoyent saccager.

Ces jours-là, le mareschal de Montmorency, voyant
telles confusions à Paris et redoutant les surprinses de

ceux de Guise, ennemis mortels de luy et des siens, sous prétexte de s'aller esbattre à la chasse, se retira de la cour chez soy; en quoy bien luy print, car, outre ce qu'il eschappa de mort ce coup-là, aussi son absence fut cause que ses frères furent espargnez. On estimoit qu'il deust revenir le vendredy matin; mais il séjourna davantage, et, ayant entendu ces nouvelles de la blessure de son cousin l'amiral, print autre avis.

Le lundy 21 d'aoust furent dressées des lices dans le Louvre, pour courir la bague, avec un eschaffaut pour les dames. Là se présentèrent plusieurs troupes, entre autres le Roy et son frère, vestus en Amazones; le Roy de Navarre et sa troupe, vestus à la turque, de grandes robbes de drap d'or et le turban en teste; le prince de Condé et le jeune la Rochefoucaut, vestus à l'estrapiotte, avec robbes de drap d'or; le duc de Guise et le chevalier d'Angoulesme estoyent aussi vestus en Amazones. Toutes leurs troupes, et plusieurs autres richement acoustrées, se présentèrent sur la lice; mais, parce qu'il estoit tard, on ne courut que deux ou trois coups, et fut (disoit-on) la partie remise au lendemain. Ce mesme jour fut dit au conseil privé du Roy que on avoit veu force gens à cheval au Pré-aux-Clercs et par les places de Paris, avec des pistoles et harquebuses à l'arçon de la selle, contre les défences du port des armes; à quoy quelqu'un du conseil respondit que ce pouvoyent estre quelques-uns qui se préparoyent et exerçoyent pour la reveue qui se devoit faire pour la récréation de la cour.

Il y avoit si grand appareil de jeux, telle magnificence de banquets et passe-temps, le Roy aussi estoit tellement transporté après telles follatreries, tant s'en faloit qu'il vaquast aux afaires qui se présentoyent au conseil ordinaire, que mesmes il ne prenoit pas le loisir de dormir;

mais les conseils estoient desjà prins, et il faisoit comme
le chasseur qui chante et loue fort la beste qu'il détestoit
et maudissoit en chassant. Or, en la cour de France, le
bal, les danses, les masquarades et autres telles vanitez
ès quelles le Roy prend un plaisir singulier, ne se font le
plus souvent que de nuict; quant aux heures du jour
propres pour tenir conseil et traiter des afaires, il les
faut employer nécessairement à dormir, à cause des excez
faits en la nuict précédente. Au reste, il y a eu dès long-
temps telle privauté entre les gentilshommes courtisans
et les damoiselles de la Royne mère, et une si grande
licence de rire et deviser de choses lascives, que les autres
nations ne le pourroyent croire, et toutes gens honnestes
tiennent pour certain que les jeunes damoiselles sont
mal logées en ces lieux-là pour y conserver leur pudicité.
Qui plus est, s'il arrive quelque macquereau ou macque-
relle, si quelque ruffien et garnement propre à inventer
quelques nouvelles vilenies se présente, on le void, en
moins de rien, estre des plus favoris; surtout depuis que
la Royne mère a eu le commandement du royaume, il y
est entré une telle fourmillière d'Italiens, spécialement
en la cour, que plusieurs l'appellent maintenant la Franc'
Italie, les autres colonie et esgout d'Italie. Ces folies et
vanitez de la cour empeschoient l'amiral de parler au Roy
et traiter de choses plus graves; mais quand les députez
des églises réformées, envoyez en cour pour faire plaintes
des outrages faits en divers endroits à plusieurs de ladite
religion, entendirent que l'amiral délibéroit se retirer,
ils luy portent soudainement leurs requestes et demandes,
le priant de ne partir de là que premièrement il n'eust fait
pourvoir aux afaires des églises, et, pour cest effect, présenté leurs requestes au Roy et à son conseil. Pour ceste
occasion l'amiral résolut (comme aussi il l'escrivoit à sa

femme par lettres insérées ci-devant) de différer son partement jusques à tant que la commodité se présentast
de parler de telles afaires au privé conseil, où le Roy avoit
promis de se trouver bientost pour donner ordre à tout.
A ce retardement estoit conjoint un autre empeschement ;
il estoit deu une grande somme de deniers de solde aux
reytres qui, en la dernière guerre, avoyent porté les armes pour ceux de la religion, ce que l'amiral sollicitoit
avec un soin et diligence incroyable.

Maurevel, estant arrivé à Paris pendant ces festins et
ayant esté veu du Roy, de sa mère, du duc d'Anjou, de
ceux de Guise, après avoir parlé au Roy et à la Royne
mère, fut donné en charge à un nommé Chailly, qui le
mena en la maison d'où il tira le coup, et le recommanda
à une femme estant en ladite maison. Le vendredy 22
d'aoust, dès le matin, il agence sa harquebouze et attend
de pied coy l'amiral, lequel, ayant obtenu audiance, fit
son rapport au conseil du Roy (où présidoit le duc d'Anjou, qui en sortit avant les autres) ; puis au sortir, comme
il alloit en son logis, ayant trouvé le Roy qui sortoit
d'une chapelle qui est au-devant du Louvre, le remena
jusques dans le jeu de paume (où le Roy et le duc de
Guise, ayans dressé partie contre Theligny et un autre
gentil-homme, jouèrent quelque peu), puis en sortit
pour s'en aller disner en son logis, accompagné de douze
ou quinze gentils-hommes. Il ne fut pas à cent pas du
Louvre que, d'une fenestre treillissée du logis (où logeoit
ordinairement Villemur, précepteur du duc de Guise),
luy fut tirée une harquebouzade avec trois balles, sur le
poinct qu'il lisoit une requeste, allant à pied par la rue.
L'une des balles luy emporta le doigt indice de la main
droite ; de l'autre balle il fut blessé au bras gauche.

Lorsqu'il fut blessé, le sieur de Guerchy estoit à son

costé droit, d'où luy fut tirée l'harquebouzade, et à son gauche l'aisné des Pruneaux. Ils furent fort esbahis et esperdus, et tous ceux qui estoyent en la compagnie.

L'amiral ne dit jamais autre chose sinon qu'il monstra le lieu d'où on luy avoit tiré le coup et où les balles avoyent donné, priant le capitaine Pilles, qui survint là avec le capitaine Monins, d'aller dire au Roy ce qui luy estoit avenu, qu'il jugeast quelle belle fidélité c'estoit, l'entendant de l'accord fait entre luy et le duc de Guise.

Un autre gentil-homme, voyant l'amiral blessé, s'approcha de luy pour luy soustenir son bras gauche, luy serrant l'endroit de la blessure avec son mouchoir; le sieur de Guerchy luy soustenoit le droict, et en ceste façon fut mené à son logis, distant de là environ de six vingts pas. En y allant, un gentil-homme luy dit qu'il estoit à craindre que les balles ne fussent empoisonnées, à quoy l'amiral respondit qu'il n'aviendroit que ce qu'il plairoit à Dieu.

Soudain après le coup, la porte du logis d'où l'harquebouzade avoit esté tirée fut enfoncée par certains gentils-hommes de la suite de l'amiral; l'harquebouze fut trouvée, mais non l'harquebouzier; ouy bien un sien laquais et une servante du logis. L'harquebouzier s'en estoit soudain enfuy par la porte de derrière qui sort sur le cloistre de Sainct-Germain de l'Auxerrois, où l'on luy gardoit un cheval prest, garny de pistolles à l'arçon de la selle; sur lequel estant eschappé, il sortit hors de la porte Sainct-Antoine, où, ayant trouvé un cheval d'Espagne qu'on luy tenoit en main, descendit du premier et monta sur le second, puis se mit au grand galop.

Le Roy, entendant la blesseure de l'amiral, quitta le lieu où il estoit encores jouant avec le duc de Guise, jetta la raquette par terre, et, avec un visage triste et abbatu, se retira en sa chambre ; le duc de Guise sortit aussi, peu après le Roy, du jeu de paume.

La chambrière du logis, interroguée, respondit que le seigneur de Chailly (qui est maistre d'hostel du Roy et superintendant des afaires du duc de Guise), le jour auparavant, avoit mené l'harquebouzier dans le logis et l'avoit affectueusement recommandé à l'hostesse.

Le laquais, interrogué, respond que ce jour-là, bien matin, son maistre l'avoit envoyé à Chailly pour le prier de faire en sorte que l'escuyer du duc de Guise tinst les chevaux qu'il luy avoit promis tous prests. Quant au nom de son maistre, il n'y avoit pas long-temps qu'il estoit à luy et ne l'avoit ouy appeller que Bolland, l'un des soldats de la garde du Roy ; mais chacun sait que c'estoit Maurevel de Brie, celuy qui, aux guerres passées, tua en trahison le sieur de Mouy.

Le Roy de Navarre, le prince de Condé, le comte de la Rochefoucaut, et plusieurs autres seigneurs, barons, et gentils-hommes de la religion, advertis de la blessure, vindrent incontinent visiter l'amiral. Il vint aussi plusieurs autres seigneurs et gentils-hommes catholiques, amis de l'amiral, tous bien fort marris de ce qui luy estoit avenu.

Soudain les médecins et chirurgiens furent appellez, entre autres Ambroise Paré (1), chirurgien du Roy, fort expert en cest art. Ce chirurgien commença par le doigt indice, lequel il coupa, avec grandes douleurs de l'amiral ; car, pour n'avoir des pincettes assez aiguisées, il fut contraint les ouvrir et serrer par trois fois ; puis après, il

(1) Ambroise Paré, surnommé le Père de la chirurgie française, fut (dit Brantôme) le seul huguenot à qui Charles IX voulut sauver la vie dans la nuit de la Saint-Barthélemy. Il mourut à l'âge de quatre-vingts ans.

vint au bras gauche, faisant des incisions en deux endroits
où la balle avoit traversé. L'amiral endura le tout avec un
visage constant et merveilleusement patient, tandis que
ceux qui le voyoyent ainsi découper ne pouvoyent se contenir de pleurer à chaudes larmes. Luy les voyant effrayez :
« Mes amis, dit-il, pourquoi pleurez-vous ? je m'estime
bien heureux d'avoir esté ainsi blessé pour le nom de
Dieu. » Et à l'instant, jettant la veue sur un ministre nommé Merlin : « Voyci (dit-ii) des bénéfices de Dieu, mes
amis ; je suis voirement bien blessé, mais je cognois que
c'est par la volonté du Seigneur nostre Dieu, et remercie
sa Majesté de ce qu'il me daigne tant honorer que je
souffre quelque chose pour son sainct nom ; prions-le,
afin qu'il m'ottroye le don de persévérance. » Alors, regardant ce ministre qui se lamentoit : « M. Merlin, dit-il,
et quoy ! me voulez pas consoler ? — Ouy bien, monsieur,
respondit-il ; et n'y a plus grande ni plus certaine consolation que si vous vous ramentevez tousjours que Dieu
vous honore grandement, vous réputant digne de souffrir ainsi pour son nom et pour la vraye religion. » L'amiral répliqua : « Si Dieu me traitoit comme je l'ai mérité, il
me faudroit bien endurer d'autres tourmens ; mais loué
soit son nom, quand il desploye sa douceur et clémence
sur moy, son pauvre serviteur. — Ayez donc bon courage,
dit quelque autre ; car puisque Dieu vous a laissé saine et
entière la meilleure partie de vous, il y a de quoy magnifier sa bonté ; vous avez en ces playes un plus grand argument de la miséricorde de Dieu que de son ire, puisqu'il a préservé de playe la teste et l'entendement. » Merlin adjousta : « Vous faites bien, monsieur, de destourner
vostre pensée de ceux qui vous ont ainsi outragé, pour
regarder à Dieu seulement ; car certainement ç'a esté sa
main qui vous a frappé, et ne faut penser pour ceste heure

aux meurtriers. — Je vous asseure, respond l'amiral, que
je pardonne de bon cœur à celuy qui m'a blessé et à ceux
qui l'ont induit à ce faire, car je suis certain qu'ils ne
me sauroyent faire tort quelconque, quand mesmes ils
me mettroyent à mort, d'autant que la mort m'est un
passage asseuré pour parvenir à la vie. » Il réitéra ce
mesme propos puis après au mareschal Danville qui vint
le voir, et ce en la présence dudit Merlin, ministre, qui
est vivant, ayant esté miraculeusement délivré, comme
cy-après sera veu.

Bien peu de temps après, les mareschaux de Cossé et
Danville le viennent voir, l'asseurent que cest accident
les trouble fort, et que de long-temps ne leur avint chose
qui leur pesast tant sur le cœur; toutesfois que sa constance et vertu acoustumée requéroit qu'il prinst courage
et se monstrast homme. Alors l'amiral, adressant la parole au mareschal de Cossé : « Vous souvient-il pas, dit-
il, de ce que je vous en disois, n'y a pas long-temps ? Pour
certain, il vous en pend autant à l'œil. » Lors le mareschal
de Danville dit : « Monsieur l'amiral, je ne veux pas entreprendre de vous consoler et exhorter à constance et patience; vous estes celuy qui en donnez les enseignemens
aux autres; mais regardez, je vous prie, en quoy je pour-
ray m'employer pour vous. Je m'esmerveille d'où peut
estre venu cecy. » L'amiral luy respond : « Je n'ay personne
pour suspect que M. de Guise ; toutesfois je ne le voudrois pas affermer, mais j'ay apprins dès long-temps, par
la grace de Dieu, à ne craindre mes ennemis ny la mort
mesme, laquelle ne me sauroit nuire, comme je m'asseure,
ains plustost me mettra en un repos perpétuel et bienheureux; car je sçay pour certain que Dieu, en qui j'ay
mis entièrement mon espérance, ne peut tromper ny
mentir. Vray est qu'une chose m'afflige en ceste blessure.

cy ; c'est que je me vois privé du moyen de faire paroistre au Roy combien je désirois luy faire service. » Il disoit cela ayant esgard à la guerre de Flandres, laquelle
selon l'apparence estoit un moyen fort propre pour ramener l'Estat de France peu à peu à son ancienne splendeur, et eslever le Roy par-dessus tous les autres monarques. « Je désirerois bien, ajousta-il, qu'il luy pleust m'ouir
parler un bien peu, car j'ay à luy dire choses qui luy im-
portent grandement et pense qu'il n'y a personne qui les
luy osast dire. »

Le Roy, s'estant retiré au Louvre avec sa mère, son
frère et peu d'autres du conseil secret, commença à les
regarder comme tout estonné, et sur ce la Royne mère
dit assez haut : « Il faut promettre justice et garder que
personne ne sorte ; puis on avisera au reste incontinent. »
Et comme on vouloit estendre ce propos, le Roy de Navarre et le prince de Condé allèrent trouver le Roy, auquel ils firent leurs plaintes selon le mérite du fait, remonstrans qu'il ne faisoit pas seur pour eux dans Paris,
et le supplians tout hautement de leur donner congé d'en
sortir et de se retirer ailleurs. Le Roy, se complaignant
aussi à eux du malheur avenu, et les consolant, jura et
promit de faire du coulpable, des consentans et fauteurs,
si mémorable justice que l'amiral et ses amis auroyent de
quoy se contenter ; cependant il les prie de ne bouger de
la cour, qu'ils luy en laissent la punition et vengeance, et
qu'ils s'asseurent qu'il y pourvoyera bientost. La Royne
mère présente monstroit semblant d'estre bien fort marrie du cas avenu ; que c'estoit un grand outrage fait au
Roy, que si on supportoit cela aujourd'huy, demain on
prendroit la hardiesse d'en faire autant dans le Louvre,
une autre fois dans son lict et l'autre dedans son sein et
entre ses bras. Par cest artifice le Roy de Navarre, le

prince de Condé, les autres seigneurs et gentils-hommes
de la religion furent arrestez dans Paris.

Soudain le Roy commande qu'on poursuive celuy qui
avoit fait le coup, et pour ne laisser eschaper (disoit-il)
ceux qui en estoyent coulpables et pourvoir à ce qu'il
n'avinst quelque plus grand mal, envoya vers le prévost
de Paris, luy commandant de mettre gens en ordre, et
qu'il fut prest pour exécuter tout ce que le duc d'Anjou
luy commanderoit. Il fit aussi fermer toutes les portes de
la ville, disant qu'il ne vouloit pas que ceux qui avoyent
commis un tel excès se sauvassent, réservant seulement
deux portes ouvertes pour les allans et venans, ès quelles
y avoit grosse garde, afin que nul ne sortist sans congé.
Et faisant semblant de donner ordre à toutes choses pour
éviter scandale et vouloir trouver les coulpables, il fit
mettre toute la ville en armes; et puis voulut que beaucoup de seigneurs et gentils-hommes de la religion fussent
à l'entour du quartier et logis de l'amiral, de peur qu'estans espars par la ville ils ne fussent mal traitez, et qu'ils
fussent défendus par les soldats de sa garde, les assemblant tous ensemble par ce moyen, et qu'un seul ne luy
eschappast des mains.

La Royne mère et le comte de Rets, qui avoit instruit
Maurevel, voyans que le coup n'estoit donné selon leur
intention et que ceux de la religion ne s'estoyent ruez sur
ceux de Guise, virent bien que pour ce coup ils ne pouvoyent pas tant faire rompre de testes, et qu'il se faloit
contenter de l'amiral et des siens. Néantmoins, ils furent
en doute quelques heures touchant ceste exécution, car
ils appercevoyent aucunement qu'il y avoit d'autres seigneurs catholiques qui n'approuveroyent jamais telles
cruautez. Surtout le comte de Rets se tournoit çà et là pour
asseurer sa grandeur, ce qui ne se pouvoit faire qu'en rui-

nant les grands; auparavant donc ils avoyent fait un roolle des seigneurs catholiques qui ne seroyent oubliez. Les quatre frères de Montmorency estoyent les premiers en rang; outre ce qu'on s'asseuroit bien que l'amiral estant tué sur-le-champ, ils seroyent aisément enveloppez; mais l'absence du mareschal de Montmorency, qui ne revenoit point, fit du tout surseoir ceste exécution. Le mareschal de Cossé, le sieur de Biron et quelques autres y estoyent aussi compris; mais ils trouvèrent des amis le jour du massacre, et ainsi reschappèrent, comme nous le verrons en son lieu.

Cependant on fait cercher ce tireur d'harquebuze dedans et dehors la ville; mais luy s'enfuyant, et passant par Villeneufve-Sainct-George, où il changea de cheval, alloit disant tout haut : « Vous n'aurez plus d'amiral en France.» Le Roy, prié par le Roy de Navarre et par le prince de Condé, et à la requeste de plusieurs autres, commanda qu'on informast du fait sur-le-champ, et en donna commission expresse à trois de la cour de parlement, à savoir aux présidents de Thou et de Morsen, et au conseiller Viole. En premier lieu on entend que la maison est à un chanoine de Sainct-Germain, nommé Villemur, qui avoit esté précepteur du duc de Guise et estoit de ses plus familiers et domestiques. La femme et le laquay qu'on y trouva dirent et confessèrent ce qui a esté mentionné ci-dessus. Ces dépositions et confessions ayant esté portées au Roy, il fit incontinent venir Nanssey, capitaine de ses gardes, luy commanda de saisir au corps Chailly et le luy amener; mais si tost que Chailly eust ouy le coup d'harquebouse il s'en estoit fuy au Louvre et caché en la chambre du duc de Guise, où, ayant entendu le commandement du Roy, soudain fut retiré ailleurs plus à l'escart. Nanssey, sachant qu'il n'y estoit plus, respondit que cestoit un gentil-homme de marque, et qu'il ne faloit douter qu'il ne se présentast devant le Roy et les juges quand besoin en seroit.

Sur ces entrefaites, et tandis qu'on bandoit les playes de l'amiral, Théligny, par son commandement, vint trouver le Roy, lequel il pria humblement, au nom de son beau-père, de le vouloir visiter, s'il luy plaist en prendre la peine ; qu'iceluy est en grand danger de mort et a cependant à dire au Roy choses importantes et concernantes son salut, lesquelles il est asseuré qu'homme de son royaume ne luy oseroit descouvrir. Le mareschal de Danville, prié par l'amiral, dit le mesme au Roy, lequel respondit à tous deux qu'il iroit volontiers. Et de fait, sur les deux heures après midi, le Roy se mit en chemin, acompagné de la Royne sa mère, de ses deux frères, du duc de Montpensier, du cardinal de Bourbon, des mareschaux de Danville, Tavannes et de Cossé, du comte de Rets, des sieurs de Thoré et de Méru, et peu après y vint aussi Gonzague, duc de Nevers. Du commencement le Roy fit sortir de la chambre tous les domestiques de l'amiral, excepté Théligny et sa femme (1), et celuy qui eschappa des massacres, lequel assistoit à l'amiral, et qui prenoit soigneusement garde à tout ce qui se faisoit et disoit lors, estant tousjours auprès de l'amiral. Après que le Roy (selon sa coustume) eut bénignement salué l'amiral, et l'interrogeant doucement comme il se portoit, l'amiral respondit, avec une singulière modestie : « Sire, je vous remercie autant humblement qu'il m'est possible de l'honneur qu'il plaist à Votre Majesté me faire, et de tant de peine que prenez pour moy. » Le Roy luy ayant déclairé qu'il s'es-

(1) Téligni avait épousé, l'année précédente, Louise de Coligny, fille de l'amiral.

jouissoit de le voir si constant, et le priant d'avoir bon
courage, l'amiral commença à dire : « Sire, je n'ignore
point que cy-après (s'il plait à Dieu que je meure) plusieurs
calomnieront mes actions; mais Dieu, devant le throne
duquel je suis prest de comparoir, m'est tesmoin que j'ay
tousjours esté fidèle et affectionné serviteur de Vostre Majesté et de vostre royaume, et que je n'ay jamais rien eu
en plus grande recommandation que le salut de ma patrie, conjoint avec la grandeur et accroissement de vostre
Estat. Et combien que plusieurs ayent tasché de me charger du crime de félonie et rebellion, toutesfois le fait (sans
que j'en parle) démonstre assez à qui il faut attribuer la
cause de tant de maux. Derechef j'appelle Dieu à tesmoin
de mon innocence, et le prie et reprie de vouloir estre
juge entre moy et mes accusateurs, ce que je m'asseure
qu'il fera, selon sa justice. Quant à moy, je suis prest de
rendre compte de mes actions devant sa saincte majesté,
si sa volonté est de me retirer à soy par le moyen de
ceste blessure. Mais, sans m'arrester davantage à cela,
ayant pleu au feu Roy Henry vostre père m'honorer de
beaucoup de charges et dignitez, et vous ayant pleu me
confermer en iceux, je ne me saurois contenir, estant très
affectionné à l'accroissement de vostre dignité, de vous
dire que vous mesprisez assez inconsidérément le moyen
de bien acheminer vos afaires. Vous avez maintenant l'opportunité en main, telle que vos prédécesseurs n'eurent
jamais la semblable; si vous la rejettez entièrement, outre
la fascherie que recevrez d'une si grande perte, j'ay peur
que vostre royaume n'en reçoyve une grande playe, voire
une ruine bien dangereuse. Est-ce point une honte, Sire,
qu'on ne sauroit (par manière de dire) tourner un œuf en
vostre conseil privé qu'incontinent un courrier n'en
porte les nouvelles au duc d'Albe? Est-ce point une par

trop grande indignité que ce duc d'Albe a fait pendre
tant de gentils-hommes françois, tant de braves capitaines
et bons soldats vos sujets, prins en la desfaite de Jenlis?
de laquelle indignité je receus hier au soir nouvelles certaines; mais en vostre cour on ne fait que rire de cela.
Voilà la bonne affection que les François portent à leurs
compatriotes, et la compassion qu'ils ont de leur indigne
traitement. Le second point, lequel j'ay pensé estre bon
de vous ramentevoir, est le manifeste mespris de vos édits,
spécialement de celuy de pacification. Vous avez juré la
paix tant de fois et si solennellement que les nations et
princes estrangers sont tesmoins de vostre serment ; vous
avez juré de garder la paix promise à ceux de la religion ;
mais on ne sauroit dire en combien d'endroits de vostre
royaume ceste promesse est vilainement violée, non-seulement par quelques particuliers, mais aussi par vos gouverneurs et officiers. Je vous ay souvent proposé ces
choses, Sire, et vous ay fait voir à l'œil que la saincte
conservation d'une promesse publique est un lien très asseuré de paix, et qu'entre beaucoup de moyens c'estoit le
seul et vray moyen de remettre et restablir vostre royaume
en son ancienne splendeur et dignité. Je vous ay fait entendre quelquesfois le mesme, Madame (parlant à la Royne
mère), et cependant on fait tous les jours ici des plaintes
de meurtres, brigandages et séditions faites deçà et de là ;
n'y a pas long-temps que, près de Troyes en Champagne,
les catholiques, ayans sceu qu'on apportoit du presche un
enfant qui y avoit esté baptizé, le tuèrent entre les bras
de sa nourrice. Sire, je vous supplie avoir plus d'esgard
à tels meurtres, ensemble au repos et salut du royaume
et à la foy que vous avez promise. »

Cela dit, le Roy luy fit telle ou semblable response : .
« Monsieur l'amiral, je say bien que vous estes homme de

bien, bon François, et que vous aimez l'accroissement de mon Estat. Je vous tiens pour un vaillant personnage et excellent capitaine et chef de guerre. Si je vous eusse estimé autre, jamais je n'eusse fait ce que j'ay fait. J'ai tasché tousjours de faire diligemment observer mon édit de pacification, et encor maintenant je désire qu'il soit bien entretenu, et pour cest effect j'ay envoyé des commissaires par toutes les provinces de mon royaume. Voici ma mère qui vous peut asseurer de cela. » Lors la Royne mère dit : « Cela est vray, monsieur l'amiral, et vous le savez bien. » A laquelle il respondit : «Ouy bien, Madame, l'on a envoyé des commissaires entre lesquels il y en a qui m'ont condamné à estre pendu et proposé cinquante mille escus de récompense à celuy qui vous apporteroit ma teste. — Bien donc (réplique le Roy) il en faut envoyer d'autres qui ne seront pas suspects. Cependant je voy, dit-il, regardant l'amiral, que vous vous esmouvez un peu trop en parlant; cela pourroit nuire à vostre santé. Vous estes blessé voirement, mais je sen la douleur de vostre playe; mais, par la mort Dieu! je vengeray cest outrage si roidement qu'il en sera mémoire à jamais. » Alors l'amiral dit : « Sire, il ne faut cercher fort loin celuy qui m'a procuré ce bien-cy. Qu'on en demande à M. de Guise, il dira qui est celuy qui m'a presté une telle charité; mais Dieu ne me soit jamais en aide si je demande vengeance d'un tel outrage! Cependant je m'asseure tant en vostre droiture et équité que vous ne me refuserez point justice. » Derechef le Roy adjousta : «Monsieur l'amiral, par la mort Dieu! je vous proteste et promets que je vous feray justice de cest outrage. La femme de la maison de laquelle a esté tiré le coup est en prison, ensemble le laquay qui a esté trouvé en ceste maison. Mais avez-vous pour agréables les juges commis pour informer de ce fait? — Puisque

vous les trouvez propres, Sire (respondit l'amiral), je m'y
accorde bien ; seulement je vous supplie humblement
que Cavagnes, l'un de vos maistres des requestes, y soit
adjoint, ensemble M. de Masparault, » et un autre qu'il
nomma, du nom duquel ne se souvient celuy qui oyoit
ces propos. Cela dit, le Roy et la Royne mère appro-
chèrent plus près de l'amiral et parlèrent quelque temps
fort bas ensemble. Celuy qui estoit près du lict ne peut
entendre autre chose, sinon que sur la fin la Royne mère
dit : « Combien que je ne sois qu'une femme, si suis - je
d'avis qu'on y pourvoye de bonne heure. » Depuis on
entendit de l'amiral mesmes qu'il avoit admonnesté le
Roy de se souvenir des advertissemens que ledit amiral
luy avoit faits autresfois, touchant les malheureux desseins de quelques-uns à l'encontre de son Estat et couronne ; qu'il devoit s'asseurer que les mesmes dangers
l'environnoyent, et que partant il fust sur ses gardes s'il
aimoit sa vie. Mais c'estoyent advertissemens en l'air, à
cause de la Royne mère, qui entendoit tous ces propos.
Cependant le Roy ne toucha point aux afaires de Flandres, ains, entamant un autre propos, exhorta l'amiral de
permettre qu'on le portast au Louvre, qu'il y avoit danger de sédition et quelque grand trouble ne s'esmeust
en la ville plaine de mutins et enragez. On n'entendoit
pas lors à quel propos le Roy parloit ainsi ; car, encor que
le peuple de Paris, entre tous autres, ait tousjours esté
tenu pour badaut et insensé, si est-ce que non-seulement
la venue et présence du Roy, mais aussi le seul récit du
nom d'iceluy, les fait tenir quois. Il n'y avoit donc occasion de les craindre, tandis que le Roy monstreroit bon
visage à l'amiral et à ceux de la religion, et pourtant l'a-
miral le remercia humblement. Sur ce, le comte de Rets
dit à Théligni et à celuy qui estoit près du lict de l'amiral

qu'il estoit d'avis qu'on le portast au Louvre, et qu'il craignoit que les Parisiens ne fissent telle esmeute que le Roy
n'y pourroit aisément donner ordre. On luy fit responce
qu'il n'y avoit pas un des médecins qui approuvast ce
conseil-là, d'autant que l'agitation feroit rengreger les
douleurs. Alors le Roy voulut voir la balle dont avoit esté
blessé l'amiral, et s'enquit s'il avoit beaucoup souffert
quand on luy coupa le doigt et la partie du bras offensé.
Et comme celuy qui monstroit ladite balle tinst aussi la
manche encor toute ensanglantée, le Roy demanda si
c'estoit du sang de l'amiral et si beaucoup de sang estoit
sorty de ses playes, adjoustant (après la responce de l'autre) qu'il ne savoit homme au monde plus magnanime et
vertueux que l'amiral. Puis, en rendant la balle, la Royne
mère la voulut voir et dit : « Je suis bien aise que la balle
n'est point demeurée dedans ; car il me souvient, lorsque
M. de Guise fut tué devant Orléans, que les médecins me
dirent quelquesfois que, si la balle estoit hors, encor
qu'elle eust esté empoisonnée, il n'y avoit danger de
mort. » Lors un médecin respondit : « Nous ne nous sommes pas contentez de cela, Madame ; car, voulans prévenir ce danger, nous avons donné un breuvage à monsieur
l'amiral, pour empescher la force de la poison, si d'aventure il y en avoit. »

Quelque peu de temps après que le Roy fut parti,
Jean de Ferrières, vidame de Chartres, entra en la
chambre de l'amiral, lequel il consola fort longuement,
adjoustant pour la fin que ses ennemis avoyent suffisamment descouvert leur lascheté, quand ils ne s'estoyent
osé adresser à luy que par une fenestre treillissée, et que
l'amiral estoit bienheureux de subsister ainsi, avec un
manifeste tesmoignage de vertu. L'amiral respondit qu'il
s'estimoit bienheureux de ce que Dieu luy avoit fait mi-

séricorde; « car bienheureux sont ceux (dit-il) ausquels Dieu pardonne leurs iniquitez. » Peu de temps après, par l'avis du Roy de Navarre et aussi du prince de Condé, les principaux seigneurs de la religion s'assemblèrent en un cabinet, près la chambre de l'amiral, pour aviser à ce qui estoit nécessaire de faire alors. Le vidame de Chartres remonstra, par beaucoup de parolles, qu'il faloit vistement sortir de Paris et tenir pour résolu que c'estoit ci l'entrée de la tragédie, laquelle se paracheveroit bientost. Les autres disputoyent, au contraire, que c'estoit assez de demander justice au Roy, et qu'il commandast que les coupables fussent chastiez. Théligny persévéra fermement en cest avis, affermant qu'il conoissoit le cœur du Roy et qu'il ne faloit douter de sa fidélité et bienveillance.

Ce jour-là, le Roy escrivit des lettres à tous les gouverneurs des provinces et des principales villes de son royaume, et aussi à ses ambassadeurs estans près des princes estrangers, par lesquelles il les advertissoit de ce qui estoit advenu et promettoit de faire en sorte que les autheurs et coulpables d'un si meschant acte seroyent descouverts et chastiez selon leurs démérites; cependant qu'ils fissent entendre à tout le monde combien cest outrage luy desplaisoit. La Royne mère, ce mesme jour, escrivit des lettres de mesme substance ausdits gouverneurs et ambassadeurs, le tout afin de contenir ceux de la religion et surtout attrapper La Rochelle.

Le soir venu, sur la minuict, le duc d'Anjou envoya quérir le duc de Guise, avec lequel il résolut que la nuict suyvante l'amiral et ses adhérans seroyent saccagez, afin que tous, spécialement ledit de Guise et les siens, avisassent à pourvoir à ce qui seroit requis pour l'exécution. La Royne mère et son conseil ne dormoit pas, ni le Roy pareillement, ains attendoyent tous le lendemain pour achever.

Venons au samedy 23 d'aoust. Ce jour fut prins un serviteur, lequel avoit baillé un cheval de relais à Maurevel; cestui-cy confessa qu'il estoit serviteur de la maison de Guise. De là avint qu'on faisoit courir des bruits par la ville que ceux de la religion (qui toutesfois ne demandoyent que justice, sans violence ni parolle outrageuse) menaçoyent fort lesdits de Guise; au moyen de quoy, et pour endormir du tout l'amiral et les siens, les ducs de Guise et d'Aumale s'en allèrent trouver le Roy, et, en présence de plusieurs, luy dirent qu'il leur sembloit que Sa Majesté n'avoit point leur service à gré depuis assez long-temps en çà, et quand ils eussent pensé qu'en se retirant en leurs maisons le Roy y eust prins plaisir, pour luy complaire ils n'eussent pas failly de s'en aller de la cour. Le Roy, faisant semblant d'estre bien despité contre eux, avec un mauvais visage et avec parolles pires, leur respondit, d'un artifice singulier, qu'ils s'en allassent où ils voudroyent, et qu'il les auroit bien tousjours s'il se trouvoit qu'ils fussent coupables de ce qui avoit esté fait à l'amiral; par quoy se retirans de la présence du Roy, bien accompagnez, montèrent à cheval environ le midy, comme pour sortir, et marchèrent vers la porte Sainct-Antoine; mais ils ne bougèrent de la ville.

Les quarteniers de Paris vont par toutes les hostelleries et logis, prennent par escrit les noms de ceux qui faisoyent profession de la religion, marquent leurs logis et portent leurs roolles à ceux qui leur en avoient fait commandement. Après disner la Royne mère mena le Roy, le duc d'Anjou, Gonsague, Tavannes et le comte de Rets, en ses jardains des Tuilleries. Elle leur remonstre là derechef que ceux après lesquels ils ont couru si long-temps sont maintenant au filé, que l'amiral est au lict, privé de ses bras, et qui ne se peut remuer. Le Roy de Navarre, le prince de Condé sont logez au Louvre; les portes ferment de nuict, le guet est assis, tellement qu'ils ne pouvoient fuir; que les chefs estans despeschez, il ne faut pas craindre que ceux de la religion facent la guerre : que le moyen de faire un beau coup se présente; car tous leurs capitaines (dit-elle) sont désarmez et mal prests; à peine trouvera-on dix ennemis entre mille catholiques ; les Parisiens sont en armes et peuvent fournir soixante mille hommes bien équippez; qu'en l'espace d'une petite heure on pouvoit exterminer tous les huguenots et abolir la race et le nom de ces meschans; que si le Roy ne prend l'occasion qui se présente, il faut s'asseurer que, l'amiral estant guéri, toute la France se verra incontinent embrasée d'une quatriesme guerre civile. L'avis de la Royne mère fut trouvé fort bon; toutesfois il sembla plus expédient de sauver la vie au Roy de Navarre, tant à cause de sa jeunesse que pour ce qu'il estoit allié du Roy. Quant au prince de Condé, l'on fut en délibération s'il auroit la vie sauve, pour autant qu'il estoit encor jeune, ou s'il mourroit à cause de son père. Mais l'opinion de Gonzague l'emporta; c'est qu'on le destourneroit de la religion par menaces de tourment et de mort. Ceste résolution prinse l'assemblée se départ, et est arresté que la nuict suyvante, avant jour, l'exécution se fera, de laquelle le duc de Guise aura la charge. Sur ces entrefaites, le soir approchant, le Roy fit poser les douze cens harquebouziers, partie le long de la rivière, partie par les rues, et une autre partie auprès du logis de l'amiral, à l'entour duquel le Roy avoit fait loger une grand part des seigneurs et gentilshommes de la religion.

Quelques amis de l'amiral furent bien avertis du remuement qui se faisoit par la ville, et qu'on portoit des armes en divers lieux, et qu'il faloit nécessairement prendre avis sur ces choses, attendu que tout ce bruit et ces allées et venues ne signifioyent rien de bon; par quoy l'on donne charge à l'un de ceux qui depuis a déclaré tout ceci d'aller vers le Roy, pour l'avertir de l'esmotion du peuple et luy demander qu'il luy plaise ottroyer quelques soldats de ses gardes pour demeurer à l'entrée du logis de l'amiral. Le Roy, entendant ce personnage et faignant d'estre fort esmeu et tout esbahy, luy demanda qui luy avoit fait ce rapport et par quel moyen l'amiral en avoit entendu le bruit. Il commande, par mesme moyen, au comte de Rets de faire venir la Royne sa mère. Icelle estoit à peine entrée que le Roy, fort esmeu, lui demanda : « Qu'y a-il? Que veut dire ceci? Voici qui me dit que le peuple se mutine et prend les armes. — Il ne fait ni l'un ni l'autre, respondit-elle; mais, s'il vous en souvient, vous avez commandé, dès le grand matin, que chascun se tienne en son quartier, de peur que quelque trouble n'avienne. — Cela est vray, respondit-il; toutesfois, j'ay défendu que personne ne prinst les armes. » L'autre, voulant achever son message, pria le Roy de donner à l'amiral quelques soldats de sa garde. Alors le duc d'Anjou, qui estoit venu avec sa mère, respond : « C'est très bien dit; prenez Cosseins, avec cinquante harquebousiers. » Mais l'autre répliqua : « Ce nous sera assez d'avoir seulement six archers de la garde; car leur authorité servira tout autant à contenir le peuple que si nous en avions beaucoup davantage. — Non, non, dit le Roy et son frère aussi, prenez Cosseins; vous n'en sauriez choisir un plus propre. » Cela estant dit comme par commandement, l'autre, qui savoit bien que Cosseins

estoit un des grands ennemis de l'amiral, néantmoins se
teust tout quoy. Estant un peu esloingné de la chambre
du Roy, il rencontra le sieur de Thoré, frère du mareschal de Montmorency, qui luy dit en l'oreille : « On ne
vous pouvoit bailler à garder à un plus grand ennemy
qu'à c'estuy-là. » L'autre respond sur cela : « Avez-vous
considéré avec quelle authorité le Roy a commandé cela ?
Nous nous sommes appuyez sur sa bienvueillance ; cependant vous estes tesmoin de la responce que j'ay fait lors
qu'il a commandé cela pour la première fois. »

Quelques heures après Cosseins vient au logis de l'a-
miral, accompagné de cinquante harquebousiers, et choisit deux boutiques prochaines, dans lesquelles il pose ses
soldats. Peu de temps après survint Rambouillet, mareschal des logis, qui, suyvant l'avis donné par le duc d'Anjou le jour précédent, commanda à tous les gentilshommes catholiques logez en ceste rue d'aller ailleurs, marqua
et fit venir ès maisons et hostelleries les amis et familiers
de l'amiral. C'estoit une ruse nouvelle pour saccager plus
à l'aise les gentils-hommes de la religion.

Sur le soir, avint un cas qui fit entrer plusieurs en pensée de la trahison. Un page portoit deux espieux au logis
de l'amiral, par le commandement de Théligny. Cosseins
le chassa, empeschant qu'on ne portast dedans ces espieux. Le Roy de Navarre, qui estoit lors avec l'amiral,
entendant ce fait, descend en bas, et demande à Cosseins
qui le mouvoit à faire cela. Cosseins respondit franchement que le Roy luy avoit commandé de ce faire. « Toutesfois, dit-il, puisqu'il vous plait, je suis content qu'on
les porte dedans. » Ce mesme jour, le Roy avoit mandé
aux gentils-hommes familiers du Roy de Navarre et les
avoit admonnestez à diverses fois qu'ils allassent tenir
compagnie à l'amiral et se loger auprès de luy.

Quelques heures après, le conseil fut assemblé en la chambre de l'amiral. De rechef le vidame de Chartres fut de son premier avis et insista avec grande véhémence qu'on portast l'amiral hors de Paris, et que ses familiers et amis deslogeassent avec ; qu'il appercevoit d'heure à autre beaucoup de choses qui le mettoyent en grand doute. Au contraire, presque tous les autres débatoyent qu'il se faloit contenter de demander justice au Roy et requérir que tous ceux de Guise eussent à sortir de Paris, pour autant qu'ils avoyent trop grand crédit envers le peuple. L'avis du vidame fut rejetté, et l'autre approuvé par le Roy de Navarre, le prince de Condé et plusieurs autres, voire d'autant plus que Théligny maintenoit que c'estoit faire tort au Roy de révoquer en doute sa fidélité et sincérité; qu'il suffisoit luy demander justice paisiblement et modestement ; que l'afaire estoit encor tout nouveau, et qu'il estoit à craindre que le Roy ne s'irritast si l'on pressoit tant les choses. Un gentilhomme de Picardie nommé Bouchavannes assistoit à ce conseil. On a remarqué que lors il ne dit pas un seul mot, mais qu'attentivement il escoutoit opiner les autres et remarquoit leurs avis, ce qui augmenta fort la mauvaise opinion que l'on avoit eue de luy auparavant. Plusieurs trouvoyent estrange que luy, qui faisoit profession de la religion, toutesfois estoit fort bien veu de la Royne mère et alloit souvent voir le comte de Rets et autres tels mignons d'icelle Royne.

Ce samedy, les playes de l'amiral se portoyent assez bien, tellement que les médecins et chirurgiens disoyent que la vie de l'amiral n'en estoit en aucun danger, que le bras en perdant bien peu de sa force seroit aisément guéry. Le Roy envoya visiter l'amiral par divers gentilshommes ; la nouvelle espousée l'alla aussi visiter.

Aussi ce mesme samedi, dans le conseil privé du Roy, furent examinez certains tesmoins touchant l'harquebouzade, le tireur et les coulpables; tellement que l'amiral et ses amis, croyans que la voye à justice leur fust ouverte, se resjouissoyent grandement, s'asseurans de pouvoir facilement convaincre les autheurs du faict; de quoy ils advertirent leurs amis en plusieurs endroits du royaume, par des lettres qu'ils leur escrivirent, les prians de ne bouger et ne se fascher de ce qui estoit advenu à l'amiral ; que Dieu et le Roy estoyent puissans d'en faire la vengeance ; que desjà on commençoit à procéder contre le coulpable et ses fauteurs par justice, et les blessures n'estoyent pas (Dieu merci) à mort ; que, combien que le bras fust blessé, le cerveau ne l'estoit pas. En ceste façon, les consolant par lettres, les advertissoyent de se tenir cois, en attendant l'issue, telle qu'il plairoit à Dieu d'envoyer.

Ce jour-là, le duc d'Anjou, frère du Roy, et le chevalier d'Angoulesme se pourmenoyent dans un coche par la ville de Paris, environ les quatre heures après midy. Dès ceste heure-là, il courut un bruit par Paris que le Roy avoit mandé le mareschal de Montmorency, pour le faire venir à Paris, avec grand nombre de cavalerie et d'infanterie, que partant les Parisiens avoyent occasion de se prendre garde ; mais ce bruit-là estoit faux.

On vid aussi entrer ce jour-là six crocheteurs chargez d'armes dans le Louvre ; de quoy Théligny, averty par le trompette de l'amiral, respondit que c'estoyent des peurs qu'on se donnoit sans occasion, qu'il estoit très asseuré de la bonne intention du Roy, qu'il cognoissoit fort bien son cœur et ses affections, qu'on ne devoit pas se faire accroire des choses tant hors de propos. Je croy que Théligny n'y pensoit aucun mal, d'autant que, le jour devant la blessure de l'amiral, on avoit ordonné certain combat et assaut qu'on devoit donner à un chasteau qui pour cest effect devoit estre dressé, à quoy les courtisans estoyent conviez de se préparer.

Mais ce qui augmenta encor la mauvaise opinion fut l'audace de Cosseins, lequel, voyant apporter au logis de l'amiral les cuirasses de Théligny et Guerchy, chassa celuy qui les portoit. Guerchy, homme de guerre et prompt à l'espée, entendant cela, vint à Cosseins et le lança rudement, tellement que peu s'en fallut qu'ils ne vinssent aux mains; mais Théligny, gentil-homme fort modeste (comme tous le savent), appaisa ce différent par un doux langage. Le Roy l'avoit si bien emmiellé qu'il n'avoit en la bouche que la fidélité du Roy. Et pourtant Guerchy et plusieurs autres luy ayans demandé s'il luy plaisoit qu'ils couchassent ceste nuict chez l'amiral pour y veiller, leur dit qu'il n'estoit besoin prendre tant de peine, et les en remercia avec fort gracieuses paroles. A ceste occasion, n'y eut pour ceste nuict-là chez l'amiral que ceux qui s'ensuyvent, à savoir : Cornaton, Labonne, Yolet, Merlin, ministre de la parole de Dieu, Ambroise Paré, chirurgien du Roy, quatre ou cinq valets de chambre et serviteurs. Quant à Théligny, il se retira en son logis, prochain de celuy de l'amiral, avec sa femme, et ce environ la minuict. En la basse court du logis de l'amiral y avoit cinq Suisses de la garde du Roy de Navarre, qu'il y avoit envoyez pour garde.

Le Roy, ayant appellé son beau-frère, le Roy de Navarre, luy dit que, pour plus grande asseurance, à cause de l'audace et crédit de ceux de Guise, et parmi ces embrasemens, il fist venir au Louvre ses plus féaux serviteurs pour estre près de luy et luy assister en tout événement. Le Roy de Navarre, croyant ce conseil, appela près de soy pour ceste nuict quelques gentils-hommes de ses familiers.

La nuict venue, le duc de Guise, qui avoit la charge de l'exécution, mande quérir premièrement les capitaines des Suisses et des nouvelles compagnies, qui estoyent entrées en la ville, comme dit a esté ci-dessus, et leur déclaire tout ouvertement ce qu'on avoit murmuré comme entre les dents quelques jours auparavant, à savoir que la nuict estoit venue en laquelle, par le commandement du Roy, on feroit justice de ces malheureux et désespérez, qui avoyent tant fait de maux; que la beste estoit prise au piége, qu'il faloit prendre garde qu'elle n'eschappast, et qu'il ne faloit pas seulement saccager l'amiral, mais aussi se saouler du sang de ces meschans; que le Roy l'avoit commandé expressément, et qu'ils obtiendroyent une excellente victoire sur les anciens ennemis, et telle qu'ès précédentes guerres il n'avoit esté possible d'en gaigner une si profitable; que les victorieux auroyent de belles récompenses, voyans leurs ennemis exterminez, desquels ils auroyent tous les biens en leur puissance, sans aucun danger ni travail; qu'ils se préparassent donc pour tuer un ennemi qui avoit les pieds et les poings liez. Par ainsi, l'on donne charge aux Suisses de garder le Louvre, et leur baille-on pour renfort quelque troupe de François, pour plustost massacrer et piller. On leur commande aussi d'aviser soigneusement que personne de la maison du Roy de Navarre et du prince de Condé ne sorte du Louvre. On commande aussi à Cosseins, capitaine des gardes du Roy, qui gardoit le logis de l'amiral, de l'assiéger de toutes parts et mettre des harquebouziers çà et là pour empescher qu'aucun n'eschappast.

Le duc de Guise, ayant tout son cas prest, fait appeler Marcel, naguères prévost des marchans, et luy commande de donner ordre qu'à la minuict s'assemblent en la maison de ville les capitaines et dizeniers de Paris, ausquels il veut communiquer quelques nouveaux et secrets commandements du Roy. Tous se trouvent là de bonne heure. Le nouveau prévost des marchans, nommé le président Charron, acosté de quelques serviteurs de la maison de Guise, entre lesquels estoyent Entragues et Puygaillard, prend la parole et dit que le Roy a délibéré d'exterminer tous les séditieux qui, les années précédentes, avoyent prins les armes contre luy, et de racler entièrement la race de ces meschans; que cela estoit venu bien à point, que leurs princes et capitaines estoyent comme en prison dans l'enclos de la ville, qu'on commenceroit par eux ceste nuict-là; quant aux autres, le Roy donneroit ordre qu'on leur feroit pareil traitement en chasque province, et que le signal du massacre seroit l'horloge du Palais, qu'on sonneroit au point du jour, ce qui n'a acoustumé de se faire qu'en choses grandes. Et quant aux enseignes qui les distingueroyent d'avec tous les autres, ce seroit un mouchoir blanc attaché au bras gauche et une croix blanche au chapeau; qu'ils avisassent au reste d'estre bien armez, d'avoir bon courage, et faire allumer des flambeaux et falots par les fenestres des maisons, pour empescher le désordre avant le son de l'horloge du Palais.

Il ne fallut pas longuement haranguer ceux qui ne demandoyent qu'à frapper, ayans un tel avantage. Les dizaines se mettent incontinent en armes et les dispose-on par les carrefours, avec le moins de bruit qu'il estoit possible. Cependant le duc de Guise et le chevalier d'Angoulesme assembloyent diligemment gens armez et les posoyent en divers quartiers de la ville.

Sur la minuict, on vid entrer la Royne mère dans la chambre du Roy, n'ayant avec elle qu'une femme de chambre. Le duc d'Anjou envoya le sieur de Losses qué-

rir le duc de Guise, lequel estant arrivé au Louvre trouva
le conseil assemblé, où estoyent le Roy, la Royne mère,
le duc d'Anjou, le duc de Nevers, Tavannes et le comte
de Rets, lesquels, après quelques disputes touchant le
moyen qu'il faloit tenir pour l'exécution, conclurent que
elle se devoit despescher. La charge en fut donnée au
susdit duc de Guise, au chevalier d'Angoulesme, bastard
de Henry II, et au duc d'Aumale, lesquels estans accompagnez des capitaines Cosseins et Goas, avec plusieurs
harquebousiers de la garde du Roy et toute celle du duc
d'Anjou, s'acheminèrent vers le logis de l'amiral, pour
exécuter sitost que le signal sonneroit.

Le duc de Nevers, se souvenant bien de ceux qui estoyent
aux fauxbourgs, spécialement de Sainct-Germain-des-Prez
(sur lesquels Maugiron se devoit ruer), vouloit aussi en un
mesme temps sortir de Paris, avec bonne troupe de cavallerie, pour faire teste et empescher ceux qui se fussent voulu sauver à la fuite, et en fit fort grande instance au
Roy et à la Royne. Mais eux, le voulans avoir près de leurs
personnes pour s'en servir en une si grande esmeute, ne
le voulurent point laisser partir, et le retindrent toute
la nuict auprès d'eux, sans reposer en façon que ce fust.

Ce conseil secret dura plus d'une heure, et combien
que l'heure assignée ne fust pas loin, toutesfois la Royne
mère impatiente, et craignant que le Roy, pensant à l'horreur de tant de forfaits, n'empeschast quelque partie de
tels desseins, vouloit à toute force qu'on commençast.
Sur ce, les meurtriers estoyent attendans attentivement
leur signal. Or, en ce cliquetis d'armes et lueur de tant
de flambeaux, allées et venues de tant de gens, quelques
gentils-hommes logez près de l'amiral se lèvent et sortent
de leurs logis, demandent à quelques-uns de leur conoissance qu'ils rencontrent que veut dire cest amas de

gens armez hors d'heure. On respond qu'il estoit prins
envie au Roy de faire assaillir à ceste heure-là un certain
chasteau fait à plaisir, afin que, pour la nouveauté du fait,
il eust plus de passe-temps. Ces gentils-hommes, passans
outre, viennent jusques près du Louvre, où ils voyent
force flambeaux ardans et des gens armez en grosse
trouppe. Les gardes qui estoyent là ne se peurent plus
contenir, ains commencèrent à les attaquer de parolles;
et comme l'un desdits de la religion respondoit quelque
mot, un soldat gascon le frappe d'une pertuysane, et lors
on commença à se ruer sur les autres. La noise estant
ainsi esmeuë, la Royne mère dit au Roy qu'il n'estoit plus
possible de retenir la fureur des soldats, et pourtant elle
fait sonner la cloche du temple de Sainct-Germain de
l'Auxerrois.

L'amiral, acertené du tumulte, et entendant aussi ce
cliquetis des armes, encores qu'il n'eust aucun secours
avec soy, ne se peut toutesfois effrayer, appuyé (comme
il disoit souventesfois) sur la bienvueillance du Roy,
comme il avoit expérimenté en plusieurs grandes choses;
davantage il s'asseuroit que si ceux de Paris conois-
soyent que le Roy n'approuvast leur folie, encor qu'ils
entreprinssent passer outre, néantmoins demeureroyent
quois sitost qu'ils verroyent Cosseins et sa garde. Par
mesme moyen il se ramentevoit le serment solennel du
Roy, de ses frères et de la Royne sa mère, répété tant de
fois, pour l'entretenement et conservation de la paix, et
couché par escrit en instrumens publiques; davantage
l'alliance faite peu de temps auparavant, et pour la
mesme cause, avec la Royne d'Angleterre, les traitez avec
le prince d'Orenge, la foy donnée aux princes d'Alemagne, les villes de Flandres sur lesquelles on avoit fait entreprise, les autres desquelles on s'estoit saisy au nom du

Roy, les nopces de sa sœur célébrées six jours auparavant, qu'il ne permettroit estre si cruellement ensanglantée. Il se proposoit aussi le jugement des nations estrangères et de toute la postérité, la honte, la gravité, la constance et fidélité que doit avoir un Roy, la foy publique,
la saincteté du droit des peuples, estimant que ce seroit
une chose prodigieuse et du tout contre nature de pol-
luer toutes ces choses par un meurtre tant exécrable.

Cosseins, qui avoit esté commis par le duc d'Anjou
pour garder la maison de l'amiral (en quoy plusieurs disoyent le proverbe estre vray, qu'on avoit baillé la brebis à garder au loup), voyant venir le duc de Guise, le chevalier et autres, et ayant premièrement posé en bas sur
la place et par les rues cinq ou six harquebouziers vis-à-vis
de chascune fenestre, pour garder que personne n'eschappast, heurte à la porte. C'estoit un peu avant jour, le dimanche 24 d'aoust 1572, jour de Sainct-Barthélemy. Labonne, qui estoit chez l'amiral et avoit les clefs, entendant qu'il y avoit quelqu'un à la porte qui demandoit de
parler à l'amiral de la part du Roy, descend soudainement en bas et ouvre la porte. Lors Cosseins se rue sur
luy et le massacre à coups de poignard ; puis avec ses harquebousiers vient à forcer le logis, faisant tuer les uns qui
se rencontroyent, les autres qui s'enfuyoient, et esmou-
vant là dedans un tumulte horrible. Ayant rompu la
porte de l'escalier, et un Suisse tué d'une harquebouzade,
vint à gaigner les degrez. Sur ce, l'amiral et ceux qui estoyent avec luy, entendans les coups de pistoles et harquebouzes, et se voyans ès mains de leurs ennemis, commencèrent à se prosterner en terre et demander pardon
à Dieu. L'amiral, s'estant fait lever de son lict et estant
couvert de sa robe de chambre, commanda au ministre
Merlin de faire la prière, et luy, en invoquant ardamment

Jésus-Christ son Dieu et Sauveur, recommanda son esprit
entre ses mains. Celuy qui a esté tesmoin et a fait le rapport de ces choses entra en la chambre lors, et estant
interrogué par Amboise Paré, chirurgien, que vouloit
dire ce tumulte, luy, se tournant vers l'amiral, dit : « Monseigneur, c'est Dieu qui nous appelle à soy ; l'on a forcé
le logis, et n'y a moyen quelconque de résister. » L'amiral
respond alors : « Il y a long-temps que je me suis disposé à
mourir; vous autres, sauvez-vous s'il est possible, car vous
ne sauriez garentir ma vie. Je recommande mon ame à la
miséricorde de Dieu. » Ceux qui tesmoignent ces choses,
pour y avoir esté présens, afferment que l'amiral ne fut
troublé de la mort qui luy estoit si prochaine non plus
que s'il n'y eust eu bruit quelconque. Tout soudain tous
ceux qui estoyent en la chambre (excepté un sien fidelle
serviteur nommé Nicolas Muss, trucheman pour la lan-
que alemande) montèrent au sommet de la maison, et,
ayans trouvé une fenestre sur le toict, commencèrent à
se sauver, et la pluspart eschappèrent, au moyen qu'il
n'estoit pas jour. Cependant Cosseins, ayans osté tout ce
qui empeschoit le passage, fit entrer quelques Suisses de
la garde du duc d'Anjou, car ils estoyent vestus de noir,
de blanc et de verd. Iceux, rencontrans quatre autres
Suisses sur les degrez, ne leur touchèrent point ; mais Cosseins, armé d'un corps de cuirasse, avec la rudache au
poing et l'espée nue, sitost qu'il les apperceut, commanda
à un des harquebouziers qui le costoyoyent de tirer, ce
qu'il fit, et tua l'un desdits Suisses. Lors ils enfoncent la
porte de la chambre de l'amiral, en laquelle entrèrent
un nommé Besme (1), Aleman, serviteur domestique du

(1) Besme fut fait prisonnier par les huguenots en 1575, et, ayant tenté
de s'évader, il fut repris et poignardé.

duc de Guise, et lequel on dit avoir espousé une des bas-
tardes du cardinal de Lorraine, Cosseins, un Picard,
nommé le capitaine Attin, domestique et familier du duc
d'Aumale, qui autresfois avoit esté aux gages de ceux de
Guise pour tuer le feu sieur d'Andelot; item Sarlaboux
et quelques autres, ayans tous le corps de cuirasse, la
rudache et l'espée au poing. Besme, s'adressant à l'amiral et luy tendant la pointe de l'espée nue, commença à
dire : « N'es-tu pas l'amiral ? — C'est moy, » respondit-il
avec un visage paisible et asseuré, comme les meurtriers
mesmes l'ont confessé. Puis regardant l'espée desgainée :
« Jeune homme, dit-il, tu devrois avoir esgard à ma vieillesse et à mon infirmité ; mais tu ne feras pourtant ma vie
plus briefve. » Aucuns adjoustent qu'il dit : « Au moins si
quelque homme et non pas ce goujat me faisoit mourir. »
Mais la pluspart des meurtriers ont récité les autres propos, spécialement Attin, qui confessa que, long-temps
avant les massacres, le Roy luy avoit fait promettre de se
trouver aux nopces à Paris, pour un bon afaire, et n'oublier ses armes. Et adjoustoit, parlant à un personnage
notable, qu'il n'avoit jamais veu homme ayant la mort
devant les yeux plus asseuré qu'estoit l'amiral, de la constance duquel les meurtriers estoyent estonnez, toutes
les fois qu'ils en parloyent, et mesmes cest Attin qui, revenant les jours suyvans chez soy, ores qu'il fust accompagné et bien armé, estoit néantmoins en une frayeur estrange, laquelle paroissoit à son visage et à ses contenances. Pour retourner à nostre propos, Besmes, despitant Dieu, donna un coup d'estoc dans la poitrine de l'a-
miral, puis rechargea sur la teste ; chascun des autres luy
donna aussi son coup, tellement qu'il tomba par terre tirant à la mort.

Le duc de Guise, qui estoit demeuré en la basse cour

avec les autres seigneurs catholiques, oyant les coups, commence à crier à haute voix : « Besmes, as-tu achevé? — C'est fait, dit-il. » Lors le duc de Guise répliqua : « Monsieur le chevalier ne le peut croire s'il ne le void de ses yeux ; jette-le par la fenestre. » Lors Besmes et Sarlaboux levèrent le corps de l'amiral et le jettèrent par la fenestre en bas. Or, d'autant que le coup qu'il avoit receu en la teste et le sang qui luy couvroit le visage empeschoit qu'on ne le cognust, le duc de Guise, se baissant dessus et luy torchant le visage avec un mouchoir, dit : « Je le conoy ; c'est-il luy-mesmes. » Puis ayant donné un coup de pied au visage de ce povre mort, que tous les meurtriers de France avoyent tant redouté lorsqu'il vivoit, il sort de la porte du logis avec les autres. Puis s'écriant dit : « Courage, soldats ; nous avons heureusement commencé ; allons aux autres, car le Roy le commande. » Et répétoit souvent à haute voix ces paroles : « Le Roy le commande, c'est la volonté du Roy, c'est son exprès commandement. » Incontinent après l'horloge du palais sonna, et commença-on à crier que les huguenots estoyent en armes et se mettoyent en effort de tuer le Roy. Un Italien de la garde du duc de Nevers coupa la teste à l'amiral, qui fut portée au Roy et à la Royne mère, puis embaumée et envoyée à Rome, au Pape et au cardinal de Lorraine. La populace, estant survenue là-dessus, coupa les mains et les parties honteuses de ce corps, lequel, ainsi mutilé et sanglant, fut trainé par ces canailles l'espace de trois jours par toute la ville, et finalement porté au gibet de Montfaucon, où ils le pendirent par les pieds.

Le jour de la blesseure de l'amiral, le Roy avoit baillé advis à son beau-frère, le Roy de Navarre, de faire coucher dans sa chambre dix ou douze de ses plus favoris,

pour se garder des desseings du duc de Guise, qu'il disoit
estre un mauvais garçon. Or, ces gentilshommes-là, avec
quelques autres qui couchoyent en l'antichambre du Roy
de Navarre, et ceux du prince de Condé, les valets de
chambre, gouverneurs, précepteurs et domestiques, re-
quérans à haute voix le Roy de se souvenir de sa promesse, furent désarmez de l'espée et dague qu'ils portoyent par Nanssey, capitaine des gardes, et les siens,
chassez des chambres où ils reposoyent, puis menez jusqu'à la porte du Louvre, où (en présence du Roy, qui les
regardoit par une fenestre) ils furent cruellement massacrez par les Suisses, devant les yeux du Roy, qui crioit
qu'on n'en laissast eschapper pas un. Entre ceux-là estoyent le baron de Pardeillan, Sainct-Martin, Bourses,
et Beauvais, gouverneur du Roy de Navarre, le capitaine
Piles et autres. Quand Piles, qui estoit extremement hay
pour avoir fait recevoir une honte à tous les catholiques
devant Sainct-Jean-d'Angely, se vid parmi la troupe des
meurtriers et apperceut les corps de ceux qu'on avoit jà
massacrez, il commença à crier tant qu'il peut, appelant
à son aide la fidélité du Roy (qui l'entendoit bien), et
par mesme moyen détestant une trahison tant exécrable,
prend un manteau de grand pris qu'il portoit, et, le présentant à quelqu'un de sa conoissance : « Piles vous donne
cela, dit-il ; souvenez-vous ci-après de la mort de celuy
qu'on fait mourir tant indignement. — Mon capitaine
(respondit l'autre), je ne suis point de la troupe de ceux-
ci ; je vous remercie de vostre manteau ; je ne le prendray
point à telle condition, » et le refusa de fait. A l'instant
Piles fut transpercé d'un coup de halebarde par l'un des
archers et tomba roide mort. Son corps fut jetté au monceau des autres, et, quand les passans s'amusoyent à les
regarder, les meurtriers crioyent : « Ce sont ceux qui

nous ont voulu forcer, afin de tuer le Roy puis après. »
Un autre gentilhomme de la suite du Roy de Navarre,
nommé Leyran, ayant receu quelques coups, s'enfuit
droit en la chambre de la Royne de Navarre, où elle le
garantit et sauva de la fureur de ceux qui le poursuy-
voyent, et peu de temps après obtint sa grace du Roy son
frère, mesmes le recommanda à ses médecins, tellement
que, par le moyen d'elle, il recouvra la santé et la vie.

Le Roy de Navarre et le prince de Condé sont appelez
pour venir parler au Roy, accompagné de son conseil
secret. Il leur dit qu'après avoir souffert tant de guerres
dont son royaume avoit esté oppressé, il avoit enfin
trouvé un expédient de mettre fin à toutes occasions de
troubles en faisant massacrer l'amiral, autheur de tant
de meschancetez, et qu'on traittoit de mesmes dans la
ville tous ces meschans hérétiques et séditieux; qu'il se
souvenoit bien combien de maux luy avoyent fait ledit
amiral et eux, Roy de Navarre et prince de Condé, estant les chefs de ces désespérez et ayant fait une guerre
séditieuse contre luy; qu'il avoit le moyen et l'occasion
de se ressentir de tant d'outrages; toutesfois, pour l'a-
mour du sang et de leur jeune aage, il vouloit oublier le
passé; qu'ils s'estoyent ainsi mal portez par la faute et
suggestion de l'amiral et autres semblables meschans, jà
exécutez et qui le seroyent bientost; qu'il ne s'en vouloit
plus souvenir, pourveu que ci-après ils abolissent telles
fautes par une autre fidélité et obéissance, et moyennant
qu'ils embrassent la religion catholique, retournans au
giron de l'église romaine et renonçans ceste religion qui
estoit semence de tant de troubles; qu'il ne vouloit à l'a-
venir qu'une seule religion en son royaume, à savoir
celle de ses prédécesseurs, et partant qu'ils déclarassent
s'ils vouloyent pas luy obéir, sinon qu'ils attendent le

mesme chastimeut qu'ont receu et reçoyvent leurs compagnons.

Le Roy de Navarre, estonné de si estranges propos, respond fort humblement au Roy qu'il luy pleust se souvenir de sa promesse et de l'alliance nouvellement contractée ; que luy, de sa part, feroit en telle sorte que le Roy se contenteroit. Cependant il le supplioit de considérer combien la conscience est une grande chose, et qu'il luy seroit bien malaisé de renoncer à la religion en laquelle il avoit esté instruit dès sa jeunesse. Tout cela disoit-il avec une contenance fort esmeuë et abatue.

Quant au prince de Condé, encor qu'il vist le danger présent, toutesfois il respondit un peu plus hardiment, que le Roy luy avoit donné sa foy, et à tous ceux de la religion, si solennellement que jamais il ne se pourroit persuader que le Roy voulust fausser un serment si authentique. Pour le regard de l'obéissance que le Roy requéroit de luy, il l'avoit fidèlement rendue jusqu'à présent et promettoit d'obéir au Roy à l'avenir, sans se destourner de cela en façon que ce fust. Mais quant à la religion, le Roy luy en avoit donné l'exercice et Dieu la conoissance, auquel il en devoit rendre compte, et que le Roy avoit son corps et ses biens en sa puissance ; que partant il en pouvoit disposer selon son plaisir ; mais cependant sa délibération estoit de demeurer ferme en la religion, qu'il maintiendroit tousjours estre la vraye, quand mesmes il y devroit laisser la vie.

Le Roy, fort indigné de la responce du prince, commença à l'appeler rebelle, séditieux et fils de séditieux, le menaçant de luy faire trancher la teste si, dans trois jours, il ne se ravisoit.

Les autres huguenots qui estoyent dedans le Louvre, ausquels à prix ou prière on avoit jusqu'alors sauvé la

vie, promettoyent de faire tout ce que le Roy commanderoit. Entre autres, Grammont, Gamache, Duras et
certains autres, eurent d'autant plus facilement leur pardon que le Roy sçavoit fort bien qu'ils n'avoyent jamais
eu que peu ou point de religion. A l'instant on sonna le
toxin du Palais, afin qu'on se ruast sur les autres huguenots (de toutes qualitez et sexes) qui estoyent dans la
ville. Le prétexte estoit, un bruit qu'ils firent courir,
qu'on avoit descouvert une conspiration faite contre le
Roy, sa mère et ses frères, par les huguenots, lesquels
avoyent desjà tué plus de quinze soldats de la garde (ce
disoyent ceux qui estoyent morts); partant le Roy commandoit qu'on ne pardonnast à pas un huguenot.

Les courtisans et les soldats de la garde du Roy furent
ceux qui firent l'exécution sur la noblesse, finissans avec
eux (ce disoyent-ils), par fer et désordre, les procès que
la plume, le papier et l'ordre de justice, ny tant de batailles, n'avoyent jusqu'alors sceu vider; de sorte que les
chétifs, accusez de conspiration et d'entreprise, tous nuds,
mal avisez, demi dormans, désarmez et entre les mains
de leurs ennemis, par simplicité, sans loisir de respirer,
furent tuez, les uns dans leurs licts, les autres sur les
toicts des maisons et en autres lieux, selon qu'ils se laissoyent trouver.

Le comte de La Rochefoucaut qui, jusques après onze
heures de la nuict du samedi, avoit devisé, ri et plaisanté
avec le Roy, ayant à peine commencé son premier somne,
fut resveillé par six masquez et armez, qui entrèrent dans
sa chambre; entre lesquels cuidant le Roy estre, qui vinst
pour le fouëtter à jeu, il prioit qu'on le traitast doucement, quand, après luy avoir ouvert et saccagé ses coffres, un de ces masquez (valet de chambre du duc d'Anjou) le tua par le commandement de son maistre.

Bien est vray qu'au refus de Nanssey le capitaine La Barge, qui estoit l'un des masquez, avoit eu commandement du Roy de l'aller tuer, avecques promesse d'avoir la compagnie de gensdarmes dudit comte de La Rochefoucaut, n'y estant autrement voulu aller qu'à ceste condition. Et quoyque ce valet-là ait anticipé à tuer, La Barge n'a pas laissé pourtant d'avoir ceste compagnie du comte meurtry, car aussi luy donna-il quelques coups.

Théligny fut veu de plusieurs courtisans, et, quoyqu'ils eussent charge de le tuer, ils n'eurent onques la hardiesse de ce faire en le voyant, tant il estoit de douce nature et aimé de qui le cognoissoit ; à la fin un qui ne le cognoissoit pas le tua.

Le marquis de Renel, frère du prince de Porcian, fut chassé, tout en chemise, jusques à la rivière de Seine, par des soldats et le peuple, et là, fait monter sur un petit bateau, fut tué par Bussy d'Amboyse, son cousin, acompagné du fils du baron des Adrets.

Monsieur, frère du Roy, pour gratifier à l'Archan, capitaine de sa garde, amoureux de La Chastegneraye, envoya tuer, par les soldats de sa garde, le seigneur de La Forse, son beau-père, et cuidant avoir tué deux des frères de La Chastegneraye, il ne s'en trouva qu'un mort ; l'autre estoit seulement blessé et caché sous le corps mort de son père, qui luy estoit tresbuché dessus, d'où, sur le soir, il se despestra, se glissant jusques dedans le logis du seigneur de Biron, son parent ; ce que sachant La Chastegneraye sa sœur, marrie de ce que tout l'héritage ne luy pouvoit demeurer, vint trouver le seigneur de Biron à l'Arcenal, où il estoit logé, faignant d'estre bien aise que son frère fust eschappé et disant qu'elle désiroit le voir et le faire penser. Mais le seigneur de Biron, qui s'apperceut de la fraude, ne le .luy voulut descouvrir, luy sauvant par ce moyen la vie.

Le baron de Soubize, ayant ouy le bruit des harque-bouzes et le cri de tant de gens, prend incontinent ses armes et court au logis de l'amiral; mais il fut incontinent environné et mené à la porte du Louvre, où il fut massacré.

Le sieur de Guerchy, vaillant homme, fut tellement surprins que, sans avoir loisir de s'armer, il fut assailly de plusieurs; mais ayant l'espée au poing et un manteau autour du bras, il fit telle résistance qu'il coucha deux massacreurs à ses pieds. Mais, ayant receu plusieurs coups et les forces luy défaillans, il fut accablé et haché en pièces.

Plusieurs autres capitaines et gentils-hommes, en grand nombre, comme Puviaut, Baudiné, frère du sieur d'Acier, Berny et autres, furent aussi saccagez, les uns dans leurs licts, les autres se pensans sauver, les autres se défendans avec l'espée et la cappe. Leurs corps estoyent incontinent trainez devant le Louvre et rangez près des autres, afin que les meurtriers saoulassent leur venë de ces morts qui les avoyent tant effrayez en leur vivant. Les valets de chambre, pages, laquais et serviteurs desdits seigneurs et gentils-hommes, estoyent aussi peu espargnez que leurs maistres. On entre par toutes les chambres et cabinets du logis de l'amiral, et furent massacrez de façon horrible tous ceux qui furent trouvés ès licts ou qui s'estoyent cachez, entre autres les pages dudit sieur, enfans de bonnes et nobles maisons.

Le sieur de Brion, gouverneur du petit marquis de Conty, oyant ce bruit, print incontinent son petit maistre, tout en chemise, et comme il le vouloit porter plus à l'escart, il rencontra les meurtriers, qui luy arrachèrent ce petit prince, en la présence duquel, qui pleuroit et prioit qu'on sauvast la vie à son gouverneur, il fut massacré, et son poil tout blanc de vieillesse taint de sang, et puis trainé par les fanges.

De bonheur, le sieur de Fontenay, de la maison de Rohan, le vidame de Chartres, le comte de Montgommery, le sieur de Caumont, l'un des Pardillans, Beauvois, la Nocle, et plusieurs autres seigneurs et gentils-hommes de la religion, estoyent logez aux fauxbourgs Sainct-Germain, vis-à-vis du Louvre, la rivière entre deux; et Dieu voulut que Marcel, ci-devant prévost des marchans de Paris, ayant dès le samedi au soir eu commandement du Roy de luy tenir mille hommes armez prests, sur la minuict du dimanche, pour les bailler à Maugiron (auquel il avoit donné charge de dépescher ceux des fauxbourgs, ayant aussi commandé au commissaire du quartier et au contrerolleur du Mas de le guider avec sa troupe par les logis desdits de la religion), n'eust pas ses gens prests, et que du Mas, commissaire, s'endormit plus de l'heure assignée. Cependant un certain homme (qu'on n'a pas veu ny cognu depuis), qui estoit passé dans une nacelle de la ville aux fauxbourgs Sainct-Germain, ayant veu tout ce qui avoit esté fait toute la nuit sur ceux de la religion en la ville, avertit, environ les cinq heures du dimanche matin, le comte de Montgommery de ce qu'il en sçavoit. Le comte de Montgommery en bailla avertissement au vidame de Chartres et aux autres seigneurs et gentils-hommes de la religion logez aux fauxbourgs, plusieurs desquels (ne se pouvans persuader que le Roy fust, je ne dy pas autheur, mais seulement consentant de la tuerie) se résolurent de passer avec barques la rivière et aller trouver le Roy, aimans beaucoup mieux se fier en luy qu'en fuyant monstrer d'en avoir quelque desfiance.

D'autres y en avoit, lesquels, cuidans que la partie fust dressée contre la personne du Roy mesme, se vouloyent aller rendre près de sa personne, pour luy faire très humble service, et mourir, si besoin estoit, à ses pieds; et ne tarda guères qu'ils virent sur la rivière, et venir droict à eux (qui estoyent encores ès fauxbourgs), jusqu'à deux cens soldats armez de la garde du Roy, crians : « Tue, tue, » et leurs tirans harquebousades à la veuë du Roy, qui estoit aux fenestres de sa chambre; et pouvoit estre alors environ sept heures du dimanche matin. Encores dit-on que le Roy, prenant une harquebouse de chasse entre ses mains, en despitant Dieu dit : « Tirons, mort Dieu, ils s'enfuyent. » A ce spectacle, ne sachans lesdits gentils-hommes que croire, furent contraints, les uns à pied, les autres à cheval, les uns bottez, les autres sans bottes et esperons, laissans tout ce qu'ils avoyent de plus précieux, s'enfuir pour sauver leur vie, là où ils cuidoyent avoir lieu de refuge plus asseuré. Ils ne furent pas partis que les soldats, les Suysses de la garde du Roy, et aucuns des courtisans, saccagèrent leurs logis, tuant tous ceux qu'ils trouvèrent de reste.

Encores vint-il bien à propos que le duc de Guyse, voulant sortir par la porte de Bussy, se trouva avoir esté pris une clef pour l'autre, ce qui donna tant plus de loisir de monter à cheval aux paresseux; et ne laissèrent pourtant d'estre poursuivis par le duc de Guise, le duc d'Aumale, le chevalier d'Angoulesme, et par plusieurs gentils-hommes tueurs, environ huict lieues loin de Paris. Le duc de Guise fut jusques à Montfort, où il s'arresta, et manda à Sainct-Cegier et autres gentils-hommes d'alentour, de son humeur et partisans siens, de faire en sorte que lesdits seigneurs et gentils-hommes, qui se sauvoyent de vistesse, n'eschappassent point; autant en envoya-il dire à ceux de Houdan et de Dreux. En ceste chasse d'hommes, il y en eut quelques-uns de blessez et bien peu ou point de tuez.

Ce dimanche fut employé à tuer, violer et saccager, de sorte qu'on croid que le nombre des tuez ce jour-là et les deux suyvans, dans Paris et ses fauxbourgs, surpasse dix mille personnes, tant seigneurs, gentils-hommes, présidens, conseillers, artisans, femmes, filles et enfans. Les rues estoyent couvertes de corps morts, la rivière teinte en sang, les portes et entrées du palais du Roy peintes de mesme couleur; mais les tueurs n'estoyent pas encore saoulez.

Entres autres personnes notables sont la damoyselle d'Yverny, belle-mère du marquis de Reynel, dame honnorable et fort affectionnée à la religion. On luy présenta le poignard à la gorge, avec menaces d'estre massacrée si elle n'invoquoit la vierge Marie et les saincts; ce que n'ayant voulu faire, les massacreurs la menèrent sur le Pont-aux-Musniers, où, après luy avoir donné plusieurs coups de dague, la jettèrent dans l'eau. Jean Thevart, procureur en parlement, et le Clerc, procureur en Chastelet, fort haïs des catholiques, furent cruellement massacrez, avec leurs femmes et familles, sans avoir esgard à nul. Le lapidaire de la Royne mère, Philippes le Doux, marchant notable, et toute sa famille; un ministre du Roy de Navarre, nommé le More, jeune homme fort docte; un autre ministre, nommé Burette, aussi jeune et très docte, qui avoit presché long-temps à Lyon, où il estoit bien veu; Nicolas le Mercier, marchant, demeurant sur le pont Nostre-Dame, sa femme, son gendre, sa fille, ses enfans, serviteurs et servantes, furent tous massacrez et jettez dans l'eau.

Les commissaires, capitaines, quarteniers et dizeniers

de Paris alloyent avec leurs gens, de maison en maison,
là où ils cuidoyent trouver des huguenots, enfonçans les
portes, puis massacrant cruellement ceux qu'ils rencontroyent, sans avoir esgard au sexe ou à l'aage, estans induits et animez à ce faire par les ducs d'Aumale, de Guise
et de Nevers, qui alloyent crians par les rues : « Tuez,
tuez tout ; le Roy le commande. » Les charrettes chargées
de corps morts de damoiselles, femmes, filles, hommes et
enfans, estoyent menées et deschargées à la rivière, couverte de corps morts et toute rouge de sang, qui aussi
ruisseloit en divers endroits de la ville, comme en la cour
du Louvre et auprès, comme dit a esté ci-dessus et sera
encor cy-après ; car c'est chose par trop lamentable de
continuer tout d'un fil le récit de ces horribles cruautez
et massacres, pendant lesquels le Roy, la Royne mère,
et leurs courtisans, rioyent à gorge desployée, disans que
la guerre estoit vrayement finie et qu'ils vivroyent en paix
à l'avenir ; qu'il faloit faire ainsi les édits de pacification,
non pas avec du papier et des députez, et donner ordre
que les autres espars en divers endroits du royaume fussent ainsi exterminez. On dit toutesfois que le duc d'Alençon fut fort fasché de telles cruautez, et qu'il en pleura
mesmes, dont le Roy et la Royne mère le tancèrent assez
aigrement.

Le conseil secret, voyant que ce massacre de Paris n'es-
taindroit pas le feu, ains l'embraseroit davantage, d'autant que ceux de la religion se retirans ensemble, les villes
et ceux qu'ils habitoyent pourroyent estre plus avisez aux
despens de leurs compagnons, fut d'avis de faire deux
dépesches diverses : l'une, tost après que le massacre
fut commencé, vers les gouverneurs et catholiques séditieux des villes où y avoit bon nombre de ceux de la religion, pour les faire massacrer; l'autre paquet fut d'amu-

ser lesdits de la religion par quelques lettres aux gouverneurs, lesquels on semeroit, et quand ils seroyent attrappez on les saccageroit comme ceux de Paris. Ces divers paquets furent dépeschez et envoyez par les provinces, puis quelques massacreurs pour aller faire des exécutions particulières, ainsi que le tout sera déduit. Et de rechef nous prions le lecteur de nous supporter si, parmi tant de matières qui s'offrent, nous ne pouvons garder si exactement l'ordre qui seroit bien requis. Maintenant nous mettons en avant les lettres du Roy, qui se descharge de ce massacre sur ceux de Guise, pour n'encourir la haine de tous les peuples ; mais c'estoit une ruse de la Royne mère et de son conseil, qui vouloit attacher la corde ausdits de Guise et laver tousjours ses mains de ceste mer de sang qu'elle et le comte de Rets spécialement ont espandu. Je n'excepte point lesdits de Guise ni les autres, car chascun des trois conseils cy-dessus mentionnez y a eu sa part ; mais la Royne mère et le comte de Rets avec Birague enflammèrent le Roy, son frère le duc d'Anjou et ceux de Guise, qui prindrent fort joyeusement ceste occasion et sceurent bien puis après tourner contre le Roy mesme le cordeau qu'on leur tendoit, comme nous le verrons tantost.

Lettres du Roy au gouverneur de Bourgongne, par lesquelles il charge ceux de Guise du meurtre commis en la personne de monsieur l'amiral et de la sédition advenue à Paris, et mande qu'il veut que l'édict de pacification soit entretenu.

Mon cousin, vous avez entendu ce que je vous escrivis avant-hier de la blessure de mon cousin l'amiral et comme j'estois après à faire tout ce qu'il m'estoit possible pour la vérification du faict et chastiment, à quoy il ne s'est rien

oublié. Depuis il est advenū que ceux de la maison de
Guise, et les autres seigneurs et gentils-hommes leurs adhérans, qui n'ont pas petite part en ceste ville, comme
chascun sçait, ayans sceu certainement que les amis dudit
amiral vouloyent poursuivre sur eux la vengeance de
ceste blessure, pour les en soupçonner autheurs, à ceste
cause et occasion se sont esmeus ceste nuict passée, si
bien qu'entre les uns et les autres il s'est passé une bien
grande et lamentable sédition; ayant esté forcé le corps-
de-garde qui avoit esté ordonné à l'entrée de la maison
dudit amiral pour sa seureté, l'ont tué avec quelques gentils-hommes, comme il en a esté aussi massacré d'autres
en plusieurs endroits de la ville, ce qui a esté mené avec
telle furie que l'on n'y a peu apporter le remède tel que
l'on eust peu désirer, ayant eu assez d'affaires à employer
mes gardes et autres forces pour me tenir le plus fort en
mon chasteau du Louvre avec mes frères, pour après faire
donner ordre par toute la ville à l'appaisement de la sédition, qui est de ceste heure amortie, la grace à Dieu,
estant advenue par la querelle particulière qui de long-
temps est entre les deux maisons; de laquelle ayant tousjours prèveu qu'il succéderoit quelque mauvais affaire,
j'avoy ci-devant fait tout ce qu'il m'avoit esté possible
pour l'appaiser, ainsi que chascun sçait, n'y ayant en cecy
rien de la rupture de l'édit de pacification, lequel je veux
au contraire estre entretenu autant que jamais, ainsi que
je fais savoir par tous les endroits de mon royaume. Et
d'autant qu'il est grandement à craindre que telle exécution ne soullève mes sujets les uns contre les autres, et ne
se facent grands massacres par les villes de mon royaume,
de quoy j'aurois un merveilleux regret, je vous prie de
faire publier et entendre, par tous les lieux et endroits de
vostre gouvernement, qu'un chacun ait à demeurer en

repos et seureté en sa maison, ne prendre les armes et offenser l'un l'autre, sur peine de la vie, faisant observer et songneusement garder nostre édit de pacification. A ces fins, et pour faire punir les contrevenans et courir sus à ceux qui voudroyent s'eslever et désobéir à nostre volonté, vous assembliez incontinent le plus de forces que vous pourrez, tant de vos amis que de mes ordonnances et autres, avertissant les capitaines des villes et chasteaux de vostre gouvernement de prendre garde à la seureté et conservation desdites places, de sorte qu'il n'en avienne faute, m'avertissant au plustost de l'ordre que vous y aurez donné et comme toutes choses se passent en l'estendue de vostre gouvernement. Sur ce je prie Dieu, mon cousin, qu'il vous ait en sa saincte garde.

A Paris, ce 24 d'aoust 1572.

Signé CHARLES.

Et au-dessous, BRULARD.

Avec ces lettres, qui estoyent d'une mesme teneur à tous les gouverneurs, comme les trois mentionnées en font foy (1), le Roy envoya ensemble des patentes, par lesquelles estoit prohibé de porter armes illicites, de faire assemblées ou chose aucune en fraude et contre les édits de paix, sous le bénéfice desquels il commandoit à tous ses sujets de se comporter et vivre paisiblement l'un avec l'autre. Ces lettres estoyent signées par Pinart, secrétaire d'estat, ce 24 aoust.

La Royne mère escrivit aussi des lettres ausdits gouverneurs et aux ambassadeurs, de mesme substance que les lettres du Roy. Il n'estoit en icelles fait aucune mention de la conspiration de l'amiral ni des siens.

---

(1) Ces deux lettres sont une répétition de la première.

Cependant les massacres et saccagemens continuoyent, parmy lesquels toutes sortes de gens estoyent enveloppez: de la noblesse, entre autres, Loviers, qui fut précipité d'une fenestre sur le pavé; Montamar, Montaubert, Rouvray, Coignée, la Roche, Colombiers, Valavoyre, Francourt, le baillif d'Orléans et son neveu, Robert, advocat en parlement, Taverny, lieutenant de la mareschaucée, et autres de tous estats, desquels le temps nous fera savoir les noms. Plusieurs cependant se tenoyent cachez, qui le lendemain furent descouverts et massacrez, comme il sera dit.

Le Roy, la Royne mère, et messieurs ses frères et les dames, sortirent sur le soir pour voir les morts l'un après l'autre. Entre autres, la Royne mère voulut voir le seigneur de Soubize, pour savoir à quoy il tenoit qu'il fust impuissant d'habiter avec une femme.

Vers les cinq heures après midy de ce dimanche, il fut fait un ban avec les trompettes, de par le Roy, que chascun eust à se retirer dans les maisons, et que ceux qui y estoyent n'eussent à en sortir hors; ains fust seulement loisible aux soldats de la garde et aux commissaires de Paris, avec leurs trouppes, d'aller par la ville armez, sur peine de grief chastiment à qui feroit au contraire.

Plusieurs, ayans ouy ce ban, pensoyent que l'afaire s'adouciroit; mais le lendemain et les jours suivans fut à recommencer.

Car les Parisiens ayans assis des gardes aux portes de leur ville, par commandement du Roy, qui en voulut avoir les clefs, afin (ce disoit-il) que nul huguenot eschappast par compère ou par commère, après avoir moissonné le champ à grand tas et à pleine main, ils alloyent cueillant çà et là les espics restans du jour précédent, menaçant de mort quiconque céleroit aucun huguenot, quelque parent ou amy qu'il luy fust ; de sorte que, tant qu'ils en trouvèrent de reste, furent tuez, et leurs meubles baillez en proye, comme aussi les meubles des absens.

Nous commencerons par M. Pierre de la Place, président de la cour des aides, et réciterons un peu au long ce qui luy avint, d'autant que sa vertu le mérite.

Le dimanche, sur les six heures du matin, un nommé le capitaine Michel, qui estoit harquebuzier du Roy, vint au logis d'iceluy, où il eust entrée d'autant plus aisément qu'on avoit opinion que ce fust un des gardes escossoises du Roy, à cause que beaucoup d'entr'eux luy estoyent fort affectionnez et s'estoyent offert plusieurs fois à luy. Estant ainsi entré ce capitaine Michel, armé d'une harquebuze sur son espaule et d'une pistole en sa ceinture, et portant pour signal qu'il estoit des massacreurs une serviette à l'entour du bras gauche, les premières paroles qu'il tint fut que le sieur de Guise avoit tué, par le commandement du Roy, l'amiral et plusieurs autres seigneurs huguenots, et d'autant que tout le reste des huguenots, de quelque qualité qu'ils fussent, estoyent destinez à la mort, qu'il estoit venu au logis dudit sieur de la Place pour l'exempter de ceste calamité ; mais qu'il vouloit qu'on luy monstrast l'or et l'argent qui estoit dans le logis. Lors ledit sieur de la Place, fort estonné de l'outrecuidance de cest homme, lequel, seul dans un logis et au milieu de dix ou douze personnes, osoit tenir tel langage, luy demanda où il pensoit estre et s'il n'y avoit point de Roy. A cela ce capitaine blasphémant respondit qu'il luy enjoingnoit donc de venir avec luy parler au Roy, et qu'il entendroit qu'elle estoit sa volonté. Ce qu'ayant entendu ledit sieur de la Place, et se doutant qu'il y eut quelque grande sédition par la ville, il s'escoula par l'huys de derrière de son logis, en délibération de se retirer en la maison de quelque voisin. Cependant la pluspart de tous ses serviteurs s'esvanouit, et ce capitaine, ayant receu environ mille escus, comme il se retiroit, fut prié de la damoiselle des Maretz, fille dudit sieur, de la conduire, avec le sieur des Maretz, son mary, chez quelque amy catholique, ce qu'il accorda et l'accomplit aussi. Après cela, ledit sieur de la Place, ayant esté refusé en trois divers logis, fut contraint de rentrer dans le sien, où il trouva sa femme fort désolée et se tourmentant infiniement, tant pour ce qu'elle craignoit que ce capitaine ne menast son gendre et sa fille en la rivière, qu'aussi pour le péril tout certain où elle voyoit estre son pauvre mary et toute sa maison. Mais ledit sieur de la Place, fortifié de l'esprit de Dieu, avec une constance incroyable la reprint assez rudement, luy remonstrant combien doucement et comme de la main de Dieu il falloit recevoir telles afflictions; et après avoir un peu discouru sur les promesses que Dieu fait aux siens, la rasseura.

Puis commanda que les serviteurs et servantes qui estoyent de reste en sa maison fussent appellez; lesquels estans venus en sa chambre, suyvant ce qu'il avoit accoustumé tous les dimanches de faire une forme d'exhortation à sa famille, il se mit à prier Dieu; puis commença à lire un chapitre de Job, avec l'exposition ou sermon de M. Jean Calvin, et ayant discouru sur la justice et miséricorde de Dieu, lequel (disoit-il) comme bon père exerce ses esleus par divers chastimens, afin qu'ils ne s'arrestent aux choses de ce monde, il leur remonstra aussi combien les afflictions sont nécessaires au chrestien, et qu'il n'est en la puissance ny de Satan ny du monde de nous nuire et outrager, sinon autant que Dieu par son bon plaisir le leur permet, et que partant il ne falloit craindre leur puissance, qui ne se peut estendre que sur nos corps.

Puis il se remit derechef à prier Dieu, préparant et luy et toute sa famille à endurer plustost toutes sortes de tourmens, et la mort mesme, que de faire choses qui fust contre l'honneur de Dieu.

Ayant finy sa prière, on luy vint dire que le sieur de Senesçay, prévost de l'hostel, avec plusieurs archers, estoit à la porte du logis, demandant qu'on eust à luy ouvrir la porte de par le Roy, et disant qu'il venoit pour conserver la personne dudit de la Place et empescher que le logis ne fust pillé par la populace. A ceste occasion ledit sieur de la Place commanda que la porte luy fust ouverte; lequel estant entré luy déclaira le grand carnage qui se faisoit des huguenots par toute la ville, et par le commandement du Roy, adjoustant mesme ces mots entremeslez de latin, qu'il n'en demeureroit un seul *qui mingat ad parietem*; toutesfois qu'il avoit exprès commandement de Sa Majesté d'empescher qu'il ne luy fust fait aucun tort, ains l'emmener au Louvre, parce qu'elle désiroit estre instruicte par luy de plusieurs choses touchant les afaires de ceux de la religion, dont il avoit eu maniement, et pourtant qu'il se préparast pour venir trouver Sa Majesté. Le sieur de la Place respondit qu'il se sentiroit tousjours fort heureux d'avoir le moyen, devant que partir de ce monde, de rendre compte à Sa Majesté de toutes ses actions et déportemens; mais que lors, pour les horribles massacres qui se commettoyent par la ville, il luy seroit impossible de pouvoir aller jusques au Louvre sans encourir un grand et évident danger de sa personne, mais qu'il estoit en luy d'asseurer Sa Majesté de sa personne, laissant en son logis tel nombre de ses archiers que bon luy sembleroit, jusques à ce que la furie du peuple fust appaisée. Senesçay luy accorda cela, et luy laissa un de ses lieutenants nommé Toutevoye, avec quatre de ses archers.

Peu de temps après que Senesçay fut parti, le président Charron, pour lors prévost des marchans de Paris, arriva au logis; auquel après avoir parlé quelque temps en secret, se retirant, il luy laissa quatre archers de la ville avec ceux de Senesçay. Tout le reste du jour, avec la nuict suyvante, fut employé à boucher et remparer les advenues du logis avec force buches, et à faire provision de cailloux et de pavez sur les fenestres, tellement que, par ceste si exacte et diligente garde, il y avoit quelque apparence que ces archers avoyent esté mis dans le logis pour exempter ledit sieur de la Place et toute sa famille de la calamité commune, jusques à ce que Senesçay, retournant le lendemain sur les deux heures après disner, luy déclara qu'il avoit très exprès et itératif commandement du Roy de l'emmener, et qu'il ne falloit plus reculer. Ledit sieur de la Place luy remonstra, comme auparavant, le danger qui estoit par la ville, à cause mesme que ce jour-là au matin on avoit pillé une maison près la sienne. Ce néantmoins Senesçay insista au contraire, disant que c'estoit un commun dire des huguenots de protester qu'ils estoyent fort humbles et obéissans subjets et serviteurs du Roy, mais que, quand il estoit question d'obéir au commandement de Sa Majesté, ils se monstroyent tout refroidis, et sembloit qu'ils eussent cela fort en horreur; et quant à ce qu'il alléguoit du danger qui estoit à aller jusques au Louvre, Senesçay respondit qu'il luy bailleroit un capitaine de Paris qui seroit fort bien conu de tout le peuple, qui l'accompagneroit. Comme Senesçay tenoit tel langage, le susnommé Pezou, capitaine de Paris et des principaux séditieux, entra en la chambre dudit sieur de la Place et s'offrit à le conduire. La Place le refusa fort instamment, disant à Senesçay que c'estoit un des plus cruels et meschans hommes qui fussent dans la ville, et pourtant il le pria seulement, puisqu'il ne pouvoit plus reculer qu'il n'allast trouver le Roy, de l'accompagner de sa personne; à quoy Senesçay respondit que, pour estre empesché à d'autres affaires, il ne le pouvoit conduire plus de cinquante pas.

Sur quoy la femme dudit sieur de la Place, encore que ce soit une dame à laquelle Dieu a départy beaucoup de ses graces et bénédictions, toutesfois l'amour grand qu'elle portoit à son mary la fit prosterner devant ledit de Senesçay, pour le supplier d'accompagner sondit mari; mais sur cela ledit sieur de la Place, qui ne monstra jamais aucun signe de courage abattu, commença à relever sadite femme, la reprenant et luy enseignant que ce n'estoit au bras des hommes qu'il falloit avoir recours, mais à Dieu seul. Puis se tournant il apperceut au chapeau de son fils aisné une croix de papier qu'il y avoit mis par infirmité, pensant se sauver par ce moyen, dont il le tança aigrement, luy commandant d'oster de son chapeau ceste marque de sédition, et luy remonstrant que la vraye croix qu'il nous faloit porter estoyent les tribulations et afflictions que Dieu nous envoyoit, comme arres certaines de la félicité et vie éternelle qu'il a préparée aux siens. Puis, se voyant fort pressé par ledit de Senesçay de s'acheminer vers Sa Majesté, tout résolu à la mort qu'il voyoit luy estre préparée, print un manteau, embrassa sa femme, et luy recommanda fort d'avoir sur toutes choses l'honneur et la crainte de Dieu devant les yeux, et ainsi se partit avec une grande allégresse. De là estant arrivé jusques en la rue de la Verrerie, vis-à-vis de la rue du Coq, certains meurtriers qui l'attendoyent avec dagues nues, il y avoit environ trois heures, le tuèrent comme un pauvre agneau, au milieu de dix ou douze archers dudit Senesçay, qui le conduisoyent; et fut son logis pillé par l'espace

de cinq ou six jours continuels. Le corps dudit sieur de la
Place, dont l'ame estoit receuë au ciel, fut porté à l'hostel
de ville, en un estable, où la face luy fut couverte de fiens,
et le lendemain matin fut jetté en la rivière.

Pierre Ramus (1), professeur en éloquence, homme
conu entre les gens doctes, ne fut oublié. Il avoit beaucoup
d'ennemis, et entre autres un nommé Jaques Charpentier (2), qui envoya les massacreurs au collége de Presles,
où ledit Ramus s'estoit caché; mais estant trouvé, pour
sauver sa vie il bailla bonne somme. Ce nonobstant il fut
massacré et jetté de la fenestre d'une haute chambre en
bas, en telle sorte que ses entrailles s'espandirent sur les
carreaux; puis ses entrailles furent trainées par les rues,
le corps fouetté par quelques escoliers induits par leurs
maistres, au grand opprobre des bonnes lettres, dont
Ramus faisoit profession.

Nous y adjousterons maintenant ceux dont nous avons
eu mémoire, sans nous arrester aux circonstances des
massacres; car cela requiert un livre à part, et du temps
pour en savoir la vérité par le menu. Cependant nous de-
sirons et prions tous ceux qui en savent davantage le mettre en lumière, afin que chascun entende combien a esté
horrible le jugement de Dieu sur la France malheureuse.
Ainsi donc, pour particulariser quelques choses de ces fu-

(1) *Pierre la Ramée*, ou *Ramus*, était né, vers 1502, dans un village
du Vermandois. Il avait fait profession de la religion réformée pendant son
séjour en Allemagne, en 1568; mais il ne partageait pas toutes les opinions
des disciples de Calvin.

(2) *Jacques Charpentier*, né en 1524, doyen de l'Université en 1568,
et médecin de Charles IX. Il mourut de phthisie en 1574. Guil. de Bonheim,
écrivain contemporain, cité par Freytag (*Apparatus litterarius*, p. 511),
assure, contrairement à plusieurs historiens, que Charpentier fut non-seulement étranger au meurtre de Ramus, mais qu'il témoigna la plus vive douleur
en apprenant la mort de ce grand homme, l'ornement de l'Université.

rieux massacres, Parenteau, secrétaire du feu prince de
Condé, et sa femme, fille de feu M. François Perrucel, ministre, estant preste d'accoucher, furent massacrez ensemble, et ladite femme sur le corps de son mary, et ce en
la rue de la Vieille-Monnoye ; Caboche, secrétaire du Roy
de Navarre ; son frère, procureur à Meaux ; le sieur de
Montevrin, gentil-homme de Brie ; le cordonnier de
Sainct-Marceau, sa femme, trois enfans ; en la rue de la
Huchette, à l'enseigne de l'Estoille, une femme enceinte
et une fille ; en la rue Sainct-Honoré, au Grand-Cerf, la
fille du sieur de la Buvrière, guidon de l'amiral ; les trois
enfans du sieur d'Antray ; le fils du sieur de Beaulac, chez
Briquemaut le père ; le sieur de la Ferté et ses enfans ;
Hector le Fer et sa femme, en la rue de la Vieille-Monnoye ; en la rue Sainct-Denis, à la Corne-du-Cerf, un marchant de soye, sa femme et trois enfans ; la femme et aussi
la servante du plumassier du Roy, lesquelles furent jettées vives dans l'eau, et estans demeurées accrochées à
des pieux furent assommées à coups de pierres. A la
Coustellerie, au bahu royal, furent tuez vingt et cinq ou
trente personnes ; près la Croix-du-Tiroir, à la Bannière-
de-France, joignant la maison du baron de Plancy, tous les
hommes, femmes, petits enfans, serviteurs et servantes ;
Luffaut, orfèvre et lapidaire de la Royne mère, sa femme,
ses enfans et locataires ; trois damoiselles d'Orléans ; Jean
Robin, sa femme, qui estoit Flamende, demourans en la
rue Sainct-Martin, à la Croix-de-Fer ; un orfèvre nommé
Bourselle ; la vefve de Gastines, noyée ; un nommé Mau-
pelé et sa femme, qui avoyent procès contre le duc de
Guise ; Oudin, petit libraire demeurant en la rue Sainct-
Jaques ; le docteur Lopes, Espagnol ; Philippe de Cosne
et un relieur de livres, en la rue Sainct-Jean-de-Beauvoir ;
la femme de Jean Borel, libraire du Palais ; un relieur de

livres chez Richard Breton; une vefve nommée Marquette, chapperonnière, et deux de ses enfans, en la rue Sainct-Martin; Jean, tisserant compasseur, et sa femme, à la porte Baudets; Michel Nattier; un espinglier nommé Corbonan, demourant en la rue de Montorgueil, sa femme et sa sœur; Martin du Perray, près la fontaine du Ponceau; un tireur d'or nommé le petit Jaques; Simon le tailleur, à la Barre du Bec; un barbier, joignant la porte Sainct-Honoré, et son fils; maistre Gilles le tailleur, vers le cimetière de Sainct-Jean; Baillet, marchant de toilles, et Matthieu le Pecod, quinquallier, en la rue Sainct-Denis, près Sainct-Jacques de l'Hospital; un armurier du prince de Condé, nommé le petit Charles; maistre Vincent, armurier, en la rue de la Heaumerie; Bodet et sa femme, à l'enseigne des Deux-Anges, à la fripperie; Sères, marchant, à la tonnellerie; Jaques de la Chenaye, marchant d'esmail; Martin du Perey, enfileur; maistre Robert, menuisier, demeurant en la rue Trosse-Vache, près de la Rose. Au Lyon-Noir, rue Sainct-Honoré, logis du sieur de Théligny, tous ceux dudit logis furent tuez, comme aussi ceux du logis du comte de La Rochefoucaut, en la rue des Prouvelles; maistre Guillaume le Normand, menuisier, demeurant en la rue de Béthisy, où l'on en jetta plus de trente par les fenestres; un Vénetien nommé Maphé; Simon le Lucquois; Lazare Romain, Piedmontois. Tous ceux de Coppeaux, derrière Sainct-Thomas-du-Louvre, furent tuez, hormis un povre qui se cacha de bonne heure. A la Perle, près le Marteau d'Or (d'où tous ceux de la maison avoyent esté massacrez), sur le pont Nostre-Dame, tous les hommes, femmes, enfans et servantes furent jettez par les fenestres en l'eau. Jean de Cambray, changeur, demeurant devant le Palais, fut massacré, et Greban, maistre horlogier, demeurant aux fauxbourgs

Sainct-Germain-des-Prés, à l'enseigne du Nom de Jésus ; en la rue de la Calandre, Pierre de Sainerue, horlogier du mareschal de Montmorency ; Jean, le jardinier, à Sainct-Germain-des-Prez ; le serviteur du chaufecire Pomier, en ce quartier mesmes de Sainct-Germain ; Antoine Merlanchon, précepteur d'enfans, et qui avoit eu charge en l'église réformée de Paris, massacré à la porte Sainct-Michel, au logis de feu Brusquet, par Tanchou, meurtrier ordinaire : Pierre Carpentras, esperonnier, demeurant à Sainct-Germain-des-Prez, où l'on massacra beaucoup de gens de tous sexes et aages ; un certain menuisier demeurant près Sainct-Bon, nommé Guillaume Faubert ; Jean Dubos, compagnon menuisier, près de Sainct-Paul ; un vitrier nommé Philippe, qui avoit demeuré près l'hostel de Reims ; Michel Nattier, demeurant en la rue Michel-le-Conte ; Guillaume Maillart, doreur, sa femme et son fils. Bertrand l'ainé, boutonnier et esmaillier, demeurant en la rue aux Ours, fut tué avec sa femme et deux de ses serviteurs, et ce à diverses fois ; car les serviteurs furent menez sur le Pont-aux-Meusniers, puis daguez et jettez dans l'eau ; le maistre receut un mesme traittement tost après ; la femme fut massacrée auprès de sa maison. Un quinquallier demeurant sur le pont Nostre-Dame, nommé Matthieu, fut tué avec sa femme, ensemble un mercier demeurant avec eux, nommé Barthélemi du Tillet, parent du greffier de la cour de parlement, nommé du Tillet ; en la rue de la Calandre, un nommé maistre Guillaume et sa femme. La femme d'un chirurgien nommé maistre Julian, demourant en la place Maubert, ayant esté tirée de son lict où elle estoit griefvement malade, fut trainée en la rivière ; le maistre du Fer-de-Cheval, en ladite place Maubert, fut tué en sa maison, puis trainé aussi en la rivière. Un marchand de chevaux, hoste de la Marguerite, ayant receu infinis coups dans sa maison, fut trainé aussi en la rivière; et comme les meurtriers estoyent après, ses deux enfans, ayans compassion de la misère de leur père et taschans l'oster des mains de ces cruels bourreaux, et crians, attachez à luy, « Hélas, mon père! hélas, mon père! » furent ensemble trainez, massacrez et jettez dans l'eau avecques luy. Spire Niquet, pauvre relieur de livres, demourant en la rue Judas, chargé de sept enfans, fut bruslé à petit feu devant sa maison, dedans un monceau de livres qui y furent trouvez, puis à demy mort trainé en l'eau. Antoine Sylvius, chirurgien, fut tué dans sa maison; le thrésorier de Pruney aussi. Les meurtriers contraignirent la femme d'un procureur Le Clerc de passer par-dessus le visage de son mary, massacré cruellement, puis fut noyée estant fort enceinte; la femme d'Antoine Saunier, aussi enceinte, tuée et jettée en l'eau; la femme de Nicolas Dupuy, orfèvre excellent; la femme de Tamponet; la femme d'un certain brodeur de la dame de Mont-Jay. En la rue Sainct-Martin, une femme enceinte, preste à accoucher, s'estant sauvée sur les tuilles de sa maison, y fut tuée et par après fendue, puis son enfant jetté et brisé contre les murailles; la dame de Chasteau-Vieux et ses trois filles. La femme de Jean de Coulogne, mercier du Palais, demourant en la rue de la Calandre, fut tuée, ayant esté trahie par sa propre fille, l'enseignant aux massacreurs qui ne la pouvoyent trouver, et depuis s'est mariée à l'un d'eux et a conspiré contre son père. Le commissaire Aubert, demeurant en la rue Simon-le-Franc, près la fontaine Maubué, remercia les meurtriers qui avoyent massacré sa femme. Un de ces meurtriers, enragez mutins, estant entré avec ses compagnons dans une maison où ils tuèrent le mary et la femme, print deux fort petits

enfans, les mit dans une hotte, et, les portant à travers la
ville, en présence des catholiques, s'alla descharger sur
l'un des ponts, jettant ces deux pauvres créatures dans
l'eau, où ils furent incontinent suffoquez. Une petite fille
du maistre du Marteau-d'Or fut trempée, toute nue, dans
le sang de son père et de sa mère massacrez, avec horribles menaces que, si elle estoit jamais huguenotte, on luy
en feroit autant.

Mais on ne sauroit dire avec combien de cruautez ces
meurtres, commis ès personnes susnommées et infinies
autres, furent commis tant ledit jour de dimanche que
les autres suyvans. La pluspart estoyent tuez à grands
coups de dagues et poignards ; ceux-là estoyent les moins
cruellement traittez, car les autres estoyent bourrelez en
toutes les parties du corps, mutilez de leurs membres,
mocquez et outragez de brocards plus piquans que les
pointes des glaives. J'oubliois à dire qu'on assomma plusieurs vieilles gens en leur congnant les testes contre les
pierres du quay, puis on les jettoit mi-morts en l'eau. Un
petit enfant au maillot fut trainé par les rues, avec une
ceinture au col, par des garçons aagez de neuf à dix ans.
Un autre petit enfant, emporté par un massacreur, se jouoit
à la barbe d'iceluy et se sourioit ; mais, au lieu de l'esmouvoir à compassion, ce barbare endiablé luy donna un coup
de dague, puis le jetta en l'eau, si rouge de sang qu'elle fut
long-temps sans pouvoir recouvrer sa première couleur.

Le papier pleurcroit si je récitois les blasphèmes horribles qui furent prononcez par ces monstres et diables
encharnez pendant la fureur de tant de massacres. La
tempeste, le son continuel des harquebouzes et pistoles,
les cris lamentables et effroyables de ceux qu'on bourre-
loit, les hurlemens de ces meurtriers, les corps jettez par
les fenestres, trainez par les fanges, avec des huées et sif-

flemens estranges, les brisemens des portes et des fenestres, les cailloux qu'on faisoit voler contre, et les pillages de plus de six cens maisons, continuans longuement, ne peuvent présenter aux yeux du lecteur qu'une perpétuelle image de malheur extreme en toutes sortes.

Ce déluge enragé (représenté par la ravine d'eaux qui avoit couru quelques années auparavant et comme par privilège du Roy, incontinent après les massacres fut imprimé le Déluge des huguenots (1)) emporta aussi quelques catholiques, entre autres un conseiller d'église nommé Rouillard, qui fut massacré à l'instigation du président de Thou, à cause qu'il aimoit quelque équité et poursuyvoit vivement, sur un crime de faux, certain autre conseiller, grand amy d'iceluy de Thou. En mesme temps aussi Villemor, maistre des requestes et fils du feu garde-des-seaux nommé Bertrand, fut aussi laschement massacré, quoyque catholique, et ce par un avec qui il avoit procès. Il ne faut pas oublier le sieur de Salcède, Espagnol, grand catholique et ennemy juré des huguenots, quant et lesquels toutesfois il fut meurtry, tout son logis pillé et la pluspart du pillage emporté en l'hostel de Guise. Il avoit autresfois fait teste au cardinal de Lorraine, et pourtant aussi fut-il mis sur le papier rouge. L'avocat de Chappes, aagé de plus de soixante-quinze ans, fut aussi massacré. Denis Lambin, professeur en grec, ne fut pas massacré; mais ses ennemis luy firent si belle peur (non pas pour la religion, de laquelle il ne tenoit rien, ains par envie) qu'il en mourut tost après.

Mais il ne faut trouver cela estrange, veu qu'à ce seul mot de huguenot un homme pouvoit aisément se venger de son ennemy, comme il s'en est fait beaucoup d'actes

(1) Cette pièce est imprimée dans ce volume.

fort tragiques. Davantage, eussent-ils fait difficulté d'assaillir quelques catholiques de petite estoffe, quand mesmes
beaucoup de seigneurs, qui ont porté les armes contre
lesdits de la religion, furent en danger? On ferma la
porte du Louvre à plusieurs desdits seigneurs, afin que
ils demeurassent en proye; et le dimanche avint que
Marcel rencontra le sieur de Thoré, lequel il advertit de
se retirer promptement s'il aimoit sa vie, et qu'il ne faisoit pas bon ce jour-là pour ceux de sa maison. Quant au
mareschal de Cossé, sans les prières de la damoiselle de
Chasteau-Neuf, qui y employa son crédit envers le duc
d'Anjou, duquel elle estoit entretenue, il y passoit comme
les autres; semblablement le sieur de Biron, s'il ne se
fust sauvé en l'Arcenal.

Mais retournons à ceux de la religion, grand nombre
desquels furent massacrez cruellement ès prisons, par
Tanchou, Pezou, et un tireur d'or et autres massacreurs.
Loménie, secrétaire du Roy, est notable entre autres; car
ayant esté contraint par le comte de Rets, dans la prison,
de luy vendre sa terre de Versailles, à tel compte que ce
comte voulut, sous espérance qu'il sortiroit de prison, où
aussi on le contraignit de résigner son estat de secrétaire,
le contract estant passé, il fut massacré avec quinze autres,
par Tanchou.

Les prisons de Chastellet de Paris, du Four-l'Évesque
et autres endroits, estoyent plains de prisonniers ausquels
on donnoit espérance de relasche; mais la nuict on les
saccageoit cruellement, par cinquantaines, puis jettoit-
on les corps dans l'eau. Chascun des massacreurs se vantoit de ses cruautez; l'un disoit en avoir massacré plus de
cinq cens, l'autre en avoit tué beaucoup davantaige.
Pezou estoit un des premiers, comme nous verrons ci-
après sa vanterie en présence du Roy, au Louvre; aussi

estoit-il des capitaines de Paris, la pluspart desquels, avec le bras retroussé et le poignard tout sanglant, encourageoyent leurs troupes. Les commissaires et dizeniers ne s'espargnoyent non plus que les autres, et y avoit autant ou plus de meurtriers que de meurtris.

Nonobstant ces fureurs sanguinaires, plusieurs gentils-hommes, enfermez mesmes dans la ville, furent sauvez, comme depuis ils ont fait sentir aux catholiques que si on ne les eust point surprins en trahison, en quelque petit nombre qu'ils fussent, il n'y avoit massacreur dans Paris assez hardi pour les assaillir. Entre iceux estoyent les sieurs de Sainct-Romain, de Cugy, Briquemaut le jeune, et autres capitaines, dont la Royne mère fut fort despitée. Le sieur d'Acier fut garanti par ceux de Guise, ausquels il donna depuis son ame, en récompense du corps. Lesdits de Guise sauvèrent plusieurs gentils-hommes de la religion, non sans grande ruse, car ils deschargeoyent par ce moyen toute la rage sur le Roy et son conseil secret, et acquéroyent aussi des amis en ruynant des ennemis, et monstrant par cela qu'ils n'en vouloyent guères qu'à l'amiral, à cause de leur querelle particulière; cependant eux et les leurs avoyent esté des premiers et principaux exécuteurs des massacres. Le Roy trouva fort mauvaise ceste courtoisie et en fit quelques reproches ausdits de Guise, disant qu'ils avoyent sauvé la vie à tels qui la leur pourroyent oster puis après. Plusieurs autres de divers estats se sauvèrent de Paris; les autres furent cachez çà et là; Belièvre en retira plusieurs. Quelques catholiques, ayans horreur de tant de desloyautez et cruautez, en cachèrent bon nombre; mais c'estoit fort secrettement; car s'ils estoyent tant soit peu descouverts, eux-mesmes estoyent en grand danger, comme le dimanche ils avoyent massacré un catholique qui estoit acouru en la maison d'un sien gendre de la religion. Fervaques voulut sauver la vie au capitaine Monins, pour lequel il alla prier le Roy de luy donner, pour tous ses services passez, ce prisonnier en récompense ; mais ce fut en vain, car le Roy lui commanda de tuer Monins, autrement luy-mesmes perdroit la vie. Fervaques eut horreur du faict (quoyqu'il fust fort aspre ennemy de ceux de la religion et qu'il en eust tué et saccagé plusieurs de sa main auparavant), pour l'amitié particulière qu'il portoit à Monins ; toutesfois il fut contraint de descouvrir où il estoit caché, où fut aussitost envoyé un tueur qui le despécha. Le semblable avint à quelques autres, lorsqu'ils cuidoyent estre eschappez.

Les Suisses eurent le pillage de la maison d'un fort riche lapidaire nommé Thierry Baduère ; on dit que ce pillage montoit à plus de cent mil escus. Les crocheteurs, belistres et bateurs de pavé, voulans avoir les habillemens, despouilloyent les corps morts, puis les jettoyent dans la rivière de Seine. Tels garnemens, avec les soldats, eurent presques le pillage, et n'en tomba que bien peu ou point du tout ès coffres du Roy, qui n'a rien gaigné en cecy, sinon la vente des offices et estats vacans, desquels encor donna-il une partie à quelques courtisans ; car l'estat d'amiral fut baillé au marquis de Villars ; celuy de chancelier de Navarre, que tenoit Francourt, à Henry de Mesmes, sieur de Malassize, qui avoit esté moyenneur de la dernière paix ; l'office du thrésorier de Pruney fut baillé à Villequier, et la présidenterie en la cour des aides, qu'avoit le président de la Place, à un nommé de Nully. Quant aux autres estats, le Roy (suyvant sa coustume) les vendit à ceux qui apportoyent argent. Les nations estrangères ne savent pas ceste manière de faire de quelques Rois de France, qui exposent en vente toutes les commoditez, droits et bénéfices du royaume, faisans trafique des

offices de judicature et estats de finances, avec certaine
taxe faite à chascun ; et ne se trouve officier presques en
toute la France qui ne die tout ouvertement que son estat luy a cousté tant et tant, que, par conséquent, il ne se
faut esbahir s'il se veut rembourser et tirer proufit de son
argent. De là avient qu'en toute la France on achète la
justice à beaux deniers contans, et quand tous les meurtres du monde auroyent esté faits, on n'en prendra information quelconque si les greffiers et chiquaneurs ne
touchent deniers.

En ces entrefaites le Roy assembla son conseil, auquel
furent monstrées par le duc d'Anjou certaines lettres du
mareschal de Montmorency à Théligny, du vendredy 22
d'aoust, après la blessure de l'amiral, en responce de celles que Théligny luy avoit escrites ; et furent lesdittes lettres trouvées dans les coffres et entre les papiers de Théligny mort. Par icelles, le mareschal de Montmorency
monstroit ouvertement le desplaisir qu'il avoit receu entendant la blessure de l'amiral son cousin; qu'il ne vouloit pas en poursuivre moins la vengeance que si l'outrage eust esté fait à sa propre personne, n'estant pas
pour laisser en arrière chose qui peust servir à cest effect, sachant combien un tel acte estoit desplaisant au
Roy.

Entre divers papiers qui furent trouvez dans les coffres de l'amiral estoit son testament fait sur la fin des troisiesmes troubles. La Royne mère le fit lire en présence
de quelques-uns de ses plus familiers ; il y avoit un article
par lequel l'amiral donnoit conseil au Roy de ne donner
trop grand apannage ne puissance à ses frères. Sur ce, la
Royne mère, s'adressant au duc d'Alençon, frère du Roy :
« Voilà (dit-elle) vostre bon amy l'amiral, que vous ai-
miez et respectiez tant. » Le duc d'Alençon respond :

« Je ne say pas combien il m'estoit ami, mais, pour vray, il a monstré par ce conseil combien il aimoit le Roy. » L'ambassadeur d'Angleterre fit presques une mesme responce quand la Royne mère disoit que l'amiral avoit conseillé au Roy d'avoir tousjours pour suspecte la puissance des Anglois. « Il estoit voirement mal affectionné (dit-il) contre l'Angleterre, mais il se monstroit en cela très loyal serviteur de la couronne de France. »

Or avoit-il esté conclu au secret conseil, d'entre le Roy, la Royne mère, le duc d'Anjou, le duc d'Aumale, le duc de Nevers, le comte de Rets, Lansac, Tavannes, Morvilliers, Limoges et Villeroy, qu'aussitost que l'amiral et les huguenots seroyent despeschez dans Paris, le duc de Guise et ceux de sa maison vuideroyent et se retireroyent hors de Paris, en quelqu'une de leurs maisons, afin qu'il semblast mieux à toute la France et aux régions voisines que c'estoyent ceux de Guise qui avoyent fait le tout, sans le sceu du Roy, pour venger sur l'amiral et autres huguenots la mort du vieux duc de Guise, que Poltrot avoit tué aux premiers troubles de France. Voilà pourquoy, en ces lettres du dimanche, il avoit le tout jetté sur ceux de Guise; mais ceux de Guise, voyans l'atrocité du fait avenu et considérans qu'ils attiroyent sur eux et leur postérité l'ire de tous hommes à qui l'humaine société est chère, et par conséquent se mettoyent en butte à laquelle chascun viseroit, comme sur les seuls autheurs et coulpables; prévoyans, di-je, le mal qui leur en pourroit avenir, estans retournez dans Paris, n'en voulurent sortir n'abandonner la cour, demandans au contraire instamment que le Roy advouast le tout.

Le Roy, avec le mesme conseil que dessus, tant à l'occasion des lettres du mareschal de Montmorency (qui prenoit prétexte sur la volonté du Roy de se vouloir venger)

que parce que ceux de Guise ne vouloyent sortir hors de
Paris ny se charger de la faute, fut contraint le tout advouer ; car, disoyent ceux de son conseil, si le mareschal
de Montmorency, seulement pour la blesseure de l'amiral
son cousin, est si fort piqué et menace tant, que fera-il
quand il en entendra la mort, et de tant de gens qu'il aimoit ? Et si la maison de Guise ne s'en charge, comment
couvrira-on le fait ?

Partant le Roy, par l'avis du conseil secret, rescrivit
des lettres à ses ambassadeurs et aux gouverneurs des
provinces et villes principales de la France, par lesquelles il les avertissoit que ce qui estoit advenu à Paris ne
concernoit aucunement la religion, ains avoit esté seulement fait pour empescher l'exécution d'une maudite conspiration que l'amiral et ses alliez avoyent faite contre luy,
sa mère et ses frères ; partant vouloit que ses édicts de
pacification fussent observez ; que s'il avenoit que quelques huguenots, esmeus des nouvelles de Paris, s'assemblassent en armes en quelque lieu que ce fust, il commandoit à sesdicts gouverneurs de tenir la main qu'ils fussent
dissipez et rompus ; et afin que par les studieux de nouveauté quelque sinistre cas n'avinst, il entendoit que les
portes des villes de son royaume fussent bien et diligemment gardées, remettant sur la créance des porteurs le
surplus de sa volonté. Ceste volonté estoit qu'on sacca-
geast tous ceux de la religion ; ce qui fut fait, là où on les
peut attraper.

Le mesme jour du lundi au matin le Roy envoya quelques capitaines et soldats de sa garde à Chastillon-sur-
Loin, pour luy amener les enfans de l'amiral et de son feu
frère d'Andelot, de gré ou par force ; mais on trouva les
aisnez partis et desjà sauvez à la fuite.

Le duc d'Anjou envoya pareillement des soldats de sa

garde à la campagne, ès environs de Paris, visiter les huguenots dans leurs maisons aux champs et les tuer; et afin
que nul n'y fust espargné, il envoyoit à poinct nommé en
divers quartiers ceux de ses soldats qui n'y cognoissoyent
personne, tellement qu'aussi ils n'en espargnèrent pas
un, excepté quelques-uns qui furent prins à rançon par
ceux qui estoyent plus frians de l'argent; et si ne laissoyent pas pourtant de tuer les prisonniers après leur
rançon payée.

Ces jours de dimanche et de lundi le temps fut beau et
serain à Paris et ès environs, tellement que le Roy, s'estant mis aux fenestres du Louvre, contemplant le temps,
dit qu'il sembloit que le temps se resjouist de la tuerie des
huguenots.

Environ le midi, on vid un aubespin fleury au cemi-
tière Sainct-Innocent. Sitost que le bruit en fut espandu
par la ville, le peuple y accourut de toutes parts, criant :
« Miracle, miracle ! » et les cloches en carillonnèrent de
joye. On fut contraint, pour empescher la foule du peuple,
et de peur que le miracle fust descouvert et avilé (car aucuns estimoyent qu'il y avoit eu de l'artifice de quelque
moyne), d'asseoir des gardes à l'entour de l'aubespin
pour empescher le peuple de s'y approcher de trop près.
Il n'y eut pas faute de gens qui interprétoyent ce miracle
ne vouloir dénoter autre chose, sinon que la France recouvreroit sa belle fleur et splendeur perdue. Le peuple
s'en retournant de la veue de l'aubespin content et satisfait, pensant que Dieu par un tel signe approuvast toutes
leurs actions, s'en allèrent au logis du défunct amiral, où,
ayant trouvé son corps, le prindrent et traitèrent comme
dit a esté cy-dessus.

Le mardi 26 d'aoust, le Roy, accompagné de ses frères
et des plus grands de sa cour, ayant esté à la messe re-

mercier Dieu de la belle victoire obtenue sur ceux de la
religion, s'en alla au Palais de Paris, qu'on appelloit jadis
la cour des pairs de France et le lict de justice du Roy.
Là, séant en plein sénat, toutes les chambres assemblées,
il déclara tout haut que ce qui estoit avenu dans Paris
avoit esté fait non-seulement par son consentement, ains
par son commandement et de son propre mouvement;
partant, entendoit-il que toute la louange et la honte en
fussent rejettées sur luy.

Alors le premier président, nommé de Thou, au nom
de tout le sénat, en louant l'acte comme digne d'un si
grand Roy, luy respondit que c'estoit bien fait, qu'il l'a-
voit justement peu faire; que qui ne sçait bien dissimuler
ne sçait régner (1).

Quelques-uns, un peu plus paisibles, disoyent que c'estoit bien loin de faire comme la Vacquerie, jadis président en mesme lieu et charge, lequel, ainsi que Pasquier
le récite en son livre des recherches, estans pressé par le
Roy Loys XI d'émologuer un édict qui n'estoit point de
justice, et pour ce qu'il ne le vouloit faire estant menacé
par ce Roy-là de la mort, et tout le parlement aussi, s'ha-
billa, et avec luy tous les sénateurs de Paris, de robbes
rouges, et en cest équipage s'en alla trouver le Roy, qui
estoit courroucé outre mesure. Le Roy, esmerveillé de
les voir en un tel habit hors de saison, les enquit de ce
qu'ils cherchoyent; sur quoy la Vaquerie, respondant pour
tous : « Nous cherchons la mort (dit-il), Sire, de laquelle
vous nous avez menacez si nous ne confirmions vostre
édict, estans tous appareillez de la souffrir plustost que de

---

(1) J.-A. de Thou dément, dans ses Mémoires, les assertions des écrivains
qui ont accusé son père d'avoir approuvé la Saint-Barthélemy (Collect. Petitot, 1re série, tome 37, p. 230).

faire chose contre nostre devoir et conscience. » Mais cestui-ci n'avoit garde de faire le semblable ; il prend trop de plaisir à toute sorte d'injustice pour s'y vouloir opposer. Ainsi que le Roy alloit au palais, un gentil-homme fut recogneu en la trouppe pour huguenot et aussitost tué assez près du Roy, qui en se tournant pour le bruit, ayant entendu que c'estoit : « Passons outre, dit-il ; pleust à Dieu que ce fust le dernier ! »

Le mercredy 27, le Roy continua d'envoyer lettres en quelques endroits, faisant massacrer cependant tous ceux que l'on pourroit attrapper, comme nous le déduirons particulièrement sitost que nous pourrons eschapper de Paris. Telle estoit la teneur de ces lettres.

Lettres du Roy aux officiers de Bourges.

Nos amez et féaux, nous ne doutons point que vous n'ayez sceu à ceste heure la sédition qui est advenue à nostre très grand regret en ceste ville de Paris, ces jours passez, en laquelle mon cousin l'amiral et quelques autres de son parti ont esté tuez, comme aussi il en a esté massacré d'autres en plusieurs endroits de cesteditte ville, et que ceste nouvelle ne soit pour altérer le repos qui a esté jusques icy en nostre ville de Bourges, depuis l'édict de pacification, s'il n'y est pourveu ; qui est cause que nous vous escrivons présentement ceste lettre, par laquelle nous vous mandons, et très expressément ordonnons à chascun de vous en ce qui est de vostre charge, que il ne se face où s'eslève aucune émotion entre les habitans de ladite ville, ne s'y commetent en icelle aucuns massacres, comme il est à craindre, par ceux qui se couvrans du prétexte de rupture de l'édict de pacification, combien qu'il n'y en aye aucune en ce faict, voulans exécuter leurs vengeances, dont nous aurions un incroyable ennuy et fascherie; et à ceste fin, que vous ayez à faire publier et entendre, par tous les lieux et endroits de nostredite ville et autres qui en dépendent, que chascun ait à demeurer en repos en sa maison, sans prendre les armes ny offencer l'un l'autre, sur peine de la vie, et faisant bien et soigneusement observer nostredit édict de pacification; et s'il y a aucun de contrevenant à nostredite intention, les faire punir et chastier rigoureusement par les peines indictes en nos ordonnances, ayant l'œil ouvert au surplus à la seureté de nostreditte ville, de manière qu'il n'en advienne aucun inconvénient à nostredit service; si n'y faites faute, sur tant que vous désirez nous faire conoistre que vous nous estes loyaux et obéissans sujets.

Donné à Paris, le 27 d'aoust 1572.

Ainsi signé : CHARLES.

Et plus bas : DE NEUFVILLE.

Par lettres escrittes du mesme jour à son thrésorier des Ligues, iceluy thrésorier, bon serviteur de son maistre, escrivit peu après ce qui s'ensuit.

Lettres du thrésorier des Ligues, escrittes ausdites Ligues par le commandement du Roy, de mesme argument que les précédentes.

Magnifiques seigneurs, M. de la Fontaine, ambassadeur pour le Roy, vostre très bon et parfait amy, allié et confédéré, et moy son thrésorier en ce pays des Ligues, avons commandement de Sa Majesté de vous communiquer, comme à ceux qu'il tient ses meilleurs et parfaits amis, un accident qui est, ces jours passez, advenu dans la ville de Paris, sa personne et court y estant, duquel elle sent autant

ou plus grand desplaisir et regret, comme le faict à esté exécuté en un temps qu'il y avoit moins d'occasion de le craindre et penser. C'est que monsieur l'amiral, sortant du
chasteau du Louvre, le 22 du mois d'aoust dernier, luy
fut tiré une harquebuzade qui l'auroit attaint aux mains
et aux bras, dont advertie Sa Majesté elle auroit commandé que diligente perquisition et punition fut faite du
malfaicteur et autheurs d'une telle meschanceté. A quoy
estant promptement mis la main par ses officiers, et pour
cest effect constituez prisonniers les habitans de la maison d'où estoit sortie ladite harquebuzade, ceux qui
avoyent (comme il est aisé à présumer) esté cause du premier mal, voulans prévenir ceste justification, se seroyent,
en ajoustant crime sur autre, assemblez en grosse troupe
la nuict d'entre le 23 et le 24 dudit mois, et, ayans esmeu
le peuple de ladite ville de Paris à une grande sédition,
auroyent assailly, par grande fureur, la maison où estoit
logé ledit sieur amiral, forcé les gardes que Sa Majesté y
avoit fait mettre pour sa seureté, et tué luy et quelques
autres gentils-hommes qui se seroyent trouvez avec luy,
comme le semblable auroit esté fait de quelques autres
de la ville, estant la chose montée en mesme instant à une
telle rage et prompte esmotion que Sa Majesté, y pensant
pourvoir, auroit eu assez à faire avec toutes ses gardes
de garder sa maison du Louvre (où elle estoit logée avec
les Roynes ses mère et espouse, messeigneurs ses frères,
le Roy de Navarre et autres princes) d'estre forcée. Vous
pouvez penser, magnifiques seigneurs, la perplexité en
quoy s'est trouvé ce jeune et magnanime Roy, lequel, par
manière de dire, n'ayant manié que des espines au lieu de
sceptre depuis son advènement à la couronne, pour les
grands troubles qui ont tousjours esté en son royaume, estimoit, avec le bon et prudent conseil et assistance de la

Royne sa mère et mesdits seigneurs ses frères, avoir es-
tabli un ferme repos en sondit royaume, et jouir d'un
règne plus heureux, tant pour luy que pour ses sujets à l'a-
venir, après avoir osté (comme il luy sembloit) toutes
causes de divisions et défiances d'entre sesdits sujets, par
le moyen de ses édits de pacification et du mariage dudict
Roy de Navarre avec madame sa sœur de Sa Majesté, célébré cinq jours avant cest inconvénient, et celuy de monseigneur le prince de Condé avec madame de Nevers; ayant
davantage Sa Majesté (pour ne laisser rien en arrière de ce
qui pouvoit servir à la pacification de toutes choses, mesmes
à la seurté dudict feu amiral) fait, comme chascun sçait,
tout ce qu'il luy a esté possible pour le réconcilier et paci-
fier avec ses principaux et plus dangereux ennemis. Aussi
estant Dieu le vray juge de la bonne et pure intention de
sadite Majesté, a voulu permettre que la rage de ce populaire estant passée, quelques heures après se sont retirez en
leurs maisons, n'ayant rien eu sadite Majesté en plus grande
recommandation que de pourvoir incontinent à ce que
aucune chose ne soit innovée à ses édicts de pacification
et repos de ses sujets de l'une et l'autre religion; auquel
effect a despesché par devers les gouverneurs et officiers
de ses provinces, à ce qu'ils usent de la diligence qui leur
est commandée par lesdicts édicts, avec commandement
si exprès d'y tenir la main que chascun conoistra cest
accident estre advenu pour querelle particulière, et non
pour aucune chose altérer desdits édicts de pacification,
comme Sa Majesté est bien délibérée de ne le permettre
en aucune manière; qui est principalement, magnifiques
seigneurs, ce qu'elle nous a commandé de vous asseurer
de sa part, et en après vous faire entendre les dangers
éminens à elle et à ses voisins, non tant à cause de ladite
sédition, car elle espère que Dieu luy fera la grace qu'elle

ne passera point plus avant et que saditte Majesté conservera son royaume au bon repos qui a esté depuis son dernier édict de pacification, mais pour le regard des grandes levées et assemblées de gens de guerre qui se font en divers endroits, mesmes ès Pays-Bas, où l'on ne sçait encores de quel costé Dieu fera encliner la victoire, ne où le victorieux voudra en après employer ses forces. Au moyen de quoy Sa Majesté vous prie que, continuans la bonne amitié et intelligence qui a toujours esté entre la couronne de France et ses bons amis alliez et confédérez les seigneurs des Ligues, vous vueilliez de vostre part avoir tel esgard sur elle et son royaume, au cas que le besoin le requière, qu'elle promet avoir sur vous et vostre heureux estat, l'occasion se présentant, employant cependant vos rès grandes et singulières prudences à la conservation de l'union et bon repos de la nation des Ligues, comme c'est la seule cause non-seulement de la rendre secourable à ses amis, et de sa réputation et grandeur, mais de la faire craindre et admirer par ses voisins quelques grands qu'ils soyent, vous promettant Sa Majesté, en toutes voz occurrences, toute l'amitié, faveur et assistence que vous sçauriez desirer du meilleur et plus parfait et entier amy que vostre nation aye ny aura jamais.

Le jeudi 28 d'aoust fut célébré dans Paris un jubilé extraordinaire, avec la procession générale, à laquelle le Roy assista, ayant premièrement solicité (mais en vain) le Roy de Navarre par douces paroles, et le prince de Condé par menaces, de s'y trouver.

Le mesme jour furent publiées des lettres par lesquelles on conoistra encor mieux les trahisons. Le titre et contenu d'icelles estoit tel.

Déclaration du Roy de la cause et occasion de la mort de l'amiral et autres ses adhérants et complices, dernièrement advenue en ceste ville de Paris, le 24 du présent mois d'aoust 1572, avec très expresses défences à tous gentils-hommes et autres de la religion prétendue réformée de ne faire assemblées ne presches, pour quelque occasion que ce soit.

DE PAR LE ROY.

Sa Majesté, désirant faire sçavoir et cognoistre à tous seigneurs, gentils-hommes et autres ses sujets, la cause et occasion de la mort de l'amiral et autres ses adhérants et complices, dernièrement advenue en ceste ville de Paris, le 24 du présent mois d'aoust, d'autant que ledit fait leur pourroit avoir esté desguisé autrement qu'il n'est, sadite Majesté déclare que ce qui en est ainsi advenu a esté par son exprès commandement, et non pour cause aucune de religion ne contrevenir à ses édits de pacification, qu'il a tousjours entendu, comme encore veut et entend, observer, garder et entretenir, ains pour obvier et prévenir l'exécution d'une malheureuse et détestable conspiration faite par ledit amiral, chef et autheur d'icelle, et sesdits adhérans et complices, en la personne dudit seigneur Roy et contre son Estat, la Royne sa mère, messieurs ses frères, le Roy de Navarre, princes et seigneurs estans près d'eux. Par quoy sadite Majesté fait sçavoir par ceste présente déclaration et ordonnance, à tous gentils-hommes et autres quelconques de la religion prétendue réformée, qu'elle veut et entend qu'en toute seurté et liberté ils puissent vivre et demeurer avec leurs femmes, enfans et familles, en leurs maisons, sous la protection dudict seigneur Roy, tout ainsi qu'ils ont par cy-devant fait et pouvoyent faire suyvant le benéfice desdits édits de pacification; com-

mandant et ordonnant très expressément à tous gouverneurs et lieutenants-généraux en chacun de ses pays et
provinces, et autres ses justiciers et officiers qu'il appartiendra, de n'attenter, permettre ne souffrir estre attenté
ne entrepris, en quelque sorte et manière que ce soit, ès
personnes et biens desdits de la religion, leursdites femmes, enfans et familles, sur peine de la vie contre les délinquans et coulpables. Et néantmoins, pour obvier aux
troubles, scandales, soupçon et desfiance qui pourroyent
avenir à cause des presches et assemblées qui pourroyent
se faire, tant ès maisons desdits gentils-hommes qu'ailleurs,
selon et ainsi qu'il est permis par les susdits édits de pacification, sadite Majesté fait très expresses inhibitions et
deffences, à tous lesdits gentils-hommes et autres estans de
ladite religion, de ne faire assemblées pour quelque occasion que ce soit, jusques à ce que par ledit seigneur, après
avoir pourveu à la tranquillité de son royaume, en soit
autrement ordonné, et ce sur peine de désobéissance et de
confiscation de corps et de biens. Est aussi expressément
défendu sur les mesmes peines, à tous ceux qui, pour raison de ce que dessus, auroyent ou retiendroyent des prisonniers, de ne prendre aucune rançon d'eux, et d'advertir incontinent les gouverneurs des provinces ou lieutenants-généraux du nom et qualité desdits prisonniers,
lesquels sadite Majesté ordonne estre relaschez et du tout
mis en liberté, si ce n'est toutesfois qu'ils soyent des chefs
qui ont eu commandement pour ceux de la religion ou qui
ayent fait des pratiques et menées pour eux, et lesquels
pourroyent avoir eu l'intelligence de la conspiration susdite, auquel cas ils en avertiront incontinent sadite Majesté, pour sur ce leur faire entendre sa volonté ; ordonnant
aussi que doresnavant nul ne soit si hardi de prendre et arrester prisonnier aucun pour raison de ce que dessus, sans

l'exprès commandement dudit sieur ou de ses officiers, et
de n'aller courir ny prendre par les champs, fermes et mé-
tairies, aucuns chevaux, jumens, bœufs, vaches et autre
bestail, biens, fruits, grains, ny choses quelconques, et ne
mesfaire ne mesdire aux laboureurs, mais les laisser faire
et exercer en paix et avec toute seureté leur labourage et
ce qui est de leur vocation, et ce sur les peines susdites.

Fait à Paris, le 28 d'aoust 1572.

Signé CHARLES.

Et au-dessous, FIZES.

La déclaration faite en mesmes termes le jour précédant
finissoit à ces mots, *et ce sur peine* de désobéissance ; ce
qui s'ensuit en ceste seconde fut adjousté le lendemain,
avec nouvelle expression du nom du Roy de Navarre.

Ces lettres furent envoyées par courriers exprès à tous
les gouverneurs de la France, avec d'autres lettres particulières du Roy, de mesme substance, excepté qu'on y
avoit adjousté un commandement qu'incontinent les lettres receues les gouverneurs fissent tailler en pièces tous
les huguenots que l'on trouveroit hors de leurs maisons.
Aucuns de la religion (que la peur avoit fait sortir de leurs
maisons), entendans ce mandement, se retournoyent mettre dedans ; les autres, qui ne s'y osoyent fier et se trouvoyent dehors, soudain estoyent tuez, autres prins à rançon. Mais à la fin ceux qui, obéissans au mandement,
s'estoyent retirez en leurs maisons, ne furent pas de
meilleure condition que les autres. Et toutesfois lesdits
gouverneurs, ayans receu lesdites lettres, donnoyent à
entendre qu'ils ne recerchoyent d'entre les huguenots
que les coulpables de ceste dernière conspiration de
l'amiral ; que, quant au passé, ils n'y vouloyent pas seulement toucher n'y s'en souvenir.

Mais pour ce que, peu de jours après, fut adjousté ausdites lettres que les prisonniers furent délivrez, et que
nul ne fust fait doresnavant prisonnier, excepté ceux qui
ès guerres civiles de la France avoyent eu quelque charge
pour les huguenots, manié affaires ou autrement en
avoyent eu intelligence, desquels si aucun estoit pris on
l'eust à remettre entre les mains du gouverneur de la
ville ou du pays, qui entendroit du Roy ce qu'il lui plairoit d'en ordonner, et toutesfois on voyoit que les prisonniers n'estoyent point délivrez, ains tous les jours en
emprisonnoit-on de nouveaux, plusieurs d'entre lesdits de
la religion, moins crédules que les autres, pensèrent faire
plus sagement de sortir vistement hors de France que
d'y demeurer plus longuement ; mais ils ne furent pas si
tost hors du royaume (combien qu'ils se fussent retirez ès
terres confédérées au Roy) que ses officiers en beaucoup
d'endroits leur saisirent et annotèrent leurs biens, les
confisquèrent, vendirent les meubles d'aucuns, saccageant et pillant les autres.

FIN.

LE
REVEILLE-MATIN
DES FRANÇOIS, ET
DE LEVRS VOISINS.

*Composé par Eusebe Philadelphe Cosmo-
polite, en forme de
Dialogues.*

A EDIMBOURG,

De l'imprimerie de Iaques Iames.
Avec permission.
1 5 7 4.

LE RÉVEILLE-MATIN

DES FRANÇOIS

ET DE LEURS VOISINS.

L'amiral, persuadé et conduit par le mareschal de Cossé, et pour satisfaire à la volonté du Roy, vint trouver à Bloys Sa Majesté, qui, pour oster la crainte que l'amiral avoit de la maison de Guyse, lui envoya des lettres de congé à mener cinquante gentils-hommes avec luy armez, pour sa seureté, jusques à la cour ; où estant arrivé, le Roy et la Royne sa mère le receurent de toute la plus courtoise façon qu'il leur fut possible. Le Roy le voulut ouyr souvent en conseil secret et à part, ès choses de la plus grande importance, monstrant de se fier en luy de sa vie et de son royaume comme il eust fait en son père propre.

En mesme temps le Roy fit demander pour Monsieur son frère (1) la Royne d'Angleterre en mariage, ayant envoyé à cest effect un ambassade honorable à ladicte Royne d'Angleterre, avec laquelle aussi le Roy fit traiter d'une ligue, confédération et alliance, laquelle depuis fut conclue et résolue, au grand contentement des huguenots, ausquels telle ligue sembloit servir de gage de l'amitié du Roy envers eux.

(1) Le duc d'Anjou, depuis Henri III.

La Royne de Navarre vint trouver à la fin le Roy, duquel (ce disoit-il) elle estoit la meilleure tante, la plus desirée, la mieux aimée et mieux venue qui jamais fut en France ; la Royne mère la recueillit comme sa très chère sœur ; toute la cour, en somme, s'en resjouissoit en double façon.

Le mariage du prince de Navarre avec Madame, sœur du Roy, fut (après plusieurs menées et difficultez faites sur la forme des cérémonies) enfin conclu et arresté, et avisé que les promesses des espoux à venir seroyent receuës par le cardinal de Bourbon, hors des cérémonies de l'église romaine, pour ne point forcer la conscience du prince de Navarre, huguenot. Quelque temps après, la Royne de Navarre, fort contente, partit de la cour, qui pour lors estoit à Bloys, pour s'en aller à Paris. L'amiral aussi s'estoit retiré auparavant en sa maison de Chastillon, où il recevoit souvent lettres et messages du Roy, qui luy demandoit son conseil ès affaires occurrens, ès quels il monstroit ne vouloir rien résoudre d'importance sans son avis.

La Royne de Navarre, au partir de la cour, estant venue à Paris, tomba malade, et cinq jours après mourut, en l'aage de quarante-trois à quarante-quatre ans, d'un boucon (1) qui luy fut donné à un festin où le duc d'Anjou

---

(1) *Boucon*, breuvage empoisonné. Un auteur contemporain rapporte sur la cause de la mort de la reine de Navarre le témoignage de Caillard, son médecin ; nous croyons devoir l'opposer à l'assertion de l'écrivain huguenot : Quelques personnes soutenaient devant Caillard que Jeanne avait péri par le poison ; « Messieurs, leur dit-il, vous savez tous le commandement que m'a fait plusieurs fois la Royne, ma bonne maitresse, que, si je me trouvois près d'elle à l'heure de sa mort, que je ne fisse faute de lui faire ouvrir le cerveau, pour voir d'où lui procédoit ceste démangeaison qu'elle avoit d'ordinaire au sommet de la teste, afin que si monsieur le prince son fils et madame la princesse sa fille se sentoient de ce mal, qu'on y peust trouver le remède, en sachant l'occasion. Conformément à cet ordre, Deneux, son chi-

estoit, selon que j'ai ouy dire à un de ses domestiques ;
dont on ne voulut parler, de peur que ce fust occasion
de rompre ledict mariage, desiré de tous les amateurs de
paix et sans soupçon.

Environ ce temps-là, de divers endroits de la France
estoyent envoyez plusieurs advertissemens à l'amiral, afin
qu'il print garde à soy et qu'il se retirast des dangers où
l'on disoit qu'il estoit, estant dedans Paris ou à la cour ;
entre autres, un je ne sçay qui luy envoya un bordereau
de mémoires, où il estoit escrit :

« Souvenez-vous que c'est un article de foy résolu et
« arresté au concile de Constance, auquel Jean Huz fut
« bruslé contre le sauf-conduit de l'empereur, qu'il ne
« faut point garder la foi aux hérétiques. Partant, soyez
« diligent à prendre garde à vous, n'y ayant autre re-
« mède d'eschapper qu'en fuyant hors de la cour. »

L'amiral, ayant veu cest escrit, fit fort mauvais visage à
celuy qui le luy bailla, et renvoya, pour toute response,
dire à celuy qui luy avoit envoyé, que si par le passé il
avoit eu, et les autres huguenots aussi, occasion de ne se
fier pas légèrement en des promesses, que, Dieu merci,
telle peur ou deffiance estoit alors sans fondement.

Or, le prince de Navarre (fait Roy par la mort de sa
mère) et le prince de Condé, en ces entrefaites, sollicitez

---

rurgien, lui scia le test, et nous vismes que ceste démangeaison lui procédoit
de quelques petites bubes d'eau qui s'engendroient entre le test et la taye du
cerveau, sur laquelle elles se répandoient et lui causoient ceste démangeaison. Puis, ayant fort curieusement regardé, Deneux dit aux assistans : *Messieurs, si Sa Majesté estoit morte pour avoir flairé et senti quelque chose
d'empoisonné, vous en verriez les marques à la taye du cerveau ; mais
la voilà aussi belle que l'on sauroit désirer. Si elle estoit morte pour avoir
mangé du poison, il paroitroit à l'orifice de l'estomac ; rien n'y paroit, il
n'y a donc d'autre occasion de sa mort que l'apostume de ses poumons.* »

et asseurez de toutes parts de venir à la cour, vinrent à la fin trouver le Roy à Paris, où il s'estoit remué pour y faire célébrer les noces de sa sœur. Plusieurs seigneurs, barons et gentils-hommes huguenots y accompagnèrent le Roy de Navarre et le prince de Condé, au-devant desquels presque toute la cour y alla. Ils y furent recueillis du Roy, de sa mère et de ses frères, et des autres princes, de Madame et des princesses, comme ils le pouvoyent desirer en apparence.

Quelques jours se passèrent en festes et banquets, attendant le jour des nopces, que l'on dilayoit pour divers respects d'un jour à l'autre, entre autres pour ce que le cardinal de Bourbon, qui devoit recevoir les promesses du mariage, n'y osoit toucher sans dispense du pape, qu'il luy avoit envoyé demander; laquelle, après estre venue, et à son gré n'estant assez ample pour sa conscience, il fallut renvoyer à Rome pour en avoir une à sa fantaisie; et sur ce le Roy, faisant semblant de se fascher de tant de remises, blasphemant et despitant, jura qu'il vouloit que le mariage se consommast sans plus tarder; que si le cardinal de Bourbon ne les vouloit espouser, il les mèneroit luy-mesme à un presche des huguenots pour les y faire espouser à un ministre, et que par la mort Dieu il ne vouloit pas que sa Margot (car ainsi appeloit-il sa sœur) fust plus long-temps en ceste langueur.

Les nopces du Roy de Navarre et de Marguerite, sœur du Roy, se célébrèrent en très grande pompe le lundi dix-huictième jour du mois d'aoust dernier passé. Les princes, comtes, barons, et autres seigneurs et gentils-hommes de marque huguenots, y assistoyent presque tous, dont aucuns y avoyent amené leurs femmes et enfans, et pouvoyent estre en tout environ mille gentils-hommes.

Le mardi, mercredi et jeudi suyvans furent employez

en toutes sortes de jeux et passe-temps à rechange, ès quels l'amiral souvent assistoit, ayant le bon visage du Roy à l'accoustumé.

Le mercredy, l'amiral, voulant entretenir le Roy de quelques affaires de grande importance, le Roy en riant le pria de luy donner quatre jours pour s'esgayer et esbattre, promettant à foy de Roy qu'il ne bougeroit de Paris qu'il ne l'eust rendu content et tous ceux qui avoyent affaire à luy.

Peu de jours auparavant, outre les avertissemens susdicts, l'amiral avoit esté adverti de certain homicide fait par des catholiques séditieux de Troye sur certains huguenots revenans de leur presché;

Que ceux de Rouen et d'Orléans menaçoyent les presches de prendre fin les deux ans après la pacification dernière passez.

Et parmi les gentils-hommes courtizans on sentoit souvent murmurer entre leurs dents que, dans la fin du mois d'aoust, on interdiroit les presches aux huguenots, mesmes que plusieurs gentils-hommes catholiques vouloyent faire gageure avec des huguenots que devant quatre mois ils iroyent à la messe;

Qu'on sentoit courre un bruit, d'entre les principaux du peuple de Paris, qu'en ces nopces se respandroit plus de sang que d'eau;

Que les commissaires, centeniers et dixeniers de Paris, braçoyent quelque entreprise facile à estre descouverte à qui y regarderoit de près;

Qu'un fameux advocat huguenot du Palais de Paris avoit esté adverti par un président de se retirer pour quelques jours avec sa famille hors de Paris, s'il vouloit conserver sa vie et celle des siens;

Qu'un Italien engageoit sa teste, au cas que ces nopces

s'accomplissent; et un autre Italien, à la table de Jean Michael et Sabalin, ambassadeur de la seigneurie de Venise, se vantoit de sçavoir le moyen pour ruiner les huguenots en vingt-quatre heures.

Autres semblables choses se respandoyent parmy le vulgaire, desquelles aussi l'admiral estoit adverti.

On adjoustoit à cela que la faction des séditieux desiroit la ruine des huguenots sur toutes choses, que le lieu et le temps la facilitoyent; la voulant donc et la pouvant mettre à effect, qu'on ne devoit attendre autre chose d'eux.

A tout cela, l'amiral sans peur, tousjours semblable à soy, tousjours constant et asseuré sur la bonté du Roy, ne pouvoit prendre occasion d'alarme.

Le jeudi il fut dict au conseil privé du Roy qu'on avoit veu certains hommes à cheval au Pré-aux-Clercs et par les places de Paris, avec des pistoles et harquebuzes à l'arçon de la selle, contre les deffenses du port des armes; à quoy quelqu'un du conseil respondit que ce pouvoyent estre quelques-uns qui se préparoyent et s'exerçoyent pour la reveuë qui se devoit faire pour la récréation de la cour.

Le vendredi 22 d'aoust au matin, fut tenu conseil au Louvre pour remédier aux plainctes des huguenots. Monsieur, frère du Roy, qui y présidoit, s'estant levé et sorti plustost que de coustume, l'amiral, qui y estoit pareillement, sortit avec les autres seigneurs du conseil; et comme il alloit en son logis, ayant trouvé le Roy qui sortoit d'une chappelle qui est au-devant du Louvre, le ramena jusques dans le jeu de paulme, où le Roy et le duc de Guyse ayant dressé partie contre Téligny et un autre gentil-homme, et joué quelque peu, l'amiral en sortit pour s'en aller disner à son logis, accompagné de douze ou quinze gentils-hommes, entre lesquels j'estoy. Il ne

fut point cent pas loin du Louvre que, d'une fenestre ferrée (du logis où logeoit ordinairement Villemus, précepteur du duc de Guyse), luy fut tirée une harquebouzade
avec trois balles, sur le poinct qu'il lisoit une requeste
(allant à pied par la rue). L'une des balles luy emporta le
doigt indice de la main droite ; de l'autre balle il fut blessé
au bras gauche près du carpe, et sortit la balle par l'ole-
crane.

Lorsqu'il fut blessé, le seigneur de Guerchy estoit à
son costé droit, d'où luy fut tirée l'arquebouzade, et à
son gauche l'aisné des Pruneaux. Ils furent fort esbahys
et esperdus, et tous ceux qui estoyent en la compagnie.

L'amiral ne dict jamais autre chose sinon qu'il monstra
le lieu d'où on luy avoit tiré le coup et où les balles
avoyent donné, priant le capitaine Pilles, qui survint là
avec le capitaine Monins, d'aller dire au Roy ce qui luy
estoit advenu ; qu'il jugeast quelle belle fidélité c'estoit
(l'entendant de l'accord fait entre luy et le duc de Guyse).

Un autre gentil-homme, voyant l'amiral blessé, s'approcha de luy pour luy soustenir son bras gauche, lui serrant l'endroit de la blessure avec son mouchoir ; le seigneur de Guerchy luy soustenoit le droict ; et en ceste
façon fut mené à son logis, distant de là environ de six-
vingts pas. En y allant, un gentil-homme luy dit qu'il estoit à craindre que les balles ne fussent empoisonnées ; à
quoy l'amiral respondit qu'il n'adviendroit que ce qu'il
plairoit à Dieu.

Soudain après le coup la porte du logis d'où l'arquebouzade avoit esté tirée fut enfoncée par certains gentils-
hommes de la suite de l'amiral. L'arquebouse fut trouvée,
mais non l'arquebousier ; ouy bien un sien laquais et une
servante du logis. L'arquebouzier s'en estoit soudain enfuy par la porte de derrière, qui sort sur le cloistre de

Sainct-Germain-l'Auxerrois, où l'on luy gardoit un cheval prest, garni de pistoles à l'arçon de la selle ; sur lequel estant eschappé, il sortit hors de la porte Sainct-Antoine, où ayant trouvé un cheval d'Espagne qu'on luy tenoit en main, descendit du premier et monta sur le second, puis se mit au grand galop.

Le Roy, entendant la blesseure de l'amiral, quitta le jeu, où il estoit encore jouant avec le duc de Guyse, jetta la raquette par terre, et avec un visage triste et abbatu se retira en sa chambre ; le duc de Guyse sortit aussi peu après le Roy du jeu de paume.

La chambrière du logis, interrogée, respondit que le seigneur de Chailly (qui est maistre d'hostel du Roy et superintendant des affaires du duc de Guyse), le jour auparavant, avoit mené l'arquebouzier dans le logis et l'a voit affectueusement recommandé à l'hostesse.

Le laquais, interrogué, respond que ce jour-là, bien matin, son maistre l'avoit envoyé à Chailly, pour le prier de faire en sorte que l'escuyer du duc de Guise tint les chevaux qu'il luy avoit promis tous prests. Quant au nom de son maistre, il n'y avoit pas long-temps qu'il estoit à luy et ne l'avoit ouy appeler que Bolland, l'un des soldats de la garde du Roy ; mais à la vérité dire c'estoit Mont-Revél de Brie, celuy qui, aux guerres passées, tua en trahison le seigneur de Mouy.

Le Roy de Navarre, le prince de Condé, le comte de La Rochefoucaut et plusieurs autres seigneurs, barons et gentils-hommes huguenots, advertis de la blesseure, vindrent incontinent visiter l'amiral ; il y vint aussi plusieurs autres seigneurs et gentils-hommes catholiques, amis de l'amiral, tous bien fort marris de ce qui luy estoit avenu.

Les playes pensées par les plus experts chyrurgiens, le Roy de Navarre et le prince de Condé allèrent trouver le

Roy, auquel ils firent leurs plaintes selon le mérite du faict, remonstrans qu'il ne faisoit pas seur dans Paris pour eux, et le supplians très humblement de leur donner congé d'en sortir et de se retirer ailleurs.

Le Roy, se complaignit aussi à eux du désastre avenu, et, les consolant, jura et promit de faire du coulpable, des consentans et fauteurs, si mémorable justice que l'amiral et ses amis auroyent de quoy se contenter; cependant il les prie de ne bouger de la cour et qu'ils luy en laissent la punition et vengeance, et s'asseurent qu'il y pourvoira bientost.

La Royne mère, qui là aussi estoit, monstroit d'estre bien fort marrie du cas advenu; que c'estoit un grand outrage fait au Roy, qu'à le supporter aujourd'huy, demain on prendroit la hardiesse d'en faire autant dans le Louvre, une autre fois dans son lict et l'autre dedans son sein et entre ses bras. Par cest artifice, le Roy de Navarre, le prince de Condé, les autres seigneurs et gentils-hommes françois huguenots furent arrestez dans Paris; mais pour ce qu'il sembla bon à aucuns d'entr'eux de faire conduire l'amiral en sa maison de Chastillon-sur-Loin, distant deux journées de Paris, le Roy, pour empescher ce dessein, luy offrit chambre dans le Louvre pour s'y retirer; que s'il ne pouvoit pour la douleur des playes remuer de logis, il luy envoyeroit une compagnie des soldats de sa garde pour la seureté de sa personne et de son logis.

L'amiral, entendant les honestes offres que le Roy luy faisoit, l'en remercia beaucoup de fois très humblement, et se recognoissant estre assez asseuré en la protection du Roy, après Dieu, il disoit n'avoir besoin d'aucune autre garde. Toutesfois il y eut ce jour-là environ cent soldats posez en garde devant son logis, par le commandement du Roy.

Cependant on poursuyvit le criminel, lequel s'enfuyant, et passant par Villeneuve-Sainct-George (où il print un autre cheval) , alloit disant tout haut : « Vous n'avez plus d'amiral en France. »

Le Roy, en ces entrefaites, commanda à Nancé, l'un des capitaines de ses gardes, d'aller saisir Chailly et le mener en prison ; mais il avoit desjà gagné le haut, ou pour le moins il s'estoit caché si bien qu'on ne le vouloit trouver.

Ce jour-là, le Roy escrivit des lettres à tous les gouverneurs des provinces et des principales villes de son royaume, et aussi à ses ambassadeurs estans près des princes estrangers, par lesquelles il les advertissoit de ce qui estoit advenu, et promettoit de faire en sorte que les autheurs et coulpables d'un si meschant acte seroyent descouverts et chastiez selon leurs démérites ; cependant qu'ils fissent entendre à tout le monde combien cest outrage luy desplaisoit. La Royne mère, ce mesme jour, escrivit des lettres de mesme substance ausdicts gouverneurs et ambassadeurs.

Le Roy, ce jour-là, après son disner (qu'il fit court), environ deux heures après midy,. et avec luy la Royne sa mère, ses frères, tous les mareschaux de France (excepté celuy de Montmorency, qui le jour auparavant estoit allé à la chasse), le chevalier d'Angoulesme, le duc de Nevers, Chavigny et plusieurs autres capitaines, alla visiter l'amiral, qui mouroit d'envie de luy parler. Le Roy l'ayant ouy, et faisant du pleureux, confessa librement que l'amiral, s'asseurant sur sa foy et bienvueillance, estoit venu à la cour, et partant, quoyque la douleur des blessures fust à l'amiral, que l'injure et l'outrage estoit fait à luy, et qu'il estoit résolu de tout son cœur d'en avoir la raison, et en faire justice si exemplaire qu'il en seroit mémoire à jamais.

L'amiral répliqua qu'il en remettoit la vengeance à

Dieu, et au Roy le jugement; quant à l'autheur du faict
qu'il estoit assez bien cognu. Et pour ce qu'il ne sçavoit
s'il avoit encores longuement à vivre, il supplioit très
humblement le Roy de l'ouyr sur certaines choses qu'il
luy vouloit communiquer, qui estoyent très nécessaires à
l'estat de son royaume.

Le Roy, à ceste demande, ayant fait semblant de vouloir ouyr l'amiral en secret, commanda que chacun sortist de la chambre, quand la Royne mère, qui n'aban-
donnoit le Roy d'un pas, empescha (je ne sçay pourquoy)
que ce colloque secret ne se fist.

Le samedi suyvant, 23 d'aoust, les playes se portoyent
assez bien, tellement que les médecins et chyrurgiens disoyent que la vie de l'amiral n'en estoit en aucun danger;
que le bras, en perdant bien peu de sa force, seroit aisément guéri.

Ce jour-là de samedi, le Roy envoya visiter l'amiral par
divers gentils-hommes. La nouvelle espousée l'alla aussi
visiter.

Ce mesme samedi, dans le conseil privé du Roy, furent
examinez certains tesmoins touchant l'arquebouzade, le
tireur et les coulpables, tellement que l'amiral et ses amis,
croyant que la voye à justice leur fust ouverte, se resjouissoyent grandement, s'asseurans de pouvoir facilement convaincre les autheurs du faict; de quoy ils advertirent leurs amis en plusieurs endroits du royaume, par
des lettres qu'ils leur escrivirent, les prians de ne bouger
et ne se fascher de ce qui estoit advenu à l'amiral; que
Dieu et le Roy estoyent puissans d'en faire la vengeance,
que desjà on commençoit à procéder contre le coulpable
et ses fauteurs par justice, et les blessures n'estoyent pas,
Dieu mercy, à mort; que, combien que le bras fust blessé,
le cerveau ne l'estoit pas. En ceste façon les consolant

par lettres, les avertissoyent de se tenir coys, en attendant l'issue telle qu'il plairoit à Dieu d'envoyer.

Ce jour-là, Monsieur, frère du Roy, et le chevalier
d'Angoulesme, se pourmenoyent dans un coche par la
ville de Paris, environ les quatre heures après midy; dès
ceste heure-là il courut un bruit dans Paris que le Roy
avoit mandé le mareschal de Montmorency pour le faire
venir à Paris avec un grand nombre de cavalerie et d'infanterie, que partant les Parisiens avoyent occasion de se
prendre garde; mais ce bruit-là estoit faux.

On vit entrer ce jour-là six crocheteurs chargez d'armes
dans le Louvre, de quoy Théligny, averti par le trompette
de l'amiral, respondit que c'estoyent des peurs qu'on se
donnoit sans occasion; qu'il estoit très asseuré de la
bonne intention du Roy, qu'il cognoissoit fort bien son
cœur et ses affections; qu'on ne devoit pas se faire accroire des choses tant hors de propos. Je crois que Théligny n'y pensoit aucun mal, d'autant que, le jour devant
la blesseure de l'amiral, on avoit ordonné certain combat
et assaut qu'on devoit donner à un chasteau qui pour cest
effect devoit estre dressé, à quoy les courtisans estoyent
conviez de se préparer.

Le Roy, pour assembler les seigneurs et gentils-hommes
huguenots en un quartier, leur fit à tous marquer logis
près celuy de l'amiral, pour luy estre plus près et à poinct;
quelques-uns y allèrent loger, les autres ne peurent si tost
changer de logis.

Le comte de Montgomery, Briquemaut le père et quelques autres gentils-hommes, avoyent mandé à Théligny
que, s'il vouloit, ils iroyent volontiers veiller au logis de
l'amiral; mais Théligny les remerciant leur manda qu'il
n'estoit jà de besoin.

Cependant les autres veilloyent; le chevalier d'Angou-

lesme (qui ne se voulut point aller coucher), entretenant
ses plus intimes amis, leur donnoit bon courage, les as-
scurant qu'il seroit ce jour-là amiral de France; mais il
fut trompé, d'autant que l'état vaquant fut donné au
marquis de Villars.

La Royne mère, peu après la minuict du samedi passée, fut veuë entrer dans la chambre du Roy, n'ayant
avec elle qu'une femme de chambre; quelques seigneurs
qui y furent mandez y entrèrent peu de temps après;
mais je ne sçay pourquoy ce fut. Bien est vray que deux
heures après on donna le signe du temple de Sainct-Germain-l'Auxerrois, à son de cloche; lequel ouy, soudain les
soldats qui estoyent en garde devant le logis de l'amiral,
forçant la porte du logis, y entrèrent facilement, leur
ayant esté aussitost ouverte que le nom du Roy (duquel
ils se vantoyent) y fut ouy. Le duc de Guyse y entra aussitost après à cheval, accompagné d'une grande troupe
de ses partizans; il n'y eut que peu ou point de résistance, n'estant ceux de la famille et suite de l'amiral aucunement armez.

L'amiral, oyant le bruit et craignant qu'il y eust quelque sédition, commanda à un sien valet de chambre
(qu'on nommoit Nicolas le Trucheman) de monter sur le
toict du logis et appeller les soldats de la garde que le
Roy lui avoit baillez, ne pensant à rien moins que ce
fussent ceux qui faisoyent l'effort et violence; quant à luy
il se leva, et, s'estant affublé de sa robe de nuict, se mit à
prier Dieu. Et à l'instant un nommé le Besme, Alleman,
serviteur domestique du duc de Guyse, qui, avec les capitaines Caussens, Sarlaboux et plusieurs autres, estoit entré dans sa chambre, le tua; toutefois Sarlaboux s'est
vanté que ce fut luy.

Les dernières paroles de l'amiral, parlant au Besme,

furent : « Mon enfant, tu ne me feras jà pourtant ma vie plus briève. »

On ne pardonna à pas un de ceux de la maison de l'amiral, qui se laissèrent trouver, que tous ne fussent tuez.

Le corps mort de l'amiral fut jetté par Sarlaboux par les fenestres de sa chambre en la cour de son logis, par le commandement du duc de Guise et du duc d'Aumale (qui y estoit aussi accouru), et le voulurent voir mort devant que partir de là.

Le jour de la blessure de l'amiral, le Roy avoit baillé advis à son beau-frère, le Roy de Navarre, de faire coucher dans sa chambre dix ou douze de ses plus favoris, pour se garder des desseins du duc de Guyse, qu'il disoit estre un mauvais garçon. Or, ces gentils-hommes-là, et quelques autres qui couchoyent en l'antichambre du Roy de Navarre, furent menez hors desdictes chambres, après la mort de l'amiral, et désarmez de l'espée et dague qu'ils portoyent, par les mains de Nancé et des soldats de la garde du roy ; et menez jusques à la porte du Louvre ; là (le Roy les regardant par une fenestre) furent tuez en sa présence. Entre ceux-là estoyent le baron de Pardillan, le capitaine Pilles, Sainct-Martin, Bourses et autres dont je ne sçay le nom.

Alors on amena le Roy de Navarre et le prince de Condé au Roy, lequel les voyant leur dit qu'il n'entendoit supporter doresenavant en son royaume plus d'une religion ; partant il vouloit qu'ils vesquissent à la façon de ses prédécesseurs, à sçavoir qu'ils allassent à la messe, si leur vie et leurs biens leur estoyent en quelque recommandation.

Le Roy de Navarre (sans toutefois condescendre à la proposition du Roy) luy respondit fort humblement ; et le prince de Condé, qui est d'une nature un peu plus brusque, ayant respondu aussi un peu plus asprement, ne fut menacé par le Roy de moins que de la perte de sa teste, s'il ne se ravisoit dans trois jours, que le Roy luy bailloit pour tous délais, l'appelant opiniastre, obstiné, séditieux et fils de séditieux.

Les autres huguenots qui estoyent dedans le Louvre, ausquels à prix ou prière on avoit jusqu'alors sauvé la vie, promettoyent de faire tout ce que le Roy commanderoit; entre autres Grammont, Gamache, Duras et certains autres, eurent d'autant plus facilement leur pardon que le Roy sçavoit fort bien qu'ils n'avoyent jamais eu que peu ou point de religion. A l'instant on sonna le toxin du Palais, afin qu'on se ruast sur les autres huguenots (de toutes qualitez et sexes) qui estoyent dans la ville; leur prétexte estoit un bruit, qu'ils firent courre, qu'on avoit descouvert une conspiration faite contre le Roy, sa mère et ses frères, par les huguenots, lesquels avoyent desjà tué plus de quinze soldats de la garde (ce disoyent ceux qui estoyent morts); partant le Roy commandoit qu'on ne pardonnast à pas un huguenot.

Les courtisans et les soldats de la garde du Roy furent ceux qui firent l'exécution de la noblesse, finissans avec eux (ce disoyent-ils) par fer et désordre les procès que la plume, le papier et l'ordre de justice n'avoyent jusqu'à lors sceu vuider, de sorte que les chétifs, accusez de conspiration et d'entreprise, tout nuds, mal avisez, demi-dormans, désarmez et entre les mains de leurs ennemis par simplicité, sans loisir de respirer, furent tuez qui dans leurs licts, qui sur les toicts des maisons, et qui en autres lieux, selon qu'ils se laissoyent trouver.

Le comte de La Rochefoucaut (1), qui jusques après onze

(1) Voir la note à la page 254.

heures de la nuict du samedi avoit devisé, ris et plaisanté
avec le Roy, ayant à peine commencé son premier somne,
fut resveillé par six masqués et armez, qui entrèrent dans
sa chambre; entre lesquels cuidant le Roy estre, qui vinst
pour le fouëtter à jeu, il prioit qu'on le traitast doucement, quand, après luy avoir ouvert et saccagé ses coffres, un de ces masques (valet de chambre du duc d'Anjou) le tua par le commandement de son maistre.

Bien est vray que le capitaine la Barge, qui estoit l'un
des masquez, avoit eu commandement du Roy de l'aller
tuer, avec promesse d'avoir la compagnie de gendarmes
du comte de La Rochefoucaut, n'y estant autrement voulu
aller qu'à celle condition; et quoyque le valet, comme
on m'a dit, l'ait anticipé à tuer, si n'a-il pas pourtant
moins eu la compagnie du comte meurtry.

Théligny fut veu de plusieurs courtisans, et quoyqu'ils
eussent charge de le tuer, ils n'eurent oncques la hardiesse
de ce faire en le voyant, tant il estoit de douce nature et
aimé de qui le cognoissoit; à la fin, un qui ne le cognoissoit pas le tua.

Le marquis de Renel fut chassé tout en chemise jusques à la rivière de Seine, par des soldats et le peuple, et
là, fait monter sur un petit bateau, fut tué par Bussy
d'Amboyse son cousin.

Monsieur, frère du Roy, pour gratifier à l'Archan, capitaine de sa garde, amoureux de la Chastegneraye, envoya tuer par les soldats de la garde le seigneur de la
Forse son beau-père, et cuidant avoir tué deux des frères
de la Chastegneraye, il ne s'en trouva qu'un mort; l'autre
estoit seulement blessé et caché sous le corps mort de son
père, qui luy estoit trébusché dessus, d'où sur le soir il se
despestra, se glissant jusques dedans le logis du seigneur
de Biron son parent; ce que sachant la Chastegneraye sa

sœur, marrie de ce que tout l'héritage ne luy pouvoit demeurer, vint trouver le seigneur de Biron à l'Arcenal,
où il estoit logé, feignant d'estre bien aise que son frère
fust eschappé et disant qu'elle desiroit le voir et le faire
penser; mais le seigneur le Biron, qui s'apperceut de la
fraude, ne luy voulut descouvrir, luy sauvant par ce
moyen la vie (1).

Le président de la Place (2), homme fort docte, et
rare, fut à coups de hallebarde mené jusques à la Seine,
tué et jetté dans l'eau. Autant en fut fait à Pierre Ramus,
lecteur publique du Roy, à l'avocat de Chappes aussi et
à l'Oménie, secrétaire du Roy, après luy avoir fait faire
(sous promesse de luy sauver la vie) donaison du plus
beau de son bien et résignation de son estat de secrétaire.
Plusieurs autres furent massacrez de mesmes, desquels je
ne sçauroy dire les noms.

Les commissaires, quarteniers et dizeniers de Paris,
alloyent avec leurs gens de maison en maison, là où ils
cuidoyent trouver des huguenots, se faisant ouvrir les
portes par le Roy, et vengeant sur povres artisans,
jeunes, vieux, femmes et enfans huguenots, leur conspiration prétendue, sans avoir esgard à sexe, aage ou condition quelconque, estans à ce faire animez et induits par

(1) Jacques Nompar de Caumont, duc de la Force, dont il est ici question, était né en 1559. Il brilla à la cour de Henri IV et de Louis XIII, fut
fait pair et maréchal de France, et mourut à Bergerac, en 1652, âgé de
quatre-vingt-treize ans. Le récit très connu de sa délivrance miraculeuse est
inséré dans *le Mercure* de novembre 1765 et dans le recueil de la Place:
Pièces intéressantes pour servir à l'histoire, etc.

(2) Pierre de la Place, né vers 1520, à Angoulême. Il avait connu Calvin
à Poitiers, et, en 1560, il embrassa ouvertement la religion réformée. On a
de lui plusieurs ouvrages de philosophie et d'histoire, entre autres *Les Com-
mentaires de l'état de la religion et république sous les rois Henri II,
François II et Charles IX; 1565*, in-8°.

les ducs d'Aumale, de Guyse et de Nevers, qui alloyent par les rues disans : « Tuez tout, le Roy le commande. » Les charrettes chargées des corps morts de damoiselles, femmes, filles, hommes et enfans, estoyent conduits à la rivière.

De bonheur, le seigneur de Fontenay, frère de M. de Rohan, le vidame de Chartres, le comte de Montgomery, le seigneur de Caumont, l'un des Pardillans, Beauvois-la-Nocle, et plusieurs autres seigneurs et gentils-hommes huguenots, estoient logez aux fauxbourgs Sainct-Germain, vis-à-vis de Louvre, la rivière entre deux; et Dieu voulut que Marcel, prévost des marchans de Paris, ayant dès le samedi au soir eu commandement du Roy de luy tenir mille hommes armez prests sur la minuict du dimanche, pour les bailler à Maugiron (auquel il avoit donné charge de dépescher ceux des fauxbourgs, ayant aussi commandé au commissaire du quartier et au contrerolleur du Mas de le guider avec sa troupe par les logis des huguenots), n'eut pas ses gens prests, et que du Mas commissaire s'endormit plus de l'heure assignée. Et cependant un certain homme (qu'on n'a pas veu ny cognu depuis), qui estoit passé dans une nacelle de la ville aux fauxbourgs Sainct-Germain, ayant veu tout ce qui avoit esté fait toute la nuict sur les huguenots en la ville, avertit, environ les cinq heures du dimanche matin, le comte de Montgommery de ce qu'il en sçavoit; le comte de Montgommery en bailla avertissement au vidame de Chartres et aux autres seigneurs logez aux fauxbourgs, plusieurs desquels (ne se pouvant persuader que le Roy fust, je ne dy pas autheur, mais seulement consentant de la tuerie) se résolurent de passer avec barques la rivière et aller trouver le Roy, aimant beaucoup mieux se fier en luy qu'en fuyant monstrer d'en avoir quelque deffiance. D'autres y en avoit, les-

quels, cuidant que la partie fust dressée contre la personne
du Roy mesme, se vouloyent aller rendre près de sa
personne, pour luy faire très humble service et mourir,
si besoin estoit, à ses pieds; et ne tarda guères qu'ils virent
sur la rivière, et venir droict à eux (qui estoyent encores
ès fauxbourgs) jusqu'à deux cens soldats armez de la garde
du Roy, crians : « Tue, tue, » et leurs tirans harquebousades à la veuë du Roy qui estoit aux fenestres de sa chambre; et pouvoit estre alors environ sept heures du dimanche matin. Encores m'a-on dict que le Roy, prenant une
harquebouse de chasse entre ses mains, en reniant Dieu,
dit : « Tirons, mort-dieu; ils s'enfuyent. » A ce spectacle,
ne sachans les huguenots des fauxbourgs que croire, furent contrains, qui à pied, qui à cheval, qui botté et qui
sans bottes et esperons, laissans tout ce qu'ils avoyent de
plus précieux, s'enfuir pour sauver leur vie, là où ils cuidoyent avoir lieu de refuge plus asseuré. Ils ne furent pas
partis que les soldats, les Suysses de la garde du Roy et
aucuns des courtisans, s'accagèrent leurs logis, tuans tous
ceux qu'ils trouvèrent de reste.

Encores vint-il bien à propos que le duc de Guyse, voulant sortir par la porte de Bussy, se trouva avoir esté pris
une clef pour l'autre, ce qui donna tant plus de loisir de
monter à cheval aux paresseux; et ne laissèrent pourtant
d'estre poursuyvis par le duc de Guyse, le duc d'Aumale,
le chevalier d'Angoulesme et par plusieurs gentils-hommes tueurs, environ huict lieues loin de Paris. Le duc de
Guyse fut jusques à Montfort, où il s'arresta, et manda à
Sainct-Cégier et autres gentils-hommes d'alentour, de son
humeur et partisans siens, de faire en sorte que lesdicts
seigneurs et gentils-hommes, qui se sauvoyent de vistesse,
n'eschappassent point; autant en envoya-il dire à ceux de
Houdan et de Dreux. En ceste chasse d'hommes, il y eut

quelques-uns de blessez et bien peu ou point de tuez.

Les ducs de Guyse et d'Aumale, quelque semblant qu'ils fissent, s'y déportèrent assez doucement, et comme si leur cholère fust appaisée après la mort de l'amiral, ils sauvèrent à beaucoup la vie, mesme en leur maison de Guyse, où le seigneur d'Acier et quelques autres huguenots se retirèrent à sauveté, tellement qu'à leur retour de la poursuyte, et quelques jours après, le Roy leur en fit mauvais visage, croyant que ceux qui estoyent reschappez n'estoyent sauvez que par leur faute.

Tout ce jour de dimanche 24 d'aoust fut employé à tuer, violer et saccager, de sorte qu'on croit que le nombre des tuez ce jour-là dans Paris et ses fauxbourgs surpasse dix mille personnes, tant seigneurs, gentils-hommes, présidens, conseillers, advocats, escoliers, médecins, procureurs, marchands, artisans, femmes, filles, qu'enfans et prescheurs. Les rues estoyent couvertes de corps morts, la rivière teincte en sang, les portes et entrées du palais du Roy peinctes de mesme couleur; mais les tueurs n'estoyent pas encore saoulez.

Le Roy, la Royne sa mère, et messieurs ses frères, et les dames, sortirent sur le soir pour voir les morts l'un après l'autre; entre autres, la Royne mère voulut voir le seigneur de Soubize, pour sçavoir à quoy il tenoit qu'il fust impuissant d'habiter avec sa femme.

Vers les cinq heures après midy de ce dimanche, il fut fait un ban avec les trompettes, de par le Roy, que chacun eust à se retirer dans les maisons, et que ceux qui y estoyent n'eussent à en sortir hors; ains fust seulement loisible aux soldats de la garde et aux commissaires de Paris, avec leurs trouppes, d'aller par la ville armez, sur peine de grief chastiement à qui feroit au contraire.

Plusieurs, ayans ouy ce ban, pensoyent que l'affaire se

mitigueroit; mais le lendemain et jours suyvans ce fut à
recommencer.

Ce jour mesme de dimanche, le Roy escrivit des lettres
à ses ambassadeurs près les princes estrangers, et aux
gouverneurs des provinces et villes capitales du royaume,
les avertissant que l'homicide de l'amiral, son très cher et
bien-aimé cousin, et des autres huguenots, n'avoit pas
esté fait de son consentement, ains du tout contre sa volonté; que la maison de Guyse, ayant descouvert que les
amis et parens de l'amiral vouloyent de sa blesseure faire
quelque haute vengeance, pour les anticiper avoyent assemblé des gentils-hommes et des Parisiens leurs partisans, en tel nombre qu'ayans premièrement forcé la
garde que le Roy avoit donnée à l'amiral, et estans entrez
en son logis le samedi de nuict, ils l'avoyent tué, luy et
ses amis qu'ils avoyent peu rencontrer, au très grand
regret du Roy, de la Royne sa mère et de ses frères, estant contraint de l'endurer, et, pour la crainte qu'il avoit
de sa propre personne, se contenir dedans le Louvre, où
il avoit avec luy son très cher frère le Roy de Navarre et
son bien-aimé cousin le prince de Condé, qui jouiroyent
de pareille fortune que luy; ce qu'il vouloit bien que
tout le monde sceust, et entendist le desplaisir qu'il avoit
eu de voir qu'ayant tant de fois tenté la sincère réconciliation du duc de Guyse et de l'amiral, c'estoit néantmoins pour néant.

Avec ces lettres, le Roy envoya ensemble des patentes
par lesquelles il estoit deffendu de porter armes illicites,
de faire assemblées illicites, ou chose aucune en fraude
et à l'encontre des édicts de paix, sous le bénéfice desquels il commandoit à tous ses sujets de se comporter et
vivre paisiblement l'un avec l'autre. Ces lettres estoyent
signées par Pinart, secrétaire d'estat, le 24 d'aoust.

La Royne mère escrivit aussi des lettres ausdits gouverneurs et ambassadeurs, de mesme substance que les lettres du Roy. N'en l'une n'en l'autre de ces lettres il n'estoit fait aucune mention de la conspiration de l'amiral, ne de ses consorts; mais combien que ces lettres fussent envoyées par les provinces de la France, dans Paris on n'oyoit parler de chose qui en approchast ne qui tendist à appaiser la furie des séditieux.

Le lundy 25 d'aoust, les Parisiens, ayans assis des gardes aux portes de leur ville, par commandement du Roy qui en voulut avoir les clefs, afin (ce disoit-il) que nul huguenot eschappast par compère ou par commère, après avoir moissonné le champ à grand tas et à pleine main, ils alloyent cueillant çà et là les espics restans du jour précédent, menaçant de mort quiconque receleroit aucun huguenot, quelque parent ou amy qu'il luy fust, de sorte que tant qu'ils en trouvèrent de reste furent tuez, et leurs meubles baillez en proye, comme aussi les meubles des absens.

Le Roy donna aux Suysses de sa garde, pour le bon devoir qu'ils avoyent monstré en cest affaire, le sac et pillage de la maison d'un très riche lapidaire, nommé Thierry Baduère. J'ay ouy dire que ce qu'on luy a pillé valoit plus de deux cens mille escus.

Le pillage des seigneurs, gentils-hommes, marchands, et autres huguenots tuez, estoit fait par authorité privée, ou donné et départi par le Roy à ses courtisans et autres siens bons serviteurs; desquels les aucuns, trouvans quelque chose de singulier parmi la despouille des morts, le venoyent offrir et présenter au Roy, à sa mère, ou à quelque autre des princes à qui ils estoyent plus affectionnez.

En ces entrefaites, le Roy assembla son conseil, auquel **furent monstrées par Monsieur**, frère du Roy, certaines lettres du mareschal de Montmorency à Théligny, du vendredi 22 d'aoust, après la blessure de l'amiral, en responce de celles que Théligny luy en avoit escrit ; et furent lesdictes lettres trouvées dans les coffres et entre les papiers de Théligny mort. Par icelles, le mareschal de Montmorency monstroit ouvertement le desplaisir qu'il avoit receu entendant la blessure de l'amiral son cousin ; qu'il ne vouloit pas en poursuyvre moins la vengeance que si l'outrage eust esté fait à sa propre personne, n'estant pas pour laisser en arrière chose qui peust servir à cest effect, sachant combien un tel acte estoit desplaisant au Roy.

Or avoit-il esté conclu au secret conseil, d'entre le Roy, la Royne mère, Monsieur, frère du Roy, le duc d'Aumale, le duc de Nevers, le comte de Rets, Lansac, Tavanes, Morvilliers, Limoges et Villeroy (tenu quelques jours avant la tuerie), qu'aussitost que l'amiral et les huguenots seroyent dépeschez dans Paris, le duc de Guyse et ceux de sa maison vuideroyent et se retireroyent hors de Paris, en quelqu'une de leurs maisons, afin qu'il semblast mieux à toute la France et aux régions voisines que c'estoyent ceux de Guyse qui avoyent fait le tout sans le sceu du Roy, pour venger sur l'amiral et autres huguenots la mort du vieux duc de Guyse, qu'un huguenot avoit tué aux premiers troubles de France. Voilà pourquoy, en ses lettres du dimanche, il avoit le tout jetté sur ceux de Guyse. Mais ceux de Guyse, voyans l'atrocité du faict avenu et considérans qu'ils attiroyent sur eux et leur postérité l'ire de tous hommes à qui l'humaine société est chère, et, par conséquent, se mettoyent en butte à laquelle chacun viseroit, comme sur les seuls autheurs et coulpables ; prévoyans, di-je, le mal qui leur en pourroit avenir, estans retournez dans Paris, n'en voulurent sortir n'abandonner la cour, demandant au contraire instamment que le Roy advouast le tout.

Le Roy, avec le mesme conseil que dessus, tant à l'occasion des lettres du mareschal de Montmorency (qui prenoit prétexte sur la volonté du Roy de se vouloir venger) que parce que ceux de Guyse ne vouloyent sortir hors de Paris ny se charger de la faute, fut contraint le tout advouer; car, disoyent ceux de son conseil, si le mareschal de Montmorency, seulement pour la blesseure de l'amiral son cousin, est si fort piqué et menace tant, que fera-il quand il en entendra la mort, et de tant de gens qu'il aimoit? Et si la maison de Guyse ne s'en charge, comment couvrira-on le faict?

Partant le Roy, par l'avis de sondict conseil, rescrivit des lettres à ses ambassadeurs et aux gouverneurs des provinces et villes principales de la France, par lesquelles il les avertissoit que ce qui estoit avenu à Paris ne concernoit aucunement la religion, ains avoit esté seulement fait pour empescher l'exécution d'une maudite conspiration que l'amiral et ses alliez avoyent faite contre luy, sa mère et ses frères; partant, vouloit que ses édicts de pacification fussent observez; que s'il advenoit que quelques huguenots, esmeus des nouvelles de Paris, s'assemblassent en armes en quelque lieu que ce fust, il commandoit à sesdicts gouverneurs de tenir la main qu'ils fussent dissipez et rompus; et afin que par les studieux de nouveauté quelque sinistre cas n'advint, il entendoit que les portes des villes de son royaume fussent bien et diligemment gardées, remettant sur la créance des porteurs le surplus de sa volonté.

Ces lettres ne furent pas sitost receues à Meaux, Orléans, Tours, Angiers, Bourges, Thoulouse, et en plusieurs autres citez, que les huguenots, par le commandement des gouverneurs, y furent tuez. Quelques gouverneurs moins cruels, comme Mandelot à Lion et Carrouges à Rouen, se contentèrent, pour le commencement, de faire emprisonner les huguenots de leurs villes ; mais, peu de jours après, aussi bien furent-ils tuez.

Le mesme jour du lundi au matin, le Roy envoya quelques capitaines et soldats de sa garde à Chastillon-sur-Loin, pour luy amener les enfans de l'amiral et de son feu frère d'Andelot, de gré ou par force ; mais on trouva les aisnez partis et desjà sauvez à la fuite.

Le duc d'Anjou envoya pareillement des soldats de sa garde à la campagne, ès environs de Paris, visiter les huguenots dans leurs maisons aux champs et les y tuer ; et afin que nul n'y fust espargné, il envoyoit à poinct nommé en divers quartiers ceux de ses soldats qui n'y cognoissoyent personne, tellement qu'aussi ils n'en espargnèrent pas un, excepté quelques-uns qui furent prins à rançon par ceux qui estoyent plus frians de l'argent ; et si ne laissoyent pas pourtant de tuer les prisonniers après leur rançon payée.

Ces jours de dimanche et de lundi, le temps fut beau et serein à Paris et ès environs, tellement que le Roy, s'estant mis aux fenestres du Louvre, contemplant le temps, dit qu'il sembloit que le temps se resjouist de la tuerie des huguenots.

Environ le midi de lundi (hors de toute saison) on vit un aubespin fleury au cemetière Sainct-Innocent; sitost que le bruit en fust espandu par la ville, le peuple y accourut de toutes parts, criant : « Miracle, miracle ! » et les cloches en carillonnèrent de joye. On fut contraint, pour empescher la foule du peuple, et afin que le miracle (qui estoit, comme il a esté sceu, fait par l'artifice d'un bon vieux homme de cordelier) ne fust descouvert et avilé, on fut, dis-je, contraint d'asseoir des gardes à l'en-

tour de l'aubespin, pour empescher le peuple de s'y approcher de trop près. Il n'y eut pas faute de gens qui interprétoyent ce miracle ne vouloir dénoter autre chose
sinon que la France recouvreroit sa belle fleur et splendeur perdue. Le peuple, s'en retournant de la veuë de
l'aubespin content et satisfait, pensant que Dieu par un
tel signe approuvast toutes leurs actions, s'en alla droict
au logis du défunt amiral, où ayant trouvé son corps
mort, le prindrent, et, l'ayans trainé par les rues jusques
au bord de la rivière, luy couppèrent le membre et puis
la teste, qu'un soldat de la garde (par commandement,
comme il disoit) porta au Roy. Le tronc, avec dagues et
couteaux lacéré et deschiqueté en toutes sortes par la
populasse, fut à la fin trainé au gibet de Montfaucon, et là
pendu par les pieds.

Le mardy 26 d'aoust, le Roy, accompagné de ses frères
et des plus grands de sa cour, s'en alla au Palais de Paris
(qu'on appelloit jadis la cour des pairs de France et le lict
de justice du Roy). Là, séant en plein sénat, toutes les
chambres assemblées, il déclara tout haut que ce qui estoit avenu dans Paris avoit esté fait non-seulement par
son consentement, ains par son commandement et de son
propre mouvement; partant entendoit-il que toute la
louange et la honte en fussent rejettées sur luy.

Alors le premier président, au nom de tout le sénat, en
louant l'acte comme digne d'un si grand Roy, luy respondit que c'estoit bien fait et qu'il l'avoit justement peu faire;

Que qui ne sçait bien dissimuler ne sait régner.

Ainsi que le Roy alloit au Palais, un gentilhomme fut
recognu en la trouppe pour huguenot et aussitost tué,
assez près du Roy (qui, en se revirant pour le bruit,
ayant entendu que c'estoit) : « Passons outre, dit-il;
pleust à Dieu que ce fust le dernier ! »

Ce jour de mardi et autres jours suyvans, il y eut peu
de huguenots tuez dans Paris, car aussi y en avoit-il peu
de demeurez de reste.

Quelques catholiques prindrent la hardiesse de sauver
la vie à aucuns de leurs anciens amis et parens. Entre autres Fervaques la voulut sauver au capitaine Monins, pour
lequel il alla prier le Roy, et pour tous ses services passez, de luy donner la vie qu'il luy avoit sauvée jusques à
l'heure ; mais ce fut en vain, car le Roy luy commanda de
tuer Monins si luy-mesme ne vouloit mourir de la main
de Charles. Fervaques eut horreur du faict (quoyqu'il
fust fort aspre ennemy des huguenots et qu'il en eust tué
et saccagé plusieurs de sa main les jours précédens), pour
l'amitié particulière qu'il portoit à Monins : toutefois il
fut contraint de descouvrir où il estoit caché, auquel aussitost fut envoyé un tueur qui le dépescha.

Le semblable est avenu à quelques autres huguenots
lorsqu'ils cuidoyent estre eschappez.

Le jeudi 28 d'aoust fut célébré dans Paris un jubilé
extraordinaire, avec la procession générale, à laquelle
le Roy assista, ayant premièrement solicité (mais en
vain) le Roy de Navarre par douces parolles et le prince
de Condé par menaces de s'y trouver.

Le mesme jour furent publiées des lettres patentes du
Roy, par lesquelles ouvertement il déclaroit qu'il ne vouloit
plus user de parolles couvertes ny de dissimulations ; que
la tuerie des huguenots avoit esté faite par son commandement, à cause d'une maudite conspiration faite par l'amiral
contre luy, sa mère, ses frères et autres princes et grands
seigneurs de la cour, n'entendant pourtant que les édicts de
pacification fussent moins que bien observez, avec tel si toutesfois que les huguenots ne feroyent faire aucuns presches
ny assemblées jusques à ce qu'autrement il y fust pourveu,

Au premier exemplaire desdictes lettres le Roy de Navarre n'y estoit pas compris ; mais sachant bien qu'on tireroit de luy tout le tesmoignage qu'on voudroit, il sembla bon au conseil de l'y nommer.

Ces lettres patentes furent envoyées par courriers exprès à tous les gouverneurs de la France, avec d'autres
lettres particulières du Roy de mesme substance, excepté
qu'il y estoit adjousté un commandement qu'incontinent
les lettres receues les gouverneurs fissent tailler en pièces
tous les huguenots que l'on trouveroit hors de leurs maisons. Aucuns· huguenots, entendans ce mandement, se
retournoyent mettre dedans ; les autres, qui ne s'y osoyent
fier et se trouvoyent dehors, soudain estoyent tuez, autres prins à rançon ; mais à la fin ceux qui, obéissans au
mandement, s'estoyent retirez en leurs maisons, ne furent
pas de meilleure condition que les autres. Et toutefois,
les gouverneurs ayans receu lesdictes lettres donnoyent à
entendre qu'ils ne recerchoyent d'entre les huguenots que
les coulpables de ceste dernière conspiration de l'amiral ;
que, quant au passé, ils n'y vouloyent pas seulement toucher ny s'en souvenir.

Mais pour ce que peu de jours après il fut adjousté aus-
dictes lettres que les prisonniers fussent délivrez et que
nul ne fust fait doresnavant prisonnier, excepté ceux qui,
ès guerres civiles de la France, avoyent eu quelque charge
pour les huguenots, manié affaires, ou autrement en
avoyent eu intelligence, desquels si aucun estoit pris,
on l'eust à remettre entre les mains du gouverneur de la
ville ou du pays, qui entendroit du Roy ce qu'il luy plairoit d'en ordonner, et toutefois on voyoit que les prisonniers n'estoyent point délivrez, ains tous les jours en
emprisonnoit-on de nouveaux, plusieurs d'entre lesdicts
huguenots, moins crédules que les autres, ont pensé

faire plus sagement de sortir vistement hors de France
que d'y demeurer plus longuement ; mais ils n'ont pas si
tost esté hors du royaume (combien qu'ils se soyent retirez ès terres confédérées au Roy) que ses officiers, en
beaucoup d'endroits, leur ont saisi et annoté leurs biens,
les ont confisquez, vendu les meubles d'aucuns et d'aucuns autres saccagez et pillez.

Or, pour retourner aux choses de Paris, le Roy, le 5
du mois de décembre, ayant fait venir à soy Pezou,
bouchier (l'un des conducteurs des Parisiens), luy demanda s'il y avoit encores dans la ville quelques huguenots de reste ; à quoy Pezou respondit qu'il en avoit jetté
le jour auparavant six vingts dans l'eau et qu'il en avoit
encores entre les mains autant pour la nuict venant. De
quoy le Roy, grandement resjouy, s'en print à rire si fort
que ne le sçauriez croire.

Le 9 de septembre, le Roy, esmeu de peur et de
cholère tout ensemble, jurant et blasphémant qu'il vouloit tuer de sa main propre tout le résidu des huguenots,
commanda qu'on luy apportast ses armes, se fit armer, et
fit venir à soy les capitaines de ses gardes, disant que, par
la mort-Dieu, il vouloit commencer à la teste du prince de
Condé. Adonc la Royne régnante, s'agenouillant devant
luy, le supplia qu'il ne fist point une chose de si grande
conséquence sans l'avis de son conseil. Le Roy, aucunement vaincu des prières de sa femme, souppa et dormit
avec elle. Le matin venu (ce feu luy estant un peu passé),
il fit venir le prince de Condé, auquel il proposa trois
choses : la messe, la mort ou prison perpétuelle, et qu'il
advisast laquelle des trois luy agréeroit le plus. Le prince de
Condé respondant luy dit que, moyennant la grace de
Dieu, il ne choisiroit jamais la première ; les deux dernières,
il les laissoit (après Dieu) à l'arbitrage et disposition du Roy.

Vray est qu'ayant entendu qu'on luy préparoit une chambre à la Bastille (où l'on a accoustumé d'emprisonner les princes), j'ay ouy dire que ce jeune prince de Condé a changé du depuis d'avis.

Peu de jours après, on a imprimé, avec privilége du Roy, certains livres mordans et pleins d'injures contre l'amiral, ès quels nommément est disputé et maintenu qu'il a esté loisible au Roy de traiter ainsi ses sujets, pour la religion violée, ne plus ne moins que furent chastiez les sacrificateurs de Baal. Mais de la conjuration de l'amiral, point de nouvelles; ces livres n'en disent rien de particulier, et les conseillers et courtisans à qui j'en ay parlé avant mon départ (entre autres MM. de Foix et de Mal-Assise) s'en moquent, disant par leur foy que ç'a esté une galante couverture, recognoissant le faict si barbare et diaboliquement cruel qu'on ne luy peut donner autre titre (toutefois, il est mal caché à qui le cul paroist). Mais quoy qu'il en soit, ils disent que le Roy veut qu'on croye qu'il y a eu de la conjuration, et tout ce qu'il y a de bon, c'est qu'ils ont nommé le Roy de Navarre entre ceux que les huguenots vouloyent tuer.

Pour conclusion, par toute la France où le Roy a pouvoir, qui ne veut aller à la messe faut qu'il meure ou qu'il fuye secrètement hors du royaume; et croit-on que, depuis le 24 d'aoust jusques à maintenant, il y a eu plus de cent mille personnes huguenotes tuées par toute la France, sous prétexte de leur conspiration; encores ne sont-ils pas saoulez, leur cholère n'est point assouvie.

Encore n'est-ce pas tout; car, comme je disois tantost, quelque grande tuerie qu'il y ait eu en France, la cholère du Roy ne passera jamais pendant qu'il y aura un huguenot en vie; encore jure-il, par le ventre Dieu, qu'ils ont beau faire, que la messe ne les sauvera jà.

Comme je l'ay dit, il y a des huguenots en grand nombre qui sont eschappez de la tuerie, tous lesquels peuvent estre répartis en deux espèces : l'une sera de ceux qui s'en sont fuys hors la France, l'autre de ceux qui y sont demeurez. Ceux qui sont sortis se sont retirez en Suysse, en Allemagne, en Angleterre et ès isles qui luy sont sujettes. A ceux-cy le Roy ne touche que par lettres, messagers et autres menées, taschant (comme bon père de famille qui a soin de ses enfans) de les faire revenir en lieu où il les puisse trouver quand il voudra, pour la pitié qu'il a des disettes et nécessitez qu'ils endurent estant hors de leurs maisons, ès quelles il désire (ce disent ses lettres) qu'ils reviennent, pour pouvoir jouyr de leurs biens, en se conformant à sa volonté et faisant ce qu'il commandera. Ceux qui sont demeurez en France, outre les morts, sont de diverses conditions ; les uns se sont retirez dans des villes fortes, comme vous diriez dans Montauban, Sancerre, Nysmes, La Rochelle, et dans certaines autres villes. Contre ceux-cy, le Roy a envoyé ses frères pour les exterminer, s'il le peut faire, pour ce qu'ils n'ont pas voulu laisser entrer dans les villes où ils sont ceux qui y alloyent pour les tuer de par le Roy, et qu'ils leur ont fermé les portes. Sur toutes les villes il en veut à celle de La Rochelle.

Elle l'a eschappé belle, ceste povre Rochelle ; car j'ose dire pour certain que l'armée de mer de Strossy et du baron de La Garde, qui estoit en Brouage près de La Rochelle, il y avoit plus de quatre mois, pour attendre (ce disoyent-ils en secret) la flotte d'Espagne et la combattre (comme aussi l'amiral le pensoit), et de là singler à Flessinghe, ne taschoit qu'à surprendre La Rochelle à poinct nommé ; et plus de deux mois avant la tuerie de Paris, la Royne mère avoit envoyé à Strossy une lettre escrite de sa main propre, bien cachetée, luy deffendant; par une autre lettre qu'il receut la première, de ne point ouvrir ceste-là jusques au 24 d'aoust. Or, les mots de la lettre que Strossy ouvrit le 24 d'aoust estoyent :

« Strossy, je vous avertis que, ce jourd'huy 24 d'aoust, l'amiral et tous les huguenots qui estoyent ici avec luy ont esté tuez; partant, avisez diligemment à vous rendre maistre de La Rochelle, et faites aux huguenots qui vous tomberont entre les mains le mesme que nous avons fait à ceux-cy. Gardez-vous bien d'y faire faute, d'autant que craignez de déplaire au Roy, monsieur mon fils, et à moy.

« Et au-dessous, CATHERINE. »

J'avoy bien tousjours creu que l'armée de Strossy n'estoit pas près de La Rochelle pour néant, et que les soldats qui estoyent à l'entour par mer et par terre, mangeans, forçans et pillans le bonhomme, ne taschoyent qu'à se rendre plus forts dans La Rochelle pour la surprendre et y mener les mains basses, et sçavoy bien qu'ils y avoyent failli deux ou trois fois; voire mesme j'ay bien sceu que, le jour du massacre fait à Paris, il estoit entré dans La Rochelle plus de deux cens soldats de Strossy, avec armes, faisans semblant de faire racoustrer leurs harquebouses ou d'acheter quelques vivres et munitions; lesquels, pour quelque frayeur qui les surprit, craignans que ceux de La Rochelle (jaloux des priviléges et libertez de leur ville qui les exemptent de garnison) ne se doutassent des desseins de Strossy, s'enfuyrent en tapinois tout bellement hors de la ville; mais je n'avoy encores rien sceu de ceste lettre. Je n'ay garde d'oublier à la mettre en mes mémoires. Voilà de merveilleux traicts. On a raison de dire qu'il y a eu conjuration, mais ç'a esté contre les huguenots. Povres misérables! il faut bien dire que la déli-

vrance de ceux qui sont demeurez de reste est miraculeuse, ayans esté si subtilement trahis.

Mais, pour retourner à eux, outre ceux qui se sont retirez ès villes et lieux de seureté, il y en a d'autres qui ne
s'y sont pas retirez, ou pour ce qu'ils n'ont peu, ou pour
ce qu'ils n'ont voulu ou osé s'y retirer.

De ceux-cy, les uns (mais en petit nombre) se tiennent
coys et couverts en leurs maisons, et, sans aller ny à messe
ny à matines, prient Dieu un chacun chez soy, bien secrètement toutefois, de peur d'estre surpris, attendans
qu'on les accommode (c'est le mot dont usent les tueurs).

Les autres s'en vont à la messe de gayeté de cœur, et,
comme à l'envy l'un de l'autre, blasphèment, despitent
et renient mille fois le jour, pour monstrer qu'ils n'en sont
plus, faisans en tout le surplus des vilenies et des maux
plus que je n'en sauroy réciter. Une grande partie de
ceux-cy porte les armes contre les autres huguenots, mais
le Roy ne s'y fie pas beaucoup. Et les autres vont aussi à
la messe, mais contre leur gré et par force, comme il est
aisé à juger à leur mine et contenance, tant ils sont abbatus
et contristez, et si n'osent bonnement parler l'un à l'autre ny se laisser rencontrer par les rues ou en leurs maisons deux à la fois. J'estime que c'est de ceux-cy desquels
le Roy parle quand il dit que, par la mort-Dieu, la messe
ne les sauvera pas, et possible entend-il aussi parler des
autres qui monstrent d'y aller de plain gré et par despit.

Mais voyons le traict qu'a faict Monsieur, frère du Roy,
et la Royne sa mère, en ceste tragédie de Paris. Le samedi au soir, devant le dimanche du massacre, ils vindrent tous deux trouver le Roy; ils lui remonstrent, ils le
prient qu'il haste l'exécution de leur entreprise. Ils sça-
voyent bien que si ceste occasion se perdoit, qu'ils ne la
recouvreroyent jamais telle comme ils l'avoyent lors sur

les huguenots; qu'ils les tenoyent tous dans le filé qu'il
leur avoit promis ; que le moyen que ils avoyent tant de
fois tenté (mais en vain) de les exterminer estoit tout prest
et présent; qu'il ne falloit donc plus songer , qu'il estoit
temps de s'en résoudre ; que le Roy d'Espagne (si les affaires du prince d'Orenge alloyent mal , comme ils sembloyent décliner depuis la routte de Genlis) sçauroit bien
tout à temps se venger sur la France du mal qu'il avoit
receu par son moyen et support en ses Estats du Pays-Bas ;
partant, le supplioyent qu'il y fist mettre la main à bon
escient et soudainement, dès ce soir-là sans plus tarder ;
qu'ils avoyent donné ordre, avec le duc de Guyse, le duc
d'Aumale, le duc de Nevers et le comte de Rets, que
toutes choses fussent prestes et disposées.

Que si le Roy vouloit retarder plus longuement l'exécution, la Royne, sa mère, le prioit avec larmes, et son
frère fort affectueusement, de leur donner congé en récompense des services qu'ils luy avoyent faits; qu'ils estoyent résolus de se retirer hors de France et de s'en
aller en part où ils n'en ouyssent jamais parler.

Par ceste chaude alarme, ils esmeurent si bien le Roy
qu'il fut contraint de s'accorder qu'on exécutast dès la
nuict mesmes ce qu'il avoit désigné de différer encore,
pour voir cependant le train que prendroit son espérance
de Flandres, par le service que les huguenots luy feroyent
en ce pays-là. Je vous laisse à penser quel traict la mère
fit en cela pour son fils bien-aimé, contre le bien de celuy
qui piéça l'avoit despitée et qu'elle n'aime que bien peu
dès quelque temps. En luy faisant pratiquer une des le-
çons de Machiavelli, qui est de ne garder aucune foy
qu'autant qu'on la cuidera tourner à son advantage , elle
luy a fait rompre l'autre (que Denys de Sicile entendoit
mieux), entretenant près de soy le plus meschant homme

du monde, sur qui le peuple, voulant recouvrer sa liberté,
peust vomir toute sa cholère. Et par mesme moyen la
mère ayant attiré l'ire de Dieu et des hommes sur l'aisné
de ses enfans, elle a armé le m'aisné d'une grande et puissante armée, qui luy est venue entre les mains, comme
lieutenant-général, sous couleur de vouloir raser les huguenots de dessus la terre. A vostre advis, est-il maintenant
à cheval? A-il beau moyen d'accomplir ses desseins, luy
qui de si long-temps abboye à la couronne?

Après la mort de l'amiral et le massacre fait sur les huguenots dans Paris le 24 d'aoust, le 26 ensuyvant le Roy
(comme je vous ay dit) alla au Palais de Paris, et là séant
advoua tout le massacre avoir esté fait par son advis et
propre mouvement, commandant que l'on informast de
la conspiration qu'il avoit fait mettre à sus à l'amiral, avec
les tesmoins qui seroyent trouvez les plus propres. Ce
commandement et arrest fait, la cour de Parlement (après
avoir dit que le Roy avoit bien et vertueusement fait en
faisant meurtrir les huguenots) députa commissaires, fit
informer parmi les tueurs, forma le procès au meurtri, et
pareillement à Briquemaut et à Cavagnes (qui furent faits
prisonniers en ces jours-là de massacre, et réservez pour
servir de bonne couverture à quelque solennelle exécution, qu'il leur sembloit devoir estre faite par les voyes
de justice ordinaires). Il s'ensuyvit enfin arrest, par lequel
(veues par la chambre, ordonnées par le Roy en temps de
vacations, les informations faites après la mort, interro-
gatoires, confessions et dénégations de quelques prisonniers, et les autres papiers qu'ils voulurent dire avoir
veus) ledict amiral fut déclaré avoir esté crimineux de
lèse-majesté, perturbateur et violateur de paix, ennemy
de repos, tranquillité et seureté publique, chef principal, autheur et conducteur de ladicte conspiration, faicte

contre le Roy et son Estat; sa mémoire damnée, son nom
supprimé à perpétuité; et pour réparation desdicts crimes, ordonné que le corps dudict amiral (si trouver se
pouvoit, sinon en figure) seroit prins par l'exécuteur de
la haute justice, mené, conduict et trainé sur une claye,
depuis les prisons de la Conciergerie du Palais jusques à la
place de Grève, et illec pendu à une potence, qui pour
ce faire seroit dressée et érigée devant l'Hostel-de-Ville,
et y demeureroit pendant l'espace de vingt et quatre heures; et ce faict, seroit porté et pendu au gibet de Montfaucon, au plus haut et éminent lieu; les enseignes, armes et
armoiries dudit feu l'amiral trainez à queues de chevaux
par les rues de Paris et autres villes, bourgs et bourgades
où elles seroyent trouvées avoir esté mises à son honneur,
et après rompues et brisées par l'exécuteur de la haute
justice, en signe d'ignominie perpétuelle, en chacun lieu
et carrèfoux où l'on a accoustumé faire cris et proclamations publiques; toutes les armoiries et pourtraictures dudict feu amiral, soit en bosse ou peincture, tableaux et
autres pourtraits, en quelque lieu qu'ils soyent, cassez,
rasez, rompus et lacérez; enjoignant à tous juges royaux
de faire exécuter, chacun en son ressort, pareille lacéra-
tion d'armoiries, et à tous ses sujets du ressort de Paris
de n'en garder ou retenir aucunes; tous les biens feudaux
dudict feu amiral, mouvans de la couronne de France,
réunis et incorporez au domaine d'icelle, et les autres fiefs
et biens, tant meubles qu'immeubles, acquis et confisquez
au Roy; déclarant les enfans de l'amiral ignobles, vilains,
roturiers, infames, indignes et incapables de tester, ne tenir estats, offices, dignitez et biens en France; lesquels, si
aucuns en ont, ladicte chambre déclaroit acquis au Roy;
ordonnant que la maison seigneuriale et chastel de Chastillon-sur-Loin, qui estoit l'habitation et principal domi-

cile dudict Coligny, ensemble la basse-cour et tout ce qui dépend du principal manoir, seront démolis, rasez et abbatus, et deffendu de jamais y bastir ny édifier, et que les arbres plantez ès environs de ladicte maison et chastel, pour l'embellissement et décoration d'icelle, seront couppez par le milieu; et en l'aire dudict chasteau, un pillier de pierre de taille érigé, auquel seroit mise et apposée une lame de cuyvre en laquelle seroit gravé et inscrit ledict arrest; et que doresenavant, par chacun an, le 24 d'aoust, seroyent faites prières publiques et processions générales dans Paris, pour rendre graces à Dieu de la punition de la conspiration faicte contre le Roy et son estat. Le semblable et pareil arrest (excepté quant à ceste dernière clause, touchant le démolissement de la maison) fut donné contre Briquemaut et Cavagnes. Si furent lesdicts arrests prononcez et exécutez le 27 et 29 d'octobre 1572, l'un sur un fantosme au lieu du corps de l'amiral (lequel avoit pieça esté emporté de Montfaucon et dépendu par quelques-uns qui l'avoient révéré en son vivant); et fut l'autre arrest exécuté sur les personnes propres desdicts Briquemaut et Cavagnes, en la présence du Roy, qui les voulut voir mourir, eux protestans du tort qu'on leur faisoit et en demandant vengeance à Dieu.

Mais sur quoy ces meschans ont-ils pris leur argument pour tout ravager et destruire, quelle occasion en avoyent-ils? Car de ceste conspiration qu'ils ont imposée aux mieux, c'est une couverture si sotte qu'on y voit le jour au travers.

Je ne sache point qu'ils ayent eu autre occasion de ce faire que celle que Caïn eut en tuant Abel, celle d'Hérode en faisant meurtrir les enfans; le tout pour ensuyvre les loix qui estoyent bien au long couchées dans les mémoires qu'on bailla à l'amiral devant les nopces, que

pleust à Dieu qu'il les eust creues, et que quelque jour tout
le reste des gens de bien y prene garde pour éviter à
leurs surprises.

Je sçais bien les principaux points sur lesquels la Royne
mère, qui tient ses enfans dans la manche et la France
dessous ses pieds, avoit voulu prendre subject de se
forger une haine irréconciliable contre les huguenots.
Pour ce qu'il seroit trop long de réciter à présent tous les
particuliers incidens de ceste matière, je remettray à les
déduire ailleurs amplement, et pour ceste heure je diray
que rien ne l'a tant piquée contre les huguenots que la
publication de ses lettres en pleine diette de Francford
(en la présence de l'empereur Ferdinand et de son fils à
présent empereur), je dy l'original escrit et signé de sa
main, par lesquelles elle avoit fait prendre les armes au
prince de Condé, aux premiers troubles, et dont par
conséquent il estoit tout apparent qu'elle avoit allumé le
feu en France.

Et pour de tant plus légitimer sa vengeance, elle s'est
voulu persuader qu'autres que les huguenots n'avoyent
publié son impudicité, et que la réputation qu'elle avoit
d'estre sorcière venoit d'eux, ce qu'elle ne pouvoit souffrir escouler de sa mémoire; mesmement que par leurs
escrits elle cognoissoit bien qu'il ne tiendroit à eux qu'ils
ne luy tirassent le gouvernement et authorité des poings;
qu'elle cognoissoit bien aussi que l'amiral n'oublieroit jamais les tours qu'elle luy avoit faits, et partant le vray
expédient de leur oster (aux uns en général le moyen de
luy mal faire, et à l'autre en particulier de se ressentir),
c'estoit de tout exterminer par les voyes que nous avons
touchées au commencement de nostre discours, se con-
firmant en ce dessein par plusieurs autres impressions
qui d'ellemesme et d'ailleurs luy survenoyent tous les

jours, mais sur toutes celle qui est successive et à sa maison et à sa nation, à sçavoir, de hayr à mort ceux qu'une fois ils ont offensez, et qu'il ne se faut réconcilier à un ennemy que pour le destruire.

Ce qui l'irrita aussi bien fort fut un tableau de quatorze serviteurs secrets de la Royne, entre lesquels le Péron tenoit le premier reng, peints au vif avec elle, lequel le chevalier de la Batteresse supposa un jour (ainsi que l'on m'a dict) au lieu d'un dessein de sa maison des Tuyleries, qu'il trouva sur le lict de l'antichambre de la Royne, et l'enleva subtilement, logeant en sa place le tableau, lequel tost après fut veu au grand regret de la dame et détriment de sa bonne renommée.

Mais pourquoy est-ce que la Batteresse fit ce tour-là ? Ce fut par despit et à cause de la jalousie qu'il avoit conceu de se voir postposé à tant de vilains, de voir (di-je) qu'il n'avoit peu estre receu en mesme charge avec ces quatorze, luy qui, comme bon et beau estalon, pensoit l'avoir mieux mérité.

Ceste supposition de tableau envenima fort la Royne contre les huguenots, qu'elle cuydoit luy avoir joué ce tour.

Pareillement elle s'est fort offensée de certaine rithme, parlant des Roynes Frédégonde et Brunehaut, et de Jézabel et Catherine, et la monstrant estre pire que Jézabel ne fut jamais, pour ce qu'elle a tousjours creu que ces bons offices luy estoyent faits de la part des huguenots (1).

(1) Ce pamphlet se terminait par les vers suivants :

> Enfin le jugement fut tel :
> Les chiens mangèrent Jézabel
> Par une vengeance divine ;
> La charongne de Catherine
> Sera différente en ce poinct,
> Les chiens mesmes n'en voudront point.

EXTRAIT

DES

REGISTRES ET CRONIQUES

DU BUREAU

DE LA VILLE DE PARIS.

(DU 22 AOUT AU 1ᵉʳ SEPTEMBRE 1572.)

EXTRAIT

DES

REGISTRES ET CRONIQUES

DU BUREAU

DE LA VILLE DE PARIS (1).

Le vendredi vingt-deuxiesme jour dudict mois d'aoust, envyron les dix à onze heures du matin, furent apportées nouvelles à messieurs les prévost des marchans et eschevins de ladicte ville, estans au bureau d'icelle, que présentement l'on avoit tiré un coup de harquebouzade au sieur admiral Gaspard de Coligny, revenant du Louvre et passant pardevant le cloistre Sainct-Germain de l'Auxerois, du costé dudit Louvre, dont il avoit esté blessé à un bras et aux deux mains ; au moyen de quoi, et le mesme jour, affin d'obvier aux inconvéniens que, pour ceste occasion, pouroient advenir en ladicte ville, et pourvoir et donner ordre au repos d'icelle, et après avoir esté certiorés du faict, auroient ordonné estre expédié mandemens aux quarteniers, archers, arbalestriers et harquebouziers de ladite ville, et aultres cy-après transcriptz.

(1) Extrait des archives du royaume.

De par les prévost des marchans et eschevins de la ville de Paris.

Capitaine des archers, nous vous mandons que vous aiez à assembler présentement toute vostre compagnie, avec laquelle vous vous rendrez en armes devant l'hostel de la ville, et la pluspart de vous serez à cheval et l'aultre à pied, et y viendrez en toute modestie, sans esmouvoir personne, et n'y faictes faulte.

Faict au bureau, ce 22 aoust 1572.

Pareilz mandemens ont esté envoiez aux capitaines des harquebouziers et arbalestriers.

Sire Jehan Perrot, quartenier de ladicte ville, ne faillez présentement à envoyer six de vos cinquanteniers ou dixiniers, sans armes, à la porte ou poste desquelles vous avez la charge, pour voir et cognoistre qui passera et entrera et avec quelles armes et forces; et, quant à vous, demourerez en vostre quartier pour déclarer à vos bourgeois qu'ils ne s'émeuvent, ne preignent aulcunes armes, et les leur faire laisser s'ils les avoient prises, suivant le mandement du Roy; et si, par occasion, vous voiez quelques bouticques fermées, vous les ferez incontinent ouvrir, et de tout ce que vous ferez ou verrez vous nous advertirez incontinent et en toute dilligence, et n'y faictes faulte.

Faict au bureau, le 22 aoust 1572.

Pareilz mandemens ont esté expédiez à tous les aultres quarteniers de ladicte ville.

De par les prévost des marchans et eschevins de la ville de Paris.

Capitaine Grignon, nous vous mandons que vous aiez présentement à poser et establir un bon corps-de-garde en la grosse tour du quay Sainct-Bernard, tant pour la garde des pouldres de la ville que pour la défense de ladicte grosse tour, et enjoignons à tous passeurs de vous assister pour le service du Roy en cas de nécessité, et néantmoins ni faictes aulcune démonstrance d'armes extérieurement; cy n'y faictes faulte.

Faict au bureau, le 22 aoust 1572.

Cejourd'huy samedy vingt-troisiesme jour d'aoust, an mil cinq cent soixante-douze, ledit sieur président Le Charron, prévost des marchans, a esté mandé par le Roy, estant en son chasteau du Louvre, au soir bien tard, auquel sieur prévost des marchans Sa Majesté auroit déclaré, en la présence de la Royne, sa mère, et de monseigneur le duc d'Anjou, son frère, et autres princes et seigneurs, avoir esté adverti que ceulx de la nouvelle religion se voulloient eslever, par conspiration, contre sadicte Majesté et contre son Estat, et troubler le repos de ses subjectz et de sadicte ville de Paris; que sadicte Majesté auroit plus amplement et particulièrement faict entendre à icelluy le prévost des marchans et comme ledict soir aulcuns grandz de ladicte nouvelle religion et rebelles avoient ensemble conspiré contre luy et sondict Estat, et jusques à avoir mandé à sadicte Majesté quelques propos haultains et sonnans en menasses; à quoy il auroit dict audict sieur prévost des marchans voulloir pourvoir et donner ordre pour sa seureté, de la Royne sa mère, et

messieurs ses frères et de son royaume, paix, repos et
tranquillité de ladicte ville et de ses subjectz ; et, pour
prévenir lesdites conspirations et empescher l'exécution
de leur mauvais voulloir, auroit enjoinct et commandé
audict sieur prévost des marchans de se saisir des clefz de
toutes les portes de ladicte ville et les faire soigneusement
fermer, à ce que nul ne peust entrer ni sortir d'icelle, et
faire tirer tous les basteaulx du costé de ladicte ville et
iceulx fermer de leurs chesnes, et deffendre et empescher
que nul n'eust à y passer, et faire mettre en armes tous
les capitaines, lieutenans, enseignes et bourgeois des
quartiers, et dixainiers d'icelle ville capables de porter
armes, et iceux faire tenir pretz, par les cantons et carrefours de ladicte ville, pour recevoir et exécuter les commandemens de sadicte Majesté ; que ledict sieur prévost
des marchans et messieurs les eschevins de ladicte ville
eussent à tenir la main dilligemment à l'exécution de ce
que dessus et aussy de faire tenir l'artillerie de ladicte
ville preste, tant dedans l'hostel d'icelle ville que devant
icelluy, en la place de Grève, pour la deffence et tuition
d'icelluy hostel et maison de ville, et pour porter et mener où besoing seroit, ce que sadicte Majesté commanderoit ; avec plusieurs autres commandemens par luy faictz,
tant audict sieur prévost des marchans particulliairement
que à luy et ausdicts sieurs eschevins, ensemblement le
corps de ladicte ville ; ce que ledict sieur prévost auroit
faict entendre auxdicts eschevins et corps d'icelle ville,
conseillers, quarteniers et autres que besoing auroit esté.
A tous lesquelz commandemens et injonctions de sadicte
Majesté lesdicts sieurs prévost des marchans, eschevins,
conseillers, quarteniers et autres officiers de ladicte ville,
auroient obéi, et iceulx commandemens exécutez le mieux
qui leur auroit esté possible, dès le samedy au soir et la

nuict, suivant le commandement de sadicte Majesté, et du tout auroient, d'heure en heure, rendu compte ét tësmoignage à sadicte Majesté. Et pour l'exécution dësdicts commandemens, lesdicts sieurs prévost des marchans et eschevins auroient faict expédier par le greffier de ladicte ville plusieurs mandemens et ordonnances aux quarteniers, archers, harquebouziers, arbalestriers et autres officiers d'icelle, cy-après transcriptz, comme il estoit besoing et nécessaire, ce qui leur estoit commandé ; lesquels auroient esté envoiez et portez le lendemain dimanche vingt-quatriesme jour dudit mois, jour de sainct Barthélemy, de fort grand matin ; ausquels mandemens chacun desdicts officiers et bourgeois de ladicte ville auroient semblablement obéy, pour empescher et obvier ausdits dangers et inconvéniens cy-dessus, et pourvoir à la seureté de ladicte ville.

S'ensuit la teneur desdicts mandemens cy-dessus mentionnez.

De par les prévost des marchans et eschevins de la ville de Paris.

Sire Jacques Kœrver (1), quartenier de ladicte ville, appellez vos cinquanteniers et dixeniers, et avec eulx faictes commandemens de par le Roy, à tous les bourgeois, manans et habitans de vostre quartier, suffisans et capables de porter armes, d'eux trouver tous présentement, armez des armes dont ils se pourront mieulx aider, devant l'hostel d'icelle ville avec nous, pour le service du Roy, repos et seureté de ceste ville, suivant le très ex-

(1) Jacques Kœrver était imprimeur et libraire.

près commandement dudict seigneur, sans y faire faulte, sur peine de la vie.

Faict au bureau, le dimanche 24 aoust 1572.

Pareilz mandemens aux fins que dessus ont esté expédiez aux autres quarteniers de ladicte ville, chacun pour son regard.

De par les prévost des marchans et eschevins de la ville de Paris.

Capitaine de la ville, trouvez-vous prestement, avec tous ceulx de vostre nombre, en armes, tant à pied que à cheval, devant l'hostel de ceste ville, pour le service du Roy, seureté et repos de cestedicte ville, suivant le commandement dudict seigneur, sans y faire faulte, sur peine de la vye.

Faict au bureau, le 24 aoust 1572.

Pareilz mandemens aux fins que dessus ont esté expédiez et envoiez aux cappitaines des arbalestriers, pistolliers et harquebouziers de ladicte ville, chacun pour son regard.

De par le Roy et les prévost des marchans et eschevins de la ville de Paris.

On faict deffence à tous passeurs d'eaue et autres de passer et mener aulcuns basteaulx par la rivière ; ains est enjoinct ausdits passeurs eulx retirer au boulleverd des Célestins, pour y faire la garde soubz la charge du cappitaine Grignon ; le tout sur peine de la vie.

Faict au bureau, le 24 aoust 1572.

Dudict 24 aoust 1572.

Il est ordonné au capitaine Pouldrac de faire bonne et seure garde présentement au boulleverd des Célestins, à ce qu'il n'y puisse passer aulcune personne, armes ny aultre chose deffendue, sans congé et passeport du Roy, de monseigneur le duc d'Anjou, son frère et lieutenant-général de Sa Majesté, ou de nous prévost des marchans et eschevins ; et pour ce faire luy est enjoinct prendre et lever jusques au nombre de huit hommes soldatz avec luy, et y faire en sorte, pour le service du Roy, tuition et deffence de ceste ville, qu'il n'en advienne aulcun inconvénient ; le tout suivant la volonté de sadicte Majesté.

Faict au bureau, le dimanche 24 aoust 1572.

Pareilz mandemens et commissions ont esté expédiez et envoiez aux cappitaines Charles Pouldrac, pour le boulleverd des Célestins, et à Georges Regnier, pour la tour de Nesle et basteau du Roy, pour y faire pareille garde ; ce qu'ilz auroient faict.

Et ayant entendu par le Roy, ledict jour sainct Barthélemy, sur les onze à douze heures du matin, par les remonstrances qui luy en auroient esté faictes par lesdicts sieurs prévost des marchans et eschevins, que plusieurs, tant de la suitte de sadicte Majesté que des princes, princesses et seigneurs de la cour, tant gentilz-hommes, archers de la garde de son corps, soldats de sa garde et suitte, que toutes sortes de gens et peuples meslé parmy, et soubz leur ombre, pilloient et saccageoient plusieurs maisons et tuoient plusieurs personnes par les rues, auroit esté enjoinct et commandé par sadicte Majesté ausdicts prévost des marchans et eschevins, sur leur susdicte remonstrance, plaintes et dolléances par eux faictes à sadicte Majesté des-

dictes pilleries, saccagemens de maisons et meurtres,
monter à cheval et se accompagner de toutes les forces
de ladicte ville, et faire cesser tous lesdicts meurtres, pilleries, saccagemens et sédition, et y avoir l'œil jour et
nuict; ce qui auroit esté soigneusement faict et exécuté
par lesdicts sieurs prévost des marchans et eschevins, et
suivant ce auroient esté incessamment à cheval, tout ledict jour, et faict ronde par toute ladicte ville avec toutes
lesdictes forces d'icelle ville, pour contenir un chacun et
empescher lesdicts meurtres, pilleries, saccagemens, et y
avoir donné tel et sy bon ordre que tout auroit esté incontinent appaisé et cessé; lesquelles rondes lesdicts
sieurs prévost des marchans et eschevins auroient conti-
nuées eulx-mesmes en personnes, accompagnez comme
dessus des capitaines de ladicte ville et des archers, harquebouziers et arbalestriers, et aultres forces d'icelle
ville, tant la nuit subséquente que durant plusieurs jours
et nuits ensuivantes sans discontinuation, jusques ad ce
que le tout auroit esté appaisé et qu'ilz auroient vu le repos en ladicte ville. Et auroient esté faicts à son de trompe,
par le commandement tant du Roy que de ladicte ville,
plusieurs cris et proclamations de cesser lesdictes séditions, de fasson que tout auroit esté paciffié et appaisé en
ladicte ville par iceulx sieurs prévost des marchands et
eschevins; et pour toutes lesquelles choses dessus dictes,
et aussy pour la garde des portes d'icelle ville et des boul-
leverts et autres endroicts de la rivière que sadicte Majesté auroit commandé estre, d'huy en avant, gardés jusques à ce que aultrement il en eust ordonné, et plusieurs
aultres choses commandées et nécessaires pour la tuition,
paix et repos de ladicte ville, auroient esté faicts, expédiés
et envoiez, par lesdits sieurs prévost des marchans et eschevins, les mandemens et ordonnances qui ensuivent.

De par les prévost des marchans et eschevins de la ville de Paris.

Sire Guillaume Guerrier, faites commandement à tous les bourgeois manans et habitans de vostre quartier, qui ont pris ce jourd'huy les armes suivant le commandement du Roy, qu'ils aient à les poser et mettre bas, et eulx retirer et contenir modestement en leurs maisons, jusques à ce que aultrement par Sa Majesté en soit ordonné, sans à ce faire faulte, sur peine de s'en prendre à vous, suivant le commandement du Roy à nous déclaré par monseigneur de Nevers.

Faict au bureau, le 24 aoust 1572.

Pareilz mandemens ont esté expédiez aux autres quarteniers de ladicte ville.

De par le Roy et les prévost des marchans et eschevins de la ville de Paris.

On faict deffenses à tous soldatz de la garde de Sa Majesté ou autres de piller ni meffaire ès maisons, personnes et biens de ceulx de la religion nouvelle ; et si aulcuns le font, est enjoinct aux archers, arbalestriers, harquebouziers et aultres forces de ladicte ville de les empescher ; le tout suivant le commandement dudict seigneur.

Faict au bureau, le 24 aoust 1572, et proclamé à son de trompe et cry publicq par tous les carrefours et lieulx publicqz de ladicte ville.

De par les prévost des marchans et eschevins de la ville de Paris.

Sire Jacques Kœrver, quartenier de ladicte ville, nous

vous mandons que vous envoiez présentement en l'hostel de ladicte ville six hommes en armes et à cheval pour faire ce qui leur sera par nous commandé pour le service du Roy et d'icelle ville ; ce n'y faictes faulte, sur peine d'en estre reprins, suivant le commandement de Sa Majesté.

Faict au bureau, le 24 aoust 1572.

Pareilz commandemens ont esté expédiez à tous les aultres quarteniers de ladicte ville.

De par le Roy et les prévost des marchans et eschevins de la ville de Paris.

Sire Jacques Kœrver, quartenier, nous vous mandons que vous aiez à faire sçavoir aux capitaines des dixaines de vostre quartier que le Roy a commandé leur dire que, s'ilz ont bien faict cy-devant, qu'ilz continuent de bien en mieulx et qu'ils aient à faire guet et gardes de portes par vostre quartier tant de nuict que de jour, ainsy qu'il a esté faict durant les troubles derniers ; et où il y auroit aulcuns capitaines soubzçonnez ou déceddez, vous en ferez eslire d'aultres, lesquels vous nous présenterez pour en prendre et recepvoir le serment en la manière accoustumée ; et commencerez, dès ce jourd'huy sept heures du soir, pour y coucher, et d'ordonner aux plus prochains capitaines des portes de vostre quartier de commancer la garde desdictes portes, où ils mèneront la première fois toute la dixaine pour y estre toute la nuict et demain tout le jour, jusques à pareille heure de sept heures du soir, qu'elle sera levée par la plus prochaine dixaine, affin que la porte ne demeure aucunement desgarnie ; et pour le regard de la nuict vous y establirez la moitié de chacune des autres dixaines pour y faire le guet jusques audict jour six heures du matin, tenant la main en telle sorte qu'il n'en advienne aucun inconvénient. Vous direz aux capitaines que nous n'avons expédié que ce présent mandement pour chacun quartier et qu'ils ne faillent à y obéir, et les admonnesterez aussy que le Roy n'entend qu'il se face aucun pillage, meurtre ni saccagement; lesquels cappitaines nous viendront trouver au bureau de ladicte ville demain une heure de relevée, pour leur faire entendre plus amplement la volonté du Roy. Ci n'y faictes faulte.

Faict au bureau de ladicte ville, ce dimanche 24 aoust 1572.

Pareilz mandemens ont esté expédiez aux autres quarteniers de la ville, chacun pour son regard.

De par le Roy.

Il est très expressément commandé aux prévost des marchans et eschevins de ceste ville, et aux quarteniers d'icelle, qu'ils n'ayent aulcunement à souffrir que aulcuns soldatz, soit de la garde de Sa Majesté ou aultres, ne pillent ne mesfacent ez maisons de ceulx de la religion prétendue réformée, et que s'il y en avoit aulcuns qui le fassent, que les archers et aultres forces de ladicte ville les empeschassent.

Faict à Paris, le dimanche 24 d'aoust 1572.

Signé CHARLES.

Et au-dessoubz, PINART.

De par le Roy et les prévost des marchans et eschevins de la
ville de Paris.

Sire Jacques Kœrver', quartenier, enjoignez à tous les
capitaines, lieutenans et enseignes de vostre quartier, de
nous venir trouver présentement devant l'hostel de ladicte ville, en armes et à cheval, si faire se peult, sinon à
pied, pour faire ce qui leur sera ordonné pour le service
du Roy et de ladicte ville, sans y faire faulte, sur peine de
désobéissance et d'estre réprimé.

Faict au bureau, ce 25 aoust 1572.

Pareilz mandemens ont esté expédiez à tous les autres
quarteniers de ladicte ville.

Ce jourd'huy, vingt-sixiesme jour d'aoust mil cinq cent
soixante-douze, est venu au bureau de la ville maistre
Robert Grisson, lieutenant de monsieur le grand-prévost
de l'hostel, lequel a dict que le Roy l'avoit envoyé audict
bureau pour dire à messieurs les prévost des marchans
et eschevins qu'ilz aient à déclarer aux quarteniers qu'ilz
signiffient aux cappitaines de chacun quartier qu'ilz po-
sent et establissent présentement bons corps-de-garde
aux rues, pour empescher et rompre les pillartz et vol-
leurs des maisons, et cependant qu'ilz aillent en toute
modestie, avec trois des plus notables officiers ou bourgeois de chacune dixaine, en toutes les maisons d'icelluy
quartier, faire exacte perquisition et rescherche de toutes
les personnes ou gens de la religion prétendue refformée,
de quelque qualité ou condition qu'ilz soient, et preignent
leurs noms, surnoms, qualitez et demeurances; les mestront en bonnes et seures gardes, et apporteront leurs

procès-verbaulx incontinant au bureau de la ville, pour estre le tout incontinant mis ez mains du Roy. Et affin qu'il n'avienne aulcun pillage ou désordre en faisant lesdictes recherches, lesdicts cappitaines feront armer leurs bourgeois pour deffendre et secourir les maisons des ungs des aultres contre lesdicts pillards et larrons, quelque adveu qu'ilz puissent avoir; et suivant ce que dessus a esté envoyé mandement à chacun desdicts quarteniers.

De par le Roy.

Sa Majesté, voulant sçavoir au vray les noms et surnoms de tous ceulx estant de la religion prétendue reformée, qui sont ez maisons de ceste ville et faulxbourgs, commande très expressément aux prévost des marchans et eschevins d'icelle que, par les quarteniers, chacun en son département, ilz aient à envoyer lesdicts quarteniers seulz, pour éviter esmotions et meurtres, tout incontinant et sans dillation, en toutes les maisons estans audedans de leurs quartiers, pour faire au vray et sans aulcune obmission, sur peine de la vye, chacun un rolle des noms et surnoms des hommes, femmes et enfans estans ez dictes maisons, pour aussytost porter lesdictz rolles audict sieur prévost des marchans, qui l'apportera incontinant à sadicte Majesté, laquelle veult que lesdicts quarteniers ayent à charger et commander aux maistres ou maistresses, ou à ceulx qui sont logez ez dictes maisons, de bien garder tous lesdictz de la religion, qu'il ne leur soit faict aucun tort ne desplaisir, aussy sur peine de la vie, mais en faire bonne et seure garde.

Faict à Paris, le 25 aoust 1572.

Signé CHARLES.

Et plus bas, PINART.

De par les prévost des marchans et eschevins de la ville
de Paris.

Maistre Martin Jamart, quartenier de ladicte ville, nous vous envoyons la coppie de l'ordonnance du Roy, cy-dessus transcripte, laquelle vous exécuterez incontinant de poinct en poinct, selon sa forme et teneur, et nous en certifiez incontinant; si n'y faictes faulte.
Faict au bureau, le 26 aoust 1572.

Pareilz mandemens ont esté envoiez aux autres quarteniers de ladicte ville.

De par les prévost des marchans et eschevins de la ville
de Paris.

Il est enjoinct à Nicolas Delaunay, Jehan Delaunay, Jacques Bourdet et aultres, leurs compagnons archers, en nombre de douze, d'eulx transporter présentement en la rue de la Callande, en toutes les maisons de ceulx de la prétendue religion refformée, pour y demourer en garnison, à ce qu'il n'y soit faict aulcun pillaige, et admener en l'hostel de ladicte ville tous et chacun les prétendus de la religion qui se trouveront ès dictes maisons.
Faict au bureau, le 27 aoust 1572.

De par le Roy.

Sa Majesté, desirant que tous meurtres et pilleries cessent, veult et commande très expressément aux prévost des marchans et eschevins de ceste ville qu'ilz aient à faire faire, par les cappitaines des dixaines de cestedicte ville et faulxbourg, un petit corps-de-garde au bout de chacune rue, ce qui sera de dix hommes, ausquels ils commanderont ne laisser tuer, massacrer ne piller en quelque sorte que ce soit, et si aulcuns pilloient, massacroient ès dictes rues, qu'ils aient à les faire arrester et mettre en lieu seur, pour en advertir, par lesdicts prévost des marchans et eschevins, sadicte Majesté, affin d'en faire faire prompte justice exemplaire, jouxte les publications dernièrement faictes; et après que lesdicts prévost des marchans et eschevins en auront adverty lesdicts cappitaines des dixaines, et en ce que personne n'en puisse prétendre cause d'ignorance, veult que la présente ordonnance soit demain matin publiée à son de trompe et cry publicq par ceste ville et faulxbourgs de Paris.

Faict à Paris, le 27 aoust 1572.

Signé CHARLES.

Et au-dessoubz, PINART.

Le Roy, desirant qu'il soit promptement donné sy bon ordre en ceste ville que les meurtres, pilleries et désordres cessent, a estably et ordonné un conseil qui commencera ce jourd'huy, pour continuer tout le temps qui sera nécessaire, séant en l'hostel de ceste ville et composé des personnes qui en suivent, assisté de messieurs les présidens de Thou, de Morsans, Hennequin, advocats et procureurs-généraulx en la cour de parlement, les lieutenans civil et criminel du Chastelet de Paris, prévost des marchans et eschevins, les seigneurs de Sainct-Mesmyn, de Charmeaulx et Marcel, conseillers de ville, et les procureurs du Roy au Chastelet et en icelle ville, pour tous ensemble, ou quatre d'eulx en l'absence des aultres, donner ordre que lesdicts meurtres, pilleries et désordres cessent, suivant les publications qui ont esté et seront faictes de par Sa Majesté et de par lesdicts commissaires, et faire au demourant pourvoir ainsy; et sera par eulx advisé pour le mieulx à toutes choses pour la tranquilité de ceste ville; commander tout ce qui sera nécessaire pour cest effect au chevalier du guet, lieutenant criminel de robbe courte, autres officiers et sergens de sadicte Majesté, aux cappitaines des dixaines de celle ville et faulx-bourgs, archers, harquebuziers, arballestriers et autres officiers de ladicte ville, pour obéir et exécuter les délibérations, ordonnances et jugemens desdicts commissaires, ausquels sadicte Majesté donne tout pouvoir de procedder et faire procedder contre les délinquans et infracteurs desdictes ordonnances, jusques à condamnation et exécution de mort. Et en attendant que le pouvoir en forme patante pour le regard desdicts jugemens et condamnations leur soit expédié, s'il en est besoing, Sa Majesté a voullu que ce pendant, en vertu de ceste présente ordonnance, qu'elle a pour cest effect signé de sa main, ils vacquent et proceddent dilligemment au comptant d'icelle et comme si ledict pouvoir estoit en forme patante.

Faict à Paris, le 29 aoust 1572.

Signé CHARLES.

Et plus bas, PINART.

Davantage sadicte Majesté a ordonné qu'en la présente commission lesdicts sieurs présidens en ses courts souveraines présideront selon et ainsy qu'ils ont accoustumé de seoir et présider en tous les actes publicqs ou privés où ils se rencontrent, sans néantmoings aucunement préjudicier aux droits de séance, de porter la parole et de présider, que lesdicts prévost des marchans et eschevins ont en toutes les assemblées, convocations ou commissions qui se font et exécutent en l'hostel de ladicte ville, pour quelque occasion que ce soit, attendu que la présente commission est particulière de sadicte Majesté, sinon en tout, pour les affaires de ladicte ville.

Signé PINART.

Avis du conseil.

Fault faire garder et empescher qu'il ne soit fait aucun tort aux marchans et autres personnes estrangères estans logez aux hostelleries et maisons de ceste ville;

Les escolliers allemans, anglois, flamans et autres, d'estrange nation, qui se sont retirez et sauvez en divers lieulx;

Faire sortir tous les soldats et archers des gardes qui sont dedans les maisons, sans qu'ils puissent rien exiger ny mettre à rançon.

Et pour obvier aux différends qui adviennent entre les officiers du Roy et ceux de la maison de ville, fault faire assembler messieurs les présidens qui sont conseillers de la ville, procureur-général, prévost de Paris, lieutenant civil, lieutenant criminel, prévost des marchands et eschevins de la ville de Paris, chevalier du guet, pour donner réglement à ce qui sera nécessaire pour empescher les sédictions, pillaiges et meurtres, tant à la ville qu'aulx champs, pourvoir à la garde des postes du guet, affin qu'il n'y ayt désordre ne inconvénient, et ordonner de toutes choses qui appartiennent à la pollice, dont le Roy leur donnera pouvoir.

Le Roy veult que les commissaires par Sa Majesté depputés en l'hostel de ville pourvoient au contenu cy-dessus le plus promptement et le mieulx qui leur sera possible.

Faict le 30 aoust 1572.

Signé PINART.

Et depuis auroient encore esté envoiées par le Roy les lettres patantes, pour mesme effect, dont la teneur en suit : « CHARLES, etc., etc. ; » suivant lequel mandement et lettres patantes du Roy, se seroient, tous lesdicts sieurs commissaires nommés en icelluy mandement et lettres patantes, assemblés en l'hostel de ladicte ville, en l'une des chambres d'icelluy hostel, pour vacquer à l'exécution dudict mandement et lettres patantes, par trois ou quatre diverses fois et divers jours seullement, et auroient esté faict remonstrances au Roy par lesdicts sieurs prévost des marchans et eschevins, et autres commissaires desnommés audict mandement et commission, et l'incommodité que c'estoit à chacun d'eulx de faire ladicte assemblée, et du peu de besoing qu'il en estoit, au moyen de quoi auroit esté par sadicte Majesté ordonné que ladicte commission et assemblée cesseroit, et que chacun desdicts magistrats et officiers feroient leurs charges, estats et devoirs accoustumés, et partant auroit cessé ladicte assemblée et commission.

De par les prévost des marchans et eschevins de la ville de Paris.

Sire Jacques Kœrver, quartenier de ladicte ville, nous vous mandons que vous aiez à faire sçavoir à tous les capitaines de vostre quartier, tant de la ville que faulxbourgs, qu'ils aient à faire corps-de-garde en leur dixaine demain tout le long du jour, et bon guet la nuict, par les bourgeois et habitans de leur dixaine, qu'ils soient tous armés et en bon équipaige, dont l'un des chefs y sera présent pour commander, affin d'empescher qu'il ne se face aulcun mal à personne, pillaige ne saccagement ; faisant bien exprès commandement à un chacun des habitans de chacune dixaine de n'y faire faulte, sur peine de l'amende et de prison et d'estre privés du droit de bourgeoisie ; et affin de voir ceulx qui y auront faict faulte , vous direz auxdicts capitaines qu'ils nous envoyent le rolle des def-faillans , ausquels sera donnée assignation pour estre condamnés sur-le-champ ; ce n'y faictes faulte , sur peine de s'en prendre à vous-mesmes. Vous tiendrez la main à tant faire que chacun capitaine soit adverty dedans huy.

Faict au bureau de la ville de Paris, le 30 aoust 1572.

Pareilz mandemens ont esté envoiez aux autres quarteniers de ladicte ville.

Lesquels mandemens auroient esté exécutés par lesdicts quarteniers et capitaines, chacun en son endroict.

DISCOVRS
Sur les caufes de
L'EXECVTION
faicte és personnes de ceux
qui auoient coniuré
contre le Roy et
son Estat.

A PARIS,

A l'Oliuier de P. l'Huillier, rue
S. Iacques.

M. D. LXXII.

Auec Priuilege.

DISCOURS

SUR

LES CAUSES DE L'EXÉCUTION

FAICTE ÈS PERSONNES DE CEUX QUI AVOIENT CONJURÉ
CONTRE LE ROY ET SON ESTAT.

Il y a tantost treze ans que le royaume de France,
qui auparavant avoit purgé son grand corps de toutes
guerres estrangères et extérieures et n'en avoit aucune
intérieure, est agité ou de troubles continuels ou tourmenté de guerres civiles, qui ont procédé de la diversité
de deux religions et de plusieurs autres causes joinctes à
icelle, toutes tendantes à rebellion et à la subversion de
cest Estat, et accomplies de toutes les parties de crimes
de lèze-majesté divine et humaine ; et bien que ceste diversité de deux religions fust une cause assez suffisante
pour esmouvoir de grands troubles, guerres et malheurs,
pour ce qu'il s'est tousjours veu qu'il est impossible que
deux religions puissent demeurer ensemble en un Estat
sans y produire un grand trouble, si est-ce que ceux qui
ont esmeu ceste mauvaise humeur en ce grand corps,
pour le ruiner et destruire, en ont aussi esmeu d'autres
qui d'elles-mesmes, sans la précédente, sont assez suffisantes pour le gaster, affin qu'aucune sorte de mal et de

ruine ne deffaillist au misérable estat de la France ; car avec ceste première cause ils ont joincte celle du bien publicq, qu'ils ont peinte et fardée de plusieurs traits bien colorez, par lesquels pensans attirer le peuple de leur costé et surprendre les entendemens et les voluntez d'un chascun, ils n'ont surpris que ceux qui estoyent ou les plus simples ou les plus capables de telles impressions, ayans en cela usé des artifices desquels se sont ordinairement servis ceux qui ont voulu attanter contre l'Estat et la vie de leurs princes, ou contre la liberté et la tranquillité de leur patrie, qui ont tousjours couvert leurs pernicieuses intentions du manteau de la religion et du zèle du bien publicq, faisans de deux bonnes et sainctes choses deux mauvais et dangereux prétextes. Ainsi ceux qui depuis treze ans ont souvent prins les armes contre le Roy, et souvent attenté contre sa personne et son Estat, ont mis en avant ces deux poincts et voulu par vives raisons et par exemples captieux nous faire croire que leur intention estoit sainte et juste, et qu'elle ne tendoit qu'à l'augmentation de la gloire de Dieu, à la grandeur et prospérité du Roy, et au bien et repos de son peuple et de son royaume. Toutesfois leurs mauvaises actions, couvertes du voile de piété, ont tousjours démenty leur langage quand le voile en a esté levé, et n'ont si bien sceu desguiser et pallier leurs artificieuses parolles qu'on n'ait touché au doigt et à l'œil leurs damnables volontez, tendantes à la subversion de la France ; et ceux qui se sont amusez seulement à leurs parolles, sans regarder à l'arrière-boutique de leurs desseings et à la vérité des choses, se sont laissez facilement persuader que ces abuseurs de peuple avoient quelque raison, et ont ou apertement suivy leur party et iceluy secouru de leurs personnes et de leurs biens, ou tacitement approuvé leur religion ;

car il leur sembloit que ces perturbateurs du repos publicq desiroient d'une bonne et sincère affection ce qu'en apparence seulement ils montroient desirer, d'autant qu'ils ne parloient que du zèle qu'ils avoient au service de Dieu, à la prospérité et grandeur du Roy, et au bien de son royaume.

Mais ny leurs déportemens ny aucune raison ne sçauroit faire croire qu'ils aient desiré ny l'avancement de la gloire de Dieu ny le repos publicq, veu qu'il est tout évident que, par une infinité d'insolences, par armes, par la force, par l'effusion du sang, et par toutes voyes de rebellion, ils ont voulu non-seulement planter leur religion, mais aussi qu'ils ont par guerres civiles troublé et inquiété le repos de ce royaume, lorsqu'il ne faisoit que respirer des estrangères, qu'il commençoit de jouir d'une bonne paix et d'une parfaicte intelligence avec ses voisins ; si qu'il semblera tousjours à toutes personnes qui craignent Dieu que sa parolle ne fut jamais plantée par la force des armes ny par la multitude des vices, ains par la seule force que Dieu lui a donnée, et que vouloir planter l'évangile par les armes est chose toute contraire à ses commandemens, qui nous preschent et montrent l'humilité et la paix, et que prendre les armes en un temps pacifique n'est aucunement conserver le repos publicq, lequel ne se conserve que par le silence des armes et des discordes et par l'authorité de la paix, qui apporte la seureté aux hommes et faict observer les loix et révérer et florir la justice là où les armes, mesmement en guerre civile, apportent la violence, l'inquiétude, la licence effrénée de faire mal, et oste aux loix et à la justice leur grandeur et authorité. Et qui voudra soustenir que les troubles et les guerres civiles maintiennent la tranquillité publique, pourroit dire que, pour conserver un corps sain en sa bonne disposition, il luy faudroit prendre du poison, et que, pour conserver la neige, il la faudroit mettre devant le feu, et soustenir vivement que la destruction d'une chose fust sa conservation.

Or, soubz ces deux prétextes de religion et du bien public, ordinaires couvertes des meschantes intentions des rebelles et conjurateurs, ils se sont tousjours eslevez en armes contre la personne de leur Roy et naturel seigneur, et la destruction de son Estat. Chascun sçait que le Roy Henry venant à mourir, le Roy Françoys deuxiesme, son filz et successeur à la couronne, fit cesser les feux desquels les Roys François premier et Henry, ses ayeuil et père, faisoient flamber les corps des hérétiques ; mais eux, en récompense de ceste douceur, clémence et miséricorde, s'eslevèrent en armes et vindrent secrettement jusques auprès d'Amboise, où estoit le Roy au mois de mars l'an 1560, en délibération de le surprendre à la chasse et de tuer ceux qui lors manioient les affaires. Et quand ils virent que leur meschante intention estoit descouverte, ils furent si obstinez en leur conjuration, et si folz et téméraires en l'exécution d'icelle, qu'ilz vindrent jusques à la grande allée qui est devant la porte de derrière du chasteau de ladicte ville, et se firent voir de si près que de leurs harquebuzades ils marquèrent la muraille d'iceluy. Le Roy François second estant mort, et venant le Roy qui est à présent à la couronne, estant encores en enfance, ils projettèrent en leur esprit de manier et gouverner sa jeunesse, de se faire, soubz l'imbécilité de son aage, gouverneurs et régens ou plustost maistres de ce royaume, et de chasser les anciens serviteurs et officiers de la couronne. Cela n'ayant peu réussir par les douces et subtiles menées qu'ils faisoient, ils eurent leur recours aux armes, lesquelles, au mois de mars 1562, ilz

firent voir apertement, en délibération de surprendre le
Roy à l'improviste, qui, pour éviter leur fureur, fut contrainct de se retirer à haste en sa bonne et fidèle ville
de Paris. Lors ils commencèrent de s'emparer des villes
du Roy, de prendre ses finances, de faire venir les estrangers en ce royaume, tant Anglois que Allemans, de vendre les places de frontière aux Angloys, de ruiner et piller
les temples et lieux saincts, de massacrer cruellement les
gens d'église, et tuer et rançonner les catholiques, de
quelque aage, sexe ou condition qu'ils fussent; et en
somme lors se creva l'apostume de leurs conjurations et
rebellions, de laquelle on vit sortir la matière de tant de
maux que nous avons receuz. Depuis, le Roy estans lors
encore jeune, la Royne sa mère, sage et vertueuse princesse, et vrayement mère du Roy et du royaume, et de-
sireuse du repos de la France, leur donna la paix à telles
conditions presque qu'ils la voulurent, pensant par la
douceur donner à ce royaume la tranquillité que les guerres civiles luy avoient ostée; mais eux, non contens de tant
de graces et de bénéfices, et retournans à leur naturel de
rebellion, n'eurent sitost l'édict de pacification entre les
mains qu'ils commencèrent de l'enfraindre de tous costez, tant en oultre-passant les lieux destinez pour leurs
presches, conventicules et assemblées, qu'au port des
armes et au troublement du repos publicq; dont, pour
obvier aux fureurs de leur insolence, le Roy fut contraint
de faire des restrictions et modifications audict édict; car
durant que Sa Majesté faisoit son grand voyage par tout
son royaume, elle eut infinies plainctes de l'authorité et
puissance que ceulx de leur party se vouloient attribuer
oultre icelluy. Et bien que le Roy, à cause de leurs continuelles contraventions, les eut peu priver du bénéfice de
la liberté des presches (pour ce que par les loix ceux qui

outre-passent les limites du bénéfice receu du prince en doivent estre privés du tout), si est-ce que comme bon prince, qui ayme mieux pardonner que punir, il excusa leur témérité, l'imputant à l'ignorance de n'avoir entendu les mots spéciaux de l'édict, et le leur voulut interpréter, déclarer et esclaircir par les modifications.

Or, ne pouvans se contanter d'aucune grace que le Roy leur fit, et estant leur dessein résolu de faire par les armes ce qu'ils ne pouvoient faire en temps de paix , ils les reprindrent de rechef au moys de septembre 1567, lorsque près de Meaulx ils cuidèrent surprendre le Roy et se faire maistres de son royaume. Il falloit donner une belle et spécieuse couleur, qui fit trouver bon aux simples et ydiots et aux meschans ce qui de soy ne l'est pas ; adonc ils firent un potage de plusieurs causes de leur soublsevation, entre lesquelles les premières marchoient, comme deux braves capitaines, le faict de la religion et le repos public, qui estoyent suyvis de plusieurs remonstrances, plainctes et doléances.

Premièrement, ils disoient qu'ils avoient tousjours desiré l'avancement de la parolle de Dieu et le repos publicq, comme bons et fidelles serviteurs et subjets du Roy, et qu'avec ceste bonne volonté ils s'estoyent opposez aux pernicieux desseins de ceux qui vouloient ruiner ce royaume ; puis ils se plaignoient des modifications mises à l'édict de pacification de l'an 1563, disans que par icelles et par autres semblables menées, inventions et pratiques, soubz le fardeau d'infinies oppressions , inégalitez des faveurs et injures, on avoit voulu exterminer ceux de leur religion ; en quoy ils louoient leur longue patience d'avoir enduré le tout, et, se faisans procureurs du peuple, sans avoir aucune procuration et authorité de luy pour faire ceste plainte en son nom, se plaignoient de ce que

le peuple (disoient-ils) estoit accablé de charges, surchar-
ges, nouvelles impositions, subsides et tributs, et demandoient l'abolition desdictes charges.

Davantage croyoient qu'on avoit conjuré contre leurs
testes, et que, pour ceste occasion, l'esté précédent on
avoit faict à Paris certain nombre de capitaines, levé
vingt et deux compaignies de gendarmerie pour faire
monstre en armes, et faict venir des Suisses ; oultre ce,
qu'on avoit mandé aux courts des parlemens et aux grands
jours de Poictiers de faire les recherches de ceux qui auroient contrevenu aux poincts de l'édict, et que, pour
animer tout le monde contre eulx, on avoit fait courir un
bruit par tout le monde que feu M. le prince de Condé et
ceux de sa ligue avoient conspiré contre la personne du
Roy et contre son Estat. Aussi ils faisoient une grande
quérimonie de ce que les estats, charges et honneurs estoient donnés (disoient-ils) à personnes de basse condition
et qualité, accusoient la maison de Guyse d'estre la cause
et origine de tous les troubles et de tout ce qu'on a voulu
faire contre eux, disoient pouilles et villenies contre les
Italiens, taxoient les plus grands du conseil du Roy, vouloient qu'on rendist compte des finances employées depuis l'advénement du Roy à la couronne, demandoient
la convocation des estats pour remédier aux maux de la
France, et mettoient en avant plusieurs autres raisons de
leurs plainctes et mescontentemens, et des occasions qui
les contraignoient de reprendre lors les armes, disans
nommément que c'estoit pour la conservation de leur vie,
non contre le Roy, et que désirans en toute humilité et
révérence présenter au Roy une requeste pour se justifier
des cas à eulx mis sus par leurs adversaires, et le voyant
environné de forces estrangères qui avoient esté mandez
contre eulx, ils ne vouloient s'approcher, disoient-ils, si

près de Sa Majesté sans estre forts, affin que si, par le moyen de la justice, l'accès de présenter au Roy leur requeste leur estoit desnié, ils peussent par armes se faire la voye près Sa Majesté.

Voylà les principales raisons qu'ils mirent en avant lorsqu'ils se présentèrent en armes près de Meaux ; mais il n'y avoit et n'y a aucune apparence ny raison qui fit croire qu'ils desirassent l'advancement de la gloire de Dieu ny du repos public, veu qu'il estoit tout évident qu'ils vouloient par armes planter leur religion et troubler la France, s'esmouvans en armes lorsqu'elle estoit tranquille et paisible, lorsqu'on ne pensoit à rien moins qu'à les offencer, et lorsqu'après que Leurs Majestez eurent faict le voyage de Picardie, où elles estoient allées visiter les places de frontière, pour obvier à ce que la venue du duc d'Alve en Flandres eut peu faire craindre, elles s'estoient venues reposer et prendre le plaisir de la chasse en la maison de Monceaux, maison platte et foible, et lorsque le Roy n'avoit auprès de luy un seul gentilhomme qui eut pistolle ny cheval de service; de façon que s'il ne se fut trouvé fortifié de six mille Suisses qu'il avoit fait venir pour s'asseurer cependant que ledict duc d'Alve passoit, au millieu desquels il se mit, il estoit en danger de sa personne, et fut contrainct de se renfermer dedans Paris, là où ils l'assiégèrent, et vindrent brusler les moulins de ladicte ville jusques près des portes.

Et, après qu'ils eurent prins les armes et se furent assemblez à Sainct-Denys, ils déclarèrent que le motif de leur assemblée estoit pour le bien publicq, pensans par ce tiltre spécieux attirer à eulx la simplicité du peuple et se fortifier de son secours et support ; mais, bien que le peuple de sa nature soit volage et desireux de nouvelletez, et enclin à les escouter, si est-ce qu'estant manié et gou-

verné par personnes bien disposées au service du Roy,
et de luy-mesme bien affectionné à son prince, il ne voulut prester l'oreille à telles parolles, s'advisant que leur
troupe estoit seulement composée de personnes de contraire religion à celle du Roy, et qu'ils n'avoient autres
hommes que ceux-là mesmes qui, aux premiers troubles,
avoient porté les armes avec eulx, ce qui luy fit penser
que c'estoit un prétexte malicieux d'une mauvaise intention; de façon qu'ils ne trouvèrent personne qui fut si
simple ny si meschant de vouloir entendre à ceste proclamation. Et lorsque ceste guerre ne faisoit encores que
naistre et estoit à peine esclose, Leurs Majestez taschè-
rent, par tous moyens les plus salubres et gracieux dont
elles se peurent adviser, de luy couper chemin; mais eulx
cependant, pour faire meilleure preuve de leur bon desir
et de leur religion, assiégèrent leur prince dedans Paris.
Ceste guerre ayant duré six moys, et leur estant la paix
redonnée, ils ne peurent y demeurer longuement; ains,
au moys d'aoust en suyvant, de rechef et pour la troisiesme fois ils reprindrent les armes, et, pour tirer tous
ceux de leur party à eux, firent courir un bruict que le
Roy auroit délibéré de les faire tous mourir. Ils avoient
mis en réserve la ville de La Rochelle, à laquelle ils se retirèrent, et d'icelle, puis après, comme du cheval de Troye,
sortirent les hommes qui ont embrasé ce royaume et qui
y ont faict tant de maulx.

En ces trois fois qu'ils ont prins les armes, ils ont faict
tous actes de rebellion, en ce qu'ils ont assemblé dedans
et dehors ce royaume des gens de guerre, qu'ils ont faict
convocation du peuple, levée de deniers, proclamation
et publication de lettres et papiers concernants l'estat
du royaume; qu'ils ont altérez les cœurs des subjects et
iceux esmeuz à séditions; qu'ils se sont emparez des villes

du Roy; qu'ils ont prins ses finances ; qu'ils ont contracté
intelligence et praticques avec les estrangers et d'iceux
remply la France, et les ont mis dedans les places de frontière ; qu'ils ont pillez le dedans des temples et des églises, puis les ont ruinées, bruslées et rompues ; qu'ils ont
commis tous actes d'inhumanité en toutes personnes, de
quelque aage, qualité ou condition qu'ils fussent, qui
n'estoient de leur impiété et party, les uns pillez, exigez
et rançonnez, et les autres inhumainement et cruellement
occis; qu'ils ont gasté et saccagé les villes et les pays,
donné plusieurs batailles à leur prince, et bref usé de toutes espèces de cruauté et rebellion, et de crimes de lèze-
majesté divine et humaine.

Mais si grande a tousjours esté la bonté du Roy que,
devant que venir aux armes contre leur rebellion et lorsqu'il estoit plus fort qu'eux, il a tasché, par tous moyens
les plus gracieux dont il s'est peu adviser, de les attirer
et réduire à leur devoir, et d'empescher par douces voyes
le cours de leur mauvaise intention, n'ayant jamais voulu
mettre les armes en œuvre que lorsqu'il a veu que sa
bonté et douceur ne les en pouvoient divertir et qu'au
contraire elle avoit davantage animé leur fureur. Et
après qu'il a eu gaigné les batailles sur eux et qu'il les a
réduits à une telle extrémité qu'ils avoient un extreme
besoin de sa miséricorde, il ne les a pas voulu accabler
par sa force ; ains, aymant mieux vaincre par sa clémence
leurs cœurs desjà abbatus par ses victoires que les ruiner,
leur a par trois fois donné la paix telle presques qu'ils la
desiroient, par le traitté de laquelle il oublioit toutes
choses passées, leur permettoit exercice de leur religion,
leur remettoit les crimes de ce qu'ils avoient fait, en advouoit une partie, et les recevoit en son giron, pour le
desir que Sa Majesté avoit de les attirer à soy par douceur

et de les conserver. Ce néantmoins eux, ingrats de tant
de bénéfices, après avoir receu la paix et le bénéfice de
la clémence du Roy, et mesmement à la dernière fois, se
sont tellement eslevez en orgueil et superbe que ne pouvans oublier leur premier naturel, imbeu de troubles et
de séditions, et duquel il ne pouvoit sortir action qui ne
fut rebelle, tous les jours ont faict des actes de rebellion,
contrevenans en mille façons aux édits et à volunté du
Roy et au devoir de bons et loyaux subjects; car ils ont
fait leurs assemblées et presches aux lieux deffenduz par
les esdits du Roy, ont continuellement fait des menées
et pratiquez avec les estrangers, ont tué les catholiques
là où ils ont esté les plus forts, leur ont empesché l'exercice de leur religion, ont souvent, en plein conseil et
mesmes en particulier, bravé le Roy par menasses de
guerre, par importuns cayers et par fascheuses, injurieu-
ses et picquantes remonstrances, et par superbes requestes
et plaidoyers, jusques à dire : « Si vous ne faictes cela,
vous aurez la guerre; si vous ne nous faictes justice, nous
la nous ferons; » et ont usé d'autres semblables façons
de faire et de parler pleines de braverie et de rebellion.
Et, non contens de cela, ils ont en leur esprit recherché
quelque moyen sinistre pour surprendre la vie du Roy,
de la Royne sa mère, et de messieurs ses frères; et,
pour amuser le monde durant qu'ils bastissoient tels
damnables desseins, ils ont, par plusieurs fois, fait courir
des bruicts, mesmement durant les seconds et derniers
troubles, que le Roy avoit près de sa personne des
hommes qui leur estoient ennemis et qui dressoient des
embusches pour surprendre les principaux chefs de leur
ligue et pour exterminer tous ceux qui en estoient. Et
cependant qu'ils amusoient par devant les auditeurs à
ouyr telles plaintes, par derrière ils se mettoyent en r-

mes pour surprendre le Roy et ceux qu'ils disoient estre leurs ennemis, c'est-à-dire les bons et fidèles serviteurs du Roy et les amateurs du repos de la France.

Toutes ces inventions estoient forgées en la boutique de l'admiral, lequel, voyant que la paix qui luy avoit esté octroyée par la clémence du Roy ne secondoit pas les desseins qu'il avoit fait de surprendre les personnes de Sa Majesté, de la Royne sa mère, et de messieurs ses frères, et que la guerre estoit le seul préservatif de sa personne et celle qui entretenoit, nourrissoit et fortifioit ses entreprises, forgeoit tous les jours de faulx bruicts pour faire mettre ceux de sa faction en alarme, pour les pousser à la fureur, et par mesme moyen les esmouvoir à la rebellion et à se joindre avec luy; et soubs ces faulx bruicts et malicieuses inventions, l'admiral a tiré à sa cordelle plusieurs princes, seigneurs, gentils-hommes, cappitaines et autres personnes, les ayant, contre leur naturel, contraints de se rebeller à leur Roy et naturel seigneur.

Nonobstant cela, le Roy, desirant réduire au bon troupeau ses subjects esgarez par les impostures dudict admiral, leur donna, comme il a esté dict, pour la troisiesme fois, sa grace et miséricorde, par son édit de pacification de l'an 1570, et depuis a favorablement receu en sa court et près de sa personne, non-seulement tous les gentils-hommes et autres personnes de ladicte ligue, mais aussi ledict admiral, leur faisant caresses, dons et bienfaicts, pensant par sa douceur convertir la mauvaise volonté de cest homme en une bonne affection; et a tant voulu complaire audict admiral et à ses partisans, que, contre la volonté des catholiques parisiens, il fist oster la croix de Gastine du lieu où elle avoit esté dévotieusement plantée, et icelle mettre dedans le cimitière Sainct-Innocent, d'autant que ledict admiral et ses sectaires pensoient que ceste croix fut une perpétuelle marque de leurs rebellions précédentes. Pour tout cela et autres faveurs que le Roy ayt faictes audict admiral, son cueur, nourry du poison de la rebellion, ne pouvant recevoir aucune nourriture que celle dont son malin naturel s'estoit tousjours alimenté, a continué ses cruels et sanglants desseins au millieu des faveurs que le Roy luy a faictes, et, suscitant tous les jours quelque nouvelle cause de mal au Roy, a tanté de le deslier de l'intelligence et seure amitié qu'il a avec le Roy d'Espaigne, et de l'esmouvoir à donner secours aux rebelles de Flandres et de brouiller son royaume.

Sur cela, comme l'admiral, par ses cruautez, saccagemens, pilleries, bruslemens, assassinats et autres maléfices, avoit offencé beaucoup de personnes, il advint que, le 22 du moys d'aoust dernier, comme il sortoit du Louvre, un homme qu'il avoit menassé de faire pendre, pour se venger de luy, estant à une fenestre, luy tira une arquebuzade et le blessa aux deux mains et à un bras. C'est acte sembla au Roy trop hardy et de mauvais exemple, d'attenter si près de son chasteau et de tirer d'une fenestre à un des principaux officiers de sa couronne, et délibéra de faire prompte et exemplaire justice du blesseur, s'il advenoit qu'il fut prins. L'après-dinée Sa Majesté, accompagnée de la Royne sa mère et de messeigneurs ses frères, fut visiter ledict admiral, le consola de sa blessure et l'asseura d'en faire la poursuitte et la justice telle qu'il auroit occasion de s'en contenter. Ce jour-là et le lendemain sadicte Majesté l'envoya visiter d'heure à autre, pour sçavoir en quel estat estoit sa playe. Mais cependant l'admiral, qui par sa blessure avoit davantage ulcéré son courage et ses desseins, et qui se sentoit plus offensé au cueur qu'au bras, pensant faulsement que le Roy l'eust fait blesser pour le tuer, et que messieurs de Guise, assistez de Sa Majesté, eussent pratiqué celuy qui le blessa, se résolut de se venger en un mesme temps et d'un mesme coup du Roy et desdicts seigneurs, et de les faire massacrer, afin de pouvoir puis après plus facillement se faire le seul maistre de ce royaume; et bien que de sa nature il fut homme plus contenu en ses parolles qu'en ses délibérations, si est-ce que, dès qu'il fut blessé (telle estoit sa rage qu'il falloit qu'elle se manifestast), il ne disoit mot qui ne fut plein de menasses, tantost disant: « Si le bras est blessé, la teste ne l'est pas; s'il me fault coupper le bras, j'auray la teste de ceux qui en sont cause ; ils pensoient me tuer, mais je les préviendray ; » et autres semblables mots qui monstroient évidemment sa mauvaise intention. Et quand on luy disoit que le Roy estoit bien marry de cela, il disoit : « Ce sont bonnes mines; je cognoy ceste fainte, je sçay par où il les faut prendre tous. » Voilà les mots continuels de l'admiral, despuis le vendredy matin, heure de sa blessure, jusques l'heure de sa mort; et les principaux de sa ligue en disoient autant. Adonc le samedy après disner il tint un conseil secret des plus confidans de sa ligue, auquel il fut conclu et arresté qu'il falloit avoir raison de ce coup et tuer le Roy, la Royne sa mère, messieurs ses frères, le Roy de Navarre, et la pluspart des princes et seigneurs de ce royaume estans près d'eux, et bref tous ceux qu'ils estimoient contraires à leurs desseings.

Le samedy au soir le Roy fut adverty de cecy par personnes dignes de foy et mesmes par aucuns de ceux ausquels ceste conjuration avoit esté communiquée pour estre de la partie, lesquels ne voulurent participer d'un si barbare et énorme crime. Il pensa qu'il falloit donner un prompt, souverain et rigoureux remède à une si prompte et cruelle conspiration et entreprise, de laquelle l'advertissement estoit asseuré, sans s'amuser à en faire plus grande enqueste; car, en matière d'advertissemens qui concernent la vie ou l'Estat des princes, dès qu'on en est asseurément adverty, il faut venir à l'exécution et punition devant que venir aux informations, procédures et jugemens, ce qui ne se fait en autres matières d'advertissemens, auxquelles les jugemens précèdent les exécutions; mais en celles-cy les exécutions doivent marcher les premiers, quand la conjuration est manifeste, puis les jugemens font leur devoir et esclarcissent ce qui a esté faict.

Adonc Sa Majesté, bien et asseurément advertie de la sanglante conjuration faite contre sa personne, contre la Royne sa mère et messeigneurs ses frères, se résolut, avec l'advis de ladicte dame, de mesdicts seigneurs, et autres siens plus spéciaux et fidelles serviteurs, d'empescher leur conspiration par une prompte et souveraine exécution, et la prévenir par une punicion exemplaire. Pour cest effect, il donna ordre que le dimanche matin, à l'aube du jour, on commençast à ladicte exécution et à tuer ledit admiral et tous ceux de sa ligue et faction, ce qui fut exécuté avec la félicité, diligence et célérité qu'on a veuë, tellement qu'à sept heures du matin ledit admiral et les principaux chefs, et autres de ladite conspiration, furent mis à mort, et bien peu se sont sauvez; en quoy chascun peut cognoistre le juste jugement de Dieu, la tardive punition que dans le ciel il appreste aux ennemys de son église et aux conjurateurs et rebelles, et la faveur qu'il porte à sadicte église et à la justice des princes; car ayant voulu que tant exécrable conspiration fust descouverte au Roy si à propos que si elle eust tardé demy-jour à l'estre il ne eust esté plus temps de la sçavoir et n'y eust eu nul moyen d'y remédier, il inspira divinement

son cueur d'y donner une prompte contrepoison et de la
prévenir par une soudaine résolution et exécution. Et
bien que les hérétiques et rebelles ayent esté tousjours si
deffians et soupçonneux que par leurs frayeurs et soupçons ils ont non-seulement deviné ce qui se faisoit contre
eux, mais aussi préveu, par ce qu'ils voioyent, ce qui
devoit advenir, ils n'ont jamais pourtant peu prévoir ny
craindre ceste exécution ny la descouvrir, et de tant
d'yeux qu'ils avoyent, il n'y a eu une seule oreille qui aye
ouy, ny un seul esprit pensé, ny un seul œil veu ce qui se
brassa contre eux; en quoy est admirable la puissance
de la divine bonté, qui leur bouscha oreilles, esprits et
yeux, pour n'entendre, penser ny veoir le bras de Dieu
advancé sur eux, et la juste vengeance qui les a puniz
(bien que tard) de leurs démérites. Mais Dieu, tardif à punir les meschans, leur gardant au ciel ceste lente punition,
a choisi nostre Roy pour ministre et exécuteur de sa fureur et ire, et luy a donné la volonté prompte et un moyen
prompt de les exterminer. Que si jamais entreprise fut
promptement faicte, et promptement, heureusement et
hardiment exécutée, ç'a esté ceste-cy, à laquelle n'a def-
failly ny prompte exécution, ny bons hommes pour l'exécuter, ny heur, ny diligence. Le peuple de Paris, qui est
catholique et très affectionné à son prince, se resouve-
nant des maux qu'il a soufferts durant ces guerres civiles
esmeues par la violence et rebellion des huguenots, partizans de l'admiral, et entendans la cruelle et detestable
conspiration faicte par ledit admiral et ses adhérans, ne
se peut tenir qu'il ne se ruast sur les huguenots de la ville,
qui, estans de mesme religion que les conjurez, eussent
esté bien aises du succez de leur conjuration, et en tua
plusieurs, saccageant et pillant leurs maisons. Or, est ceste
volonté du peuple très louable de soustenir et deffendre

son prince, d'espouser sa querelle et de haïr ceux qui ne sont de sa religion ; et si en ceste exécution quelques pilleries se sont faictes, il fault excuser la fureur du peuple poussée d'un bon zèle, laquelle est malaisée à contenir et refrener quand une fois elle est esmeue. Et à l'exemple de Paris, qui a tousjours esté l'exemple et le patron de toutes les villes de la France, les autres villes ont faict la mesme exécution ès personnes des huguenots, pour exterminer de tout poinct ceux qui tiennent une religion contraire à celle du Roy, qui est l'ancienne et la vraye, et ceux qui sont du parti des conjurateurs et des rebelles.

Le mardy ensuyvant, 26 dudit mois, le Roy, accompagné de messeigneurs ses frères, du Roy de Navarre et de plusieurs princes et seigneurs, fut en sa court de parlement, en laquelle, après avoir remonstré comme depuis son advénement à la couronne il avoit esté tousjours brouillé de séditions, de troubles et de guerres civiles, et comme les rebelles de son royaume avoient par plusieurs fois attanté contre sa personne et son Estat, et que souvent il les avoit pardonnez, et comme nouvellement, ayant entendu qu'ils avoient faicte une cruelle et sanglante conspiration contre luy, il en avoit fait faire l'exécution telle que chascun avoit peu veoir, il advoua en ladicte court ce qui avoit esté faict comme chose procédente de son commandement, et depuis l'a fait entendre par tout son royaume et à tous les estrangers, affin que chascun sceut la cause qui l'a esmeu à faire ceste prompte exécution sur ceux qui avoient conjuré contre sa personne, laquelle sera tousjours trouvée bonne de tous les justes princes et de tous les loyaux subjects qui sont au monde.

FIN.

DELVGE

Des Huguenotz,

AVEC LEVR TVM-
beau, et les noms des Chefs
et principaux, punys à Paris
le xxiiij. iour d'Aoust,
et autres iours
ensuyvans,
1 5 7 2.

Par Iacq. Copp. de Vellay.

A PARIS,

Par Iean Dallier Libraire, demourant sur le pont
S. Michel, à l'enseigne de la Rose blanche.
M. D. LXXII.

Auec Priuilege.

DÉLUGE DES HUGUENOTZ

FAICT A PARIS.

L'an mil cinq cens soixante-douze,
Le vingt-deuxiesme jour d'aoust,
Fut tyré un coup d'arquebouse
Contre le chef des huguenotz,
Par cas fortuit ou autrement;
Dont les suppotz, plains de vengeance,
Conspirèrent ensemblement
Contre les Majestez de France.
Mais l'Eternel Dieu véritable,
Qui descouvre tous les secretz,
A permis de droict équitable
Ces perfide' estre massacrez;
Car le dimenche vingt-quatriesme
Du susdict moys, sur la diane,
Furent tuez plus d'un centiesme
Faulteurs de la foy calviniane.
Depuis l'on a continué
De punir les plus vicieux
De ceux qui avoient remué
Toute la terre, voire les cieux,
Dont l'amiral de Chastillon
Servoit à tous d'eschantillon,
Et, comme le plus fin et plus cault,

Fut suyvi de Rochefoucault (1),
Qui lors cogneurent que fortune
Ne favorise pas tousjours l'une
Partie, mais quand veult la trousse,
Et devers l'autre se rebrousse.
Après l'ambassadeur Telligny,
Gendre de ce grand Colligny,
Cria : « O Dieu ! quelle menée !
« Hélas ! la chance est bien tournée ! »
Pons de Bretaigne, de Soubize,
Avec Pilles, mis en chemise,
Se disoyent fort heureux si à Dieu pouvoyent plaire
En endurant cela qu'aux autres vouloyent faire.
Monin, conducteur de brigandz,
Accompaigné de Perdeillans,
Allèrent veoir un beau disner,
A qui le faict sembloit amer,
Se lamentant contre son frère
Quant ne luy faisoit grace faire.
Est-ce pas beaucoup conquis
D'avoir assommé un marquis,
De Resnel, Bussy, Sainct-George,
Et à Guerchy couppé la gorge ?
Louiers le jeune, grand certeur,

(1) François, comte de la Rochefoucault. Le roi, qui l'aimait, essaya vainement de le retenir auprès de lui pendant la nuit de la Saint-Barthélemy. Un témoin oculaire rapporte ainsi leur dernier entretien. « M. de la Rochefoucaud, selon sa coustume, estant demeuré le dernier en la chambre du Roy, et se voulant retirer, le Roy luy dit : Foucault, ne t'en va point ; il est déjà tard, nous balivernerons le reste de la nuict. — Cela ne se peut, luy respondit ledict comte, car il faut dormir et se coucher. — Tu coucheras, luy dict-il, avec mes valets de chambre. — Leurs pieds puent, luy respondit-il ; adieu, mon petit maistre. » Le roi le laissa courir à la mort sans insister, de peur qu'une indiscrétion ne compromît l'exécution de ses desseins.

Se montra fort vaillant saulteur,
Quand, d'une fenestre d'hault en bas,
Il se rompist jambes et bras ;
Lavardin, mené à la tuerie
Aux bœufz, de la grand boucherie,
Fut ensevely de Seine en l'onde,
Et Mortemar, qui tua Saincte-Colombe,
Y tallona le jeune Jarnac.
O Seigneur Dieu ! quel armanac
Démonstra Ramus en sa face,
Traduict du président la Place.
De ces deux la fisionomye,
Leur science et philosophie,
Dont ils pensoyent qu'on feist grand chose,
Les renge en la métamorphose ;
Car avec les rebelles ayans esté liguez,
En ce mesme voyage on les a delléguez.
Le bailly d'Orléans et son bastard
Avoyent bien mérité la hart ;
Mais puis qu'on ne m'a voulu croyre,
Nous les lairrons dans Seine boyre.
Comme les autres Pluvyau
A, faulte de vin, beut de l'eaue ;
Car aussi le chanvre est trop cher
Pour pendre si maulvaise chair.
Un Abrahan, grand pédagogue,
D'enseigner avoit grosse vogue
Ses disciples à la huguenotte ;
Mais il marcha en mesme flotte
Que le petit Odin, libraire ;
Et après eulx on veoyoyt braire
Un de Lopes, espaignol ministre,
Guerdonné de sa vie sinistre.

On dit que du Pont-aux-Musniers
Fut gecté en bas de Colombiers,
Et plusieurs autres, pour mieux boyre ;
Mesmes cappitaine Valla-voyre,
Qui souhaittoit n'estre point né
Ou d'estre encor en Daulphiné.
Quand au seigneur de Montaubert,
A cause du fief de haubert,
Il maintenoit fort l'exercice ;
Aussi il jouxte à la lice
Des précédans sur le sablon
Avec la carpe et le hablon.
N'eust-ce pas esté villenye
Que ce gros ventre l'Omenye(1)
Fut saulvé, comme sans raison
Jadis fut mis hors de prison
Quand on l'empoigna à Trappes?
Et que bruyt-on du resveur Chappes,
Sinon qu'il est bien employé
Qu'avec les aultres soit noyé,
Puisqu'obstiné a voulu estre,
Sans envers Dieu se recognoistre,
Mesmes en l'age de viellard.
Si fault-il mectre en ranc Roillart,
Encor que ne soit chose qui vaille
De faire à Dieu barbe de paille;
Aussi a-il pour récompense
D'estre des aultres à la danse.
Le lieutenant Taverny,
De malice bien garny,
Ne tiendra plus l'audience

(1) Martial de Loménie, seigneur de Versailles, greffier du conseil.

A la mareschaulcée de France,
Car ayant beaucoup résisté
A l'abrevoir-Pepin fut getté.
Et pour n'en laisser guyère en arrière
Nous poursuyvrons nostre carrière ;
Dès cappitaines Rouvré et Coignée,
La Roche, avec grosse poignée
Des domestiques des deux princes,
Qui ont voltigé nos provinces,
Pressez des dessusdicts et aultres,
Mais enfin ils seront des nostres;
Car de Beauvais, avec Francourt,
Sont allez régenter la court
Du harenc frais et de lalauze.
Et quant au chancellier de la cause,
Je veulx croyre que d'une corde
On luy fera miséricorde,
Et qu'avec luy pendu en hault
Sera le grisard Bricquemault,
A Mont-Faulcon, où les attend
Ce grand Gaspar au curedent,
Attaché par les piedz sans teste.
Si crains-je que trop on n'arreste,
Et mieux valloyt qu'à la furye
On les trainast à la voyrie,
Et tous les aultres semblablement
Qui ont faulsé le serement
Comme eulx à Dieu et au prince,
Et presque ruyné sa province.
Beaucoup en a-il en prison
Qui devroyent estre en garnison
Au gibet, ou, comme les autres, par eau
Envoyez à Rouen sans batteau.

Toutesfoys, ce qui me console
Est un proverbe d'escolle,
Qu'eschappé n'est celuy de rien
Qui après soy trayne son lyen.
Car si plus n'est le conseil divisé,
De Dieu sera favorisé
Nostre bon Roy, à qui les astres
Mestront le vidasme de Chartres
Entre ses mains, avec son compaignon
Mongomery, si vaillant champion,
Qui prindrent à fort grand'erre,
La route devers l'Angleterre,
Et que lieu n'aura en sa France
Qui plus luy face résistance;
Ains luy donnera victoire et rendra enserrez
Ses aultres ennemys dedans leurs propres retz,
Les domptant tous, ainsi qu'aux siècles vieulx
Feist ung Hercule les monstres furieux,
Soit par combat, ou jeux de tragédie,
Exerçant dessus eux sa puissance hardie;
Mais si fatallement pour noz péchez il reste
De la vermine que si fort nous moleste,
Je n'en sçauroys nullement excuser
Ceulx qu'en public les debvroient accuser;
Ains les mestray au mesme cathalogue,
Et contre tous je dy pour épilogue :
Fy d'hérectiques, fy des mastins,
Fy d'habandonnez libertins,
Fy de Calvin, fy de tous chismes,
Fy de ses nouveaux cathéchismes,
Fy des couvertz temporiseurs,
Fy des grands flatteurs abuseurs,
Fy des rebelles, fy de tous trahistres,

Fy de ces faulses faces tristres
Qui vouloyent mettre en désarroy
Ce grand CHARLES, nostre bon Roy.
Mais pour les bons, tout au contraire,
Nous exalterons leur mémoire,
Et dirons tous d'une bonne unyon :
Vive la catholicque religion,
Vive le Roy et les bons parroyssiens,
Vive fidelles Parisiens,
Et jusques à tant n'ayons cesse
Que chascun aille à la messe.

    UN DIEU, UNE FOY, UN ROY.

FIN.

MASSACRE

DE CEUX DE LA RELIGION

A MEAUX EN BRIE (1).

———

Si les Parisiens se monstrèrent furieusement cruels, ceux des autres villes du royaume, où il y avoit nombre de gens de la religion, ne furent pas moins prompts à respandre le sang. Sitost que le massacre fut commencé à Paris, le dimanche 24 d'aoust, le conseil secret despescha lettres aux gouverneurs des villes remarquées, pour saccager ceux de la religion ; puis, pour empescher que lesdits de la religion ne se sauvassent, on adjousta ce second paquet, par lequel le Roy se deschargeoit sur ceux de Guise et promettoit faire justice de ceux qui avoyent tué son cousin l'amiral. Or, on avoit donné aussi tel ordre dans Paris et dehors que personne n'avoit moyen quelconque de prendre la poste pour donner advertissement à ses amis ; ains faloit avoir un congé et passeport du controlleur général, nommé du Mas ; qui fut cause que quelques-uns de la religion, estant près de Paris ce jour-là, desirans bien assister à leurs frères et compagnons pour les advertir, spécialement ceux de Meaux, de Troyes et d'Orléans, n'en eurent ny peurent avoir le moyen. Nous commence-

(1) Les relations suivantes des massacres dans les provinces sont tirées des *Mémoires de l'État de France* et du *Martyrologe des Calvinistes*.

rons par ceux de Meaux en Brie, comme les plus prochains, estans à une journée de Paris. La Royne mère,
comtesse du lieu, les avoit couchez des premiers en son
rolle. Et pourtant ce mesme jour de dimanche, sur les
quatre heures du soir, le courrier qu'elle et son conseil
avoyent envoyé arriva audit Meaux, accompagné d'un
séditieux drappier drappant, nommé le Froid; et alla
droit au logis de maistre Louis Cosset, procureur du Roy,
au bailliage et siége présidial de ce lieu. Ayant présenté
ce paquet, tout sur-le-champ ce procureur court luy-mesmes çà et là advertir les pillars et massacreurs (qui aux
premiers, seconds et troisiesmes troubles, avoyent fait
divers ravages sur ceux de la religion) de se tenir prests
à sept heures précisément, pour sortir en armes de
leurs maisons et fermer quant et quant les portes de la
ville.

Or, avant que passer outre, faut descrire un peu ce
procureur et sa suite. Louis Cosset donc est fils d'un
père qui, pour sa teste monstrueuse, estoit appelé teste
de veau, homme qui en sa vie a souillé sa conscience d'infinies concussions, voleries et meurtres, traistre et dissi-
mulateur en beaucoup de sortes, et qui persécuta ceux
de la religion sans respit aucun, combien que plusieurs d'entre eux luy ayent fait confesser maintesfois
que les cérémonies de l'église romaine ne sont pas si
sainctes que les catholiques le se font croire. Ce sien fils,
homme plus propre à jouer une farce (pour avoir un visage du tout ridicule) qu'à exercer telle charge, ignorant jusqu'au bout, punais, puant et vilain comme un
bouc, yvrogne et railleur ordinaire, n'ayant dextérité
quelconque en audiance, sinon de faire rire souventesfois
les moins faschez et despiter les gens sages et vertueux,
superbe, vindicatif, farouche et cruel, au demeurant

demy catholique, et aimant plus la femme de son voisin
que la sienne, faisoit beau semblant et monstroit assez
bon visage à ceux de la religion, meslant parmi ses contenances quelques traits de gaudisserie. Lesdits de la religion le cognoissoyent et tenoyent pour un homme du tout
meschant, mais ils l'estimoyent aussi si fol et estourdy qu'il
se contenteroit seulement ou de leur faire peur, ou de
s'adresser à quelques-uns des moindres; mais alors sa malice s'aiguisa. Il estoit accompagné d'un nommé Denis
Roland, sergent en ce bailliage, homme digne de mille
gibets pour ses pilleries et exactions, pillier de tavernes
et sans aucune religion. Puis il avoit un nommé Pigeon,
marinier, renieur de Dieu et exercé à meurtrir, avec
quelques autres mariniers, et les bouchers; item quelques
prestres et revoltez qui de long-temps avoyent abjuré la
religion, laquelle a prins racine audit Meaux il y a plus
de quarante ans.

L'heure de sept heures venue, en laquelle chascun estoit chez soy au soupper, ils font fermer les portes et se
rendent en divers endroits de la ville, spécialement ès
lieux où il y avoit plus de gens de la religion. La rue des
Vieux-Moulins fut la première assaillie, puis la rue Sainct-
Remy et la rue Poitevine. Ils empoignèrent lesdits de la
religion, tant en ces rues qu'ès autres de la ville, les mè-
nent ès prisons ordinaires, leur ayant fait mille outrages
auparavant; quelques-uns se cachèrent, qu'ils trouvèrent
bien le lendemain et autres jours suyvans. Le soir se passa
avec des bruits et remuemens estranges; ce qu'entendu
par ceux de la religion demeurans au grand marché (qui
est une belle place séparée de la ville par le moyen de la
rivière de Marne et d'un pont par lequel on passe de la
ville audit marché), avertis par Matthieu Moreau, qui
s'estoit sauvé de vistesse hors de la ville, troussèrent ba-

gage la nuict, se sauvans ès villages d'alentour, pour attendre ce qui aviendroit le lendemain.

Ce lendemain, qui estoit le lundy, sur les trois heures du matin, ces bons catholiques commencèrent à piller les maisons desdits de la religion, enlevant seulement le plus beau et le meilleur. Ce pillage ayant duré jusques sur les huit heures, le mestier leur en sembla si beau qu'ils voulurent continuer ; partant ils entrent au marché, d'où tous les hommes s'estoyent enfuis. Là ils se ruèrent sur les femmes (qui estoyent demeurées ès maison pour pourvoir à leurs biens), ausquelles ils firent infinis outrages, en violèrent quelques-unes, en massacrèrent jusqu'au nombre de vint-cinq ou environ, entre autres la femme de Quentin Rentier, marchant de draps, la femme de Jean de Prunoy, drappier, la femme d'un mercier nommé Guillot, la femme de Philippes Savart, une veufve nommée Geneviefve Dalibert, une nommée la Pringette et une autre nommée Pasquette. La femme d'un cordonnier nommé Nicolas, qui estoit enceinte et près du terme d'enfanter, receut un grand coup d'espée au ventre, puis fut menée à l'hospital, le petit enfant mettant l'un des bras assez avant hors ventre ; elle mourut bientost après, et l'enfant aussi qui avoit esté offencé du coup. Une autre femme d'un bonnetier nommé Nicolas fut traînée pour aller à la messe, mais elle détestoit cela tout hautement ; ce qui irrita tellement les meurtriers, qu'estans sur le pont ils luy donnèrent plusieurs coups de dague, puis la jettèrent dedans l'eau. Beaucoup d'autres furent batues si cruellement que peu de jours après aucunes en moururent. Au reste, ceste place du marché, où il y a plus de quatre cens maisons, fut entièrement pillée, jusqu'aux plus petis ustensilles que ces catholiques peurent emporter, et ce pour la troisiesme fois. Ce notable procureur du Roy eut du meilleur du pillage ; sa maison et sa court estoyent si plaines qu'on ne savoit par où y entrer.

De là ils rentrent dans la ville, furettans par les maisons de ceux de la religion et mettans prisonniers ceux qu'ils pouvoyent attrapper. Maistre Jean Maciet, procureur, homme vigilant et de fort bon esprit, et qui au reste avoit tousjours fait teste aux principaux catholiques en toutes leurs menées, n'avoit peu estre appréhendé le dimanche ; mais ce lundy matin il fut trouvé, et comme les meurtriers le tiroyent de sa maison, luy qui estoit fort libre en paroles, leur demandant en vertu de quoy ils le traitoyent si rudement, receut responce sur-le-champ avec coups de dague et fut saccagé sur les carreaux. Gilles le Conte, marchant drappier, estoit fort hay, non pas tant pour la religion que pour ce qu'il se mesloit de tenir les fermes de la Royne mère, qui exige de merveilleuses impositions en ce lieu sur la drapperie et le vin ; et pour ce qu'il manioit quelquesfois les catholiques de bien près, il fut soigneusement cherché ; mais l'ayans trouvé en une chambre ils n'eurent la patience de l'amener en bas, ains le jettèrent par les fenestres sur le pavé, d'où il fut trainé par les pieds jusques dessus le pont ; puis, ayant encore receu plusieurs coups de poignard, fut jetté dans l'eau.

Les prisons estoyent plaines de prisonniers ; pour s'en desfaire, les massacreurs, conduits par Cosset (qui portoit ordinairement en chasque main une pistole chargée et preste à tirer), s'acheminèrent ès dites prisons le mardy vingt-sixiesme jour d'aoust, sur les cinq à six heures du soir, avec espées et dagues et grands cousteaux. Il y a près desdites prisons une grande cour fermée de tous costez de murailles et d'une forte porte ; à l'un des coings est un large escalier de vingt et cinq ou trente degrez, par où

l'on monte en la salle de l'audience du siége présidial et
bailliage. Les massacreurs s'arrengent en ceste cour, et
Cosset monte au haut des degrez. Ils avoyent fait un rolle
desdits prisonniers, les principaux desquels estoyent
maistre Nicolas Ozanne, esleu pour le Roy, homme fort
débonnaire ; Nicolas Maciet, greffier du bailliage, aussi
fort hay des catholiques que son frère Jean Maciet susnommé ; Claude Bontemps, praticien ; Louis Villette, notaire ; Jean Adam, sergent au Chastelet de Paris ; son frère ;
Jean Lyevin, Quentin Croyer, Faron Haren, Faron Regnard, Nicolas Mondolot, son gendre, Guy Blondel, Jean
Foulé, notables bourgeois et marchans ; Claude Rentier,
potier d'estain ; Nicolas Caillot, Jean Gautier, orfèvres ;
Jean Seguin, jeune homme, fils du grenetier du sel ;
Philippes Poyer, praticien ; Jean Laloue, cousturier ; Nicolas Beaufort, mercier ; Jean Taupin, mercier ; Jean Vin,
foulon ; Pierre Foulé, drappier ; Jean Jary, tondeur ;
Jaques Bouville, Jean le Sourd, un nomme le père Adam,
peigneurs de laine ; Guillaume Benard, et fort grand
nombre d'autres artisans, jusqu'au nombre de deux cens
et davantage, comme aucuns massacreurs mesmes l'ont
raconté depuis, se glorifians impudemment de leurs
cruautez, mesme iceluy Cosset, qui long-temps après, en
quelque compagnie qu'il se trouvast, racontoit ses vertus
héroïques, ou plustost publioit ses horribles impiétez et
injustices.

Lors ce procureur commença en riant à faire appeler
le premier du rolle, lequel estant tiré des prisons et
voyant les glaives desgainez, se prosternant en terre et
demandant pardon à Dieu, fut soudain massacré par
cinq ou six. Ils continuent jusqu'à certain nombre, duquel estoit Quentin Croyer, surveillant en l'église réformée. Iceluy, voyant plusieurs de ses compagnons massa-

crez, se mit à genoux, priant Dieu qu'il pardonnast aux
meurtriers, de quoy eux ne faisoyent que rire ; et ne pouvans transpercer à coups de dagues un double collet de
buffle qu'il portoit, et qu'ils ne vouloyent gaster (car
c'estoit un bon butin), luy coupèrent ses aiguillettes, et
entre le pourpoint et les chausses luy donnèrent cinq ou
six coups de dague, dont ce bon personnage, invoquant
Dieu à haute voix, rendit l'esprit.

Faron Haren, homme notable et de fort bonne nature,
et grandement affectionné à la religion, avoit esté eschevin pendant les premiers troubles, et par son moyen la
messe avoit esté chassée de Meaux pour un temps. Pour
ceste occasion il estoit hay mortellement des catholiques
séditieux, lesquels aussi ne se contentèrent pas de le massacrer simplement, mais luy coupèrent le nez, les oreilles
et les parties honteuses, puis luy donnèrent plusieurs
petites estocquades en divers endroits du corps, le con-
traignans de passer par le milieu d'eux comme par les
picques. Mais ne se pouvant plus soustenir pour les tourmens qu'ils luy avoyent faits, il tomba sur sa face en terre,
et, invoquant Dieu fort ardamment, receut encor infinis
coups après sa mort. Nicolas Maciet, s'estant mis à genoux, fit une ardente prière ; puis, comme il se relevoit
en pieds et commençoit à adresser son propos à ce procureur, fut soudain percé de plusieurs coups et tomba mort.

Il estoit jà tard ; partant les meurtriers remirent l'exécution après soupper, tant pour reprendre halaine et re-
fection que pour massacrer plus à l'aise ; car d'autant que
le sang des corps frappez, rejalissant sur les espées et
bras retroussez d'iceux meurtriers, les ennuyoit, après
avoir beu du vin leur saoul ils voulurent retourner s'eny-
vrer de sang, et, pour l'espandre plustost et mieux à leur
aise, prindrent des marrelins, qui sont gros marteaux de

fer dont les bouchers assomment les bœufs, et en présence de ce procureur assommèrent les uns après les autres ces pauvres prisonniers, invoquans Dieu et crians si haut miséricorde que toute la ville et le marché en retentissoit. Cela dura depuis les neuf heures du soir jusques à la minuit; et d'autant qu'il y avoit encor grand nombre de prisonniers, ils différèrent jusques aux jours suyvans.

Les meurtriers avoyent fait faire en ceste cour du chasteau une tranchée, dans laquelle on jetta ces massacrez tous nuds. Entre iceux y en avoit deux, lesquels, ayans un cœur vigoureux, encor qu'ils eussent receu divers coups, n'estoyent du tout morts; ces deux estoyent Jean Laloue, cousturier, et Jean Taupin, mercier. Encor qu'ils fussent parmi les autres et couverts de terre, ils sortent de là et taschent de se cacher; mais, le sang se perdant, ils demeurèrent comme esvanouis, tellement que le lendemain, qui estoit le mercredy, estans retrouvez, ils furent assommez et remis en la tranchée avec les autres.

Josse Lamiral, marchant drapier, ayans prins une corde pour se sauver par les murailles, en descendant la nuict se rompit la cuisse, tellement qu'à grand peine se peut-il retirer des fossez. Il s'alla rendre au prochain fauxbourg, nommé des Vieux-Moulins, où il fut prins le lendemain par les massacreurs, qui le mirent sur une brouette, et la roulans par les rues crioyent: « Vinaigre et moustarde; » puis l'amenèrent en la cour du chasteau, luy demandèrent s'il vouloit aller à la messe; ce qu'ayant refusé tout à plat, fut cruellement assommé.

Les jours suyvans furent employez à exécuter les autres prisonniers, lesquels ils ne voulurent plus enterrer; ains furent d'avis de les jetter en l'eau. Or les grandes exécutions se firent de nuict, principalement celle du ven-

dredy, où pour un coup ils en daguèrent vingt-cinq au
moulin de la Juifverie, puis les précipitoyent en l'eau de
Marne. Ils firent de mesme les autres nuicts, avec des
cruautez estranges, les massacrez invoquans la miséricorde de Dieu. Un de ceux qu'on jetta dans l'eau, nommé
Pierre Foulé, n'ayant receu coup mortel (d'autant que
les massacreurs avoyent tant de besogne qu'ils estoyent
plustost las de frapper que les prisonniers d'endurer), estant jetté en l'eau et emporté d'icelle, enfin fut jetté à
bord, et le lendemain fut mis en une maison où l'on le
traita soigneusement. Mais celuy qui avoit senty une
grande assistance de Dieu en ses tourmens oublia tout
cela, et à mesure qu'il guérissoit perdit la souvenance de
la religion, tellement que depuis il est allé à la messe.

Au demeurant, Cosset et les siens, bien marris que tant
d'hommes de la religion qui estoyent au marché leur fussent ainsi eschappez, dressèrent incontinent une compagnie de gens de cheval, qui coururent assez long-temps
ès villages d'alentour, où ils firent de grands massacres
desdits de la religion, avec des pillages tels que les Turcs
et plus barbares du monde seroyent beaucoup moins fa-
rouches. Ès autres villettes et bourgades d'alentour, ceux
de la religion furent contraints sortir de bonne heure;
ceux qui furent paresseux eurent rude traitement, spécialement ès lieux du gouvernement de Brye et de Champagne, sous le duc de Guise, et pour éviter le massacre
de leurs corps abjurèrent la religion.

Mais les villes et bourgades du gouvernement de l'Isle
de France ne se mutinèrent point. Il y avoit à Senlis quelque nombre de gens de la religion; deux d'iceux (l'un
desquels est ministre hors du royaume, estant pour lors
en France pour afaires particulières), allans le jour du
dimanche à Paris, furent avertis, estans à deux petites

lieues près, de tout ce qui s'estoit fait, au moyen de quoy
ils tournèrent bride, et arrivans sur les huit heures du
soir avertirent quelques-uns de leurs compagnons, afin
que de l'un à l'autre chascun avisast à soy. Iceluy ministre
et celuy qui l'accompagnoit sortirent dès l'heure mesme
et se sauvèrent à Sedan, puis en Alemagne, et finalement au lieu où ce ministre demeure; quelques autres
aussi partirent lors pour aller ès lieux à l'entour et le
reste le lendemain matin. Mais la pluspart, sollicitez par
leurs amis et asseurez de la présence du mareschal de
Montmorency, qui s'estoit retiré à Chantilly, près de là,
retournèrent en la ville, où mal aucun ne fut fait à leurs
corps, encor que quelques séditieux, le principal desquels
s'appelle Claude Stocq, autresfois eschevin (qui aux premiers troubles, accompagné de garnemens semblables,
procura la mort de quelques-uns de ladite religion, entre
autres de maistre Jean Grefin, lieutenant particulier,
homme fort docte et bien affectionné à la religion), procurassent quelque nouveau massacre, ce que les eschevins
et la pluspart des habitans, gens paisibles, ne voulurent
permettre. Mais la pluspart de ceux de ladite religion, in-
timidez, retournèrent depuis à la messe; quelques-uns
sont demeurez fermes, s'estans retirez hors la ville.

Or, puisque nous sommes en Brye, nous conjoindrons
la Champagne, pour voir ce que firent les catholiques de
Troyes. Vray est que l'ordre des jours semble aucunement
requérir que ceux d'Orléans marchent devant; toutesfois, d'autant que les uns furent aussitost avertis que les
autres, les lecteurs m'excuseront; joint que des massacres de moyen nombre nous viendrons à de plus sanglants, pour monstrer tant plus la fureur des catholiques,
les trahisons du conseil secret, et le terrible couroux de
Dieu contre la France.

MASSACRE

DE CEUX DE LA RELIGION

A TROYES EN CHAMPAIGNE.

Les nouvelles du massacre de Paris arrivèrent en la
ville de Troyes en Champaigne le mardi 26 du mois
d'aoust 1572, sur le soir, qui mirent tous ceux de la religion en un effroy tel qu'on peut penser, de façon que
la pluspart résolurent dès l'heure de sortir hors de France
et se retirer ès villes et lieux de seureté avant que ce feu
fust plus enflambé. Mais pour leur en oster le moyen on
posa dès le lendemain matin des gardes aux portes de la
ville, qui redoubla leur premier effroy, et fuyoyent les
uns deçà, les autres delà, cerchans des cachettes et lieux
où ils peussent avoir moyen d'éviter la furie première de
leurs adversaires. Les autres se reserroyent en leurs maisons et là se tenoyent clos et couverts ; entre autres un
nommé Estienne Marguin, marchant, estimant que l'a-
larme ne fust encores si chaude qu'elle estoit, résolu de
se sauver, tira droit à l'une des portes de la ville. Mais
au partir de sa maison il fut reconu, quelque desguisé
qu'il fust, et suyvi par la populace de si près qu'il fut contraint rebrousser chemin et se fourer en la maison d'un
catholique sien amy, qui avoit (à ce qu'on disoit) bonne
envie de le sauver ; mais la crainte d'estre luy-mesme

volé et saccagé fit qu'il contraignit ce pauvre homme de
quitter la maison et de sortir hors d'icelle, et, pour éviter
qu'il ne fust reconu et qu'il peust plus aisément passer
par la ville, luy fit changer d'habits. Ce nonobstant Marguin fust aussitost reconu et suyvi jusques sur le Pont-des-
Miracles, derrière les murs de la maison épiscopale, et
estant attrappé receut un grand coup d'espée sur la teste,
qui luy fut tiré par un certain chaussetier catholique
nommé Boucquet, lequel coup luy fit donner du nez en
terre, dont fut laissé pour mort. Quelques personnages
de Troyes le chargèrent et portèrent à l'Hostel-Dieu le
Comte, où il commença à se reprendre ; de là fut porté
en sa maison, où il rendit l'esprit à Dieu le samedy suyvant. Ce mesme jour du samedi, la pluspart des juges et
officiers du Roy furent envoyés de l'ordonnance du bailly
de Troyes, nommé Anne de Vaudrey, sieur de Sainct-
Phalle, par tous les quartiers de la ville, avec commandement exprès de recercher de maison en maison tous
ceux qui estoyent de la religion, et mener ès prisons ceux
qu'ils rencontreroyent ; à ce que j'ay peu entendre, chascun eut son départ et quartier. Un nommé maistre Claude
Jaquot, qui depuis peu d'années avoit esté pourveu de
l'estat et office de prévost du lieu, tira droict pour son
commencement au quartier de Christofle Ludot, marchant, qui estoit de la religion. Quelques-uns asseurent
qu'au plustost qu'il y eut mis le pied il s'escria de tout
loing et demanda où estoit la maison de Ludot, laquelle
toutesfois il conoissoit aussi bien que la sienne propre ;
et tenoit-on qu'il ne faisoit cela à autre intention que
pour advertir Ludot de se sauver ; ce qu'ayant descouvert
par soupçon un certain mutin de ceste rue, nommé Mi-
chau, savetier de son mestier, ne se peust tenir de dire
tout haut aux voisins que le mortier sentoit toujours les

aulx, parlant de ce Jaquot, qui autresfois avoit fait profession de la religion, et qu'on voyoit, à ceste sienne façon de faire, qu'il exécutoit ceste charge à contre-cœur.
Sitost aussi que la religion touche une personne, encor
que ce ne soit qu'en passant, et qu'il tasche puis après
d'abolir tout, si luy en demeure-il tousjours quelque petite estincelle suffisante pour le rendre du tout inexcu-
sable devant Dieu. Et aussi, à vray dire, on ne sçait si Jaquot, vaincu par le jugement de sa propre conscience,
fut rangé à ce faire; car, au temps qu'il estoit encores à
marier, il se monstroit fort zélé et affectionné à la religion, du sentiment de laquelle il estoit dès lors touché,
voire mesmes jusques à se trouver aux assemblées qui se
faisoyent adonc en la ville en secret, pour ouir la parolle
de Dieu et contribuer pour les afaires de l'église. Mais aussitost que contre sa propre conscience il se fust allié par
mariage en la maison d'un certain procureur de Troyes,
ennemi juré de ceux de la religion, luy qui estoit issu
d'une fort basse maison, estant son père sergent, ne cessa
depuis de cercher tous les moyens de s'agrandir et en
avoir, à quelque pris que ce fust, qui fut cause de luy faire
rejetter la religion qu'il avoit auparavant goustée et s'employer du tout à ruiner de là en avant tous ceux de la religion, sous l'authorité des maire et eschevins, lesquels
usoyent de luy en cest endroict comme d'un procureur
et solliciteur. Quoy que soit, il est certain que Jaquot, accompagné de ses sergens et satellites, frappa fort rudement la porte du logis de Ludot, lequel, se levant de son
lict comme en sursaut (car c'estoit entre les quatre à cinq
heures du matin), quitta soudain sa maison et se lança
en une autre proche de la sienne, où pendoit pour enseigne le Petit-Sauvage, où il s'asseuroit devoir estre le bien
receu et en toute seureté, pour estre la demeurance d'un

marchant catholique de Troyes , nommé Pierre d'Aubeterre, qui en premières nopces avoit espousé la cousine
germaine du pauvre Ludot. Mais pour tout cela il n'en receut aucun avantage ; au contraire, comme Jaquot estoit
prest d'enfoncer la porte de Ludot, ce d'Aubeterre, mettant le nez à la fenestre de sa chambre, s'escria (sans y estre contraint) : « Jaquot, voici celuy que vous cerchez ; »
et entré dedans, luy livra ledit Ludot; qui fut un acte estrange , lequel les catholiques mesmes trouvèrent fort
meschant et inhumain. Sur l'heure ce pauvre homme fut
mené en prison, lequel, bien qu'il exerçast le train de mar-
chandise, estoit fort bien instruit et versé ès lettres grecques ; personnage craignant Dieu , et qui auparavant avoit
eschappé infinis passages dangereux. Et ce mesme jour
on se saisit d'un nommé Claude la Gueule , cordonnier
de son estat , lequel fut inhumainement meurtri et massacré par les rues comme on le menoit en prison.

Outre Ludot, on vid en peu d'heures plusieurs autres
de la religion, et en grand nombre , arrestez ès prisons
de Troyes, du nombre desquels furent entre autres Thibaut de Meures , qui avoit esté long-temps au service du
sieur de Piennes ou de Bonnivet, qui l'aimoit uniquement ;
maistre Jean le Jeune , procureur au baillage de Troyes ;
Claude Gaulard, du Chastelet de Paris, résident à Troyes ;
Claude Peliton, Simon de Villemor, Guillaume Bourcier,
Denis Marguin, frère de celuy qui fut tué le premier, et
Jean Havart, marchans ; Henry Choney, François Mauferé, orfèvres ; Jean Garnier, Nicolas Robinet et Jean Go-
bin, drappiers drappans ; Pierre Lambert, Nicolas du Gué,
François Bourgeois , Edmon Artillot et un jeune garçon
nommé François, serviteur de Pierre Thais , peintres ; le
petit Pierre, Pierre le Goux, Guillaume Brenchie, dit le
petit Guillaume, le grand Thomas, menuisiers ; Estienne

Charpentier, Nicolas Poterat, serruriers ; Jean Gopillot, chandelier ; Regnaut Godot, maçon ; Jaques Leschiquaut, contrepointier ; un nommé Jancon, cordonnier ; Pierre Pourvoyeur, taillandier ; Jean Niot, savetier, et autres ; tous lesquels on donna en garde ès prisons aux plus cruels et signalez restans d'une troupe meurtrière de Troyes, qui durant les troubles passez s'estoyent souillez du sang de maints pauvres fidèles du lieu. Ceux-là furent un nommé Perrenet, faiseur de feutres dont on se sert ès papeteries ; Jean Mergey, appelé communément le bastard Mergey, pour estre fils bastard de messire Nicole Mergey, prestre et curé de Nostre-Dame de Troyes, qui pareillement estoit bastard d'un certain chanoine de Sainct-Estienne. A ces deux, qui estoyent comme les chefs et colonnes de tous les autres meurtriers, furent encores adjoints pour compagnons de ceste garde un nommé Martin de Bures, peintre ; Nicolas Martin, praticien ; Nicolas Regnier, dict Alliefou, fils de l'hoste de l'Escu-de-Bourgongne ; Nicolas Fer, chaussetier ; Laurent Hillot, doreur ; un nommé Poinsot, fils de la femme d'un boucher de Troyes, nommé Jean le Gas, et un Bontargent, ombelotier, neuf personnages les plus cruels et sanglans de toute la ville, que le bailly avoit triez et choisis d'entre tous les autres pour estre les plus suffisans et dignes d'une telle charge et commission.

Le mardi suyvant, qui estoit le second jour du mois de septembre, le bastard Mergey et Nicolas Regnier, deux de ces neuf hommes de bien cy-devant nommez, advertis qu'un certain esguilletier de la religion, nommé Jean Rousselot, estoit en sa maison à Troyes, s'y transportèrent au plustost, et, s'estans saisis de luy, le menèrent droit vers ce bailly de Troyes, qui, aussitost qu'il les apperceut, leur faisant un certain signal, dit tout haut qu'or.

menast Rousselot en prison. Au lieu de prendre le chemin des prisons, ces deux voleurs, au partir du logis du
bailly, menèrent ce pauvre homme-là en une petite ruette
fort destournée, assise entre la tour du chapitre Sainct-
Pierre de Troyes et la maison épiscopale. Rousselot,
après leur avoir doucement remonstré que ce n'estoit là
le chemin de la prison, s'enquist d'eux où ils le menoyent ;
à cela le bastard Mergey fit responce qu'il le menoit boire
chez la Verte, cabaret fort proche de ce lieu, et que, s'il
leur vouloit donner six escus, ils le laisseroyent aller et luy
sauveroyent la vie. « Six escus ! (dit ce pauvre homme en
se souriant) tout mon bien ne vaut guères davantage ; »
et, mettant la main à sa bourse qu'il avoit cachée, leur
fourra un escu au poing, espérant que, par ce moyen, ils
auroyent pitié de luy ; mais il advint tout au rebours, car
sur l'heure ces deux bourreaux le massacrèrent et tuèrent
en ce mesme lieu, et, après l'avoir despouillé jusques à sa
chemise, laissèrent le corps mort tout estendu sur le
pavé.

Le lendemain, 3 de ce mesme mois, un bon et notable
marchant de Troyes, de la religion, nommé Jean Robert,
fort homme de bien et craignant Dieu, doux et paisible,
qui, depuis ce bruit et tumulte nouvellement survenu,
s'estoit tousjours tenu caché en sa maison, fut décelé par
quelques-uns et saisi au corps par certains sergens de
Troyes, qui sur l'heure le voulurent mener aux prisons.
Or, d'autant que c'estoit de plain jour, ce bon homme,
qui auparavant avoit assez de fois veu et expérimenté la
furie et rage de la populace de Troyes contre ceux de la
religion, craignant au possible de tomber en passant
entre leurs mains, pria ces sergens de surseoir et attendre
jusques à la noire nuict, et pour plus aisément les y faire
joindre il bailla à chascun d'eux une bonne somme d'ar-

gent, qu'il redoubla depuis. Ce nonobstant, ces larrons, s'advisans tout à coup, luy dirent qu'il falloit marcher, bien qu'il fust fort grand jour ; car c'estoit sur les quatre à cinq heures après midi. Voyant ce pauvre homme que par ses prières il ne pouvoit rien gagner sur eux et demeuroyent entiers en leur résolution, il s'achemina avec eux. Sitost qu'il fut apperceu des catholiques romains, on commença de huer après luy. La populace assemblée le suyvit pour l'outrager, et là-dessus ces sergens qui le menoyent l'abandonnèrent. Le pauvre homme, ayant entortillé sa cappe à l'entour du bras pour soustenir et destourner les coups de pierre qui tomboyent de tous costez sur luy dru comme gresle, se hastoit et doubloit le pas pour gagner les prisons, pensant y devoir estre en seurté. La populace le suyvoit tousjours et serroit de fort près. Sa pauvre femme, qui, au partir de sa maison, l'avoit tousjours suyvi jusques vers le temple de Nostre-Dame, voyant le danger qui tallonnoit son mary, accourut toute esplourée droit au logis du bailly, qui estoit à quelques cent pas de là, et se prosterna à deux genoux devant luy, le suppliant d'avoir pitié de son pauvre mary et d'elle, pour, en ce faisant, empescher et mettre ordre que son mary ne fust si malheureusement et à tort tué et massacré, usant de toutes les douceurs qu'il estoit possible pour fleschir ce cœur de pierre à quelque pitié ; mais c'estoyent prières en l'air, et plustost eust-elle esmeu à compassion la cruauté mesmes que ce malheureux, qui avoit conjuré la ruine entière de tous ceux de la religion que l'on pourroit empoigner ; et sa présence ne servoit que d'huile au feu, comme on dit, pour embraser de plus en plus la fureur des mutins ; car cependant la populace attrappa ce pauvre homme au bout du pont de la Girouarde, où, l'ayant arresté tout court, il fut cruellement

massacré et pillé d'une bonne somme d'argent qu'il avoit
sur luy. Le bailly, importuné et vaincu par les larmes et
supplications de ceste pauvre et désolée femme, se transporta, comme par manière d'acquit, sur le lieu ; et ayant
repeu sa veue et son cœur sanguinaire du sang du corps
de ce povre homme, tournant visage vers les meurtriers,
leur dit d'une face gaye et joyeuse telles ou semblables
paroles : « Vous avez eu bientost fait. » Et là-dessus se retira en son logis, sans commander que le corps fust levé
et porté en arrière.

Or, un nommé Pierre Belin, marchant de Troyes, personnage d'un naturel et esprit turbulent et l'un des plus
signalez mutins et séditieux d'entre tous les catholiques
troyens, fils d'un apothicaire du lieu, estoit, au temps du
massacre du jour de sainct Barthélemi, à Paris, où il avoit
esté envoyé quelque temps auparavant par les mayre et
eschevins de Troyes, avec un autre marchant de mesme
humeur, pour faire retirer le presche que les Troyens
de la religion avoyent aproché au lieu d'Isles, village
distant de Troyes de deux fort petites lieues. Ce Belin
demeura tousjours depuis audit lieu de Paris, jusques au
trentesme jour d'aoust, que le Roy fit expédier ses lettres de ce mesme jour aux officiers de tous les bailliages
de son royaume, pour faire publier incontinent à son de
trompe et cri public, par tous les lieux et endroits de leurs
jurisdictions, ses lettres de déclaration du 28 du mesme
mois, portant défences à toutes personnes de n'attenter
ny entreprendre ès personnes et biens de ceux de la religion, avec expresse injonction et commandement à
tous ses juges de relascher et faire mettre en liberté ceux
qui seroyent prisonniers. Adonc ce Belin se retira de Paris
pour s'en retourner à Troyes, portant sur soy ces deux
lettres du Roy, qui desjà avoyent esté publiées aupara-

vant dedans Paris, desquelles (à ce qu'on tenoit) on l'a-
voit chargé pour les délivrer au bailly de Troyes, afin de
les y faire publier. Il arriva en la ville de Troyes le mercredy troisiesme jour du mois de septembre, entre les
trois ou quatre heures après midy. Dès l'entrée de la ville
il commença de s'enquérir à haute voix, des premiers
qu'il rencontra, si on n'avoit encores rien exécuté contre
les huguenots, comme on avoit desjà fait par toutes les
autres villes de France, où ils avoyent esté tous tuez et
exterminez; et par toutes les rues par où il passoit alla
répétant tousjours ces propos, jusques à ce qu'il fust arrivé
à sa maison. Et d'autant qu'auparavant sa venue on avoit
ouy le vent de ces lettres du Roy, quelques catholiques
des moins cruels, desirans en estre mieux asseurez, s'en-
questèrent de Belin qu'il en estoit. Luy, comme forcené,
espris d'une rage et furie extreme, respondit d'une
grande colère, avec sermens et blasphèmes exécrables,
qu'il n'en estoit rien, et que quiconque le diroit en avoit
menti. Et tout de ce pas se transporta au logis du bailly,
auquel (à ce qu'on afferma depuis) il délivra son pacquet
et luy dit le mot en l'aureille, le sollicitant et pressant au
possible d'y entendre au plustost, avant que l'intention
du Roy, portée par ceste déclaration susdite, qui jà n'estoit que par trop, à son gré, esventée, le fust d'avantage.
Que si ce cruel bailly de Troyes se fust comporté en
homme de bien comme il devoit, le sang des pauvres innocens, qui depuis fut par son commandement si cruellement et inhumainement espandu à Troyes, ne crieroit
point maintenant vengeance contre luy devant Dieu,
comme il fait.

Mais le barbare, au plustost qu'il eut ouy parler ce
cornu et puant Belin, assembla un conseil de tels personnages qu'il voulut choisir, et, leur ayant fait entendre

sa charge telle que ce Belin luy avoit rapportée, la résolution fut prinse comment on devoit acheminer l'exécution d'un si cruel et sanglant dessein. On tenoit pour certain, et ainsi le conferma depuis par son rapport Perrenet
(le chef et principal exécuteur de ce massacre), pour
l'avoir (comme il disoit) apprins de ce bailly, qu'un nommé
maistre Philippes Belin, lieutenant particulier au bailliage de Troyes, principal conseiller, et duquel il s'aidoit
sur tous en toutes ses afaires, estoit l'un de ceux qui avoit
soubscrit là ce malheureux dessein ; ce que toutesfois
pourroit de prime face sembler fort estrange, voire incroyable à plusieurs, veu le degré que Belin (qui en apparence sembloit homme de bien) tenoit en la justice ;
mais je vous laisse à penser de quel naturel peut estre un
personnage tel que cestuy-là, un second Tiphon, acharné
de longue main contre ceux de la religion. La source des
cruautez desquelles Caligula, empereur de Rome, estoit
rempli, fut imputée à la nourrice qui l'alaictoit, laquelle,
outre ce qu'elle estoit d'un naturel cruel et barbare, encores frottoit-elle par fois le bout de sa mammelle de sang,
qu'elle faisoit succer à l'enfant avec le laict. Ne vous es-
bahissez donques point si ce Belin, dont je parle, bien
qu'il fust constitué en estat de judicature, ensanglanta si
vilainement, par son conseil, toute une ville de Troyes du
sang de ces pauvres innocens, veu que (comme il est assez notoire en son pays) il a esté nourri dès la mammelle
parmi le sang, qui regorgeoit jusques au sommet de la
maison de chez son père, pour estre issu de race de bouchers. Estant la résolution de cest afaire arrestée, selon
la délibération de ce conseil, il fut advisé que, pour donner
quelque lustre à ceste barbare cruauté et faire qu'elle ne
fust par après trouvée si estrange, on s'aideroit en premier
lieu du bourreau de la ville de Troyes, nommé Charles, qu

à ceste fin fut mandé du bailly. Mais luy, se monstrant plus
juste, équitable et humain que le bailly Vaudrey, refusa
tout à plat d'estre exécuteur de sa cruauté, et pour toute
responce luy dit que cela seroit contre le deu de son office,
n'ayant apprins d'exécuter aucun sans qu'il y eust sentence de condemnation précédente ; que s'il y en avoit
quelqu'une contre ces prisonniers, il estoit prest de l'exécuter, en luy faisant apparoir ; autrement il ne voudroit
pour la vie attenter sur aucun. Ainsi ayant le bourreau
refusé le bailly à sa barbe d'estre exécuteur de ses
cruelles passions, le quittant là, se retira en sa maison.
Et bien que ceste responce seule, partant d'un tel personnage accoustumé d'espandre le sang humain, fust bien
pour remettre, adoucir et rabattre la cruauté des plus
barbares du monde, tant s'en faut toutesfois que ce bailly
de Troyes s'en sentist aucunement touché, qu'il s'en ai-
grit davantage ; et tost après envoya quérir ès prisons ce
Perrenet, l'un des gardes de ces pauvres prisonniers de la
religion, qui, pour estre l'heure d'un accès de fièvre tierce
ou quarte qui le tenoit, ne peut l'aller trouver lors ; mais
il envoya en son lieu un nommé Martin de Bures, l'un de
ses compagnons, pour entendre et recevoir ces commandemens. Le bailly, luy ayant discouru ce que Belin, fils
de l'apothicaire, lui avoit signifié en l'aureille, luy dit qu'il
faloit faire en sorte qu'on se dépestrast sur l'heure de tous
les prisonniers de la religion et en nettoyer la place, luy
commandant pour toute résolution qu'on n'y fist aucune
faute. « Mais (dit le bailly), pour empescher qu'on ne voye
le sang couler par la rue, vous ferez une trenchée au milieu des prisons, et au bout et pendant d'icelle mettrez
en terre un vaisseau pour le recevoir. » De Bures luy ayant
fait entendre que cela, pour quelques occasions dont il
paya ce bailly, ne se pouvoit si promptement ny le mesme

jour exécuter , promit qu'on y aviseroit et y tiendroit-on la main le lendemain au matin ; et là-dessus se retira aux prisons sans en sonner mot à un seul de ses compagnons, non pas mesmes à Perrenet, qui adonc estoit au lict. A ce que Bures récita depuis, l'espérance qu'il avoit qu'entre temps les lettres du Roy, ci-devant récitées, et dont il avoit eu quelque vent, seroyent publiées, et en ce faisant les prisonniers relaschez , le retarda d'en sonner un mot.

Le lendemain matin, qui estoit le jeudi quatriesme jour du mois de septembre, d'autant que de Bures avoit tenu à peu ce commandement cruel et barbare du bailly et sans le vouloir publier , ces pauvres prisonniers de la religion eurent quelque peu de relasche et demourèrent en paix, se promenans et esbatans en la court des prisons, comme auparavant ; mais, sur les six à huit heures du matin, le bailly envoya quérir Perrenet, et, estimant que sa cruauté fust exécutée , luy demanda d'abord et en riant : « Est-ce fait ? » Perrenet luy fit responce (comme aussi , à ce qu'on sceut depuis, telle estoit la vérité) qu'il ne savoit que c'estoit. « Comment, mort ! (dit adonc ce bailly) ils ne sont donc pas encores dépeschez ? » Et, saisi d'une rage et furie extreme, sacquant la dague au poing, faillit d'enfoncer Perrenet, qui le remit et appaisa par belles parolles et remonstrances. Estant un peu revenu à soy, il fit entendre à Perrenet sa volonté et comme il se devoit comporter à l'endroit de ces pauvres prisonniers de la religion , luy commandant au reste de n'oublier à faire la tranchée telle que dit a esté ci-dessus. Et combien que Perrenet n'eust que perdre et fust un insigne garnement, homme de sac et de corde , et d'un naturel fort sanglant , et accoustumé à toutes cruautez à l'endroit de ceux de la religion , demoura à ceste parolle comme transi, et là-dessus discourut au bailly le danger qu'il y avoit pour luy

en l'exécution d'une si estrange et hasardeuse entreprinse, la crainte qu'il avoit d'en estre recerché par
après et poursuyvi en justice par les parens et alliez des
prisonniers. « Non, non, dit le bailly (au moins ainsi que
Perrenet le raconta depuis à un certain soldat, lorsque
le camp du Roy s'acheminoit à La Rochelle); il n'y a rien
à craindre pour vous; je promets vous en garantir. Ne
craignez point, car nous serons bien advouez. Le Roy
est-il pas maistre en son royaume? Il veut et commande
que ainsi soit fait. D'autre part j'ay communiqué de cest
afaire avec M. Belin (parlant de ce lieutenant particulier)
et autres de la justice de ce lieu, qui tous l'ont accordé.
Voulez-vous une plus grande asseurance pour vous que
cela? » Sur cela Perrenet, se départant d'avec le bailly,
se rendit sur l'heure aux prisons, jurant que, dedans une
heure, il ne resteroit pas un seul de ces prisonniers qui
ne passast le pas.

Arrivé qu'il fut ès prisons et trouvant les prisonniers
jouans parmi la cour avec leurs gardes, leur dit que bientost le bailly viendroit ès prisons, partant que chacun
eust à se retirer en son cachot, afin que le bailly conust
qu'on faisoit bonne et estroite garde d'eux, comme il l'a-
voit commandé; ce qu'ils firent. Adonc ces pauvres brebis commencèrent à se douter qu'elles estoyent desti-
nées à la boucherie, et là-dessus se mirent en prières.
Perrenet à l'instant appella ses compagnons et leur fit
entendre le commandement et charge qu'il avoit du bailly, et tous ensemble jurèrent de l'exécuter; mais quand
ce vint au point et qu'ils s'acheminoyent aux cachots pour
l'exécution, se trouvèrent si esperdus, si effrayez et
cœurs faillis que, se regardans l'un l'autre, demeurèrent
tout court et n'eurent la hardiesse de commettre un acte
tant inhumain et cruel, si que contrainte leur fut de re-

tourner sans rien faire, rentrans en la chambre du geolier dont ils estoyent partis. Mais au lieu de prendre cela
comme un advertissement envoyé d'en haut pour les admonnester de leur devoir, bataillans de propos délibéré
contre leur propre conscience et regimbans contre l'espe-
ron, ils envoyèrent quérir chez la Verte ou Ducy, caba-
retier, deux septiers, qui sont seize pintes mesure de Troyes,
d'un fort bon vin qu'on vendoit quatre sols la pinte, et
pour huit sols de langues de mouton et de tripes, et, ayans
eschauffé leurs cervelles de vin, ils firent une liste et cathalogue de tous les prisonniers, qu'ils mirent ès mains
de Nicolas Martin, l'un de leurs compagnons, pour les
appeller un par un, selon le roole, et, ainsi qu'ils se pré-
senteroyent, les massacrer misérablement. Ludot, l'un
des prisonniers, appellé en son rang, se présenta allègre-
ment, invoquant le nom du Seigneur, et, s'estant approché des meurtriers pour estre sacrifié et recevoir le coup
de la mort, il les pria d'avoir patience tant qu'il se fust
despouillé; cela disoit-il d'autant qu'il avoit endossé
un pourpoint fait d'œillets qu'il portoit quelquesfois par
la ville et en temps turbulent, pour à un besoin se ga-
rentr des coups de la populace. Or, s'estant luy-mesme
deslacé et présenté son estomach nud à descouvert à ces
meurtriers, il receut le coup et tomba mort.

Le pauvre de Meures n'en eut pas si bon marché; car
quand vint à son tour, au plustost qu'il fut sorti de son
cachot, ces meurtriers luy escrièrent de tout loin : « De
Meures, Mort! demeure! » faisans allusion à son nom;
et à l'instant l'un d'eux luy lança un grand coup de halebarde et en redoubla plusieurs autres, sans pouvoir trouver moyen de le tuer. Ce pauvre homme, se voyant si
cruellement et inhumainement traitté par ce triplement
bourreau, sans prendre fin, empoigna à deux mains le

fer de la halebarde, et, l'ayant luy-mesme apointé droit
à la partie où gist le cœur, commença à s'escrier d'une
voix ferme et asseurée à son bourreau et meurtrier : « Là,
là, soldat! là, droit au cœur! droit au cœur! » et ainsi
finit sa vie.

Tous ces pauvres gens souffrirent d'estre massacrez et
menez à la mort aussi doucement et paisiblement que
de pauvres brebis, sans aucune résistance, hormis que
de Villemor, l'un d'entr'eux, jeune homme et fort,
ayant, au sortir de son cachot, apperceu les corps de ses
compagnons sur le pavé, fut si espris de frayeur qu'il se
jetta à la gorge de l'un de ces meurtriers, qui se vid en
danger d'estre estranglé si tost il n'eust esté secouru de
ses compagnons, qui à l'instant firent lascher prinse à
Villemor à grands coups d'espée dont ils le chargèrent
sur les bras et partout son corps, de telle manière qu'ils
le rendirent roide mort sur la place.

Il y avoit pour lors ès prisons de Troyes un nommé
Pierre Ancelin, ceinturier de son mestier, détenu en icelles pour debte, qui autresfois avoit fait profession de la
religion. Pendant que cest horrible massacre s'exécutoit,
il estoit perché à une fenestre de la prison, repaissant ses
yeux de ceste plus que barbare cruauté ; et, non contant
de ce, il se plaisantoit et gaudissoit des corps gisans morts
sur la terre, disant de l'un qu'il estoit bien gras et l'autre
bien maigre ; bref, il n'en laissoit passer un seul qui n'eust
son lardon et trait de moquerie. Mais le grand Dieu sceut
bien trouver tout à coup ce misérable et en avoir raison ;
car, comme il n'en restoit plus ès prisons un seul de ceux-
là de la religion à esgorger, quelqu'un de ces meurtriers,
jettant la veuë en haut, appercevant ce rustre qui se gaudissoit trop à son aise, l'appella, et ne fut plustost dévalé
qu'il luy fit passer le pas. Puis ils s'adressèrent à un nom-

mé Claude Bredoulie, serrurier, prisonnier pour ses maléfices, et, le chargeant à tort et sans cause d'estre de la religion, le massacrèrent sous ce seul prétexte ; et usans, à l'endroit mesme du corps mort, d'une cruauté plus que barbare, ils lui coupèrent le bas des jambes pour avoir et retirer les fers desquels il estoit enferré.

Le massacre accompli, les meurtriers firent faire, derrière la chapelle des prisons, une grande fosse dans laquelle ils jettèrent tous ces corps l'un sur l'autre, plusieurs d'iceux n'estans encores du tout expirez ; de façon que l'un, nommé Mauferé, qui estoit au milieu de tous les autres, fut veu enlever assez haut les corps de ses autres compagnons rangez sur luy en ceste fosse ; et là-dessus furent couverts de terre, estans (comme il a esté dit) à demi vifs. Mais d'autant que l'ordre que le bailly Vaudrey avoit commandé estre gardé, de faire une tranchée pour recevoir le sang, n'avoit esté suyvi, le sang des occis coula en grande abondance par dessous la porte des prisons, droit à val en la rivière fort proche du lieu, qui en demeura toute teincte ; ce qu'estant apperceu par quelques passans catholiques ne sachans le fait, les mit en un tel effroy et horreur qu'ils s'enfuirent tousjours courans, crians et annonçans par les rues ce piteux et horrible spectacle, occasion que plusieurs, accourus vers la prison, ne peurent autre chose conjecturer, sinon que les prisonniers s'estoyent entretuez. Le bruit en fut incontinent espandu par toute la ville, et en alla-l'on advertir le bailly, les lieutenans général et criminel. Mais quoy ! c'estoit recourir aux loups qui avoyent mangé les brebis.

Au temps que ceste barbare cruauté fut commise ès prisons, il y avoit en icelles un tonnelier nommé Berthelemy Carlot, détenu pour debte ; ce personnage estoit l'un des plus meschans de toute la troupe meurtrière de

Troyes, qui pendant les autres troubles avoit commis infinies cruautez contre ceux de la religion. Cette troupe meurtrière, qui lors estoit ès prisons, l'adjoingnit à elle pour compagnon de ce massacre ; le malheureux besongna et se comporta si cruellement et inhumainement en cest endroit qu'il tua en sa part, de ses propres mains, trente de ces pauvres fidèles prisonniers, ainsi que luy-mesme le recognut et confessa souvent depuis en public, de sa propre bouche puante et infecte, tant estoit-il impudent et eshonté. Et fut cest eschec de Carlot si agréable à quelques catholiques troyens, que pour ce seul regard ils payèrent sa debte et le retirèrent et desgagèrent desdites prisons, et mesmes, à ce qu'on dit, on fit queste par les paroisses pour le retirer.

Le jour mesme de ce massacre et les autres ensuyvans (1), tous ceux de la religion qui peurent estre prins

(1) On trouve dans un volume de la collection Dupuy, de la Bibliothèque royale, une relation par un témoin oculaire des massacres qui eurent lieu à Troyes ; nous en donnons l'extrait suivant, qui complète ce qu'on vient de lire.

« Les nouvelles venues à Troyes des massacres et horribles tueries faites à Paris, avec les noms des principaux seigneurs et gentils-hommes, on commença à garder les portes, et tous ceux qui estoient connus de la religion, pensant sortir de la ville, on les menoit aux prisons.

« M. de Ruffe ou Rouphe, allant en diligence, passa près de Troyes, et, parlant aux gardes de la porte de Crouseant, leur demanda comment on se gouvernoit dedans la ville. Les gardes lui firent responce que on s'y gouvernoit assez paisiblement. Il leur dit : « Comment ! ne sçavez-vous pas ce qui a esté fait à Paris, et que le Roy entend que on fasse ainsi partout ; » ajoutant : « Assurez-vous que le Roy ne se contentera point de vous et vous fera repentir de ce que lui estes désobéissans. Quant à moi, j'ai un petit gouvernement où je vas en diligence pour exécuter sa volonté, et vous en ouïrez parler, car je n'espargnerai ni grands ni petits. »

« Lors l'évesque de Troyes, nommé monseigneur de Baufremont, ne pouvant avoir la patience d'attendre l'issue des choses qui se faisoient ni quelle ordonnance leur seroit faite, tint conseil avec ceux de mesme farine que lui, où

et appréhendez des catholiques de Troyes furent inhumainement tuez et massacrez; sans aucun respect ny distinction de sexe; entres autres, la femme d'un nommé

ils avisèrent qu'il falloit assembler tous les mauvais garçons de la ville pour tuer en une nuit tous les huguenots (quelques-uns d'iceux allèrent avertir à aucuns leurs amis de se bien garder en icelle nuit, se mettant aux maisons non suspectes); ce qu'estant délibéré, ils furent tous advertis et s'assemblèrent le soir à neuf heures au cloistre Sainct-Pierre, en la maison d'un nommé Le Galie, homme qui a toute sa vie hanté les chanoines.

« Estant là tous assemblés, le conseil fut changé; ainsi se retirèrent, excepté quelques-uns desjà accoustumés à entrer de nuit aux maisons, lesquelles leur sembloient plus faciles à piller, ce qu'estant conu par les marchans, d'autant que quelques-uns d'iceux en avoient esté en danger, dressèrent entre eux tous une patrouille de soixante ou quatre-vingts chevaux, qui se faisoit par la ville environ les deux ou trois heures du matin, et du soir environ les neuf ou dix heures.

« Ces galans, sachant la patrouille devoir passer, se serroient en la maison de quelqu'un d'iceux jusqu'à ce qu'elle fust passée, et aussitost alloient où leur cessein estoit dressé et emportoient tout ce qu'ils pouvoient happer.

« On avoit desjà commencé à battre et à tuer ceux de la religion qu'on trouvoit par les rues de plein jour, ce qui s'augmentoit, et entroient aux maisons pour piller et tuer. Des tués par la ville je ne sais le nombre; mais ceux que j'ai conus, voici leurs noms : Etienne Marguin, Claude la Gueule. Pierre Blanpignon, potier d'estain, estant bien fermé en sa maison, avoit un passage d'un grenier au foin; il passoit par une porte, chargé de foin, chez un voisin, ce qui lui fut fermé au besoin. Le peuple ne pouvoit entrer en ladite maison, quelque devoir qu'il fist. Voici arriver les gens du prévost des mareschaux, lesquels commandent d'ouvrir de par le Roy et entrèrent, et, ayant pris ledit Blanpignon, l'amenèrent hors. Luy estant prest à sortir, voyant tant de canaille en armes qui l'attendoit, et entr'autres Jean de Pesne, son mortel ennemi, d'autant que par avant il avoit poursuyvi ledit de Pesne par justice pour quelque larcin, duquel ledit de Pesne eut le fouet au long de la ville; lors ledit Blanpignon en sortant joint les mains, et, les yeux au ciel, il n'eut pas cheminé quatre à cinq pas que on le commença à frapper de tous. Jean Gaslé lui donna un coup d'espée au corps qui passa de l'autre part; Jean de Compiègne, chaussetier, lui donna deux coups de dague; ainsi à coups d'espées, dagues, cousteaux et pierres, il fut tué et assommé, puis mis tout nud et trainé

Colin le brodeur fut tirée par force de sa maison et
menée sur le pont des Cordeliers, fut sur l'heure tuée et
massacrée, et son corps jetté en l'eau; qui plus est, la

en la rivière près de la porte de Comporte, où il y a plus d'ordures et fange
que d'eau.

« Le bailly, sachant que c'estoit fait, vint avec sa garde au logis dudi-
Blaupignon, lequel on pilloit, et fit retirer tant les uns que les autres qu-
regardoyent.

« Jean Robert aussi fut tué, Aubert Margene tué. La femme de Nicolas
le brodeur, voyant un tel désordre, dit: « Vous faites la passion, mais Dieu
fera la vengeance. » Elle fut incontinent prise et eut des coups de cousteaux
et de dagues, et jettée en la rivière de dessus le pont de l'Hostel-Dieu-le-
Comte; puis ils la reprirent, la dévestirent et la laissèrent aller à val l'eau.

« Ce pendant que ces choses se faisoyent, le bailly alla quérir un qu'on appella le capitaine Villiers (lors ledit capitaine s'appelloit M. Tubœuf); c'est
celuy qui estoit chanoine à Sainct-Estienne de Troyes, lequel tua Maigre,
bourreau de la ville. Il lui fut enchargé du bailly de faire une compagnie, ce
qu'il fit, et aller courir toutes les petites villes et villages et lieux où ils pensoyent y avoir aucuns de la religion, pour les prendre tant de jour que de
nuict; laquelle compagnie courut aux environs de Troyes jusqu'à quinze
lieues, et prirent mesme de ceux qui n'estoyent autres que papistes, lesquels
eurent assez à faire pour s'eschapper de leurs mains en payant rançon.

« Incontinent après les plus grands massacres achevés à Paris, monseigneur
de Guise envoie sa compagnie et en diligence devers la Lorraine, pour tenir
tous les chemins et passages d'Allemagne et Suisse; et par ce moyen tuèrent
encore beaucoup de ceux de la religion qui se pensoyent sauver.

« Pierre Belin, duquel nous avons cy-dessus parlé, revint de Paris avec
lettres du gouverneur monseigneur de Guise, lesquelles contenoyent pour
conclusion que on crust entièrement à ce que ledit Belin diroit de bouche et
qu'on fist selon ses paroles, lesquelles, déclarées en la chambre de ville, présent monseigneur de Sainct-Pallé, bailly, maires et eschevins, estoient telles
qu'on exécutast comme à Paris et incontinent tous ceux qui estoient de la religion et rebelles au Roy; ce qu'entendu, plusieurs du conseil furent estonnés
d'un mandement si cruel, et se retirèrent ceux qui ne vouloyent consentir.
Lors le bailly, luy, cinq ou six des plus séditieux, firent la délibération selon
les paroles de Belin.

« Ce jour, 3 de septembre, heure de vespres, fut commandé et enchargé à

populace se monstra lors si acharnée que, n'ayant plus moyen d'escumer sa rage sur le pauvre corps qui s'en alloit à val l'eau, ces barbares s'attaquèrent au sang et à quelques cheveux demourez sur la place et lieu où elle avoit esté massacrée, et furent là un long temps les fou-

Pernet, sergent, par monseigneur de Sainct-Pallé, d'aller aux prisons, et, avec les soldats qui estoyent gardes des huguenots prisonniers, leur couper à tous la gorge. Pernet oyant un tel commandement en eut frayeur, ayant encore souvenance des reproches que on luy avoit fait durant la paix de ceux qui avoyent esté tués aux mesmes prisons par luy et autres durant les premiers troubles, s'en alla en sa maison, où, estant triste et pensif, se coucha sans souper, ce qu'il a récité lui-mesme. Le lendemain de grand matin s'en vient au logis du bailly; le bailly lui dit: « Eh bien! Pernet, est-ce fait? » Lui répond: « Non, monseigneur, pour que je me trouvai mal hier au soir. » Lors le bailly met la main sur la dague avec grande colère. Pernet ce voyant luy dit: « Le voulez-vous, monseigneur? » Lequel répond: « Il ne devroit pas estre à faire. »

« Le matin, après avoir fait déjeusner lesdits prisonniers, on leur dit que les juges devoyent venir aux prisons et qu'il falloit les enfermer ensemble, ce qui fut fait.

« Pernet, ayant avec luy tous les soldats gardes des prisonniers, fit appeler maistre Jean le Jeune, procureur, lequel estant sorti Pernet lui montra un papier. Le Jeune commença à lire, puis se jeta à genoux, criant miséricorde, levant les mains au ciel, et, s'adressant audit Pernet, luy prie avoir pitié du sang humain; lequel dit: « Voici la pitié que j'en aurai, » luy donnant un grand coup de hallebarde au corps, tellement que celui-ci fut tué pour le premier.

« Ainsi tuèrent-ils tous les autres, les appellant un à un, leur donnant plusieurs coups, et puis leur coupoient la gorge.

« Ils en tuèrent deux qui n'estoient aucunement de la religion, dont l'un d'iceux estoit prisonnier pour debtes et l'autre pour larcin, le nom duquel est Jean Bredouille. Le 3 septembre, ils virent la grande porte du jardin ouverte et une grande fosse que on faisoit à l'entrée, et quelqu'un d'eux dit: « Voilà nostre sépulture; » ce qui fut vrai.

« Des prisons aussitost que le bruit commença à espandre par la ville, le peuple s'esmeut avec une rumeur, et furent presque tous saisis de frayeur, serrant les boutiques promptement, prenant leurs armes et se présentant un

lant aux pieds, pour ne pouvoir faire pis. Ce mesme jour,
ils allèrent sur les quatre heures du soir au logis de Pierre
Blampignon, potier d'estain, où, entrez sans aucune
résistence, se saisirent de sa personne, et l'ayant mis
dehors il fut massacré en pleine rue par un ménestrier
de Troyes, Jean Halé, comme ce meurtrier confessa depuis, se vantant partout d'avoir fait ce beau coup, amenant
pour toute raison qu'il l'avoit commis pour revenge d'un
desplaisir qu'il disoit avoir autresfois receu dudit Blampignon.

Le lendemain, qui fut le 5 dudit mois de septembre, le
bailly de Troyes, appliquant l'emplastre après la mort,
fit publier à son de trompe et cri public, par les carrefours
de la ville de Troyes, les lettres et déclaration du Roy
des 28 et 30 du mois d'aoust précédent, ci-devant récitées, qu'il avoit receues le jour précédent ce massacre
des prisons, portant défences de ne massacrer, ravager
et piller, ni prendre prisonniers aucuns de la religion,
avec commandement aux juges de relascher et mettre en
liberté ceux qui seroyent détenus. Aucuns asseurent que
le bailly assista en personne à ceste publication, et qu'à
chascun article que le greffier lisoit, il prononçoit ces
mots en nazardant : « Et point de presche. »

Ce qui fut fait à Troyes à esté icy mis au long suyvant

chascun devant sa maison, ce qui dura peu; car les boutiques furent tost après
ouvertes, mais plusieurs alloyent voir la boucherie des prisons.

« Le lendemain, 5 septembre, les soldats, ayant les dépouilles des morts,
s'assemblèrent du matin en la chambre du doreur, où ils demeurèrent à partir
les hardes, acoustremens et autres choses, jusqu'à huit heures du soir; il y
eut quelque différent entre eux, et advint qu'un d'iceux quelque jour après,
trouvant le doreur la nuit, le tua à coups de dague.

« Tost après furent faits feux de joie et chanté le *Te Deum* à Troyes pour
la prise de La Rochelle, toutesfois en vain, comme on l'a vu depuis. »

les mémoires qui nous en ont esté baillez par gens dignes de foy, et avons suivy iceux mémoires mot à mot, espérans que ceux qui sauront les particularitez notables qui pourroyent avoir esté omises ne seront tant ingrats que de les céler à la postérité.

MASSACRES

A ORLÉANS.

Reste maintenant de poursuivre, et voir si les catholiques d'Orléans furent moins cruels que ceux de Paris. Or, quand il me souvient des discours que j'en ay ouy faire à ceux qui estoyent lors audit Orléans, il faut que les cheveux me dressent en teste; toutesfois, puisqu'il faut que ceux qui viendront cy-après soyent tesmoins des fureurs catholiques, nous en coucherons icy ce que nous en avons entendu. Les nouvelles du massacre de Paris avec mandemens exprès furent envoyez incontinent, et arrivèrent les pacquets le lundy 25, et le lendemain mandemens réitérez pour saccager tous ceux de la religion. Les catholiques estoyent fort envenimez dès long-temps, spécialement depuis les seconds troubles, car la ville ayant esté surprinse par le sieur de la Nouë, au nom du prince de Condé, les images et temples y avoyent esté entièrement abatues; et pourtant aux troisiesmes troubles ils avoyent bruslé et saccagé dans les prisons plus de six vingts desdits de la religion, et depuis l'édit de pacification de l'an 1570 leur avoyent encores fait dix mil ennuis. Ce néantmoins les presches continuoyent près d'Orléans, au grand crèvecœur desdits catholiques, lesquels, sentans la bride leur estre ainsi laschée, et piquez par les lettres d'un certain prédicateur du Roy, nommé Sorbin (1), ignorant et turbulent entre tous les docteurs de l'église romaine, se saisissent des portes, prennent les armes et s'espandent en diverses places de la ville.

Les capitaines estoyent un nommé Texier, autrement le capitaine la Tour ou la Cour, un autre nommé le capitaine le Roy, les mariniers et crocheteurs pour la pluspart, un coustelier nommé Vrinaut, et autres en fort grand nombre.

Texier, surnommé la Cour, vint avec quelque petite troupe chez un conseiller d'Orléans nommé Deschampeaux, sieur de Bouilly, des plus notables et anciennes maisons de la ville, demandant à souper; luy et les siens furent humainement receus dudit de Champeaux, qui leur fit bonne chère, ne sachant rien du massacre de Paris et pour la cognoissance qu'il avoit audit Texier, son voisin. Mais ces meurtriers, après avoir fait bonne chère, en se levant de table, Texier demanda la bourse; et comme de Champeaux se souriant pensast que l'autre se jouast, ce cruel hoste en blasphémant luy déclaira en peu de mots ce qui estoit avenu à Paris, et l'appareil des catholiques d'Orléans pour exterminer ceux de la religion. De Champeaux, voyant qu'il n'estoit temps de contester, bailla argent à ce brigand, qui, pour recognoissance de la bonne chère, ensanglanta ses mains au sang de son hoste et voisin, homme droit et débonnaire s'il en fut onques, et pilla avec les siens tout ce qui estoit au logis.

La nuict du mardi 26 d'aoust survenant, les massa-

---

(1) Arnaud Sorbin, dit de Sainte-Foy, prédicateur et confesseur de Charles IX. Il est auteur d'un grand nombre de traités historiques oubliés aujourd'hui. On trouvera dans le huitième volume de cette collection une vie de Charles IX par cet auteur.

creurs commencèrent l'exécution à l'entour des rampars, d'une si estrange façon que les plus barbares du monde en eussent eu horreur et compassion. Il y avoit en tous ces quartiers-là fort grand nombre desdits de la religion; toute la nuict on n'entendit que coups d'harquebouzes et pistoles, brisemens de portes et fenestres, cris espouvantables de ceux que l'on massacroit, tant hommes, femmes que petis enfans; bruit de chevaux et charrettes trainans les corps morts, amas de populace par les carrefours, avec des exclamations estranges, les blasphèmes horribles des meurtriers, rians à gorge desployée de leurs furieux exploits.

Le mercredy matin ils recommencèrent plus cruellement, et firent les grands massacres ce jour-là, continuans jusques en fin de la semaine, avec toutes les sortes de cruautez qu'il est possible de penser, continuels blasphèmes et brocards contre ceux de la religion, jusques à dire : « Où est vostre Dieu? où sont vos prières et psaumes?

« Où est le Dieu qu'ils vont tant invoquant?

« Où est-il à ceste heure? Qu'il vous sauve, s'il peut. »

Aucuns des massacreurs, qui autresfois avoyent eu quelque cognoissance de la religion, en saccageant ces pauvres innocents chantoyent le commencement du pseaume 43 ! « Revenge-moy, pren la querelle de moy, Seigneur. » Les autres, en frappant sur lesdits de la religion, disoyent : « Or sus, chantez miséricorde au pauvre vicieux; que vostre Dieu vous sauve. » Le mesme fut fait à Paris et en d'autres lieux aussi. Ces outrages exécrables n'esbranlèrent point lesdits de la religion, qui moururent fort constamment; et si quelques-uns furent esbranlez (comme il y en eut, mais en très petit nombre), cela n'obscurcit nullement la patience et force des autres.

Quant au nombre des occis, les meurtriers se sont vantez maintesfois d'avoir fait mourir plus de douze cens hommes; item environ cent cinquante femmes et grand nombre d'enfans, depuis l'aage de neuf ans au-dessus. La façon de les faire mourir estoit à la pluspart de donner un coup de pistole, puis les despouiller, trainer les corps à la rivière ou les jetter dans les fossez, comme furent ceux qui demeuroyent près des murailles; ils estoyent aussi garnis de coustelaz et poignards, dont plusieurs furent cruellement meurtris, ensemble à coups d'espieux et de halebardes.

Maintenant nous y adjousterons quelques particuliers dont les noms nous ont esté donnez, et qui ont esté saccagez au temps susmentionné, sans nous arrester à l'ordre des jours. Le conseiller de Champeaux fut massacré en la sorte qu'avons déclarée; deux de ses compagnons furent traitez de mesme, à savoir Vaillant et Moreau, hommes doctes et vertueux, qui n'avoyent rien en plus grande recommandation que le bien de la ville et le repos des habitans; mais les juges catholiques les haissoyent à cause de leur intégrité. Un docteur régent de l'Université, nommé Taillebois, homme de grande piété, et (par manière de parler) la modestie mesme, estant appelé par les bourreaux qui estoyent à sa porte, parla à eux par sa fenestre, ne pensant aucunement que les hommes se peussent jamais tant oublier que de commettre les cruautez qui s'exerçoyent par tous les endroits de la ville; estant descendu, il fut mené par eux jusques à la rivière, où ils le tuèrent et jettèrent dans l'eau. Ils firent pareil traitement à un docte avocat nommé Patas. Un autre advocat nommé Foucaut, passant assez près de la porte pour se retirer à Hautvillier, fut persuadé par les gardes d'entrer dans la ville pour son asseurance; mais c'estoit afin qu'il n'eschappast, comme aussi tost après ils le massacrèrent.

Il y avoit un riche bourgeois nommé Bongas, sieur de la Noue, homme fort notable et bien estimé de tous, spécialement de ceux de la religion, pour lesquels il s'estoit bien employé. Dès long-temps il estoit tombé malade, et, quand les massacres commencèrent, il vint à l'extrémité de la mort, perdant tellement toute cognoissance et sentiment qu'il n'y avoit aucune espérance de vie. Ce nonobstant, les meurtriers montent en sa chambre et luy font recevoir plusieurs coups de poignard, tellement qu'on peut dire d'eux qu'ils tuèrent un homme mort.

Deux autres notables personnages, qui avoyent eu charge entre lesdits de la religion, furent des premiers au rolle. L'un s'appeloit Gilles le boiteux, notable marchant; l'autre nommé le sieur de Coudray, lequel on avoit tasché, ès autres troubles et massacres, d'esbranler et faire fleschir pour quitter sa religion; mais il estoit demeuré ferme, comme il fit jusqu'au dernier souspir; car luy-mesme, voyant bien qu'il n'y avoit moyen de plus différer, vint ouvrir la porte de son logis aux meurtriers, et avec une asseurance admirable leur dit qu'ils ne faisoyent qu'avancer la félicité qu'il avoit long-temps attendue. Sur ces propos, et en invoquant Dieu, fut mis à mort.

Le sieur de la Bretesche, nommé Framberge, aagé de plus de septante-cinq ans, fut empoigné hors la ville, estant porté sur le limon d'une charrette, d'autant qu'il ne pouvoit aller à cheval à cause de son infirmité et vieillesse; mais les meurtriers, n'y ayans aucun esgard, le saccagèrent fort inhumainement.

Jaques Merlin, marchant, qui avoit longuement demeuré à Genève, fut couru et vené par les rues comme on feroit quelque beste sauvage, et finalement, voyant

qu'on luy fermoit toutes les portes des maisons où il se
cuidoit sauver, ayant perdu l'halaine, demeura tout court
au milieu de la ville et fut percé de pointes de hallebarde
par plusieurs qui le poursuivoyent, les uns à l'envy des
autres. Ses enfans jà fort grands furent rebaptisez, du
consentement de leur mère qui porta depuis le deuil
de son mary à la mode accoustumée en l'église romaine.
Un grand nombre d'autres enfans furent aussi rebaptisez.

Maistre Mamert, joueur d'espée et maistre d'escole,
homme de moyen aage, ayant résisté aux catholiques
toute la nuict du mardy, mit le feu en la chambre dans
laquelle il estoit assailly, et, ayant tué un catholique et
tiré un autre dans le feu, fut finalement accablé et jetté
par les fenestres. D'autant que la maison estoit près des
rempars, son corps fut trainé dessus et jetté dedans les
fossez.

Un charpentier nommé Jean Driard, ayant aussi longuement fait teste aux meurtriers, finalement se sauva
dans la cheminée de sa chambre, où ils l'enfumèrent
de telle sorte qu'estant contraint se laisser tomber il
fut massacré, son corps trainé et jetté comme le précédent.

Le mardy environ midy, un fort riche bourgeois
nommé Jean de Sougy, aagé de septante ans ou environ,
fut massacré dans son logis, puis son corps trainé et jetté
dans les fossez.

Le mercredy, un maistre d'escole, nommé de Sainct-
Thomas, fort affectionné à la religion, ayant esté tiré de
son logis et monstrant une grande constance et ardeur à
prier Dieu en se disposant à la mort, commença à dire aux
meurtriers : « Et bien ! pensez-vous m'estonner par vos
blasphèmes et cruautez ? Il n'est pas en vostre puissance

de m'oster l'asseurance de la grace de mon Dieu. Frappez
tant que vous voudrez, je ne crain point vos coups. »
Mais au lieu d'amolir la dureté de ces tygres, ils en
entrèrent en si grande fureur que, tout à l'instant, l'un
d'eux luy donna un coup de pistole en la teste ; les autres
le dépouillèrent et l'achevèrent à coups de dague, ne
se pouvans saouler d'infinies playes qu'ils luy firent recevoir.

Un charpentier nommé Gervais Tavernier, tiré de sa
maison par les massacreurs, luy promettans de le mener
boire, la nuict entre le mecredy et le jeudy, fut massacré
et demi mort trainé sur les rampars.

Un bourgeois de la ville, nommé de Grigny, fut aussi
cruellement traité avec deux siens neveux. Ils s'estoyent
cachez en un grenier pour éviter ceste fureur bestiale ;
mais les meurtriers, qui les avoyent pour recommandez,
fouillèrent tant qu'enfin ils furent attrappez. Le plus jeune
neveu fit quelque résistance, tellement que ces gens
sans pitié, ne voulans s'en empescher plus loin, l'empoi-
gnent et jettent par la fenestre de ce grenier. Avint qu'en
tombant il demeura acroché par un des pieds à un haut-
vent qui estoit ès estages au-dessous de ce grenier. Les
meurtriers, voyans ce spectacle, commencèrent à rire à
gorge desployée, et, au lieu d'admirer la providence de
Dieu qui retenoit la vie de ce jeune homme par un si notable moyen, ne voulurent le laisser vivre davantage,
ains descendans vistement à l'endroit où il demeuroit
suspendu, le poussèrent d'une halebarde en bas sur le
pavé, où il receut encor plusieurs coups, tant ils avoyent
peur qu'il ne vécust plus longuement. L'oncle et l'autre
neveu furent menez à la rivière, où estans requirent
qu'on leur permist de prier Dieu, ce qui leur fut accordé ;
et comme l'ardeur dont ils estoyent poussez les faisoit

estendre la parole en prononçant le Symbole des Apostres, les meurtriers, en despitant et blasphémant, commencèrent à dire : « Voici des gens qui employent bien du temps à prier leur Dieu »; et, disans cela, massacrèrent ces deux personnages implorans sans cesse la miséricorde de Dieu.

Les Sevins frères, l'un notaire et l'autre marchant de draps, avoyent un autre frère catholique et l'un des capitaines de la ville ; cependant il ne se mesla aucunement de sauver la vie à sesdits deux frères, qui mesmes l'en firent prier ; ains s'employant à d'autres afaires les laissa en proye, tellement qu'ils furent massacrez et trainez à la rivière avec les autres.

Près la tour neufve y avoit en une mesme maison quatre hommes, qui, voyans le traitement fait à leurs compagnons et n'appercevans aucun moyen d'eschapper, se résolurent ensemble de résister à ces brigands et assassins ; en quoy ils se portèrent si courageusement, offensans plusieurs de ceux qui les assailloyent, qu'il fut impossible de les avoir en vie. Cela esmeut les meurtriers à mettre le feu en ladite maison, dans laquelle moururent ces quatre personnages.

Un marchant, nommé Jaquemin, s'enferma dans un grenier avec sa femme, à l'aide de laquelle il résista si courageusement aux catholiques, deux desquels y demourèrent pour espies, et tant qu'il peut avoir cailloux à son commandement avec les tuilles du toict, qu'il n'y eut teste de meurtrier qui l'osast attaquer de près ; mais enfin, ne sachant plus (comme on dit) de quel bois faire flesches et perdant le souffle, laissa faire les meurtriers qui, pensans qu'il y eust en ce grenier plus de deux cens hommes de la religion, crioyent : « On void bien maintenant que ces malheureux huguenots avoyent voirement fait quelque conspiration. » Mais ne trouvans que ce seul personnage (car sa femme s'estoit sauvée par son commandement), tous confus se ruèrent furieusement sur luy invoquant Dieu , et lui donnèrent une infinité de coups.

Un menuisier, sa femme , son fils et son gendre furent aussi massacrez tous ensemble et jettez aux rampars.

Emery Chrestien , apothicaire, ayant receu plusieurs coups , fut tiré des mains des meurtriers et porté en la maison du lieutenant-général qui l'aimoit, où, nonobstant tout bon traitement, il mourut quelques jours après.

François d'Orléans , libraire , fort vieil et décrépit, malade dès quatre mois auparavant, eut la gorge coupée dans son lict, sans respect aucun de son infirmité ny de sa blanche vieillesse. François Hage, marchant, qui avoit plus de septante ans, eut aussi la gorge coupée en son lict. Un coustelier, tirant à la mort, fut néantmoins esgorgé en son lict. Un paticier, ayant esté caché et cherché trois jours entiers, fut contraint de sortir pour manger ; mais, en évitant une mort, il tomba ès pattes de ces bestes cruelles , qui le saccagèrent dedans sa cour , se saoulant du sang de celuy qui, à cause d'eux, périssoit de faim auparavant.

Un autre bourgeois d'Orléans, nommé Bouloye, natif de Chambéry en Savoye, avoit esté au presche une fois seulement; cela le fit remarquer par les catholiques , qui lors ne luy voulurent pardonner nullement, ains se ruèrent impétueusement sur luy ; et, l'ayans laissé pour mort, il se releva soudain, et de l'espée qu'il portoit avala le bras à l'un des massacreurs, au moyen de quoy, avec plus grande rage qu'auparavant, on luy osta le reste de sa vie.

Plusieurs autres furent emportez de ce déluge presque

en mesme instant, comme Adam Rignoir et son fils, tein-
turiers ; Jean Bon , tailleur d'habits, et trois de ses serviteurs, au coin de la Bonne-Nouvelle ; André Brichery,
cordonnier, et deux de ses serviteurs , à l'autre coin de
ladite rue ; un fourbisseur nommé Mathurin , demeurant
en ce quartier ; Guillaume de Soissons, cordonnier ; un
rentrayeur nommé Paul ; maistre Claude L'huillier, controlleur du sel.

François Stample, riche marchant, fut menacé d'avoir
promptement la gorge coupée s'il ne bailloit argent qu'il
n'avoit sur soy, pourtant qu'on l'avoit prins hors de sa
maison. Prenant ancre et papier qu'on luy bailla , escrivit une lettre à sa femme , à laquelle il mandoit qu'elle
eust à luy envoyer promptement sa rançon ; mais sitost
que la lettre fut signée, les meurtriers la luy ostèrent et la
vie semblablement, se rians à gorge desployée du mort et
de sa veufve, de laquelle ils tirèrent bonne somme d'argent , et pour cela ne luy voulurent pas mesmes rendre le
corps de son mary.

Claude Cochon , drappier, estoit fort hay du capitaine
Roy, l'un des principaux meurtriers , au moyen de quoy
il fut chevalé de toutes parts et finalement attrappé hors
la ville, ramené dedans, où il paya rançon. Puis ses ennemis l'attachèrent à un posteau où ils luy firent manger
de l'excrément humain, avec toutes les indignitez, moqueries et villenies qu'il est possible à un meschant cœur
d'inventer ; puis, l'ayant massacré à petits coups, le trainèrent à la voirye.

Un certain marchant nommé le Boiche, voyant tant
de glaives desgainez et la mort présente, estima trouver
quelque humanité entre les desnaturez, et pourtant, en
se prosternant à leurs pieds, commença à leur demander
ce qu'ils avoyent entièrement chassé de leurs cœurs,

à savoir miséricorde, promettant de faire ce qu'ils voudroyent ; mais iceux, estouppans leurs oreilles à toutes
prières et se soucians aussi peu de la messe que du presche, se ruèrent sur luy, qui estoit à genoux, et le mirent
au rang des autres.

Le fils du feu notaire Colombeau fut massacré avec
sa mère, dame honnorable. Le gendre d'iceluy Colombeau, ayant receu trois ou quatre coups de dague, fut
jetté dedans un puis sans eau, où il languit quelques heures, tourmenté beaucoup plus des crapaux et autre semblable vermine estant là-dedans que des playes qu'il
avoit receues ; au moyen de quoy il cria si haut et tant
de fois miséricorde (appelant un de ses frères qui estoit
catholique et qui ne luy monstra aucun signe d'amitié),
que les massacreurs le firent tirer de là, et au sortir
l'achevèrent, usans en son endroit de leurs douceurs
accoustumées.

Deux femmes, aagées chacune de plus de septante
ans, furent aussi massacrées, l'une du pays de Forest,
nommée Marie, l'autre de Tours, nommée Bonne. Par
les guerres civiles elles avoyent perdu leurs biens, et,
s'estans retirées à Orléans, vivoyent des ausmones qu'on
leur faisoit. Néantmoins la povreté (à laquelle on n'a pas
accoustumé de porter envie) ne les peut garantir de la
main de ceux qui avoyent juré de violer tous droits divins
et humains.

Une chaircuitière nommée N. Dairaines, fort haye des
catholiques, en présence desquels elle se mocquoit souventesfois de la messe, ne fut pas oubliée aussi ; ains dès
le mercredy matin les massacreurs l'allèrent prendre
dans sa maison, où de rechef elle leur monstra que leurs
menaces et outrages ne l'estonnoyent point ; car elle continua à détester entièrement la religion romaine, telle-

ment qu'ils la trainèrent sur le pavé, où elle fut mise à
mort et son corps jetté avec les autres. La femme d'un
nommé Garbot fut aussi massacrée, encor que son mary
fust catholique; les meurtriers attachèrent le corps au
bout d'une charrette, et ainsi le firent trainer en lari-
vière. Une nommée Marguerite, garde d'acouchées, fut
jettée toute vestue dans l'eau, ayant esté solicitée de renoncer à la religion, ce qu'elle ne voulut promettre. Une
fille jà aagée, nommée Catherine, cousturière de son estat, fut fort tourmentée par les meurtriers qui la vouloyent faire abjurer; mais elle les repoussa si constamment qu'escumans de rage contre elle ils luy coupèrent
les bras, ce mercredy matin, et la laissèrent enfermée
jusques au soir qu'ils la reprindrent, et, l'ayans trainée
sur le bord de la rivière de Loire, l'achevèrent, puis la
jettèrent dedans l'eau.

Les corps estoyent mis tous nuds, les nuicts spécialement du mardy 26, mercredy 27, et chargez dans des
charrettes conduites à la rivière, où l'on en jetta une
grande partie. Ceux qui demeuroyent près des rampars
furent jettez dans les fossez, où l'on les laissa sans dai-
gner les couvrir d'un peu de terre, tellement que les
loups et autres telles bestes en mangèrent la pluspart,
sans que les catholiques s'en esmeussent aucunement.
Ceux qu'on avoit jettez dans la Loire y demeurèrent jusques au jeudy, qu'une grande ravine d'eaux survint qui
lava le pavé des rues et des ruisseaux taints et couverts
du sang des massacrez, qui furent aussi lavez; mais ils
demeurèrent encor sur la grève tant que les eaux de-
venues plus grandes les emmenèrent plus loin. Quelques-uns, qui avoyent estez passez au fil de l'eau, furent
dévorez par les poissons que les catholiques refusoyent
de manger, et spécialement ayant veu la rivière conver-

tie en sang, et qu'ils entendirent qu'on avoit trouvé,
quelques semaines après les massacres, au ventre d'un
brochet, en une compagnie de catholiques, le poulce d'un
homme.

Mais, pour accabler plus outrageusement ceux de la religion, lesdits catholiques ne se contentèrent pas de faire
ces massacres, ains contraignirent les révoltez à frapper
et meurtrir avec eux. Ainsi donc, on menoit ces misérables révoltez ès corps-de-garde ; là on leur bailloit des
armes et les faisoit-on marcher et donner les premiers
coups, les catholiques crians avec blasphèmes : « Frappe,
frappe ! c'est un de tes frères ! » Si quelqu'un se faignoit,
il estoit en danger puis après.

La pluspart des maisons des massacrez furent entièrement pillées. C'estoit aussi le zèle qui poussoit la pluspart de ces brigands, qui de bélistres et crocheteurs de-
vindrent braves et gros maistres en un instant, pendant
que les rues et places retentissoyent des piteux cris et gémissemens, tant des povres femmes veufves que d'un
grand nombre de petits enfans mourans de faim sur les
carreaux, sans que personne en eust compassion.

Encores ne se contentèrent-ils pas d'avoir emply la
ville de sang et de toutes sortes de confusions pendant
ces trois jours; mais, pour attrapper ceux qui estoyent
cachez, firent publier grace à tous ceux qui se voudroyent
retourner (comme ils parlent) et aller trouver un certain
cordelier, pour abjurer entre ses mains la religion et promettre de vivre catholiquement à l'avenir. Cela estoit un
artifice pour continuer leurs saccagemens, et la messe ne
servoit que de manteau à leurs cruautez, comme auparavant ils avoyent tué un homme en la présence des con-
suls, vers lesquels il s'estoit sauvé, pensant y trouver refuge. Plusieurs, pensans sauver le corps en perdant l'âme,

sortirent de leurs cachettes et abjurèrent de fait; quelques autres, cuidans évader par ce moyen, furent taillez
en pièces, tellement que ces petits massacres durèrent
plus de quinze jours après les grands. Et mesmes les catholiques gardèrent les portes, comme en temps de
guerre, l'espace de plus de neuf mois ensuyvans, et non
sans cause, estans assaillis du secret et juste jugement de
Dieu et de leurs consciences; comme aussi, tost après,
quelques-uns des principaux massacreurs moururent furieux et en désespoir horrible.

Ce cordelier (duquel nous venons de parler) faisoit
faire des abjurations estranges et telles que le méritoit
aussi la stupidité de ceux qui s'oublioyent tant que de
quitter la vraye religion pour adhérer aux inventions hu-
maines, confermées et maintenues par trahisons et meurtres abominables. Les communes abjurations estoyent
qu'on assembloit en un temple quelque nombre de révoltez, qui pendant le sermon du moine estoyent debout,
les hommes nue teste et à part, les femmes à part. Les
massacreurs y assistoyent, rians à gorge ouverte des traits
et blasphèmes du moine, qui deschiroit la religion, les
morts, et ceux qui vivoyent suyvant icelle, en toutes les
sortes possibles à telles gens munis de calomnies et d'in-
vectives; puis demandoit à ces révoltez s'ils renonçoyent
pas ceste religion; ce qu'ayans déclairé à haute voix l'un
après l'autre, il finissoit; puis la messe se chantoit, où ils
assistoyent ensemble; et s'ils oublioyent à faire belle gri-
mace et contenter l'assistance, l'abjuration estoit imparfaite, et faloit recommencer, au grand danger de leurs
personnes.

Les autres, qu'on savoit avoir eu de long-temps cognoissance de la religion, signoyent leur abjuration et
faisoyent recognoissance seuls ou deux à la fois; et lors le

cordelier crioit à plaine teste, faisant des interrogats par
le menu, avec des singeries, pour faire esclatter de rire
les massacreurs et despiter les paisibles catholiques. Il
leur demandoit donc (comme il fit à un nommé Danneau,
qui avoit esté ancien en l'église réformée, et à quelques
autres) combien de temps il y avoit qu'ils n'avoyent esté
à la messe, quelle opinion ils en avoyent ; s'ils estimoyent
les presches des ministres valoir quelque chose ; quelle
affection ils en avoyent pour l'advenir, et si leurs compagnons avoyent bien fait de persévérer si obstinément
en ceste opinion ; s'ils n'avoyent pas esté rebelles à Dieu
et au Roy. Il faloit respondre selon l'intention du moine ;
autrement, au sortir de là, messieurs les docteurs catholiques eussent fait un sermon à coups de dagues et de pistoles. Ainsi estoyent traitez ces chétifs révoltez, les dimanches principalement ; puis après les catholiques mesmes se mocquoyent d'eux. Et en cest endroit on n'es-
pargnoit pas mesmes les servantes ; car si on savoit qu'une
eust seulement une fois tenu compagnie à sa maistresse
pour aller au presche, il faloit parler au moyne en secret
et en public. Pour un jour il fit assembler huictante cham-
brières, ausquelles il fit faire ceste abjuration avec des risées et contenances si lascives de plusieurs massacreurs
qui y assistoyent, que quelques paisibles catholiques, re-
tournez en leurs maisons, se dispitoyent et détestoyent
l'hypocrisie de ce caphard.

Or, les meurtriers, non contens ni rassassiez du sang
espandu dans Orléans, incitèrent à mesme forcenerie
toutes les petites villes voisines, à faire le semblable, monstrans l'exemple par les champs, où ils saccageoyent ceux
qui tomboyent en leurs mains.

Les catholiques de Jargueau se ruèrent de furie sur un
bon homme de la religion, aagé de plus de quatre-vingts

ans, nommé Frémin Sigongneau, et sur un autre presque de pareil aage, nommé Jean Chemault, et sur un povre tisserrand en toilles, nommé Morin, qu'ils prindrent sur le pont et le jettèrent dans la rivière. Puis allèrent en un village nommé La Queuvre, où se faisoit l'exercice de la religion. Un povre vigneron, seul de ladite religion en tout son village, s'estoit retiré là, et, voyant venir les meurtriers, cuide se sauver en la garenne; mais ils coururent après et le tuèrent à coups de harquebouzades, faisans de mesmes ès environs et en plusieurs maisons de gentils-hommes.

MASSACRES

DE CEUX DE LA RELIGION

A BOURGES.

Les nouvelles de la blessure de l'amiral arrivèrent en la ville de Bourges seulement le lundy 25, qui estoit jour de foire. Les principaux catholiques, s'estans assemblez, dépeschèrent dès ce jour mesmes le capitaine de la grosse tour, nommé Marueil, pour aller en poste à la cour entendre comme les choses sa passoyent. Il partit ce lundy au soir et revint le lendemain au soir. Il y a apparence qu'il entendit les nouvelles en chemin, car ceux d'Orléans les receurent dès ce lundy.

Cependant, le mardy matin, lesdits catholiques mirent bonnes gardes aux portes, tenans desjà comme pour certain ce qui estoit aussi, à savoir le massacre de l'amiral et les siens ; ce que voyans quelques-uns de la religion, et entendans les nouvelles de la blessure de l'amiral, conurent bien qu'il ne faloit pas arrester davantage. Deux docteurs en loix fort renommez, à savoir Hotoman (1) et Doneau, deslogèrent sans monstrer semblant de s'esfarou-

(1) *François Hotman*, célèbre jurisconsulte, auteur de la *Franco-Gallia* et de plusieurs ouvrages d'histoire et de jurisprudence. Hotman demeura constamment attaché aux principes de la réforme. Il mourut, en 1590, dans la pauvreté, ayant dépensé à la recherche de la pierre philosophale des sommes considérables.

cher, l'un faignant s'aller pourmener avec sa longue
robbe, l'autre sortant avec quelques escoliers alemans et
habillé comme eux. En ces entrefaites, on fait courir divers bruits. La nuict vient et Marueil arrive, qui rapporte
que l'amiral et les siens avoyent esté massacrez et qu'on
continue à Paris ; que les cousteaux sont aiguisez à Orléans, et que le Roy s'attend que par toutes les villes du
royaume on saccage les huguenots. Les catholiques, entendans ces nouvelles, commencèrent à se mutiner et
prendre les armes dès le soir du mardy.

Environ la minuict ils commencèrent à sonner le toc-
sain pour assembler leurs trouppes, qui avoyent pour
principal conducteur un nommé Legrand, vinaigrier,
capitaine des dizeniers de la ville, accompagné de trois
meschans garnemens, l'un nommé Monjan, fourbisseur,
le second Ambrois, cordonnier, révolté, et qui, plus de
vingt ans auparavant, avoit eu cognoissance de la religion; le troisiesme, nommé Thibaut, boucher, cruel et
meschant au possible. Iceux, estans suyvis de la populace,
forcèrent toutes les boutiques des meilleurs marchans de
la ville, pillans et ravissans tout, sans rien laisser. Les
maisons aussi furent saccagées plus hostilement que si les
plus estranges ennemis eussent emporté la ville d'assaut ;
entre autres la maison d'Yves Camialle fut entièrement
pillée, et pour ce que ces brigands ne pouvoyent emporter les tonneaux de la cave, il les effondrèrent et firent
espandre tout le vin. La maison d'un notaire royal, nommé
Chattin, fut ainsi balliée. Ils ne laissèrent rien en la maison de François Hemeré, marchant, emportans mesmes
les chemises d'une jeune fille aagée d'environ treze ans,
laquelle fut sauvée toute nue par les jardins en la maison
de quelque voisin. Les boutiques et maisons de Guillaume
Bigoneau, d'Estienne Cornalet, de Claude Pellerin, de

Michel Piat, marchans, furent pillées entièrement, et plusieurs autres dont les noms nous sont incognus. Jean Girard le jeune fut prins prisonnier, rançonné à la somme de cinq cens livres tournois et sa maison pillée. Ce mesme jour, Symoneau, notaire royal, homme fort riche, fut tué ; sa femme receut un coup de pistole, dont toutesfois elle ne mourut pour l'heure. Leur maison fut pillée. Vincent Audet, drappier drappant, fut aussi massacré. Denis de Vigon, cousturier, estoit nouvellement revenu de la desfaite de Jenlis en Flandres, à cause de quoy il estoit des premiers marquez ; aussi fut-il recerché incontinent et saccagé dans un grenier où il s'estoit caché, près la Fleur-de-Lys ; son corps fut jetté par les fenestres sur le pavé.

Ceux de la religion, se voyans ainsi enfermez, commencèrent à se sauver çà et là, où les moyens se presentoyent, espérans que ceste furie s'appaiseroit ou qu'au pis aller ils pourroyent sortir par la porte dorée. Quelques paisibles catholiques aussi en retiroyent aucuns ; ils estimoyent que ce pillage rassasieroit la populace, joint que les officiers et gouverneurs de la ville ne savoyent encor que penser des massacres de Paris ; car ils n'ignoroyent la mauvaise volonté de ceux de Guise contre l'amiral, leur crédit envers les Parisiens. Comme on est en doute, le mercredy se passe et une partie du jeudy avec grands remuemens des mutins qui alloyent lors partout, en telle sorte néantmoins qu'aucuns de la religion trouvèrent moyen d'évader. Sur ce arrivèrent ces lettres du Roy du 27 d'aoust, sus-mentionnées, qui mirent les catholiques en plus grand doute que devant, voyans que le Roy condamnoit ceux qui avoyent blessé son cousin l'amiral, voulant qu'on vescust en paix. Mais les plus fins d'entre eux, ne s'estonnans de telles lettres, mirent en avant qu'il faloit savoir au vray la cause de ces massacres de Paris, et qu'envoyans un homme à la cour ils en auroyent bientost la résolution. Pendant ces conseils, le maire, nommé Jean Joupitre, reçoit lettres du cachet, par lesquelles il entend comme luy et les siens avoyent à se conduire; qui fut cause de faire garder les portes plus estroitement qu'auparavant. Finalement, la déclaration du Roy du 28 d'aoust, signée Fizes et ci-devant mise, leur fut envoyée avec les lettres qui s'ensuyvent.

Noz amez et féaux, ayant advisé que, sous couleur de la mort dernièrement advenue de l'amiral et de ses adhérens et complices, aucuns gentils-hommes et autres nos subjects, faisans profession de la religion prétendue réformée, se pourroyent eslever et assembler pour tascher à entreprendre quelque chose au préjudice du repos et tranquilité que nous avons tousjours desirée en nostre royaume, estant le fait de ladite mort desguisé et donné à entendre pour autre cause qu'il n'est advenu; nous avons fait la déclaration et ordonnance que présentement nous vous envoyons, laquelle nous voulons et entendons que vous faciez publier incontinent à son de trompe et par affiches par tous les lieux et endroits de vostredite jurisdiction, accoustumez à faire cris et proclamations, à ce qu'elle soit notifiée à un chascun. Et encores que nous ayons tousjours voulu estre observateurs de nostredit édict de pacification, toutesfois, voyans les troubles et séditions qui se pourroyent eslever parmi nos subjects à l'occasion de la mort susdite, tant dudit amiral que de ceux qui l'accompagnoyent, nous vous mandons et ordonnons faire deffences particulières aux principaux de ladite religion prétendue réformée, en vostredite jurisdiction, qu'ils n'ayent à faire aucunes assemblées ny presches en leurs maisons ny ailleurs, afin d'oster toute doute et suspicion que pour ce l'on pourroit concevoir, et semblablement en advertir ceux des villes d'icelle vostredite jurisdiction que vous jugerez estre afaire, à ce qu'ils ayent à suyvre et observer en cest endroit nostredite intention. Mais que chascun d'eux se retire en leurs maisons pour y vivre doucement, comme il est permis par le bénéfice de nostredit édict de pacification, et ils y seront conservez soubs nostre protection et sauvegarde ; autrement, là où ils ne se voudroyent retirer après l'advertissement que leur en aurez faict, vous leur courrez et ferez courir sus avec toutes les forces, tant des prévosts des maréchaux, ses archers et autres, que vous pourrez mettre ensemble au son du toxin et autrement, tellement qu'ils soyent taillez en pièces comme ennemis de nostre couronne. Au surplus, quelque commandement verbal que nous ayons peu faire à ceux que nous avons envoyé, tant devers vous qu'en autres endroits de nostre royaume, lorsque nous avions juste cause de craindre quelque sinistre événement, ayans sceu la conspiration que faisoit à l'encontre de nous ledit amiral, nous avons révoqué et révoquons tout cela, ne voulans que par vous ou autres en soit aucune chose exécutée ; car tel est nostre plaisir.

Donné à Paris, le 30 d'aoust 1572.

Ainsi signé, CHARLES.

Et plus bas, DE NEUFVILLE

Ces lettres receuës avec la déclaration furent incontinent publiées en jugement, le troisiesme ou quatriesme jour de septembre. Les mutins commencèrent à s'enorgueillir plus que devant, et mesmes, après avoir entendu quel traitement on avoit fait à ceux de la religion à Orléans, se ramassèrent pour courir par les maisons ; et fi-

nalement, après que les principaux catholiques eurent receu lettres du conseil secret pour saccager lesdits de la
religion, ils commencèrent à les cercher de près; tellement que, les huitiesme et neufiesme jour dudit mois de
septembre, ils en emprisonnèrent plusieurs, qu'ils re-
muèrent la nuict suivante ès prisons de l'archevesché. Le
jeudy onziesme, sur les onze heures de nuict, les meurtriers s'acheminèrent ès dites prison de l'archevesché;
c'estçyent principalement le susdit Legrand, vinaigrier, et
les trois autres, assistez de plusieurs séditieux catholiques,
spécialement de Jean Boirot, capitaine d'un des quartiers de la ville, et de Lois Boirot, son frère, eschevin de
ladite ville, lesquels, quatre ou cinq ans auparavant,
firent tuer un de leurs frères, nommé Nicolas Beirot, d'autant qu'il n'estoit de leur naturel, ains détestoit souvent
leurs meschancetez et avoit quelque sentiment de la religion.

Estans entrez dans ces prisons, ils massacrèrent furieusement ceux qui s'ensuyvent : M. Pierre de la Grange,
conseillier au siége présidial ; quelques heures auparavant
sa femme s'alla jetter aux pieds du maire, de Jerosme,
chambellan, et autres principaux entremetteurs, afin qu'ils
sauvassent la vie à son mary; mais elle eut pour toute
responce qu'il ne leur estoit possible d'y mettre ordre ;
M. Guillaume Grouzieux, advocat, aagé de septante-cinq
ans ou environ ; les meurtriers luy vouloyent faire croire
qu'il estoit ministre ; deux autres advocats, l'un nommé
de la Porte et l'autre Augier; maistre Barthélemy Ra-
gueau, notaire royal ; il avoit esté mené prisonnier par un
sien neveu, nommé Martin Henry, fils de maistre André
Henry, notaire bulliste; deux sergents royaux, l'un nommé
Chassaut, l'autre Guillaume Bourguignon ; Jean Prestrau,
Jean Joyneret, François Helliot, Gillebert, maistre des

Trois-Pigeons, tous marchans notables ; Jean Theullier,
corroyeur ; un tanneur nommé Boner, un mercier nommé
l'Amoureux ; sa femme estoit en extrémité de mort ; néantmoins les meurtriers l'allèrent prendre le lendemain, luy
ostèrent son lict et la portèrent en pleine rue, sur le pavé,
où elle rendit incontinent l'esprit, ayant seulement un
linceul sous elle ; un drappier drapant, nommé Godeffroy;
un chauderonnier nommé Poillon, un menuisier nommé
Crespin ; André la Harpe, bouchier : Pierre le Vers, cousturier, lequel fit grande résistance, empoignant les espées des massacreurs, comme aussi fit le susnommé de la
Grange. Les corps furent jettez dans les fossez de la ville,
près la grosse tour, à la porte Bourbonnoise. Les meurtriers estoyent tellement esmeus qu'ils tuèrent avec lesdits
de la religion un prestre détenu pour debtes. Un nommé
Guillaume Palus fut aussi emprisonné en mesme temps,
combien qu'il ne fust de la religion ; on le jetta dans les
retraits de cest archevesché, où il demeura trois jours,
puis en fut retiré, ayant protesté qu'il estoit bon catholique, ce qu'il estoit.

MASSACRES

(DE CEUX DE LA RELIGION)

A LA CHARITÉ.

Puisque nous sommes à Bourges, qui n'est qu'à une
journée de la Charité, voyons aussi comme ceux de la
religion y furent traitez par la compagnie du duc de Nevers, laquelle y entra au temps et jour du massacre de Paris, sous prétexte d'y vouloir faire monstre, combien
qu'auparavant elle fust assignée à la prochaine ville du
marquisat de Salluces, où ledict duc estoit gouverneur,
comme il apparut par une patente du Roy. Ces Italiens,
ayans receu paquet de leur maistre, se rendent maistres,
et, se faisans suyvre par la populace et par les séditieux de
la ville, massacrèrent dix-huict ou vingt personnes de la
religion, entre autres le capitaine Corse, qui s'estoit ma-
rié et habitué audict lieu depuis environ deux ans, brave
et vaillant soldat; lequel ayant ouvert sa porte de nuict à
un nommé Minotte, Italien de nation, archer de la compagnie dudict duc, qui se disoit estre son amy et luy vouloit faire plaisir, comme de fait il avoit esté en garnison à
la Charité sous le sieur de la Buvrière, gouverneur (durant les deux ans que les princes l'avoyent en garde, avec
les villes de La Rochelle, Montauban et Cognac), faisant
profession de la religion réformée et fort familier dudict
Corse, ce néantmoins le fit tuer à coups d'espée, en che-

mise qu'il estoit près son lict, où sa femme estoit couchée, laquelle vid ce piteux spectacle; et le frappa ledict Minotte des premiers, s'estans plusieurs jettez sur celuy lequel ils n'eussent osé autrement attaquer ny prendre en homme de bien, comme on dit. Le capitaine Landas, d'Orléans, aussi fort estimé, et ayant fait preuve de sa vaillance ès autres troubles, habitué de nouveau au mesme lieu, fut tué et massacré en son logis. Jerome Jogant, eschevin de la ville, ayant receu un coup de pistole en sa maison, sa femme, enceinte et catholique, pour empescher qu'il ne fust blessé davantage, se mettant au-devant, fut tuée avec son mari; qui plus est, après leur mort, les massacreurs italiens exercèrent un acte sur leurs corps, si infame et horrible que je ne le puis réciter. Davantage ils contraignirent l'une de leurs filles à enseigner l'argent de son feu père, et trouvèrent de cinq à six mille francs (comme on disoit), qu'ils pillèrent; outre ce, la forcèrent de promettre mariage à l'un des meurtriers italiens fort aagé. Je ne puis ny ne dois taire la mort de Jean Sarrazin, de la mesme ville, aagé d'environ septante ans, lequel de long-temps avoit presque tousjours esté diacre en l'église réformée, tenu pour père des pauvres et homme de bien, par le tesmoignage des plus catholiques. Ce bon vieillard estant en sa maison, la nuict du jeudy au soir, quatriesme de septembre, fut surpris, outragé et frappé à coups d'espée par ces furieux, ausquels, d'une face vénérable et riante, selon sa coustume, il dit : « Messieurs, que me voulez-vous? ai-je fait tort à personne? quelqu'un se plaint-il de moy? » Mais cela ne servit de rien pour amollir les meurtriers, ains d'une rage furieuse et plus que barbare ils se jettèrent sur ce povre corps grison, qui se mit sous son lict, où l'un des pendars, son fillol et proche voisin, luy bailla un coup d'espée au ventre, d'où les boyaux sortirent. Le povre homme sentant ce coup, et voyant celuy qui le lui avoit baillé, dit en s'escriant : « Ha ! mon fillol, est-ce ainsi que vous me traittez ? je ne vous fis jamais que plaisir. » Il languit ainsi navré deux jours et deux nuicts, durant lesquels (comme on a entendu de la femme qui le gouvernoit) il invoquoit Dieu d'un grand zèle et d'une merveilleuse ardeur, s'estimant heureux de souffrir pour son nom, ayant plus de regret que son fillol, qu'il avoit tant aimé, l'eust ainsi navré que de la mort mesme, et ainsi rendit l'esprit à Dieu. Un nommé maistre Jacques, canonnier, fort malade en son lict, duquel on attendoit plustost la mort que la vie, fut ainsi à demi mort tué et massacré à coups de dague. Antoine Talenton fut noyé; Estienne de Viion fut tué à coups de dague en la prison ; Pierre Bailly, tixier, et autres, jusques au nombre susdict, furent tuez et massacrez audict lieu.

Autres y furent navrez et blessez de plusieurs coups d'espées et dagues, lesquels, en cest estat, furent rançonnez jusques au bout. Les maisons plus honnorables, voire toutes celles de la religion, furent pillées, et falut encores que les plus riches, qui s'estoyent cachez durant la furie, payassent grosses rançons avant que pouvoir sortir hors de la ville. Ceux qui demeurèrent furent contraints d'aller à la messe.

MASSACRES

DE CEUX DE LA RELIGION

A LYON.

———

Le mercredy 27 du mois d'aoust de l'an 1572, environ les six heures du matin, le sieur de Mandelot (1), gouverneur de Lyon, eut advertissement du massacre fait à Paris, et, une heure et demie après, on ouit un des sol-

(1) Fr. de Mandelot, né à Paris en 1529, mort en 1588. Il remplaça le duc de Nemours, en 1571, dans le poste important de gouverneur de Lyon. Sa correspondance avec Charles IX et Henri III existe à la Bibliothèque royale, parmi les manuscrits du fonds Lancelot, n° 59. De curieux extraits en ont été publiés, en 1830, par M. Paulin Paris. Nous empruntons à ce recueil les deux lettres suivantes, qui peuvent jeter quelque jour sur les événements dont il est ici question.

Lettre de Charles IX à M. de Mandelot.

18 aoust.

Monsieur de Mandelot, je vous faictz ceste lettre par ce courrier que j'envoye expressément vers vous, pour vous pryer ne laisser passer par ma ville de Lyon aucun courrier ny autre, quel qu'il soit, allant en Italye, dans six jours, à compter du datte de ceste présente *, sinon en vous faisant apparoir de passe-port de moy bien et deuement expédié, et signé de l'un de mes secrétaires d'estat; ce que je vous prye faire bien et deuement observer,

(*) La lettre est datée du 18 août, et le massacre eut lieu, comme on sait, six jours après.

dats courant çà et là parmy les rues, qui dit que l'amiral et les princes, et tous les huguenots qui estoyent dedans Paris, avoyent esté tuez. Sur ce mesme instant les portes de la

comme de vous-mesme, tenant le commandement que je vous en faictz si secret que l'on ne pense que ce soit chose qui vienne de moy. A quoy m'assurant que sçaurez très bien et exactement tenir la main, je prye Dieu, monsieur de Mandelot, etc.

Escript à Paris, le dix-huitième jour d'aoust 1572.

Signé CHARLES.

Mandelot au Roy.

Du 2 septembre 1572.

Sire, j'escripvis avant-hier à Votre Majesté la réception des lettres qu'il lui auroit pleu m'escrire, des 22 et 24 du passé, et comme suivant icelles, et ce que le sieur du Pérat m'auroit dict de sa part, je n'aurois failly pourveoir par toutz moyens à la seureté de ceste ville ; sy bien, Sire, que et les corps et les biens de ceulx de la relligion auroient esté saisiz et mis soubz votre main sans aucun tumulte ny scandale. Jusque lors depuis, et hyer l'après-disnée, m'en estant allé par ville pour pourveoir tousjours à contenir ce peuple, mesmement vers la Guillottière, où j'aurois sceu paroistre danger de quelque remuement, seroit intervenu cependant que ce peuple, ayant trouvé moyen d'entrer ès prisons de l'archevesché, où ils sçavoient estre quelques deux cens de ceulx de la relligion congneuz factieux ou avoir porté les armes, lesquelz ilz auroient toutz mis à mort[*] avant que j'en peusse rien sçavo.r ; et m'y estant allé aussitost, n'y aurois plus trouvé aucuns de ceulx qui se seroient meuz à ce faict, s'estant escartez tout soubdain, et ce que j'aurois peu faire a esté faire rechercher et perquerir toutz moyens, mesmement par justice, qui auroient esté autheurs et exécuteurs de ce faict, et comme le tout est passé. Affin que Votre Majesté en puisse bien au vray estre esclaircy, je continue, au mieulx qu'il m'est possible, de contenir toutes choses, voyant ce peuple n'estre pas encores bien appaisé, et que c'est tout ce que l'on peult faire obvier à ung sac, n'ayant néantmoins jusques icy esté faict aucun

[*] Trois cents y furent massacrés, suivant le témoignage de De Thou ; trois cent cinquante, suivant Golnitz (*Itinerar. Bellico-Gallicum*). L'historien de Serres fait monter à quinze ou dix-huit cents le nombre des victimes massacrées à Lyon.

ville furent fermées et les gardes d'icelles renforcées, les corps-de-garde posez aux deux descentes du pont de la rivière de Saone, et autres places et divers endroits des deux costez de la ville. Or, afin que ceux de la religion ne fussent esmeus d'une telle et non attendue saisie de ville, faite comme en temps de guerre ouverte, les catholiques romains semèrent un bruit que tout cela se faisoit pour conservation de ceux de la religion ; auquel bruit après avoir adjousté foy trop légèrement (outre la garde ordinaire du gouverneur et celle de la citadelle, et les trois cents harquebouziers de la ville, qui emportoyent plus de mille), ils receurent beaucoup d'autres en armes par la ville et principalement par les maisons ; ausquels fut enjoint par les penons, en l'authorité du gouver-

tumulte, meurtre ny saccagement par la ville ny ès maisons ; et estime que le reste desdicts de la relligion saisiz pourront demeurer en seureté ès lieux où je les ay faict retirer, attendant que je puisse mieulx entendre ce qu'il plaira à Votre Majesté en estre faict, et spéciallement de toutz leurs biens, meubles, marchandises, papiers et autres, que j'ay jà escript avoir faict saisir et mectre sous votre main, sans toutesfoiz en estre rien déplacé ny transporté des lieux et maisons desdicts de la religion, osant bien asseurer Votre Majesté que le tout luy sera seurement et fidellement conservé, et suis après à pourveoir de les faire retirer en magasins et lieux seurs, à ce qu'il n'y soit commis aucun abbus. J'oseray dire à Votre Majesté que, si j'estois l'un à la conseiller, je ne serois d'oppinion qu'elle feist aucun don des biens, meubles et marchandises desdicts de la religion que premièrement on ne veoye ce qu'il y aura, et que pour le moins elle sçaiche la valleur de ce qu'elle donneroit, et que plustost elle feist don et récompense à ceulx qu'il luy plairoit sur les immeubles. Et pour ne mectre en cela la conséquence, je ne veulx estre le premier à en demander à Votre Majesté, m'asseurant que si elle a commencé par quelques autres, elle me faict tant d'honneur de ne m'oblier. Au reste, Sire, il me semble ne devoir taire à Votre Majesté que, en tout ce qui eschet icy pour son service, je trouve le sieur de la Manthe prompt et affectionné d'ensuivre à son pouvoir ce que je luy en faictz entendre, dont à la vérité il mérite estre recongneu et récompensé.

MANDELOT.

neur, que, s'ils voyoient quelque troupe de ceux de la religion n'ayans mesme que l'espée, qu'ils sortissent de leurs
maisons et taillassent en pièces ceux-là, et tout le reste semblablement. Mais ceux de la religion, s'estans jà accoustumez à une modestie et patience incroyable, ne bougèrent en façon du monde, voyans le temps estre venu
auquel (nonobstant la parole et authorité du Roy, sur
laquelle on se devoit raisonnablement appuyer et asseurer) il falloit remettre l'issue d'une telle et si soudaine
esmeute à la Providence de Dieu, lequel vouloit mettre
les siens à une si dure espreuve. Et le lendemain commencèrent à croire, à bon escient, qu'il n'y avoit édict, ny
bonne mine, ny parolle royalle, ny beau semblant du
gouverneur qui les engardast d'estre à la mercy des catholiques, lesquels avoyent humé leur sang dès les premiers troubles. Car outre ce qu'ils ne pouvoyent sortir
de la ville, non plus que le jour précédent, il ne leur fut
permis d'aller et venir librement par icelle ; ceux qu'on
trouvoit par les rues estoyent menez en prison, ce qui
fut cause que chascun se retira chez soy. La nuict estant
venue, on commença à les recercher par les maisons pour
les piller, ou rançonner, ou les trainer aux prisons ; la
pluspart desquels n'y arrivoit pas, estans tuez en quelque
coin de rue à coups de poignards ou bien jettez dedans
l'eau, dont quelques-uns, qui sont encore vivans, se sont
sauvez à nage, après avoir esté emportez par le fil de
l'eau une demi-lieue au-dessous de la ville. Les trois
ministres furent recommandez à trois capitaines qu'ils
appellent penons, et leur fut dit qu'ils donnassent ordre
que pas un d'eux n'eschappast de leurs mains, dont l'un
des trois capitaines, marchand de son estat, qu'on nomme
Boydon, assez conu au pays par les meurtres qu'il a commis et fait commettre, voire de ses parens propres, et

par ses rapines, et parjuremens, et fausse monnoye, et
autres maléfices, ne faillit à son coup. Car luy, accompagné de ses meurtriers, descouvrit M. Jaques l'Anglois,
ministre (homme de bon sçavoir et grande piété), chez
une honorable femme vefve, par le moyen de Galle-
mand, apothicaire, auquel ledit l'Anglois, pour estre tous
deux Normans, luy avoit fait ce bénéfice de l'avoir ra-
cheté du gibet l'an 1562. Il fut enlevé par ledit Boydon
environ les dix heures du soir, en feignant le mener chez
le gouverneur. Soudain qu'il fut arrivé sur le pont de
Saone, le susdit l'Anglois receut un coup de halebarde
en l'estomach, et, après luy avoir crevé les yeux à coups
de poignard, fut jetté du pont en bas; duquel on ouyt
seulement ces paroles, qu'il réitéra par trois diverses
fois : « Seigneur Jésus, fay-nous miséricorde ! » Quant
aux autres deux ministres, ils furent sauvez par des
moyens plus propres en apparence pour les faire mourir
cent fois que pour les délivrer des mains de tant d'enragez, ce que l'on a sceu au vray par gens dignes de foy.

Le vendredy 29 du mois susdit, un citoyen de Lyon,
nommé du Pérat, chevalier de l'ordre, arriva de la cour,
estant attendu en bonne dévotion des uns et des autres :
des catholiques pour le désir qu'ils avoyent tousjours eu
de recevoir, à son arrivée, quelque mandement du Roy,
lequel authorisast leur cruel et sanglant dessein ; et ceux
de la religion pour la confiance qu'ils avoyent tousjours
euë en la parolle du Roy, déclarée par son édict de pacification ou plustost d'édict perpétuel, et souvent rafrais-
chie par les responces qu'il faisoit à ceux lesquels, par
leurs parolles et contenances, sembloyent avoir quelque
desir de remuer tousjours quelque chose pour altérer le
repos de son royaume, et pourtant ceux de la religion
espéroyent délivrance. Or, puisque l'issue a évidemment

monstré que sa créance portoit la sentence de mort contre tant de centaines d'hommes innocens, on peut bien asseurer pour certain que la faute en tombe sur le conseil secret du Roy. Chascun sçait que, de plusieurs provinces, mesmes du Dauphiné, Languedoc et Provence, il s'est trouvé grand nombre de la noblesse et autres estats ayants porté les armes pour soustenir le parti de la religion durant tout le cours de ces misérables guerres civiles, aussi bien comme ont fait les Lyonnois. Toutesfois, en aucunes desdites trois provinces, les gouverneurs ou lieutenans, en absence, quoyqu'ils soyent autant ou plus zélez à leur religion et affectionnez au service du Roy que pourroit estre le sieur de Mandelot, mesmes le comte de Tende, lequel, aux premiers troubles, n'a espargné son propre père, frère et belle-mère, ayant chassé sondit père hors, non-seulement de son gouvernement de Provence, mais du royaume, pour le confiner en Piedmont, si en ceste calamité inopinée nul d'eux n'a souffert aucun massacre estre fait en leur gouvernement, et n'ont eu ceux de la religion nulle plus asseurée retraite que dans les maisons desdits sieurs gouverneurs ou lieutenans, en absence, voire mesmes jusques à en avoir retiré aucuns en leurs propres chambres, s'opposant à la rage de quelques séditieux qui vouloyent ensanglanter leurs mains et remplir leurs coffres de la vie et des biens des affligez, de façon que en leursdits gouvernements ne s'ensuyvit que point ou peu de tels massacres. De là on a voulu inférer que si la créance du Pérat eust porté une telle sentence, que de mesme le Roy en auroit ordonné aussi ausdits sieurs de Gordes, de Joyeuse et de Tende, ès pays de Dauphiné, Languedoc et Provence, adjoustant davantage que, s'ils eussent receu tels commandemens sans y avoir obéy, on ne les eust continuez en leurs charges sans

les recercher d'une telle connivence, comme on ne les
en a jamais depuis inquiétez. Mais on avoit bien mandé
aux susdits gouverneurs de ce faire ; si on ne les a desmis,
ç'a esté en attendant la commodité. Le conseil secret
vouloit mettre fin à ce qui estoit plus pressé ; pourtant
ne faut-il trouver estrange cette bigarreure.

La Royne mère bailla le paquet à du Pérat ; car le Roy,
quelque furieux qu'il fust, ne servoit que d'ombre aux
passions cruelles de sa mère. De fait, on vid alors lettres
escrites et signées de la main de M. Claude du Rubis, procureur de la ville, et du receveur de Masso, et Scarro,
espicier, lors eschevins de ville, estans en cour à la poursuitte contre les huguenots, addressantes par deçà à leurs
compagnons eschevins, contenans qu'ils n'avoyent peu
obtenir plustost passeport pour le courrier qu'ils avoyent
désigné leur mander dès le jour de la blesseure de l'amiral, pour le refus que leur en avoit fait la Royne mère,
leur remonstrant qu'il estoit bien raisonnable que ceux
que le Roy vouloit dépescher fussent les premiers porteurs, leur disant au surplus qu'ils avoyent veu comme ils
en avoyent usé à Paris et qu'il ne tiendroit qu'à eux
qu'ils ne fissent de mesmes à Lyon, où ils s'en pouvoyent
retourner quand il leur plairoit, puisque pour l'affaire
qu'ils estoyent venus ils n'avoyent plus que faire en cour ;
sur laquelle asseurance ils ne firent difficulté d'escrire à
leurs compagnons que l'exécution ne fust commise à com-
pères ou commères, ains que tout passast par un chemin.
On dit que ces lettres monstrées au gouverneur par Mornieu, luy fit telle responce, l'appropriant au sujet qui se
présentoit : « Je remets le tout à vous, et, comme Jésus-
Christ dit à saint Pierre : Ce que vous lierez en terre
sera lié aux cieux, ce que vous deslierez en terre sera des-
lié aux cieux. » Quelques-uns, le cuydans destourner, luy

mirent au devant le Roy de Navarre et prince de Condé vivans, et qu'il faloit bien faire plus de conte d'eux que l'on ne cuidoit ; il respondit que par la mort-Dieu la Royne mère avoit promis que l'un ni l'autre ne seroyent en vie à la Toussaints. Je ne veux nommer pour ce coup ceux qui furent assemblez pour aviser aux moyens qu'on tiendroit à l'exécution d'une si barbare et plus que turquesque entreprise ; laquelle pour conduire plus aisément à chef, le lendemain, qui estoit le vendredi, fut fait un cry à son de trompe par tous les carrefours et lieux accoustumez de la ville, contenant en somme que ceux de la religion eussent à se rendre en la maison du gouverneur pour entendre la volonté du Roy. La pluspart, trop crédule, ne firent aucune difficulté, ains se rendirent au lieu assigné, d'où bientost après on les envoya en divers lieuz, à savoir en la prison ordinaire, en la maison de l'archevesque, aux Célestins, aux Cordeliers, et autres lieux capables pour contenir une telle multitude. La nuict ne fut pas sitost venue qu'on ouit de toutes pars de la ville les cris et voix lamentables, tant de ceux qu'on massacroit par les maisons que des autres jà demy morts qu'on trainoit à la rivière ; et principalement les cris horribles des femmes et petis enfans, qui se voyoyent ensanglantez du sang de leurs propres pères, fendoyent le cœur à ceux qui avoyent tant soit peu d'humanité. Entre autres, il y eut un artisan nommé Martin Genou, fondeur de son estat, lequel, nonobstant qu'il eust la cuisse rompue (et pour ceste cause contraint de tenir le lict), fut emporté dans un linceul au Rosne ; et d'autant qu'il avoit approché un batteau à la nage, auquel il s'estoit accroché des mains, au mesme instant on luy alla coupper les doigts, et à grands coups de perches et avirons fut assommé et plongé dans l'eau. Le dimanche, qui estoit le dernier jour du mois susdit, environ huict heures de matin, ceux qui avoyent esté mis aux Cordeliers furent massacrez, entre autres un bourgeois nommé Léonard Meraud, la maison duquel avoit esté ruinée plusieurs années auparavant à l'occasion d'une prétendue myne de la citadelle bastie à Lyon. Plusieurs requéroyent qu'il leur fust permis de prier Dieu devant que mourir ; mais les bourreaux, escumans comme sangliers, au lieu de leur accorder leur requeste, leur donnoyent des coups de dague dans les fesses, et quand ils tendoyent les mains au ciel, estans à genoux, on leur couppoit les doigs et le nez, et puis, en se moquant d'eux, les charpentoyent, prenans plaisir à les voir languir. Quelques-uns, qui estoyent attachez de reng à une corde comme des forsats, furent harquebousez tous ensemble et jettez dans le Rosne. Là mesmes un Italien, nommé Alexandre Marsilii, fit trencher la teste à un Lucquois nommé Paulo Minutily, laquelle il garda quelques jours, en espérance d'estre payé du ban, qui est une somme d'argent promise par la seigneurie de Lucques aux meurtriers des bannis, principalement pour la religion. Or, en signe de joye pour avoir fait un si bel acte, fut faite une grande escoppeterie en la place des Cordeliers et de Confort. Dès ceste heure-là il n'y eut que meurtres et saccagemens par toute la ville, avec une telle licence enragée qu'il sembloit que les enfers fussent ouverts et les diables fussent sortis, bruyans et courans çà et là parmy les rues. Environ les dix heures du matin de ce mesme jour, ledit Mornieu, auquel avoit esté donné pouvoir de lier et deslier, comme a esté dict, se trouva ès prisons de l'archevesché, accompagné de Poculo, son neveu et gendre, de Guillaume Rouille, lors eschevin, et d'autres non guères moins factieux que luy, et de l'un des commis au greffe criminel, ayant pour garde

le lieutenant du prévost des mareschaux et quelques archers, avec les noms et surnoms de tous les pauvres prisonniers, lesquels il faisoit venir et passer par ordre devant luy, comme à une monstre, desquels il en sépara environ trente, qui abjurèrent la religion de l'évangile,
promettans, combien que le Roy le permettroit ci-après,
ne vouloir ci-après assister aux presches ni autre exercice
d'icelle, lesquels il envoya au couvent des Célestins. Puis
de mesme pas s'en vint aux prisons du Roy appellées
Rouanne, où il fit de mesme, et, ayant emply la basse
salle des procureurs du palais de ceux qui estoyent destinez et choisis à estre massacrez, en remua environ une
vingtaine, qui furent aussi menez au couvent des Célestins, dont peu de jours après ils sortirent, partie par rançon, les autres par divers accidens, comme il plaisoit au
gouverneur de disposer de leurs vies et biens. Et sur
l'instant délivra un nommé Lazare Bardot, sergent royal,
entre les mains de Jean Vernay, son ennemi capital, pour
l'aller à l'heure mesme mettre sur un batteau, le tuer à
coups de pistole, puis le jetter en l'eau ; ce qui fut fait par
ledit Vernay, Riveray, et un marchant de charbon, lequel
depuis estant frappé d'une fièvre chaude, après avoir esté
empesché par sa femme et ses voisins de se noyer, fut enfin
attaché avec chaines et cordes, comme un démoniacle. En
mourant il renioit et despitoit Dieu, chose qui fut espouvantable à tous les habitans de la ville. Une heure après
midy de ce mesme jour fut fait commandement à tous les
penons de prendre chascun vingt-cinq hommes armez et
douze crocheteurs, et les conduire à la porte Sainct-
George, qui est du costé de la maison de l'archevesque,
où le grand massacre se devoit faire. Cependant le gouverneur Mandelot, accompagné du sieur de la Mante, capitaine de la citadelle de Lyon, lequel savoit bien la cruelle

et sanglante intention dudit gouverneur, sortant par la
porte du pont du Rosne, s'en alla au fauxbourg de la
Guillotière, faisant courir un faux bruit par la ville, disant qu'on alloit pendre quatre ministres audict bourg,
au lieu où se faisoit l'exercice de la religion; et cependant il n'y en avoit que trois ordinaires, dont l'un avoit
desjà esté massacré dès le jeudy. Les clefs de la maison de
l'archevesque, où estoit le plus grand nombre des prisonniers, jusques à plus de trois cens cinquante, furent livrées à ceux qui s'estoyent gayement offerts de faire le massacre, duquel le bourreau ordinaire et les soldats eurent
telle horreur, à la seule semonce que on leur fit de s'employer à cela, qu'ils respondirent que jamais ils ne le feroyent. Le bourreau alléguoit que si la justice, après
sentence donnée, les livroit entre ses mains, il adviseroit
à ce qu'il auroit à faire, et qu'au demeurant il n'y avoit
que trop d'exécuteurs en la ville tels qu'ils demandoyent.
Les soldats respondirent qu'ils ne vouloyent point esgorger ceux desquels ils n'avoyent jamais receu aucun desplaisir, et que si ces prisonniers avoyent esmeu quelque
sédition ou leur avoyent fait quelque tort, ils adviseroyent
d'en avoir raison, ne voulans au reste faire ce déshonneur et mettre ceste vilaine tache au port des armes (qui
doit estre accompagné de gentillesse et vertu) par un tel
acte, plus propre et convenable aux bouchiers et assomme-
bœufs qu'à un vray soldat. En ces entrefaites, un citoyen
de la ville, nommé Mornieu, l'un des plus enragez factieux
et des plus meschans du monde, autrement parricide,
monstra (puisqu'il avoit procuré la mort de son propre
père) que son cœur félon n'espargneroit pas ses concitoyens; car il tint la main à faire amasser les massacreurs
pour les exécutions horribles qui furent faites.

Or, quelque peu de temps après et environ les deux ou

trois heures après midy, voici venir le Clou, capitaine
des harquebouziers de la ville (maintenant capitaine et
conducteur des bourreaux), avec une troupe d'enragez,
entre lesquels un veloutier genevois nommé Merelle, La-
goute et Jean de Troye, soldat de la garde du gouverneur;
Jean Vernay, charbonnier, duquel nous avons parlé cy-
dessus; Pierre Hazard, pescheur et tueur de pourceaux et
crocheteur de boutiques, dont il a eu le fouet et banny
souventesfois, auquel pour ses démérites les eschevins
de la ville, entre lesquels estoit Platel, drapier, ont baillé
une petite isle que le Rosne fait au-dessous le boullevart
Sainct-Clerc, là où il avoit une petite maisonnette et un
jardin; et plusieurs autres, la pluspart desquels portoit
de grands coutelas et cimeterres. Sitost que ledit le Clou
fut entré en la grande court, dit tout haut à ces prisonniers:
« Il faut mourir; » et s'estant tourné vers ses serviteurs
bourreaux, leur dit : « Sus, sus dedans, en besogne, »
n'ayant pas oublié de leur demander la bourse pour son
butin. Quant à luy, il monta sur une gallerie avec son
porte-enseigne nommé Saupiquet, pour avoir le plaisir
d'un tel spectacle. Les bourreaux commencèrent à s'a-
charner de telle rage et barbarie contre ces povres prisonniers, sus lesquels ils charpentèrent de telle furie,
qu'en peu d'heure tout fut taillé en pièces sans qu'un seul
en soit reschappé. Tous presque furent meurtris estans
à genoux et prians Dieu, hormis quelques jeunes hommes
de bonne maison qui firent quelque résistance, et quelques
capitaines, entre autres la Jaquière et la Sauge, lesquels
empoignoyent les espées nues, dont avant que recevoir le
coup de la mort eurent presque tous les doigts de la main
couppez. Entre tous ceux qui ont confessé le nom de Jésus-Christ en mourant, un certain marchand chappelier
nommé François du Couilleur, dit le Boussu, ne doit estre

mis des derniers, avec ses deux fils; car marchant sur le
sang de ses frères et estant couvert de celuy qui jalissoit
contre sa face, encourageoit ses deux fils à prendre la
mort en gré, usant de ceste remonstrance : « Nous savons,
mes enfans, que telle a tousjours esté la condition des
croyans, d'estre hays, cruellement traictez et meurtris
par les incrédules, d'estre les simples brebis entre les
loups. Si nous souffrons avec Jésus-Christ, nous régne-
rons aussi avec luy. Que les glaives desgainez ne vous
effrayent point; ils nous dressent un pont pour passer
heureusement de ceste vie misérable en béatitude et im-
mortalité glorieuse. C'est assez vescu et languy entre les
meschans; allons vivre avec nostre Dieu; allons courageusement après ceste grande compagnie qui va devant, et
frayons le chemin à ceux qui viendront après. » Quand il
vid venir les tueurs, il embrassa ses deux fils, et eux leur
père, comme si le père eust voulu servir de bouclier à ses
enfans, et les enfans comme si, par une obligation natu-
relle (qui porte de défendre la vie de celuy qui nous l'a
donnée), eussent voulu parer les coups qui furent ruez
contre leur père aux despens de leur vie; dont après le
massacre furent trouvez tous trois s'embrassans. Ce faisans monstroyent une plus grande amitié les uns aux autres
que n'a pas fait en leur endroit la femme dudit du Coul-
leur, appellée Anthoinette et mère desdits enfans, laquelle,
pour montrer de plus en plus l'incontinence dont elle a
tousjours esté plaine, se maria incontinent après avec
Charles Louvet, capitaine des chapelliers, lequel elle
sçavoit bien estre la cause de la mort de son mary et de ses
enfans, parce qu'il les avoit emprisonnez. Les bourreaux,
après avoir achevé de tuer et despouiller les corps morts,
s'en venoyent aux prisons de Rouanne pour en faire de
mesmes à ceux qui dès le matin estoyent dans la salle des

procureurs, comme il a esté dit; et d'autant que le lieu
desdites prisons n'estoit commode pour ce faire, jà estoyent venus des plus notables de la ville se saisir des avenues, faire retirer les batteaux du costé du port du Temple, pour faire ladite exécution sur la place ; mais comme
Dieu voulut retenir la bride et rage à Satan, le gouverneur fut de retour de son voyage de la Guillotière, et luy
estant rapporté par gens apostez le massacre fait à l'Archevesché, comme si c'eust esté chose advenue par esmotion populaire et non de son exprès commandement, se
transporte avec ses officiers de justice, aussi gens de bien
que luy (hormis le lieutenant de Langes, lequel n'accorda
ce malheureux massacre), sur le lieu où gisoyent ces povres corps morts, où, retenans encores quelque sentiment d'humanité, eurent horreur de voir tant de sang humain respandu, tellement qu'il révoqua le commandement
peu auparavant faict d'achever ceux des prisons de
Rouanne. Et, pour mieux faire la farce, fut faict par lesdits de la justice procès-verbal contenant que lesdites
prisons avoyent esté brisées par esmotion populaire et ce
qui s'en estoit ensuyvi. Et, pour accomplir le jeu de toutes
ses parties requises, fut crié à son de trompe que qui
sçauroit les autheurs du cas, le déclairant à justice, auroit cent escus pour son vin; mais Dieu, qui tout sçait,
sçaura bien, quand l'heure en sera venue, le requérir de
sa main, et le sang de tant d'hommes sçaura bien crier de
la terre à Dieu. Cependant ils se pourmenoyent par la
ville, monstrans leurs pourpoints blancs couverts de sang,
se vantans d'en avoir fait mourir l'un cent, l'autre plus,
l'autre moins. Sur ce mesme instant les grandes portes de
ladite maison de l'Archevesque furent ouvertes à quiconque y voulut entrer, dont il n'y eut personne, tant contraire fust-elle à la religion, qui n'eust le cœur navré de

voir un si horrible carnage. J'en excepte deux ; le premier Mornieu , lequel avoit porté le libelle de sang quelques heures devant l'exécution, lequel dit qu'il en falloit
faire autant de tout le reste ; l'autre est le Clou , qui avoit
mené la troupe meurtrière, lequel, ayant oublié qu'il estoit
homme, et comme forcené, ne fut non plus esmeu du sang
qu'il vid espandre qu'un yvrogne de voir courir une fontaine, ne s'estant soucié de mettre ceste tasche ignomi-
nieuse perpétuellement en sa race, d'avoir esté conducteur des bourreaux; dont à bon droit il porte maintenant
le nom d'Archibourreau, lequel luy convient mieux que
le nom de Sala qu'il a prins depuis , moyennant l'hoirie
de son oncle Sala, naguères décédé. Quelques hommes,
estans allez voir un acte si cruel et inhumain , dirent que
ce n'estoyent pas des hommes qui avoyent fait cela , mais
quelques diables habillez en guise d'hommes ; dont quelques-uns, et entre autres le lieutenant de robbe courte,
moururent de l'horreur qu'ils eurent de voir un si grand
tas de corps humains si estrangement chapplez. Quelques
femmes enceintes, lesquelles y furent par curiosité , ayans
veu le sang fumant bouillonnant encores et ruisselant jusques à la rivière de Saone, furent tellement saisies de
frayeur et esmeues de tristesse que plusieurs d'icelles
accouchèrent devant le terme. Quant au gouverneur, les
porte-enseignes des tueurs estoyent à son costé, et les autres se pourmenoyent par la ville, bien remarquez par
leurs pourpoints encore tous sanglants ; mais il est à présumer qu'il ne les conoit point ou ne les void pas, possible qu'il ne s'en souvient plus (combien qu'ils parlent
tous les jours à luy), à cause de sa petite veuë et courte mémoire ; autrement les bourreaux de sa conscience luy feroyent baisser la teste de honte, se voulant couvrir d'un
masque lequel n'est jà besoin d'oster pour estre recognu

et remarqué sergeant juré du Pape et meurtrier des pères de plus de quinze cens petis enfans tous mendians, sans conter les autres, lesquels je prie (et Dieu pour cest effect) qu'eux, leurs neveux et arrière-neveux de ceux qui portent les marques, en leurs ames, corps et biens, d'une si sanglante cruauté, de monstrer à l'advenir qu'ils sont bons chrestiens, pour ne se ressentir d'une telle saignée qui saigne et saignera encor devant Dieu jusques à la fin du monde, ains faire bien à ceux qui les ont persécutez, tuez et mis en chemise et à la besace. Sur le soir, quelques-uns des bourreaux, conduits par leur capitaine, vindrent à Rouane, qui est la prison ordinaire, portans des licols, et là faisoyent venir entre les deux portes ceux qu'ils avoyent sur leur roole, jusqu'au nombre de septante ou environ; il y en avoit davantage, mais ils promirent d'aller à la messe. Faisans venir lesdits enroolez les uns après les autres, les terrassoyent à force de tirer avec les licols dont ils estoyent enlacez, et à demy estans estranglez les achevoyent de tuer à coups de poignards; entre lesquels furent le capitaine Michel, M. N. Dives, ministre de Chaalons, s'estant trouvé dans la ville par occasion, dont sur-le-champ soupirant encores fut trainé à la rivière. On ne cessa toute la nuict d'enfoncer portes, enlever marchandises et cercher partout ceux qui s'estoyent cachez, et estans descouverts, après avoir payé rançon, estoyent meurtris et la pluspart trainez à la rivière. Le lendemain matin, qui estoit le lundi premier jour de septembre, on mit le reste des corps, qui n'avoyent esté jettez en l'eau, dans de grands bateaux, lesquels, estans conduits à l'autre costé de la rive du fleuve de Saone, furent incontinent deschargez et les corps estendus sur l'herbe, comme à une voyerie, auprès de l'Abbaye d'Esnay, dont les moines, n'ayans voulu permettre qu'on les enterrast en leur cé-

mitière comme indignes de sépulture, de peur aussi que
tant de corps mis ensemble n'infectassent l'air, donnèrent quelque signe pour les jetter dans l'eau. Alors la
populace ayant commencé à trainer et jetter dans le fleuve,
voicy venir un apothiquaire, lequel remonstra qu'on
pourroit faire argent de la gresse qu'on tireroit de ces
corps. A ceste première semonce, on choisit les corps
plus gras et refaits, et, après les avoir fendus, on tira
bonne quantité de gresse, laquelle a esté vendue trois
blancs la livre. Or, ne sachans plus que faire après plusieurs risées, moqueries et opprobres que les assistans, et
surtout les Italiens, jettoyent contre ces pauvres corps,
une partie fut mise en un grand fossé et l'autre jettée dedans le fleuve.

Ceux de Dauphiné, de Languedoc et de Provence, ès
villes et villages desquels le Rosne passe, estoyent esperdus de voir tant de corps flottans sur l'eau, si inhumainement mutilez, plusieurs attachez ensemble à des longues
perches, et d'autres qui, venans à bord, avoyent les yeux
crevez, le nez, les oreilles, les mains coupées, daguez et
percez en infinis endroits, tellement que plusieurs n'a-
voyent aucune forme humaine. Or, si grand nombre de
ces povres corps se rencontra au port de Tournon que
les hommes et femmes du lieu commencèrent à faire un
bruit comme si l'ennemy eust esté aux portes. Estans un
peu rasseurez, ils font monter gens sur des bateaux pour
pousser avec des crocs et perches ces corps aval l'eau.
Les paisibles catholiques de Vienne, Valence, Viviers, le
Pont-Sainct-Esprit, ne se pouvoyent contenir de faire
infinies imprécations à l'encontre des massacreurs ; ceux
d'Arles, entre autres, n'osoyent ni ne vouloyent boire de
l'eau du Rosne ainsi ensanglantée. Et combien qu'il y
eust beaucoup de catholiques remuans en Provence, si

est-ce qu'il n'y eut point de massacres, tant la pluspart furent esmeus des horribles cruautez commises à Lyon, et mesmes ils enterrèrent ces corps en divers endroits et rivages de ceste province.

Le mardy 2 dudit mois, il y eut un merveilleux silence par toute la ville jusques à l'heure du change, où l'on s'apperceut de quelque remuement ; car il y eut quelques placards affichez dès le grand matin, par le moyen de Mornieu (qui ne cerchoit que sédition), l'un à la porte de la maison de ville, l'autre à la place du change, lesquels contenoyent quelques injures contre les gouverneurs et la Mante, et aussi contre les eschevins de la ville. Ces placards remirent la ville en rumeur, parce qu'il sembloit qu'ils sortoyent de la main de quelque huguenot. A ceste heure mesmes courut un bruit que les autres deux ministres, à savoir Jean Ricaud et Antoine Caille, estoyent encores dans la ville vivans, ce qui fut cause que les plus malins et acharnez (pour combler la mesure de leur cruauté) se mirent en queste pour les attrapper ; et fut donnée charge à quelques-uns et argent livré pour les meurtrir, ou bien, s'ils les trouvoyent en sortant de la ville, de les arrester, afin d'en faire un spectacle en temps et lieu devant le peuple. Mais Dieu les fit passer au milieu de ceux qui les cerchoyent, et en furent quittes pour de l'argent ; tellement que si l'on demande qui a eu pitié d'eux et de plusieurs autres que Dieu a préservez, je respondray qu'il n'y a eu que la dame avarice, laquelle se trouva tout à propos logée au cœur de quelques soldats.

Mais, entre plusieurs choses qui se sont commises durant ce grand et horrible chapple, il y en a deux qui remarqueront à jamais ceste maudite couvée de catholiques romains lyonnois. La première est que plusieurs d'entre

eux ont esté les premiers instigateurs pour faire tuer
leurs propres frères, cousins, parentz et alliez, entre
lesquels ceste chatemite d'Orlin, le notaire, doit tenir le
premier rang ; car, ayant le moyen de sauver son propre
frère, Jacques d'Orlin, notaire comme luy, lequel estoit
logé en sa maison, il ne fut jamais en repos qu'il ne l'eust
fait mener à la boucherie avec les autres. L'autre est que
plusieurs, contre la foy promise et jurée (mais en cela
tel le maistre, tel le valet), après avoir tiré de leurs prisonniers tout ce qu'ils pouvoyent, les esgorgeoyent eux-
mesmes. Entre un grand nombre je produy seulement
ceste desloyauté commise contre Jean et Guiot Daruts,
frères, lesquels, ayans esté descouverts dans un fenil, et
après qu'ils eurent signé tout ce que les frères Gropetz,
greffiers, leurs adverses parties, avoyent voulu, touchant
quelques procès, et après s'estre dessaisis de quelques
papiers d'importance, ils furent tuez sur-le-champ à
coups de dague et jettez dans le Rosne ; l'un desquels
fut depuis trouvé à la rive du Rosne, près Tournon, et,
reconu par une dame catholique, fut enterré, comme furent plusieurs autres corps morts qui alloyent flottant sur
l'eau. Or, les bourreaux, estans desjà tous accoustumez
à estrangler et esgorger les hommes, comme on fait les
brebis à la boucherie, se trouvoyent prests toutes et quantes fois qu'il y avoit apparence de faire nouveau carnage.
Entre autres un gentilhomme du Dauphiné, venant de
la cour en poste, ayant prins un passeport du gouverneur, estant attendu sur le pont du Rosne, entre deux
portes, par Boydon et quelques autres, fut contraint mettre pied à terre, comme aussi son serviteur, lesquels,
après avoir esté daguez, furent jettez en la rivière. Et du
depuis, un mois durant, on y a commis plusieurs meurtres,

sans laisser espèce de cruauté qui n'ait esté pratiquée par Boydon, Mornieu, le Clou et leur suite.

Et mesmes, le 4 d'octobre, trois notables bourgeois, à savoir Julian de la Bessée, valet de chambre du Roy, Clément Gautiet, diacre en l'église réformée, et Perceval Foccard, changeur, furent estranglez entre les deux portes de la prison ordinaire, dont les corps furent laissez quelques heures du dimanche matin sur le pavé, à la veue de tout le monde, et finalement jettez dans l'eau; sur quoy on a peu remarquer un terrible trait de vengeance de la Royne, d'autant qu'il est certain que le frère dudit de la Bessée, thrésorier de France en Normandie, à la faveur du comte de Rets, avoit obtenu lettres du Roy adressantes au gouverneur et à la Mante, par lesquelles il leur mandoit avoir entendu que ledit Julian de la Bessée avoit esté conservé, luy et toute sa famille, chose qu'il avoit pour agréable. Ainsi donc, peu auparavant il estoit sorti des prisons, sous la promesse toutesfois de Guyot Henry, oncle de sa femme, où il ne demeura qu'un jour, qu'estant venu mandement contraire de la Royne mere, il fut resserré ès dites prisons. Sur les huit heures du soir, le samedi, au milieu de son soupper, estant appelé par le geolier, sous le nom du greffier Cropet, qui luy donnoit à entendre qu'on le demandoit en bas, insistant ledit de la Bessée qu'il luy pleust le faire monter, enfin s'appercevant du trait, d'une merveilleuse constance se leva, embrassa les assistans leur disant le dernier adieu, donna à l'un d'eux une bague d'or où estoit une turquoise qu'il portoit en son doigt; puis descendit les degrez fort franchement, se mit à genoux au pied d'iceux, fit ses prières; puis, d'une constance asseurée, s'en alla droit à la porte à grands pas, où, au lieu de Croppet, ayant veu

le Clou accompagné de ses associez bourreaux, leur dit :
« Ha ! mes amis ! » Et à un mesme instant fut attiré et
poulsé par derrière hors la porte de la prison par un
nommé Riviria, lors geolier et auparavant tainturier de
filet, là où il fust estranglé comme il a esté dit. Je sçay
bien que, durant son emprisonnement, il essaya tous
moyens pour évader la mort et rachetter sa vie par le
moyen de son bien, et si son jardin et maison, qu'il offrit
de donner, eust aussi bien consisté en deniers contans
comme en immeubles, jamais le mandement de la Royne
ne fust venu à temps ; mais ceux ausquels il fit offrir en
don sondit jardin eussent mieux aymé un plain sac d'escus,
ce qui fut cause qu'il luy en cousta la vie.

Quelques mois après toutes ces tragédies jouées en
France, le pape envoya un légat vers le Roy, lequel fut
receu très honnorablement à Lyon, et les rues tapissées.
Arrivé qu'il fut, il alla descendre dessus la calade de
Sainct-Jean, là où il entra, et, ayant ouy vespres, sortit
par la mesme porte qu'il estoit entré : et estant sur la calade fut rencontré par la pluspart des massacreurs qui l'attendoyent là de pied coy, lesquels le voyans se mirent
tous à genoux pour avoir absolution. Mais parce que ledit
légat, lequel estoit envoyé au Roy pour le gratifier des
massacres, ne sçavoit l'occasion pour laquelle ceux-cy se
mirent à genoux devant luy, un des notables de la ville
luy dit que ces gens qui estoyent à genoux devant luy
estoyent ceux qui avoyent fait l'exécution des massacres ;
ce qu'ayant entendu, ledit légat incontinent leur bailla
l'absolution en faisant le signe de la croix de la main
droite. Mais parce que cela se faisoit trop publiquement,
Boydon ne se voulut trouver en ceste place, mais alla
trouver ledit légat en sa chambre, là où il luy bailla l'absolution comme il avoit fait aux autres. Voilà le som-

maire et vray discours de la felonnie et inhumanité enragée commise par ceux lesquels, ayans face d'hommes et portans le nom de chrestiens , se sont monstrez plus lyons que les lyons mesmes et plus barbares que ne furent jamais les habitans de Barbarie. Et contre qui? contre leurs voysins, alliez, cousins et propres frères.

MEMOIRES ET INSTRUCTIONS

ENVOYÉES PAR LE ROY

AU COMTE DE CHARNY,

SON LIEUTENANT-GÉNÉRAL AU PAYS DE BOURGONGNE.

―――――

Le Roy considérant l'esmotion naguères advenue en ceste ville de Paris, en laquelle a esté tué le feu amiral de Chastillon et aucuns gentils-hommes qui estoyent avec luy, pour avoir malheureusement conspiré d'attenter à la personne de Sa Majesté, de la Royne sa mère, de messeigneurs ses frères, du Roy de Navarre, et autres princes et seigneurs estans près d'eux, et à son Estat ; et que ceux de la religion prétendue réformée, ne sachans au vray les causes et occasion d'icelle esmotion, seroyent pour s'eslever et mettre en armes, comme ils ont fait les troubles passez, faire nouvelles pratiques, menées et desseins contre le bien de Sa Majesté et repos de son royaume, s'il n'y estoit par elle pourveu, et fait conoistre la vérité aux gentils-hommes et autres subjects de ladite religion comme ce faict est passé et quelle est en leur endroit son intention et volonté ; et estimant que, pour y remédier, il est très grand besoin que les gouverneurs des provinces de son royaume aillent par tous les endroits de leurs gouvernemens, elle veut que, pour ceste occasion, M. le

comte de Charny, grand-escuyer de France, son lieutenant-général au gouvernement de Bourgongne, aille diligemment par les villes et lieux dudit gouvernement. Où
estant arrivé il advisera les meilleurs moyens qu'il pourra
de faire vivre en paix, union et repos, tous les sujets
de sadite Majesté, tant de l'une que de l'autre religion.
Et, pour y parvenir, fera doucement appeler devant luy,
en public et en particulier, ainsi qu'il verra estre à faire
pour le mieux et plus à propos pour le bien et service de
Sa Majesté, les gentils-hommes des lieux où il ira, et aussi
les bourgeois des villes d'iceluy gouvernement qui seront
de ladite religion, ausquels il déclairera et fera entendre
la vérité de ladite esmotion advenue en ceste ville, pour
ce que l'on leur pourroit avoir desguisé le fait autrement
qu'il n'est. Et leur dira que sadite Majesté, ayant descouvert que, sous ombre de la blessure dudit feu amiral, de
laquelle elle vouloit faire faire la justice selon le bon
ordre qui y avoit jà esté donné, iceluy amiral et les
gentils-hommes de sa religion, qui estoyent en ceste
ville avec luy, sans attendre l'effect de sadicte justice,
auroyent fait une meschante, malheureuse et détestable
conspiration contre la personne de sadite Majesté, de
la Royne sa mère, de messieurs ses frères, du Roy de
Navarre, et autres princes et seigneurs estant près d'eux,
et contre l'Estat, ainsi mesmes que aucuns des principaux
et adhérans de ladite conspiration, recognoissans leur
faute, l'ont confessé, elle a esté contrainte, à son grand
regret, pour obvier et prévenir un si meschant, pernicieux
et abominable desseing, et non pour aucune cause de religion ny pour contrevenir à son édit de pacification, de permettre ce qui est advenu le dimanche 24 du mois d'aoust
en la personne dudit amiral et ses adhérans et complices;
entendant sadicte Majesté que, ce nonobstant, lesdits de

la religion puissent vivre et demeurer en toute liberté et
seureté, avec leurs femmes, enfans et famille, en leurs
maisons, sous sa protection et sauvegarde, comme elle les
y maintiendra et fera maintenir s'ils se veulent contenir
doucement sous son obéissance, comme elle le desire,
voulant que, à ceste fin, ledit sieur comte de Charny offre
et baille ses lettres de sauvegarde en bonne et authentique
forme, qui seront de telle force et vertu que si elles
estoyent émanées et prinses de sadite Majesté, et qu'en
vertu d'icelles ils soyent conservez de toutes injures,
violences et oppressions; avec injonctions et défenses très
expresses à ceux des subjets catholiques, quels qu'ils
soyent, sur peine de la vie, de n'attenter aux personnes,
biens ne famille desdits de la religion qui se contiendront
doucement en leurs maisons. Et si aucuns estoyent si
téméraires et mal advisez de faire choses contre lesdites
deffences et violer lesdites sauvegardes, sadite Majesté
veut que punition prompte, rigoureuse et exemplaire en
soit faite, afin que cela serve pour contenir les autres de
ne faire le semblable; qui est le vray et seul moyen de
l'asseurance que sadite Majesté peut bailler ausdits de la
religion, avec sa parole et promesse qu'elle leur donne de
leur estre bon prince et bening, protecteur et conservateur
d'eux et de tout ce qui leur touche, quand ils demoureront
et vivront sous son obéissance sans entreprendre ou faire
chose contre son service et volonté. Et parce que Sa Majesté a souvent cogneu que les entreprises et délibérations
faites par lesdits de la religion contre son service ont esté
résolues entre eux aux assemblées des presches que les
gentils-hommes avoyent liberté de faire faire en leurs
maisons et fiefs, mondit sieur le comte de Charny fera
entendre, particulièrement aux gentils-hommes qui ont
accoustumé faire lesdits presches, que sadite Majesté, con-

sidérant qu'il n'y a rien qui tant esmeuve et anime les catholiques contre ceux de la religion que les presches et assemblées, et que, les continuans, il est tout certain que cela est cause d'empirer et augmenter lesdites esmotions, pour ceste occasion, sadite Majesté désire qu'ils les facent cesser jusques à ce que autrement par elle en soit ordonné, et qu'ils s'accommodent à cela comme chose qui sert grandement à l'effect de son intention, qui est de ramener doucement sesdits subjets à une vraye et parfaite amitié, union et concorde les uns avec les autres, mettant toutes divisions et partialitez en oubly. Et d'autant que cela leur pourra sembler dur au commencement, mondit sieur le comte de Charny regardera à leur faire dire doucement et sans qu'ils en puissent entrer en aucune mauvaise conjecture, car aussi sadite Majesté veut procéder en toute vraye sincérité à l'endroit de ceux qui se conformeront à sa volonté et obéissance, en laquelle il les exhorte de vivre avec toutes les meilleures persuasions qu'il pourra, et asseurera d'estre, en ce faisant, seurement maintenus et conservez comme les autres sujets catholiques, ainsi que sadite Majesté veut qu'il face. Et afin que sesdits sujets catholiques sachent comme ils auront à se conduire en ceci, mondit sieur le comte de Charny leur dira que ce n'a jamais esté et n'est encores l'intention de sadite Majesté qu'il soit fait aucun tort, injure ou oppression à ceux de ladite religion qui, comme bons et loyaux sujets, se voudroyent contenir doucement sous son obéissance ; déclarant ausdits catholiques que s'ils s'oublient tant que d'offenser ceux de la religion qui se porteront tels envers sadite Majesté, et ceux aussi qui auront à ceste fin prins d'elle ou de mondit sieur le comte de Charny lettres de sauvegarde, elle les fera punir et chastier sur-le-champ comme transgresseurs de ses commandemens, sans aucune

espérance de grace, pardon ou rémission; ce que iceluy
comte de Charny leur exprimera et déclarera, avec les
plus expresses paroles qu'il luy sera possible, et fera aussi
exécuter bien estroitement. Et après que, suyvant l'intention de sadite Majesté, il leur aura par ceste voye douce,
qui est celle qu'elle aime le mieux, cerché les moyens
d'asseurer le repos entre sesdits sujets et de mettre quelque asseurance entre les uns et les autres, ceux qui se
conformeront en cela à la volonté de sadite Majesté, elle
les y confortera et leur fera tous les meilleurs et plus doux
traitemens qui luy seront possibles. Mais s'il y avoit
quelques-uns de la religion qui se rendissent opiniastres
et rebelles à sadite Majesté, sans avoir esgard ausdites
remonstrances, et fussent assemblez en armes, faisant
menées et pratiques contre le bien de son service, ledit
sieur comte de Charny leur courra sus et taillera en pièces
avant qu'ils ayent moyen de se fortifier et joindre ensemble; et, pour cest effect, assemblera le plus de forces
qu'il luy sera possible, tant des ordonnances, du ban et
arrière-ban, qu'autres gens de guerre et soldats à pied
des garnisons, et habitans catholiques des villes de sondit
gouvernement, et assiégera ceux qui se tiendront et rendront forts ès villes de l'estendue dudit gouvernement,
de manière que la force et authorité en demeure à sadite
Majesté.

Fait à Paris, le 30 aoust 1572.

Signé, CHARLES.

Et plus bas, BRULARD.

Les catholiques de Bourgongne furent tenus en bride
par la prudence dudit sieur comte de Charny qui, en im-
prouvant tels actes d'inhumanité, disoit qu'avec le temps

on fleschiroit ceux de la religion beaucoup plustost par douceur que par violence. Vray est que le sieur de Traves, gentil-homme bourguignon, fut massacré à Dijon, où ceux de la religion firent abjuration comme en la plupart des autres villes de ce gouvernement.

MASSACRES

DE CEUX DE LA RELIGION

A SAUMUR ET A ANGERS.

Sitost que le massacre fut commencé à Paris, un gentil-homme de Poictou, nommé Monsoreau, fort renommé
pour beaucoup de pillages et violences (qui finalement
luy ont fait perdre la vie, ayant esté tué depuis en qualité
de meurtrier), obtint passeport avec lettres pour aller
faire saccager ceux de la religion à Angiers. Il fit telle diligence que le jeudy ou vendredy matin ensuyvant il entra
dans Saumur, où, ayant tué de sa main le lieutenant dudit
Saumur et eschauffé les catholiques, qui y massacrèrent
plusieurs de la religion, il vint en grande haste à Angiers,
et tout incontinent fit fermer les portes, avec intention de
faire saccager tous ceux de la religion. De première arrivée il s'en va au logis du Chapeau-Rouge, près le chasteau,
pensant y attrapper le sieur de la Barbée, guidon de la
compagnie de feu M. le prince de Condé et beau-frère du
sieur de la Buvrière , gouverneur de la Charité pour les
princes pendant les deux ans de la pacification. Mais ledit
de la Barbée , averty sur-le-champ, trouva moyen d'évader, en telle sorte cependant que son frère puisné, nommé
le sieur du Tertre, qui estoit malade d'une fièvre, fut tué
par Monsoreau ; lequel s'en alla de là au logis de M. de la

Rivière, surnommé de Launay, ministre docte, de bonne vie, e. qui avoit dressé l'église réformée de Paris. Trouvant la femme dudit de la Rivière à l'entrée du logis, il la salue et la baise à la coustume de France, spécialement des courtisans, et luy demande où est son mary; elle respond qu'il se pourmeine au jardin. Disant cela, elle y meine Monsoreau, lequel, ayant gracieusement embrassé la Rivière, lui dit : « Savez-vous pourquoy je suis venu ici ? Le Roy m'a commandé de vous tuer, et tout maintenant; j'en ai charge expresse, comme vous le conoistrez par ces lettres. » Quoy disant il luy monstre une pistole toute bandée. La Rivière respond qu'il ne pensoit avoir commis aucun forfait; toutesfois, puisqu'on cerchoit ainsi sa vie, prioit d'avoir quelque loisir d'implorer la miséricorde de Dieu et remettre son esprit entre les mains d'iceluy. Ayant achevé en peu de mots sa prière, il présenta volontairement son corps à ce bourreau, qui luy tira un coup de pistole, dont il mourut sur la place. Il tua aussi deux autres ministres demourans audit Angiers, l'un nommé de Coulaines et l'autre du Jaunay, hommes doctes; fit trainer dans l'eau un apothicaire nommé Gilles Doisseau, qui fut enlevé de son lict et ne voulut jamais abjurer la religion. Un autre compagnon apothicaire fut tué auprès de la porte Chappelière, et quelques autres personnes en divers endroits de la ville, jusques au nombre de sept ou huit. Il ne tint pas à Monsoreau qu'on n'exterminast tous ceux de la religion enfermez là dedans ; mais quelques-uns de la justice furent plus modérez, tellement qu'on se contenta d'emprisonner ceux que l'on pouvoit attrapper. Et, peu de temps après, le Roy y envoya Puygaillard, lequel en fit noyer encor quelques-uns, en nombre de neuf ou dix, entre autres la femme de ce ministre de Jaunay susnommé, laquelle monstra une mer-

veilleuse constance jusqu'au dernier souspir. Les autres
prisonniers se rétractèrent et promirent d'aller à la messe,
puis oignirent les mains de Puygaillard, qui de long-temps
a fait ce mestier ; homme au reste indigne de vivre pour
l'acte détestable par luy commis en la personne de sa première femme, tuée à sa sollicitation pour en espouser une
autre qu'il entretenoit. Quelque temps après fut prins le
sieur de Bressault, gentil-homme angevin et capitaine
fort vaillant, qui avoit fait plusieurs preuves de sa hardiesse et prudence, tant en la journée Sainct-Denis qu'ès
guerres suyvantes. Après avoir esté longuement prisonnier, les catholiques, spécialement les prestres, ausquels
il avoit donné la chasse et tondu quelques-uns d'entre
eux de fort près, le firent décapiter. Il mourut fort constamment et avec estonnement de tous ses ennemis, chantant un pseaume lorsqu'il fut mené au supplice.

ÉVÉNEMENS

DE

SEPTEMBRE ET OCTOBRE 1572 (1).

A Paris, d'un costé, plusieurs catholiques estoyent transis, ne prévoyans qu'horribles confusions à l'avenir pour tant de cruautez et trahisons lesquelles y estoyent pratiquées ; les autres rafolissoyent de cest aubépin fleuri au cimetière Sainct-Innocent, où il y avoit grand'foule, au grand proufit des prestres. Ceux de la religion, oyans parler de cest arbrisseau, en jugeoyent bien d'autre façon que les catholiques ; ils disoyent que cela signifioit que l'église, qui sembloit estre morte et du tout anéantie par ces horribles massacres, fleuriroit néantmoins puis après, encor qu'il n'y eust apparence, voire entre tant de confusions et embrasemens, comme le buisson de Moyse brusloit sans estre consumé. Les autres catholiques alloyent en pélerinage, à savoir au gibet de Montfaucon, visiter le corps de l'amiral, avec non moindre dévotion que l'aubespin. La Royne mère, voulant aussi saouler sa veuë d'un tel spectacle, y alla et y mena le Roy et ses autres fils. Mais, maugré la fureur des massacreurs, quelques gens allèrent de nuict en ce gibet et ostèrent de là ce corps de l'amiral, lequel ils enterrèrent en lieu si secret

(1) Mémoires de l'État de France sous Charles IX, tom. Ier.

que, quelque enqueste que les catholiques en ayent sceu faire, il est demeuré enterré (1), et eux ont esté privez de la relique qu'ils visitoyent si dévotement; au lieu de laquelle (tant ils l'honnoroyent) ils aimèrent mieux y mettre un homme de foin, comme il sera dit ci-après, que de n'y voir rien du tout.

Il y avoit à une journée de Paris un lieu où ceux de la religion d'alentour s'assembloyent pour ouyr les presches et communiquer aux sacremens. Là estoit ministre Hugues Sureau, dit du Rosier, qui avoit autresfois esté ministre à Orléans, d'où il fut envoyé ailleurs pour estre d'un esprit contredisant et amateur de nouveauté. Par succession de temps il avoit esté estably ministre en ceste église près de Paris. Les nouvelles du massacre estans venues, il s'enfuit comme les autres. Estant prins, tost

(1) Les restes de l'amiral furent déposés dans le tombeau de sa famille à Châtillon ; en 1786, ils furent transportés à Maupertuis où on éleva un monument qui a été placé au Musée des monumens français.

On a toujours ignoré ce qu'était devenue la tête de l'amiral qui, suivant quelques écrivains, aurait été portée à Rome. Le fragment suivant d'une lettre de Mandelot, gouverneur de Lyon, à Charles IX est le seul document qui puisse appuyer cette assertion.

Mandelot au Roy.

« .... J'ai receu, Sire, la lettre qu'il a pleu à Votre Majesté m'escrire, par laquelle elle me mande avoir esté advertye qu'il y a ung homme qui est party de par delà, avec la teste qu'il auroit prinse à l'amiral, après avoir été tué, pour la porter à Rome; et de prendre garde, quand ledict homme arrivera en ceste ville, de faire arrester et lui oster ladicte teste ; à quoy j'ay incontinent donné si bon ordre que, s'il se présente, le commandement qu'il plaist à Vostre Majesté m'en faire sera ensuivy. Et n'est passé ces jours-cy par ceste ville autre personne pour s'en aller du costé de Rome que ung escuyer de M. de Guise nommé Paule, lequel estoit party quatre heures auparavant du jour mesme que je receus ladicte lettre de Votre Majesté. » (*Bibliothèque royale, Manusc. de Lancelot,* n° 39.)

après il commença à varier et induit plusieurs prisonniers avec luy de se révolter. Le juge qui le tenoit envoye incontinent lettres à Paris touchant ceste prinse et des grands signes de conversion que monstroit ce ministre. Incontinent le Roy l'envoye quérir, et fut amené au Roy, en présence duquel il fit abjuration ; et par plusieurs jours, devant le Roy de Navarre et le prince de Condé, soustint la religion romaine, s'accordant avec quelques sorbonnistes là présens, contre lesquels il avoit vivement disputé peu d'années auparavant dans la mesme ville de Paris. Ces disputes et la révolte de ce ministre, homme de vif esprit et prompt à s'exprimer, esbranlèrent le Roy de Navarre, la princesse sa sœur et la princesse de Condé, tellement que cinq ou six jours après le massacre ils allèrent à la messe, après avoir receu l'absolution du cardinal de Bourbon. Du Rosier y estoit avec les sorbonnistes, qui lors triomphoyent et faisoyent de terribles sermons par les temples de Paris. Quant au prince de Condé, encore qu'on le solicitast et que du Rosier y fust employé de par le Roy et par les sorbonnistes, il ne pouvoit estre diverty de la religion en laquelle ses père et mère l'avoyent fait soigneusement instruire. Du Rosier aussi trottoit par les maisons de Paris, sollicitant plusieurs damoiselles à se révolter ; ses sollicitations ne furent du tout vaines, au grand scandale de plusieurs.

Le mercredy 3 septembre, un nommé Favier, général des monnoyes, présenta au Roy deux sortes de médailles faites en mémoire des massacres, dont la description est telle, comme le discours en a esté imprimé.

Pour donques remarquer (dit ce médailleur), à l'exemple des anciens monarques, en médailles l'oppression de Gaspard de Colligny, naguères amiral de France, et de ses complices, et en laisser tesmoignage à la postérité, la mé-

daille populaire contient la figure du Roy Charles neufiesme, séant en son throsne royal, tenant son sceptre en
une main et l'espée nue en l'autre, à l'entour de laquelle
est la branche de palme, dénotant la victoire, avec couronne close en son chef, ayant sous les pieds les corps
morts de ses rebelles. Le dicton en la légende ou circonfé-
rence porte : VIRTVS IN REBELLES. Au revers d'icelle sont
les armoiries de France, avec les deux colonnes et la devise
de long-temps prinse par le Roy, accommodée au fait :
PIETAS EXCITAVIT JVSTITIAM. Sur ces deux colonnes y a deux
chapeaux d'olivier, signifiant la paix obtenue par la sub-
jugation des rebelles, et auprès deux branches de laurier,
pour triomphe de victoire. Outre s'est rencontré, par
juste compassement, la lettre T droitement sur la couronne, signe salutaire représentant la croix de nostre
Seigneur Jésus-Christ, et aux Hébrieux consommation,
comme leur lettre finale, telle que nous espérons à ce
coup de la secte nouvelle. La croix (de papier) aussi fut
comme vraye enseigne des militans en l'église chrestienne
(papale), portée tousjours depuis ce 24 aoust pour signal ès chapeaux des bons (meurtriers) catholiques et
vrais sujets du Roy (de la tyrannie), comme Ezéchiel la
vid marquée par l'ange ès fronts des fidelles. (Mais il y a
autant de convenance entre le Thau des Hébrieux et la
croix de papier que portoyent ces bons catholiques,
qu'entre un chrestien et un massacreur.)

L'autre médaille à l'antique contient l'effigie du Roy,
exprimée près du naturel, avec ses armes et dicton françois : CHARLES IX, DOMTEVR DES REBELLES, le 24 aoust 1572,
au revers de laquelle est figuré Hercules, couvert de la
despouille de lyon (mais il faloit aussi à cest Hercules une
peau de regnard), sa massue ferrée en une main et le
flambeau ardant en l'autre, par le moyen de quoy il def-

fait l'hydre à plusieurs testes, de laquelle pour autant de testes abatues il en renaissoit d'autres, représentant la faction d'iceux rebelles, laquelle, pour plusieurs de leurs chefs occis, n'a laissé de se refaire et trois fois renouveler la guerre, et attenter ceste clandestine pour la quatriesme. Mais à l'exterminer, outre le fer et le feu, l'eau et le cordeau, adjoustez au bord de la pièce, y ont servy d'instrumens.

Plusieurs petis rimailleurs brouillèrent lors le papier, faisans imprimer des placards, pyramides renversées, hymnes, sonnets, discours et autres tels libelles fameux (1), revenans en somme à ce poinct que le Roy avoit esté merveilleusement sage de surprendre ainsi ses ennemis. Jean Dorat, poète, escrivit des vers latins où il se mocque de l'amiral, blasonnant un chascun des membres de ce corps mutilé. Jean Antoine de Baïf fit des sonnets contre ledit amiral et ceux de la religion, imprimez parmi ses œuvres en rime, où il y a maintes lascivetez et vilenies, digne sujet de cest homme-là, de mesme religion que ses autres compagnons. Estienne Jodelle, Parisien, aussi poète françois (qui a autresfois demeuré à Genève, faisant profession de la religion, où il fit en une nuict, entre autres, cent vers latins, ès quels il deschifroit la messe avec des brocards convenables), publia trente-six sonnets contre les ministres, ausquels il impute la cause de tous les maux. On dit que pour ces sonnets il eut bonne somme d'escus. Nous n'avons ici inséré tels libelles (pour estre indignes de la veuë du lecteur), faits par gens sans religion pour la pluspart, et avec une animosité par trop indigne;

(1) La pièce imprimée dans ce volume sous le titre de *Déluge des Huguenots* peut donner une idée des nombreux pamphlets catholiques qui parurent à cette époque. La lecture de ces pièces n'offrirait aujourd'hui aucun intérêt.

et afin d'éviter prolixité nous obmetterons aussi plusieurs sonnets et vers françois opposez par ceux de la religion ausdits libelles, pour nous arrester au fil de l'histoire principalement.

Cependant les massacreurs tuoyent par les prisons plusieurs de la religion ; ils en tenoyent aussi en réserve dans quelques maisons particulières, qu'ils saccageoyent la nuict, puis les jettoyent dans l'eau. Le cinquiesme jour de septembre, le Roy envoya quérir Pezou, boucher, l'un des capitaines de Paris, et luy demanda s'il y avoit encores dans la ville quelques huguenots de reste : à quoy Pezou respondit qu'il en avoit jetté le jour précédent six vingts dans l'eau et qu'il en avoit encor autant pour la nuict venant ; dont le Roy se print à rire tout hautement, le renvoyant pour y pourvoir.

Aussitost après le massacre on despescha en diligence un courrier pour en porter les nouvelles à Rome ; ceux de Guise aussi en avertissoyent le cardinal, et le conseil secret y envoya lettres. Le cardinal attendoit en bonne dévotion ces nouvelles ; aussi le légat du Pape, qui estoit en France, y donna tel ordre que, le sixième jour de septembre, les lettres que ce légat du Pape avoit escrites de France furent leues de matin en l'assemblée et conseil du Pape et des cardinaux, que l'amiral et les huguenots avoyent esté tuez du vouloir et consentement exprès du Roy. Et pour ce fut arresté en ce mesme conseil que le Pape avec les cardinaux s'en iroit tout droit de là en l'Eglise Sainct-Marc, pour rendre graces solennelles à Dieu très bon et très grand d'un tel bien qu'il avoit fait au siége de Rome et à toute la chrestienté ; davantage, que le lundy ensuyvant, pour ceste mesme occasion, on célébreroit une messe solennelle en l'église de la Minerve, que le Pape et les cardinaux y assisteroyent, et puis que

le jubilé seroit publié par toute la chrestienté. Le soir
venu, en signe de grande liesse et resjouissance on tira
force coups de canon du chasteau Sainct-Ange, et par
toute la ville les François entre autres firent çà et là feux
de joye ; brief on ne laissa rien de tout ce qu'on a accoustumé de faire quand on a receu nouvelles de la plus
grande victoire que l'église romaine pourroit avoir de ses
ennemis. On dit que le cardinal de Lorraine donna mille
escus à celuy qui porta ceste nouvelle tant désirée de luy.
Un jour auparavant, le cardinal Ursin avoit receu, en
l'assemblée du Pape et des cardinaux, une croix pour
enseigne de son ambassade en France, et avoit délibéré
de s'acheminer le jour d'après, pour aller faire tourmen-
ter le plus qu'il pourroit les huguenots qui estoyent eschappez des meurtres infinis qu'on en avoit fait. C'est
celuy qui donna l'absolution aux massacreurs de Lyon,
comme dit a esté cy-dessus.

Le huitième dudit mois de septembre, qu'on célèbre
la Nativité de la vierge Marie, les François firent une procession avec fort grande solennité à l'église Sainct-Loys ;
où la pluspart de la noblesse et du peuple de Rome se
trouva. Les chambriers de dehors les murailles, qui sont
les évesques, marchoyent devant le Pape, et puis les cardinaux aussi chambriers ; après ceux-cy la garde des
Suisses, les ambassadeurs des Roys et des princes ; et le
Pape suyvoit dessous un pesle, ayant à ses costez les cardinaux du Mont et d'Esté. L'ambassadeur de l'empereur
portoit la queuë du Pape, pour l'honneur qui se fait
à l'empereur par-dessus tous les autres ; la cavallerie de
chevaux légers tenoit le dernier rang. Après qu'ils furent
arrivez en tel ordre à l'église Sainct-Loys, la messe fut
célébrée solennellement par un cardinal, l'église parée
fort magnifiquement. Le cardinal de Lorraine fit attacher

aux plus grandes portes de ladite église des lettres qui contenoyent ce qui s'ensuit :

A DIEU TRÈS BON ET TRÈS GRAND.

A très heureux père Grégoire, Pape, treziesme de ce nom, et au collége sacré des cardinaux très illustres, le sénat et le peuple romain.

Charles neufiesme, Roy de France très chrestien, enflambé de zèle pour le Seigneur Dieu des armées, soudainement comme un ange persécuteur envoyé divinement, ayant par certaine occasion exterminé quasi tous les hérétiques de son royaume et ses ennemis, pour souvenance perpétuelle d'un si grand bénéfice, estant remply maintenant d'une liesse solide et parfaite, se resjouissant des effects espouvantables, des issues du tout incroyables, et d'un contentement accomply en toutes sortes par la grace de Dieu, des conseils donnez en tel afaire, des aides et secours envoyez, des prières faites par douze ans entiers, des requestes, vœus, larmes, souspirs des siens et de tous chrestiens, adressez à Dieu très bon et tout grand; et prévoyant que ceste grande félicité (pour ce qu'elle est avenue au commencement du pontificat de très heureux père Grégoire treziesme, peu de temps après son élection admirable et divine, ensemble avec la continuation fort asseurée et toute preste du voyage en Levant) dénonce et signifie pour certain un restablissement des afaires ecclésiastiques, et une vigueur et fleur de la religion qui s'en alloit en décadence et comme flaistrie ; pour ce grand bénéfice, estant conjoint aujourd'huy avec vous par prières très ardentes, absent de corps et présent d'esprit, rend graces très grandes à Dieu très bon et très grand, icy en l'église Sainct-Loys, son prédécesseur, supplie très humblement sa bonté que ceste espérance ne le trompe point.

Charles, du tiltre Sainct-Apollinaire, prestre de la saincte église romaine, cardinal de Lorraine, a voulu faire entendre cecy et le tesmoigner à tout le monde, l'a 1 de nostre Seigneur 1572.

Le mesme cardinal a déclaré aussi tout ouvertement que non-seulement la France, mais aussi toute la chrestienté, avoit receu un bien incroyable, et qu'il se resjouissoit grandement que ceux de sa maison principalement avoyent, par la singulière clémence du mesme Dieu, esté les exécuteurs d'un faict si grand et mémorable. En la fin de ceste déclaration du cardinal, les mots suyvans sont adjoustez en la lettre envoyée de Rome par Camille Capilupi à son frère Alphonse (1).

La Royne mère, ayant gagné son gendre le Roy de Navarre, auquel elle bailla un chancelier et des serviteurs domestiques tels qu'elle voulut, au lieu de ceux qui avoyent esté massacrez, sollicita son autre gendre, le duc de Lorraine, pour rudoyer ceux de ses sujets qui estoyent de la religion ; à quoy luy obtempérant fit un édit contre sesdits sujets.

Il a esté dit que le duc d'Aumale despescha l'un de ses gens vers le cardinal de Lorraine, qui estoit à Rome, pour l'advertir de ce qui estoit passé. Le Roy donna lettres de créance à ce gentil-homme pour faire entendre au Pape, de la part du Roy, que c'estoit là la guerre que Sa Sainc-

(1) Nous n'avons pas reproduit la longue citation de la lettre de Capilupi, parce que cet ouvrage est imprimé en entier dans ce volume, sous le titre de *Stratagème du roi Charles IX*, etc.

teté avoit tant soupçonnée qu'il vouloit faire au Roy
Philippe, et que par mesme moyen il luy demandast pardon pour luy d'une si grande faute qu'il avoit commise,
d'avoir fait faire le mariage de sa sœur sans sa bénédiction et dispense; mais que la nécessité l'ayant réduit et
contraint à cela, d'autant qu'il avoit esté esmeu et poussé
d'un bon zèle, il avoit eu espérance d'obtenir pardon de
luy.

Après cela, ayant fait appeler l'ambassadeur d'Espagne
qui demeure ordinairement à la cour de France, il luy
dit que désormais il pouvoit bien cognoistre, par ce qu'il
avoit veu, quelle avoit esté son intention et le but où il
tendoit par les paroles et caresses qu'il avoit faites aux
huguenots et mesme par les préparatifs de guerre, lesquels à bon droit avoyent esté occasion d'engendrer une
si grande jalousie, non-seulement à luy et au Roy son
maistre, mais aussi à toute la chrestienté, que tout le
monde devoit aller sans dessus dessous et la ligue contre
le Turc se rompre; mais quoyque cela luy pesast par
trop et qu'il le navrast jusques au cœur, que toutesfois il
n'avoit peu y remédier que premièrement le temps ne
fust venu et l'affaire venue à maturité, et que pourtant il
le prioit d'envoyer en diligence vers le duc d'Albe en
Flandres, l'advertissant de tout, et l'asseurant que la
guerre, quant à Sa Majesté, estoit finie en ce pays-là, et
que des prisonniers françois qu'il tenoit il en fist ce que
bon luy sembleroit, et qu'il commanderoit que les soldats
qui avoyent esté desjà envoyez sur les frontières pour
tromper les huguenots (qui pouvoyent estre de cinq à
six mille hommes de pié et environ deux mille chevaux)
se retirassent dedans le royaume, ainsi que soudainement il fut fait.

Après il le pria de vouloir semblablement faire entendre par le menu toutes ces choses au Roy son maistre, et de luy escrire qu'il luy vouloit faire la guerre de ceste façon, et qu'il l'asseurast aussi qu'il luy seroit tousjours bon amy et parent. Et, ne se contentant point de ce devoir qu'il avoit fait vers l'ambassadeur susdit, il voulut, quoy qu'il y eust, despescher un gentilhomme à ceste cour-là, pour faire part au Roy d'Espagne de tout ce qui estoit advenu en France, et escrivit de sa propre main une lettre audit Roy, pleine de courtoisie et d'excuses légitimes, pour luy oster de l'esprit toute ombre et suspicion qu'il eust peu avoir à cause de ce qui s'estoit passé ceste année présente, chose que les catholiques estimoyent devoir estre d'un tel effect envers le Roy d'Espagne que, par ci-après, il y aura entre ces deux couronnes un lien d'amitié si estroit que toute l'Europe en sentira et recevra un fruict merveilleux.

Le 14 dudit mois de septembre, le Roy escrivit au gouverneur de Mascon les lettres qui s'ensuyvent, par lesquelles on void qu'on veut recercher tous ceux de la religion qui ont eu quelque charge durant les troubles.

Monsieur de la Guiche, j'ay sceu qu'on tient à Mascon les trois frères Dagonneaux prisonniers, et un nommé Porcher, l'hoste de l'Adventure, Moissonnier, Crespin et le capitaine Gris, qui sont des principaux factieux de la Bourgongne, et ont esté cause, durant tous troubles, de faire prendre et reprendre la ville de Mascon et de toute la ruine qui est advenue audit païs. Et parce que j'ay entendu qu'ils ont espérance de sortir moyennant rançon (ce que je ne veux en façon du monde), je vous mande et ordonne que vous ayez à les retenir et mettre en bonne et seure garde, sans qu'il en advienne aucun inconvénient, d'autant que j'espère par leur moyen des-

couvrir beaucoup de choses qui touchent grandement au
bien de mon service. S'il se trouve encore audit lieu de
Mascon quelques prisonniers de la nouvelle religion qui
soyent factieux, vous les retiendrez semblablement, sans
souffrir qu'ils en reschappent en payant rançon, d'autant que je ne veux en sorte du monde qu'il soit pris rançon entre mes subjets. Et sur ce je prie Dieu, monsieur
de la Guiche, qu'il vous ait en sa saincte garde.

Escrit à Paris, ce 14 septembre 1572.

Signé CHARLES.

Et au-dessous, BRULART.

Le mesme jour, autres lettres furent envoyées au gouverneur du Daulphiné, contenantes ce qui s'ensuit.

Monsieur de Gordes, par vostre lettre du 1ᵉʳ de ce
mois j'ay entendu l'ordre qu'avez donné en vostre gouvernement, après l'advertissement qu'avez eu de l'exécution faite en la personne de l'amiral et ses adhérans,
et m'asseure que depuis vous n'aurez oublié aucune chose
qu'aurez pensé pouvoir servir à vous asseurer des lieux
dont vous aurez occasion de vous douter. Et afin qu'ayez
plus de moyens de vous faire recognoistre, j'ay ordonné
que les compagnies corses que j'avois fait cheminer en Provence retourneront devers vous, l'ayant desjà escrit à mon
cousin de Tende, qui ne fera faute de les vous envoyer,
d'autant qu'elles ne font maintenant aucun besoin audit
pays. Il vous doit aussi advertir du temps de leur partement, afin qu'ayez loisir de pourvoir à leur réception et
ordonner les lieux où elles auront à tenir garnison. J'ay
veu ce que m'avez escrit pour le payement des mortes-
payes du Dauphiné, de ce qui leur est deu de l'année
passée, et sur ce je feray adviser à mes finances le moyen

qu'il y aura, et suyvant iceluy n'y aura faute qu'il leur sera pourveu. Quant à la réparation du pont de Grenoble, il faut que ceux du lieu advisent les moyens desquels ils se pourront aider en cela, et, m'en advertissant, je leur octroyeray les provisions nécessaires. Et pour le regard des troupes du baron des Adrez, estant l'occasion pour laquelle je les avois mis sus maintenant cessée, je luy escris qu'il ait à les licentier ; par ainsi ne sera besoin de l'ordonnance que desirez pour son regard, ny semblablement de vous dire autre chose sur les responses qu'avez faites aux mémoires que ceux de la religion avoyent présentez contre vous; car vos actes me sont assez clairs et notoires, et sur cela je ne voudrois prendre meilleure preuve que leur accusation. A ceste cause, vous ne vous mettrez en peine de ce costé-là. Au surplus, je vous ay ci-devant envoyé une copie de la déclaration que j'ay fait de la mort de l'amiral et de ses adhérans, et fait entendre que mon intention estoit qu'elle fust ensuyvie et observée, et tous meurtres, saccagemens et violences cessées. Néantmoins j'ay plainte de plusieurs endroits qu'on ne laisse de continuer telles voyes extraordinaires, chose qui m'est par trop desplaisante ; au moyen de quoy j'ay advisé vous en faire ceste recharge, à ce qu'ayez à donner ordre, en l'estendue de vostre gouvernement, de faire cesser toute hostilité, force et violence, et que ladite déclaration soit exactement observée et entretenue, punissant ceux qui y contreviendront si rigoureusement que la démonstration en puisse servir d'exemple, estant bien mon intention de les chastier comme il appartient et de m'en prendre à ceux qui voudront user de connivence et dissimulation. La présente contiendra aussi advis sur la réception de vos lettres du cinquiesme du présent, par lesquelles vous me màndez n'avoir receu aucun commandement verbal de moy, ains seulement mes lettres du 22, 24 et 28 du passé, dont ne vous mettrez en aucune peine, car elles s'adres-soyent seulement à quelques-uns qui s'estoyent trouvez près de moy. Qui est tout ce que je vous ay à dire pour le présent, priant sur ce le Créateur, monsieur de Gordes, vous avoir en sa saincte et digne garde.

Escrit à Paris, le 14 de septembre.

Signé Charles.

Et au bas, Fizes.

Et au-dessus, A monsieur de Gordes, chevalier.

D'autant qu'il est fait mention ès précédentes lettres du comte de Tende, gouverneur de Provence et du Dau-phiné, nous adjousterons ce mot. Incontinent que les massacres furent commencez, un gentilhomme d'Arles, nommé la Mole, domestique du duc d'Alençon, fut en-voyé vers le comte de Tende, avec lettres du conseil se-cret pour faire massacrer en Provence tous ceux de la religion. Le comte, ayant receu ces lettres, dit librement à la Mole qu'il n'estimoit point que tels commandemens vinssent du mouvement du Roy, et qu'aucuns de son conseil usurpoyent l'authorité royale pour satisfaire à leurs passions, dont il ne vouloit plus certain tesmoignage que les lettres que le Roy luy avoit envoyées quelques jours auparavant, par lesquelles il chargeoit ceux de Guise de ce massacre de Paris; qu'il aimoit mieux obéyr à ces premières lettres, comme mieux séantes à la majesté royale, et que ce mandement dernier estoit si barbare et cruel que, quand le Roy mesme en personne luy comman-deroit de le mettre à exécution, il ne le feroit pas. Ceste magnanime response servit à ceux de la religion en ce gou-

vernement-là, car il n'y eut point de massacres ; mais elle
fit perdre la vie audit gouverneur, qui, quelque temps
après, fut empoisonné dans Avignon, dont il mourut, et
sa place fut baillée au comte de Rets, premier mignon de
la Royne mère.

Le sieur de Gordes, gouverneur de Dauphiné, s'excusa
plusieurs fois, sur ce principalement que Monbrun et
plusieurs gentils-hommes de la religion estoyent encor en
vie, qui prendroyent les armes pour leur conservation,
dont y auroit plus de danger et de mal qu'auparavant ;
qu'il faloit les attrapper premièrement, puis on cheviroit
aisément des petis. Ce gouverneur avoit esté avancé par
ceux de Montmorency, et mis en ceste place par le moyen
de l'amiral, comme aucuns disent ; par ce moyen il n'a
pas esté sanguinaire jusqu'à présent. Toutesfois les catholiques de Romans se mutinèrent, et, sitost qu'ils eurent
ouy les nouvelles de Paris et Lyon, s'amassèrent en grand
nombre, et, favorisez de la dissimulation des principaux
de la ville, se ruèrent sur ceux de la religion, lesquels ils
constituèrent prisonniers, jusqu'au nombre de soixante
ou environ. Il y avoit apparence que ces prisonniers seroyent bientost traitez en la sorte qu'avoyent esté ceux
de Lyon, n'eust esté que les plus paisibles catholiques,
desirans sauver les corps de plusieurs de leurs amis qui
estoyent emprisonnez, firent tant d'allées et venues (joint
que le sieur de Gordes, gouverneur de la province, n'estoit pas cruel), qu'en dedans huit jours après quarante
desdits prisonniers sortirent tous ensemble desdites prisons, avec promesse cependant d'adhérer à la religion
romaine. Quant aux autres qui demeurèrent, ils estoyent
comme en deux bandes : les uns n'avoyent point d'amis
qui procurassent pour eux ; les autres avoyent beaucoup
d'ennemis, tant pour afaires particuliers que pour avoir

porté les armes ou fait quelque acte notable pour la re-ligion. Sur ce les catholiques prenans résolution en réservèrent sept pour les faire mourir. Il en restoit encor treize, ausquels ils concluent de sauver la vie, pourveu qu'ils fassent abjuration comme les autres quarante susmentionnez. Et suyvant cela, environ le vingtiesme ou vingt-deuxiesme jour du mois de septembre, se transportent ès dites prisons en bonne troupe, armez et avec les dagues en main, et, sur les neuf heures du soir, font venir l'un après l'autre ceux qu'ils avoyent destinez au massacre, après les avoir molestez, et les treize autres aussi, d'une grosse fumée qu'ils faisoyent entrer par une petite fenestre en la chambre où estoyent tous ces prisonniers. Ces sept donques furent Barthélemy Gros, qui avoit porté les armes et estoit appelé le Capitaine; Romanet Duge, procureur et notaire; un autre procureur et notaire nommé Sainct-Mury, et un autre aussi procureur et notaire nommé Benoist du Clou; Enemond Milliat, marchant chaussetier et drappier; un chauderonnier nommé Louys, un cardeur nommé le Père. Iceux s'estans encouragez furent cruellement meurtris à coups de poignard, les uns après les autres, invoquans la miséricorde de Dieu. Ce massacre dura deux heures et fut exécuté ès dites prisons, en présence des survivans, lesquels furent relaschez puis après, ayans abjuré comme les autres quarante. Les massacreurs furent comme rassasiez du sang de ces sept, jusques au mois de mars ensuyvant, qu'ayans prins le sieur du Bois, gentilhomme du pays, et son fils, prisonniers, qu'ils accusoyent de conspiration, ils les firent décapiter, et pendre aussi quelques autres de la religion.

Ceux de Valence se mutinèrent aussi entendans les nouvelles de Paris et d'autres lieux, et tuèrent quelques-

uns de la religion, mais en petit nombre, et leur violence fut retenue, si qu'en peu de jours on y vescut en
paix.

Le sieur de Sainct - Heran, gouverneur d'Auvergne,
avancé par ceux de Montmorency, fit presque une pareille
response que le comte de Tende ; mais il n'adjousta pas
qu'il n'en feroit rien si le Roy le luy commandoit en personne ; et pour ce qu'il fit en sorte que la pluspart de ceux
de la religion qui estoyent en son gouvernement retournèrent à la messe, les choses s'y passèrent sans autre
bruit. Le délay des Rochelois faisoit surseoir beaucoup
d'exécutions sanglantes sur les grands et petis , lesquelles
pendent encores, pour les afaires qui sont entrevenues ce
pendant.

Quant au Languedoc, le mareschal de Danville y fut
envoyé , et les choses s'y passèrent comme nous le dirons
tantost. Quelques autres provinces, comme la Picardie,
la Bretagne et Bourgongne, demeurèrent paisibles au pris
de plusieurs autres, où l'on traitoit cruellement ceux de
la religion, spécialement en Normandie, et surtout à
Rouen, parlement et ville capitale de ceste province , en
laquelle les catholiques firent une horrible boucherie
d'hommes et femmes de la religion.

Mais d'autant que cela requiert de n'estre passé sous
silence, nous en dirons une partie (car qui pourroit tout
raconter ?) selon les mémoires que nous en avons recou-
vrez.

Massacre à Rouen.

Aux mois de mars et d'avril 1571, les catholiques de
Rouen , mutinez de voir les presches si près de leurs portes, s'estoyent ruez sur lesdits de la religion, dont ils au-

royent tué quelque nombre, blessé et pillé plusieurs. Pour
pourvoir à ces séditions, le Roy y avoit envoyé le mareschal de Montmorency, quelques conseillers et maistres
des requestes, qui ayans informé auroyent condamné à
mort quelques-uns de ces séditieux lors fugitifs, banny
les uns du duché de Normandie, les autres de la ville et
bailliage de Rouen pour un temps, fait information du revenu de quelques-uns pour les confisquer au Roy. Il y
avoit soixante-six condamnez à mort, les plus notables
desquels estoyent Jean de la Roche, sieur de Vandrimare,
sergent-major de Rouen ; maistre Claude Mortereul, curé
de Sainct-Pierre ; maistre Pierre Deslandes, advocat et
capitaine. Laurens de Marromme, capitaine, qui s'estoit
trouvé en ce massacre, fut banny du Royaume de France
à perpétuité. Mais tous ces arrests demeurèrent sans nul
effect, d'autant que les mutins, s'estans cachez pour quelques mois, se retrouvèrent bien à Rouen quand il falut
desgainer les cousteaux. Ainsi donc, si tost que le massacre fut commencé à Paris, le sieur de Carrouges, gouverneur de Rouen, receut lettres du Roy qui luy mandoit et
commandoit expressémant d'exterminer tous ceux qui
faisoyent profession de la religion audit lieu, sans en ex-
cepter aucun. Quelques principaux catholiques receurent lettres pour tenir la main à cela. Toutefois la prudence et modération du gouverneur fut telle pour un
temps que toutes choses demeurèrent plus paisibles que
l'on n'avoit estimé ; mais d'autant que le peuple s'estoit
eschauffé, tant au rapport des cruautez commises à Paris
que pour se vouloir ressentir des torts et injures qu'ils
disoyent avoir receus de ceux de la religion en ce voyage
du mareschal de Montmorency, les plus sages d'entre
lesdits de la religion, et mieux prévoyans le prochain
danger qui menaçoit et eux et leurs compagnons, se reti-

rèrent incontinent hors la ville, les uns en leurs maisons
aux champs ou chez leurs amis, et les autres droit en Angleterre ; ce que voyans les catholiques commencèrent
à emprisonner plusieurs de ceux qui estoyent restez dans
leurs maisons, pour les contregarder (disoyent-ils) de la
furie du peuple. Cela avint environ trois sepmaines après
les massacres de Paris.

Environ ce mesme temps, un nommé Estienne Lorin,
apothicaire, fort hay des catholiques, tant à cause qu'il
estoit un peu libre en son parler que pour autant qu'il
avoit longuement demeuré à Genève, se retira en un village à trois lieuës près dudit Rouen, là où de nuict
quelques-uns vindrent, sans estre recognus, le prendre
dans son lict, et, l'ayans mené ès bois de Préaux, luy
couppèrent la gorge cruellement.

Peu après le Roy, irrité du refus qu'avoit fait le gouverneur, envoya plusieurs courriers avec lettres de mesme
substance que les premières, commandant aussi par exprès à ceux du parlement de tenir la main à ce qu'il fust
obéy en cest endroit ; à quoy ledit gouverneur (encor
qu'il se soit tousjours monstré fort peu amy de telles in-
humanitez), ne pouvant lors ou par crainte ne voulant
obvier, comme celuy qui ne manioit pas le peuple si aisément qu'il eust bien voulu, se retira le jour du massacre
dans le chasteau de la ville ; et tandis l'on donna ordre
que les plus séditieux et mutins fussent avertis de la volonté du Roy et de la Royne mère. Les conducteurs des
meurtriers furent ce maistre Claude Mortereul, curé de
Sainct-Pierre, et Laurens de Marromme, capitaine.

Un jour de mardy que le massacre commença, les portes furent fermées, et par les carrefours de la ville on
posa gens armez, pour obvier à tous accidens.

L'on massacra des premiers ceux qui se trouvèrent

dans la conciergerie, jusqu'au nombre de soixante ou environ, dont la pluspart furent assommez au sortir, à mesure qu'on les appelloit par leurs noms, selon le roolle qu'en avoyent les massacreurs : les autres estoyent accommodez à coups de dague. Les massacreurs usoyent de ce mot accommoder, l'accommodans à leur bestiale et diabolique cruauté.

Plusieurs estimoyent qu'on les tirast de là pour leur délivrance corporelle, de sorte qu'un, estant là prisonnier pour autre occasion, se présenta pour eschapper de la prison avec les autres, et sans l'advertissement du geolier il se faisoit massacrer.

De la prison on commença à se ruer sur ceux qui estoyent par les maisons ou qui s'estoyent cachez chez leurs amis, de façon que depuis le mardy jusques au vendredy que l'on ouvrit les portes, lesquelles jusqu'alors avoyent esté fermées, avec plusieurs qui furent tuez les jours suyvans, l'on tient que les massacreurs en ont fait mourir cinq cens ou environ, y comprenant plus de cinquante femmes sur lesquelles on exerça pareille cruauté que sur les hommes. Et d'autant que nous avons aussi recouvré les noms de plusieurs massacrez, tant hommes que femmes, ce ne sera chose du tout impertinente de les insérer en cest endroit-cy, sans nous arrester à l'ordre qui seroit bien requis. Ainsi donc, entre autres massacrez furent : Jean Vieillard, mareschal, fort vieil et cassé ; un autre fort vieil homme procureur, nommé Massonnet ; Pierre Bouquet, malade des goutes dès quinze ans ; Guillot Loison, hoste de l'Escu-d'Orléans, fort vieil et paralytique ; Estienne Marinier, menuisier, demeurant au clos Sainct-Marc ; Noel Cossard, sieur de Baubestre ; le sieur d'Ingouville, fort aagé, qui n'avoit jamais porté les armes ; Estienne Provers, marchand grossier ; un

procureur nommé Sanson. Le fils du susdit Massonnet
s'adressa à son père pour prendre conseil à luy par quel
moyen il pourroit eschapper ; sondit père ne trouva meilleur expédient que de luy conseiller de s'aller rendre ès
prisons avec les autres, où il seroit hors de danger ; mais il
trouva le glaive où la seureté devoit estre et fut assommé
avec les autres. Un autre procureur nommé des Landes
fut aussi massacré ; item le courretier des Anglois, nommé
le Coq ; Binel, pezeur de laine ; un autre courretier
des Anglois, nommé Guillaume Cleret ; Jean de Cam,
sellier ; Pierre Sourois, drappier, homme jà aagé ; Jean
Mignot. Un bonnetier nommé le Houe fut massacré en la
rue ; un huissier nommé Thomas Morault ; Adam Beau-
douin, marchand drappier ; Jean Linard, bonnetier ;
Michel Thibaut, balancier, en la rue Sainct-Iran ; Pierre
le Fevre, balancier, au coin de la rue Escuyère ; Nicolas
l'arbalestrier, demeurant vers la porte Cauchoise ; Guillaume le Couvreur, Martel, Geoffroy de la Haye, Jean
Tassel, Jaques Vautery, Pierre Vaillant, Jean de Verson,
bonnetiers ; Denis l'Anglois, cousturier ; Isaac le Loup,
drappier ; Pierre Odye, hoste du Chef Sainct-Denis, rue
de la Prison ; le boulenger de l'Austruche ; un autre boulenger de la rue ; Jean Couthon, aagé de septante ans,
bourgeois, demeurant près des Cordeliers ; un autre
homme aagé de quatre-vingts ans, en ce mesme quartier ;
Guillaume Auguette, boulenger ; un marchand flameng
nommé Jean Mainfray ; Laurens, messager d'Anvers ; un
cartier, demeurant près l'Austruche ; deux cousins nommez les Belliers, pigniers, en la rue Escuyère ; François
Mauget, près Sainct-Vivian ; Guillaume Cleret, chappelier ;
Jean Caumont, marchant de laines ; Jean Cauvin, cordonnier, demeurant près des halles ; maistre Thomas,
barbier, son voisin ; Boutincourt, tondeur de **draps** ;

Tassin de Normanville, ceinturier ; Hubert **Dynan**, près Sainct-Martin ; un aveugle, procureur aux généraux ; Barthélemy de Nucedy ; Guillaume Helouin, menuisier, en la rue Dauvette ; Desir Cauchois, menuisier, au pont de Robec, aagé de plus de soixante ans ; Philippes le Tailleur, menuisier, en la rue de Crottes ; Guillaume Pauty, menuisier, au mont Sainct-Denis ; il fut tué dans la paille de son lict où il s'estoit mussé ; trois autres menuisiers en divers endroits, l'un nommé Jean Marguery, l'autre le petit Louys, et le tiers Geoffroy le Fevre ; un nommé Havart, bon ouvrier d'harquebouzes et pistolles, demeurant près Sainct-Amand, aagé de septante ans ; Jean Tassel, esperonnier, en la rue de l'Espée ; son père, fort aagé, et son oncle aussi ; Pierre Azou, pannetier ; Adrian le Vasseur, facteur pour les Flamens, en la rue Herbière ; Guéraut Gontier, près les Cordeliers, aagé de septante ans ; Nicolas le Clerc, serrurier, demeurant au bout du pont ; Guillaume le Marchant, tellier, demeurant à Saint-Gervais ; Jean Vaillant, serrurier, Robert Touzé, corroyeur, Jean de Mante, marchant de bleds, Marin Cave, cymentier, un maistre d'escole nommé Maturin, Isaac Plastrier, tous six demeurans en la rue Nostre-Dame ; Guillaume Regnaut, fourbisseur, demeurant hors les ponts ; Guillaume Petit, cousturier, en la rue du Lièvre ; Jaques Vatier, courretier de vins ; Pierre Morieu, en la rue de la Seille ; Benoist le bonnetier ; Jean du Four, tellier, demeurant près Daubette ; Nicolas Danon, orfèvre, près Sainct-Maclou ; Jaques Thierry, tondeur, en la rue Percée ; Adrian de la Victte, artillier, en la rue Cauchoise ; Pierre Mauvantre, en la rue Vatier-Blondel ; Jean de Bourdini, Robert le Couvreur et son frère, bonnetiers ; Geoffroy du Bosq, mesureur de bled ; Jaques Cecille, mercier, demeurant sous la grosse horloge ; Robert Da-

blon, près les Augustins; Louis Toutain, chaussetier, près
Cauchoyse; maistre Pierre le Coq, ministre du sieur du
Bosq-Benard; Guillaume du Ley, paintre, aagé de quatre-
vingt-huit ans; il fut jetté tout vif de sa fenestre en la
rue, où les meurtriers l'achevèrent de tuer; un telier du
fauxbourg Cauchoyse; Guillaume Brouvelle, bonnetier,
aagé de cinquante-huit ans; Mathelot, arbalestrier, en la
rue Escuyère; Jean Marpelle, demeurant près les Bons-
Enfans, aagé de soixante-deux ans; un pauvre masson des
champs, Mahiets; Roger Contas, passementier; un bonnetier de Sainct-André; Jean Regnaut, revendeur, près
Sainct-André; Jean Monfel, menuisier; Pollet, mercier;
Toussain Mouchet, bonnetier de la Cloche; Pierre Pradon,
marchant; Jean Poulain, boucher, demourant près Cauchoise; Jaques le Fevre, cardier; maistre Pierre Senestre,
musicien; Jessé de Covigny, tavernier, à l'enseigne de la
Corne; Nicolas Fenebreque, chandelier, à Sainct-Vivian;
Joachim Chenon, solliciteur; Pierre Aubert fut tué entre
les bras de sa mère catholique; Pierre Prevost, picqueur,
aagé de septante ans; Nicolas Sas, brodeur, et son fils,
auprès du bout du pont; le Séneschal, hoste du Tableau,
aagé de soixante-trois ans; Jean Rousset, cordonnier,
auprès du palais; Pierre Martin; Sulpice, taincturier en
soye, aagé de septante ans; Grégoire le Roux, en la rue
Sainct-Marc; Pierre Pacquin, teinturier de toiles, aagé
de septante ans; Antoine Varet, tavernier, hors Martinville; Michel Tiverel, boucher de la rue Saincte-Croix;
Raoulin des Hayes, aagé de quatre-vingts ans; Pierre
Ponchet, chappellier; François le Prestre, tondeur, près
les Cordeliers; Martin du Monstier, passementier, à Martinville; Michel Blondel, menuisier, en ladite rue; Jean
Layne, Louys Buillot, Robert le Vilain, chapelliers, demourans en ladite rue; maistre Pierre Coippel, praticien

au Palais; Maturin Daumède, passementier; Thomas Petat, cornetier, en la rue Escuyère, aagé de septante-cinq ans; Olivier Avenel, libraire, en ladite rue; Pierre le Rat, tonnelier, près la porte du Bac; Jaques le Bouteillier, bonnetier, à Martinville; un peignier en la rue Beauvaisine, nommé le Blond, aagé de soixante-cinq ans; Guillaume Omond, tavernier, demeurant aux Trois-Pierres; Louis Lair, estaimier, près la fontaine de Lisieu; Pierre du Gord, libraire, demeurant près les Trois-Cignes; Robert du Gord, son neveu, aussi libraire, près Sainct-Lo; Jean Juret, libraire, près Saincte-Croix, aagé de septante ans; Jean Boulard, marchand de cidre, près les Augustins; Jaques Tierry, tondeur, en la rue Percée; Jean le Quesne, mesureur; Pierre le Fevre, menuisier; Richard Papillon, demeurant près la Crosse, aagé de septante-cinq ans; Marin le Clerc, serrurier, en la rue aux Ours; Guillaume Hernieu, cartier, demourant à Sainct-André; Jean Taurin, boulenger, demeurant près Sainct-Patrix; Pierre Michel, esmouleur, au Neuf-Marché; Denis Langlois, cousturier, en la rue des Belles-Femmes; Nicolas Mouchar, son frère; Jean le Prévost, bonnetier, près la grosse horloge; Christofle Fauveau, bonnetier, en la rue Estoupée; un jeune rouettier, loueur de chevaux, à Martinville; Hilaire de la Mothe, revendeur de menuiserie; maistre Claude Benserade, praticien au Palais; François Hébert; Laurens Aveugle, tondeur de draps; Jean le Prince, menuisier, sur la rivière de Robec; Jérosme Goguin, panetier, en la rue des Crottes; Richard Laisné, piqueur, près la porte du Crucefix; Le Saunier, frère du maistre de la Pomme-d'Or; un chapelier nommé Robert, hors Martinville; Pierre Jourtant, demeurant sur Robec; Isaac Feuillu, plastrier; Guillot Capitonnier, en la rue Pingon; Louis Hernieu, boulenger, devant Sainct-Maclou; Jaques d'Himbleville, huillier, demeurant près du pont ; Robert Peyrigart, au clos Sainct-Marc ; Jean du Fou, tellier, son voisin ; Nicolas Carrel, homme impotent et fort aagé ; Guillaume Bigard, aussi fort vieil, demeurant près la porte Cauchoise ; Jean Cornellais, revendeur de naux ; Estienne le Cousturier, revendeur de menuiserie, près la Belle-Image ; Pierre Pain, passementier ; Olivier Dason, pignier, en la rue du Petit-Puis ; Jean Robillard, jardinier, en la rue de Malevrier ; Claude Morette, chaussetier, en la rue Sainct-Maclou ; Michel Ferrand, plastrier ; Toussaints Gallardon, solliciteur de procès ; Paul de Fosse, mercier, près du viel palais ; Michel Grouvel, et plusieurs autres desquels les noms nous sont inconus. Outre lesquels furent aussi massacrez quelques révoltez, tant la fureur estoit grande.

Ils n'espagnèrent non plus les femmes faisans profession de la religion, quand ils les pouvoyent attrapper, et en firent mourir grand nombre à divers jours, spécialement les 17 et 18 de septembre ; entre lesquelles sont celles qui s'ensuyvent : la femme de l'huissier Durant, après avoir esté indignement outragée dans sa chambre, fut jettée par les fenestres sur le pavé et massacrée par un sergent royal ; la femme de Geoffroy du Sy, drappier, après avoir payé trois cens escus de rançon, fut mise à mort ; la femme d'Estienne du Lis, poudrier ; quelques damoiselles ; la petite Jeanne, femme d'un cordonnier nommé Piquet ; la femme de Denis l'Anglois, cousturier ; la femme de Guillaume Cleret, chappelier ; la femme de Griseil, pannetier ; la femme de Barthélemy Dauvets, aagée de soixante ans ; la femme de Pierre Boullon ; la femme d'un telier des fauxbourgs de Cauchoise ; la sœur de Jean Poupé ; la Marpelée, aagée de cinquante ans ; Marguerite la Reyne ; deux filles, l'une nommée Yoland, et l'autre Maguerite de la Fontaine ; la mère d'un pauvre masson demeurant aux champs, Mahiets ; la femme d'un orfèvre nommé du Bosc, demeurant en la pierre Sainct-Nicolas ; la femme de Pierre du Gord, libraire ; Denise Dossey, vefve de Romain Simon, femme aagée ; la femme de Guillaume Bouvelle ; la femme de Jean Boullon, compagnon besongnant en fonderie, noyée dans la rivière de Seyne : Guillemette le Boucher ; la femme Pierre Prevost, femme aagée ; la femme de Pierre Callou, orfèvre ; la vefve Mausel, plastrier ; la femme de maistre Claude Benserad, clerc au greffe civil du Palais ; Jeanne Saunier ; la femme d'Estienne le Cousturier ; la femme de Guillaume le Marchant, telier, à Sainct-Gervais ; Jeanne la Mue, demeurant au clos Sainct-Marc ; Jeanne du Puys, filandière de laines, au mesme clos Sainct-Marc ; la femme et la fille de Jaques le François, orfèvre, et plusieurs autres ; une partie desquelles furent violées, meurtries ou jettées en l'eau.

Les massacres estans presques achevez, on chargea les corps morts et misérablement mutilez dans des tombereaux qu'on traina hors de la porte Cauchoise, et furent jettez les uns sur les autres dans de grandes fosses faites exprès. Les habillemens furent amassez de toutes parts, puis les bailla-on à quelques pauvres femmes pour les laver dans la rivière de Seine. Cela fait, les catholiques distribuèrent lesdits habillemens aux pauvres, pour estre estimez justes et charitables en leur injustice et cruauté indicible.

Quelque temps après ce massacre, les officiers de justice à Rouen firent quelque semblant de vouloir recercher les auteurs d'iceluy, comme ayant esté fait sans le commandement ny volonté du Roy ; partant, les plus signalez massacreurs furent cachez pour quelque temps sans se monstrer ; mais dès l'heure ils maintenoyent n'avoir rien fait qui ne leur eust esté expressément commandé par les principaux du Parlement. Or, l'on apperceut bientost que cela ne se faisoit à autre intention sinon pour éviter l'infamie qu'une telle cruauté pouvoit apporter à ladite cour de Parlement, si l'on eust esté persuadé que cela eust esté fait par son commandement ; mais ce subterfuge estoit merveilleusement vain, veu que tost après les meurtriers sortirent de leurs cachettes, se pourmenans avec toute liberté et impunité. Cependant, et quelques mois ensuyvant, puisque les hommes avoyent lasché la bride à l'iniquité, Dieu commença à faire justice, commençant par le capitaine Marromme, qui mourut furieux et désespéré. Les autres, tourmentez en leur conscience, comme leurs visages palles et desfigurez le monstroyent, sont péris les années suyvantes ; ceux qui restent attendent le mesme coup qu'ont receu leurs compagnons.

Le conseil secret, desireux d'attrapper ceux de La Rochelle, essayoit de les asseurer par tous moyens, et afin qu'ils sceussent qu'on vouloit traiter doucement ceux qui vivoyent, pour récompense des autres qu'on avoit escorchez, on fit courir des lettres aux gouverneurs des provinces, dont nous avons icy insérées celles qui furent envoyées au duc de Guise, comme s'en suit.

Lettres du Roy au duc de Guise, son lieutenant-général en Champaigne et Brie.

Mon cousin, encores que je vous aye, par toutes mes précédentes, assez fait entendre et cognoistre combien je désire que tous mes sujets, tant de la noblesse que autres, qui font profession de la nouvelle religion et se contien-

dront doucement au-dedans de vostre gouvernement ,
soyent par vous maintenus et conservez en toute seureté
sous ma protection et sauve-garde, sans qu'il leur soit
fait en leurs personnes, biens et facultez, aucun trouble
ny empeschement, ce néantmoins j'ay esté adverti qu'en
quelques endroits de mon royaume il s'est fait et continué beaucoup de saccagemens et pilleries de maisons de
ceux de ladite nouvelle religion, tant aux champs qu'aux
villes, sous couleur de l'esmotion advenue en ma ville
de Paris le 24 du mois d'aoust dernier passé , chose qui
m'est infiniment desplaisante et désagréable et à laquelle
je désire estre pourveu. Au moyen de quoy, mon cousin,
je vous prie qu'autant que desirez me faire conoistre
l'affection que vous portez au bien de mon service, vous
ayez à prendre ce fait à cœur et à conserver et maintenir
au dedans de vostre gouvernement, selon ce que je vous
en ay ci-devant et si très expressément escrit, tous ceux
de la nouvelle religion qui se contiendront doucement,
sans souffrir qu'il leur soit usé d'aucune violence, soit pour
le regard de leurs biens ou de leurs personnes, non plus
qu'à mes autres sujets catholiques. Et là où il leur auroit
esté fait quelque tort ou outrage contre ma volonté que
je vous ay cy-devant déclarée et déclare encores présentement, je veux et entens que vous faciez faire un bien
exemplaire chastiment de ceux qui se trouveront coulpables, de sorte que leur punition serve d'exemple pour
tous les autres, et que je me puisse voir obéy en cest endroit comme je veux estre partout, et mes commandemens receus de tous mes subjets, avec autre révérence
qu'ils n'ont esté par le passé. Vous asseurant, mon cousin,
que la plus agréable nouvelle que je puisse apprendre de
vous, ce sera d'ouyr dire que vous avez fait faire quelque bon
chastiment de ceux de qui j'auray esté désobéy. Et sur ce je

prieray Dieu, mon cousin, qu'il vous ait en sa saincte
garde.

Escrit à Paris, le 18 septembre 1572.

Signé CHARLES.

Et plus bas, BRULART.

Massacre à Thoulouse.

En ce temps, les catholiques de Thoulouse firent aussi
un grand massacre de ceux de la religion ; les choses y
passèrent comme s'ensuit. Le dimanche, huitiesme jour
après le massacre de Paris, sur les huit heures du matin,
les principaux catholiques eurent advertissement de ce
qui s'estoit passé et lettres du conseil secret touchant ce
qu'ils avoyent à faire. Cela fait, ils s'assemblent, et au
sortir de ce conseil font fermer les grandes portes, ne
laissans que les petites ouvertes, ès quelles ils commirent
gens propres. Incontinent le bruit courut par la ville que
les seigneurs et gentils-hommes de la religion avoyent
esté saccagez dans Paris ; ce qu'estant rapporté à ceux de
la religion dudit Thoulouse qui estoyent sortis de la ville
dès cinq heures du matin pour aller au presche à Cas-
tanet, les uns furent d'avis de se retirer ailleurs, les
autres de retourner dans la ville donner ordre à leurs
afaires. Quant à ceux qui estoyent si mal avisez, on les
laissoit entrer paisiblement, en telle sorte qu'on retenoit
leurs espées et dagues à la porte. Sur le soir les corps de
garde furent posez en divers endroits. Mais d'autant que
plusieurs conseillers de la religion estoyent hors, afin
de les attrapper, on ne garda pas les portes si soigneusement le lendemain, ains entroit et sortoit qui vouloit,
sans estre autrement enquis. Cela estoit fait pour attirer

aussi les autres simples gens errans par les champs et
pour surprendre les villes circonvoisines qui sont de la
religion. Le premier président, nommé Daffis, homme
caut et inhumain, mesmes à l'endroit de ses propres enfans
qu'il ne peut voir ne sentir, manda aux conseilliers absens
que, sous sa parole, ils s'en vinssent, et que leur absence
ne servoit qu'à esmouvoir les habitans dudit Thoulouse ;
qu'il estoit bien vray qu'on avoit massacré à Paris, mais
ce n'estoyent que querelles particulières, et que pour
cela le Roy n'entendoit point rompre son édict de pacification. Aucuns se laissèrent persuader et s'en retournèrent, les autres, flairans le danger, ne laissoyent de se
sauver, comme à Montauban, Puylaurens, Réalmont et
ailleurs. Le mardy, pour retenir ceux qui estoyent dans la
ville et attirer les autres estans dehors, le parlement fit
publier à son de trompe quelque forme de volonté du
Roy, par laquelle défenses estoyent faites de ne molester
en rien ceux de la religion, ains de les favoriser. A ceste
proclamation assistoyent les présidens, le séneschal, les
cappitouls, le viguier et autres, accompagnez de leur
guet avec armes. Cela mit en soupçon plusieurs desdits
de la religion, spécialement les conseillers, qui dès lors
se transportèrent par devers le premier président pour
savoir à quoy tendoyent telles façons de faire ; il leur respondit que c'estoit seulement pour empescher l'esmotion du peuple. Or, voyans que leur pipée ne pourroit
attrapper les oiseaux eschappez, ils se deschargèrent sur
ceux qui estoyent en leur puissance. Ainsi donc, le mercredy jour suyvant, sur les dix heures du matin, ayans divisé leurs sergens par troupes et ès quartiers, ils les firent
entrer ès maisons desdits de la religion, qui furent emprisonnez en divers couvens et prisons de la ville, ce qui fut
fait partout ce mercredy. La garde fut redoublée aux

portes, et un du parlement avec quelque marchant catholique députez pour commander en chacune des portes,
pour recognoistre tous ceux qui sortiroyent et retenir
les fuyans. Commandement fut fait aussi à toutes personnes de déceler ceux de ladite religion qu'on sauroit estre
cachez, à peine d'en respondre ; au moyen de quoy plusieurs estans descouverts furent aussi constituez prisonniers. Entre iceux estoyent cinq ou six conseillers ,
hommes doctes et notables, lesquels consoloyent les autres. Or, ils demeurèrent ainsi arrestez l'espace de trois
semaines. Cependant les catholiques faisoyent entreprises
sur les villes circonvoisines, et firent surprendre Castres,
où il y eut quelques gens de la religion tuez ; les autres
ayans fait quelque résistance se sauvèrent.

Les trois semaines expirées, ils mirent tous ces prisonniers ensemble dans la conciergerie ; en quoy on commença à cognoistre leur intention, car ils n'avoyent dif-
féré que pour avoir plus amples mandemens de Paris, qui
leur furent aussi apportez par leurs députez, nommez
Delpech et Madron, riches marchans de la ville, lesquels
exhibèrent le commandement de la part du Roy, que si
le massacre n'estoit encores fait ils ne différassent plus
longuement de mettre à exécution sa volonté ; à quoy ils
furent prompts. Et un samedy matin, avant soleil levé,
quelques escoliers, bateurs de pavé et autres garnemens,
au nombre de sept ou huit, armez de haches et coutelas,
entrèrent dans ladite conciergerie , et, faisans descendre
ces pauvres prisonniers les uns après les autres, les mas-
sacroyent au pied des degrez d'icelle conciergerie, sans
leur donner aucun loisir de parler ni moins de prier Dieu.
On tient qu'ils en massacrèrent jusques au nombre de
trois cens ; et après les avoir pillez et despouillez de leurs
accoustremens, ils les estendirent sur la place, tous nuds,

leur ostant mesmes la chemise, et leur laissant pour toute
couverture une feuille de papier à chascun d'eux sur leurs
parties honteuses. Ils les laissèrent en veue de tous l'espace de deux jours entiers, pendant lesquels on cava de
grandes fosses en l'archevesché dudit Thoulouse, où ces
corps cruellement mutilez furent jettez l'un sur l'autre
ainsi nuds. Quant aux conseillers prisonniers, après avoir
esté massacrez, ils furent pendus, avec leurs robbes longues, au grand orme qui est en la cour du Palais. Et ce
pendant les maisons desdits de la religion furent saccagées et pillées.

Divers massacres se sont faits en autres lieux, desquels
nous n'avons peu faire mention pour n'en avoir les mémoires certains. Le temps les nous fera voir, s'il plait à
Dieu.

Cependant il est bien certain que, tant par les villes
sus-mentionnées qu'autres en diverses provinces, par
les bourgades et villages et par les champs, en trois semaines ou un mois, les catholiques ont fait mourir secrettement et ouvertement tant de milliers de personnes
que c'est une horreur de s'en souvenir. Or, comme il est
impossible de s'accorder en ce calcul, aussi ès traitez divers imprimez les uns ont mis plus grand nombre, les
autres moins. Pour le présent nous ne pouvons faire un
conte précis ; car ceux d'une mesme ville ne peuvent pas
estre entièrement d'accord quand il est question de savoir justement combien de gens y ont esté massacrez.
Suffise donc de savoir qu'il y a eu tant de sang traistreu-
sement et cruellement espandu qu'il est impossible de le
pouvoir descrire et exprimer comme il appartient. Seulement, nous prions tous ceux qui peuvent aider de mémoires celuy qui dressera l'histoire de ce temps misérable, de ne frustrer la postérité de ce qu'il faut qu'elle

cognoisse, pour estre plus sage aux despens d'autruy.

Plusieurs de la religion, esbranlez par tant de cruels traittemens, abjuroyent de jour en jour ; et d'autant que les sorbonnistes dressèrent un formulaire pour cest effect, nous l'avons ici inséré, avec les mémoires du Roy pour le faire recevoir par les provinces de son royaume.

Mémoires envoyez par le Roy à tous les gouverneurs et lieutenans de ses provinces, pour destituer et démettre de leurs estats et charges tous ceux de la religion, encores qu'ils la voulussent abjurer, réservé ceux qui sont pourveus de menus estats et offices, ausquels Sa Majesté permet de continuer leursdits estats, pourveu qu'ils abjurent ladite religion, selon la forme d'abjuration qui est envoyée à ceste fin.

Le Roy, considérant combien ses officiers et magistrats de la justice, et ceux qui ont le maniement et administration de ses finances, qui sont de la nouvelle opinion, seroyent suspects, odieux, et mettroyent en grande desfiance ses subjets catholiques, s'ils exercent à présent leurs offices, après ces esmotions fraischement advenues, pour cause que lesdits officiers de justice et finances demeurent à ceux qui les tiennent, et que cela pourroit ramener au peuple nouvelle occasion de s'esmouvoir, et mesme ne seroyent par ce moyen iceux de la nouvelle opinion sans danger et inconvénient en leurs personnes, encores qu'ils abjurassent ladite nouvelle opinion et fissent profession de la saincte foy et religion catholique romaine ; Sa Majesté, désirant éviter et obvier aux maux et nouveaux troubles qui seroyent pour en avenir, a avisé de faire déporter lesdits officiers de l'exercice de leursdits offices jusques à ce que par elle en soit autrement ordonné, et que néantmoins, obéissans cependant iceux officiers à sa volonté et vivans paisiblement en leurs maisons, sans rien attenter, pratiquer ni entreprendre contre son service, ils seront payez de leurs gages, et ceux qui voudront résigner leursdits offices à personnes catholiques, se retirans par devers Sa Majesté, elle leur pourvoira fort honorablement. Et pour le regard des menus officiers sans gages, qui ne se trouvent fascheux, comme notaires, sergens, et ausquels leurs offices n'attribuent point d'auctorité et ne peuvent estre si odieux ny en mesfiance au peuple que les autres, Sa Majesté a advisé que iceux menus officiers qui voudront abjurer icelle nouvelle opinion et faire profession de ladite foy et religion catholique, apostolique et romaine, pour y vivre doresnavant, seront constituez en l'exercice et jouissance de leurs estats, et que les autres menus officiers qui voudront persister en leur nouvelle opinion se déportent de leursdits estats, jusques à ce qu'il ait esté autrement pourveu par sadite Majesté, et ce pour les inconvéniens qui leur pourroyent advenir s'ils exercent leursdits estats, à cause de la grande desfiance et soupçon qu'ont lesdits catholiques de ceux qui sont de ladite nouvelle opinion. Et toutesfois sadite Majesté, ayant mis en considération que la pluspart d'iceux officiers n'ont autre moyen de vivre que l'exercice de leursdits offices, elle veut qu'ils soyent en liberté de pouvoir résigner à personnes catholiques et capables; et lorsqu'ils se retireront vers elle pour cest effect, elle leur fera la plus grande grace et modération de finances qu'il sera possible; laquelle résolution, vouloir et suppression de sadite Majesté elle veut estre déclarée ausdits officiers de ladite nouvelle prétendue opinion, tant par ses gouverneurs et lieutenans-généraux de ses provinces, que par les gens tenans ses courts de parlements, chambre des comptes, court de ses aides, gens du grand conseil, thrésorerie de France, et généraux de ses finances, baillifs et sénéchaux, prévosts, juges ou leurs lieutenants, et chacun d'eux, si comme à luy appartiendra. Et à ceste fin veut et entend sadite Majesté qu'ils ayent chascun en leur regard à faire appeler pardevant eux, particulièrement et à part, chascun des officiers de ladite nouvelle opinion, qui seront de leurs corps, charges, siége et juridiction, et les admonnester de se conformer en cest endroit à l'intention de sadite Majesté, telle qu'elle est cy-dessus; et si aucuns desdits officiers de justice et finances de ladite nouvelle opinion, ayans auctorité à cause de leursdits estats, s'efforcent et voudroyent retourner au sein de l'église apostolique et romaine, leur sera dit que sadite Majesté l'aura très agréable, n'ayant rien en plus singulière affection, et que cela luy donnera tant plus de fiance et d'asseurance de leur bonne volonté, et que sadite Majesté ne les exclurra de se servir d'eux à l'advenir, mais leur pourvoira cy-après, selon que leurs déportemens le mériteront; et cependant néantmoins veut, pour les raisons dessus dites, qu'ils se déportent de l'exercice de leursdits offices, jusques à ce que par elle soit ordonné. Et parce que, en plusieurs lieux et endroits de ce royaume, on a fait procéder par voye de saisie sur les biens de ceux de ladite nouvelle opinion qui sont morts ou qui sont absens, et des autres qui sont cachez, et de ceux aussi qui estoyent demeurez en leurs maisons, encores que sadite Majesté ait desjà fait entendre, par sa déclaration du 28 d'aoust dernier, qu'elle vouloit et entendoit que lesdits de la nouvelle opinion entrassent en leurs biens, toutesfois, afin qu'en cela il ne soit aucunement douté de sadite intention ny fait chose contrevenante à icelle, elle veut et entend que, suyvant la décla-

ration du 28 aoust, lesdits de la nouvelle opinion qui sont
encore vivants, présens ou absens, et ne se trouveront
chargez et coulpables de la dernière conspiration ny d'a-
voir attenté contre Sa Majesté ou son Estat depuis son
édit de pacification, soyent remis et restituez en leurs
maisons, ensemble en la possession et jouissance de tous
et chascuns leurs biens, meubles et immeubles, et que
les vefves et héritiers de ceux qui sont morts leur puissent succéder et appréhender tous et chascuns leurs
biens, et main levée leur estre baillée de ceux qui sont
saisis, et qu'en iceux ils soyent maintenus et gardez sous
la protection et sauvegarde de Sa Majesté, sans qu'il leur
soit mesfait ou mesdit en quelque sorte que ce soit ; voulant à ceste fin toutes les seuretez qui leur seront nécessaires leur estre baillées, et que les officiers, magistrats,
ensemble les maires et eschevins, et tous autres ayans
charges publiques, les maintienent en toute seureté, avec
deffences à toutes personnes, de quelque estat, qualité ou
condition qu'ils soyent, de n'attenter ny offenser leurs
personnes ny biens sur peine de la vie. Et néantmoins
veut sadite Majesté que ceux de ladite nouvelle opinion
se soubmettent et promettent, sur peine d'estre desclarez
rebelles et criminels de lèse-majesté, de vivre doresnavant sous l'obéissance d'icelle, sans rien attenter ny adhérer à ceux qui attenteront contre sadite Majesté et son
Estat, ny pareillement, pour choses contre ses ordonnances, de ne recognoistre autre que sadite Majesté ou ceux
qui auront auctorité de commander sous elle ; et là où ils
sauront que l'on attenteroit à l'encontre d'icelle sadite
Majesté, de son Estat et service, de luy révéler incontinent et à ses officiers, comme ses bons et loyaux sujets.
Et pour oster tout doute et soupçon, tant à la noblesse
qu'autre, à cause qu'en la déclaration du 24 du mois

passé sont contenus ces mots (Si ce n'est toutefois qu'ils
soyent des chefs qui ont eu commandement pour ceux
de ladite nouvelle opinion, ou qu'ils ayent fait des pratti-
ques ou menées pour eux, et lesquels pourroyent avoir eu
intelligence de la conspiration susdite), sadite Majesté
déclare qu'elle n'entend, des choses faites et passées durant les troubles précédents l'édit de pacification du mois
d'aoust 1570, soit faite aucune recerche, ne qu'aucun
en soit molesté en sa personne ne biens, ains que pour ce
regard jouissent du bénéfice de l'édit ; mais que les susdits mots s'entendent seulement de ceux qui se trouveront avoir adhéré ou esté coulpables de la dernière conspiration faite contre la propre personne de sadite Majesté
et son Estat, et que les autres qui sont mis prisonniers
soyent mis en liberté. Et quant à ceux qui voudront faire
profession de foy et retourner à la religion catholique,
sadite Majesté désire que ses gouverneurs et officiers les
excitent et confortent le plus que faire se pourra à l'effect
et exécution de ceste bonne volonté ; que leurs parents et
amis soyent aussi exhortez à faire le semblable de leur part ;
et si aucun les offensoit en leurs personne ou leurs biens,
sadite Majesté veut que prompte et rigoureuse punition
en soit faite. Et afin que l'on suyve la forme qui a esté
tenue en la profession de la foy que font ceux qui retour-
nent en l'église apostolique et romaine, il en est envoyé
autant avec ce présent mémoire.

Fait à Paris, le 22 septembre 1572.

Signé CHARLES.

Et plus bas, PINART.

Forme d'abjuration d'hérésie et confession de foy que doivent faire les desvoyez de la foy prétendans estre receus en l'église.

(C'est l'abjuration qu'on fait faire à tous ceux de la religion qui sont demeurez en France, pour avoir leurs vies sauves. Imprimée à Paris, chez Nicolas Roffet, demeurant rue Neufve-Nostre-Dame, à l'enseigne du Faucheur, avec privilége du Roy.)

Premièrement lesdits desvoyez, voulans retourner au giron de nostre mère saincte église, se doyvent présenter à leurs curez ou vicaires, pour estre instruits de ce qu'ils auront à faire ; ce fait, seront renvoyez pardevant le révérend évesque et diocésain, son vicaire ou official, pour faire ladite abjuration et confession, en la forme et manière qui s'ensuit.

Je N., natif de, etc., diocèse de, etc., et demourant, etc., recognoissant par la grace de Dieu la vraye foy catholique et apostolique, de laquelle, par ma coulpe et faute, je me suis desvoyé et séparé depuis, etc., et desirant retourner au troupeau de la vraye bergerie chrestienne, qui est l'église catholique, apostolique et romaine, confesse avoir abjuré et anathématisé, encore à présent pardevant vous, monsieur et supérieur, j'abjure et anathématise toute erreur et hérésie luthérienne, calviniste, huguenotique, et toute autre hérésie quelle qu'elle soit, de laquelle j'ay esté cy-devant entaché et diffamé, consens à la foy de nostre mère saincte église, et vous supplie, au nom de Dieu, de son fils Jésus-Christ et de la glorieuse vierge Marie sa mère, et de tous les saincts et sainctes de Paradis, qu'il vous plaise me recevoir au troupeau et bergerie du peuple de Dieu, qui vit sous l'obéissance du Pape, vicaire ordonné de nostre Sauveur Jésus-

Christ en ladite église, me submettant de porter patiem-
ment et faire volontiers la pénitence qu'il vous plaira
m'ordonner pour l'absolution de mes fautes que j'ay
commises pendant que j'ay vescu ès dites sectes ; de quoy
je demande et requiers pardon à Dieu, et à ladite église,
et à vous, qui estes ordonné pasteur de Dieu le Créateur,
absolution, avec telle pénitence que jugerez estre salutaire
pour la satisfaction de mes péchez et offences. Et à ce
que cognoissiez que de bon cœur j'ay fait et fais ladite
abjuration, je confesse davantage devant Dieu et vous
que je croy ce qui est contenu au symbole des Apostres,
celuy de sainct Athanase, et autres confessions de foy
faites et approuvées par les saincts conciles de l'église
catholique, apostolique et romaine, dont la saincte église
romaine use en la messe, à savoir : Je croy en un seul
Dieu le Père tout puissant, Créateur du ciel et de la terre,
et toutes choses visibles et invisibles, et en un seul nostre
Seigneur Jésus-Christ, Fils unique engendré de Dieu le
Père avant la constitution du monde, Dieu de Dieu, lumière de lumière, vray Dieu de vray Dieu, engendré,
non pas créé, consubstantiel au Père, par lequel toutes
choses ont esté faites ; qui, pour nous hommes et pour
nostre salut, est descendu du ciel, et a esté conceu du
Sainct-Esprit, a pris chair humaine de la vierge Marie,
et a esté fait homme, a souffert et a esté crucifié pour
nous sous Ponce Pilate, a esté ensevely, est descendu aux
enfers, et le tiers jour est ressuscité, ainsi que les Escri-
tures l'avoyent tesmoigné et prédict; puis est monté au
ciel et est assis à la dextre de Dieu son Père, et de rechef
viendra glorieusement juger les vifs et les morts; le royaume duquel sera éternel. Je croy pareillement au Sainct-
Esprit, seigneur et vivifiant, qui procède du Père et du
Fils, et qui, avec le Père et le Fils, est ensemble adoré et

glorifié, lequel a parlé par les prophètes. De mesme foy
je recognois une saincte église catholique et apostolique.
Je confesse un baptesme par lequel les péchez sont remis,
et attens la résurrection des morts et la vie éternelle. Je
croy pareillement, recognois et confesse tout ce qui est
contenu ès livres tant du Vieil que du Nouveau Testament, approuvez par ladite saincte église catholique,
apostolique et romaine, selon le sens et interprétation
des saincts docteurs receus par elle, rejettant toute autre
interprétation comme fauce et erronnée. Je reconois les
sept sacremens de ladite église catholique, apostolique
et romaine, avoir esté instituez par nostre Seigneur Jésus-
Christ, et qu'ils sont nécessaires pour le salut du genre
humain, encores que tous ne doyvent de nécessité estre
à tous conférez, à savoir : Je reconois que lesdits sept
sacremens sont le baptesme, la confirmation, l'eucharis-
tie qui est le sainct sacrement de l'autel, pénitence, ex-
tresme-onction, ordre et mariage, et que lesdits sacremens confèrent grace, et que d'iceux le baptesme, la confirmation et l'ordre ne peuvent estre réitérez sans sacri-
lége ; que lesdits sacremens ont l'effect que ladite église
enseigne, et que la forme et l'usage ausquels ils s'administrent aux chrétiens est sainct et nécessaire. Je reconois aussi que la saincte messe est un sacrifice et oblation
du vray corps et sang de Jésus-Christ, sous les espèces de
pain et de vin meslé avec eau, lesquelles matières de pain
et de vin, sous lesdites espèces, sont en la messe, par les
parolles servans à la consécration qui y sont dites et pro-
noncées par le prestre, transubstanciées et transmuées en
la substance dudit corps et sang de Jésus-Christ, nonobstant que les qualitez et accidens demeurent ès dites espèces après ladite consécration, et que la messe est salutaire
et profitable tant aux vivans qu'aux trespassés. Je conois

et confesse la concomitance, c'est-à-dire que, recevant le corps de Jésus-Christ sous l'espèce de pain seulement, l'on reçoit pareillement le sang de Jésus-Christ. Je confesse que la prière et intercession des saincts, pour les vivans et trespassez, est sainte, bonne et salutaire aux chrestiens et n'est contraire en sorte que ce soit à l'honneur de Dieu; que les prières faites en l'église pour les fidelles trespassez leur profitent à la rémission de leurs péchez et diminution des peines encourues pour iceux : qu'il y a un purgatoire où les ames qui y sont détenues sont secourues par les prières des fidèles. Je confesse qu'il faut honnorer et invoquer les saincts régnans avec Jésus-Christ, et qu'iceux intercèdent pour nous envers Dieu, et leurs reliques devoir estre révérées; que les commandemens et traditions de l'église catholique, apostolique et romaine, tant ceux qui appartiennent à la forme et cérémonies du service divin, et d'assister à icelles, que je croy estre pour attirer le peuple chrestien à piété et conversion à son Dieu, comme jeusnes, abstinence de viandes, observation de festes et autre police ecclésiastique, selon la tradition des apostres et saincts pères, continuez depuis la primitive église jusques à ce temps, et depuis introduits en l'église par l'ordonnance des conciles receus en icelle de long-temps ou de naguères, sont saincts et bons ausquels je veux et dois obéir; comme prescripts et dictez par le Sainct-Esprit, autheur et directeur de ce qui sert à l'entretien de la religion chrestienne et de l'église catholique, apostolique et romaine. Je croy pareillement et accepte tous les articles du péché originel et de la justification. J'afferme asseurément que nous devons avoir et retenir les images de Jésus-Christ, de sa saincte mère et de tous les saincts, et leur faire honneur et révérence. Je confesse le pouvoir

des indulgences avoir esté laissé en l'église par Jésus-
Christ et l'usage d'icelles estre grandement salutaire,
comme aussi je reconois et confesse l'église de Rome estre
la mère et chef de toutes les églises, et qu'elle est conduite par le Sainct-Esprit, et que toutes prétendues ins-
pirations particulières y contrevenantes sont suggestions
du diable, prince de dissension, qui veut séparer l'union
du corps mystique du Sauveur du monde. Finalement je
promets estroitement garder tout ce qui a esté statué et
ordonné par le sainct concile dernièrement tenu à Trente,
et promets à Dieu et à vous de ne me départir jamais de
l'église catholique, apostolique et romaine, et où je le
ferois (ce que Dieu ne vueille), je me soubmets aux peines
des canons de ladite église, faicts, statuez et ordonnez
contre ceux qui retombent en apostasie; laquelle abjuration et confession de foy j'ay signée.

Les cruels et furieux massacres avoyent tellement estonné ceux de la religion qui estoyent restez en vie que,
pensans à toutes heures et plusieurs sepmaines après à
ces horribles tempestes, ils demeuroyent esperdus, tellement qu'en tous les endroits du royaume il y eut d'estranges abjurations et spécialement suyvant le formulaire susmentionné. Ceux qui peurent se retirer de bonne heure
évitèrent ce danger; les autres, ayans esté une fois ou
deux à la messe contre leur conscience et trouvans ouverture pour eschapper, quittèrent incontinent le royaume
de France. D'autres, s'estans sauvez pendant la fureur des
massacres, retournèrent tost après, sous prétexte de leurs
biens et familles, et firent abjuration ; mais un fort grand
nombre ne bougea, commençant à oublier bientost la
religion, allant souvent à la messe, caressant les massacreurs et les prestres, tellement que, peu de temps après

les massacres, il sembloit que plusieurs, qui six sepmaines auparavant avoyent fait grande profession de la religion, n'en eussent jamais eu cognoissance. Vray est qu'il y en a beaucoup qui, demeurans là, après avoir esté une fois ou deux à la messe, se sont déportez puis après, gémissans et protestans de vouloir suivre la religion.

Pendant la fureur des massacres, quelques catholiques et courtisans avoyent retiré chez eux plusieurs de la religion, et d'autres qui, pour n'estre point papistes, estoyent en aussi grand danger que lesdits de la religion. Entre autres Guy du Faur, dit de Pybrac, advocat du Roy en la cour de Parlement, remarqué pour s'estre formalizé pour la religion à la fin du règne de Henry II, avec du Bourg et autres, et depuis pour avoir fait teste au président de Sainct-André et parlé fort hardiment contre iceluy en plaine audience, ne se sentit pas fort asseuré pendant ces dernières tempestes; car combien qu'il eust quitté l'exercice de la religion et eust donné son ame à la Royne mère, de laquelle il estoit devenu créature, si est-ce qu'il pouvoit avoir encor quelques ennemys couverts au Parlement, qui pourroyent aposter quelques meurtriers et le faire passer avec les autres, comme des catholiques mesmes n'y avoyent pas esté espargnez. Pour ceste cause il se tint caché, voire mesmes quitta son logis pour se retirer chez la dame de Nemours, où il fut quelque temps. Or, le conseil secret voyoit bien que si les nations circonvoisines n'estoyent déceues par quelques escrits artificiels, l'histoire des massacres rendroit les catholiques françois, le Roy, sa mère, son frère et leurs adhérans, exécrables à la postérité; que les Polonois ne voudroyent jamais pour Roy le duc d'Anjou, s'ils entendoyent que luy et le Roy son frère fussent les principaux conducteurs de ceste sanguinaire menée, et par conséquent Montluc, qui estoit en chemin pour la négociation de la Pologne, perdroit le temps et l'argent. Pourtant la Royne mère et les siens estimèrent qu'il faloit avoir quelque homme qui peut escrire et persuader aux estrangers que le Roy ny son frère n'estoyent point auteurs de ce massacre et que l'amiral et les siens avoyent conspiré ; que, quant à l'exécution, le Roy ni sondit frère n'avoyent entendu qu'on espandit le sang en si grande abondance, et que, pour ces cruautez, il s'en faloit attacher à la populace.

Pour faire telles excuses, Pibrac sembla homme propre, tant pour ce qu'il seroit bien aise de se conformer en la bonne grace de la Royne mère et des siens que ce seroit aussi un moyen de l'avancer. Luy qui est ambitieux jusqu'au bout, voyant que, pour mettre la main à la plume, il supplantoit ses ennemis et acquéroit la faveur des grands, condescendit aisément et receut les mémoires qui luy furent baillez incontinent après ces massacres, avec les promesses d'estre avancé en biens et honneurs. Pendant qu'il s'appreste et dresse son discours, un certain solliciteur des afaires de ceux de la religion au privé conseil, nommé Pierre Carpentier, faisant profession des loix, se mit aussi en avant par le moyen qui s'ensuit.

Ce personnage, ayant pratiqué par divers moyens d'estre receu pour professeur en droit à Genève, y jouoit deux roolles merveilleusement divers ; car, d'un costé, il prenoit gages de la seigneurie de Genève pour ceste profession, de laquelle il s'acquitta fort laschement, estant un vray mocqueur, encor que l'on l'admonnestast souventesfois de son devoir ; d'autre part il estoit aux gages de la Royne mère, ou pour le moins avoit promesse d'estre avancé en faisant quelque bon service. A ceste occasion, il communiquoit quelquesfois avec Belièvre, ambassadeur vers les Suysses. Or, avint que, s'estant retiré de Genève pour ses maléfices, il retourna en France, où, faignant embrasser plus que jamais la religion, s'insinua en la bonne grace du sieur de Cavagnes et se mit à solliciter au conseil privé les afaires de ceux de la religion, le tout pour espier leurs actions et servir à la Royne mère. Sur ces entrefaites, les massacres survinrent. Incontinent Carpentier se retire chez Belièvre, l'un des conseillers secrets, non pas tant pour sauver sa vie (car qui eust cerché un homme qui n'eut jamais religion ni conscience qu'au dehors et qui portoit une infinité de visages?) que pour s'offrir à faire service de corps et d'ame à ceux de qui il estoit créature. Aussi fut-il soudainement despesché avec ample passeport, et, passant seurement à travers la France lorsque tous les glaives estoyent desgainez, vint à Mets, où, ayant esté festoyé en la cuisine du sieur de Thevales, gouverneur, fut accompagné du messager de Mets (auquel le gouverneur commanda, à peine de la vie, d'accompagner ce coureur) jusques dans Strasbourg. Estant là il faisoit le pleureur, détestant le Roy, la Royne mère et tous les catholiques, louant hautement l'amiral, duquel il avoit tousjours le nom en la bouche. Quelques François y arrivèrent sur ces entrefaites; les uns, qui cognoissoyent d'assez long-temps ce Thoulousan, donnèrent advertissemens, à qui il appartenoit, de la qualité du personnage; les autres estoyent délibérez de luy faire peur s'il fust sorty de la ville. Luy, cognoissant aucunement cela, faisoit du religieux, et cependant, pour estre aucunement favorisé, demeura quelque temps en ceste ville-là, escoutant ce qui se disoit à l'entour, servant aux menées du conseil secret, selon les mémoires qui luy furent baillez au sortir du logis de Belièvre. Outre plus, il dressa une lettre adressée à François Portus, homme docte, paisible, et ennemy des mœurs de Carpentier, professeur de lettres grecques à

Genève, par laquelle il veut excuser les massacres et accuse
en tout et partout l'amiral et les siens; puis fit imprimer
sadite lettre en latin et en françois, donnant ordre qu'elle
courust partout.

Plusieurs de la religion, voulans pourvoir à leur conscience et à leurs corps aussi, taschoyent à se sauver hors
de France, les uns en Angleterre, les autres en Allemagne,
spécialement à Heydelberg et à Strasbourg; les autres en
Suisse, à Basle, et en divers lieux de la seigneurie de Berne,
comme à Lausanne et ailleurs. Un grand nombre se retira
à Genève; La Rochelle, Montauban, Nísmes et quelques
villettes du Vivarez et des Sévènes servirent de retraite
à plusieurs de Guyenne, Languedoc et autres provinces.
La pluspart de ces pauvres fugitifs estoyent desnuez de
biens, ayans esté despouillez sur les chemins par les
voleurs, qui achevoyent d'emporter ce qu'ils avoyent
peu tirer de la flamme des massacres. Néantmoins, res-
pirans après une si horrible tempeste, encore pre-
noyent-ils pour heureux présage que, parmy tant de
meurtres et déluges de sang où estoyent demeurez gens
de toutes qualitez, presques tous les ministres des églises
réformées (hays spécialement des massacreurs) estoyent
eschappez, s'asseurans que Dieu n'avoit conservé les
pasteurs que pour rassembler encor quelque jour les
brebis esparses. En ces désolations, plusieurs bons personnages des églises d'Angleterre et autres pays estrangers firent de grandes aumosnes pour le soulagement des
pauvres estrangers, tellement que plusieurs furent merveilleusement confermez en la doctrine de la providence
de Dieu envers les siens. Vray est qu'aucuns, ayans leurs
afaires en recommandation, ou leurs femmes et enfans
derrière, ou solicitez par divers allèchemens, rentrèrent

aux filez du conseil secret, où les uns sont morts pauvrement ; les autres, ayans souvent de belles peurs, se sont endormis près de leur malheur , tandis que leurs frères réfugiez ont loué l'Éternel pour ses jugemens et miséricordes.

FIN.

LE
STRATAGE-
ME, OU LA RUSE DE

Charles ix, Roy de France, contre les Huguenots rebelles à Dieu et à luy. Escrit
par le Seigneur Camille Capilupi,
et envoyé de Rome au Sei-
gneur Alphonse
Capilupi.

*Traduit en François de la
copie Italiene.*

M. D. LXXIIII.

AVERTISSEMENT AU LECTEUR.

Pour ce qu'on a escrit de ceste piteuse et trop vrayement tragicque tragédie en plusieurs sortes, non-seulement diverses, mais aussi du tout contraires et répugnantes ; selon qu'il y en a qui se sont hastez de publier ce qu'ils ne savoyent que par le raport d'un bruit commun et mal asseuré, surtout en un cas si énorme et estrange, et que plusieurs ont esté transportez par leurs passions hors des bornes de vérité pour accuser ou excuser le faict, j'ay avisé de publier cest escrit, tant en la langue en laquelle il a esté première-ment escrit qu'en la nostre françoise, espérant qu'il pourra passer jusques aux autres nations comme le plus véritable et le moins suspect ; car, quant à l'autheur, il est cognu de tous par le nom duquel il se nomme, et toute Rome est tesmoin de cest escrit, là où chacun en a eu copie qui en a voulu avoir ; et mesmes avoit esté commencé d'estre imprimé, quand le cardinal de Loraine, qui au commencement l'avoit trouvé fort bon (ayant eu avertissement que tout n'estoit achevé en France comme on avoit présumé, et qu'on avoit usé d'autre langage envers plusieurs princes estrangers qu'en Espaigne et Italie, joinct que cela eust peu rompre l'élection de Pologne), empescha que l'impression ne s'en parachevast. Quant à la religion dont cest autheur fait profession, chacun aussi le cognoit pour tel qu'il se dit, à savoir vray et ferme catholic, de sorte que les catholiques ne peuvent révoquer en doute son tesmoignage sans se faire trop grand tort. Quant à son intention, elle est toute notoire et conforme du tout aux mœurs de sa nation et de sa religion, qui portent n'y avoir entre les hommes plus louable vertu que de bien dissimuler, surtout quand il est question de se venger. Quant à la vérité de l'histoire, y a-il lieu au monde auquel ayent esté mieux cognus les plus grands secrets de ceste tragédie que Rome, en laquelle et pour laquelle il se peut dire que le tout s'est entrepris et exécuté? Ces raisons, joinctes ensemble, sont de tel poids qu'il faut recognoistre qu'en ceci, comme en plusieurs autres choses advenues en ce faict et qui se découvrent tous les jours, la providence de Dieu s'est monstrée plus qu'admirable, ayant choisi un tel et si irréprochable tesmoin d'un tel acte, du millieu de ceux-là mesmes qui ont depuis cerché tous moyens de le couvrir. Il reste seulement un poinct duquel il apert que cest escrivant a escrit de fort bonne foy, et toutesfois faussement, de sorte que ceste fausseté ne doit en rien déroguer à la vérité du surplus de l'histoire; c'est touchant le crime de conjuration imputé au feu seigneur amiral depuis le meurtre, pour cuider couvrir ce que cestui-ci descouvre sans qu'il s'en apperçoive. Le faict est tel: les mauvais conseilliers de ce massacre, craignans que l'estrangeté du faict ne causast quelque esmeute par les villes du royaume devant qu'on y peust faire de mesme qu'à Paris, s'avisèrent, en abusant de l'authorité et réputation du Roy, de faire entendre partout que ce massacre estoit avenu par tumulte populaire, au grand regret du Roy, jusques à charger grandement ceux de Guyse; et que cela ait esté ainsi escrit, il en appert par lettres expresses adressées au nom de Sa Majesté aux gouverneurs et villes principales, et mesme à messieurs des Ligues. Peu après, soit que Dieu eust privé de sens tels mauvais conseilliers, soit qu'ils fussent hors de toute doute, pensans avoir pourveu à tout ce qui pouvoit avenir ès villes et provinces, ils mettent en avant le crime de lèse-majesté et de conjuration, descouverte si soudainement, que le Roy auroit esté contraint de prévenir. Mais outre ce que la chose de soy-mesmes n'estoit seulement vraysemblable, Dieu les aveugla tellement qu'il ne faut autres juges ne tesmoins pour les rédarguer; car quant au cardinal de Loraine, qui en fit ce bel arc triumphal à Rome, il ne fait nulle mention de ceste conjuration, mais attribue le tout à une soudaine inspiration de Dieu au cœur du Roy, ce qui monstre évidemment que l'imputation dudit crime est née depuis le massacre, lequel n'eust jamais esté anoncé jusques à Rome, puisqu'il estoit si bien fondé, que la cause n'en eust esté tout ensemble exprimée. Et qu'en fait-on dire au Roy mesmes, deux jours après, en plein parlement? que ceste conjuration de tuer tout, sans mesmes espargner le Roy de Navarre, avoit esté faite depuis la blessure du feu seigneur amiral, ne pouvans les huguenots avoir patience qu'on leur feist justice. Mais qui dit-on qui a faict la blessure cause de tout ce mal ? On ne sait, et le Roy faisoit toute diligence de le savoir. Voilà ce que porte la déclaration faite au nom du Roy en parlement, le 26 d'aoust, sans avoir esgard à ce qu'on luy avoit fait escrire partout deux jours auparavant. Et qu'en dit celuy qui depuis en fut envoyé porter la parole aux Ligues ? Il dit que le feu seigneur amiral estoit venu exprès à Paris, accompagné de brigands, pour exécuter sa conspiration de long-temps pourjettée. Mais que portoit ceste conjuration ? de tuer Monsieur d'Anjou et de Guyse en la présence du Roy mesmes ; mais quant aux Rois, il n'en fait nulle mention, ce que toutesfois estoit le principal poinct de l'accusation, et pourtant n'eust jamais esté omis par luy s'il eust esté véritable. Mais qui avoit tiré la harquebusade ? On ne sait (dit-il), sinon qu'on présume que c'est un certain Monrevel, ennemy particulier de l'amiral, qui le menaçoit pour l'homicide commis durant la guerre, en la personne du sieur de Mouy. Et qu'en dit l'avocat Pibrach en sa belle épistre latine et françoise, imprimée avec privilège du Roy à Paris ? Il dit que la conjuration fut prise en la chambre dudit seigneur amiral blessé, ce que le Roy auroit entendu le lendemain de la blessure par le rapport de trois irréprochables délateurs, et qui s'estoyent mesmes trouvez en ce conseil et tous trois accordans. Mais que portoit ceste conjuration ? Il n'en ose rien dire. Et de l'autheur de la blessure ? rien du tout. D'autre costé, l'évesque de Valence, pratiquant alors l'élection du Roy de Pologne, et qui savoit le tout devant qu'entrer en Alemaigne, qu'en dit-il et de voix et par escrit en l'assemblée des Polonnois ? Il dit que tout a esté faict par tumulte populaire, et se soubmet à estre estimé le plus meschant homme du monde s'il se trouve que jamais le Roy ait seulement approuvé un tel et si malheureux acte, tant s'en faut qu'il l'ait commandé. Qu'en dit finalement nostre escrivant ? que la conjuration estoit faicte de longue main et le jour de l'exécution assigné au 23 d'aoust ; que le Roy en estant averti attitra luy-mesme Monrevel pour tirer sur l'amiral le 22, ce qui fut fait aussi. Voilà sur un mesme faict six tesmoignages, à savoir : lettres du Roy à tous les gouverneurs, du 24 d'aoust, propre jour du massacre ; la déclaration faicte au contraire des lettres par ledict seigneur Roy en plein parlement, le 26 dudit mois ; la harangue de l'ambassadeur du Roy aux Ligues, l'épistre de l'avocat Pibrach, les actes de l'évesque de Valence en Polongne, et finalement le raport de nostre escrivant, tous discordans entr'eux ès circonstances du temps, des personnes et du faict mesme, et, qui plus est, tous tellement bastis et forgez qu'il n'y en a pas un qui ne puisse estre combatu par certaines et nécessaires raisons, comme il a esté plus que suffisamment monstré ailleurs, encores que la chose parle de soymesmes. Or, tant s'en faut cependant que cela doive faire révoquer en doute le reste de ceste histoire, qu'au contraire cela monstre évidemment de quelle foy cest escrivant a usé, n'ayant voulu rien omettre, ny de ce qui fut faict, ny de ce qui fut controuvé lors, encores qu'il fust peu vraysemblable. Reçoy donc, amy lecteur, la vraye description de ceste lamentable tragédie, et cognoy par-là que c'est que Satan peut faire quand il met en besongne ses instrumens. L'Éternel vueille pardonner tant de maux à ceux qui en sont cause, et plustost tirer la lumière des ténèbres que punir le monde selon ses démérites.

L'ARGUMĔNT

Camille Capilupi, courtisan en la cour du Pape, ayant entendu ce qu'on mandoit de la cour de France, tant au Pape, au cardinal de Loraine (qui pour lors s'estoit retiré à Rome) qu'à plusieurs autres courtisans romains, touchant les affaires du royaume et les menées qui s'y estoyent faites et s'y faisoyent encores, escrivit ce discours bientost après les massacres faicts par toute la France. Et pour mieux en venir à bout, commençant à la dernière paix faicte pour appaiser les troubles, il déclare bien au long tous les moyens, toutes les ruzes et finesses dont le Roy et la Royne mère, avec leur conseil, ont usé pour exécuter ce qu'ils avoyent brassé de longue main et entreprins long-temps auparavant, et déduit le tout de telle façon qu'il les en loüe grandement et les eslève jusqu'aux nuées d'avoir faict ceste exécution. Et ayant récité par le menu tout le faict des horribles massacres de France, et déclaré plusieurs particularitez, tant d'un party que d'autre, selon qu'il l'avoit peu recueillir par ce qu'on en avoit escrit, finalement il monstre par beaucoup de raisons que ces meurtres avoyent esté préméditez et entreprins long-temps auparavant; qui est bien contre l'opinion de ceux qui n'avoyent pas si bien entendu ny remarqué les desseings du Roy et de la Royne mère, comme avoit faict Capilupi. Ce qu'on ne l'a peu imprimer plustost est avenu d'autant qu'on n'a receu la copie que depuis peu de temps, laquelle avoit esté envoyée de

Rome, et suivant laquelle ce discours a esté imprimé en italien, sans changer un seul mot, et puis traduit en françois, et imprimé aussi en faveur de ceux qui n'entendent pas la langue italiene. Celuy qui a tant soit peu de jugement verra de quelle importance est ce discours, et combien il est nécessaire que chacun le voye et avise de près à tout ce qui y est contenu.

ALFONSE CAPILUPI.

Monsieur et frère, combien que je ne doute point que desjà vous n'ayez entendu par-delà, de plusieurs endroits, le grand faict et acte mémorable du Roy très chrétien à l'encontre des huguenots, et toutes les choses avenues jusqu'à présent en ce royaume-là, lequel par la volonté de Dieu est retourné presques en sa première santé, si est-ce que, pour la grandeur et qualité d'iceluy, m'ayant semblé digne d'estre mis par escrit, comme il appartient, et avec bon ordre, j'ay bien voulu prendre ceste peine et vous envoyer le tout, estant certain et asseuré que vous y prendrez goust et un plaisir singulier, tant pour avoir esté nourry dès vostre jeune aage en ceste cour-là, et tousjours très affectionné à la couronne de France, comme aussi d'autant que, peut estre, vous n'en serez pas averty ny informé d'ailleurs si bien par le menu, ayant usé en cecy de la plus grande diligence que j'ay peu pour le recueillir et entendre de personnes graves et dignes d'estre creus, et que j'ay estimé pouvoir bien savoir la vérité du faict. Et afin que vous soyez aussi mieux informé des causes et raisons qui ont esmeu et poussé Sa Majesté à exécuter une entreprise si remarquable, il m'a semblé bon de commencer dès le temps qu'elle fit la dernière paix avec ses rebelles, en tirant de là l'origine et la source, et récitant par ordre tous les progrès et choses avenues jusqu'à maintenant, comme vous l'entendrez lisant ce que j'en ay mis icy par escrit; priant Dieu qu'en vous donnant bonne santé il soit garde de vous.

De Rome, le 22 d'octobre 1572.

Vostre frère,

Camille CAPILUPI.

LE
STRATAGÈME DE CHARLES IX

ROY DE FRANCE,

CONTRE LES HUGUENOTS REBELLES A DIEU ET A LUY.

ESCRIT PAR LE SEIGNEUR CAPILUPI.

La Majesté du Roy de France, après une longue et dangereuse guerre faicte contre les huguenots rebelles à Dieu et à luy, ayant cogneu et expérimenté qu'en quatre batailles qu'il leur avoit données en pleine campagne et qu'il les avoit vaincuz en chacune d'icelles, avec grande perte de leurs gens, et qu'à la façon d'une teste d'hydre ils renaissoyent et se multiplioyent d'heure à autre, tellement qu'il estoit impossible de les exterminer ny en venir à bout, et que son royaume s'en alloit tous les jours en décadence et en ruine, se résolut d'obtenir par art et dextérité ce qu'en vain il avoit tasché d'avoir par force et avec les armes, et d'une pensée très profonde et d'un conseil très prudent, convenable plustost à un homme expérimenté de longue main et de grand aage qu'à une telle jeunesse que la sienne, estant conduit et gouverné (comme il est bien à présumer) de la main du grand Dieu, contre l'opinion et avis presques de tout son conseil et des catholiques, et non sans plaintes et reproches du

Pape et de tous les bons princes de la chrestienté, délibéra de conclurre et faire paix avec telles gens, quoyque ce fust à son grand désavantage et déshonneur; chose qui fait esmerveiller tout le monde, voyant un Roy de France dans la fleur de sa jeunesse, estant néantmoins victorieux, accorder à ses vassaux et subjects rebelles et vaincuz par luy une paix en leurs maisons, et avec telles conditions qu'il semble qu'à grand peine, s'il eust été vaincu, les devoit-il accepter d'eux. Mais luy, ayant ceste pensée que j'ay dite et entreprise arrestée en son esprit, de pouvoir, par ce moyen de la paix, trouver plus aisément un expédient de rompre et abbatre entièrement leurs forces, et peu à peu devenir le maistre de son royaume, qu'ils luy détenoyent et embrouilloyent de révoltes perpétuelles, que par autre façon ne praticque quelconque, il conclud et arresta la paix l'an 1570, vers la fin du mois d'aoust, estant mesme poussé d'autant plus à cela qu'en ce temps-là le Pape, le Roy d'Espagne et les Vénitiens avoyent faict une ligue contre le Turc, cognoissant bien qu'il ne luy faloit plus espérer aucun secours d'importance du costé de ces princes et seigneurs-là, estans empeschez en une guerre de telle conséquence et contre un ennemy si puissant comme est le Turc, et par ainsi qu'il luy faudroit porter et soustenir tout le faix d'une guerre cruelle, intestine, et favorisée de la Royne d'Angleterre, et entretenue des princes hérétiques de la Germanie. Par quoy, ayant pardonné à Gaspard de Coligny, amiral de France, et à tous ceux qui avoyent prins les armes avec luy contre Sa Majesté, remit un chacun en ses estats, degrez et dignitez qu'ils avoyent auparavant, les déclarans capables d'estre aux gouvernemens et offices du royaume, tout ainsi qu'estoyent les catholiques, leur permettant de pouvoir vivre en leur fausse religion, et avoir leurs ministres et prescheurs aux lieux et places qu'il leur sembleroit le meilleur de les tenir; et davantage payant de ses propres deniers les soldats alemans et reistres qu'ils avoyent fait venir contre luy et son royaume, et qui l'avoyent tout gasté et pillé misérablement, et eux par contre ne promettans autre chose sinon de rendre La Rochelle, Montaulban et la Charité, voire au bout d'un certain temps, et qu'à l'avenir ils luy seroyent vassaux et subjects fidèles, et bons serviteurs, publiant par escrit Sa Majesté (chose qu'à peine pourroit-on croire) que telles gens n'avoyent point esté rebelles, mais (comme ils disoyent) qu'ayans esté esmeus d'un desir de son service et du royaume, ils avoyent prins les armes pour délivrer l'un et l'autre des mains d'aucuns, qui, comme cruels tyrans, manioyent et gouvernoyent tout.

Ceste paix faicte et jurée solennellement d'une part et d'autre, les Alemans payez par les trésoriers du Roy et renvoyez en leurs maisons, les armes furent posées et toutes choses appaisées; cependant Sa Majesté mena en France son espouse, fille de l'empereur Maximilian, et fit les nopces et festins avec tels appareils qu'il appartenoit à si grans personnages.

Les choses doncques estans ainsi adoucies et modérées, le Roy, continuant sa résolution de se vouloir délivrer des mains de ceux-cy et s'asseurer de leur puissance et de leurs tromperies, desquels il ne se fioit nullement, commença de faire semblant d'avoir envie de vivre en paix et de penser plustost à toute autre chose qu'à se fascher ne se ressentir des torts et outrages qu'il avoit receus, remarquant bien pourtant et regardant de près tous les déportemens, contenances et menées de l'amiral et de tous ses adhérans, ce qu'il cogneut bien ne tendre ailleurs sinon

à le destruire et exterminer, avec tous ceux de son sang,
pour s'impatroniser du royaume.

Par quoy l'amiral, ayant pratiqué et mis en avant le
mariage de madame Marguerite, sœur du Roy, avec le
Roy de Navarre, le Roy, estant averty et asseuré des
meschans desseings de ceux-cy, délibéra de vouloir traitter et conclure cest affaire, espérant de se servir du mesme
moyen pour les attrapper duquel ils pensoyent s'aider
pour tromper Sa Majesté et luy oster la vie et la couronne. Et estant de ce temps-là presques rompu le traitté
que le Roy prétendoit faire avec le Roy de Portugal, de
luy donner ladite dame sa sœur en mariage, il fit entendre à ceux-cy qu'il estoit prest de la donner au Roy
de Navarre. Et pour ce l'affaire, ayant esté traitté, fut
incontinent conclu, excepté seulement deux difficultez
qui empeschoyent que l'effect ne s'ensuivist; l'une estoit
la dispense que le Roy vouloit avoir du Siége apostolique
et du Pape, estimant qu'il n'estoit point convenable
qu'il donnast une sienne sœur en mariage à un personnage
hérétique, et son cousin, sans une telle dispense; l'autre
estoit le différant qui s'esmouvoit entre eux touchant le
lieu où les nopces se feroyent, d'autant que la Royne de
Navarre, mère du jeune espoux, comme femme fine et
rusée et qui aymoit fort tendrement son fils, ne se vouloit
point fier au Roy ny aux catholiques; et ainsi, n'ayant
pas grande envie que ce mariage se fist, encores moins
vouloit-elle ouyr parler qu'il se fist dedans Paris, pour ce
que c'est une ville fort catholique et leur ennemie particulière, et le Roy, au contraire, persistoit en toutes sortes qu'il vouloit qu'il s'y fist.

Pour ces difficultez l'affaire trainoit et se différoit tousjours; le Pape (qui estoit Pie cinquiesme) ne voulant
ouyr parler nullement de ce mariage ny accorder ceste

dispense, et néantmoins les deux parties désirans qu'il se parachevast, on continuoit d'en traitter et parler souvent. Or le Roy, en toutes ses actions se monstrant favorablement à l'amiral, taschoit le mieux qu'il pouvoit de faire tant qu'il se fiast en luy ; et, pour gaigner ce poinct, il avoit mis presques tous ses principaux affaires entre les mains de M. de Montmorancy, amy et parent de l'amiral, lequel, combien que jamais il ne se fust déclaré ennemy du Roy ny huguenot, si est-ce qu'il avoit tousjours favorisé ceste faction-là en toutes les occasions qui s'estoyent présentées et qu'il avoit cogneu le pouvoir faire dextrement. Et pour ce, voyant qu'il avoit pour lors la faveur du Roy et le maniement des affaires en main, il ne laissoit point de continuer à faire les mesmes offices ; ce qui fut la principale cause de faire que l'amiral se résolut d'aller à la cour, espérant par sa présence de coupper broche à toutes difficultez, et non-seulement conclurre le mariage (qu'il desiroit surtout estre faict), mais aussi traitter d'autres affaires qu'il avoit en son esprit ; et ayant faict entendre au Roy le grand desir qu'il avoit de luy aller baiser la main, Sa Majesté non-seulement en fut contente, mais fit semblant d'y prendre grand plaisir. Par quoy l'amiral estant arrivé à la cour et ayant esté receu du Roy fort amiablement, et devisant fort familièrement avec luy et ses adhérens, bientost après on fit courir le bruit que le mariage estoit comme conclu et arresté, l'amiral plus favorisé que jamais, et toute la cour pleine de huguenots, s'en estans retirez quasi tous les catholiques et spécialement les seigneurs de la maison de Guyse.

Ces avertissemens receus, le Pape, qui ne pouvoit endurer qu'un tel mariage se fist, ne sachant point le desseing du Roy et ne pouvant aucunement croire ce que toutesfois il entendoit par les lettres de la Royne et des

ministres de Leurs Majestez, asçavoir que le tout se faisoit à bonne fin et intention et pour le service de la foy
catholique, délibéra de tout son pouvoir empescher que
ce mariage ne se fist; et, envoyant l'évesque Salviati en
France pour faire tout devoir et en diligence, il escrivit
au cardinal Alexandrin son nepveu, lequel, long-temps
paravant, avoit esté despesché et envoyé en ambassade
vers le Roy d'Espagne et en Portugal, pour esmouvoir
l'un à la guerre contre le Turc et à l'observation de la
ligue, et pour autres affaires de grande importance, et
pour semondre l'autre d'entrer en la ligue susdite; il
luy manda, di-je, que de sa part il mist toute peine de
disposer le mesme Roy de Portugal à vouloir prendre
pour femme ladite dame sœur du Roy. Ce devoir eut telle
force et efficace que ce Roy, remply de religion chrestienne et très obéissant à ce Sainct-Siége, respondit qu'il
estoit tout prest d'exécuter ce que la saincteté du Pape
l'avertissoit de faire.

Le légat, ayant ceste responce, partit soudainement, et
avec la plus grande diligence qu'il peut passa en France;
et à grand' peine estoit-il entré dedans le royaume qu'il
trouva la Royne de Navarre en chemin, laquelle s'en alloit à la cour (qui estoit pour lors à Bloys), ayant esté persuadée à cela par l'amiral, afin que par sa présence elle
tint le Roy en devoir et que le légat ne l'empeschast de
parvenir à ce mariage. Et pourtant le légat, afin de n'estre point prévenu de la Royne, print la poste avec trois
ou quatre autres et passa tout au travers du train de la
Royne, et arriva à la cour premier qu'elle, là où il fut receu et traitté honorablement et royalement, le Roy ayant
donné ordre (pour la révérence qu'il luy portoit) que l'a-
miral se retirast, après l'avoir asseuré de sa parole que le
mariage se feroit.

Le légat, estant venu au poinct principal des affaires, déclara au Roy l'affection et vouloir du Pape, l'exhorta d'entrer en la ligue, luy persuadant par plusieurs bonnes et sainctes raisons, et par autres semblables luy dissuadant de conclure le mariage avec le Roy de Navarre, luy présentant le party de Portugal trop plus honorable en toutes sortes et de plus grand service à Sa Majesté que l'autre, et plus salutaire à son ame et de sa sœur. Le Roy répondit que, quant à la ligue, il estoit tout prest d'y entrer et faire cognoistre à Sa Saincteté et à tout le monde qu'il n'estoit poinct indigne du nom de très chrestien, lequel luy avoit esté laissé par ses prédécesseurs, mais qu'il falloit que toutes choses eussent leur temps, et singulièrement celles de ceste qualité; et quant au mariage, qu'il luy grevoit bien d'avoir desjà donné la parolle et faict promesse au Roy de Navarre, laquelle il ne pouvoit fausser, son honneur sauve; que bien il asseuroit la saincteté du Pape que le tout se faisoit à très bonne intention et pour le service et grandeur de la religion catholique, comme on le cognoistroit par les effects. Et ayant tiré de son doigt un anneau de grand prix, il le présenta au légat, luy disant qu'il le prinst pour un gage de sa foy, qu'il luy donnoit, de jamais ne se retirer de l'obéissance du siége apostolique et d'estre toujours bon fils et obéissant à iceluy.

Le légat refusa l'anneau, disant que c'estoit un bien grand gage d'avoir la parolle d'un tel Roy et qu'il s'en contentoit assez, d'autant que c'estoit le plus grand signe et le plus précieux gage qu'il eust peu desirer d'avoir de Sa Majesté, l'exhortant de faire ainsi qu'il disoit. Et n'ayant autres affaires d'importance à traitter, il s'en alla de la cour, où, la Royne de Navarre estant arrivée et l'amiral retourné, l'on estoit tousjours après pour venir à bout de cest affaire du mariage. Mais en effect les deux difficultez susdites empeschoyent fort de le parachever, à cause que la Royne de Navarre ne vouloit point consentir que les noces se fissent à Paris, et le Roy ne se vouloit point laisser gangner qu'on les fist ailleurs ny sans la dispense du Pape, lequel s'estant déclaré d'estre pleinement résolu de ne la vouloir point bailler, le Roy, le cognoissant d'un naturel terrible, craignoit que, faisant cela sans son consentement, il n'en fist à l'improviste quelque soudaine démonstrance à l'encontre de luy, sans attendre l'issue de l'affaire; dont il estoit en grand doute et pensement comme il le pourroit ammener à bonne fin. Lors il pleut à Dieu, par sa providence éternelle et conseil merveilleux, d'envoyer un remède opportun aux deux difficultez, pour les vuider du tout, permettant que la Royne de Navarre s'en allast mourir en ce temps-là et que son fils demeurast entièrement en la puissance de l'amiral, et que le Pape aussi (lequel n'eut jamais son pareil pour punir rigoureusement et plus ardemment les hérétiques) finist semblablement ses jours, afin que par sa mort le chastiment (que la divine Majesté leur avoit préparé à bon droit) fust plus facile à exécuter.

Après que le Pape fut mort le premier jour de may, l'amiral et les siens, pensans bien estre désormais asseurez de la volonté du Roy, résolurent de faire venir le Roy de Navarre à la cour et le prince de Condé; et le Roy, espérant de trouver le Pape (qui devoit estre esleu) plus facile à donner la dispense, délibéra de conclurre le mariage, ayant eu l'avis de ses théologiens que le Pape la pouvoit et devoit donner pour le salut du royaume, comme quelques autres avoyent faict et dont ils alléguoyent des exemples. A ceste occasion et sur ces entrefaites, le cardinal de Lorraine mesme, qui estoit en grand pensement

de sa personne, d'autant qu'il ne savoit où se retirer durant que ces noces se feroyent, s'en vint à Rome en poste ;
et combien qu'estant encores à my-chemin il entendist
la nouvelle création du Pape nouveau, toutesfois il ne
laissa point de poursuivre son chemin, estant bien aise de
n'estre point en France, d'autant que sa demeure à la
cour, outre ce qu'elle pouvoit empescher d'exécuter les
desseings du Roy, à cause de la jalousie que sa personne
estant à la cour eust donnée à l'amiral et aux autres, luy,
sachant bien l'entreprise et vouloir du Roy, ne se tenoit
point asseuré de sa vie parmy ces tumultes de tournoys
et combats de gens armez, et de factions contraires ; et
son absence pouvoit estre estimée des huguenots avoir
esté dressée par ruse et cautelle, pour quelque tromperie
brassée par luy.

Estant doncques venu à Rome et l'amiral demeuré à
la cour avec grand pouvoir, et pour les caresses et faveurs
que le Roy luy faisoit, lequel usoit envers luy d'une si
grande humanité et confiance que luy-mesme n'eust
sceu desirer davantage, le Roy l'appelant presque tousjours mon père, de façon qu'il se persuadoit d'avoir
quasi en sa possession sa volonté, comme il avoit celle du
Roy de Navarre, pensant bien cognoistre le Roy estre
d'une nature paisible et adonnée à ses plaisirs, et qu'il ne
pouvoit estre tant avisé ny d'esprit si subtil qu'il fust suffisant pour tromper un vieil homme et expérimenté
comme luy aux affaires du monde ; pour ces causes, ayant
desjà fait venir ces deux jeunes hommes, qui estoyent en
sa garde et tutèle, l'un pour espouser Madame, sœur du
Roy, et l'autre pour espouser la sœur de la duchesse de
Nevers, laquelle estant huguenotte comme son futur espoux, ils ne se soucioyent pas de tant de dispenses ; ceux-
cy donques, ayans si grande puissance à la cour et estans

bien asseurez (selon leur opinion) de la volonté du Roy
et des assaults qu'ils eussent peu recevoir de leurs ennemis particuliers, pour avoir environ deux mille chevaux
tous prests ès lieux circonvoisins, l'amiral commença à
resveiller sa menée que peu de jours auparavant il avoit
mise sus, à sçavoir de faire une alliance entre le Roy de
France et la Royne d'Angleterre et les princes protestans d'Alemagne, pour induire le Roy à faire la guerre
au Roy Philippes; et, en ayant tenu quelques propos au
Roy, il fit semblant d'y vouloir entendre et monstra
qu'aisément il s'y accorderoit, pour ce qu'ayant résolu
de vouloir chastier ceux-cy, à cause des menées qu'on
l'asseuroit tous les jours qu'ils faisoyent pour le tuer, il
ne luy sembloit pas que l'occasion et moyen du mariage
et des noces fust suffisant pour ammasser ensemble le nombre de tous ceux qu'il desiroit avoir. Et ainsi, faisant semblant de prester l'oreille au discours de l'amiral, qui luy
persuadoit de faire la guerre en Flandres, luy faisant entendre que ces Estats-là luy tomberoyent aisément entre
les mains, en ce temps que le Roy Philippe estoit empesché en Levant, que les peuples estoyent mal contens et
satisfaicts, et que le prince d'Oranges, rebelle aussi à son
Roy, luy donneroit secours, il accorda que l'alliance se
traittast; laquelle, par le moyen de l'amiral (qui envoya
certains personnages en Angleterre et en Alemagne), en
bien petite espace de temps fut conclue en ceste façon:
que la ligue entre ces trois s'entendoit estre offensive et
défensive, selon que les occasions et occurrences se pré-
senteroyent, et que les alliez demeureroyent d'accord,
ne spécifiant point pour lors que ce fust plustost contre
un prince que contre l'autre.

Ceste alliance estant arrestée, le Roy, voyant que les
choses s'acheminoyent à son desseing, combien qu'il eust

son esprit du tout esloigné de la guerre contre le Roy
d'Espagne, ce néantmoins il estoit continuellement avec
l'amiral à discourir sur ce qu'à toutes heures il luy mettoit en avant, comme en une peinture, à savoir la facilité
de l'entreprise et la grandeur de la conqueste, passant
Sa Majesté tant outre, pour tromper ceux-cy, que non-
seulement l'amiral et tous ses adhérens cuidoyent que la
guerre se deust faire, mais aussi les vrais serviteurs mesmes du Roy et les catholiques la tenoyent pour toute résolue, tellement (ainsi qu'il avoit esté avisé auparavant)
que la Royne mère un jour, feignant d'avoir descouvert
ceste entreprise de son fils, l'alla trouver en présence
d'aucuns du conseil et tascha de le destourner de ceste
entreprise par plusieurs raisons qu'elle amenoit, pour
lesquelles, mais beaucoup plus pour la révérence qu'il
luy portoit, il monstra qu'il s'en vouloit déporter; ce qui
fut faict avec un grand mystère de tous deux, tant à fin
que tels soupçons ne passassent si avant que, de faict et à
bon escient la guerre ne s'ensuivist avec le Roy Philippes,
contre toute leur volonté et mal à propos, comme aussi
à fin que l'amiral entrast vrayement en opinion qu'il pos-
sédoit la volonté du Roy, lequel, estant à part avec luy,
monstroit qu'il avoit trouvé mauvais que sa mère eust
descouvert son desseing et qu'elle luy eust presques entre-
rompu ; toutes lesquelles choses estoyent traictées et dé-
menées par Sa Majesté avec un si beau moyen et une si
belle manière de faire, que les huguenots attribuoyent
ceste façon de faire du Roy si peu résolue plustost à une
débilité et froidure de son naturel qu'à aucune astuce ou
artifice qui fust en luy. Pour ceste cause ils pensèrent que
cela venoit bien à poinct de faire esmouvoir la guerre en
Flandres, et, avec l'intelligence que le prince d'Oranges
avoit en ces pays-là, de tascher d'emporter à l'improviste

et s'emparer de quelqune des places fortes qui sont là,
afin que le Roy, estant esmeu de la grande facilité de ce
qu'on auroit conquesté, fust tant plus aisément induit et
persuadé de faire la guerre, d'autant qu'il en estoit desjà
presques du tout résolu, selon leur avis et fantasie. Par
quoy il assembla quelques gens des leurs, qui furent dépeschez vers le pays de Flandres, lesquels prindrent soudainement Valentienes et Mons en Hénault, combien que
Valentienes fut bientost reprinse par les Espagnols.

Cependant que les choses susdites se faisoyent, et que
le Roy, ayant entendu la nouvelle création du Pape, avoit
envoyé à Rome pour obtenir la dispense, il estima qu'il
seroit bon de se despestrer et desfaire de M. le mareschal
de Montmorency, lequel, selon qu'il est accort et rusé et
qu'il se trouvoit mesmes au conseil, eut peu aisément descouvrir son desseing; et, ayant prins l'occasion de le vouloir envoyer en Angleterre pour jurer l'alliance et arrester les affaires avec ceste Royne-là, il le choisit pour cest
effect, et, luy ayant donné compagnie honorable, le dépescha vers ces quartiers-là. Et afin qu'en un mesme temps
qu'il feroit les noces et mettroit en exécution son entreprise contre les huguenots, La Rochelle, ville de grande
importance située sur la mer Océane, leur fust aussi arra-
chée des mains, le Roy, en ces mesmes jours-là, avoit
dressé une armée d'environ six mille hommes de pié, bien
équippez et fournis de munitions, dont Philippe Strocci,
fils de Pierre, avoit la charge, sans qu'on fist entendre
pour lors à quelle entreprise on s'en devoit servir; commandant néantmoins secrettement à Strocci que, jusques
à ce qu'il fust près de La Rochelle de tant de lieues, environ le 20 d'aoust, il n'ouvrist point les instructions et
mémoires qu'on luy bailloit par escrit; mais qu'alors, les
ayant ouvertes et veues, il exécutast entièrement tout le

contenu sans y faire faute. Et parlant de ceste armée avec l'amiral, il avoit une telle façon et contenance qu'il luy faisoit à croire que c'estoit plustost pour s'en servir contre le Roy Philippe, ès Pays-Bas de Flandres, qu'en nul autre endroit, donnant à entendre que le bruit couroit qu'elle devoit aller aux Indes françoises pour faire nouvelles conquestes, et qu'on l'avoit envoyée dehors tout exprès pour né donner soupçon aux Espagnols; tellement que d'heure à autre ils estoyent confermez en ceste opinion que, quoy qu'il avinst, on entreprendroit ceste guerre-là, sous prétexte et couleur de laquelle le Roy trouva un autre fort beau stratagème et moyen très subtil pour faire venir à la cour plusieurs des huguenots, et mesmes des principaux, feignant devant l'amiral qu'il ne pouvoit nullement induire la Reine mère à consentir et accorder une telle entreprise, ny se fier aux catholiques, d'autant qu'il estoit question de faire la guerre au Roy catholique.

Par quoy l'amiral, voyant que Sa Majesté estoit comme en suspends et en doute s'il devoit faire ceste entreprise ou non, laquelle toutefois il faisoit bien semblant de desirer surtout, pour l'entretenir et luy donner courage de ne s'en point déporter pour telles occasions, il s'offrit un jour à luy de le servir en ceste guerre avec trois mille gentils-hommes de ses adhérens. De quoy le Roy, monstrant avoir un grand plaisir, commença de luy demander qu'ils estoyent et où ils se trouveroyent, et l'amiral luy en ayant nommé plusieurs, le Roy le pria de luy bailler un rolle des chefs et des autres plus signalez. Ce qu'estant faict, le Roy cognoissant que l'amiral en avoit laissé plusieurs qu'il savoit bien estre malicieusement par luy tenus espars çà et là dedans le royaume, afin que, le jour de l'entreprinse qu'il délibéroit d'exécuter contre Sa Majesté,

ils se jettassent dedans les lieux et places où ils se trouveroyent, et qu'ils tuassent les catholiques, le Roy, pour luy
rompre son desseing et l'ordre qu'il avoit mis, et pour en
attirer en ses filets un plus grand nombre de ceux-là,
commença à luy demander où estoyent plusieurs de ceux
qu'il ne voyoit point escrits, luy disant qu'il fist venir un
tel et un tel, en les louant comme vaillans et gens de biens.
L'amiral, encores que cela luy despleust, toutefois ne
sachant point le secret et intention du Roy et ne voulant
point aussi luy donner aucun soupçon, imaginant, quoy
qu'il y eust, pouvoir encores tant plus aisément venir à
bout de ce qu'il prétendoit que le secours seroit plus
grand, ayant ceux-cy près de sa personne (présupposant
que, pourveu que le Roy et tout son sang fust exterminé,
en toutes sortes il demeureroit maistre du royaume), il
luy promit de les faire venir ; et ayant donné ordre en
plusieurs endroits, beaucoup d'entre eux furent appelez
de luy et vindrent ; et demeura d'accord avec le Roy
qu'incontinent les noces faictes luy-mesme s'en iroit
assaillir la Flandre comme chef général de Sa Majesté,
ayans desjà esté envoyez six mille hommes de pié et deux
mille chevaux sur les frontières de ces pays-là, afin qu'ils
fussent tous prests. L'armée estant acheminée, l'alliance
arrestée et jurée, on envoya faire une levée de six mille
Suisses, choses qui toutes asseuroyent tellement les huguenots qu'ils ne doutoyent nullement et ne se deffioyent
point de la volonté du Roy; il restoit seulement qu'il leur
sembloit avis que l'affaire du mariage trainoit trop, et
que les choses ne demeuroyent que par trop long-temps.
Mais le Roy s'excusoit sur la dispense, laquelle Grégoire XIII, nouveau Pape, ne vouloit en aucune manière
ottroyer, estimant qu'il ne le pouvoit faire puisque le
Roy de Navarre ne promettoit point de vivre catholique.

ment et mesme ne faisoit pas semblant de la demander ; et de donner grace à quelcun contre sa volonté, comme disent les légistes, cela ne se fait point.

Or, cependant que les choses estoyent en cest estat, les nouvelles arrivèrent à la cour comme Genlys, chef de quatre mille hommes de pié et de quinze cens chevaux, tous François huguenots, allant pour secourir le comte Ludovic, frère du prince d'Orange, qui estoit assiégé dedans Mons en Hénaut, avoit esté rompu et taillé en pièces avec toutes ses gens, et que luy, avec la plus grande partie des chefs, estoit demeuré prisonnier. Au moyen de cest avertissement, l'amiral, ne voulant plus que le mariage fust prolongé, commença à parler de telle façon au Roy qu'on voyoit bien qu'il le bravoit et le menaçoit s'il ne parachevoit ledit mariage; dont le Roy, se voyant ainsi pressé de cestuy-cy et contrainct de la briéveté du temps, à cause qu'on avoit demeuré quelques jours pour donner ordre à toutes les choses qui estoyent nécessaires à une affaire si grande comme estoit celuy du filé qu'il préparoit à ceux-cy, se délibéra de ne point perdre si belle occasion, n'espérant point de pouvoir jamais plus amasser ensemble tant d'oyseaux en un coup. Et nonobstant qu'il n'eust point la dispense du Pape, il dit à l'amiral qu'il vouloit, quoy qu'il en peust avenir, que les noces se fissent et que sa parolle et promesse eust lieu; mais d'autant qu'il estoit impossible de persuader à la Royne mère ny à la future espouse qu'elles s'accordassent à ce mariage ny qu'elles y consentissent sans la dispense susdite, qu'il avoit avisé de contrefaire une lettre comme à luy envoyée par son ambassadeur de Rome, par laquelle il manderoit que le cardinal de Lorraine, par son authorité, crédit et dextérité, avoit finalement obtenu la dispense et fait que la supplication fust signée, tellement que par le premier courrier il envoyeroit la despesche ; mais que cependant le mariage se pouvoit faire. L'amiral, approuvant ce discours et avis du Roy, dit, pourveu que le mariage se fist le plustost qu'il seroit possible, voire sans aucune dispense du Pape, duquel il n'avoit que faire, que tout alloit bien.

La Majesté du Roy donc, bien asseurée de sa bonne et droitte volonté, de sa bonne intention et du but où il tendoit, ne pouvant obtenir ceste dispense ne descouvrir librement et distinctement son desseing au Pape, espérant qu'à la fin il auroit aisément pardon de ceste faute, se délibéra de contrefaire la lettre, laquelle ayant esté présentée à la Royne mère, qui savoit et conduisoit tout cest affaire, faisant semblant de croire qu'elle estoit vraye, dit que les noces se fissent, et la future espouse, trompée par sa mère, croyant pour vray que la lettre n'estoit point feinte, se résolut d'y consentir ; joinct aussi que le cardinal de Bourbon, son oncle, y accordoit, ayant esté semblablement trompé par la mesme lettre fausse.

Et ainsi, le 18 d'aoust, toutes choses nécessaires ayant esté préparées en l'église, l'espoux et espouse furent menez là, et le mesme cardinal de Bourbon les espousa. La cérémonie de l'anneau parachevée, le Roy de Navarre sortit de l'église et laissa sa femme à la messe. Durant cest espace de temps que les noces se faisoyent et qu'on avoit faict les préparatifs pour courir la bague et faire autres combats à cheval, comme l'on a accoustumé en telles festes, plusieurs gentils-hommes et braves capitaines, tant catholiques que huguenots, estoyent allez à la cour, tellement qu'on peut dire que toute la noblesse de France estoit là ; et cependant tous les préparatifs et magnificences de la feste se conduysoient par le conseil et selon le vouloir de l'amiral, auquel le Roy en avoit donné la charge particulière.

Or, Sa Majesté (pour continuer en la métaphore, qui estoit de se monstrer tousjours amiable et humain envers luy) l'un de ces jours-là l'appela à part et luy dit : « Mon père, vous sçavez que vous m'avez promis de n'offenser personne de tous ceux de Guyse tandis que vous demeurerez icy, et eux semblablement m'ont promis de vous respecter et tous les vostres. Je me persuade et ay ceste ferme opinion que vous me tiendrez vostre promesse; mais je ne suis pas si asseuré de leur foy comme je suis de la vostre; car outre que c'est à eux de se venger, je cognois leurs bravades et la faveur que ce peuple leur porte; par quoy je ne voudrois point qu'ils fissent chose qui tournast à vostre dommage et que mon honneur y fust intéressé, attendu, comme vous savez, que sous umbre de ces noces ils se sont trouvez icy bien accompagnez et bien armez. Et pourtant, s'il vous sembloit bon, j'avois pensé que ce ne seroit point sans propos si je faisois venir les gardes de mes harquebusiers pour plus grande seureté de la ville et de tous, afin qu'à l'improviste ils ne vous puissent endommager aucunement, les faisant venir sous la conduite de tels et tels capitaines, » en nommant des hommes qu'il sçavoit bien n'estre point suspects et dont l'amiral ne se peust défier. Lequel, ayant entendu le discours du Roy et le trouvant fort gracieux et amiable, et fait avec simplicité, le remercia, et puis adjousta que tout ainsi qu'il estoit entièrement en sa puissance, qu'aussi il se rapporteroit à tout ce que Sa Majesté en feroit, et, quant à luy, que les harquebusiers ne luy déplaisoyent point, d'autant que les gardes sont tousjours bonnes. Ce discours faict entre eux, on fit venir douze cens harquebusiers, qui furent mis une partie à l'entour du Louvre et le reste envoyé en d'autres endroits de la ville, afin qu'on ne sceust point au vray quel nombre il y avoit. Le Roy doncques par tel

artifice fit entrer dedans Paris ceux-là mesmes que l'a-
miral n'avoit jamais voulu qu'ils y entrassent tandis qu'il
y demeuroit. Ces jours-là Montmorancy estoit retourné
d'Angleterre, lequel, disant qu'il se trouvoit mal de sa personne, avoit demandé congé de se retirer pour se faire
penser en quelques siennes maisons, et, l'ayant obtenu
du Roy, il s'en estoit allé de la cour ; et par ce moyen il
ne se trouva point aux noces ny aux tournois, non plus
que le chancelier de France.

Les choses estant en l'estat susdit, le Roy entendit ces
jours-là encores mieux le moyen de l'entreprise de l'amiral, laquelle estoit bastie en ceste façon que, le samedy
23 dudit mois d'aoust, prenant congé de Sa Majesté,
comme il l'avoit déliberé, le feu seroit mis en trois ou
quatre endroits de la ville, et, cependant que le peuple
seroit après pour l'estaindre, que luy, avec grosse compagnie qu'il auroit assemblée, faisant mine de s'en vouloir aller, courroit droit au Louvre tuer le Roy, la Roine,
et ses frères et sœurs, avec telle intention de ne point
aussi espargner le Roy de Navarre mesmes, l'estimant
n'estre propre pour exécuter leurs meschans desseings
ne pour soustenir un tel fardeau, et puis qu'il feroit Roy
le prince de Condé, estant un jeune homme plus vif, et
plus obstiné et ferme en leur secte, et, qu'ayant occupé
ceste plus grande partie du royaume, ils peussent (exter-
minant tous les catholiques) devenir maistres du tout.
Par quoy le Roy, jugeant qu'il estoit nécessaire de les
prévenir, et, en évitant une si grande ruine qui luy pendoit sur la teste, chastier quant et quant leurs pensées
diaboliques, ne voulut plus différer et résolut qu'avec
l'aide de Dieu on exécutast son entreprise.

Le Roy avoit un certain François nommé Morevel,
homme fort hardy et adroit pour tirer de la harquebouse,

duquel il s'estoit desjà servy une autre fois pour faire
tuer le mesme amiral dès le temps de la guerre; mais,
comme son heure n'estoit pas encores venue pour lors et
qu'il se réservoit à un temps plus salutaire à ce royaume
et à toute la chrestienté, ayant prins un autre seigneur
pour luy (qu'on appelloit M. de Mouy Symphale), il le
tua au lieu de l'amiral. Ce Morevel, s'estant sauvé pour
lors, fut fort bien récompensé de Sa Majesté et réservé
pour essayer une autre fois s'il pourroit faire le coup.
C'estuy-là estant arrivé, le Roy le fit mettre de bon matin, le 22 d'aoust, dedans une maison un peu esloignée
du Louvre, à une fenestre pleine de boitteaux de foing,
dont il en tira deux ou trois, et, au lieu de l'un d'iceux,
il mit sa harquebouse chargée de trois bales de lotton
empoisonnées. Il demeura là, attendant et guettant quand
l'amiral passeroit pour aller disner en son logis, comme
il fit; et ceste heure-là estant venue, ayant laissé le Roy
qui jouoit à la paulme, il partit du Louvre à pié, bien accompagné. Quand cestuy-cy le vit bien à propos, il dé-
lasche sa harquebouse contre luy et l'atteint au doy du
milieu de la main droite qu'il emporta, et la bale, passant dedans le bras gauche, le blessa en deux endroits,
touchant l'os un peu au-dessous du coude.

Ayant esté ainsi blessé il s'esleva un bruit, et, ne
voyant point qui avoit tiré ce coup, les gens de l'amiral
le prindrent, et, l'ayant porté en son logis, donnèrent
ordre qu'il fust pensé par les chirurgiens; et luy estant
mis dedans le lict, il appela incontinent un des siens,
nommé Sarragosse, et l'envoya vers le Roy luy dire qu'il
estoit venu à Paris sous sa parolle, et que, contre l'asseurance qu'il avoit donnée, il avoit receu un coup de harquebouse, de laquelle Dieu l'avoit préservé pour pouvoir
encores faire service à Sa Majesté. Le Roy, ayant enten-

du ceste ambassade, n'y fit autre response sinon que,
faisant semblant d'en estre marry, il dit qu'il entendroit le faict; et, pour donner couleur à tout, il fit prendre la chambrière de la maison d'où le coup de harquebouse avoit esté tiré. Ceste chambrière déposa que le
viel Chailly, serviteur de la maison de Guyse, avoit amené
celuy qui avoit tiré le coup de harquebouse; et tout soudain le Roy, faisant semblant d'avoir peur qu'il n'avinst
quelque désordre d'importance, envoya vers le prévost
de Paris, luy commandant de mettre gens en ordre et
qu'il fust prest pour exécuter tout ce que Monsieur, son
frère, luy commanderoit. Il fit aussi commandement que
les portes de la ville fussent fermées, disant qu'il ne vouloit pas que ceux qui avoyent commis un tel excès se sauvassent, réservant deux portes seulement ouvertes pour
les allans et venans, et que cependant elles fussent bien
gardées, afin que nul ne sortist sans congé; et, faisant
semblant de donner ordre à toutes choses pour éviter
scandale et vouloir trouver les coulpables, il fit mettre
toute la ville en armes, et puis il voulut que tous les
adhérens de l'amiral, voire les principaux, fussent logez
à l'entour du quartier où estoit le logis dudit amiral, de
peur qu'estans espars çà et là par la ville ils ne fussent
mal traittez, et qu'ils fussent gardez par ceux de sa garde
mesme, les assemblant tous ensemble par ce moyen, afin
de les attrapper plus aisément et qu'un seul ne luy eschappast des mains. Et, non contant de cela, pour les
asseurer tous, de peur qu'estans espouvantez ils ne s'en-
fuyssent, il s'en alla luy-mesme en personne, après disner, avec la Royne mère, Monsieur son frère, et avec
toute la cour, qui furent environ deux mille personnes,
pour le visiter; et, luy monstrant grande faveur, il demanda avec grande instance au médecin qu'il luy sem-

bloit de la blessure et s'il en guériroit. Et ayant entendu
que ouy, mais qu'il luy falloit coupper le bras, luy-mesme
voulut demander à l'amiral s'il en estoit contant, lequel,
respondant qu'on fist tout ce qui seroit de besoing pour
sa guairison, commença puis après, avec grandes complaintes et longs propos, à se lamenter et plaindre d'avoir
receu une telle blessure sous la parolle et promesse de
Sa Majesté, concluant que cela ne luy pouvoit estre venu
d'ailleurs que de la maison de Guyse, comme elle le tou-
cheroit au doigt s'il luy faisoit tant de bien et faveur de
faire venir là Chailly et Villemot, du logis duquel le coup
avoit esté tiré.

La Majesté du Roy, escoutant toutes ses plaintes et lamentations, tascha de le consoler et de l'asseurer qu'il en
feroit bonne justice, et luy offrit de le faire porter au
Louvre, luy racontant tout l'ordre qu'il avoit mis en sa
ville et tout ce qui s'estoit faict, tant pour sa seureté
comme pour trouver le traistre. L'amiral refusa modestement l'offre à luy faicte, et, monstrant qu'il sentoit quelque consolation de tout ce que Sa Majesté avoit faict et
luy promettoit de faire, il luy en baisa les mains et luy
demanda qu'il luy fist ceste faveur de pouvoir faire venir
des armes en son logis, pour armer jusqu'à deux ou trois
cens hommes, ce qui luy fust accordé gratieusement. Et,
estant party de la chambre, il commanda au capitaine de
sa garde qu'il fist demeurer la garde susdite pour la conservation de ce logis-là et de tout le cartier, luy donnant
charge expresse (comme plusieurs l'ouïrent) de ne laisser
approcher de là aucun catholique, et si quelcun y vouloit
entrer de le tuer sur-le-champ. Après qu'il s'en fut retourné au Louvre, tout ce jour-là se passa sans autre bruit.

Le soir venu, environ la minuict, Monsieur d'Anjou
envoya quérir le duc de Guyse, et eux deux seuls accor-

dèrent que la nuict suyvant ils devoyent tuer l'amiral et tous ses adhérans, combien que le sieur de Guyse vouloit que cela se fist ceste nuict-là mesmes ; mais Monsieur ne le voulut nullement. Le jour d'après il fut prins un serviteur, lequel avoit baillé un cheval de relais à celuy qui avoit tiré le coup de harquebouse ; cestuy-cy confessa qu'il estoit serviteur de la maison de Guyse. De là avint qu'on entendoit de grandes bravades et menaces que tous les huguenots faisoyent contre le duc et toute la maison de Guyse, au moyen de quoy, et pour oster toute occasion et soupçon qu'iceux pouvoyent avoir, le duc de Guyse et M. d'Aumale, son frère, s'en allèrent trouver le Roy, et, en présence de plusieurs, luy dirent qu'il leur sembloit que Sa Majesté n'avoit point leur service à gré depuis assez long-temps en çà, et quand ils eussent creu qu'il luy eust esté plus agréable qu'ils se fussent retirez en leurs maisons, que, pour luy complaire, ils n'eussent point failly de s'en aller de la cour. Le Roy, faisant semblant d'estre bien despité contre eux, avec un mauvais visage et avec parolles pires, leur respondit, d'un artifice singulier, qu'ils s'en allassent où ils voudroyent, et qu'il les auroit bien tousjours s'il se trouvoit qu'ils fussent coulpables de ce qui avoit esté faict à l'amiral. Par quoy se retirans de la présence de Sa Majesté, accompagnez de plusieurs chevaux, environ le midy, comme s'ils eussent voulu aller dehors, marchèrent vers la porte Sainct-Antoine ; mais ils ne sortirent point hors de la ville. Sur ces entrefaictes, le soir approchant, le Roy fit poser les douze cens harquebousiers, partie le long de la rivière, partie par les rues, et une autre partie auprès du logis de l'amiral et de ses adhérans.

La nuict venue, qui fut le samedy, Sa Majesté, ayant esté auparavant avertie que le Roy de Navarre et le prince

de Condé estoyent en son chasteau du Louvre, les fit enfermer, commandant très expressément qu'on ne laissast
sortir personne, et les seigneurs de Guyse, ayant prins
encores d'autres soldats avec les premiers, se tenoyent
tous prests, attendans qu'on les appellast ; par quoy Monsieur d'Anjou, la minuict passée, envoya quérir le duc
de Guyse par M. de Losses. Le duc s'en alla au Louvre, où
il trouva Monsieur, qui estoit en conseil avec le Roy, la
Roine mère, le seigneur Loys Gonzagues, duc de Nevers,
Tavanes et le comte de Rets, lesquels tous, après une longue dispute et discours faict entre eux touchant le moyen
qu'il faloit tenir pour l'exécution, conclurent qu'elle se
devoit dépescher ; et la charge de tout cest affaire fut
donnée au susdit duc de Guyse, au chevallier, frère bastard du Roy, et desjà retenu et choisi pour estre amiral
de France, et au duc d'Aumale, lesquels, estans accompagnez d'une grande noblesse et des capitaines Cossin et
Goas, avec plusieurs harquebousiers de la garde du Roy
et avec toute celle de Monsieur d'Anjou, s'acheminèrent
vers le logis de l'amiral. Or, le duc de Nevers vouloit
aussi, en un mesme temps, sortir hors de Paris avec
bonne trouppe de cavallerie, pour faire teste et empescher ceux qui se fussent voulu sauver à la fuyte, et en fit
fort grande instance à Leurs Majestez ; mais elles, qui faisoyent grand cas de l'avoir près de leurs personnes, pour
s'en servir de conseil et de sa personne en tout ce qui
eust peu avenir en une si grande esmeute, ne le voulurent point laisser partir et le retindrent toute la nuict
auprès d'eux, lesquels ne fermèrent jamais l'œil ny ne
reposèrent.

Ces trois seigneurs, avec leur compagnie susdite, estans arrivez au logis de l'amiral et ayans premièrement
posé en bas, sur la place et par les rues, cinq ou six har-

quebousiers vis-à-vis de chacune fenestre (afin d'empescher ceux de dedans de s'y pouvoir mettre pour offenser
ceux qui eussent combattu à la porte, ou bien pour en-
garder les autres de s'en pouvoir fuir dehors), ils s'appro-
chèrent de la porte, et après l'avoir combattue assez
long-temps, enfin ils la mirent en pièces. Et entrez dedans
de grande furie, commencèrent à tuer tous ceux qu'ils
rencontrèrent; et ce pauvre misérable d'amiral, estant es-
veillé du bruit et s'estant assis sur le lict, ne sachant quel
party prendre, fut incontinent saisi et attaqué par un
jeune Alemant nommé Besme, lequel avoit esté page du
vieil duc de Guyse, qui l'avoit nourry et avancé. Cestuy-
cy, estant entré le premier en la chambre, fut aussi le
premier qui le chargea et le frappa d'un grand coup de
dague, luy disant : «Traistre, rends-moy maintenant le sang
de mon seigneur et maistre, lequel tu m'as si méchamm-
ment osté.» Auquel coup et parolles l'amiral, se plaignant
de son malheur et infortune, ayant mis la main à sa barbe,
luy dit ; «A tout le moins que ceste barbe blanche eust
esté défaicte par un homme, et non pas par un goujat.»
Mais cestuy-là redoublant le coup luy répliqua : «Meschant, oses-tu bien parler encores?» et le blessa. Mais
d'autres estans survenus luy donnèrent plusieurs coups,
et fut laissé pour mort.

Or ces seigneurs, ayans veu tous les autres tuez et
voulans partir de là, envoyèrent veoir si l'amiral estoit
bien mort, commandans qu'on le jettast en bas par les
fenestres, afin que le peuple le vist, d'autant qu'il faisoit
aussi clair là comme en plain jour, tant à cause de plusieurs lumières qu'on y avoit apportées que pour les autres qu'on avoit commandé estre mises hors des maisons; et ceux qui avoyent ceste charge, voulans jetter
l'amiral du haut en bas par la fenestre, le pauvre misé-

rable, n'estant pas encores du tout mort, empoigna une partie de la fenestre, qui fut cause que bientost on l'acheva de tuer, et fut jetté dedans la rue, ès mains du peuple, qui le traina par toutes les boues et ordures de la ville, et finalement fut laissé sur le bord de la rivière.

Ces seigneurs, après avoir despesché cestuy-là et tous ceux de sa maison, pour ne point perdre temps coururent au logis de la Rochefoucaut et de beaucoup d'autres des principaux, lesquels en un moment furent tous mis au fil de l'espée, et ainsi taillez en pièces furent semblablement jettez dedans la rue, par les fenestres. Et incontinant tout le peuple ayant prins les armes, suyvant le commandement qu'il en avoit, chacun catholique ayant mis une petite pièce de toile blanche au bras gauche afin d'estre cogneu, et luy ayant esté donné congé de tuer les huguenots et de piller et saccager leurs maisons, on commença une tuerie fort cruelle, et fit-on une horrible boucherie de ces pauvres misérables. Et lesdits seigneurs, estans dépeschez de ces deux lieux susdits, coururent aux fauxbourgs Sainct-Germain pour attrapper Montgommery; mais d'autant que les portes de la ville estoyent fermées, ils ne peurent sortir si tost qu'il n'eust bien le loisir de s'enfuyr et se sauver avec environ soixante chevaux.

Le Roy, ayant entendu la nouvelle de la mort de l'amiral, envoya appeller le Roy de Navarre, qui estoit au lict avec sa femme, et l'ayant faict venir luy dit ce qui estoit avenu à l'amiral et à ses adhérans, et ce qu'on faisoit par son commandement de tous les autres de ceste secte-là, et pourtant qu'il faloit bien qu'il se délibérast ou d'estre bon catholique et laisser ceste fausse religion, ou qu'on luy en feroit autant. Le pauvre jeune homme oyant telle nouvelle, s'estimant plustost mort que vif, se jetta à genoux devant le Roy, luy demandant pardon de sa vie passée et luy promettant qu'il seroit bon catholique et son fidèle serviteur et parent. Cependant que Sa Majesté parloit à ce jeune homme, quelques-uns furent despeschez pour aller au cartier du Roy de Navarre, là où ils tuèrent ceux qui dormoyent en son antichambre, entre lesquels estoyent Beauvoix, Piles et deux autres, l'un desquels, chassé d'une peur extreme et crainte de la mort, se sentant blessé, courut de telle furie que personne ne le peut jamais retenir ny empescher qu'il n'allast en la chambre et jusqu'au lict mesme où Madame, sœur du Roy, nouvellement mariée, estoit couchée, et se fourra là en un coing, sans jamais en vouloir partir qu'il ne fust asseuré premièrement qu'il auroit la vie sauve. Tout le reste de ceux de la maison du Roy de Navarre et du prince de Condé, qui se trouvèrent au chasteau du Louvre, furent despéchez au mesme instant, sans qu'on touchast audit de Condé, qui estoit couché avec sa femme.

Touchant ce qui se fit en la ville, ce fut un horrible spectacle des meurtres et de la tuerie qu'on y fit d'environ trois mille personnes de ceux-là, en bien petite espace de temps, et ce tant par le peuple que par les soldats, sans aucune blessure ny sans qu'une seule goutte de sang des catholiques fut espandue (chose qu'on ne peut attribuer ny raporter sinon à la main puissante de Dieu et à un miracle singulier), excepté seulement un des catholiques, lequel fut tué par un grand désastre et malheur. Et entre ceux-là, presques tous les principaux de ceste faction y demeurèrent, jusqu'au nombre de six cens pour le moins; seulement Montgommery, comme il a esté dit, se sauva (c'est celuy qui tua ainsi pauvrement le Roy Henry, de glorieuse mémoire, en courant la bague contre luy), combien qu'il fust suivi quelque temps en vain par le duc de Guyse, avec paravanture trois cens chevaux, tellement que son cheval mourut sous luy, estant recreu et hors d'haleine ; et luy, ayant grand avantage, se retira à sauveté vers ses maisons. Et néantmoins en demeura des siens environ quinze, qui furent tuez, lesquels, n'estans pas si bien montez que les autres, ne peurent suyvre la trouppe. Entre ceux qui se sauvèrent, il y eut aussi le vidame de Chartres, l'un des principaux d'entre eux.

Ce faict et acte tant mémorable avint la veille de sainct Barthélemy et commença deux heures devant le jour ; et pour ce qu'il estoit feste, cela fut cause que le peuple de Paris eut meilleure commodité de vaquer à tuer telles gens et à piller leurs biens ; lesquels comme ils s'enfuioyent par-dessus les toicts des maisons, ainsi les voyoiton (chose espouvantable) tomber du haut en bas ainsi que des oiseaux, attaincts et frappez de coups de harquebouses que les harquebousiers leur tiroyent de droite visée, lesquels, comme il a esté dit, avoyent esté attitrez et posez en divers lieux de la ville. Le pillage et butin qui se fit des biens et hardes des huguenots fut presques incroyable, d'autant qu'ils estoyent chargez d'or, d'argent et autres biens, à cause que par l'espace de plus de onze ans ils avoyent spolié toute la France, et ravi de toutes les églises et lieux sacrez en particulier toutes les choses plus prétieuses. Et surtout ils avoyent de fort bons et beaux chevaux, l'amiral ayant donné bon ordre qu'ils fussent bien montez et en bon équippage, lequel, voulant assaillir à l'improviste, maintenant de çà, maintenant de là, estimoit que la bonne cavallerie luy viendroit beaucoup mieux à propos que l'infanterie.

On ne sçait point qu'il ait esté trouvé à l'amiral plus de dix mille escus contans, qui n'est point de merveilles , veu qu'un chacun sçait qu'il estoit fort magnifique, et que, pour entretenir et payer plusieurs capitaines alemans en la Germanie, il employoit et despendoit de grands deniers. Il a bien couru un bruit qu'en deux parties seules, qu'avoyent les thrésoriers de ceste secte-là, on a descouvert qu'ils tenoyent environ cinquante mille florins, lesquels on pense que c'estoyent deniers mis ensemble par eux tous, qui avoyent accoustumé de faire une bourse commune pour les entreprises qu'il leur faloit faire, et que ceux-là estoyent pour celle de Flandres.

L'amiral fut tout pillé et saccagé, et le capitaine Pierre Paul Tosinghi, Florentin, vaillant soldat (lequel avec un sien fils se trouva à sa mort), eut pour son butin l'escarcelle et sa chesne; et se trouva dedans ladite escarcelle le seau et contre-seau des huguenots, une médaille aussi où estoit son effigie, au dos ou à l'envers de laquelle il y avoit escrit en langue françoise : *Extermine*, avec ces trois lettres, *R. L. P.*, qu'ils exposoyent entre eux le Roy, Lorraine, Papauté.

La furie de tuer estant passée (laquelle fut fort impétueuse et violente jusqu'au soir), le Roy commanda que les dames et damoiselles de la cour, qu'il savoit bien estre plongées en ceste hérésie diabolique, fussent prinses et gardées, ainsi qu'il fut fait soudainement, et furent mises en la puissance de la Majesté de la Roine de France, afin qu'estans ramenées à vivre catholiquement on leur laissast la vie sauve, ou bien, si elles estoyent obstinées et endurcies, qu'on les jettast à vau l'eau et qu'on les fist mourir sans aucune rémission ; car le Roy avoit délibéré d'arracher entièrement de son royaume ceste semence pernicieuse.

Tous les ministres et prescheurs huguenots furent tüez et les autres jettez en la rivière, ensemble les autres semblables qui avoyent charge entre eux, comme thrésoriers et ceux qu'ils appellent diacres. Les femmes par la ville

furent aussi en grands trouble et effroy, d'autant que les
dames et bourgeoises catholiques (comme ceux-cy parlent), ayans entendu ce qui se faisoit au chasteau du Louvre, couroyent à la haste, l'une pour prendre sa cousine
ou parente, l'autre sa sœur, l'une sa voisine ou sa fille,
l'autre une autre, et taschoyent de tout leur pouvoir de les
conduire aux églises pour leur faire donner la bénédiction et absoute, comme à celles qui s'estoyent esgaréés du
bon chemin de la saincte église. Semblablement elles en
conduisoyent d'autres pour prendre l'eau du sainct baptesme, afin que, comme bonnes catholiques, elles eschappassent; mais, nonobstant toute ceste diligence, il y en eut
beaucoup de dépeschées. Et c'est bien une chose esmer-
veillable qu'en une telle ville, et si grande et pleine de
peuple presques innumérable, ayant levé les armes contre
leurs propres bourgeois, estans bandez et enaigris dès
long-temps les uns contre les autres à cause de la religion, il n'y eut bien d'autres désordres et des confusions
encore plus grandes. Et outre qu'on doit attribuer cela
au vouloir de Dieu, on le peut aussi recognoistre et raporter à la dextérité du duc de Nevers, lequel, ayant prins
la charge que d'autres avoyent refusée, par le commandement du Roy et de la Roine mère monta à cheval fort
bien accompagné, et, se promenant par toute la ville, re-
média à tout ce qu'il luy sembloit en avoir besoin, donnant un tel ordre que les bons ne patissent point et
que les méchans fussent chastiez; ce qu'il fit et exécuta
très bien et heureusement, pour la grande authorité qu'il
a envers le peuple de Paris, duquel il est aimé et respecté
par-dessus tous autres.

La nouvelle estant venue à Lion, à Thoulouse, Orléans,
et finalement par tout le royaume de France, de ce qui
se faisoit à Paris contre les huguenots, on commença sou-

dainement de faire un horrible carnage de ceux-là par toutes les villes, n'espargnant ni sexe, ni aage, en tuant et raclant indifféremment tous ceux qui ne se pouvoyent sauver ne s'enfuir. Et dedans la ville de Lyon, par l'ordre admirable et par la prudence singulière du sieur de Mandelot, gouverneur de la ville (lequel fut adverty secrettement par courriers exprès des choses avenues à Paris), tous les huguenots furent prins sans grand bruit, l'un après l'autre, comme pauvres moutons, et puis sans aucun tumulte, avec un spectacle espouvantable et extraordinaire, il fit veoir au peuple la plus grande partie d'iceux estendus sur la place, ayans tous la gorge couppée et tous nuds comme bestes; et une autre partie, afin de moins espouvanter le peuple, fut jettée dedans les rivières, tellement qu'en moins de deux jours il n'y en demeura pas un en vie, à cause qu'il ne s'en estoit pas peu sauver un seul. Leurs maisons furent gardées par ses gens et les biens mis par inventaire à la maison de la ville, sans que rien allast mal, excepté quelques hardes que les soldats grippoyent en les allant prendre prisonniers. Aux autres villes et lieux du royaume, il avint beaucoup d'autres choses qui seroyent longues à raconter, et à grand peine les peut-on encore savoir. Tant y a que jusqu'à maintenant on fait conte qu'il est desjà mort des huguenots environ vingt-cinq mille personnes.

Le Roy dedans Paris, voyant toute la ville comme renversée sans dessus dessous, teinte et baignant en sang, et pleine d'horribles spectacles de morts, estant desjà esteinte et despeschée la pluspart des hommes de plus grande authorité entre eux, le mardy 26 d'aoust (deux jours après qu'on eut commencé de tuer) s'en alla à l'église pour remercier Dieu, selon son devoir, d'une si grande prospérité, que, sans qu'il y eust eu aucun sang de

ses fidèles respandu, il luy avoit fait en une heure si belle
grace et faveur de l'avoir délivré, et son royaume, de
gens si pernicieux et si meschans. Après cela il s'en alla
au Palais, en la salle dorée, où la cour de parlement estoit assemblée, et, accompagné des princes du sang et autres, estant assis en son lict de justice, avec parolles
graves, déclara devant tous une partie des causes qui
l'avoyent esmeu de faire une telle exécution contre les huguenots qui luy estoyent rebelles, et de ce qu'il les avoit
traittez si rigoureusement comme il avoit fait, leur donnant à entendre que ces truans et malheureux, non contans de tant de fautes et offenses commises par eux contre la Majesté divine, contre ses églises et contre les prestres, ny de celles aussi que Sa Majesté mesme, peu de
mois auparavant, leur avoit pardonnées, ils avoyent dernièrement esté si hardis de machiner et conspirer contre
sa propre personne, et de tous ceux de son sang, et sa
couronne, ne voulans pas espargner le roy de Navarre
mesmes, qui estoit de leur secte et qui avoit esté recommandé par sa mère et donné en charge au desloyal et
traistre Gaspard de Coligny, lequel, pour mieux accomplir son appetit désordonné, vouloit couronner Roy le
prince de Condé, jeune enfant, afin de s'entretenir tousjours tant mieux au gouvernemeut, et peut estre aussi de
le tuer quand il luy eust semblé le pouvoir faire et devenir Roy luy-mesme.

Ce que par avanture il eut faict selon son desir, d'autant que son authorité, crédit et leurs forces estoyent
tellement augmentées que le tout s'en alloit estre doré-
navant gouverné à leur appetit, confondant la justice
divine et humaine ensemble, avec tous les estats du
royaume, auquel on voyoit desjà la religion foulée aux
pieds, au grand mespris et avec une griève offense de la

Majesté divine , et avec une infamie perpétuelle et opprobre à toute la chrestienté et à la postérité de ceste nation , qui a tousjours esté très catholique, et à la honte et
vergongne de Sa Majesté et de ses prédécesseurs, Rois
tousjours très chrestiens : et que pour cela, cognoissant
qu'il ne les pouvoit chastier comme ils le méritoyent par
autre moyen que celuy qu'il avoit tenu, il s'en estoit
voulu servir, lequel peut estre la Majesté divine luy avoit
mis au cœur , puisqu'il luy avoit si heureusement succédé.
Et afin que les seigneurs qui avoyent esté ministres et exécuteurs de sa volonté ne peussent jamais en aucun temps
estre notez d'infamie pour ce faict , qu'il leur avoit bien
voulu faire entendre que le tout s'estoit faict par son
commandement et commission expresse, pour les causes
susdites.

Le Roy, ayant parachevé son discours par ces mots et
autres semblables , tous d'un accord , tant ceux de robbe
courte que de robbe longue, qui estoyent en ceste assemblée, approuvèrent et déclarèrent le tout avoir esté très
bien entrepris et sagement exécuté, et louèrent grandement Sa Majesté et la remercièrent d'un si grand bien
qu'ils avoyent receu par son conseil, diligence et dextérité. Et pour approbation de ceste volonté et accord uni-
versel, le corps de l'amiral fut condamné d'estre premièrement trainé à la queuë d'un cheval par toute la ville,
puis après, avec une queuë de veau qui luy seroit mise au
derrière par le fondement, d'estre pendu par un pié,
comme traistre, au gibbet public de Montfaucon, là où
tout le peuple estoit à regarder avec un plaisir incroyable,
et y couroit de tous costez pour veoir le corps propre
duquel on avoit veu quelques années au paravant l'effigie
où statue, desjà mise et pendue en ce lieu-là par arrest de
la mesme cour de parlement ; laquelle ordonna sembla-

blement que la teste fust attachée au marché aux pour-ceaux, là où avoit esté mise auparavant celle de celuy qui, à son instance et poursuitte, avoit tué le duc de Guyse. Et quant aux corps de ses plus principaux adhérans, fut ordonné qu'ils seroyent jettez dedans la voierie de la ville, là où ordinairement on jette les bestes qui se meurent.

Ces arrests ainsi donnez en parlement, le cardinal de Bourbon présenta une requeste à Sa Majesté, qu'il luy fist ceste faveur de le recevoir, comme évesque de Beauvais, au lieu et nombre des douze pairs de France , ce qu'elle luy ottroya gratieusement. Après cela l'avocat du Roy (que nous appelons icy le procureur fiscal) nommé de Faure, dict Pibrach, au nom de toute la cour, fit brièvement ces trois demandes suivantes au Roy : la première, s'il luy plaisoit et ne vouloit pas que tout ce faict fust rédigé par escrit et mis aux registres publiques de la cour de parlement pour mémoire perpétuelle ; la seconde, s'il luy plaisoit que les deux estats, assavoir de l'église et de la justice, ausquels on voyoit une grande corruption et déformité de façons de faire, fussent réformez ; la troisième fut que le peuple de Paris cessast de tuer, d'espandre le sang et de piller et saccager les biens des huguenots, contre lesquels on ne peust procéder sinon par commission de Sa Majesté ou de la cour de parlement et des magistrats. Quant au premier poinct, le Roy l'accorda ; du second il promit d'y donner ordre ; touchant le troisième, il commanda que, par tous les carrefours de la ville, l'on fist à savoir à tous et crier, de par Sa Majesté, qu'on ne commist plus tels meurtres ny larrecins et pilleries.

Le Roy, avec tout le conseil, estant levé et sorty du Palais, et après qu'on eut donné ordre par toute la ville, le tout fut réduit en paix ; puis l'on commença de procéder à l'encontre de ceux qui estoyent restez en vie, par la voye ordinaire de justice. Plusieurs furent adjournez, lesquels, à faute de comparoistre, seroyent déclarez rebelles et privez de leurs offices et dignitez, leurs biens confisquez, ainsi qu'on en avoit faict à tous les huguenots morts ou qui s'en estoyent fuis ; ce qu'on estime pouvoir monter pour le profit du Roy à la somme de trois millions d'or.

Les choses estant ainsi remises en ordre à Paris, et après avoir aussi mis bon ordre par tout le royaume, afin de remédier aux désordres qui pouvoyent avenir dehors avec les amis et voisins, le Roy, sachant bien quelle fascherie et soupçon il avoit donné tant au Pape qu'au Roy d'Espagne, et finalement à toute la chrestienté, pour les préparatifs de guerre qu'il avoit faits, encores que cela eust esté faict à son grand regret et desplaisir, néantmoins il leur voulut bien faire cognoistre quel estoit son cœur et quelle avoit esté son intention et le but où il tendoit ; et ayant entendu que M. d'Aumale despeschoit un de ses gens pour l'envoyer à Rome, vers le cardinal de Lorraine son oncle, il luy commanda de faire entendre au Pape, de sa part que c'estoit-là ceste guerre que Sa Saincteté avoit tant soupçonnée qu'il vouloit faire au Roy Philippes, et que, par mesme moyen, il luy demandast pardon pour luy d'une telle faute qu'il avoit commise très grande, d'avoir faict faire le mariage de Madame, sa seur, sans sa saincte bénédiction et dispense ; mais que la nécessité l'ayant réduit et contrainct à cela, d'autant qu'il avoit esté esmeu et poussé d'un bon zèle, il avoit eu espérance d'obtenir pardon de luy.

Après cela, ayant fait appeller l'ambassadeur d'Espagne, qui demeure ordinairement à la cour de France, il luy dit que désormais il pouvoit bien cognoistre, par ce

qu'il avoit veu, quelle avoit esté son intention et le but
où il tendoit par les parolles et caresses qu'il avoit faites
aux huguenots, et mesmes par les préparatifs de guerre,
lesquels à bon droict avoyent esté occasion d'engendrer
une si grande jalousie, non-seulement à luy et au Roy son
maistre, mais aussi à toute la chrestienté, que tout le
monde devoit aller sans dessus dessous et la ligue contre
le Turc se rompre; mais, quoyque cela luy pesast par
trop et qu'il le navrast jusques au cœur, que toutefois il
n'avoit peu y remédier que premièrement le temps ne
fust venu et l'affaire venue à maturité; et que pourtant
il le prioit d'envoyer en diligence vers le duc d'Albe, en
Flandres, l'avertissant de tout, et l'asseurant que la
guerre, quant à Sa Majesté, estoit finie en ces pays-là, et
que des prisonniers françois qu'il tenoit il en fist ce que
bon luy sembleroit; et qu'il commanderoit que les soldats qui avoyent esté desjà envoyez sur les frontières pour
tromper les huguenots (qui pouvoyent estre environ de
cinq à six mille hommes de pié et environ deux mille
chevaux) se retirassent dedans le royaume, ainsi que soudainement il fut faict.

Après il le pria de vouloir semblablement faire entendre par le menu toutes ces choses au Roy son maistre,
et de luy escrire qu'il luy vouloit faire la guerre de ceste
façon, et qu'il l'asseurast aussi qu'il luy seroit tousjours
bon amy et parent. Et ne se contentant pas de ce devoir
qu'il avoit faict vers l'ambassadeur susdit, il voulut, quoy
qu'il y eust, dépescher un gentilhomme à ceste cour-là
pour faire part au Roy d'Espagne de tout ce qui estoit
avenu en France, et escrivit de sa propre main une lettre
audit Roy, pleine de courtoisie et d'excuses légitimes,
pour luy oster de l'esprit toute umbre et suspition qu'il
eust peu avoir à cause de ce qui s'estoit passé ceste an-

née présente ; chose qu'on estime devoir estre d'un tel
effect envers ce Roy tant généreux et magnanime, que
par cy-après il y aura entre ces deux couronnes un lien
d'amitié si estroict que toute la république chrestienne
en sentira et recevra un fruict merveilleux.

Le cardinal de Bourbon (lequel, ayant esté trompé de
ceste lettre fausse, fit les espousailles) envoya soudainement à Rome demander pardon au Pape, et pour obtenir
l'absolution de l'irrégularité et excommunication qu'il
avoit encourue pour cela. Sa Saincteté, cognoissant la
bonne et entière affection de ce bon seigneur et la pu-
reté de son cœur, luy accorda gratieusement.

Le Roy avoit aussi donné ordre qu'on fist diligence
partout, pour trouver lettres, escrits ou instructions, et
hommes de ceux qui eussent peu savoir les desseings et
entreprises de telles gens, afin de s'en pouvoir servir selon les occurrences ; et de faict, par un cas estrange, il en
est tombé un entre les mains de Sa Majesté , nommé Briquemaut, vieil homme et fort ruzé, et qui sçait et entend
presques toutes les menées des huguenots. Cestuy-ey,
le matin que l'amiral fut tué, sortant je ne say comment
de son logis, s'en alla de telle sorte que personne ne s'en
apperceut ; et s'estant fourré parmy les corps morts qu'il
veid sur la place estendus en grand nombre, ayant la
barbe couppée et le visage contrefait le plus qu'il peut,
et s'estant despouillé tout nud, afin que personne, courant là pour piller ses habillemens, ne le peust appercevoir vif, et s'estant jetté bas, la bouche contre terre, il
demeura là jusqu'à la nuict bien obscure ; laquelle venue,
ayant mis à l'entour de luy quelques vieux haillons qu'il
avoit trouvez par cas d'aventure, se desguisant le mieux
qu'il peut, il se retira en la maison de l'ambassadeur
d'Angleterre, là où s'estant accosté d'un des serviteurs,

il se mit à estriller les chevaux, et y demeura en ceste façon quelque peu de jours. Mais estant descouvert par cas
fortuit de quelques-uns qui le cognurent, il fut pris, et par
commandement du magistrat de la ville on le menoit au
gibbet. Lors se voyant prochain de la mort, se retournant
vers les sergeans qui le menoyent, leur dit qu'il avoit à
parler au Roy pour choses de fort grande importance ;
et ceux-cy, sachans bien qu'il estoit homme de qualité,
s'arrestèrent sans passer plus outre, jusqu'à ce qu'ils eussent nouveau commandement du magistrat, lequel estant
averty de cela, le ayant fait mener en prison et en ayant
averty le Roy, il fut commandé qu'on le gardast et inter-
roguast bien soigneusement, sous espérance qu'on entendroit de luy beaucoup de pratiques et intelligences que
l'amiral avoit, tant dedans le royaume que dehors.

Le Roy avoit aussi retenu en son chasteau du Louvre
le Roy de Navarre avec sa sœur, et le prince de Condé
avec ses frères et sa femme; et, ayant esgard au jeune aage
du Roy de Navarre et de Condé, et ensemble à l'aage encores plus tendre de la sœur de l'un et des frères de l'autre, rejettant leurs fautes passées plustost sur les tromperies de Gaspard de Coligny, et autres meschans ses semblables qu'ils avoyent euz auprès d'eux, que sur le mauvais naturel qui fust en eux, et estans tous de son sang
royal, délibéra de faire tout ce qui luy seroit possible et
d'essayer par tous moyens afin qu'ils se convertissent et
devinssent catholiques. Et pour ce, leur ayant baillé de
vaillans théologiens pour en avoir le soing et leur enseigner la vraie religion, et des gens catholiques pour les
servir, il en laissa la charge au cardinal de Bourbon, leur
oncle, et à Gonzague, duc de Nevers, beau-frère de Condé et parent aussi du Roy de Navarre, et à M. de Montpensier, afin qu'ils taschassent de les induire à laisser la

fausse religion et embrasser la vraye et salutaire à leurs ames.

Cependant que cela se faisoit, Sa Majesté, se voulant asseurer qu'il n'avinst en son royaume, et principalement vers la Picardie, quelque désordre à l'occasion des huguenots françois qui estoyent au pays de Flandres, en armes, au service du prince d'Oranges, contre le duc d'Albe, et mesmes pour aider aux affaires que le Roy d'Espagne avoit en ces pays-là, qu'on disoit pour lors estre en danger, commanda qu'on fist quelque levée d'infanterie et de cavallerie, faisant marcher autres compagnies de Piémont vers ces quartiers-là, renforçant les garnisons des frontières, d'autant que le prince d'Oranges y estoit avec bien vingt-cinq mille hommes de pié et plus de huict ou neuf mille chevaux, et avec le pays tout révolté à sa dévotion, luy ayant esté donnée la Holande, Zélande et quasi tous les Pays-Bas situez sur la mer Océane, et plusieurs autres villes jusques à Malines, laquelle dernièrement s'estoit aussi retirée de l'obéissance du duc d'Albe, auquel pour lors quarante-trois villes murées avoyent manqué, se rebellant contre luy ; et n'avoit que huict ou dix mille hommes de pié et environ cinq ou six mille chevaux, près de Mons en Hénaut, qu'il tenoit enserré de siége et de batterie. Mais depuis, estant avenu en fort peu de jours que le prince, avec tant de forces et avec une si grande réputation qu'il avoit acquise pour la grande prospérité à luy avenue, s'estant approché du camp du duc pour secourir ceux de dedans la ville et le comte Ludovic, son frère, qui la gardoit, et que, luy ayant par deux fois esté présentée la battaille, il s'estoit retiré avec peu de réputation, sans faire aucun semblant de vouloir combattre ou donner quelque assaut, et enfin n'ayant point fait rougir son espée du sang de l'ennemy, le duc print la ville à composition, par le moyen de Genlys, chef de ces quatre mille fantassins et quinze cens chevaux françois dont a esté parlé cy-dessus, lesquels furent rompus et défaicts le 16 de juillet dernier passé, voulans entrer pour secourir ladite place de Mons; dont estant prisonnier du duc d'Albe, et ayant entendu la mort de l'amiral et la tuerie faicte, par le commandement du Roy de France, de ses adhérans et autres huguenots du royaume, et que Sa Majesté avoit escrit au duc d'Albe qu'il fist des prisonniers françois qu'il tenoit ce qu'il luy plairoit, craignant sa vie et de ses compagnons, voyant qu'il n'avoit plus aucune espérance d'aide, il pensa de vouloir faire plaisir au duc, et de soliciter sa délivrance et de tous ses amys qui estoyent en mesme danger; et s'offrit à luy de traitter un accord avec les François qui estoyent dedans Mons, pour les en faire sortir, et davantage de faire tant que le comte Ludovic s'en iroit pour tascher de tout son pouvoir que le prince son frère posas t les armes, se pouvant tenir certain et asseuré qu'aussitost que les François seroyent sortis dehors de la ville elle tomberoit ès mains du duc, pour ce que c'estoit comme le nerf de ceste garnison-là.

Au moyen de quoy le duc, ayant prins plaisir à telle offre de Genlys et luy ayant permis d'envoyer un de ses gens en la ville pour parler aux François, incontinent ils se résolurent de sortir. Et le comte Ludovic, sachant bien qu'il ne pourroit pas garder ceste ville-là sans eux et les voyant délibérez d'en vouloir sortir, fut contrainct de condescendre à leur opinion; et ayant rendu la place à discrétion, la vie des soldats sauve, leurs armes et leurs hardes aussi, il en sortit avec une robbe de chambre et un bras en escharpe. Et ayant esté receu humainement et embrassé par le duc d'Albe, au bout de deux jours il fut

envoyé en une littière vers le prince son frère, pour essayer de luy faire poser les armes, suivant les capitula-
tions, avec promesse de retourner, au bout du temps arresté entre eux, ou avec la conclusion ou sans icelle, laissant au duc pour cest effect en ostage cinq des plus principaux de tous les siens.

Le chef des François de ceste garnison-là, nommé M. de
la Noue, ayant aussi esté receu humainement par le duc,
demeura pour ostage, et les autres furent conduits et accompagnez, par quatre chevaliers des principaux du duc,
jusques hors des frontières des pays de Sa Majesté catholique, de peur qu'on ne les molestast. Mais les povres
gens mal fortunez ne furent pas plustost arrivez en Picardie, voisine de Guyse, que M. de Longueville, avec quelques chevaux mis au guet à cest effect, les fit prisonniers,
avec la plus grand' part de leurs chefs, et mirent les autres en pièces jusqu'au nombre de huict cens, les plus
vaillans et plus braves soldats, combien qu'ils fussent
meschans et malheureux hommes. Or, le Roy ayant esté
averty par courrier exprès de tout le faict et de l'estat
auquel estoyent les affaires de Flandres, Sa Majesté se délibéra de casser les compagnies qu'on avoit commencé
de soudoyer et de réduire les garnisons au nombre accoustumé, estimant que désormais il n'estoit plus besoing
d'armes, ny pour son service ny pour celuy des affaires
de Flandres, puisque, par la tuerie qu'on avoit faicte des
principaux huguenots en son royaume, non-seulement à
Paris, à Lion et Orléans, qui furent les premiers, mais
aussi à Thoulouse, à Poictiers et Vendosme, là où l'on les
avoit tous mis au fil de l'espée, les affaires de son royaume
estoyent comme fermes et bien establis.

Mais le duc d'Albe se tenoit aussi pour tout asseuré
d'estre venu à bout de ceste entreprinse et d'avoir vaincu

les rebelles à son Roy, pour les grandes forces qui luy arrivoyent de jour en jour d'Alemagne, et pour la fuite que le prince d'Orange avoit manifestement prinse, à cause que son armée se rompoit et que les soldats s'escouloyent çà et là, et pour le recouvrement de Malines et de plusieurs autres villes qui desjà se rendoyent à luy et retournoyent sous l'obéissance et commandement du Roy d'Espagne. Par ce moyen Sa Majesté voyoit les choses réduites à un tel estat que on les pouvoit dire estre en seureté d'une part et d'autre, et que deux très grands royaumes et puissans, voire mesmes la plus grande partie de la chrestienté, est déiivrée des mains d'une génération si diabolique; ce qu'on doit attribuer seulement à la volonté du grand Dieu, et puis à la délibération du Roy de France, qu'il avoit faicte, de chastier ceux qui luy estoyent rebelles, et d'esteindre et extirper leur maudite secte, ayant Sa Majesté en une heure seule, par la mort de l'amiral et de ses adhérans, délivré soy-mesme et le Roy d'Espagne d'un très grand danger et éminent, et par la mesme mort préservé l'Italie de ruine et entretenu la ligue contre le Turc, puisque c'est chose bien certaine que si l'amiral eust faict à Sa Majesté ce qu'il avoit entreprins et qu'il luy pouvoit aisément succéder, toute la France et la Flandre eut esté en peu de temps en proye aux hérétiques.

Mais quand encores, pour quelque empeschement, il n'eust pas pour le présent exécuté son desseing en la France et que le Roy ne se fust point mesme joint avec luy pour l'entreprinse de Flandres, il n'y a nulle doute que luy, avec ses forces, ne fust passé pour secourir le prince d'Oranges, et principalement sur la fin d'aoust, que le duc d'Albe n'estoit pas encores prest, il n'eust pas prins Mons; et par conséquent, ou l'on estoit en hazard qu'il se

falloit retirer et par avanture perdre le reste de la Flandre, laquelle mal contente auroit suivi le cours de la victoire des hérétiques, ou pour le moins il se fut entretenu
en ces païs-là une longue guerre et dangereuse, et de si
grande despense pour le Roy d'Espagne qu'il ne l'eust
peu soustenir et demeurer en la ligue contre le Turc.

Et de là peut-on considérer combien doit estre prisé
cest acte de Sa Majesté très chrestienne, laquelle,
tandis que ces choses se faisoyent en Flandres et par son
royaume, ne cessoit de faire toute diligence qu'il estoit
possible, par le moyen de ses théologiens, tant par leurs
sermons que par disputes, et par les susdits seigneurs de
Bourbon, Nevers et Montpensier, et par leurs persuasions
et remonstrances, pour induire le Roy de Navarre et sa
sœur, le prince de Condé et ses frères, avec sa femme et
tous leurs serviteurs qui s'estoyent sauvez de ceste première emploitte et estoyent dehors, de vouloir recognoistre la vérité évangélique et recourir entre les bras de la
saincte mère église, laquelle, comme elle est prompte à
pitié et miséricorde, les tient continuellement ouverts
pour recueillir et embrasser les povres pénitens, lesquels
finalement, avec l'aide de Dieu, monstrèrent qu'ils commençoyent d'apercevoir la lumière, et que les ténèbres
obscures qui leur ostoyent la clarté de l'entendement se
retiroyent. Et Dieu voulut que la princesse femme du
prince de Condé, et sœur de la duchesse de Nevers, fut la
première à recevoir le don du Sainct-Esprit, par le moyen
de la prédication d'un vaillant théologien françois qui
est au duc de Nevers, fort savant aux lettres sainctes et
bien expert en disputes contre les hérétiques, et par ce
moyen bien accort pour cognoistre où sont cachées les
fallaces et tromperies par lesquelles ces meschans sédui-
sent et attrappent en leurs filets les simples gens.

Ainsi ceste bonne dame, sitost qu'elle se sentit touchée de la main de Dieu et qu'elle s'apperceut de ses erreurs, retournée de cœur, pour implorer la miséricorde de Dieu, voulut estre la première à manifester sa vraye repentance, et, s'estant disposée d'abandonner la fausse religion, publiquement se mit à confesser laquelle estoit la vraye. Ainsi, le dimanche 14 de septembre, le duc de Nevers, ayant fait préparer en l'église des Augustins, voisine de sa maison, tout ce qui estoit nécessaire, mena là dedans la princesse avec les deux frères du prince son mary, le second et le troisième nay; et, en la présence d'un grand peuple, devant les cardinaux de Bourbon et de Guyse, estans aussi là présens son beau-frère et la duchesse de Nevers, sa sœur, et madame d'Ampierre, ils firent leur abjuration, ayant desjà esté faict le semblable par l'une de ses principales damoiselles, qui estoit ordinairement auprès d'elle, et par d'autres ses officiers et serviteurs, et par deux damoyselles. Or, en ceste acte, la princesse, avec ses deux jeunes beaux-frères, estant tousjours à genoux, fut interroguée, par le mesme théologien qui l'avoit convertie, si elle ne détestoit pas et renonçoit à la secte qu'elle avoit suivie jusqu'à ceste heure-là, comme meschante et fausse, et si elle n'abjuroit pas toutes les promesses qu'elle avoit faictes en ceste hérésie-là et tout ce qu'elle en avoit creu, et autres choses semblables? Elle à haute voix respondit que ouy, et ajousta de sa propre bouche qu'à ce mesme instant elle reprenoit la vraye religion catholique, apostolique et romaine, comme celle qui estoit la vraye église, hors laquelle il n'y avoit aucun salut; que pourtant elle croyoit et confessoit la réalité du corps de nostre Seigneur Jésus-Christ en la très sacrée hostie de l'autel, tout ainsi qu'il estoit sur le très sainct bois de la croix, le jour qu'il souffrit pour nos péchez; qu'elle tenoit pour bonnes les oraisons et prières qu'on faict aux saincts, et qu'il y avoit un purgatoire; et finalement alla de l'un à l'autre, confessant tous les articles que tout vray chrestien doit croire et qui sont commandez et tenuz de mère saincte église, selon que le théologien luy en faisoit souvenir; et ces deux jeunes seigneurs firent le semblable, affermans de vouloir vivre et mourir en ceste vraye foy.

Ce qu'estant parachevé, le cardinal de Bourbon leur oncle (ayant au préallable eu l'authorité de pénitentier) leur donna l'absolution et la bénédiction, avec les oraisons et cérémonies accoustumées, et conformes aux commandemens de saincte église. Après cela, ayans commencé de chanter *Te Deum laudamus,* on fit une procession dedans le cloistre de ce monastère-là, et puis dedans l'église on chanta une messe solenne, où l'on voyoit ceste bonne dame si contrite et consolée qu'on ne pouvoit pas désirer davantage, tellement que ses parens et serviteurs n'ont point souvenance de l'avoir jamais veue si resjouye ne si contente, comme elle monstroit l'estre à l'heure, ensemble avec ses deux sœurs et parens, pour avoir fait un si grand gain. L'office divin parachevé, ils s'en allèrent tous de compagnie disner au logis du duc de Nevers, qui leur fit un banquet somptueux.

Le prince de Condé, convaincu semblablement de la vérité, et esmeu de l'exemple de sa femme et de ses frères, et persuadé par le cardinal de Bourbon son oncle et par le duc de Nevers son beau-frère, qui jamais ne l'abandonnèrent, le 17 au soir, sur le tard, se délibéra de vouloir recevoir la parole de Dieu; et, par la grace de Dieu, le jour suivant, qui estoit le jeudy, il s'en alla en une abbaye dudit cardinal, et fit là son abjuration et confession publiquement en l'église, présens tous les mesmes cardinaux et seigneurs qui avoyent assisté le dimanche de de-

vant à celle de la princesse, et demeurèrent aussi à disner avec le cardinal.

Mais le Roy de Navarre, ayant esté un peu plus dur et
revesche que l'on ne pensoit, son cœur, estant amolly par
la vraye parole évangélique, fléchit et s'y arresta; et s'estant mis à considérer en son entendement la pesanteur
de ses péchez et offenses commises contre la Majesté divine cependant qu'il estoit enveloppé aux erreurs des
hérétiques, il pleura sa faute. Et le vendredy de la sepmaine d'après la conversion du prince de Condé, qui fut
le 26 de septembre, la confessant de cœur et de bouche,
ensemble avec sa sœur, devant la Roine mère du Roy de
France, les cardinaux de Bourbon et de Guyse, et l'évesque Salviati, nonce du Pape, en la présence de Gonzague, duc de Nevers, que la Roine voulut qu'il s'y trouvast, il fut aussi faict digne de recevoir la grace de Dieu,
qui luy avoit esté rendu miséricordieux et appaisé envers
luy par les oraisons continuelles que ses bons et fidelles
serviteurs présentoyent devant sa très haute Majesté; et
pour ce ayant receu la bénédiction et l'absolution, il fut
mis par l'église catholique au nombre de ses croyans, avec
sa sœur tout en un mesme temps, et avec tous les principaux de sa maison.

Ainsi ceste dernière et tant honorable abjuration faicte
avec les cérémonies accoustumées, et la messe chantée,
et graces rendues à Dieu, la Roine se retira avec une si
grande joye que gens dignes de foy et des principaux escrivent que c'estoit une chose admirable et fort plaisante
aussi de voir ceste bonne dame et Roine en un si grand
contentement, recueillant un si prétieux fruict (comme
elle faisoit) de tant de fascheries et dangers si grands où
elle avoit esté, et des calomnies indignes que contre tout

devoir les malings luy avoient imposées par l'espace de tant d'années.

Il ne sembloit pas désormais qu'il restast aucune chose d'importance à faire en France pour l'entier repos et paix générale, et pour réduire le peuple à la saincte mère église et à leur Roy, sinon le recouvrement de La Rochelle, laquelle les bourgeois et les soldats de dedans n'estoyent empeschez de mettre entre les mains de Sa Majesté pour autre chose sinon de peur qu'ils avoyent de recevoir tel chastiment qu'ils avoyent mérité pour leur infidélité et trahisons faictes par eux, ne se voulans point fier aux promesses du Roy, estans espouvantez de ceste rigueur de la peine qu'ils avoyent veu endurer à beaucoup de leurs voisins, et spécialement aux huguenots de Poictiers. Toutefois ce lieu-là demeurant seul et sans espérance de secours, il faudra bien qu'il tombe ès mains de Sa Majesté ; et tant plus grande sera leur obstination, tant plus grande peine devront-ils attendre.

Le Roy cependant, ne voulant pas laisser de donner tel ordre qu'il faut pour le bien et repos salutaire de son royaume, puisque le fer a desjà arraché les racines de plus grande importance, lesquelles produisoyent des fruicts si amers et pernicieux à ses subjects, comme estoyent les plantes qu'il a retranchées et jettées par terre, a pourveu diligemment que pour l'avenir ils soyent nourris par leurs pasteurs de viandes plus salutaires et de meilleure substance que celles qu'ils ont eues jusqu'à présent, ayans en premier lieu, par cries publiques, défendu que les faux prescheurs ne sèment plus de zizanies et semences venimeuses de leurs doctrines, et puis, sous très grandes peines, a défendu aussi de ne plus faire leurs exercices et ministères hérétiques. Il a pareillement résolu qu'avec l'authorité du Pape, les prélats et tout le clergé de son royaume seront recherchez et réformez, à fin que les prélats et pasteurs, qui ne seront point trouvez idoines et capables pour gouverner et soustenir le fais du trouppeau qui leur est commis en charge, soyent aidez et secourus de vicaires ou de suffragans qu'on leur baillera, et que les prestres et moines cloyastriers (à l'exemple de la vie desquels les peuples ont accoustumé pour la pluspart d'édifier leurs consciences et se conformer) soyent aussi bien réformez et ramenez à leurs ancienes façons et règles de vivre que les fondateurs leur ont laissées et ceux qui ont dressé leurs assemblées et leurs ordres, les redressant au droit sentier de nostre voyage, à fin qu'estans suivis à la trace par les autres, tous soyent acheminez à la vray vie éternelle.

Et d'autant que Sa Majesté juge que ce n'est pas chose de petite importance que le gouvernement temporel soit entre les mains de gens de biens et d'une intégrité conforme à celle qui est requise en ceux qui administrent le spirituel, elle a commencé d'oster de tous offices de judicature et gouvernement, non-seulement ceux qu'elle tient pour certain estre de fausse religion, mais aussi ceux qui par le passé se sont monstrez doubles, et par ce moyen fort suspects d'hérésie. Par un tel ordre et réformation, avec l'aide de Dieu, nous pouvons estre asseurez qu'en bien peu de temps toutes les provinces de ce royaume-là seront remises au giron d'une seule église et ramenées à l'obéissance d'un seul Roy, lequel commence desjà de sentir le grand bien qu'il a receu, estant sa cour réduite à ce poinct (selon que plusieurs l'escrivent) qu'on n'y trouveroit pas une seule personne qui fist semblant d'estre non-seulement huguenot, mais de savoir mesme ny entendre ce qui est contenu en ceste loy-là, et qu'elle est toute pleine de dévotion et concorde, ainsi que manifestement on le cogneut le jour sainct Michel (qui est la grande feste solennelle de la couronne de France, à cause de l'ordre des chevaliers de Sa Majesté), que ce jour-là, avec une grande pompe et magnificence, il s'en alla à la grande église de Nostre-Dame de Paris, et là, avec tous ceux de son sang et avec les chevaliers de l'ordre, en grande attention et silence et avec telle dévotion qu'il appartient, assistèrent tous aux offices divins ; et n'y en eut un seul d'entre tous ces grans seigneurs et courtisans-là qui ne se monstrast plus que désireux d'ouir la parole de Dieu et de se trouver à l'office très sacré de la messe, ne qui voulust mesmes souffrir d'estre surmonté de son compagnon.

Or, que cela se face de plusieurs soit par crainte ou de propre volonté, tant y a que jamais homme n'eust peu penser ny croire qu'en l'espace d'un mois et sept jours une telle cour, et mesmes disons hardiment tout le royaume, deust estre si bien guairi et purgé par la forte médecine que Sa Majesté luy a donnée. Et combien que le corps en soit demeuré un peu débile, toutesfois ces mauvaises humeurs qui causoyent la maladie estans vuidées, il faudra qu'elle cesse ; et bientost la vertu restaurée reprenant sa vigueur qu'elle avoit accoustumé, qui se fera par le moyen de bonnes viandes, il retornera en son premier estat. Car de tous costez on a avertissemens, ou que les huguenots sont morts en d'aucuns endroits, ou bien que les autres se présentent et demandent pardon, promettans de retourner à la vraye foy, et monstrent eux-mesmes qu'il cognoissent bien qu'une si grande oppression et desconfiture si soudaine, comme a esté la leur, ne peut estre procédée d'ailleurs que de la main miraculeuse et puissante de Dieu, qui a son vicaire en terre ; duquel le

Roy cognoissant bien qu'il faut prendre règle et instruction, comme de celuy qui est le vray chef de la saincte mère église, envoya le sieur de Rambouillet, frère du cardinal, pour rendre l'obéissance accoustumée (ainsi que fait un vray Roy très chrestien) à la saincteté du Pape et à ce sainct siége apostolique, et pour informer Sa Saincteté des choses passées et de l'affaire qu'il y aura pour conserver et augmenter le vray service divin en son royaume.

Le Roy de Navarre aussi, commençant de faire le devoir d'un fils de ce sainct siége, envoya le sieur de Duras, neveu du cardinal Pelevé, lequel par la grace de Dieu est aussi retourné à la vraye foy, pour (comme celuy qui cognoit par expérience la grandeur de son péché passé) en demander très humblement pardon à Sa Saincteté, tant pour son Roy comme pour luy aussi, et pour luy rendre l'obéissance que jadis ses prédécesseurs ont rendue à l'église romaine; dont sera receu de Sa Saincteté en telle bénignité et douceur qu'il appartient, luy donnant le consistoire publique en la sale des Rois, le recognoistra comme fils royal du siége apostolique et luy donnera tous les honneurs que ses ancestres ont eu, le réconciliant à l'église et le remettant au sein très asseuré et au port de salut d'icelle.

En cest endroit, il me semble que la grandeur de ce faict mérite bien de n'estre point passée sans la considérer de près et sans peser diligemment la vertu du Roy et de la Roine mère et de leurs conseilliers, d'avoir choisi et prins un party si noble et généreux; ensemble la dextérité à le manier, l'artifice et esprit à le simuler, et la prudence et discrétion à le taire et tenir secret, et finalement la hardiesse et courage à l'exécuter, et le grand heur d'en venir à bout. Car, pour en dire la vérité, si l'on considère soigneusement toutes ces choses, non-seulement elles sont dignes de gloire éternelle, mais on ne peut nier qu'ils n'ayent esté choisis du souverain Rédempteur pour ministres et exécuteurs de sa volonté éternelle, faisant par leur moyen une chose qu'il faut dire qu'elle vient de sa grande et infinie puissance ; et est force aussi de confesser que cest acte si merveilleux ait esté prémédité, ordy et traicté plusieurs mois auparavant, et non point avenu par cas fortuit ou d'avanture, ny entreprins aussi pour l'insolence et braverie dernière des huguenots depuis la blessure de l'amiral, comme disent aucuns et taschent de le faire accroire aux autres, ayans ceux-cy ceste opinion qu'il pourroit bien estre que l'entreprinse de tuer l'amiral estoit toute résolue, mais que l'exécution générale soit puis après avenue par cas d'aventure et tirée de la nécessité et occasion qui se présentoit. Laquelle opinion se cognoit assez estre fausse, si l'on veut bien examiner toutes les actions qui concernent cest affaire, et mesmes tant de signes certains qu'on a de l'intention et pensemens du Roy et de la Royne, et qu'il y a long-temps qu'ils ont esté manifestez en divers temps et à diverses personnes. '

En premier lieu, on sçait qu'il y a plus de quatre ans passez que le cardinal Saincte-Croix, estant retourné en France, dit à la saincte mémoire du Pape Pie le quint, de la part de Leurs Majestez, qu'elles n'avoyent rien plus à cœur ny plus en recommandation que d'attrapper un jour l'amiral et tous ses adhérans ensemble, et d'en faire un carnage et boucherie mémorable à jamais, et qu'il en asseurast hardiment Sa Saincteté ; mais que l'affaire estoit si difficile qu'on ne luy pouvoit point promettre de le faire plustost en un temps qu'en l'autre.

Davantage l'on sçait aussi que la mesme Roine mère,

depuis la dernière paix faicte avec les huguenots, par plusieurs lettres escrittes de sa propre main (lesquelles sont encores icy et les peut-on voir, adressées au mesme Pape, et ont esté leues depuis par un personnage qui me l'a rapporté), s'efforça tant qu'elle peut de l'asseurer que le Roy ne pensoit ny ne taschoit tant à autre chose qu'à exterminer ceux-là; mais que le moyen ne la façon d'une telle exécution ne se pouvoit encores bonnement discourir, et que, pour la grande importance du faict, il ne se devoit point communiquer à personne du monde; dont avint que, dès le commencement jusqu'à tant que la paix se fist, combien que ceste grande conception fust desjà fichée en l'esprit de Leurs Majestez, n'en firent néantmoins participans que trois personnages desquels il se fioyent plus, et six mois auparavant l'exécution en firent part à neuf autres, qui estoyent douze en tout, sans elle.

Outre plus, qu'on me responde, je vous prie; la mesme Roine mère ne donna-elle pas assez ouvertement à cognoistre sa volonté à l'ambassadeur de Venise, Jean Corero, il y a desjà plus de quatre ans, comme je l'ay veu moy-mesmes en son rapport qu'il fit au sénat de sa république, à son retour de France, disant dès le commencement dudit rapport que, du temps qu'il estoit en ceste cour-là, il veid la Majesté de la Roine si espouvantée, à cause des esmotions passées, qu'elle n'osoit point avoir la hardiesse de faire aucune chose dont les huguenots eussent peu avoir la moindre suspition du monde; mais qu'elle, faisant semblant de ne point apercevoir ce qu'ils faisoyent, avec patience enduroit leurs insolences et bravades, les recueillant humainement et leur présentant toute amitié en apparence, et, leur faisant des présens, les favorisoit et caressoit en toutes sortes, estimant Sa Majesté

(comme elle luy avoit dit plus d'une fois de sa propre bouche) de les tenir par tels moyens paisibles et contens, et qu'estans entretenus en espérance, cest humeur avec le temps se consumeroit, lequel elle jugeoit estre plustost une vaine ambition et appétit de vengence qu'affection de religion, espérant qu'avec les ans du Roy l'obéissance croistroit aux subjects, et que par ce moyen il ne seroit pas si aisé aux séditieux de lever les cornes. Alors ce bon sénateur Corero adjouste qu'un jour la mesme Roine mère luy dit, en un semblable propos, qu'elle s'estimeroit la plus mal fortunée femme du monde, si elle seule, entre toutes les autres Roines de France, avoit ce malheur d'endurer tant de travaux, fascheries et tormens, comme elle fait, sinon qu'elle se consoloit par ceste observation et règle ancienne qu'on a, que tousjours, durant les minoritez de Rois, les principaux des royaumes ont accoustumé de faire des tumultes et esmotions à cause du gouvernement, ne pouvans souffrir qu'autre leur commande que leur propre Roy naturel; et qu'elle avoit souvenance, estant à Carcassonne à son retour de Bayonne, d'avoir leu une cronique escrite à la main, en laquelle trouva que la mère du Roy sainct Lois, nommée Blanche, et fille d'Alphonse, Roy de Castille, demeura veuve avec son fils qui n'avoit pas plus de douze ans, et qu'incontinent les grans du royaume commencèrent à s'eslever, murmurans qu'ils ne vouloyent point estre gouvernez d'une femme estrangère; et que, pour venir plus aisément à bout de leurs desseings, ils se joignirent avec les hérétiques de Thoulouse, nommez Albigeois, du lieu dont ils eurent leur première origine, lesquels, tout ainsi comme ces modernes, ne vouloyent point de prestres, ny de moines, ne d'images, ne de messes, ny d'autres choses semblables. Ils appellèrent aussi à leur aide le Roy Pierre d'Arragon, de façon qu'il fallut donner bataille en laquelle il pleut à Dieu tout-puissant qu'ils fussent vaincus et défaicts, nonobstant qu'ils fussent peut-estre cent mille combattans, et le Roy de France victorieux, combien que ses forces, quant au nombre des soldats, estoyent beaucoup plus petites, Thoulouse, qui estoit leur réceptacle, fut desmantelée; finalement, à la persuasion et poursuite de ceste Roine, on fit la paix, et avec tout cela on accorda à ces mutins et rebelles plusieurs choses qu'ils demandoyent; et puis avec le temps et par le conseil de la Roine, le Roy (estant venu en plus grand aage) en fit telle vengeance et chastia tels rebelles ainsi qu'ils l'avoyent mérité.

Et sur cela la Roine mère, reprenant la substance de ce faict, discouroit là dessus, et faisant comparaison et rapportant les actions de ceste Roine Blanche aux siennes et aux particularitez qui luy sont avenues, monstroit qu'elle, demeurée veuve estrangère, sans avoir gens à qui elle se peust fier, avec son fils aagé de onze à douze ans, et les grans du royaume eslevez et aidez de la Roine d'Angleterre et des Alemans, avoit esté, à la mort de son mary et de son autre fils, tempestée et tourmentée de pareille fortune; de laquelle contrainte et forcée estoit enfin venue aux armes, voire à se hazarder et mettre en danger d'une bataille, et que, l'ayant gaignée, la ville d'Orléans avoit esté démantelée, comme pour lors Thoulouse l'avoit esté, et la paix ayant esté faite, par son conseil, fort avantageuse pour les huguenots (comme elle-mesme le confessoit), qu'elle espéroit avec le temps de venir à bout de ce qu'il luy sembloit ne pouvoir obtenir par les armes sans une tres grande effusion de sang.

La roine ayant ainsi discouru jusques icy, l'ambassadeur adjouste qu'il luy interrompit son propos disant: «Madame,

Vostre Majesté doit sentir une grande consolation d'avoir leu cest exemple, pour ce que ces esmotions, estans comme un pourtraict et image vifve des choses avenues de ce temps-là, elle peut estre aucunement asseurée de la fin et issue du tout (luy entendant cela du chastiment). » La Roine, se prenant assez fort à rire, avec une grande douceur (ainsi qu'elle fait tousjours quand elle oit dire quelque chose qui luy plaist), respondit : « Je ne voudrois pourtant pas que d'autres seussent que j'ay leu cette chronique-là, d'autant qu'ils diroyent que je me gouverne à l'exemple et à la façon de ceste bonne dame et Roine. »

Telle estoit donques l'intention de la Roine et le but où tendoit Sa Majesté, et telle son espérance, assavoir d'entretenir telles gens jusqu'à ce qu'il peust commander, sans dépendre de la volonté d'autruy, ainsi qu'elle l'a bien sceu faire sagement, et Dieu luy en a fait la grace, auquel elle avoit sa fiance, et auquel se recommandant elle et son fils, ils ont obtenu ce qu'ils desiroyent, implorans aussi l'aide des oraisons de plusieurs religieux et saincts personnages de leur royaume et de dehors aussi, ayans fait escrire en Italie au général des beaupères capucins, le prians qu'il luy pleust commander, par tous les couvents et monastères de ses moines très religieux, qu'ils fissent prières très ardentes au grand Dieu, à fin qu'il leur fist la grace de venir à bout d'un grand desseing qu'ils avoyent délibéré d'exécuter, à la gloire de sa divine Majesté et pour le bien de leur royaume ; ce qui fut faict par ces vénérables religieux, ainsi que le mesme général l'affirme et le cardinal leur protecteur. Laquelle chose j'ay récitée, non point tant à fin qu'on cognoisse la saincte affection de Leurs Majestez, que pour monstrer quelle a esté, long-temps y a, leur pensée et esprit touchant cest affaire.

Et conformément à cecy, le cardinal de Loraine,

quand le gentilhomme envoyé le premier vers luy par le duc d'Aumale, pour l'avertir de ce faict, fut arrivé icy, l'interroguoit de plusieurs particularitez et comment elles estoyent passées; dont l'on cogneut aisément qu'il s'y estoit trouvé présent, et qu'il estoit très bien informé de l'ordre de toute l'entreprinse, et de ce qui s'y devoit faire.

Le Roy avoit aussi deux capitaines de gardes, l'un desquels est frère du cardinal de Rambouillet, lesquels, ayans achevé de servir leurs quartiers de trois mois (comme c'est la coustume de ceste cour-là), allèrent pour prendre congé et retourner en leurs maisons; mais Sa Majesté ne leur voulut point donner, disant qu'ils demeurassent jusques après les noces et festins, pour ce qu'il se vouloit servir de leurs personnes, comme il fit depuis.

Davantage, ce que le Roy avoit fait donner ordre, et commander aussi que, par tous les lieux où les postes sont assises, on ne laissast point passer de courriers durant ces jours qu'on avoit résolu d'exécuter l'entreprinse, monstre assez que ce faict avoit esté prémédité et délibéré desjà auparavant, et peut-on bien cognoistre qu'à la vérité ceste entreprinse avoit esté faicte, puisque le premier avertissement venu à Rome de la mort de l'Amiral fut envoyé par le gouverneur de Lion, lequel fit descendre par dessus la muraille et meit dehors celuy qui vint icy, et si le fit marcher pendant quelques lieues à pié, avant qu'il peust avoir des chevaux.

Outre plus, on sait la distance qu'il y a de Paris à Madry, où est la cour du Roy d'Espagne, et toutefois il n'eust point la nouvelle de ce faict que passé le 5 de septembre, et l'amiral ayant esté blessé le 22 d'aoust et tué le 24, il la devoit avoir en moins de douze ou treize jours. Et à Viennes en Austriche, à la cour de l'empereur,

on n'en savoit encores rien le 10 de septembre, et toutesfois la distance des lieux et la grandeur d'un tel accident
devoyent bien faire que la nouvelle y arrivast auparavant.
Mais l'ordre susdit ayant esté donné fut cause que les
courriers ne peurent point passer.

Or si je me voulois arrester à réciter tous les gestes, les
actions et contenances du Roy et de la Roine mère, dont
l'on peut faire jugement très certain que cest affaire a
esté long-temps auparavant pourpensé et délibéré par
eux et par M. le duc d'Anjou, frère du Roy, je serois par
trop long, et serois par avanture ennuyeux à celuy qui
liroit ce discours.

Il me semble que je puis bien et doy mettre en avant
pour le moins cest autre argument singulier, auquel
on ne peut contredire ne répliquer nullement ; c'est le
préparatif de ceste armée, laquelle avec un merveilleux
mystère fut dressée plusieurs mois auparavant l'exécution, tant pour amuser et tromper l'amiral et ses adhérans, qui pensoyent qu'elle se dressast pour la guerre de
Flandres, comme pour trouver en ce temps-là le moyen
de prendre La Rochelle ; ce qui fut fait avec une despense,
et peine incroyable pour le Roy, à cause de la jalousie
et suspition en laquelle il meit par ladite armée, non-seulement le Roy d'Espagne, mais celui de Portugal aussi
bien, lequel, par l'espace de plusieurs mois, entretint à
Lisbone une autre armée fort grosse et puissante, sans
rien faire, où elle demeura jusqu'à la my-aoust passée,
avec grande doute de ceux du pays et aux environs de
toute la mer Océane, ne sachant point où elle vouloit
aller rencontrer ceste armée françoise.

Et puis cest autre stratagème et ruse, quand le Roy accorda à l'amiral la guerre de Flandres et fit semblant de ne
se pouvoir servir ne fier de catholiques en ceste entreprinse ;

là, et par ce moyen l'induit de luy mettre en main un role de ses amis, et luy persuada quant et quant d'en appeller et faire venir à Paris un si grand nombre des principaux; cela ne se doit point passer sans en dire mot, ne laisser sans le magnifier avec les plus grandes louanges qu'on ait jamais donées à autre stratagème, quelque subtil, aigu et d'esprit qu'on le puisse dire ou trouver aux histoires tant anciennes que modernes, et qui monstre bien quelle estoit l'intention et le chef du conseil de Leurs Majestez.

Davantage, si l'on considère la félicité et l'heur qu'un affaire de si grande importance soit venu à si bonne fin et issue tant heureuse, voire en si brief temps, on ne peut demeurer sans estonnement, et qu'on ne revienne tousjours à ceste conclusion nécessaire, que le tout a esté une œuvre et volonté de Dieu, lequel, esmeu de pitié et compassion, a voulu visiter son peuple.

Et puis, qui est l'homme du monde qui peust croire qu'une telle entreprinse et affaire, qui a duré l'espace de plus de vingt mois, estant demenée par cinq personnages seulement avec le Roy, et puis par quatorze plus de six mois, et en la fin, le soir et deux jours devant encores, estant en la bouche de plus de deux cens personnes et de quelques femmes mesmes, que cela, di-je, se soit peu tenir couvert et caché aux ennemis, qui estoyent dedans les propres maisons de leur propre sang, et qui avoyent accoustumé de savoir toutes les pensées et entreprinses plus secrettes du Roy et de la Roine, et non pas seulement leurs délibérations résolues et arrestées? Il est tout certain qu'une telle chose ne semblera point vraysemblable à ceux qui viendront après nous, si est-ce pourtant qu'elle est vraye. Mais au contraire, pour ce que c'estoit le vouloir de Dieu, il n'estoit pas possible de la descouvrir; d'autant que le Roy mesmes, estant jeune et magnanime, quelquefois ne pouvoit endurer l'insolence et braverie de ceux-cy, et ne se pouvoit tenir qu'il ne luy en eschapast quelques mots si bien acenez, et qui s'adressoyent tellement contre eux, que, s'ils n'eussent esté aveuglez de faict comme ils l'estoyent, ils se pouvoyent fort aisément douter et soupsonner de quelque chose semblable à celle qui leur est avenue.

Et à la fin, il y eut bien grand danger que Sa Majesté ne le descouvrit par inavertance et sans y penser; car, deux ou trois jours devant le faict, M. de Montpensier se plaignant au Roy de l'amiral et de son insolence, qui n'estoit plus supportable, et le pressant d'y mettre quelque remède et la réprimer, il luy respondit : « Ayez un peu de patience, encores pour deux jours seulement. » De laquelle response le sieur de Montpensier demeura tout pensif et en suspend; et en devisant de cela avec le cardinal de Bourbon, l'évesque Salviati, nonce du Pape, qui savoit néantmoins quelque chose de ce qu'on devoit faire, et oyant ces deux seigneurs qui en parloyent, sachant bien qu'ils n'estoyent pas de ceux qui se trouvoyent au conseil secret du Roy, là où l'on traittoit de cest affaire, craignit grandement que la chose ne fust descouverte. Mais Dieu, qui vouloit mettre fin désormais aux meschancetez de ces malheureux, ne voulut point que cela entrast en leurs oreilles, à fin de délivrer ce bon Roy de tant de tourmens, et son royaume de leurs mains diaboliques; et besongna en sorte que tous les desseings de Sa Majesté eurent leur fin désirée, et rendit tellement imparfaite et empeschée la lumière de l'entendement et discours de ces meschans, que jamais ils ne s'apperceurent des tromperies qu'on leur avoit brassées.

Comme on le cogneut bien encores en ce que le Roy,

ayant accordé à l'amiral, quand il l'alla voir après qu'il
fut blessé, et luy ayant ottroyé qu'il peust faire aporter
des armes en son logis pour armer jusqu'à deux ou trois
cens hommes, ne luy ny pas un des siens ne s'avisèrent
jamais de se faire bailler le congé par escrit, ou bien de
faire faire commandement au capitaine des gardes qu'il les
laissast porter dedans. Car il n'y a point de doute que le
Roy, pour ne luy engendrer aucun soupson, comme il
luy avoit donné le congé, il ne luy eust aussi baillé par
escrit, ou commandé qu'on ne les eust point empeschées,
ainsi qu'on fit ; car cest ordre n'ayant point esté donné
ny le commandement fait, quand sur le soir les armes arrivèrent au quartier de l'amiral, les gardes ne les voulurent point laisser passer.

Mais, pour un signe plus évident de leur aveuglement,
la nuict de devant le jour qu'ils furent tuez, l'amiral demeura en sa chambre avec six serviteurs seulement et
les chirurgiens, ainsi que le rapporta Cossin, capitaine
de la garde, qui le sceut d'un chirurgien et de l'apoti-
caire, qui sortirent devant le jour du mesme logis, pour
aller quérir les choses qui estoyent nécessaires pour le
penser ; ce qui fut cause de sauver la vie à beaucoup de
catholiques. Car si ces armes-là eussent esté dedans son
logis et qu'il eust eu les gens près sa personne, je ne diray
pas ceux que par raison il devoit avoir estant en tel estat,
mais ceux qu'il avoit accoustumé d'avoir ordinairement,
il ne faut pas douter qu'il n'eust jamais esté tué sans
grande effusion du sang des nostres.

Or, qu'il ait fait cela soit par art, à fin de monstrer
qu'il ne doutoit point de la foy et promesse du Roy, pour
mieux asseurer Sa Majesté jusqu'à tant qu'il fust prest
d'exécuter ses pensées diaboliques, ou bien ne se défiant
point à la vérité d'aucune chose, et ce par trop lourde-

ment, en toutes les sortes qu'on le voudra prendre, il faut recognoistre cela d'une grace particulière de Dieu, qui nous a voulu tant mieux monstrer sa puissance, donnant victoire si grande et accomplie sans la mort d'autres que d'un seul catholique, maistre des requestes de M. de Montpensier, lequel, chevauchant par Paris avec le duc de Nevers, fut tué par cas fortuit, et ne sait-on bonnement par qui.

Mais outre ces signes et autres innumérables par lesquels sa divine Majesté a fait voir au monde qu'elle avoit divinement favorisé à ceste entreprinse très heureuse et admirable, et que je passe à cause de brièveté, il nous en a fait apparoir un très certain et plein de sa puissance infinie, à la confusion perpétuelle des hérétiques et à nostre édification particulière ; c'est à savoir (comme il a esté escrit de plusieurs dignes de foy) que dedans Paris, la nuict mesmes que les matines parisiennes commencèrent (qu'on peut ainsi nommer depuis ceste heure-là en après), lorsqu'on eut commencé d'oster hors du monde ceste peste pernicieuse des huguenots, une espine sèche et morte, et toute gastée, produit des branches vertes et jetta des fleurs, avec grande merveille de tout le peuple qui couroit la veoir, comme un miracle de Dieu et un signe de son ire appaisée, et une promesse de prospérité à ce royaume qu'il refleurira sous le gouvernement d'un tel Roy et sous la conduite de la saincteté de nostre sainct père le Pape, lequel nous devons ensuivre et remercier sa divine Majesté d'une si grande grace, et louer le Roy et le sage conseil de la Roine mère, et leur valeur et vertu, ensemble celle de M. d'Anjou en particulier, lequel non-seulement a tousjours esté participant de tout ce qui passoit, mais sans l'avis duquel et sans luy rien ne s'exécutoit.

Ny pareillement ces seigneurs et gentils-hommes qui ont mis la main à un faict si glorieux ne doivent pas estre frustrez des louanges qu'ils méritent, pour avoir, tant de conseil que de la main, mis à fin une entreprinse la plus grande et la plus importante qui soit avenue à la chrestienté depuis plusieurs centaines d'années, pour le danger auquel elle estoit subjecte d'heure à autre, et pour la conséquence que tire avec soy la qualité des temps où nous sommes.

Et entre autres je veux que vous sachiez, pour l'honneur de nostre pays, que le duc de Nevers a eu une grande part tant en ceste entreprinse qu'en tout le reste, ainsi qu'on sait et selon que le Pape dit en estre averty. Mais quant à la conversion de ces princes, monsieur le nonce escrit (l'honneur qui en est deu à Dieu réservé) qu'on en peut attribuer la pluspart des louanges au cardinal de Bourbon et audit duc, et par conséquent de la dernière desconfiture de ceste secte-là au royaume de France, puisque tous les autres, esmeus de l'exemple de ces princes, se réduisant à la foy, il n'y aura personne qui ait honte de faire son abjuration en public et d'adorer le nom éternel de Jésus en ce monde, ce que la mère saincte église apostolique et romaine commande, laquelle doit durer par tous les siècles.

DISSERTATION

SUR LA JOURNÉE

DE LA SAINT-BARTHÉLEMI,

PAR L'ABBÉ DE CAVEIRAC.

DISSERTATION

SUR LA JOURNÉE

DE LA SAINT-BARTHÉLEMI (1).

Il eût été à souhaiter que le nouvel éditeur du P. Daniel nous eût donné, au lieu d'une simple observation, une dissertation complète sur ce point critique de notre histoire; pénible dans ses recherches, heureux dans ses découvertes, judicieux dans le choix, pressant dans le raisonnement, il eût décousu les lambeaux de fables dont les calvinistes ont habillé et grossi la vérité, et nos yeux étonnés l'auraient vue bien différente de ce qu'ils nous l'ont représentée. Assez maltraités pour avoir droit de se plaindre, ils remplirent l'Europe de leurs malheurs, et personne n'osa répondre en détail à leurs déclamations, parce que tout le monde craignit de passer pour l'apologiste d'une action que chacun avoit en exécration. Ainsi l'erreur s'accrut d'âge en âge, faute d'avoir été réfutée dans sa naissance; le moment de la détruire est plus propre aujourd'hui que jamais. Eloignés de deux siècles de cet affreux événement, nos ames sont assez rassises pour le contempler, non sans horreur, mais sans partialité; et il n'est à craindre ni que le nuage des passions vienne obscurcir la lumière, ni que leur chaleur s'exhale contre

(1) Cette dissertation a été imprimée à la fin de l'ouvrage intitulé : *Apologie de Louis XIV sur la révocation de l'Édit de Nantes;* 1758, in-8°.

l'intention. On peut répandre des clartés sur les motifs et les effets de cet événement tragique sans être l'approbateur tacite des uns ou le contemplateur oisif des autres ; et quand on enlèveroit à la journée de la Saint-Barthélemi les trois quarts des horribles excès qui l'ont accompagnée, elle seroit encore assez affreuse pour être détestée de ceux en qui tout sentiment d'humanité n'est pas entièrement éteint. C'est dans cette confiance que j'oserai avancer :

1° Que la religion n'y a eu aucune part ;

2° Que ce fut une affaire de proscription ;

3° Qu'elle n'a jamais dû regarder que Paris ;

4° Qu'il y a péri beaucoup moins de monde qu'on n'a écrit.

La religion n'y a eu aucune part.

Il faut avoir dépouillé toute justice pour accuser la religion catholique des maux que nos pères ont soufferts pendant les malheureuses guerres qui désolèrent la France sous les règnes des trois frères, et encore plus pour lui attribuer la fatale résolution de Charles IX ; elle n'y a participé ni comme motif, ni comme conseil, ni comme agent. On trouve la preuve de la première branche de ma thèse dans les procédés des calvinistes, dans les aveux de Charles IX, dans la conduite des parlemens. L'entreprise d'enlever deux rois, plusieurs villes soustraites à leur obéissance, des siéges soutenus, des troupes étrangères introduites dans le royaume, quatre batailles rangées livrées à son souverain, étoient des motifs d'indisposition assez puissans pour irriter le monarque et rendre les sujets odieux. Aussi écrivoit-il à Schombert : « Je n'ai pu les supporter plus long-temps. »

La religion y avoit si peu de part que le martyrographe des calvinistes rapporte que les meurtriers disoient aux passans, en leur montrant les corps morts : « Ce sont ceux qui ont voulu nous forcer afin de tuer le Roi. » Il dit aussi : « Les courtisans rioient à gorge déployée, disant que la guerre étoit vraiment finie et qu'ils vivroient en paix à l'avenir; qu'il falloit faire ainsi les édits de pacification, non pas avec du papier et des députés. » Le même auteur nous fournit encore une preuve que la religion ne fut pas le motif de cette terrible exécution, quand il dit que « le parlement de Toulouse fit publier quelque forme de volonté du Roi, par laquelle défenses étoient faites de ne molester en rien ceux de la religion, ains de les favoriser. » Pareil édit avoit été publié à Paris dès le 26 août; l'auteur des Hommes Illustres n'est nullement persuadé de la sincérité de cette déclaration, mais les raisons qu'il apporte contre elle ne sont pas concluantes, et il faut s'être nourri de l'esprit de M. de Thou pour voir partout, comme lui, dans cette affaire, la religion et jamais la rébellion. Eh! qu'avoit-on besoin d'un motif religieux là où l'intérêt personnel, la jalousie, la haine, la vengeance, peut-être même la sûreté du prince, ou du moins le repos commun, s'unissoient pour conseiller la perte des rebelles? C'est donc faire injure au bon sens autant qu'à la religion d'attribuer à une sorte d'enthousiasme une résolution prise par des gens qui connoissoient à peine le nom du zèle. Mais si la religion n'eut aucune part au massacre comme motif, elle y est bien moins entrée comme conseil. On ne voit en effet ni cardinaux, ni évêques, ni prêtres admis dans ce funeste divan; le duc de Guise lui-même en fut exclu; et il y auroit autant d'injustice à charger les catholiques de l'affreux de cet événement que d'attribuer l'assassinat du cardinal de Lorraine et de son frère à l'ins-

tigation des calvinistes. Si, à la nouvelle de cette terrible expédition, on rendit de solemnelles actions de graces
à Rome, si Grégoire XIII alla processionnellement de
l'église Saint-Marc à celle de Saint-Louis, s'il indiqua un
jubilé (1), s'il fit frapper une médaille, toutes ces démons-
trations de reconnaissance, plutôt que de satisfaction, eurent pour véritable et unique principe, non le massacre
des huguenots, mais la découverte de la conspiration
qu'ils avoient tramée, ou du moins dont le Roi eut grand
soin de les accuser dans toutes les cours de la chrétien-
neté. Si Charles IX, après avoir conservé un sang précieux dès lors à la France et qui devoit l'être un jour
bien davantage, voulut forcer le Roi de Navarre et
le prince de Condé à aller à la messe, c'étoit moins pour
les attacher à la foi catholique que pour les détacher du
parti huguenot. Aussi ne le vit-on irrité de leur refus que
dans les premiers momens de la résistance, passé lesquels
il ne se mit pas fort en peine de leur conversion, en quoi
il se montra plus mauvais politique que bon missionnaire.
En effet si, après avoir amené ces princes à une abjuration (2), on eût employé tous les moyens honnêtes de les
retenir dans la religion catholique, les calvinistes, à qui on
venoit d'enlever leur chef, n'auroient plus eu personne
à mettre à leur tête, et les guerres civiles eussent pris fin.
Moins on les employa, ces moyens, plus on a donné lieu
à la postérité d'être persuadée qu'on ne consulta pas la
religion catholique. Elle n'entra donc pour rien dans la
journée de la Saint-Barthélemi comme conseil, quoi qu'en
dise l'auteur des Hommes Illustres et son inscription ima-

(1) *Indicto jubileo christiani orbis populos provocavit ad Galliæ reli-
gionem et regem supremo numini commendandos.* Bon. numis. Roman.
Pontif., tom. I, p. 336.

(2) Par les soins et instructions du P. Maldonat, jésuite.

ginée à plaisir. J'ignore sur quels mémoires cet écrivain a travaillé, mais son affectation à les cacher rend ses anecdotes très suspectes, heureux si la suspicion ne s'étend pas plus loin. Les essais sur l'histoire générale ne sont ni plus favorables à la religion ni plus conformes à la vérité, lorsqu'ils hazardent que l'horrible résolution du massacre avoit été préparée par les cardinaux de Birague et de Retz, sans faire attention que ces deux hommes ne furent revêtus de la pourpre que long-temps après cette triste époque (1). Mais qu'importe un anachronisme de plus ou de moins, quand il peut servir à noircir l'église et ses ministres ? Je ne m'arrêterai pas à réfuter ces faits ; ils coulent d'une plume qui, Dieu merci, nous a accoutumés à ne la pas croire. Ce ne sera pas sur sa foi décriée qu'on se déterminera à regarder la catholicité comme la conseillère de tant de meurtres qu'elle abhorre.

Mais pourroit-on l'accuser d'y être entrée comme agent, elle qui ouvrit partout ses portes à ces infortunés, que la fureur du peuple poursuivoit encore quand la colère du souverain étoit assouvie. Charles IX, ne voulant pas et n'ayant jamais voulu que la proscription s'étendît au-delà de Paris, dépêcha des courriers, dès le 24 vers les six heures du soir, à tous les gouverneurs des provinces et villes, afin qu'ils prissent des mesures pour qu'il n'arrivât rien de semblable à ce qui s'étoit passé dans la capitale, et sur ces ordres les gouverneurs pourvurent, chacun à sa manière, à la sûreté des calvinistes. Ainsi, à Lyon on en envoya beaucoup aux prisons de l'Archevêché, aux Célestins, aux Cordeliers. Si on doutoit que ce fût dans l'intention de les sauver, qu'on lise le martyrologe des

_____

(1) Birague fut fait cardinal par Grégoire XIII, en 1576, et Retz par Sixte V, en 1587.

calvinistes ; il y est dit qu'on en a envoyé une fois trente et une autre fois vingt aux Célestins, dans cette intention. Et si les prisons de l'Archevêché ne les préservèrent pas de la fureur de quelques scélérats, on voit dans ce même registre que les meurtres furent commis à l'insçu et pendant l'absence du gouverneur, qui les fit cesser à son retour et voulut en faire rechercher et punir les auteurs. « Il fut dressé procès-verbal par la justice comme les prisons avoient été brisées par émotion populaire, et on fit crier à son de trompe que ceux qui en déclareroient les auteurs auroient cent écus. » Les couvens servirent d'asyles aux calvinistes de Toulouse ; à Bourges quelques paisibles catholiques en retirèrent aucuns. A Lizieux l'évêque s'opposa, non à l'exécution cruelle des ordres du Roi, car il est faux qu'il y en ait eu aucun d'envoyé dans les provinces, mais à la fureur de quelques hommes que le gouverneur ne pouvoit pas contenir, tant ils étoient excités au meurtre par l'exemple, par l'avarice, ou même par le ressentiment. A Romans, « les catholiques désirant sauver plusieurs de leurs amis, de soixante qu'on avoit arrêtés, ils en délivrèrent quarante, à quoi M. de Gordes, gouverneur de la province, qui n'étoit pas cruel, contribua, et des vingt restans on en sauva encore treize ; il n'en périt que sept, pour avoir beaucoup d'ennemis et porté les armes. » A Troyes un catholique voulut sauver Etienne Marguien ; à Bordeaux il y en eut plusieurs sauvés par des prêtres et autres personnes desquelles on n'eût jamais espéré tel secours. A Nîmes les catholiques, oubliant que leurs concitoyens huguenots les avoient massacrés deux fois de sang-froid, s'unirent à eux pour les sauver d'un carnage trop autorisé par l'exemple, assez excusé par le ressentiment, nullement permis par la religion. La playe que les calvinistes avoient faite à presque toutes les familles catholiques de cette ville saignoit encore ; on se souvenoit encore de ces nuits fatales où ils avoient égorgé leurs frères aux flambeaux , processionnellement , et avec le cruel appareil des sacrifices de la Taurique. C'est, je crois, la seule procession que les calvinistes ayent faite (1). Si les catholiques se sont montrés plus humains

(1) Les historiens protestans ont tous gardé le silence sur ce massacre, qui eut lieu le jour de Saint-Michel, en 1567. Nous emprunterons le récit de cet événement à l'*Histoire de Nîmes* de Menard, tom. V, p. 16.

« ...... Sur les neuf heures du soir, on fit faire une proclamation à son de trompe, pour enjoindre à tous les religionnaires, soit habitans, soit étrangers, de se rendre promptement en armes dans la place qui est devant l'église cathédrale, avec ordre aux catholiques de demeurer dans leurs maisons, sous peine de la vie. On vit à l'instant s'assembler dans cette place une foule de religionnaires, portant leurs armes et criant hautement qu'il falloit tuer tous les papistes.

Aussitôt après on alla transférer dans l'Hôtel-de-Ville, à diverses reprises et à différentes bandes, tous les catholiques qu'on avoit pu arrêter pendant la journée. Ils y furent conduits avec des escortes de trente ou quarante religionnaires armés, qui faisoient porter devant eux quantité de torches allumées. On commença d'abord par se saisir de tous les chefs, et, après avoir cherché les chambres les plus sûres, on mit une partie de ces catholiques dans la salle haute, et le reste dans une salle basse où l'on faisoit boucherie le carême pour les malades ; ils y furent gardés à vue, et l'Hôtel-de-Ville demeura investi par des gens armés.

Au bout de deux heures, une troupe de religionnaires, au nombre de trente environ, armés d'harquebuses et de pistoles, se rendirent à la porte de l'Hôtel-de-Ville ; on en détacha deux qui furent chargés d'aller faire descendre ceux des prisonniers renfermés dans la salle haute, qu'on avoit destinés pour être les premiers égorgés. Pierre Cellerier, orfèvre, l'un de ces deux, étant entré dans la salle, lut, dans une liste qu'il avoit à la main, le nom de ces premières victimes : c'étoient Gui Rochette, premier consul ; Robert Grégoire, son frère utérin, avocat ; Frampis de Gras, avocat ; le P. Jean Quatrebar, prieur des Augustins et prédicateur ordinaire de l'église cathédrale ; le P. Pierre Folcrand, augustin ; le P. Nicolas Sausset, prieur des Jacobins ; Antoine du Prix, prêtre, et quelques autres. On les fit descendre dans la cour, et de là ils furent conduits à l'évêché. Le P. Quatrebar

qu'eux, c'est parce qu'ils étoient meilleurs chrétiens ; un tel acte d'humanité, sorti du sein du trouble, n'a pu prendre son principe que dans la charité. Mais pourquoi chercher hors de Paris des exemples de compassion? Cette ca-

ne cessa d'encourager les catholiques que l'on conduisoit avec lui ; il les exhortoit à la persévérance, leur disant qu'il voyoit les cieux ouverts pour les recevoir. Dès qu'ils furent arrivés dans la cour de l'évêché, on commença leur massacre ; ce fut à coups de dague ou d'épée qu'on les égorgea. Le premier consul, au milieu des coups de dagues qu'on lui donnoit, demanda en grace à ses meurtriers de ne pas faire mourir son frère Grégoire ; mais ce fut en vain, il fut égorgé comme lui. Leurs corps furent ensuite jetés dans un grand puits qui étoit au fond de la cour, proche du bâtiment ; leurs habits, et tout ce qui fut trouvé sur eux, furent enlevés : on prit au consul Rochette deux bagues de prix qu'il avoit aux doigts, et à l'avocat de Gras six cens écus, qu'il avoit mis sur lui dans le dessein de prendre la fuite. Leur massacre dura deux heures ; on avoit placé des gens avec des torches allumées sur le beffroi et aux fenêtres du clocher, et sur le couvert de la cathédrale, afin de mieux éclairer tout le lieu de cette tuerie. Après cela, les mêmes qui les avoient menés retournèrent à l'Hôtel-de-Ville. Pierre Cellerier entra dans la chambre basse et ordonna à Étienne de Rodillan, chanoine, et à Jean-Pierre, maître de musique de la cathédrale, de les suivre jusqu'à l'évêché, leur disant que c'étoit en conséquence de la délibération qui s'étoit prise à ce sujet en plein conseil, par les messieurs qui gouvernoient. Ces deux victimes obéirent ; ils furent conduits dans la cour de l'évêché. A peine Jean-Pierre y fut arrivé qu'on le frappa de plusieurs coups de dagues ; il s'écria : « Hélas ! je suis mort, je n'en puis plus ! » Mais il lui fut répondu, en langage du pays, par un de ceux qui le frappoient : « *Encore caminaras, jusques au pous.* » Il fut donc égorgé, de même qu'Étienne de Rodillan, et leurs corps furent jetés dans le même puits. Les mêmes revinrent encore à l'Hôtel-de-Ville et firent sortir de la salle basse Étienne Mazoyer, chanoine ; George Guerinot, cordonnier ; Louis Doladille, ouvrier en soie, et plusieurs autres. Ils étoient à peine entre les deux portes de l'Hôtel-de-Ville que Jean Vigier, l'un de ceux qui formoient l'escorte, prit Doladille au collet, lui disant : « Ah ! galland, tu es ici ? » et à l'instant il lui donna un grand coup d'épée dont il fut grièvement blessé ; dans ce moment aussi, deux autres de cette escorte, plaisantant envers le chanoine Mazoyer, lui dirent qu'il n'étoit pas bien là, qu'ils vouloient le mener à la maison épiscopale, où il seroit mieux

pitale nous en a fourni ; un historien calviniste nous les a
conservés. « Entre les seigneurs françois qui furent re-
marqués avoir garanti la vie à plus de confédérés, les ducs

à son aise. On les conduisit dans la cour de l'évêché, où ils subirent le même
sort que les autres.

Ce fut de cette manière et à diverses reprises qu'on fit passer de l'Hôtel-
de-Ville dans la cour de l'évêché ceux qu'on avoit résolu de faire mourir.
Remarquons ici que, parmi ceux qui les conduisirent ainsi au lieu de leur
immolation, et qui participèrent par eux-mêmes ou par leur présence à ces
massacres, étoient diverses personnes distinguées, armées d'épées, de dagues
et d'harquebuses ; de ce nombre furent, entre autres, le président Calvière,
Pierre-Robert Aymes, seigneur de Blansac, et quatre avocats, sçavoir : Guillaume Calvière, fils aîné du président, Louis Bertrand, Pierre Maltrait et
Pierre de Monteils. Les catholiques ne cessoient, lorsqu'on les conduisoit au
lieu du massacre ou lorsqu'ils y étoient arrivés, de lamenter, de crier merci
à Dieu, d'implorer son assistance et sa miséricorde ; ils demandoient à leurs
meurtriers de les laisser prier Dieu avant que de mourir ; on le leur accordoit, mais bientôt on leur disoit que c'étoit trop prier, et on les égorgeoit.
Les uns furent percés à coups d'épée et de dague, les autres tués à coups
d'harquebuse et de pistole. Un cordelier, nommé frère Guillaume, fut tué
d'un coup d'harquebuse sous l'arbre de la cour de l'évêché. Leurs corps
furent tous jetés dans le puits, qui en fut presque comblé, quoique très ample,
car il avoit plus de sept toises de profondeur et plus de quatre pieds de dia-
mètre ; l'eau toute mêlée de sang y surnageoit. Comme plusieurs de ceux
qu'on y précipitoit n'étoient qu'à demi égorgés, on les entendoit encore pousser quelques gémissemens, mais d'une voix foible et mourante.

Pendant qu'on faisoit cette tuerie, quelques religionnaires, exerçant leur
rage sur les cadavres, allèrent prendre celui de Jean Peberan, vicaire général de l'évêque ; on l'avoit laissé à la rue devant sa maison, exposé à toutes
les plus indignes insultes de la populace. Ils le traînèrent avec une grosse
corde qu'ils lui attachèrent au col, jusques dans la cour de l'évêché, et le
précipitèrent dans le puits.

Le massacre, qui avoit commencé à onze heures du soir, dura toute la nuit
et continua encore tout le matin du lendemain, mercredi 1er d'octobre. On
fit ce matin-là une exacte recherche dans toutes les maisons des catholiques ;
ceux qu'on arrêtoit étoient incontinent conduits dans la cour de l'évêché, où
on les égorgeoit et on les jetoit ensuite dans le puits. »

de Guise, d'Aumale, Biron, Bellièvre et Walsingham, ambassadeur anglois, les obligèrent plus... après même qu'on eut fait entendre au peuple que les huguenots, pour tuer le Roi, avoient voulu forcer les corps-de-gardes, et que jà ils avoient tué plus de vingt soldats catholiques. Alors ce peuple, guidé d'un desir de religion, joint à l'affection qu'il porte à son prince, en eut montré beaucoup davantage, si quelques seigneurs, contens de la mort du chef, ne l'eussent souvent détourné. Plusieurs Italiens même, courant montés et armés par les rues, tans de la ville que des fauxbourgs, avoient ouvert leurs maisons à la seule retraite des plus heureux. »

Les catholiques ont donc sauvé ce qu'ils ont pu de la colère du prince et de la fureur, du peuple. Il n'y eut aucune des villes infortunées qui ne leur fût redevable de la conservation de quelques citoyens calvinistes ; toutes se sont ressenties dans ce fatal moment de cet esprit de charité qui caractérise la vraye religion, qui distingue ses ministres, qui abhorre le meurtre et le sang. Genève même seroit ingrate si elle ne s'en louoit ; c'est à un prêtre de Troyes qu'elle doit l'avantage de compter, parmi ses hommes illustres, un des plus célèbres médecins de l'Europe; si ce prêtre n'eût sauvé le père de Théodore Tronchin, il manqueroit dans ce moment un ornement à cette république, un laurier à son Académie, un secours à ses concitoyens.

Si ces actes d'humanité ne lavoient pas assez la religion du reproche qu'on lui fait encore tous les jours, peut-être que le sang de plusieurs catholiques, mêlé avec celui de leurs frères et versé par la haine ou par l'avarice, en effaceront jusqu'au moindre soupçon. La licence, inséparable du tumulte, fit périr beaucoup de catholiques. « C'étoit être huguenot, dit Mézeray, que d'avoir de l'ar-

gent, ou des charges enviées, ou des héritiers affamés. »
Si on ne nous avait conservé les noms des nôtres qui furent immolés à la vengeance ou à la cupidité, on seroit
surpris du nombre de cette espèce de martyrs. Le gouverneur de Bordeaux rançonnoit les catholiques comme
les protestans et faisoit perdre la vie à ceux qui avoient
le moyen de la racheter, s'ils n'en avoient la volonté. A
Bourges, un prêtre détenu en prison y reçut la mort; à
la Charité, la femme catholique d'un capitaine fut poi-
gnardée; à Vic, dans le pays Messin, le gouverneur fut assassiné; à Paris, un maître des requêtes et un chanoine
de Notre-Dame (1), conseiller au parlement, eurent le
même sort. Eh! combien d'autres catholiques ont été en-
veloppés par la seule confusion dans cette affreuse proscription.

J'espère qu'après ce que je viens de dire on ne verra,
dans les ministres de la vengeance de Charles IX, ni fureur religieuse, ni mains armées tout à la fois de crucifix
et de poignards; et s'il est venu dans l'esprit d'un auteur
de nous les représenter sous cette image, c'est sans doute
parce que l'idée d'un Dieu vengeur suit toujours celui
qui l'outrage, *furiis agitatus Orestes*. Puisse cette poursuite être un heureux augure pour son salut !

La journée de la Saint-Barthélemi fut une affaire de pros-
cription.

Si on n'avoit pas fait des éloges singuliers de l'amiral
de Coligni; si la plupart des François ne le regardoient
pas encore, sur la foi d'un apologiste ou d'un poëte,
comme un modèle de probité, quand ils ne devroient voir

(1) Jean Rouillard.

en lui qu'un chef de rebelles ; si, à la faveur de ses vertus
guerrières, on ne lui supposoit pas gratuitement toutes
celles qui constituent le bon François et le bon serviteur
du Roi, il seroit inutile de mettre en problème le motif
qui détermina Charles IX et son conseil à l'horrible extrémité où l'on se porta. Mais puisqu'il plaît à beaucoup
de monde de douter des torts réels ou plutôt des crimes
de ceux qui prirent les armes contre leur souverain et lui
ameutèrent une partie de ses sujets, il est indispensable
de rechercher leur conduite ; on y trouvera la malheureuse cause de leur proscription.

Du moment que les hugnenots prirent les armes, ils
devinrent criminels de lèze-majesté. C'est en vain qu'ils
disoient alors et qu'ils disent encore que c'étoit pour le
service du Roi et contre les entreprises des princes de
Guise ; ces entreprises n'auroient jamais existé sans l'entreprise des Coligni ; c'est elle qui donna naissance aux
troubles du royaume et aux inquiétudes de Catherine de
Médicis. Le crime de l'amiral et des seigneurs ses complices étoit donc aussi ancien que la première prise d'armes,
sans que les édits de pacification en ayent rompu la conti-
nuité, bien qu'ils en eussent assuré le pardon.

La preuve de cette rebellion non interrompue se trouve,
quant à l'amiral, dans le journal de sa recette et de sa dé-
pense, produit au conseil du Roi et au parlement ; on y
voit que, sous prétexte de lever de l'argent pour le payement des reitres et au préjudice des défenses portées par
les édits de pacification, « il levoit et exigeoit sur les sujets
du Roi qui étoient de la religion une si grande et énorme
somme de deniers, que les pauvres gens en étoient du tout
spoliés de leurs facultés. » Ses papiers, dont on se saisit
après sa mort, contenoient des arrangemens et des projets qui auroient suffi pour le faire périr sur un échaffaut

si la preuve en eût été acquise. Mais ce qu'on ne pourroit pas prouver juridiquement, on le soupçonnoit avec raison de la seule contenance de ces gentilshommes qui l'environnoient sans cesse, qui lui offroient leurs bras, qui voulurent s'armer pour venger sur-le-champ sa blessure. Bellièvre disoit aux députés des treize cantons, en parlant de ses papiers : « Je sçais où ils sont ; le Roi les a vus, tout son conseil semblablement, comme aussi sa cour de parlement. Que peut-on dire d'un ordre politique qui a été trouvé parmi leurs papiers, par lesquels il a apparu au Roi que ledit amiral avoit établi ez seize provinces de son royaume des gouverneurs, des chefs de guerre, avec certain nombre de conseillers qui avoient charge de tenir le peuple armé, le mettre ensemble et en armes aux premiers mandemens de sa part, auxquels étoit donné pouvoir de lever annuellement, sur les sujets de Sa Majesté, notable somme de deniers. »

Pour sentir à quel point l'amiral étoit devenu odieux à Charles IX, il faut lire ce que le Roi écrivoit à M. de Schomberg (1), son ambassadeur auprès des princes d'Allemagne : « Il avoit plus de puissance et étoit mieux obéi de ceux de la nouvelle religion que je n'étois, ayant moyen, par la grande autorité usurpée sur eux, de me les soulever et de leur faire prendre les armes contre moi, toutes et quantes fois que bon lui sembleroit, ainsi que plusieurs fois il l'a assez montré. Et récemment il avoit déjà envoyé ses mandemens à tous ceux de ladite nouvelle religion, pour se trouver tous ensemble en équipage d'armes, le troisième du mois, à Melun, bien proche de Fontainebleau, où en même temps je devois être ; de sorte que, s'étant arrogé une telle puissance sur mesdits sujets, je ne

_____

(1) Cette lettre est du 13 septembre 1572. *Mém. de Villeroy*, t. IV.

me pouvois dire Roi absolu, mais commandant seulement une des parts de mon royaume. Donc, s'il a plu à Dieu de m'en délivrer, j'ai bien occasion de l'en louer, et bénir le juste châtiment qu'il a fait dudit amiral et de ses complices. Il ne m'a pas été possible, ajoute le Roi, de le supporter plus longuement, et me suis résolu de laisser tirer le cours d'une justice à la vérité extraordinaire et autre que je n'eusse voulu, mais telle qu'en semblable personne il étoit nécessaire de pratiquer. »

Il est certain que ce sujet rebelle entretenoit continuellement un parti redoutable à l'autorité royale et creusoit sous le throne des mines prêtes à éclater au premier moment favorable; il étoit donc constamment criminel de lèze-majesté, et conséquemment il dut devenir odieux à Charles IX et à son conseil. Il menaçoit à tout propos le Roi et la Reine d'une nouvelle guerre civile, « pour peu que Sa Majesté se rendît difficile à lui accorder ses demandes, tout injustes et déraisonnables qu'elles fussent, dit Bellièvre. Lorsque le Roi ne voulut à son appétit rompre la paix au Roi d'Espagne pour lui faire la guerre en Flandre, il n'eut point de honte de lui dire en plein conseil et avec une incroyable arrogance, que si Sa Majesté ne vouloit consentir à faire la guerre en Flandre, elle se pouvoit assurer de l'avoir bientôt en France entre ses sujets. Il n'y a pas deux mois que, se ressouvenant Sa Majesté d'une telle arrogance, disoit à aucuns siens serviteurs, entre lesquels j'étois, que, quand il se voyoit ainsi menacé, les cheveux lui dressoient sur la tête. »

Il ne faut pas croire que M. de Bellièvre soit le seul qui ait parlé de la sorte; les Mémoires de Brantôme, de Tavannes, de Montluc, et la harangue de l'évêque de Valence aux Polonais, sont pleins de ces reproches fondés sur les faits. « Les huguenots ne peuvent oublier le mot qui leur coûta si cher le 24 août 1572, dit Tavannes : Faites la guerre aux Espagnols, Sire, ou nous serons contraints de vous la faire. » C'est ce projet de guerre qui acheva de perdre l'ambitieux amiral ; Charles IX en goûta trop le plan, pour le malheur de celui qui l'avoit formé, puisque ce sujet entreprenant en devint assez hardi pour essayer de détruire Catherine de Médicis dans l'esprit et dans le cœur de son fils. Enivré d'un commencement de faveur, il oublia la foiblesse du Roi pour sa mère ; il la peignit aux yeux de ce prince avec des couleurs trop fortes pour être pardonnées ; il la lui représenta maniant à son gré les rênes de l'empire, retenant toute l'autorité, préférant la réputation du duc d'Anjou à la gloire du Roi et aux véritables intérêts de l'État. Il conseilla à Charles IX de secouer ce joug ; il le rendit inquiet sur une puissance dont lui-même étoit jaloux, qu'il eût voulu abattre pour élever la sienne. Ainsi il avança son infortune parce qu'il ne put pas achever celle de Catherine et de son conseil, et en cela il se montra tout à la fois mauvais connaisseur, mauvais politique, mauvais serviteur et mauvais citoyen. Avec quelle témérité ou plutôt quelle audace offrit-il à Charles IX dix mille hommes de troupes pour porter la guerre dans les Pays-Bas ! Ce Roi, entretenant Tavannes des moyens d'entreprendre cette guerre, n'oublia pas l'offre de Coligni, qu'il ne nomma pas à Tavannes ; mais ce serviteur zélé et bouillant, qui sçavoit bien que le seul amiral pouvoit faire de telles offres, répondit à son maître : « Celui de vos sujets qui vous porte telles paroles, vous lui devez faire trancher la tête. Comment vous offre-t-il ce qui est à vous ? C'est signe qu'il les a gagnés et corrompus et qu'il est chef de parti à votre préjudice. Il a rendu ces dix mille vos sujets à lui pour s'en aider à un besoin contre vous. » Réflexion judicieuse dont la vive image coûta cher à l'amiral. Si on ajoute à ces griefs les torts passés qu'un édit n'efface jamais assez bien pour qu'il n'en reste toujours quelque impression assez fâcheuse ; si on se rappelle les motifs qui avoient déterminé la cour à faire arrêter le prince de Condé et l'amiral à Noyers, l'arrêt du parlement de Paris qui avoit condamné ce dernier à perdre la tête, les cinquante mille écus promis à celui qui, François ou étranger, l'apporteroit, et surtout, comme dit Montluc, « la traite qu'il fit faire au Roi, de Meaux à Paris, plus vite que le pas, » on se persuadera sans peine que ce sujet étoit devenu insupportable au fils comme à la mère et au conseil intime ; et dès lors qui pourra douter que la Saint-Barthélemi ne fût une vraie proscription, dont les différens motifs réunis et semblables à des nuages s'étoient rassemblés sur la tête de Coligni et de son parti, pour former enfin l'orage d'où partit la foudre qui l'écrasa ? Si j'en disois davantage je pourrois passer pour l'apologiste de cette affreuse résolution, quand je n'en suis que l'historien exact ; il est donc à propos de s'arrêter ici. Qu'il me soit permis cependant d'observer, comme critique, la propension énorme de M. de Thou pour les calvinistes et surtout pour Coligni ; on ne sçauroit trop faire remarquer cet esprit de partialité dans un auteur que la nation s'est accoutumé à regarder comme la fidélité même. De tous les préjugés, en fait d'histoire, le plus dangereux est celui d'une vénération mal entendue pour les écrivains, et certainement M. de Thou n'en est pas toujours digne. Qu'on en juge par son affection à rapporter et à faire valoir deux articles du journal de l'amiral : l'un est l'avis donné au Roi de prendre garde, en assignant l'appanage de ses frères, de ne pas leur donner trop d'autorité ; l'autre est un mémoire qui ne devoit être communiqué qu'au Roi, où il représentoit que, si on n'acceptoit pas les conditions proposées par les Flamands révoltés contre l'Espagne, ils ne manqueroient pas de se livrer aux Anglois, qui deviendroient les ennemis de la France dès qu'ils auroient mis le pied dans les Pays-Bas. Voilà de belles preuves de zèle! Quand M. de Thou les amassoit avec soin et les rapportoit avec complaisance, il croyoit sans doute que, sur sa parole, la postérité n'y verroit qu'attachement et fidélité; il croyoit qu'elle oublieroit combien l'amiral avoit intérêt à voir le Roi brouillé avec ses frères et avec l'Espagne. Si Charles IX eût demandé à Coligni son sentiment sur la manière de régler l'appanage des princes, on pourroit croire que sa sincérité étoit l'effet du zèle et il faudroit lui en sçavoir gré; mais c'étoit un avis donné à quelqu'un qui n'en demandoit pas, avis qui devoit mettre dans la famille royale une division dont le parti de l'amiral eût profité. On sçait qu'il détestoit le duc d'Anjou; c'étoit donc pour se venger de lui ou pour s'en mieux garer qu'il vouloit que son autorité fût diminuée. On sçait que le duc d'Alençon penchoit pour ce chef des huguenots, et c'étoit se l'attacher davantage que de lui fournir des sujets de mécontentement capables d'achever de le détacher des intérêts du Roi; c'étoit le faire pousser, par la main même de Charles IX, dans les bras des rebelles. Il n'y a donc rien dans ce premier avis qui mérite des éloges; l'autre est encore plus marqué au coin de l'intérêt. La rebellion des Pays-Bas étoit l'ouvrage de la réforme; l'étendue et l'affermissement de la secte en dépendoient. Aider aux calvinistes de Flandres à secouer le joug, c'étoit en imposer un aux catholiques de France, c'étoit augmenter les forces du parti. Les révoltés pouvoient échouer dans leur entreprise parce qu'Elizabeth ne vouloit pas favoriser leur rebellion. L'amiral pouvoit jouer un rôle dans cette guerre;

il avoit affaire à un prince dont il falloit réveiller l'ardeur par la jalousie et le déterminer en le piquant. Il lui fit craindre que les Anglois ne s'emparassent du pays, et il sçavoit au contraire que leur Reine n'en vouloit pas. Il y avoit donc intérêt particulier, injustice générale et mauvaise foi dans ce beau mémoire, qui n'étoit au fond que le précis de ce que l'amiral avoit dit à Charles IX pour l'engager à porter la guerre dans les Pays-Bas. Qu'on regarde sous ce point de vue les deux articles recueillis et relevés par M. de Thou, et, loin d'y voir rien qui mérite le moindre éloge, on y apprendra à lire cet historien avec une sage méfiance, qui peut seule empêcher qu'une telle lecture ne devienne très dangereuse. C'est dans cette source suspecte que l'auteur des Vies des Hommes illustres a puisé tout ce qu'il nous a dit de beau de l'amiral de Coligni ; c'est là qu'il a pris que la recherche faite dans les papiers de ce rebelle « ne put rien fournir qui pût faire naître le soupçon le plus léger contre lui. » Ce n'étoit donc rien, à son avis, que d'avoir des gouverneurs dans des provinces, des chefs de guerre avec certain nombre de conseillers qui avoient charge de tenir le peuple armé ; ce n'étoit rien que de lever des sommes d'argent et de s'en appliquer une partie ; ce n'étoit rien que d'avoir envoyé ses mandemens à ceux de la religion pour se trouver en armes, le 3 de septembre, à Melun, près de Fontainebleau, où le Roi devoit être. Si toutes ces choses ne caractérisent pas le rebelle, à quoi reconnoîtra-t-on désormais la rebellion ? Voilà pourtant cette probité tant vantée par nos historiens anciens et modernes, tant célébrée par un de nos plus illustres poètes, tant accréditée parmi ceux de nous qui sont toujours portés à croire tout ce qui tend à augmenter les torts d'un gouvernement. L'excès est condamnable dans le blâme comme dans les éloges. Coligni

avoit des vertus guerrières, mais il manquoit de celles
qui caractérisent le vrai serviteur du Roi ; sa probité n'é-
toit pas tellement épurée qu'il n'y eût dans ses actions
un mélange de jalousie contre les Guises, et un degré
d'ambition désordonnée qui le rendront toujours criminel
aux yeux des juges désintéressés. Ceux qui ont entrepris
de faire l'apologie de Coligni auroient dû, avant tout, le
justifier du soupçon, trop bien fondé, d'avoir conduit la
main de Poltrot. Ce n'est pas la déposition de ce scélérat
qui me fait regarder l'amiral comme son complice, ou
plutôt son instigateur ; ce sont ses défenses, ses aveux.
Convenir, dans une lettre à la Reine, que, depuis cinq ou
six mois en ça, il n'a pas fort contesté contre ceux qui
montrèrent avoir telle volonté ; donner pour raison de
sa non opposition à une action si détestable qu'il avoit
eu avis que des personnes avoient été pratiquées pour le
venir tuer ; ne point nommer ces personnes dans le cours
de sa justification, quoiqu'il eût dit qu'il les nommeroit
quand il en seroit temps ; avouer dans ses réponses que
Poltrot s'avança jusqu'à lui dire qu'il seroit aisé de tuer le
duc de Guise, mais que lui amiral n'insista jamais sur ce
propos, d'autant qu'il l'estimoit pour chose du tout frivole ;
avoir donné cent écus à Poltrot pour acheter un cheval
qui fût un excellent coureur ; convenir dans un second
mémoire que, quand Poltrot lui avoit tenu propos qu'il
seroit aisé de tuer le seigneur de Guise, il ne répondit
rien pour dire que ce fût bien ou mal fait ; déclarer dans
une lettre à la Reine qu'il estimoit que la mort du duc
de Guise fût le plus grand bien qui pouvoit advenir au
royaume et à l'église de Dieu, et personnellement au Roi
et à toute la maison des Colignis ; récuser tous les parlemens qui étoient alors en France, et même le grand
conseil, disant que son fait ne devoit être examiné que par

gens faisant profession des armes, et non par la chicane-
rie, mal séante à personne de cette qualité ; réclamer enfin pour dernière ressource le privilége de l'abolition
porté par l'édit de pacification, ce qui n'est pas, pour un
criminel, une décharge plus honorable que la voye de
prescription ne l'est pour un débiteur ; toutes ces choses
impriment sur la vie de l'amiral une tache que le coloris
des poëtes et le vernis des historiens ne sçauroient effa-
cer, non plus que le récit de la constance et de la résignation qu'il montra après sa blessure. Lorsque l'auteur
des Hommes Illustres copioit, peut-être un peu trop mé-
caniquement, ce que les protestans ont écrit là-dessus en
faveur de ce chef de parti, il ne faisoit pas sans doute attention que la seule nature de la blessure et le courage du
blessé démentoient tous ces récits. En effet, pour un doigt
perdu et une balle retrouvée dans les chairs d'un bras,
il ne falloit pas tant montrer d'héroïsme, ni adresser à
Dieu des prières si ardentes, ni demander celles des ministres ; c'est ainsi qu'en prouvant trop on prouve moins.
Qu'on réfléchisse sur la vie de l'amiral, sur les troubles
qu'il a excités, sur les projets qu'il rouloit encore dans sa
tête, et on verra que ce chef de parti, et les principaux
qui commandoient sous ses ordres, étoient, aux yeux de
Charles IX et de sa mère, des hommes autant dignes de
proscription que le furent les six mille Romains massacrés en un jour par les ordres de Sylla, et on ne mit ni
plus de préparation ni moins d'horreur dans l'une de
ces deux journées que dans l'autre.

La proscription n'a jamais regardé que Paris.

Aucune autorité certaine n'établit que la résolution de
faire périr l'amiral et ses complices fût préméditée ; quel-

ques écrits et plusieurs conjectures font croire au contraire que ce parti extrême fut pris peu d'heures avant d'être exécuté. Les protestans sont les seuls qui ayent écrit que cette affreuse tragédie avoit été concertée au voyage de Bayonne; M. de Thou lui-même n'a pas osé adopter cette fable; mais il n'a pas entrepris de la réfuter, et afin de tenir dans cette occasion une sorte de milieu entre son penchant pour les calvinistes et la force de la vérité qui le retenoit, il s'est contenté de dire que les uns ont donné à la résolution du massacre une date fort antérieure à son exécution, et que les autres n'ont mis qu'un court intervalle entre le projet et l'entreprise. Cet auteur a même assez de bonne foi dans ce moment pour dire, à propos de la mort de Lignerolles, que plusieurs protestans lui avoient paru persuadés qu'il n'étoit pas encore question du massacre de la Saint-Barthélemi. Cet aveu de la part des protestans est à remarquer; il confond leurs écrivains, qui ont affecté de faire remonter jusqu'au voyage de Bayonne la résolution d'anéantir leur parti en faisant main basse sur leurs chefs et sur la noblesse. C'est à l'aide de cette supposition qu'ils justifient tant bien que mal le projet d'enlever Charles IX à Meaux, et toutes les suites criminelles de cette entreprise. D'ailleurs, quelque odieuse que soit une action telle que celle d'un massacre, l'idée d'un projet médité pendant six années y ajoute beaucoup; on trouve quelque excuse dans une sorte de premier mouvement, il n'y en a point dans la réflexion, surtout quand elle est si longue. Les calvinistes avoient donc intérêt à publier que la Saint-Barthélemi étoit l'ouvrage et le concert de plusieurs années; il est donc sage d'être en défiance sur ce qu'ils ont écrit là-dessus.

D'autres ont parlé bien différemment; ils veulent que la résolution fut subite, qu'elle naquit des circonstances et ne précéda l'exécution que d'une après-midi. Avant de nous déterminer à les croire, voyons s'ils ont intérêt à nous tromper.

L'un est la Reine Marguerite ; elle assure que la résolution ne fut que l'effet des menaces des seigneurs calvinistes, résolus à se faire justice de la blessure de l'amiral. Cette princesse ajoute que le Roi Charles IX, son frère, lui a dit qu'il eut beaucoup de peine à y consentir, et que si on ne lui avoit fait entendre qu'il y alloit de sa vie et de son Etat, il ne l'eût jamais fait. Ce récit écarte toute idée de préméditation, et on ne peut guères en soupçonner la sincérité. La princesse ajoutant que la Reine mère eut toutes les peines du monde à déterminer son fils, qu'il fallut le secours du maréchal de Retz, que ce ne fut qu'à dix heures du soir qu'on vint à bout de sa résistance, il est clair qu'elle n'a pas cherché à justifier son frère, puisque dès lors elle accabloit sa mère, et c'est une raison pour prendre confiance dans son assertion.

L'autre est le maréchal de Tavannes ; son fils, qui n'a écrit sans doute ses mémoires que sur ce qu'il lui avoit ouï dire, ne veut pas permettre qu'on doute que la Saint-Barthélemi ait pu être concertée de longue main. Il traite d'ignorans ceux qui ont cru que le massacre étoit résolu avant les noces du Roi de Navarre ; il assure qu'il étoit question sérieusement de la guerre de Flandre, proposée par l'amiral. Selon lui, la Reine craignoit que son fils, se livrant aux conseils de l'amiral, ne lui ôtât sa confiance pour la donner à ce chef de parti ; appréhension d'autant plus fondée que Catherine trouvoit déjà du changement dans la conduite du Roi à son égard. Suivant ses mémoires, l'assassinat de l'amiral fut proposé par la Reine, arrêté par son conseil, approuvé par Tavannes, exécuté par Maurevert. Enfin les menaces des seigneurs protestans, après la blessure de l'amiral, déterminèrent la cour à les faire massacrer, la fureur du peuple ayant fait le reste, au grand regret des conseillers, n'ayant été résolu que la mort des chefs et factieux. Ces mémoires, ou plutôt ces aveux, semblent porter avec eux un caractère de franchise auquel on ne sauroit méconnoître la vérité. La maxime de Cassius, *cui bono*, est un grand motif de crédibilité. Quel intérêt avoit le fils du maréchal de Tavannes de donner cette tournure au massacre? Son père en étoit-il moins chargé d'une partie de l'odieux retombé sur ceux qui y ont eu part? Au contraire, il eût pu lui épargner ce blâme en le rejetant sur l'entrevue de Bayonne. Eh! que pouvoit-il arriver de pis à sa mémoire que de passer pour un homme qui donna son approbation à l'assassinat de l'amiral, après avoir blâmé hautement celui de Mouï, ainsi que son fils en fait la remarque? Si on veut bien faire réflexion que Tavannes ne gagnoit rien à parler comme il l'a fait; qu'au contraire, en laissant les choses dans une certaine obscurité, il eût pu se cacher derrière les nuages, on se persuadera qu'il a écrit conformément à la vérité, et son témoignage deviendra d'autant plus fort qu'il porte contre lui.

Le troisième est celui du duc d'Anjou; il ne faut que le lire pour être convaincu de la sincérité de ce récit. Ce prince, élu Roi de Pologne, traversa l'Allemagne pour se rendre à Cracovie, et reçut des marques singulières de distinction de tous les souverains chez lesquels il passa; on alloit partout au-devant de lui, on lui fit des réceptions, on lui donna des fêtes; mais ces plaisirs n'étoient pas exempts d'amertume. Beaucoup de calvinistes françois, qui avoient pris la fuite au temps du massacre, étoient répandus dans plusieurs lieux où le duc d'Anjou passa, et ces hommes, mécontens à bon droit, mêloient leurs

imprécations aux acclamations des Allemands. Ces injures bien méritées firent une cruelle impression sur l'esprit du duc d'Anjou; elles troubloient souvent sa séré-
nité dans le jour et son repos pendant la nuict. Il avoit
auprès de lui un médecin nommé Miron, homme de mérite et de confiance que Catherine de Médicis lui avoit
donné; c'étoit par conséquent un des François de sa suite
à qui il pouvoit s'ouvrir avec le plus de liberté. Il le fit
appeller une de ces nuits cruelles où l'image des horreurs
de la Saint-Barthélemi se retraçoit plus vivement à sa
mémoire, et lui dit : « Je vous fais venir ici pour vous
faire part de mes inquiétudes et agitations de cette nuit,
qui ont troublé mon repos, en repensant à l'exécution de la
Saint-Barthélemi, dont possible vous n'avez jamais sçu la
vérité telle que présentement je veux vous la dire. » Après
ce début il lui raconta que la Reine et lui s'appercevoient
d'un grand changement à leur égard dans Charles IX;
que c'étoit l'effet des impressions désavantageuses dont
l'amiral avoit soin de lui remplir l'esprit contre eux; que
s'ils l'abordoient après un de ces entretiens fréquens et
secrets, pour lui parler d'affaires, même de celles qui ne
regardoient que son plaisir, ils le trouvoient merveilleusement fougueux et refrogné, avec un visage et des contenances rudes; que ses réponses n'étoient pas, comme autrefois, accompagnées d'honneur et de respect pour la
Reine, et de faveur et bienveillance pour lui; que, peu
de temps avant la Saint-Barthélemi, étant entré chez le
Roy au moment que l'amiral en sortoit, Charles IX, au
lieu de lui parler, se promenoit furieusement et à grands
pas, le regardant souvent de travers et de mauvais œil,
mettant parfois la main sur sa dague avec tant d'émotion
qu'il n'attendoit sinon qu'il le vînt colleter pour le poi-
gnarder; qu'il en fut tellement effrayé qu'il prit le parti

de se sauver dextrement, avec une révérence plus courte
que celle de l'entrée ; que le Roi lui jetta de fâcheuses
œillades, qu'il fit bien son compte, comme on dit, de l'a-
voir échappée belle ; qu'au sortir de là il fut trouver la
Reine sa mère, qu'ils joignirent ensemble tous les rapports, avis et suspicions, desquels ils conclurent que c'é-
toit l'ouvrage de l'amiral, et ils résolurent de s'en défaire ;
qu'ils mirent madame de Nemours dans la confidence,
pour la haine qu'elle portoit à l'amiral ; qu'ils envoyèrent
chercher incontinent un capitaine gascon dont ils ne voulurent se servir, parce qu'il les avoit trop brusquement
assurés de sa bonne volonté, sans réservation d'aucune
personne ; qu'ils jettèrent les yeux sur Maurevert, expérimenté à l'assassinat que peu devant il avoit commis en
la personne de Mouï ; qu'il fallut débattre quelque temps ;
qu'on le mena au point où on vouloit en lui représentant que l'amiral lui feroit mauvais parti pour le meurtre
de son ami Mouï ; que madame de Nemours procura la
maison de Vilaine, l'un des siens ; que le coup manqué les
fit bien rêver et penser à leurs affaires jusqu'à l'après-
dînée, que le Roi, voulant aller voir l'amiral, le Reine et
lui délibérèrent d'être de la partie ; que le blessé demanda à parler au Roi en secret, ce qu'il lui accorda,
leur faisant signe de se retirer ; qu'ils restèrent debout au
milieu de la chambre pendant ce colloque privé qui leur
donna un grand soupçon, mais encore plus lorsqu'ils se
virent entourés de deux cents gentils-hommes et capitaines du parti de l'amiral, qui étoient dans la chambre,
dans la pièce d'à côté et dans la salle basse ; « lesquels, dit
le duc d'Anjou, avec des faces tristes, gestes et contenances de gens mal contens, parlementoient aux oreilles les
uns des autres, passant et repassant devant et derrière
nous, et non avec tant d'honneur et de respect qu'ils de-

voient. Nous fûmes donc surpris de crainte de nous voir
là enfermés, comme depuis me l'a appris la Reine ma
mère, et qu'elle n'étoit oncques entrée en lieu où il y eût
plus d'occasion de peur et d'où elle fût sortie avec plus
de plaisir. » Ce prince, continuant son récit, dit à Miron
que la Reine effrayée mit fin à l'entretien secret sous le
prétexte honnête de la santé du blessé, et non sans fâcher
le Roi, qui vouloit bien ouïr le reste de ce qu'avoit à lui
dire l'amiral; que, retirés, elle le pressa de lui faire part
de ce qui lui avoit été dit; que le Roi le refusa par plusieurs fois, mais qu'enfin, importuné et par trop pressé,
il leur dit brusquement et avec déplaisir, jurant par la
mort..... « que ce que lui disoit l'amiral étoit vrai, que les
Rois ne se reconnoissoient en France qu'autant qu'ils ont
de puissance de bien ou de mal faire à leurs sujets et serviteurs; que cette puissance et maniement d'affaires de
tout l'Etat s'étoit finement écoulée entre nos mains, mais
que cette superintendance et autorité lui pouvoient être
un jour grandement préjudiciable et à tout son royaume,
et qu'il la devoit tenir pour suspecte et y prendre garde;
dont il l'avoit bien voulu avertir, comme un de ses meilleurs et fidèles sujets et serviteurs, avant de mourir. Eh
bien! mort... continua le Roi, puisque vous l'avez voulu
sçavoir, c'est ce que me disoit l'amiral. » Le duc d'Anjou, continuant, dit à Miron que ce discours les toucha
grandement au cœur, qu'ils dissimulèrent et firent leurs
efforts pour dissuader le Roi; que la Reine fut piquée et
offensée au possible de ce langage de l'amiral, craignant
qu'il ne causât quelque changement et altération à leurs
affaires et au maniment de l'Etat; qu'ils furent si étonnés qu'ils ne purent rien résoudre pour cette heure-là;
que le lendemain il alla trouver la Reine, avec laquelle il
délibéra de faire, par quelque moyen que ce fût, dépêcher

l'amiral ; que l'après-dînée ils furent ensemble trouver le
Roi, à qui la Reine fit entendre que le parti huguenot
s'armoit, que les capitaines étoient déjà allés dans les provinces pour faire des levées, que l'amiral avoit ordonné
celle de dix mille reitres en Allemagne et d'autant de
Suisses dans les cantons ; qu'il n'étoit pas possible de résister à tant de forces ; que, pour comble de malheur,
les catholiques, lassés d'une guerre où le Roi ne leur servoit de rien, alloient s'armer contre les huguenots sans sa
participation ; qu'ainsi il demeureroit seul enveloppé, en
grand danger, sans puissance ni autorité ; qu'un tel malheur pourroit être détourné par un coup d'épée, qu'il falloit seulement tuer l'amiral et quelques chefs du parti.
Cela fut appuyé, dit le duc d'Anjou, par moi et par les
autres (1), n'oubliant rien qui y pût servir, tellement que
le Roi entra en extrême colère et comme en fureur ; mais
ne voulant au commencement aucunement consentir qu'on
touchât à l'amiral. Cependant il étoit piqué et grandement touché de la crainte du danger..... et voulant sçavoir si par un autre moyen on pourroit y remédier, il
souhaita que chacun en dît son opinion. Tous furent de
l'avis de la Reine, à l'exception du maréchal de Retz, qui
trompa bien notre espérance, dit le prince, disant « que
s'il y avoit homme qui dût haïr l'amiral et son parti, c'é-
toit lui ; qu'il a diffamé toute sa race par sales impressions
qui avoient couru toute la France et aux nations voisines ;
mais qu'il ne vouloit pas, aux dépens de son Roi et de son
maître, se venger de ses ennemis par un conseil à lui si
dommageable et à tout son royaume ; que nous serions à
bon droit taxés de perfidie et de déloyauté. » « Ces raisons

(1) *Les autres :* le maréchal de Tavannes, le duc de Nevers et le chancelier de Birague.

nous ôtèrent la parole de la bouche, dit le prince, voire la volonté de l'exécution. Mais n'étant secondé d'aucun, et reprenant tous la parole, nous l'emportâmes et reconnûmes une soudaine mutation au Roi, qui, nous imposant silence, nous dit de fureur et de colère, en jurant par la mort..... puisque nous trouvions bon qu'on tuât l'amiral, il le vouloit, mais aussi tous les huguenots de France, afin qu'il n'en demeurât pas un seul qui pût le lui reprocher, et que nous y donnassions ordre promptement. Et sortant tout furieux, nous laissa dans son cabinet. » On y avisa le reste du jour et une partie de la nuit aux moyens d'exécuter une telle entreprise. On s'assura du prévôt des marchands, des capitaines des quartiers et autres personnes qu'on sçavoit être les plus factieuses. M. le duc de Guise fut chargé de faire tuer l'amiral. On reposa deux heures. Le Roi, la Reine, et M. le duc d'Anjou, allèrent au point du jour à une fenêtre, d'où entendant un coup de pistolet ils tressaillirent d'effroi et d'horreur. Ils envoyèrent révoquer l'ordre donné au duc de Guise ; mais il n'étoit plus temps. L'amiral mort, on exécuta le massacre dans la ville. « Nous retournâmes à notre première délibération, dit le prince, et peu à peu nous laissâmes suivre le cours et le fil de l'entreprise et de l'exécution. »

J'ai rapporté un peu au long cet entretien du duc d'Anjou, parce qu'il fournira des lumières aux personnes judicieuses et m'épargnera de longs raisonnemens. Il n'est pas possible d'y méconnaître la vérité, soit qu'on veuille l'induire de l'accord qui s'y trouve avec le récit de quelques contemporains, soit qu'on veuille faire attention à l'air de franchise qu'il porte avec lui.

Pour s'assurer de la vérité d'un fait historique et sçavoir si on doit y ajouter foi, il faut examiner si la personne de qui on le tient a pu être trompée, si elle avoit intérêt

à nous tromper, si elle raconte les choses à son avantage.
Rien de tout cela ne se rencontre dans le duc d'Anjou.
1° Il avoit la confiance entière de Catherine de Médicis sa
mère, et même toute sa tendresse ; elle l'avoit mis à la
tête du parti catholique, il commandoit les armées contre les huguenots, il étoit au conseil du Roi ; il a donc pu
sçavoir toute la trame du massacre. 2° Il n'avoit aucun
intérêt à tromper Miron, parce qu'il ne pouvoit tirer aucun profit d'une fausse confidence. L'auroit-il faite pour
s'attacher davantage cet homme? c'étoit au contraire le
moyen de lui inspirer de l'éloignement pour sa personne.
Vouloit-il se servir de lui pour désabuser les Polonois de
l'idée où ils pouvoient être que la Saint-Barthélemi étoit
une affaire préparée de longue main? ce n'étoit pas à son
médecin qu'il devoit s'adresser ; plus étranger que lui à
Cracovie, domestique du prince, François de nation, il
eût mal persuadé ce qu'il auroit publié; c'eût été plutôt
à quelque grand du pays qu'il eût dû raconter ces choses.
D'ailleurs, l'évêque de Valence ne lui avoit rien laissé à
dire ni à faire là-dessus, et il paroît qu'il avoit assez bien
persuadé les Polonois que le massacre étoit une affaire
momentanée, une proscription, un châtiment violent,
mais nécessaire, exercé sur des rebelles chargés du crime
de conjuration, puisqu'il parvint, malgré l'horreur de l'é-
vénement, à réunir tous les suffrages en faveur du fils
et du frère des véritables auteurs de cette cruelle expédition. 3° Les aveux du duc d'Anjou à Miron ne renferment
rien qui soit à l'avantage de ce prince ; au contraire, il
s'y déclare le complice ou plutôt le premier auteur de la
mort de l'amiral ; s'il se fût moins effrayé du silence de
son frère, de sa promenade à grands pas, de ses fâcheuses
œillades et de sa main mise parfois sur sa dague, il ne
seroit pas allé raconter toutes ces choses à sa mère, ils

n'auroient pas joint ensemble tous les rapports, avis et suspicions, le temps et toutes les circonstances passées ; l'ennemie mortelle de l'amiral n'eût pas été appelée, on n'auroit pas mandé Maurevert, Coligni n'eût pas été blessé, il n'auroit pas joué l'homme mourant pour donner un air de vérité à ce qu'il dit au Roi contre sa mère et son frère ; ceux-ci n'en auroient pas conçu le dessein de le dépêcher, on n'auroit pas monté la cervelle à l'infortuné Charles IX, il n'auroit pas proscrit tous ses sujets huguenots dans un mouvement de fureur et de colère, et l'amiral seroit mort à la tête des armées en Flandre ou dans son lit à Châtillon-sur-l'Oin. Il est vrai que ce chef des rebelles eût pu détruire le thrône et l'autel, comme il y visoit ; mais ce n'étoit pas l'objet des craintes du moment ; on vouloit l'empêcher de s'attirer toute la confiance du Roi, et sans ce motif nous n'aurions pas à rougir des moyens que l'on prit pour détourner l'orage que la malice de ce sujet rassembloit sur la tête de la mère et du fils, et le massacre de quelques factieux ne se seroit pas étendu, par la fureur du peuple, sur beaucoup de personnes plus malheureuses que coupables. Ainsi, en réunissant tous les aveux du duc d'Anjou, on n'y trouve rien qui ne soit à son plus grand désavantage ; ce n'étoit donc pas pour se justifier, mais pour se soulager, qu'il racontoit ces choses à Miron, et dès lors il faut les regarder comme autant de vérités dans lesquelles il peut se trouver quelques circonstances omises, qu'on peut suppléer sans altérer le corps des preuves qui résultent de ce récit.

Comme un point d'histoire ne sçauroit être trop approfondi par la main critique qui entreprend de le creuser, je ne m'arrêterai pas aux seuls aveux du duc d'Anjou, quoiqu'ils réunissent tous les caractères de la véracité, et je les étayerai de l'autorité de Brantôme, de la Popli-

nière et de Mathieu. Le premier dit, en parlant du discours
de l'amiral contre la Reine : « Voilà la cause de sa mort
et du massacre des siens, ainsi que je l'ai ouï dire à aucuns qui le sçavent bien, encore qu'il y en ait plusieurs
qu'on ne leur sçauroit ôter l'opinion de la tête que cette
fusée eût été filée de longue main et cette trame couvée. »

Le second rapporte toutes les raisons, soit des catholiques, soit des protestans, pour et contre le dessein prémédité, et on le voit clairement pencher pour l'opinion
de ceux qui ont cru que la résolution étoit une suite de la
blessure de l'amiral.

Le troisième tenoit de Henri IV, prince plein de bon-
tés pour lui, que Villeroy, secrétaire d'état et confident de
Catherine de Médicis, sçavoit de cette Reine, et avoit dit
à plusieurs personnes, que la Saint-Barthélemi n'étoit pas
une affaire préméditée.

J'ai dit que les protestans avoient grand intérêt à faire
remonter fort haut la résolution de les détruire par un
massacre, et l'entrevue de Bayonne, concourant par sa
date avec l'entreprise de Meaux, étoit une époque favorable à leurs historiens. Toute la catholicité devenoit par
là complice des meurtres et les huguenots excusables de
la nouvelle rébellion. Mais pourquoi ceux qui n'ont pas le
même intérêt embrassent-ils si étroitement le même système? surtout ces hommes qui, écrivant sans cesse en faveur de l'humanité, ne s'apperçoivent pas que c'est la
rendre odieuse à l'homme même. Supposer qu'une moitié
du monde a conspiré contre l'autre et qu'elle lui a creusé
des abîmes pendant sept ans, n'est-ce pas dégrader l'espèce humaine? et faut-il, pour plaindre des malheureux,
nous indisposer contre nous-mêmes? J'aime bien mieux
croire que tant d'horreurs n'auroient pas pu se tenir cachées si long-temps dans le cœur de ceux qui les avoient

résolues, sans que quelqu'un les eût révélées, je ne dis pas par indiscrétion ou par conscience, mais par compassion, et je trouve dans cette façon de penser, plus conforme à la religion et à la nature, les moyens d'épargner de plus grands crimes à ceux qui n'en ont que trop à se reprocher. En croyant que le massacre de la Saint-Barthélemi ne fut résolu que quelques heures avant d'être exécuté, le poison, la trahison, les morts prématurées disparoissent: le maréchal de la Vieilleville n'a plus été empoisonné parce qu'il étoit contraire à cette résolution ; Lignerolles n'a pas été assassiné parce qu'il en savoit le secret; de Tende n'a pas péri par un breuvage pour s'être refusé à son exécution, et l'abcès au côté dont mourut le Reine de Navarre n'est plus changé en gants empoisonnés par un Milanois. Moins je mets d'intervalle entre la résolution et l'entreprise, et plus je mets l'humanité en garde contre elle-même, et la royauté contre les mauvais conseils ou les impulsions violentes de la passion; j'inspire quelque sorte de compassion pour ces esclaves de leurs entours; et si je n'excuse pas Charles IX, je fais voir qu'il fut, de tous les complices, le plus malheureux et le moins coupable.

La vérité trouve aussi ses avantages à mon système, et si toutes les contradictions de l'histoire ne disparoissent pas à l'approche de la clarté qu'il y répand, il faut convenir qu'il y en a plusieurs qui s'y concilient. Alors le mariage du Roi de Navarre avec Marguerite de Valois, et les fêtes qui l'accompagnèrent, n'étoient pas un piége tendu aux princes et à la noblesse calvinistes. Alors le régiment des gardes qu'on avoit fait entrer dans Paris n'y avoit été appellé que pour empêcher les entreprises respectives ou le tumulte. Alors Maurevert, ancien domestique du duc de Guise, a pu être armé par d'autres mains que par celles de son maître. Alors ce prince a pu se retirer dans son hôtel pour y chercher peut-être une sûreté, dans le premier moment de l'assassinat, sans en être l'auteur. Alors les portes de Paris, fermées après le coup d'arquebuse, avoient pour seul et véritable objet l'intention et le moyen d'arrêter l'assassin. Alors les lettres écrites par les secrétaires d'état aux gouverneurs des provinces, pour leur apprendre la blessure de l'amiral et les assurer que le Roi se promettoit d'en faire bonne, briève et rigoureuse justice, n'étoient pas une feinte et un jeu, comme le prétend d'Aubigné. Alors Charles IX a pu dire à Coligni, sans jouer la comédie : « Mon père, la blessure est pour vous et la douleur est pour moi. » Alors ce Roi, qui ignoroit d'où partoit le coup d'arquebuse, pouvoit soupçonner le duc de Guise, et, n'ayant pas encore les papiers de l'amiral, rejetter l'excès du massacre sur l'inimitié des deux maisons. Alors les cinquante hommes commandés par le colonel du régiment des gardes, et envoyés par Charles IX à l'amiral, étoient destinés à sa sûreté et non à son supplice. Ce n'est plus pour être les plus forts, comme le prétend M. de Thou, qu'on mit peu de Suisses du Roi de Navarre auprès de l'amiral, et en effet il est absurde qu'il en ait fait la remarque quand il ne dépendoit que du parti huguenot de remplir la maison de Coligni de gardes affidés. Alors Charles IX pouvoit dire avec vérité à sa sœur Marguerite que, si on ne lui eût fait entendre qu'il y alloit de sa vie et de ses Etats, il ne l'eût jamais fait. Alors Tavannes a pu écrire avec la même vérité que la fureur de la populace rendit le massacre de Paris général, au grand regret des conseillers, n'ayant été résolu que la mort des chefs et factieux. Alors l'entrevue de Bayonne, le voyage du duc de Savoye, en France, les audiences du nonce, et si on veut les conseils du Pape, regardoient tout au plus la sûreté des catholiques et non le massacre des huguenots. Alors enfin on a pu rendre graces à Dieu dans Rome de la mort de ces hommes que Charles IX n'avoit proscrits que pour prévenir le funeste effet d'une conspiration prête à éclater, et les reproches pleins d'injustice qu'on a faits à la religion et à ses ministres retombent sur ceux qui voudroient l'en accabler.

Nous n'avons que deux lettres desquelles on puisse induire qu'il y eut des ordres envoyés dans les provinces pour faire massacrer les huguenots : l'une est celle du vicomte d'Ortes, gouverneur de Bayonne, écrite à Charles IX; l'autre est celle de Catherine de Médicis à Strozzi, qui rôdoit autour de La Rochelle. La première n'est rapportée que par d'Aubigné, auteur protestant, peu véridique, connu, comme dit Sully, par sa langue médisante, si acharné contre les Rois que le parlement de Paris fit brûler son histoire. On peut donc s'inscrire en faux contre un acte dont aucun contemporain n'a parlé, qui a échappé aux recherches de M. de Thou, que cet historien n'a pas osé adopter, malgré sa bonne volonté pour les huguenots et ses mauvaises intentions contre Charles IX; et il est permis de présumer que, s'il eût pu faire fond sur une telle pièce, on la trouveroit au moins dans l'édition de Genève, de 1620. Mais supposons que cette lettre ait existé; rien ne prouve que ce soit la réponse à un ordre écrit ou signé par le Roi; tout au contraire, puisqu'il étoit question dans cet ordre prétendu de faire exécuter des gens qui avoient cherché un asyle dans les prisons et échappé même à la colère du prince par le laps du temps.

Ainsi ce commandement, communiqué aux habitans et gens de guerre de la garnison, a pu, tout au plus, être verbal et de la nature de ceux qui furent portés par La Mole au comte de Tendes, gouverneur de Provence; par le courrier d'un procureur du Roi à Mandelot, gouver-

neur de Lyon; par Marcuil à Bourges, par un domestique
de d'Entragues à ce gouverneur d'Orléans, par Monpezat à
celui de Bordeaux. Or, tous ces prétendus ordres partoient
du cœur de ceux qui les portoient, et non de la volonté du
prince qui les ignoroit. Ceci demande beaucoup de clarté,
et par conséquent un peu de détail.

Catherine de Médicis et ses conseillers, n'ayant résolu
que la mort des chefs et des plus factieux, y employèrent
des gens qui, ayant des haines particulières à venger, s'en
acquittèrent trop bien, au grand regret des conseillers.
«Et voilà comme il ne fait pas bon d'acharner un peuple,
dit Brantôme, car il est assez prest plus qu'on ne veut.»
Les meurtres étant donc poussés beaucoup plus loin qu'on
n'eût voulu, le Roi, «vers le soir du dimanche, fit faire défense
à son de trompe que ceux de la garde et des officiers de la
ville ne prissent les armes ni prisonnier sur la vie, ains
que tous fussent mis ez mains de justice, et qu'ils se retirassent en leurs maisons clauses, ce qui devoit appaiser
la fureur du peuple et donner loisir à plusieurs de se
retirer hors de là.» Mais cette précaution, à peine bonne
pour Paris, fut inutile pour les provinces. *Questi ordini
non giunséro a tempo in molti luogi per che la fama que
vola per tutto il reame di quanto era avenutto a. Parigi
invito cattolici di molte citta a fare il medesimo.* Cependant
le Roi, qui l'avoit prévu, fit partir des courriers porteurs
de lettres datées du 24, adressées aux gouverneurs, pour
les avertir de ce qui s'étoit passé à Paris, le rejettant sur
l'inimitié des maisons de Guise et de Châtillon, exhortant
les commandans à prendre des mesures pour prévenir de
pareils accidens dans leurs départemens. Charles IX, craignant d'abord qu'à la première nouvelle de la blessure de
l'amiral les huguenots ne vengeassent sur les catholiques
le tort fait à la personne de leur chef, avoit eu soin de

faire écrire aux mêmes gouverneurs qu'il se proposoit d'en tirer bonne, briève et rigoureuse justice. Ainsi, la crainte de voir égorger les catholiques là où ils ne seroient pas les plus forts, ou les calvinistes là où ils se trouveroient les plus foibles, l'engagea à écrire une lettre circulaire, dimanche au soir, jour du massacre, pour mettre les deux partis en sûreté, et sauver les catholiques de la rage des huguenots ou ceux-ci de la licence des autres. Le martirographe des protestans nous fournit la preuve de cette conjecture. A Orléans arriva mandement nouveau, c'est-à-dire autre que celui par lequel on avoit appris la blessure de l'amiral, à ceux de la justice, maires et échevins de la ville, par lequel leur étoit enjoint de prendre les armes et de faire en sorte qu'ils demeurassent les plus forts dedans la ville. Pareil ordre expédié le dimanche arriva le mercredy à Lyon ; il avertissoit les habitans de prendre des mesures pour être les plus forts ; et on peut juger, par la conduite du gouverneur de cette ville, que le seul objet de la dépêche étoit le même que celui du mandement adressé au gouverneur d'Orléans. Le martirographe dit qu'après avoir fermé les portes de Lyon et posé des sentinelles dans les principaux endroits, on sema le bruit que c'étoit pour la propre sûreté des huguenots. Et en effet, quoi qu'en dise cet auteur, il prouve lui-même que le gouverneur n'avoit reçu aucun ordre contraire, et qu'il ne leur seroit rien arrivé par les sages précautions qu'il avoit prises, sans la haine d'un procureur du Roi. Voici la chose en deux mots.

Les catholiques, ayant à se plaindre des huguenots, sans doute depuis le dernier édit de pacification, avoient envoyé des députés à la cour ; ils furent témoins du massacre et crurent que l'heure étoit venue d'en faire autant partout. Ils demandèrent à la Reine la permission d'expédier un courrier à Lyon ; cette princesse leur répondit qu'il falloit auparavant que ceux du Roi fussent expédiés. Et en effet, celui des députés n'arriva que le vendredy, deux jours après que Mandelot avoit reçu le sien. Le procureur du Roi, l'un des députés, écrivoit que Catherine de Médicis leur avoit dit : « Vous voyez ce qui est arrivé, » d'où il induisoit que son intention étoit qu'on en fît autant à Lyon ; et cette lettre devint un ordre ou un prétexte pour commettre beaucoup de vols et de meurtres, que Mandelot arrêta dès qu'il le put. Mais il est évident que ce procureur du Roi avoit pris dans son cœur ce qu'il croyoit voir dans les paroles de Catherine. En effet, si l'intention de cette Reine étoit qu'on fît à Lyon ce qu'on avoit fait à Paris, elle en trouvoit un beau moyen dans la volonté de ces députés ; il n'y avoit qu'à les laisser agir. Pourquoi y mettre des obstacles en leur refusant la permission de faire partir un courier? pourquoi répondre qu'il falloit que ceux de son fils fussent dépêchés les premiers ? pourquoi en expédier un au gouverneur Mandelot, le dimanche, avec des ordres bien contraires à ce cruel projet , et ne laisser partir celui de Rubis que deux jours après, comme si elle eût voulu donner le temps au gouverneur de tout disposer pour la sûreté des calvinistes?

Les mêmes actes des prétendus martyrs protestans nous fournissent d'autres moyens d'argumenter contre les suppositions des ordres, soit antérieurs, soit subséquens à la Saint-Barthélemi. On y trouve que les meurtriers d'Orléans résolurent de mettre la main à la besogne sans que Lapierre, domestique de M. d'Entragues, gouverneur, eût porté lettres ni mémoires de créance. On y voit que ceux de Bourges envoyèrent Marueil en poste à la cour, qu'il en revint sans ordre. On y lit que le Roi avoit fait entendre , par plusieurs lettres écrites à Bor-

deaux, qu'il n'entendoit que cette exécution passât outre
et s'étendît plus avant que Paris. On peut encore tirer
une preuve très forte contre la supposition des ordres du
seul silence de ces mêmes actes, si intéressés à en parler;
or, il n'en est question ni pour Meaux, ni pour la Charité, ni pour Romans, Saumur et Angers; et si le martirographe a avancé que le gouverneur de Rouen avoit reçu
des ordres d'exterminer tous ceux de la religion, cette
annotation est manifestement contredite par la seule in-
action de M. de Carouge et par la malheureuse date des
meurtres, qui commencèrent dans cette ville près d'un
mois après ceux de Paris.

Tous ces extraits d'un registre que les calvinistes ne
sauraient récuser, puisque c'est leur *Acta sanctorum*, ni
les critiques le rejetter, attendu que c'est l'écrit le plus
contemporain, forment un corps de preuves négatives
contre les prétendus ordres du Roi et ne laissent aucun
lieu de douter que la lettre du vicomte d'Ortes est faite à
plaisir, à peu près comme celle de Charles IX au comte
de Tende. M. de Peiresc, curieux de collections et conséquemment riche en pièces controuvées ou suspectes,
nous a conservé la substance de celle-ci, dont la fausseté
paroît à la seule inspection; c'étoit un ordre de faire
main basse sur les huguenots, au bas duquel il prétend
que Charles IX avoit mis une apostille toute contraire. Il
ne faut pas s'épuiser en raisonnemens pour faire appercevoir le vice de cette pièce; eh! pourquoi en prendrai-je
le soin? Toute absurde qu'elle est, elle est favorable à
mon système, puisque Charles IX en devient moins coupable, et que le plus odieux du massacre retombe nécessairement sur la Reine et son conseil. Je reviens à la
lettre du vicomte d'Ortes, que je regarde comme une
fable de d'Aubigné, et s'il étoit encore besoin d'en com-

battre la chimère, je ne voudrois me servir que d'une
simple conjecture. Montluc, gouverneur de Guienne,
étoit le plus proche voisin d'Ortes, commandant de
Bayonne ; il étoit plus avant que lui dans la confidence
de Catherine de Médicis, et aussi attaché que personne à
la cour et au parti catholique. Or, si l'un avoit reçu l'ordre de faire massacrer les huguenots d'Ax , est-il croyable que l'autre n'en eût reçu aucun pour faire le même
traitement à ceux de plusieurs villes rebelles de la
Guienne? Je ne dis pas que Montluc eût exécuté ces
ordres, mais sa franchise ne les auroit pas dissimulés, et
nous en trouverions quelques vestiges dans ses commen-
taires, où il parle assez librement de cette malheureuse
affaire pour avoir pu y placer un commandement du Roi
ou de la Reine, et un refus d'y obéir qui l'honoroit. Il ne
faut pas croire qu'il ait voulu biaiser là-dessus ; ces sortes
de réticences n'étoient ni dans son caractère ni dans sa
façon de penser ; on le voit au contraire approuver en
quelque façon la résolution extrême de la cour, lorsqu'après avoir blâmé l'amiral, « qui fut si mal avisé de
s'aller enfourner pour montrer qu'il gouvernoit tout, » il
ajoute : « Il le paya bien cher, car il lui coûta la vie et à
plusieurs autres ; aussi il avoit mis le royaume en grand
trouble. » Et s'il eût eu des ordres de faire massacrer les
huguenots, auroit-il manqué d'en faire mention pour sa
propre gloire, là où il dit : « Tout le monde fut fort étonné
d'entendre ce qui étoit arrivé à Paris, et les huguenots
encore plus, qui ne trouvoient assez terre pour fuir, ga-
gnant la pluspart le pays de Béarn... Je ne leur fis point
de mal de mon côté, mais partout on les accoutroit fort
mal. » J'ajouterai ici une petite réflexion critique. Si les
gouverneurs des provinces ont eu des ordres, Montluc
a dû en recevoir ; s'ils y ont résisté, il y a mieux fait son

devoir qu'eux ; s'ils ont été loués pour cette résistance, pourquoi ne voyons-nous pas le nom de Montluc parmi les leurs? La raison en est simple ; c'est parce que nos historiens modernes sont les copistes serviles de M. de Thou, et que ce grand apologiste des actes humains, quand ils tournoient à l'avantage des calvinistes, en vouloit à Montluc pour la représaille du Mont-de-Marsan, lorsqu'il n'auroit dû en vouloir qu'à la Reine Jeane et à Montgomery; mais ce brave officier en est assez dédommagé par tout le bien que dit de lui un historien calviniste.

La lettre de Catherine de Médicis à Strozzi est bien moins vraie que celle de d'Ortes à Charles IX ; celle-ci pouvoit être une réponse à un commandement verbal porté par quelqu'un, comme La Mole, Marueil ou Perat, au lieu que l'autre n'a pas même pour elle la vraisemblance. Il ne faut pas oublier qu'on a voulu en tirer la preuve de la préméditation du massacre, établir qu'il étoit résolu depuis long-temps, et qu'il devoit être exécuté le même jour dans tout le royaume.

Strozzi rôdoit autour de La Rochelle pour tâcher de la surprendre. Cette ville étoit une des quatre accordées aux calvinistes (1), et celle de toutes qui donnoit le plus d'inquiétude, à cause des secours étrangers qu'elle pouvoit recevoir par mer ; mais plus elle étoit suspecte à la cour, plus elle suspectoit ses intentions et ses démarches. Ainsi les Rochellois se gardoient par eux-mêmes, de façon à ne laisser à Strozzi que des espérances fort incertaines de les surprendre. Dans cette situation des choses que Catherine de Médicis n'ignoroit pas, on veut qu'elle ait écrit à cet officier la lettre suivante : « Strozzi, je vous

(1) Les autres villes étaient Nîmes, Montauban et la Charité.

avertis que , cejourd'hui 24 août, l'amiral et tous les huguenots qui étoient ici ont été tués ; partant avisez diligemment de vous rendre maître de La Rochelle, et faites
aux huguenots qui vous tomberont entre les mains le
même que nous avons fait à ceux-ci. Gardez - vous bien
d'y faire faute, autant que craignez de déplaire au Roi,
monsieur mon fils, et à moi. Signé, CATHERINE. »

Beaucoup de raisons combattent la réalité de cette
lettre : aucun historien françois n'en a parlé ; Brantôme
même, qui étoit alors à Brouage avec Strozzi, l'a ignorée ;
un seul écrivain suspect la rapporte sans preuve, et l'auteur des Hommes Illustres qui s'en sert semble être hon-
teux de l'avoir puisée dans cette source, puisqu'il n'ose
pas la citer. Il s'apperçoit sans doute qu'il a pris confiance dans une pièce que tous les écrivains qui l'ont pré-
cédé, soit calvinistes ou catholiques, ont rejettée, ayant
pu la tirer comme lui d'un ouvrage imprimé dès l'an
1576. Mais ces considérations sont les moindres motifs
capables de faire regarder cet acte comme apocryphe ; il
est bien plus suspect aux critiques par l'époque de son
envoi que par sa propre existence. En effet, il seroit possible que Catherine de Médicis eût écrit cette lettre à
Strozzi dans le moment qu'on massacroit les huguenots
à Paris ; mais il est inconcevable qu'elle l'ait écrite plusieurs mois auparavant, comme si elle voyoit de loin le
succès d'une entreprise que mille circonstances pouvoient
déranger. Pour écrire avec ce ton de confiance, et six
mois d'avance, que, le 24 du mois d'août, l'amiral et tous
les huguenots qui étoient à Paris avoient été tués , il falloit qu'elle fut assurée : 1° que la Reine Jeanne donneroit
les mains au mariage de son fils avec Marguerite de Valois ;
2° qu'elle viendroit aux noces malgré sa répugnance pour
une ville dont les habitans aimoient les Guises et détes-

toient les huguenots ; 3° que le Pape Pie V, qui ne voulut jamais accorder la dispense, mourroit ; 4° que Grégoire XIII se prêteroit mieux que son prédécesseur aux bonnes vues de Charles IX ; 5° que Coligni et tous les huguenots seroient assez fols pour prendre confiance dans les belles démonstrations d'amitié du Roi ; 6° que l'amiral mépriseroit tous les avis qui lui venoient de La Rochelle et des autres parties du royaume ; 7° qu'un assassin maladroit et trop pressé ne viendroit pas déranger toutes les mesures en devançant de lui-même l'heure marquée pour mettre à mort ce chef de parti ; 8° que le coup d'arquebuse, imprévu dans ce système par la Reine et tiré par Maurevert, n'auroit pas fait prendre les armes ou la fuite aux huguenots ; 9° que les sages conseils du vidame de Chartres et ses funestes pressentimens seroient rejettés avec mépris par Téligni, et qu'il s'opposeroit à ce qu'on transportât son beau-père au moins dans le fauxbourg Saint-Germain, d'où il auroit pu échapper au meurtre ; 10° que la Reine elle-même, en écrivant plusieurs mois avant le jour marqué pour le massacre, étoit sûre que sa lettre ne tomberoit pas entre les mains des huguenots, soit par infidélité, imprudence, cas fortuit, ou même par la mort de Strozzi. Eh ! combien d'autres accidens eussent pu déranger l'exécution d'une entreprise dont on avoit pu, sans doute, souhaiter le moment, mais non pas le préparer et le fixer à la minute, de façon que le succès en fût infaillible ? Il est donc absurde de dire que Catherine de Médicis envoya à Strozzi, plusieurs mois avant celui d'août, un paquet contenant deux lettres, dont l'une, cachetée, ne devoit être ouverte que le 24, jour du massacre. Et parce que les faits sont aussi indivisibles en histoire que les aveux en justice, dès lors qu'on affirme que la lettre de la Reine a été envoyée à Strozzi quelques mois avant la Saint-Barthélemi, et qu'elle contenoit des choses dont l'événement ne pouvoit être assuré, disposé ni prévu définitivement par aucune puissance humaine, il faut se déterminer à rejetter cet acte comme faux et mal controuvé.

Si, après ce que je viens de dire, il restoit encore des personnes attachées à l'opinion de ceux qui ont regardé la journée de la Saint-Barthélemi comme une trame ourdie de longue main et comme une mine qui devoit jouer partout au même instant, une réflexion très simple achevera de les désabuser.

Cette sanglante tragédie, résolue depuis long-temps, ainsi que quelques-uns le veulent, supposoit, de la part de Catherine de Médicis et de son conseil, des dispositions certaines et uniformes, qui auroient réussi dans quelques villes. Or, il n'y en a pas une qui se soit passée le même jour qu'à Paris. Le massacre fut fait à Meaux le lundi 25 aout, à la Charité le 26, à Orléans le 27, à Saumur et Angers le 29, à Lyon le 30, à Troyes le 2 septembre, à Bourges le 11, à Rouen le 17, à Romans le 20, à Toulouse le 23, à Bordeaux le 3 octobre. A la vue de ces différentes dates, on ne sçauroit s'empêcher de convenir que ce n'étoit pas la peine de prendre des mesures de si bonne heure et de risquer d'éventer la mine ou d'en tourner l'effet contre soi-même, en la chargeant plusieurs mois avant qu'elle dût jouer. Eh! comment croire que les ordres ont été donnés partout pour le même jour, dès qu'ils n'ont été exécutés en aucun lieu dans le temps fixé pour cette catastrophe? Il n'y avoit pas pour s'y opposer un comte de Tende à Orléans, un comte de Charny à Saumur, Angers et Troyes, un Saint-Herem à Bourges, un Tanegui-le-Veneur à Rouen, un Gordes à la Charité, un Mandelot à Toulouse, un d'Ortes à Bordeaux. Il faut donc s'aveugler pour ne pas voir, dans ces différentes époques du massacre, la ruine du système d'une préméditation concertée, et, dans l'acharnement des meurtriers, le seul effet de la licence effrénée au lieu de l'exécution d'un ordre antérieur et général dont on ne trouve aucune preuve. Qu'on prenne la peine de jeter les yeux une seconde fois sur les dates de ces tristes événemens, qu'on fasse en même temps attention aux différentes distances qu'il y a de la capitale aux lieux où ils se sont passés, et on verra que, semblables aux flots d'un torrent qui déborde, ils se sont étendus successivement de proche en proche, et ont inondé de sang les pays où celui des catholiques crioit le plus vengeance, sans qu'il fût besoin pour cela d'ordre supérieur ou d'impulsion étrangère. La haine qui séparoit les deux partis, le tort que les calvinistes avoient fait aux nôtres, les inimitiés particulières, la cupidité générale, une sorte de fureur que le démon des guerres civiles avoit soufflée sur les François en changeant les mœurs de la nation la plus humaine, suffisoient pour produire ces funestes effets, et Charles IX devoit moins s'occuper des moyens d'assurer un grand carnage que de ceux de le prévenir. Aussi le vit-on écrire aux gouverneurs des provinces, dès que l'amiral fut blessé, qu'il feroit bonne, briève et rigoureuse justice de cet acte pernicieux, parce qu'il craignoit que les huguenots ne se la fissent ; aussi, dès le même jour de la Saint-Barthélemi, prévint-il ses gouverneurs de ce qui s'étoit passé à Paris, le rejettant sur l'inimitié des deux maisons, et recommandant à ces officiers de donner ordre à la sûreté respective, parce qu'il avoit sujet d'appréhender que ce malheur ne s'étendît et passât plus avant que Paris, soit par le mauvais effet de l'exemple qui auroit entraîné les catholiques, soit par l'impression du ressentiment qui

pouvoit les animer contre les huguenots, soit par le droit
cruel des représailles, qui eût pu faire fondre ceux-ci sur
les autres. Les temps nous ont conservé si peu de ces
monumens que j'ai cru devoir placer ici une lettre de
Charles IX à un gouverneur. On ne pourra guères la lire
sans se détacher du préjugé dans lequel toute la nation
semble s'être nourrie pour accuser ce Roi et son conseil
d'avoir eu le dessein et formé le plan de faire périr un
jour tous les huguenots.

« Monsieur de Joyeuse, vous avez entendu ce que vous
escripvis avant-hier de la blessure de l'admiral, et que j'estois après à faire tout ce qui m'estoit possible pour la vérification du faist et chastiment des coupables, à quoi il ne s'est
rien oublié. Depuis il est advenu que ceulx de la maison
de Guise et les aultres seigneurs et gentilshommes qui
leur adhérent, et n'ont pas petite part en ceste ville,
comme chacun sçait, ayant sçu certainement que les amis
dudict admiral vouloient poursuivre sur eulx la vengeance
de ceste blessure pour les soupçonner, à ceste cause et
occasion se sont si fort esmus ceste nuit passée, qu'entre
les uns et les aultres a esté passée une grande et lamentable sédition, ayant esté forcé le corps-de-garde qui avoit
esté ordonné à l'entour de la maison dudict admiral, luy
tué avec quelques gentils-hommes, comme il a esté aussi
massacré d'aultres en plusieurs endroits de la ville ; ce qui
a esté mené avec une telle furie qu'il n'a esté possible d'y
mettre le remède tel qu'on eust pu desirer, ayant eu assez
à faire à employer mes gardes et aultres forces pour me
tenir le plus fort en ce chasteau du Louvre, pour après
faire donner ordre par toute la ville à l'apaisement de la
sédition, qui est à ceste heure amortie, graces à Dieu,
estant advenue par la querelle particulière qui est, de

long-temps y a, entre ces deux maisons ; de laquelle ayant tousjours presvu qu'il succéderoit quelque mauvais effect, j'avois fait cy-devant tout ce qui m'estoit possible pour l'apaiser, ainsi que chacun sçait ; n'y ayant en cecy rien de la rompure de l'édict de pacification, lequel je veux estre entretenu autant que jamais. Et d'autant qu'il est grandement à craindre que telle exécution ne soulève mes sujets les uns contre les aultres, et ne se fassent de grands massacres par les villes de mon royaume, en quoy j'aurois un merveilleux regret, je vous prie faire publier et entendre par tous les lieux et endroits de vostre gouvernement que chacun aye à demeurer en repos et se contenir en sa maison, ne prendre les armes, ni s'offenser les uns contre les aultres, sur la peine de la vie, et faisant garder et soigneusement observer mon édict de pacification. A ces fins, et pour faire punir les contrevenans et courir sur ceulx qui se voudroient émouvoir et contrevenir à ma volonté, vous pourrez, tant de vos amis, de mes ordonnances, qu'aultres, qui advertissant les capitaines et gouverneurs des villes et chasteaux de vostre gouvernement, prendre garde à la conservation et sureté de leurs places, de telle sorte qu'il n'en advienne faulte, m'advertissant au plustost de l'ordre que vous y aurez donné et comme toutes choses se passeront en l'étendue de vostre gouvernement. Priant le Créateur vous avoir, monsieur de Joyeuse, en sa sainte et digne garde.

Escript à Paris, le 24 aoust 1572.

Signé, CHARLES.

Et au-dessous, FIZIER. »

On voit par cette lettre que le Roi en avoit écrit une au même gouverneur, le 22 août, à l'occasion de la blessure de l'amiral. Cette attention, qui fut commune pour tous les commandans de provinces, a peut-être induit en erreur les historiens contemporains. Trompés par la multitude de courriers dépêchés de tous côtés, la plupart ont cru qu'ils étoient porteurs de mandemens pour exterminer les huguenots, quand ils ne couroient que pour empêcher qu'on ne massacrât les catholiques. Et voilà le fondement le plus apparent sur lequel a pu se fonder l'opinion commune des ordres de faire périr les huguenots. Mais une conjecture n'est pas une preuve, surtout lorsqu'elle est détruite par les faits. Si la Reine n'a pas pu, sans une révélation, écrire à Strozzi quelques mois avant le massacre : « Je vous avertis que, cejourd'hui 24 août, l'amiral et tous les huguenots qui étoient ici ont été tués, » et que cette lettre ne soit pas une pièce fabriquée, elle n'a été écrite que le jour même du massacre, et alors il n'y a pas d'arrangement antérieur, elle est l'ouvrage du moment. Catherine de Médicis regardant les Rochellois comme les sujets les plus insolents à cause de leur force, les plus dangereux à cause de leur position, il est possible qu'au moment où tout respiroit le meurtre dans Paris, la fureur qui étoit partie du cabinet de la Reine y fût encore et excitât son conseil contre les Rochellois. Si le gouverneur d'Orléans envoya son domestique à la cour pour en connaître les intentions, il n'avoit donc pas encore reçu l'ordre de faire main basse sur les huguenots; si les habitans de Bourges envoyèrent Marueil, qui revint sans ordre, il est évident qu'on ne leur en avoit jamais envoyé à cet égard; si la Mole en porta un verbal au comte de Tende, et peut-être même fabriqué par ce méchant homme, il étoit postérieur à des lettres toutes contraires écrites par le Roi à ce gouverneur, ce qui détruit l'idée d'un commandement antérieur. Si, à l'arrivée de D'auxerre, porteur d'ordre, et sur ses instances, Mandelot, se lavant les mains des meurtres, lui dit : « Mon ami, ce que tu lies soit lié, » c'est une preuve que ce gouverneur n'en avoit reçu jusque là que pour mettre les huguenots en sûreté et non à mort.

J'ajouterai, contre l'opinion presque reçue, ou plutôt contre la supposition des ordres, que si Charles IX en eût donné, on ne se seroit pas avisé de faire le semblant de les désavouer par des lettres, puisque ce Roi n'avoit pas rougi de convenir de ceux de Paris en plein parlement et dans les cours étrangères ; que si les meurtres commis dans les provinces étoient émanés de la volonté du prince, on n'en auroit pas confié le soin à quelques écoliers batteurs de pavé et autres garnements à Toulouse ; on n'en auroit pas recherché les auteurs à Lyon et à Rouen. Concluons donc que la proscription ne regardoit que l'amiral et ceux qui pouvoient le venger ou perpétuer les troubles, n'ayant été résolu que la mort des chefs et factieux ; que les horreurs ne devoient pas sortir de l'enceinte de Paris, le Roi ayant fait entendre par plusieurs lettres qu'il n'entendoit que cette exécution passât outre et s'étendît plus avant ; et que si, malgré ces précautions, les meurtres se répandirent de la capitale dans plusieurs villes, ce fut *perchè la fama chè volo per tutto il reame di quanto era avenuto a Parigi invitò cattolici di molti cita a fare il medesimo.*

Je ne ferai pas le procès aux historiens catholiques qui ont pensé ou écrit sur cette matière différemment de moi ; je ne relèverai pas surtout les contradictions du P. Daniel, qui détruit d'une main le système odieux d'un complot médité et préparé de loin, s'appuyant pour cela sur l'autorité de Brantôme, de Tavannes, de Miron et de Mathieu, tandis que de l'autre il ramasse des matériaux pour ceux qui voudront bâtir cette calomnie, soit quand

il dit que « Charles IX regarda comme un chef-d'œuvre
de sa politique d'avoir attiré dans le piége le plus ha-
bile, le plus éclairé et le plus défiant homme de son
royaume, qui disoit, lorsqu'on l'exhortoit de venir à la
cour : « On me prend pour un autre, je ne suis pas le
comte d'Egmont ; » soit lorsqu'il ajoute que « le Roi joua
la comédie pour persuader qu'il étoit dans l'intention de
protéger les huguenots. » Mais je ne puis pas voir avec la
même indifférence écrire de nos jours, avec une assertion
d'autant plus capable de séduire qu'elle part d'une plume
exacte jusqu'à la minutie, c'est de l'auteur de l'histoire
de Nîmes dont je parle, qu'il passa dans cette ville, le 29
août, un courrier porteur d'ordre du massacre ; cet auteur aurait dû dire qu'il ne fit que répandre la nouvelle
de celui de Paris. En effet, il ne couste par aucun acte
qu'il y ait jamais eu d'ordre porté à Nîmes pour cette
horrible exécution ; on voit seulement que les habitans
catholiques et huguenots la craignirent, et se précaution-
nèrent, de concert, contre ceux qui pourroient venir de
dehors pour la commettre, en ne laissant qu'une porte
de la ville ouverte, dont la garde fut confiée à des notables
des deux religions ; intelligence qui a été l'heureux présage de celle qui y règne encore aujourd'hui parmi les citoyens de différentes croyances. Loin que le courrier qui
passa le 29 fût un ange exterminateur, c'étoit un ange de
paix ; il étoit chargé de la lettre du Roy à M. de Joyeuse.
On le voit par celle de ce commandant aux habitans, et
par la date de la lecture et de l'enregistrement de celle
de Charles IX, qui fut fait à Nîmes le 30. C'est avec d'autant plus de confiance que je me détermine à placer ici
cette note critique, que je ne crains pas de blesser la dé-
licatesse d'un auteur dont la douceur, la catholicité et les
bonnes intentions me sont particulièrement connues.

Il a péri beaucoup moins de monde qu'on ne croit à la Saint-Barthélemi.

Il n'est pas aisé de déterminer le nombre de personnes qui ont péri le jour de la Saint-Barthélemi ou à la suite de cette affreuse catastrophe, mais il est facile de s'appercevoir qu'aucun historien n'a dit vrai, puisqu'il n'y a pas deux récits sur ce fait qui se ressemblent. On doit même remarquer qu'à mesure que ces auteurs ont écrit dans des temps plus éloignés de cet événement, ils en ont grossi les effets, comme s'il n'étoit pas assez horrible par lui-même. Ainsi Péréfixe a écrit qu'il périt cent mille personnes, Sully soixante et dix mille, de Thou trente mille ou même un peu moins, la Popelinière plus de vingt mille, le martirologe des calvinistes quinze mille, Papire Masson près de dix mille.

De ces différentes opinions, la moindre me paroît la plus vraisemblable, parce qu'elle part d'un auteur qui ne cherche pas à pallier l'action; il eût voulu au contraire qu'elle se fût étendue sur toutes les provinces. Je ne rapporte pas ses paroles, elles répugnent trop à nos mœurs; mais je m'en sers pour juger de la façon de penser de celui qui les a écrites, et en conclure que, si cet auteur contemporain avoit été persuadé qu'il eût péri plus de dix mille personnes, il ne l'auroit pas dissimulé, et c'est ce qui me détermine en partie à préférer son témoignage à celui des autres historiens, qui avoient tous un vif intérêt à grossir le mal. Papire Masson eût voulu qu'il eût été plus grand; il ne craignoit donc pas de le faire passer à la postérité tel qu'il étoit. Le martyrographe des protestans, la Popelinière, auteur calviniste, de Thou, l'apologiste des huguenots, Sully, attaché à leurs erreurs, Péréfixe, précepteur d'un Roi à qui il vouloit inspirer des sentiments humains, vouloient faire détester les acteurs de cette tragédie ; ils devoient donc en exagérer les effets, et c'est une raison pour faite suspecter leur récit.

A cette conjecture je joindrai des preuves littérales qui, si elles ne sont pas décisives, pourront au moins faire douter même, de ce qui a été écrit là-dessus, celui qui avoit le plus de moyen d'être bien instruit, le plus grand intérêt de ne rien omettre et la plus violente propension à ne rien exagérer ; je parle du martyrographe des calvinistes, en qui j'observe plusieurs contradictions. S'il parle en général du nombre des personnes qui périrent à la Saint-Barthélemi, il en suppose trente mille ; s'il entre dans le plus grand détail, il n'en trouve que quinze mille cent trente et huit ; s'il les désigne, il n'en nomme que sept cent quatre-vingt-six. Conclure de ce petit nombre de dénommés qu'il n'a péri en tout que huit cens personnes seroit une conséquence hazardée ; dire qu'il en a péri beaucoup moins de quinze mille cent trente et huit, puisque tous les soins du martyrographe n'ont pu aboutir qu'à recouvrer les noms de sept cent quatre-vingt-six martyrs, c'est une conjecture qui équivaut à une démonstration. En effet, quel étoit l'objet de ce compilateur d'extraits mortuaires ? c'étoit de conserver la mémoire de ceux qui avoient péri pour leur religion ; le seul titre de son volume in-folio annonce cette intention. Il faut donc supposer que l'auteur a recherché et conservé avec soin ces noms précieux à la secte, et les moyens ne durent pas lui manquer ; le zèle des uns, la vanité des autres, l'intérêt particulier et commun, devoient faire arriver jusqu'à lui des pièces justificatives sans nombre, surtout dans les premiers momens de l'action, temps auquel l'impression étoit plus vive et les idées plus fraîches, et c'est alors qu'il a écrit. Cependant il n'a pu conserver que sept cent quatre-vingt-six noms, parmi lesquels on le voit en recueillir de si petite conséquence, tel que celui de maître Poëlon, chaudronnier à Bourges, qu'il semble permis d'en induire qu'il n'oublioit rien, qu'on ramassoit tout pour grossir le nombre des martyrs et le volume du martyrologe.

Les moindres choses sont intéressantes dans une discussion critique, soit pour fortifier les conjectures, soit pour en faire naître d'autres dans l'esprit du lecteur, d'après lesquelles, si on ne peut arriver à la vérité, on en approche. C'est par ces considérations que je me suis déterminé à placer ici le tableau des mis à mort de la secte; j'y joindrai quelques réflexions.

Nombre des calvinistes qui ont péri à la Saint-Barthélemi.
(*Extr. du* Martyrologe des Calvinistes, *impr. en* 1582).

Noms des villes où ils ont été tués.	Nombre de ceux qui ne sont que désignés.	Nombre de ceux qui sont nommés.
A Paris. . . en bloc	1,000 (en détail 468) . .	152
Meaux.	225	30
Troyes	37	37
Orléans.	1,850	156
Bourges.	23	23
La Charité. . . .	20	10
Lyon	1,800	144
Saumur et Angers.	26	8
Romans.	7	7
Rouen.	600	212
Toulouse.	306	"
Bordeaux	274	7
	6,168	786

Si, après avoir jetté les yeux sur ce tableau de proscription, on lit l'ouvrage dont il est extrait, on y appercevra des contradictions qui vont jusqu'à l'absurdité. L'auteur suppose en gros dix mille de ces martyrs à Paris ; puis, entrant dans le détail, il n'en compte que quatre cent soixante et huit ; encore faut-il que, pour trouver ce nombre, il dise qu'il en périt vingt-cinq ou trente dans le quartier du Trahoir, trente dans la rue Bétizy, seize aux prisons, vingt dans deux maisons entières, tous ceux qui étoient logés sur le pont Notre-Dame, et ainsi du reste ; et de tous ces infortunés il n'en nomme que cent cinquante-deux. Il faudroit donc croire qu'il y a erreur d'un zéro dans son total, et réduire le nombre des mis à mort dans Paris à mille ; c'est l'opinion de la Popelinière. Elle est d'autant plus probable qu'on peut l'appuyer d'un compte de l'Hôtel-de-Ville de Paris, par lequel on voit que les prévôt des marchands et échevins avoient fait enterrer les cadavres aux environs de Saint-Cloud, Auteuil et Chaillot, au nombre de onze cens. Il est constant qu'à l'exception de l'amiral, qui fut exposé aux fourches patibulaires de Montfaucon, et d'Oudin-Petit, libraire, qu'on enterra dans sa cave, tous les cadavres furent jettés dans la Seine. «Les charettes chargées de corps morts de damoiselles, femmes, filles, hommes et enfans, dit le martirographe, étoient menées et déchargées à la rivière. » Les cadavres s'arrêtèrent partie à une petite isle qui étoit alors vis-à-vis du Louvre, partie à celle qu'on appelle aujourd'hui l'isle des Cygnes. Il fallut donc pourvoir à leur enterrement, de peur qu'ils n'infectassent l'air et l'eau, et on y commit huit fossoyeurs pendant huit jours, qui, autant qu'on peut s'en rapporter à ces sortes de gens, enterrèrent onze cens cadavres. S'il étoit bien essentiel de débattre ce compte, on trouveroit de fortes présomptions

contre sa fidélité ; il n'est presque pas possible que huit
fossoyeurs ayent pu enterrer, dans huit jours, onze cens
cadavres. Il falloit les tirer de l'eau, ou du moins du bas
de la rivière ; il falloit creuser des fosses un peu profondes
pour éviter la corruption ; le terrain où elles furent faites
est très ferme, souvent pierreux ; comment chacun de ces
huit hommes auroit-il donc pu enterrer pour sa part cent
trente-sept corps morts en huit jours? chose difficile à faire
et à croire. On doit même présumer que ces hommes, peu
délicats par état et par nature, ne se sont pas fait scrupule
de grossir le nombre des enterrés pour augmenter leur
salaire ; et vraisemblablement ils n'avoient personne qui
les controllât. Ainsi, c'est grace faisant que je supposerai
mille personnes massacrées dans Paris, conformément à
ce que la Popelinière a écrit.

D'autres raisons me persuadent qu'il y a erreur dans
le nombre des morts d'Orléans. Celui qui les a recueillis
n'en désigne que cent cinquante-six ; ne trouvant pas sans
doute que ce fût assez, ni qu'il lui fût aisé d'en établir
davantage, il dit que les meurtriers se sont vantés d'en
avoir fait mourir jusqu'au nombre de dix-huit cens. Voilà
une preuve peu juridique ; elle me rappelle la tournure
de M. de Thou, qui, ne pouvant pas avec pudeur faire
monter le nombre des massacrés à Paris au-delà du double
de ce que la Popelinière avoit écrit trente ans avant lui,
et voulant induire la postérité à suppléer, par l'effet de
l'imagination, ce qu'il retranche à regret de sa narration,
nous rapporte l'anecdote d'un certain Crucé, qu'il dit
avoir vu bien des fois se vanter, en montrant insolem-
ment son bras nud, que ce bras avoit égorgé ce jour-là
plus de quatre cens personnes. Et pour rendre la chose
plus croyable, cet historien a soin de donner à cet homme
une phisionomie vraiment patibulaire. Mais comment

n'a-t-il pas fait réflexion que , malgré ce bras nu et cette figure affreuse, ce Crucé n'a pas pu en tuer pour sa part quatre cens, quand, de l'aveu de M. de Thou, il n'en a péri que deux mille ; il n'auroit rien laissé à faire aux autres. La vérité se rencontre rarement là où la vraisemblance ne sauroit se trouver ; telle est la faute que le martirographe fait, quand il exagère le nombre des massacrés de Lyon. Il dit d'abord qu'on en tua environ trois cent cinquante, puis qu'il en périt de quinze à dix-huit cens, et, sur le refus des bourreaux et soldats , il n'employe que six personnes à ce grand massacre. Telle est encore son inconséquence à l'occasion des personnes qui périrent à Toulouse ; il en fait tuer trois cent six, dont il n'en nomme pas une seule, et ces meurtres, ordonnés par la cour, sont commis par sept ou huit écoliers , batteurs de pavés et mauvais garnemens.

On peut, d'après ce que je viens de dire, se former une idée du nombre des malheureux qui ont péri à la Saint-Barthélemi, et le réduire beaucoup au-dessous de ce que les historiens les plus modérés ont écrit sur cette matière ; je laisse ce soin au lecteur. Chacun formera son jugement selon qu'il aura été plus ou moins affecté de ce que j'ai mis sous ses yeux. Mais si l'on veut une règle qui puisse servir à faire un compte d'à peu près, qu'on se souvienne que le martirographe n'a pas pu , dans le détail , porter au-delà de quatre cent soixante-huit le nombre des massacrés à Paris, au lieu de dix mille qu'il a hazardé *in globo;* qu'il n'en désigne que cent cinquante-six à Orléans, au lieu de dix-huit cent cinquante ; qu'il n'en a supposé d'abord que trois cent cinquante à Lyon , au lieu de quinze à dix-huit cens ; qu'il en compte six cens à Rouen, quoiqu'il n'en nomme que deux cent douze ; qu'il en suppose trois cent six à Toulouse, quoiqu'il n'en nomme pas un seul, et deux cent soixante-quatorze à Bordeaux, dont il n'en nomme que sept. Alors, retranchant de ce catalogue neuf mille pour Paris, seize cent quatre-vingt-quatorze pour Orléans, quatorze cent cinquante pour Lyon et deux cens à Rouen, qui en aura encore près du double de ceux qu'il a nommés ; plus de deux cens pour Toulouse, et deux cens au moins à Bordeaux, dont le massacre n'a commencé que long-temps après que tout fut appaisé dans le royaume, il ne restera pas deux mille personnes, et c'est tout au plus ce qui a péri dans ces malheureux jours d'horreur et de deuil.

Qu'on examine, qu'on suppute, qu'on exagère tant qu'on voudra ; s'il n'a péri que mille personnes à Paris, comme l'a écrit La Popelinière, historien calviniste, et le plus contemporain de l'événement, il est bien difficile de se persuader que les autres villes en ayent vu massacrer en tout un pareil nombre ; à plus forte raison si le massacre de la capitale fut moindre, comme je l'ai prouvé par le témoignage de celui qui avoit le plus d'intérêt et de moyens d'en sçavoir jusqu'aux plus petites circonstances. Eh ! quel fond peut-on faire sur tout ce qui a été écrit là-dessus quand on voit des contradictions manifestes dans les historiens sur les faits les plus simples ? quand ils ne s'accordent ni sur la blessure de l'amiral, ni sur l'attitude où il étoit lorsqu'il reçut la mort ? D'Aubigné dit qu'une balle lui cassa le grand doigt ; M. de Thou veut que ce soit l'index de la main droite. Une autre balle lui entra dans le bras gauche, suivant ces deux auteurs, et Villeroy dit que ce fut dans le bras droit. Selon d'Aubigné il étoit à genoux, appuyé contre son lit, quand les assassins entrèrent ; selon M. de Thou, il étoit debout derrière la porte. L'auteur des Hommes Illustres veut qu'il fût assis dans son fauteuil en robbe de chambre, attendant tranquille-

ment le coup de la mort; le père Daniel le suppose dans
son lit, d'où il le fait parler avec beaucoup de douceur à
Besme. On n'est pas plus d'accord sur sa tête; les uns
la font passer les Alpes, les autres les Pyrénées; et moi je
dis qu'on n'a qu'à aller à Châtillon-sur-Loire, on y trouvera, dans le coffre qui renferme les froides reliques de ce
chaleureux protestant, des ossemens qui appartiennent
à la tête.

Que croirons-nous après cela de la carabine de Charles IX? Brantôme est le seul qui en ait parlé; d'Aubigné
en a dit un mot, mais avec tant de discrétion, contre son ordinaire, qu'il semble craindre de rapporter
cette fable. M. de Thou n'en a pas parlé, et certainement
ce n'est pas pour ménager Charles IX, qu'il appelle un
enragé. Brantôme même a soin de dire que la carabine ne
pouvoit pas porter si loin. Mais je demande où cet historien a pu prendre ce fait; il étoit absent : « Alors j'étois,
dit-il, à notre embarquement de Brouage. » Ce n'est donc
qu'un ouï-dire que personne n'a osé répéter dans le temps,
que le duc d'Anjou n'auroit pas omis dans son récit à
Miron, attendu qu'il parle de cette même fenêtre d'où on
prétend que Charles IX tiroit sur ses sujets. « Le Roi, la
Reine ma mère, et moi, dit ce prince, allâmes au portail
du Louvre joignant le jeu de paulme, en une chambre qui
regarde sur la place de la basse cour, pour voir le commencement de l'exécution. » Si Charles IX eût tiré sur ses
sujets, c'étoit bien une circonstance à ne pas omettre,
c'étoit même la seule qui pût faire tomber presque tout l'o-
dieux du massacre sur ce Roi; et il est vraisemblable que
le duc d'Anjou n'en auroit pas laissé échapper l'occasion.
C'est donc une vraye allégation, d'autant plus dépourvue
d'apparence que la rivière étoit moins couverte de fuyards
que de Suisses qui passoient l'eau pour aller achever cette

affreuse besogne dans le fauxbourg Saint-Germain. Le Roi auroit donc tiré sur ses troupes et non sur ses sujets. Eh! comment accorder cette inhumanité réfléchie avec ce mouvement d'horreur qui le saisit, ainsi que sa mère et son frère, au premier coup de pistolet qu'ils entendirent? « Nous entendîmes à l'instant tirer un coup de pistolet, et ne sçaurois dire en quel endroit, ni s'il offensa quelqu'un; bien sçais-je que le son, non-seulement nous blessa tous trois si avant dans l'esprit qu'il offensa nos sens et notre jugement. » Cet aveu dénué d'artifice fera sans doute plus d'impression sur les esprits que l'assertion d'un poëte qui, pour avoir l'air de tout sçavoir et ajouter une espèce de témoin *de visu* à un ouï-dire de Brantôme, a prétendu que le maréchal de France le plus sage et le plus discret lui avoit dit tenir le fait de la carabine du page même qui la chargeoit. Si j'en fais la remarque, c'est moins pour critiquer ce bel-esprit que pour faire naître en lui la volonté de supprimer cette note dans une nouvelle édition de son beau poëme. Qu'il efface aussi en même temps ce qu'il y dit de la confession générale de Tavannes, en s'appuyant sur ses propres mémoires qui n'en parlent pas, s'il ne veut charger un jour la sienne de ces deux torts faits à la vérité.

J'ajouterai, comme réflexion critique et pour servir de supplément à l'article *Genève* de l'Encyclopédie, que l'auteur de ce morceau, trop éclairé pour n'avoir pas démêlé les vrais motifs de la résolution extrême de Charles IX, auroit pu se servir de ses grandes connoissances pour fermer la bouche à MM. de Genève, quand, dans l'impossibilité d'excuser la cruauté de Calvin et de justifier la rigoureuse sentence portée contre Servet, ils ont eu recours à la récrimination, dernier retranchement de ceux que les bonnes raisons assiégent. Je n'ai pas l'honneur de connoître ce savant ; mais je juge à son procédé qu'il est ou bien poli ou bien peu contredisant, puisqu'il a mieux aimé ne pas réhabiliter la catholicité dans Genève que d'y confondre ses hôtes. Qu'auroit pu en effet lui répondre l'Académie entière de cette république s'il lui avoit dit : « Il n'y a point de parité entre un acte purement fait sous prétexte de servir la religion et une exécution résolue dans l'unique vue de sauver l'État et son Roi, n'importe que cette vue fût saine ou non et les moyens permis ou illégitimes » ? Mais c'est assez s'entretenir de ces horreurs.

> Excidat illa dies ævo nec postera credant
> Sæcula, nos certè taceamus.

C'étoient les vers que le premier président de Thou avoit ordinairement dans la bouche quand il parloit de ces malheurs. Les Essais sur l'Histoire générale les mettent sans fondement dans celle du chancelier de l'Hôpital ; c'est encore une restitution à faire.

Extrait d'un livre des comptes de l'Hôtel-de-Ville de Paris.

Aux fossoyeurs des Saincts-Innocens, vingt livres à eux ordonnées par les prévôt des marchands et échevins, par leur mandement du 13 septembre 1572, pour avoir enterré depuis huit jours onze cens corps morts ès environs de Saint-Cloud, Auteuil et Challuau.

Nota. Il y avoit en pareil mandement du 9 septembre, pour quinze livres données à compte aux mêmes fossoyeurs.

FIN.

TABLE DES MATIÈRES

CONTENUES EN CE VOLUME.